hänssler
NOVELLE

FRANCKE
Verlag der Francke-Buchhandlung GmbH

Wie viele Geschichten habe ich doch in meiner Kindheit gehört! Tausend Bücher könnten sie nicht auf dieselbe Weise erzählen, wie ihr es getan habt.
Dankbar und liebevoll gebe ich euch diese kleine Geschichte zurück.
Meinen Großmüttern:
Rebecca Rachel Moniger
Trudy Vera Brown
und auch
Delpha-Mae Nichols,
die uns Kindlein in ihren ebenholzschwarzen Armen hielt und uns Lieder von Jesus vorsang …

Das Erbe von Shiloh
Band 1

IM HAUS MEINES VATERS

Roman

von
Bodie und Brock Thoene

Bodie Thoene machte Karriere als Mitarbeiterin von John Wayne, widmete sich aber dann der Arbeit an ihrer ersten Serie historischer Romane, den Chroniken von Zion. Von Anfang an war ihr Mann, Brock, intensiv am Entstehen jedes einzelnen Buches beteiligt.
Neben ihrem vollen Terminkalender als Schriftsteller widmen sich Bodie und Brock in ihrem Heim in den kalifornischen Sierras ihren halbwüchsigen Kindern.

Die Deutsche Bibliothek – CIP-Einheitsaufnahme

Thoene, Bodie:
Im Hause meines Vaters : Roman / von Bodie und Brock Thoene. – Neuhausen-Stuttgart : Hänssler ; Marburg an der Lahn : Francke, 1993
(Hänssler-Novelle ; 12)
ISBN 3-7751-1906-X (Hänssler)
ISBN 3-86122-058-X (Francke)
NE: GT

ISBN 3-7751-1906-X (Hänssler-Verlag)
ISBN 3-86122-058-X (Verlag der Francke-Buchhandlung)

Published by Bethany House Publishers, Minneapolis, Minnesota
Originaltitel: In my Father's House
Übersetzt von Laura Zimmermann

Umschlaggestaltung: Sandra Schlichting
Titelbild: Dan Thornberg, Bethany House Publishers
Printed in Germany

INHALTS-VERZEICHNIS

Dritter Teil

LIEBE UND KRIEG

PROLOG

DIE LUFTSCHLACHT UM ENGLAND

Sonntag, 15. September 1940

Der Himmel über dem Südosten Englands war an diesem Sonntagmorgen wolkenlos klar, und dennoch erfüllte Donnergrollen die Luft. Das friedliche Geläute der Kirchenglocken wurde unterbrochen vom schrillen Geheul der Luftschutzsirenen und übertönt vom zornigen Dröhnen der Bomber der Luftwaffe und der Kampfflugzeuge, die in Schwärmen über die Küste von Kent herfielen. Während Tausende Londoner in wilder Hast Schutz in den Tunnels der U-Bahn suchten, warf bereits das erste Geschwader feindlicher Flugzeuge seinen Schatten über die Klippen und die von Kieseln bedeckten Strände zwischen Dover und Dungeness. Eine zweite Welle folgte unmittelbar danach – insgesamt vierhundert deutsche Flugzeuge, die auf dem Weg nach London waren. Sie verdunkelten den Himmel wie Gewitterwolken.

Oberst Theo Lindheim steckte den Kopf aus dem Fenster des Beifahrersitzes des wild dahinrasenden Austin, während sein Schwiegersohn John Murphy den Gashebel bis auf den Boden des Wagens durchdrückte. Ein Austin auf einer Landstraße voller Schlaglöcher konnte es natürlich nicht mit den Messerschmitt-Kampfflugzeugen aufnehmen, denen es offenbar Spaß machte, alles unter Beschuß zu nehmen, was sich auf der Straße blicken ließ, sogar Radfahrer und Heuwagen.

Die Sonne glitzerte auf den Flügeln eines näherkommenden Kampfflugzeugs. »Links rüber, Murphy!« schrie Theo und deutete auf einen Abflußgraben und eine hohe Hecke am Straßenrand.

Murphy bremste wie wild und kurbelte am Lenkrad. Der Austin schlitterte in die Büsche. Theo sprang aus dem Fahrzeug und warf sich zu Boden. Die Bordgeschütze der Messerschmitt schleuderten Fontänen von Kies und Schotter gegen den Himmel. Sie zerrissen die Karosserie des Wagens, als sei sie aus Pappe. Murphy rollte im Straßenschmutz und kauerte sich neben Theo im Schutz der Hecke zusammen, während das Flugzeug mit dröhnenden Motoren über ihren Köpfen dahinflog und dann einen anderen unglückseligen Reisenden auf der Straße unter Feuer nahm.

Die beiden Männer wechselten Blicke und dachten beide dasselbe: Anna, Elisa, Lori und die Kinder waren evakuiert worden und befanden sich in Wales in Sicherheit. Aber nicht einmal eine einspurige Landstraße war in diesen Zeiten noch sicher.

Murphy zog die Krempe seines zerbeulten Hutes herab und spähte über den Rand des Grabens nach dem Austin. »Tut mir leid, Theo«, sagte er. »Das Auto ist erledigt. Ich kann dich nicht nach Northolt zurückbringen.«

Theo nickte kurz angebunden und wandte den Blick wieder himmelwärts. Ein Geschwander britischer Spitfire-Flugzeuge flog den Horden deutscher Angreifer entgegen. Das da oben waren seine Jungs, die Männer der Northolt Shooting Star Schwadron. Theo hatte sie sorgfältig ausgebildet, und sie würden ihre Pflicht tun, auch wenn ihr Oberst gezwungen war, in einem Graben zu hokken, während oben der Kampf tobte.

So wenige gegen so viele! Wußte das deutsche Oberkommando, wie schwach und zerbrechlich diese letzte Verteidigungslinie der Briten war? Ahnten Hitler und Hermann Göring, daß niemand an die Stelle dieser Flugzeuge und ihrer Piloten treten würde, wenn sie vernichtet wurden? Ganz Europa war unter dem Blitzkrieg der Nazis in die Knie gegangen. Nun stand England allein im Kampf.

Unter den tapferen englischen Piloten war auch eine Handvoll ausländischer Kampfflieger wie Theo Lindheim, die nach Großbritannien geflohen waren, als die eisernen Stiefel der Nazis über ihr

Heimatland trampelten. Jeder dieser Männer hatte auf der Inselfestung England nicht eine Zuflucht gesucht, sondern den Kampf.

Theo hielt die Hand über die Augen, um das Sonnenlicht abzuwehren, und beobachtete die Kämpfe am Himmel. Der dunkeläugige Pasquale war gemeinsam mit dem kleinen Fuqua aus Frankreich geflohen, als Dünkirchen gefallen war. Cervantes war nach dem Massaker von Barcelona aus Spanien geflohen. Falk und Warnock hatten ein polnisches Übungsflugzeug gestohlen und waren über den Kanal geflogen, nachdem Danzig gefallen war. Sie hatten auf einem Küstenstreifen in der Nähe von Dover eine Bauchlandung gemacht und waren von einer Rotte zorniger Bürger festgenommen worden, die sie für feindliche Kampfflieger gehalten hatte. Und Thoene, der junge holländische Pilot, zeigte wieder einmal den kühnen Kampfesmut, der ihm den Spitznamen »Rock«, Felsen, eingetragen hatte. Nach der Okkupation Hollands hatte er einen SS-Offizier erschlagen, seine Uniform gestohlen und sich unter falschen Vorspiegelungen ins Cockpit eines ME-109-Kampfflugzeugs geschmuggelt. Wenige Sekunden später war er in der Luft gewesen und auf dem Weg nach England, während vier Kampfpiloten der Nazis ihn in heller Wut verfolgten. Sein Flugzeug war voll Einschußlöcher gewesen, als er es mit letzter Kraft bis England geschafft hatte. Er war auf einer Wiese neben einem Irrenhaus gelandet. Die Insassen waren über ihn hergefallen, und ein Typ namens Sid, der sich für Sherlock Holmes hielt, hätte ihn um ein Haar mit einer Heugabel aufgespießt. Selbst nach diesem unfreundlichen Empfang beharrte Thoene darauf, daß ihm noch die englischen Verrückten lieber seien als die Nazis. Er hatte es schließlich zum Gruppenführer unter den Männer der Shooting Star Schwadron gebracht.

Amerikanische und kanadische Freiwillige ergänzten die Mannschaft der Schwadron. Barker, Fox, Mooneyham und Heer waren Mitglieder einer Truppe von Luftakrobaten gewesen, die in Vancouver arbeitete. Miller, Hobbs und Sherrill waren Amerikaner, sie standen unter dem Kommando von Wildman McKinney. Als letzter hatte sich David Meyer der Schwadron angeschlossen, der mit Theos Söhnen – Wilhelm und Dieter Lindheim – nach England gekommen war.

Diese Handvoll Männer formierte sich zu einer der aggressivsten Luftkampftruppen Englands. Die britischen Piloten, die – von einigen wenigen Verbündeten wie diesen hier abgesehen – ganz auf sich allein gestellt waren, waren dankbar, daß die Shooting Stars in diesen Tagen auf der Seite Englands kämpften.

»Sind das deine Jungs dort oben?« Murphy bemerkte Theos rasches Nicken und folgte seinem angespannten Blick zum Himmel. Dort oben stürzte sich eben eine V-Formation von Spitfires auf einen dichten Schwarm von Luftwaffen-Bombern.

Bei der großen Entfernung war es schwierig, die Flugzeuge auseinanderzuhalten, und die Kennzeichen waren natürlich nicht zu erkennen. Wie konnte Theo so sicher sein, daß es seine Männer waren, die er dabei beobachtete, wie sie das Geschwader deutscher Flugzeuge angriffen, das sich auf London zubewegte?

Er hatte nicht den geringsten Zweifel. »Ja. Das sind meine Jungs.« Er stand in dem Graben auf und spähte angestrengt nach ihnen aus, als sie einen Augenblick lang im grellen Glanz der Sonne verschwanden. Er hätte auch sagen können: *Das sind meine Söhne* ... Er hatte sie liebgewonnen, wie ein Vater seine Kinder liebt.

Theo hielt den Atem an, als die Spitfire, in deren Cockpit David Meyer saß, – nun war sie nah genug, um Einzelheiten zu erkennen – die Führung übernahm und nahe am Zentrum in die deutsche Flugformation hineinstieß. Thoene und Sherrill folgten ihm, attackierten eine DO 215, die sie steuerbord am Flügel trafen. Riesige Trümmer fielen vom Flügel und der Maschine selbst herab. Das deutsche Flugzeug kippte in einem bizarren Winkel und hätte um ein Haar eine zweite DO 215 mitgerissen, als es aus dem Geschwader abtrudelte. Pasquale und Fuqua rasten auf einen schwerfälligen Bomber zu, der dem Wrack des abstürzenden Flugzeugs auszuweichen versuchte. Zwei gutgezielte Schüsse ins Cockpit, und das Feuer der Bordgeschütze gegen das Heck des Bombers sandten das feindliche Flugzeug in Flammen gehüllt in die Tiefe.

Murphy und Theo jubelten ihnen zu, als sie vom Boden aus ihren raschen Sieg beobachteten. Sekunden später sammelte sich das Geschwader der deutschen Angreifer jedoch wieder und attakkierte die Stars von Osten her, wobei sie sie von den Bombern fortlockten und Mann für Mann in Kämpfe auf Leben und Tod verwickelten. Die tödlichen Bomber der Luftwaffe donnerten weiter in Richtung London mit ihrer mörderischen Fracht an Bord, während die Spitfires und die Messerschmitts über und hinter ihnen im Kampf lagen.

Eine Spitfire bekam einen Treffer ab und trudelte seitwärts ins Meer hinab.

»Wer ist es?« Murphy mußte sich zu der Frage zwingen. Er wußte, auch Theos beide Söhne waren da oben.

Theo schüttelte den Kopf. Außerhalb des Geschwaders war es fast unmöglich, die Flugzeuge auseinanderzuhalten.

»Schau da!« schrie Murphy auf, als eine zweite Formation britischer Kampfflugzeuge aus dem Sonnenglanz auftauchte, um die deutschen Flugzeuge anzugreifen.

Sie warfen einen kurzen Blick auf den neuen Kampf in der Luft. Die Bomber der Deutschen gerieten in Schwierigkeiten. Theo wandte den Blick wieder seinen eigenen Leuten zu, die sich darum bemühten, die Messerschmitts vom dichten Schwarm der Bomber, die sie beschützen sollten, wegzulocken. Hier mußte sich der Kampf entscheiden.

»Haltet sie auf Trab, Jungs!« schrie Murphy und winkte den Shooting Stars zu.

Zwei Messerschmitts trudelten brennend zur Erde hinab. Ein zweiter Star wurde getroffen und jagte rauchend, mit stotternden Maschinen zurück zur Basis in Northolt. *Wer ist es? Falk? Wird er es bis zum Stützpunkt schaffen?*

Wie als Antwort auf Theos Frage soff der Motor ab und erstarb. Das Cockpit öffnete sich, und der Pilot sprang in aller Eile ab. Eine ME 109 entdeckte seinen Fallschirm und sauste auf ihn los, um den Piloten abzuschießen und den Fall zu erledigen. Eine zweite Spitfire donnerte hinter der Messerschmitt her und riß mit einem Feuerstoß das Dach der Pilotenkanzel dieses feindlichen Flugzeugs ab.

Warnock hatte sich in den Kampf gestürzt, um Falks Stelle einzunehmen. Cervantes umkreiste den langsam zu Boden sinkenden Fallschirm, während Warnock seine Maschine hochzog, um den nächsten Gegner unter Feuer zu nehmen. Sie waren eine große

Familie, diese Jungs – jeder paßte auf den anderen auf. Das hatten auch die Obersten in Northolt gesagt, und vielleicht war es der Grund, warum die Shooting Stars einen so glänzenden Ruf hatten. Diese Männer, das wußte Theo, hatten alles verloren, bevor die erste deutsche Fliegerbombe auf England gefallen war. Sie hatten nichts zu verlieren außer ihrem Leben, und sie lebten nur für den Kampf, in der Hoffnung, eines Tages als Sieger in ihr Heimatland zurückkehren zu können. Heute kämpften sie am wolkenlosen Himmel über Northolt Mann gegen Mann gegen die gewaltigen Mächte, die sich im Osten sammelten.

Sie waren die Söhne der Männer, die im Ersten Weltkrieg gekämpft hatten – dem Krieg, der allen Kriegen ein Ende machen sollte. Ihre Väter hatten gegeneinander gekämpft – manche für Deutschland, manche für Frankreich oder Amerika. Noch vor zweiundzwanzig Jahren waren ihre Väter miteinander verfeindet gewesen, aber nun kämpften die Männer der Shooting Star Schwadron von Northolt Schulter an Schulter, sie aßen gemeinsam und kümmerten sich einer um den anderen, wenn es hart auf hart ging.

Theo verschränkte die Arme über der Brust und blickte feierlich in die Höhe. Eine wirbelnde Rauchsäule drang aus einem deutschen Flugzeug. David Meyer hängte sich ans Heck der Messerschmitt. Theo schüttelte voll Verwunderung den Kopf. Wie hatten sich die Dinge geändert! Fast auf den Tag genau vor zweiundzwanzig Jahren hatte Theo im Cockpit eines Flugzeugs gesessen, das das französische Niemandsland überflog, und David Meyers Vater hatte es von der anderen Seite des Schützengrabens beobachtet.

ERSTER TEIL

DER STURM

Herbst 1918

Nichts, es sei denn eine verlorene Schlacht, ist auch nur halb so traurig wie eine siegreiche Schlacht.

– Der Herzog von Wellington, 1815

EIN WUNDER AN DER FRONT

Im Wald von Belleau, Frankreich, 1918

Fast nichts ließ erkennen, daß der Ort jemals ein Wald gewesen war. Was von den Bäumen übriggeblieben war, war verkohlt, zersplitterte Stümpfe, die zum Himmel aufragten.

Wo einst die wilden Blumen geblüht hatten, sproßten nun Rollen von Stacheldraht aus der versengten Erde wie verwirrte, blattlose Dornenranken. Jenseits des Niemandslandes durchlöcherten Bombenkrater die Landschaft und nahmen das Regenwasser und das Blut gefallener Soldaten in sich auf. Die erschöpften Krieger der deutschen kaiserlichen Armee standen den Amerikanern und ihren französischen und britischen Kameraden überall an der Westfront gegenüber. Flöhe und Schlamm und Kälte und Grippeinfektionen waren Feinde, die beide Heere quälten. Man schrieb das Jahr 1918 des Großen Krieges.

An diesem Tag war es ruhig an der Westfront. Der zwanzigjährige Soldat Birch Tucker lehnte den Rücken gegen die Sandsäkke des Schützengrabens und bohrte einen schlammverschmierten Finger durch die Schlitze eines kleinen viereckigen Käfigs, der die Brieftauben von Company C beherbergte. Die beiden Vögel flatterten in ihrem Gefängnis. In diesen Tagen war es selbst für Brieftauben zu gefährlich zu fliegen, dachte Birch. Er blickte in die Höhe, wo zwei lärmende mechanische Vögel hoch über der verödeten Kriegszone miteinander im Kampf lagen.

Eine in Amerika gebaute Curtiss J-N jagte dicht hinter einer deutschen Fokker her. Das ferne Geratter von Maschinengewehrfeuer war in den Schützengräben kaum noch zu hören. Die Soldaten auf beiden Seiten des Niemandslandes schirmten die Augen mit der Hand gegen den Glanz der Nachmittagssonne ab, während sie ihren Champions zujubelten.

Der deutsche Flieger zog eine Kurve und begann in steilem Bogen zur Sonne aufzusteigen. Die amerikanische Jenny blieb dicht hinter ihm.

»Seht ihr jetzt, warum ich euch nicht rauslassen kann?« Birch hob den hölzernen Käfig auf. »Der Himmel ist heute kein sicherer Ort mehr für Vögel.«

Ellis Warne lachte. »Sag diesen Vögeln bloß nicht die Wahrheit, warum sie hier bei uns im Graben sind, Birch, mein Junge!«

Diese Tauben waren nicht wie andere darauf trainiert, Botschaften durch die feindlichen Linien zu tragen. Birch hielt sie, um das tödliche Senfgas rechtzeitig zu entdecken. Wenn er den Käfig anblickte und zwei tote Vögel sah, war es höchste Zeit, seine Gasmaske aufzusetzen. Aber wenn die Vögel erst einmal am Gas gestorben waren, hatten auch die Männer schon eine kräftige Dosis abbekommen. Birch hatte sich angewöhnt, den Käfig an einer Schnur in die Löcher hinabzulassen, in denen er sich nachts auszuruhen pflegte. Wenn er die Vögel lebendig zurückholte, wußte er, daß es unten bewohnbar war. Er hatte diesen Trick von den Bergleuten in seiner Heimat Arkansas gelernt und sich damit bei seinen Kameraden auf dem Schlachtfeld beliebt gemacht.

Neben ihm legte Max Meyer den Kopf in den Nacken, als das Ratta-tat-tat des amerikanischen Maschinengewehrs vom Himmel herunterhallte. »Wir sind alle zusammen hier unten besser dran«, sagte er ohne jede Begeisterung. »Sowohl wir als auch die Vögel.« Er grinste, als ihm eine ferne Erinnerung durch den Kopf ging. »Letzten Sommer hab ich einen Dollar gezahlt, damit meine Freundin und ich eine Runde im Flugzeug über New York drehen konnten.« Er schüttelte amüsiert den Kopf.

Ellis beäugte ihn neugierig, wie er es immer tat, wenn Max Meyer eine seiner Geschichten zu erzählen begann. »Ja? Und weiter?«

Max verfolgte mit den Augen die langsame Spirale der deutschen Fokker. »Seht ihr das? Der Pilot machte es damals genauso, als wir über Coney Island flogen.«

»Ja?« drängte Birch. Max ließ immer die Hälfte weg, bis man ihn bat, und dann konnte er stundenlang Geschichten erzählen.

»Irene saß auf meinem Schoß, fest angeschnallt.« Er klopfte sich aufs Knie. »Ich dachte, es wäre eine gute Methode, sie dort hinzukriegen, wo ich sie haben wollte, kapiert?« Max hob bedeutungsvoll eine Augenbraue und blickte seine neidischen Kameraden an. »Richtig romantisch, würde ich sagen.«

Ellis erinnerte sich an eine kalte Winternacht, in der er bei einer Schlittenfahrt dicht neben seiner Verlobten Becky Moniger gesessen hatte. Birch war es einmal passiert, daß Thelma Ridgeway beim Tanz bei einem Gemeindefest in seine Arme gefallen war. Aber Max, der in New York aufgewachsen war, wußte besser mit Frauen umzugehen.

»Also, was passierte?« drängte Birch.

»Ich fing an, sie zu küssen. War doch genau der richtige Platz für einen Kuß, oder nicht? Und im nächsten Augenblick kotzte sie mich mit ihrem Abendessen voll.« Er deutete mit dem Daumen nach unten. »So was nenne ich Romantik. Ich würde dem Burschen da oben dasselbe wünschen!«

Wie als Antwort nahm die amerikanische Jenny die immer noch steigende Fokker von neuem unter Beschuß. Es war nur noch eine Frage der Zeit.

»Erledigt«, kommentiert Birch, als der Deutsche den vergeblichen Versuch machte, sich aus dem Visier der amerikanischen Bordkanonen zu manövrieren.

»Fünf Dollar auf den Hunnen«, sagte Max trocken. »Ich wette, der hat noch längst nicht seinen letzten Kampf gekämpft. Wer hält mit?«

»Der Kraut hat keine Chance«, bemerkte Birch abfällig. Ein weiterer Stoß Maschinengewehrfeuer unterstrich seine Bemerkung. Der deutsche Pilot wich nach links aus und trudelte bodenwärts, um den Amerikaner abzuschütteln.

Max griff in seine Uniformbluse und zog einen Lederbeutel heraus, zusammen mit einem dicken Packen Banknoten, Fotos und Briefen, die alle mit Schnur zusammengebunden waren. »Wie steht's, Ellis? Machst du mit?«

»Du hast mich gestern nacht ausgeplündert«, antwortete

Ellis bitter. »Ich hab keinen Cent mehr, sonst wäre ich dabei.« Dann stieß er Birch mit dem Ellbogen in die Rippen. »Mach schon! Wette gegen ihn! Du bist der einzige im ganzen Regiment, der noch nicht sein letztes Hemd beim Pokern an diesen Kerl verloren hat. Hol mir ein bißchen was zurück!« Das deutsche Flugzeug sauste in wilder Hast auf die Erde zu, während der Amerikaner an seinem Heck hing. »Wette mit ihm, Birch! Du kannst gar nicht verlieren.«

»Wie wär's, Birch?« Max hielt eine Fünfdollarnote in der ausgestreckten Hand und rollte seine braunen Augen himmelwärts. »Drei zu eins, daß der Kraut mit dem Leben davonkommt.«

Birch starrte geistesabwesend das Geld an. Dann blickte er auf das Foto von Max' Kusine Trudy, die ihm Dutzende von Briefen und immer wieder zerbröselte Kekse schickte. Seit Monaten las Max ihre Briefe laut vor, und Birch hatte sich mitten im Schützengraben in sie verliebt.

»Ich sag dir was, Max. Du hast deine Kusine bislang für dich allein gehabt. Wenn der deutsche Pilot überlebt, möchte ich einen richtigen New Yorker Abend verbringen, wie du's immer erzählst – und zwar mit ihr.« Er wies auf das Foto. Die dunklen Augen starrten ernsthaft aus dem ovalen Gesicht.

»Laß sie aus dem Spiel«, schnappte Max. »Sie ist nicht dein Typ. Drei zu eins, daß der Hunne davonkommt.«

Ellis schubste Birch von neuem. »Das sind fünfzehn Dollar, wenn er verliert. Vergiß das Mädchen! Wette mit ihm!«

Birch starrte angespannt die Szene am Himmel an.

»Also, wie steht's?« Max streckte die Hand aus.

Zwei großartige Piloten waren in einen Kampf auf Leben und Tod verstrickt, keiner von beiden wollte die Flucht ergreifen. Einen Augenblick lang fühlte Birch Hoffnung für den feindlichen Flieger. Ein Mann, der ein solches Geschick beim Fliegen an den Tag legte, verdiente es zu überleben, aber sein amerikanischer Gegner machte sich bereits zum Todesstoß bereit. Es sah aus, als sei das eine Wette, die Birch unmöglich verlieren konnte.

»Gilt«, sagte Birch und schlug ein. Dann drehten sie die Köpfe hin und her und folgten den Punkten, die sich am wolkenlosen Himmel hin und her bewegten. »Du wettest auf ein Pferd, das nur verlieren kann«, ätzte Birch. Der Deutsche war mit großer Sicherheit ein toter Mann. Der Amerikaner hatte ihn voll im Visier, und die Sonne war zu tief gesunken, um noch von Nutzen zu sein.

Auf der gegenüberliegenden Seite des Niemandslandes schrien die Soldaten des Kaisers ihrem unglücklichen Flieger Ermutigung zu. An diesen Hahnenkämpfen in der Luft war strategisch gesehen nichts zu gewinnen, aber es hob das Selbstbewußtsein der kriegführenden Parteien, wenn ein feindliches Flugzeug als Feuerball zur Erde trudelte.

Max murmelte etwas über Jubelrufe für einen Verlierer. Im selben Augenblick donnerte das Maschinengewehr des Amerikaners los, und das Heck der deutschen Fokker explodierte.

Ein ohrenbetäubender Lärm stieg aus den Schützengräben der Alliierten auf – Max ausgenommen. An der deutschen Front blieb es still. Max schwieg ebenfalls, als er zusah, wie das Flugzeug den Bauch nach oben kehrte und einen Augenblick lang in einem grotesken Winkel in der Luft hing, bevor es in einer flammenden Spirale auf die Erde zuraste.

Ellis trommelte Birch auf den Rücken und schrie Glückwünsche. »Drei zu eins! Das sind fünfzehn Dollar, die du diesem Großstadtheini abgeknöpft hast! Ha! Seit fünfzehn Monaten versuch ich, ihm bei diesem Spiel was abzugewinnen!« Er rammte Max in fröhlichem Spott den Ellbogen in die Rippen. »Raus mit dem Geld, Max! Komm schon, ich bin Zeuge! Her mit den Moneten!«

Max hielt den Blick starr auf das deutsche Flugzeug gerichtet. »Die Wette ging drum ... wenn er stirbt«, murmelte er. Seine dunklen, attraktiven Züge zeigten plötzlich Spuren der Erschöpfung. Zu viel Tod und keine Gewinner. »Er ist noch nicht tot.«

Der Ausdruck des Jubels auf dem Gesicht von Birch Tucker verblaßte, als er seinen Blick auf das beschädigte Flugzeug richtete, das sich mit kreischendem Lärm überschlug. »O Gott«, sagte er mit ausdrucksloser Stimme. Plötzlich wurde ihm bewußt, daß er eine Wette gewann, die einem anderen Menschen das Leben kostete. »Herr, mein Gott!« Dies hier war etwas anderes als eine Pferdewette.

Feuer und Rauch strömten aus dem abgerissenen Heck des Flugzeugs, aber die kleine dunkle Gestalt des deutschen Piloten war deutlich sichtbar, als er darum kämpfte, sich der gewaltigen Macht der Schwerkraft zu entziehen, die ihn in das offene Cockpit seines Flugzeugs preßte.

Birch trat einen Schritt vor und beugte den Kopf nach hinten. Er starrte den Kampf auf Leben und Tod des verzweifelten Mannes hoch oben am Himmel an. »Lebe«, flüsterte er. »Komm schon, Kerl! Ich hab's nicht so gemeint. Komm raus!«

»Komm da raus!« schrie Max zum Himmel hinauf.

Ellis warf Birch einen Seitenblick zu. »Wenn er überlebt, verlierst du die Wette«, warnte er. Warum schrie Birch dem Deutschen Ermutigungen zu?

Birch hörte Ellis' Worte nicht – oder, falls er sie doch hörte, wischte er sie beiseite. Scham erfüllte ihn. Er betete mit drängender Hoffnung, daß es dem Piloten gelingen möge, seinem brennenden Sarg aus Segeltuch zu entkommen. Der Deutsche bot alle Kraft auf, sich zu befreien und fiel wieder zurück, als Feuer aus den zerbrechlichen Leitungen strömte. Er streckte die Hände aus, um die Verstrebungen des Flugzeugs zu ergreifen, aber sie rutschten ab, und er war wiederum ein Gefangener seines rasenden Falls.

»LEBE!« brüllte Birch.

»Jetzt komm, Birch«, knurrte Barrett ein Stück weiter unten. »Wer weiß, wie viele von unseren Jungs er umgenietet hat. Laß ihn grillen und freu dich dran!« Barrett wurde der Kaltschnäuzige Barrett genannt – nicht ohne Grund.

Birch gab keine Antwort. Max stand da und starrte stumm nach oben. Seine Kiefer waren fest zusammengepreßt. Es war deutlich zu sehen, daß er mehr aus Hoffnung als um des Gewinns willen auf den Deutschen gesetzt hatte. Ellis stimmte in den Schrei fürs Leben ein. Die drei amerikanischen Soldaten standen Schulter an Schulter und brüllten dem deutschen Flieger Ermutigungen zu, als wäre er einer der ihren.

Birch setzte seinen ganzen Willen daran, daß die Arme des todgeweihten Mannes bei einem letzten Versuch die Verstrebungen des Flugzeugs erreichen möchten. Er sandte ihm in Gedanken Kraft und drängte ihn im Stillen, nicht aufzugeben. *So ist's recht,*

Bursche! Reiß dich zusammen! Zieh dich hoch! Hast nur noch ein paar Sekunden! Beiß dich durch! Komm schon! Deine Zeit ist noch nicht gekommen! Komm! Ist mir egal, ob ich die Wette verliere!

Max stammelte atemlos in seinem jiddisch gefärbten Deutsch: »Schnell! Aussteigen! Bitte ...«

Der Kaltschnäuzige Barrett verfluchte Max. »Saujud! Deutscher Collegeboy – Saujud!« Max war so fasziniert von dem Todeskampf da oben, daß er die Schimpfnamen nicht hörte, die ihm angehängt wurden.

»Raus mit dir!« schrie Ellis.

»So ist's recht!« Max hämmerte mit der Faust auf die Sandsäcke und riß sich den Helm herunter, als hielte dessen Gewicht den Piloten fest, der um sein Leben kämpfte.

Der deutsche Flieger streckte die Arme aus und angelte nach den Verstrebungen des rechten Flügels. Im selben Augenblick überschlug sich das Flugzeug zum letzten Mal. Er zog sich heraus, trat heftig gegen den Rand des Cockpits. Dann, mit einer letzten verzweifelten Anstrengung, warf er sich ins Leere, nur noch tausend Fuß über dem Erdboden, mitten über dem Niemandsland. Als sei es erzürnt über seine Flucht, schlug das sterbende Flugzeug mit dem Flügel nach ihm und traf ihn mit einem harten Schlag, eben als sich der Fallschirm öffnete.

Ein lautes »Aaahhh« drang aus dem Schützengraben der Amerikaner, als der Kampf endete. Der deutsche Pilot – mit Sicherheit tot – schwebte vom Himmel wie eine Lumpenpuppe, die man an ein Handtuch gebunden und von einem Dachrand geworfen hatte. Aller Augen wandten sich der Stelle zu, wo das flammende Flugzeug knapp über dem von Bombenkratern zerrissenen Boden dahinraste und hinter den deutschen Linien in einem gewaltigen Feuerball explodierte.

Das war das Ende. Der Wind ergriff den Fallschirm und schaukelte die schlaffe, blutige Gestalt daran hin und her, während er sie mitten ins Niemandsland trieb. Dort sank der Körper in sich zusammen, als er sanft auf die Erde aufschlug, nur hundert Yards von der Stelle entfernt, wo Birch und die anderen spähend in ihrem Schützengraben saßen. Der deutsche Pilot hatte nun ein Gesicht:

Er trug einen Schal um den Nacken, Lederhandschuhe, hohe Stiefel. Der Feind war nun ein Mensch.

Die Jubelrufe hörten auf, und im selben Augenblick hallte das erste dumpfe »Wuump!« deutscher Artillerie herüber. Der amerikanische Flieger hatte den Sieg davongetragen, aber sein kurzer Triumph hatte die Deutschen nur zu neuem Zorn aufgestachelt.

»Runter mit euch!« schrie Max. »Kommt hierher!«

Birch warf sich auf den Boden des Schützengrabens und preßte das Gesicht an die Sandsäcke. Max drängte sich an einer Seite an ihn und Ellis an der anderen. Die Granate explodierte hinter ihnen und schleuderte eine Fontäne von Dreck und Steinen in die Luft.

»Was du nicht alles tust, um eine Wette zu gewinnen!« schrie Max. Er stopfte das Foto seiner Kusine und das Bargeld in die Uniformbluse, dann reichte er Birch seine fünfzehn Dollar.

»Ich wünschte, ich hätte die Wette verloren«, antwortete Birch, als eine Serie von Granaten in rascher Folge explodierte. Sekunden später dröhnte die Artillerie der Amerikaner los. Diesmal jubelte niemand. Sie alle hatten viel zu viel Angst. Statt dessen kauerten sie sich im Dreck zusammen und hielten den Blick auf die Tauben gerichtet und die Gasmasken in der Hand, während die Dunkelheit auf sie herabsank.

* * *

Es war dunkel im Schützengraben, und Birch hatte jedes Zeitgefühl verloren. Max und Ellis lehnten einer am anderen, in den Schlaf versunken, den Erschöpfung und Entsetzen über sie gebracht hatten. Fern am Horizont konnte Birch das helle Aufblitzen der gewaltigen Geschütze sehen. Das Geschützfeuer konnte er nicht hören. Irgendwie ging in dieser Nacht der Schlachtenlärm am Niemandsland vorbei und hinterließ ein gespenstisches Vakuum der stille. Die Blitze des Mündungsfeuers erhellten den Himmel über ihnen, als jede Seite darauf sah, daß niemand durch den Stacheldraht schlüpfte oder in kühner Offensive durch die Verbotszone kroch.

Birch stand auf und streckte sich, als eine Leuchtrakete zischend zu Boden fuhr. Er spähte hinter den Sandsäcken hervor und blickte über die öde Landschaft des Schlachtfeldes. Der weiße seidene Fallschirm des deutschen Piloten blähte sich am Rand eines Bombenkraters wie ein Gespenst, das von einer Fangleine an die Erde gefesselt wurde.

Er starrte dieses Erinnerungszeichen des Todes an und wünschte im Stillen, er hätte niemals eine solch schaurige Wette um das Leben dieses Mannes abgeschlossen.

In diesem Augenblick hörte er eine schwache Stimme unter dem Leichentuch des Fallschirms hervordringen. »Hilf mir, bitte!«

»Wie?«

»Wasser ... Wasser. Bitte ... mein Gott!«

Ein Schauder durchrann ihn. »Sie leben noch?«

»Wasser ...« Ein schwaches Stöhnen, das Stöhnen eines Mannes in Qualen. Ein Mann wie Birch. Ein Mann, der um Wasser und Hilfe flehte.

Als Birch über den Rand des Schützengrabens kletterte, die Feldflasche in der Hand, hätte er nicht erklären können, warum er das tat. Er hörte die verblüfften Stimmen seiner Kameraden hinter seinem Rücken, als eine weitere Leuchtrakete die Dunkelheit zerriß und er sich auf die verbrannte Erde niederwarf.

»Birch ... was hast du vor ... wo ist er ... er ist übergeschnappt!«

Dann hörten sie es auch. »Wasser ... bitte ...« Die Leuchtrakete erlosch, und Birch hörte den Lärm, den andere Männer machten, als sie die Wand aus Sandsäcken erkletterten und ihm folgten – durch den zerrissenen Stacheldraht, die zerfurchte Flanke eines kleinen Hügels hinunter, in einen Graben.

Max und Ellis kamen mit. Alle drei übergeschnappt! Ausgeflippt!

Stahlhelme erhoben sich an der ganzen Front entlang, Augen folgten den drei Yankees, die auf die flatternde weiße Seide zukrochen. Hatten sie die Schreie des Sterbenden ebenfalls gehört? Ganz gewiß konnte kein deutscher Soldat die Schreie des Sterbenden hören, der eine halbe Meile von den deutschen Linien entfernt im offenen Feld lag. Es mußte eine amerikanische Feldflasche sein, aus der er zu trinken bekam, ein amerikanischer Sanitäter, zu dem man ihn brachte.

»Weißt du was?« flüsterte Max zwischen den Zähnen. »Wenn wir überleben – und wenn er überlebt – dann hast du deine Wette verloren.«

»Ich dachte mir schon, daß du nur mitgekommen bist, um dein Geld zu retten, Max«, knurrte Ellis.

Der Vorwurf traf Max hart. In diesem Augenblick änderte sich sein Herz für alle Zukunft. »Laß mich ausreden, Strohkopf!« Er schlängelte sich an Birchs Seite. »Vergessen wir die Wette, abgemacht?«

»Hilf mir, bitte ...«

Die drei wälzten sich in den Bombenkrater, in dem der deutsche Pilot lag, in die Leinen seines Fallschirms verwickelt. Max setzte dem Mann seine Feldflasche an die Lippen, als sei es von Anfang an seine Idee gewesen. Ellis begann die Leinen des Fallschirms abzuschneiden. Sie benahmen sich, als sei der Deutsche ein so waschechter Amerikaner wie General Pershing.

»Schon gut, alter Junge! Wir holen dich raus hier. Bleib ganz ruhig.«

»He!« versuchte Birch sein Glück, als der Deutsche seinen Dank für das Wasser hervorstammelte. »Sprechen Sie Englisch? Name?«

Der Deutsche keuchte vor Schmerzen, als Max vorsichtig sein verdrehtes Bein gerade hinlegte. Birch und Ellis zischten im Chor: »Nur ruhig, Mann!«

Der Patient stieß durch zusammengebissene Zähne hervor: »Danke.« Dann pochte er sich zur Antwort auf Birchs Frage auf die Brust. »Ich bin Offizier Theo Lindheim.«

Birch blieb der Mund offenstehen. Jeder Soldat kannte den Namen und den Ruf dieses deutschen Fliegerhelden.

Glitzerte da ein müdes Lächeln in der Dunkelheit? »Nun denn, Offizier Lindheim«, sagte Birch feierlich, »Sie wurden gefangengenommen von den Soldaten der US-Infanterie Tucker, Meyer und Warne, Company C. Das sind wir, zu Diensten. Und wir wollen zusehen, daß Sie uns keinesfalls sterben!«

Ellis schüttelte voll Verwunderung den Kopf. Max ließ die

Wette also auch bleiben? Es gab doch noch Wunder an der Westfront.

Sie mußten zwei Meilen von der Front bis zum ersten Lazarett zurücklegen. Der deutsche Pilot verlor nach den ersten hundert Metern das Bewußtsein. Es war eine gnädige Bewußtlosigkeit; sein Bein hatte einen komplizierten Bruch davongetragen, und er blutete aus vielen Wunden.

Er stöhnte, als sie das Segeltuch über ihn breiteten. »Anna«, flüsterte er und hob die Hand. Dann noch einmal, lauter: »Anna!« Eine Fotografie flatterte zwischen seinen Fingern zu Boden und blieb auf Max' Stiefel liegen.

Die Gesichter einer Frau und eines Kindes blickten von dem abgegriffenen Foto zu ihnen auf. Theo Lindheim öffnete die Augen und schrie auf: »Anna! Bitte ... Anna!« Max hob das Foto auf und ließ es Birch und Ellis ansehen.

»Er hat Familie.« Max blickte stirnrunzelnd die Blutlache an, die sich unter dem Bein des Piloten gebildet hatte. »Eine Frau und ein kleines Kind, seht ihr?«

»Nun, seine Familie wird ihn bald nicht mehr haben, wenn sich nicht bald jemand um ihn kümmert«, knurrte Birch, als eine Krankenschwester an ihnen vorbeieilte.

Ellis streckte die Hand aus und packte die Frau am Arm. »He! Der Mann braucht dringend einen Arzt«, sagte er mit einer Grobheit, die sonst nicht seine Art war. »Und zwar sofort!«

»Er ist Deutscher«, sagte die Schwester ärgerlich. »Wir haben ein Dutzend amerikanische Jungs hier –«

Ellis warf einen Blick auf die Patienten. Alle hatten nur leichtere Verletzungen davongetragen. Keiner war in kritischem Zustand, außer dem deutschen Piloten. Ellis blickte die Fotografie von Frau und Kind an.

»Er verblutet ja«, sagte Ellis. Dann, als wollte er seinen Rang hervorkehren, sagte er: »Mein Vater ist Arzt.«

»Hier?« Die Krankenschwester schien überrascht. Sie warf einen neuerlichen Blick auf das Bein des Bewußtlosen.

»Ein Stück weiter unten.« Ellis ergriff ihren Arm. Er sagte nichts davon, daß »ein Stück weiter unten« in Wirklichkeit bedeutete: unten im Staat Ohio.

»Das Bein wird er verlieren.« Die Schwester sprach leise, aber es war ihr offenkundig gleichgültig.

»Nein, das wird er nicht«, sagte Ellis mit fester Stimme. »Ich hab schon Schlimmeres gesehen. Jetzt bringt ihn in den Operationssaal. Mein Vater hat Verletzungen in Ordnung gebracht, die zweimal so schlimm wie das hier aussahen«, knurrte er. Er wußte, daß die Amputation eine rasche und leichte Alternative zu der komplizierten Behandlung war, die bei solchen Wunden erforderlich war, speziell dann, wenn der Patient ein Deutscher war.

Der Pilot regte sich und starrte die Lampe an, dann blickte er der Krankenschwester ins Gesicht. »Bitte«, sagte er, »bitte, Madame ...«

Sie nickte brüsk, warf Ellis einen unfreundlichen Blick zu und bedeutete dann den Sanitätern, den deutschen Flieger ins Lazarettzelt zu bringen.

Max und Ellis stießen einander an. »Du kannst es mit den Frauen, Ellis«, murmelte Max mit gedämpfter Stimme. »Warum haben wir ihn nicht zu deinem Vater ins Lazarett gebracht?«

»Es ist ein bißchen weit von hier bis Ohio«, sagte Ellis verstohlen. »Aber ich werde dem alten Doc schreiben, daß wir hier seinen Ruhm verkündet haben.« Er sah zu, wie Theo Lindheim hinter der Zeltklappe verschwand. »Das wird die erste erfreuliche Nachricht sein, die er mit der Feldpost bekommt.«

DIE LÄMMCHEN UND DIE SOLDATEN

Seit zweiunddreißig Jahren befolgten Dr. William Warne und seine Frau, Molly Grogan Warne, das Gebot des Herrn, fruchtbar zu sein und die Erde zu erfüllen – zuerst in Belfast in Irland und nun in Ohio. Doc hatte seine Ernte von sechs Kindern nicht nur gepflanzt, sondern auch höchstpersönlich ans Licht der Welt gebracht. Seine Kinder waren zwischen fünf und dreißig Jahren alt. Es hatte eine Zeit gegeben, da hatte er genug Söhne gehabt, um eine eigene Baseball-Mannschaft aufzustellen.

Drei Kinder der Warnes waren im Familiengrab neben der presbyterianischen Kirche auf der anderen Seite der Straße begraben, nur ein kleines Stück hügelaufwärts von dem weißen Bauernhaus im viktorianischen Stil entfernt.

Der Friedhof war deutlich sichtbar, wenn Molly hinter dem Küchenfenster Brotteig knetete oder Speck briet oder die Teller abwusch, so daß sie die meisten ihrer Kinder ständig im Auge behalten konnte. Heute bearbeiteten die vier ältesten Söhne der Warnes die Farm. Zwei Söhne waren auf einem Schlachtfeld irgendwo in Frankreich geblieben. Obwohl sie in Europa begraben lagen, hatte Doc ihnen Gedenksteine gesetzt, unmittelbar neben den drei winzigen Grabsteinen der Babies. Tim war einundzwanzig Jahre alt gewesen, Jack erst achtzehn. Sie waren wirklich noch Jungen gewesen. Junge Menschen, die am Anfang ihres Lebens standen ...

Molly blickte über das weite Feld zu der Stelle hinüber, wo die drei steinernen Lämmchen Seite an Seite mit den schlichten Gedenksteinen aus Granit standen, die an zwei Jungen erinnerten, die beim ersten Trompetenstoß zu den Fahnen geeilt waren. Im Frühling und Sommer wurden die Gräber regelmäßig mit frischen Blumen geschmückt. Zogen Herbst und Winter ins Land, so flocht Molly Kränze aus Immergrün und Misteln und hängte sie den

Lämmchen um den Hals und legte sie auf die Gedenksteine ihrer älteren Brüder.

Ganz gleich, welches Alter ihre anderen Kinder erreichten, dachte Molly, sie würde ihr Leben lang drei Babies haben – und zwei Jungen, die davongelaufen waren, um Soldaten zu spielen, und die nun für immer Jungen blieben ...

Eine Welt des Kummers verbarg sich in dem Gedanken daran, wie das Leben hätte verlaufen können. Aus diesem Grund blickte Molly aus ihrem Küchenfenster über die Weide und erinnerte sich selbst daran, daß ihre Babies und ihre Jungen nur schliefen. Eines Tages würde sie aus ihrem eigenen Traum erwachen und sie von neuem in den Armen halten.

In der Zwischenzeit hatte sie für sechs lebende Kinder zu beten. Ellis war immer noch irgendwo in Frankreich und kämpfte die Schlachten, die seine Brüder nicht zu Ende gekämpft hatten. Tausendmal am Tage dachte Molly an ihren Sohn. Auch er war noch ein Knabe gewesen, als er nach Frankreich gezogen war. Sie sehnte sich danach, ihn als erwachsenen Mann heimkehren zu sehen, damit er heiraten und selbst Kinder haben könnte – vielleicht so viele Söhne, daß er seinerseits ein Baseball-Team aufstellen konnte.

Er war in der Krankenstation von Ellis Island geboren worden, kaum daß seine Eltern von Bord des Schiffes gegangen waren, das sie aus Irland hierhergebracht hatte. Ellis hatte gerade nur lange genug gewartet, bis die Gangway ausgefahren wurde und seine Familie in den Schatten der Freiheitsstatue trat.

»Schickt mir eure Ermüdeten, eure Verarmten, eure zusammengepferchten Massen, die sich sehnen, in Freiheit atmen zu können ...«

Er hatte geduldig gewartet, während sie geprüft wurden, ob sie lesen und schreiben konnten, und danach den Zoll passierten. Er hatte auch geduldig gewartet, während andere Immigranten von den hochgewachsenen, wohlgenährten Einwanderungsoffizieren zurückgeschickt wurden. In Mollys Schoß hatte er den Widerhall Dutzender verschiedener Sprachen gehört, die in der großen Halle gesprochen wurden ... und wartete.

Während der Essensausgabe, während der ärztlichen Untersuchung. Prüfende Hände betasteten seine Mutter. Sie öffnete den

Mund, damit fremde Leute ihr in den Hals schauen konnten. Sie atmete tief, damit sie die Geräusche ihrer Lungen oberhalb seines schützenden Aufenthaltsortes hören konnten. Und er wartete, wartete, bis er hörte, wie der Gummistempel mit der Einreiseerlaubnis krachend auf Mollys Papiere niederfuhr.

»Alles in Ordnung«, hatte sie seiner Kinderseele zugeflüstert, »du kannst jetzt rauskommen.«

Und so war es nur noch eine Frage weniger Stunden, daß Ellis Warne als amerikanischer Bürger geboren wurde.

Molly nannte ihn Ellis nach der Insel, auf der sie zum erstenmal den Fuß ins Gelobte Land gesetzt hatte. Der erste amerikanische Bürger in der Familie.

Der Name verhieß einen neuen Anfang, Hoffnung und Verheißung und neue Möglichkeiten. Im Unterschied zum Haufen seiner älteren Brüder und Schwestern war er der erste in der Familie, der sich die amerikanische Staatsbürgerschaft nicht erst verdienen mußte. Wenn er es erlebte, konnte er mit einundzwanzig seine Wahlstimme abgeben. Und als er achtzehn war und die ganze Welt am Rande des Krieges zitterte, erklärte er voll Stolz, daß er bereit sei, sein Blut für sein Heimatland zu vergießen, wenn Amerika den bitteren Kelch des Krieges trinken mußte.

Als die Militärparaden die Hauptstraße des Städtchens Columbus entlangmarschierten, hatte Ellis sein Klassenzimmer und das Baseballfeld der Universität verlassen und war mitmarschiert.

Er war nur gerade lange genug auf Heimaturlaub gekommen, um Rebecca zu sagen, daß sie ihre Hochzeit verschieben mußten. Er war in die frischgepflügten Felder hinausgegangen und hatte dort gestanden, um den letzten Sonnenuntergang im Gedächtnis zu behalten, den er im Bauernhaus seines Vaters sah.

Nach einer letzten Umarmung zum Abschied war Ellis seinen Brüdern nachgefolgt. Tim und Jack waren gefallen, bevor er Frankreich auch nur erreicht hatte.

In der Stille der langen Nacht, die auf seinen Abschied folgte, hatte Doc ihr zugeflüstert, er hätte die Trübsal Irlands nicht verlassen, damit seine Söhne als Bürger eines neuen Landes leiden und sterben müßten. Die Gewalttätigkeiten, die sie in Belfast erlebt hatten, waren tief in ihr Gedächtnis gegraben, und nun war ihnen die Gewalt bis hierher gefolgt, um ihre Söhne zu verschlingen.

Vom Küchenfenster aus blickte Molly zu den drei Lämmchen hinüber und den Grabsteinen ihrer Brüder in der fruchtbaren Erde. Fünf Kinder, die in ihres Vaters Haus heimgekehrt waren. Sie waren Babies geblieben. Sie waren Knaben geblieben. Sie wollte nicht daran denken, was hätte sein können.

Auf dem Scheitel des Hügels, neben dem großen weißen Fachwerkbau der Kirche, erspähte Molly die winzige Gestalt Rebecca Monigers. Ihr leuchtendrotes Haar war zum größten Teil unter einem grünen Wolltuch verborgen, das sie in den Kragen ihres langen braunen Tweedmantels gesteckt hatte. Sie trug den Kopf hoch, als witterte sie in den Wind. Ihre Schritte waren fest und sicher, als sie den Hügel hinabstieg und sich dem Haus der Warnes näherte.

Mit siebzehn Jahren war Rebecca das Spiegelbild ihrer Mutter im selben Alter – mit dem Unterschied, daß ihre haselnußbraunen Augen nicht von Furcht und Mühsal umschattet waren. Es schien, als wäre sie eben aus den grünen Hügeln von Tyrone County herabgestiegen. Molly beobachtete, wie sie näherkam, und einen kurzen Augenblick lang fühlte sie Heimweh nach der Schönheit ihres Heimatlandes.

Rebecca Moniger erschien ihr als der Inbegriff all dessen, was in Irland schön und stolz gewesen war, ohne den Jammer und das harte Leben des Landes. Molly war froh gewesen, als Ellis das Mädchen im Kirchenchor bemerkt und ihr seine Aufmerksamkeit zugewandt hatte. Sie hatte ihn beobachtet, wie er das Mädchen beobachtete, und sie hatte darum gebetet, daß er diesem Mädchen seine Liebe bewahren möge, bis sie zu einer Frau herangewachsen war. Nun war Rebecca alt genug zum Heiraten und stark genug, um Ellis' Schwächen auszugleichen. Molly liebte sie wie ihr eigenes Fleisch und Blut.

Sie setzte den Teekessel auf, bevor Rebecca den halben Weg übers Feld zurückgelegt hatte. Rebecca rief Ellis' Brüdern einen Gruß zu. Sie hießen Matthew, Mark, Luke und John. Sie hoben ihre derben Hände und nickten zum Gruß, dann fuhren sie mit ihrer Arbeit fort. Sie waren es gewöhnt, daß Rebecca auf der Farm auftauchte. Sie kam oft zu Besuch, um Molly Ellis' Briefe zu zeigen und von ihr zu hören, was er seiner Familie geschrieben hatte. An diesem Tag trug sie einen Korb am Arm. Sie schwang den Korb über die Zaunstangen und kletterte durch. Der Teekessel sang sein Willkommen.

Sie klopfte zweimal kräftig an und trat ein. Sie küßte Molly und die kleine Julie, schlüpfte aus ihren abgetragenen Handschuhen und hängte ihren Mantel an den Haken neben der Türe. Und während sie all das tat, hörte sie keine Sekunde zu reden auf. *Wer war jemals so vollgestopft mit Neuigkeiten gewesen?* fragte sich Molly, während sie den Tee servierte und sich zu ihr an den Küchentisch setzte. Rebecca war erst am Vortag zu Besuch gewesen, und dennoch mußte man meinen, jede Minute seither sei etwas Wichtiges geschehen, über das sie augenblicklich Bericht erstatten mußte! Das Mädchen war geradezu ein Wunderheilmittel für den scheuen, schweigsamen Ellis. Sie würde tausend Möglichkeiten finden, ihn aus seiner Zurückgezogenheit hervorzulocken, wenn sie erst jeden Raum des Hauses mit Lachen erfüllen würde.

Molly lächelte, während sie dem Mädchen zuhörte. Kein Zweifel, Gott der Herr selbst mußte vom Himmel herabgeblickt haben, als Ellis Rebecca zum erstenmal im Kirchenchor entdeckt hatte. Er hatte wohl mit dem Kopf genickt, als er Mollys Gebet an diesem Tage gehört hatte. Denn hier war Rebecca, die sie bereits *Mutter Warne* nannte, obwohl noch kein Hochzeitstermin festgesetzt war. *Gut so,* dachte Molly. *Sehr gut.*

Rebecca unterbrach sich lang genug, um von dem dampfend heißen Tee zu nippen, zuckte zusammen und fügte einen Tropfen Sahne hinzu. »Es muß einfach bald Friede sein! Sie sagen, Deutschland ist am Boden zerstört. Bürgerkrieg. Lieber Gott! Vielleicht werden sogar die Bolschewiken die Macht ergreifen, wie sie es in Rußland getan haben. Wenn das passiert, werden wir doch wohl nicht weiterkämpfen, was meinst du, Mutter Warne?«

»Ich halte es für möglich«, antwortete Molly feierlich, obwohl sie sich schwertat, auf die ernsten Neuigkeiten auch ernst zu reagieren, denn Rebecca hatte eine Art, über diese Dinge zu sprechen, als lese sie aus einem Abenteuerroman vor.

»Lieber Gott! Ich hoffe nicht! Meine Schwester schrieb mir,

sie hätte gehört, daß wir die Deutschen an allen Fronten zurückdrängen. Was hältst du davon? Ich weiß nicht, wie sie das alles so schnell erfährt! Nun, sie lebt ja in Philadelphia, vielleicht hat das etwas damit zu tun. Sie weiß alles einen Tag früher, als wir es hier draußen erfahren. Ich sagte ihr, sie sollte jeden Tag die Liste der Gefallenen in der Morgenzeitung lesen. Sie fängt immer bei ›W‹ an. Aber ich weiß einfach, daß es Ellis gut geht, Mutter Warne.« Sie kostete vorsichtig einen weiteren Schluck Tee. »Trotzdem habe ich ihr gesagt, sie solle nachsehen, und sie tut es.«

Rebecca hob ihren Korb auf den Tisch und öffnete ihn. Sie entnahm ihm seinen Inhalt – Socken für Ellis, ein gestrickter roter Schal und Kekse, obwohl diese Kekse es niemals schafften, wohlbehalten anzukommen. Ellis lobte Rebeccas Kekse in jedem seiner Briefe. Ganz unten im Korb lag ein Glas hausgemachter Apfelmarmelade, um ihm den Zwieback zu versüßen, den er im Schützengraben essen mußte. Zuletzt legte Rebecca ein Foto ihrer selbst auf den Tisch. Ihr Gesichtsausdruck auf diesem Bild war ernst, was gar nicht zu ihr paßte. Selbst auf dem Schwarzweißfoto schimmerte ihr Haar im Licht. Ihre Augen waren klar und tief und schön. Auf ihrem Nasenrücken zeichneten sich ein paar Sommersprossen ab. Molly sagte zu ihr, Ellis könnte sich ja die Farben vorstellen, wenn er das Foto erhielt. Er würde sich darüber freuen, das war gewiß!

»Ich hoffe immer noch, daß bis Weihnachten alles vorbei sein wird.« Rebecca blickte ihr Foto an und seufzte. »Wäre es nicht herrlich, wenn zu Weihnachten alles vorbei wäre und Ellis wieder heimkäme? Wenn er hier bei uns in der Küche säße, um mit uns Tee zu trinken!« Sie lächelte wehmütig und und blickte durchs Küchenfenster zu den vier Brüdern hinüber, die sich auf dem Akker abplagten. »Nun, an einem Tag wie heute wäre er sicher nicht hier drinnen, nicht wahr? Da wäre er draußen mit euren vier Evangelisten. Aber wir würden hier sitzen und über ihn reden, und wir könnten ihn dabei sehen.« Sie hielt inne und seufzte.

Molly tätschelte ihre Hand. »Es wird nicht mehr lange dauern, Kind. Vielleicht könnten wir ihn ja überreden, eine Tasse Tee mit uns zu trinken, bevor er zur Arbeit geht.«

Rebecca nahm den Faden des Gesprächs wieder auf, wo sie ihn hatte fallenlassen. Sie kam auf Mrs. Metcalfs Baby zu sprechen und rätselte hin und her, ob es wohl ein Junge oder ein Mädchen sein würde. Sie würden unter den ersten sein, die es erfuhren, denn Doc Warne würde das Baby zur Welt bringen, nicht wahr?

Molly blickte durchs Fenster zu den Lämmchen und den Soldaten hinaus. Während Rebecca weiterplauderte, betete sie im Stillen, daß ihr dritter Soldat auch wirklich heimkehren würde, daß Rebecca Moniger sein Leben mit all ihren Gaben erfüllen möge – und daß es bald geschehen möge.

ORCHARD STREET

Der graue Himmel über der Lower East Side von Manhattan sah nach Schnee aus. Trudy Meyer wickelte sich den Schal fester um den Hals, zog ihre lederne Schultasche über der Schulter zurecht und senkte den Kopf, um dem scharfen Wind zu entgehen, der an den Backsteinhäusern der Orchard Street vorbeipfiff.

Dutzende von Karren und Pferdewagen mischten sich mit einigen wenigen blankpolierten Autos und blockierten die Durchfahrt. Zu beiden Seiten der verstopften Straße befanden sich offene Markthallen, in denen sich Männer und Frauen die Hände und das Hinterteil an Kohlenbecken wärmten.

»Guten Morgen, Gertrude! Wie geht's deiner Großmutter? Ist sie gesund? Gibt's was Neues von deinem Cousin Max?«

An diesem Morgen war Trudy spät dran, und so lächelte und winkte und antwortete sie, während sie hastig weitereilte. Ihre Großmutter, Bubbe Fritz, war gesund. Von ihrem Cousin Max, der in Frankreich an der Front stand, hatte sie nichts gehört. Aber keine Nachrichten sind gute Nachrichten, und der Krieg würde bald zu Ende sein. Jedenfalls stand es so in der Zeitung.

In einiger Entfernung befanden sich die gewaltigen, fünfzig Gallonen fassenden hölzernen Fässer, die Mr. Herzogs zahllose Sorten saurer Heringe enthielten. Selbst an einem so kalten Morgen war der Geruch einfach umwerfend. Trudy zog sich den Schal über die Nase. Trudy lebte bereits seit vier Jahren bei ihrer Großmutter und Großvater Fritz, aber sie hatte sich noch immer nicht an den stechenden Geruch der Heringsfässer gewöhnt. So oft Münzen aus Mr. Herzogs Fischgeschäft in Bubbe und Zeyde Fritz' Gemischtwarenladen in die Kasse gelangten, konnte Trudy den Hering noch Tage nachher in der Registrierkasse riechen. Andere Leute schienen nichts weiter zu bemerken. Trudys Großvater warf ihr einen mißbilligenden Blick zu, so oft sie den Duft erwähnte. Er schüttelte traurig den grauen Kopf und murmelte, Trudy habe länger in der Wildnis gelebt, als gut für sie sei, und Gott sei Dank, Trudys Mutter und Vater seien zur Vernunft gekommen und hätten ihr erlaubt, nach New York zu reisen und die Universität Columbia zu besuchen wie Max. Anscheinend gehörte es zu dieser Erziehung, daß man den Geruch von Hering schätzen lernte. Trudy war entschlossen, lieber als Bauerntrampel verrufen zu sein, als diesen großstädtischen Geruch liebzugewinnen.

Sie sehnte sich nach frischer Luft. Da war Mr. Herzog und steckte seinen Kopf in ein Faß voll billiger saurer Heringe. Trudy beschleunigte den Schritt und wandte den Blick ab, bevor er aufblicken, sie ansprechen und ihr eine Kostprobe Hering anbieten konnte. Zehn große Schritte, und sie war in Sicherheit. Sobald sie am Süßwarenladen vorbei war, sog sie die Morgenluft tief in die ausgehungerten Lungen. Sie lächelte und winkte Finkel zu, der an der Ecke Orchard und Rivington Street vor seinem Laden stand. Er schaufelte mit beiden Händen Salzgurken aus einem Faß in Mrs. Fleischers Gurkenfaß.

Mrs. Fleischer redete und redete, halb auf Englisch, halb auf Jiddisch, über den Krieg in Europa, und wann würde Kaiser Wilhelm endlich tot umfallen, so daß jeder wieder in Ruhe und Frieden leben konnte? Mrs. Fleischer versteifte sich darauf, mit Trudy bei jeder Gelegenheit Jiddisch zu sprechen, um ihr klarzumachen, wie schrecklich es war, daß ein Mädchen wie Trudy in einem Vaterhaus aufgewachsen war, das man beim besten Willen kaum noch als jüdisches Haus bezeichnen konnte!

Trudy verstand immerhin genug Jiddisch, um zu merken, daß praktisch jedermann in der Orchard Street an diesem Morgen gut aufgelegt war. Was sollte man in Deutschland denn überhaupt noch bekämpfen? Die wackeren amerikanischen Jungs, wie Cousin Max, hatten den Kaiser nach Deutschland zurückgejagt! Trudy war stolz auf ihn. An ihrem Mantelaufschlag trug sie das rot-weiß-blaue Band, das anzeigte, daß einer ihrer Verwandten im Krieg kämpfte. Sie trug es aus Stolz, aber auch zu ihrem eigenen Schutz. Es war nichts Ungewöhnliches, daß eine Truppe Rowdies mit Stöcken und Knüppeln in der Nachbarschaft auftauchte und auf alles losprügelte, was ihnen in die Quere kam, wenn sie irgendwo Deutsch sprechen hörten. Trudy wußte natürlich, daß Jiddisch kein Deutsch ist, aber versuchen Sie das mal einem Iren mit einem Knüppel in der Hand klarzumachen! In diesen Tagen bezeichnete man Sauerkraut als Freiheitskohl, und Wiener Würstchen als Freiheitswürstchen. In ganz Amerika waren Tausende Einwanderer deutscher Abstammung verhaftet und in Lager gepfercht worden. Aus diesem Grund trug jeder an der Lower East Side, der Verwandte im Feld hatte, das farbige Band am Mantelaufschlag und stellte patriotische Plakate ins Schaufenster. Als die Monate vergingen, trugen immer mehr dieser Plakate schwarze Trauerschleifen, und statt der farbenfrohen Bänder sah man schwarze Armbinden. Die Rowdies fanden nicht viele Opfer auf der Orchard Street in diesen Tagen.

Der wirkliche Sieger dieses schrecklichen Krieges war eine Epidemie der Spanischen Grippe. Sie wütete sowohl in der Heimat wie auch in Frankreich. Auf beiden Seiten der Front starben mehr Soldaten an Grippe als an Kugeln und Granaten. Fast jeder in der Orchard Street hätte Mrs. Fleischer zugestimmt, hätte er gehört, was sie an diesem Morgen zum Gemüsemann sagte.

»Jankle Schoffer starb letzte Woche in einem Armeelager in Georgia! Es ist die Hand des ...« Sie verdrehte die Augen zum Himmel und machte eine Geste, die besagen sollte, daß Gott solche unglücklichen Soldaten wie Jankle Schoffer wie die Fliegen schlug. Mrs. Fleischer wagte den Namen Gottes nicht zu nennen, aus Angst, der Allmächtige könnte sie hören und beleidigt sein und sie ebenfalls wie eine Fliege erschlagen. »Er straft die ganze Welt für diesen scheußlichen Krieg, das laß dir gesagt sein!«

Trudy war nicht dieser Meinung. Schließlich waren in den letzten zwei Monaten zweiundzwanzig Kinder in der Nachbarschaft gestorben. Warum sollte der Allmächtige kleine Kinder für einen Krieg strafen, den erwachsene Männer angezettelt hatten? Sie sprach mit niemandem über solche Gedanken, außer mit ihrer besten Freundin, Henrietta Murphy, deren jüngster Bruder Walter vor kaum drei Wochen an der Grippe gestorben war. Es war schrecklich. Und es hatte nicht das Geringste mit den Ereignissen an der Westfront zu tun, dachte Trudy, während sie Mrs. Fleischer zunickte und sie anlächelte.

»Guten Morgen, Gertrude!« rief die Frau auf Deutsch.

»Englisch sprechen, Mrs. Fleischer!« mahnte Trudy mit süßer Stimme. »Denken Sie an den Kaiser!«

Ein Ausdruck von Groll blitzte in den Augen der dicken Frau auf. Trudy erinnerte sich an die Warnung ihrer Großmutter Bubbe Fritz. Sie mußte immer höflich mit Mrs. Fleischer sprechen, auch wenn die Frau ein Hirn wie ein Nudelsieb und eine Zunge wie eine Kreuzotter hatte. Schließlich war Mrs. Fleischer Stammkundin. Trudy beeilte sich, ihren Fehltritt gutzumachen. »Sie sehen heute so gut aus, Mrs. Fleischer!«

»Du dagegen scheinst ja essigsaure Laune zu haben!« bemerkte die Frau.

»Das kommt von Mr. Finkels Essiggemüse.« Trudy zögerte einen Augenblick lang. »Es erinnert mich daran, wenn Mama daheim Gurken einlegte.«

Das entsprach durchaus der Wahrheit. Es stimmte auch, daß der Geruch von Gewürzen und Salzlake sie ein wenig mit Heimweh erfüllte. Knoblauch und Nelken und Koriander, mit Salz und Wasser gemischt, wirkten Wunder bei den Gurken, die Mutter frisch im Feld neben dem Haus pflückte. Trudy sagte nichts davon, daß niemand so gute eingeweckte Gurken machte wie ihre Mutter daheim, obwohl man in New York an jeder Straßenecke einen Karren mit Salzgurken sah.

Trudy schloß die Augen und sog demonstrativ die Luft ein, was Mr. Finkel sichtlich erfreute. »Du hast ja ein richtig süßes Gesichtchen«, sagte er und hielt ihr eine in Papier gewickelte Salzgurke hin. »Da, nimm nur. Und wenn du deiner Mama und deinem Papa schreibst, sag ihnen einen schönen Gruß von mir, ja?«

Trudy dankte ihm und stopfte sich die riesige Salzgurke in den Mund. Sie hörte, wie Finkel das Thema wechselte; statt über Tod und Zerstörung sprach er nun über das Geheimnis, gutes Essiggemüse zu machen.

»Wenn du's richtig hinkriegen willst, macht es eine Menge Arbeit. Meine Kunden kommen extra deswegen zu mir. Man muß sie beizen. Man beizt sie so viel oder wenig, wie es einem richtig erscheint. Wie Sie, Mrs. Fleischer – Sie mögen sie gerne grün, aber da gibts Leute, die mögen sie ein bißchen älter, ein paar Wochen alt, oder vielleicht ein paar Monate alt ...«

Die Straße war voll von solchen Gesprächen: Geschäfte, der Gesundheitszustand von Kindern und Brüdern und Eltern, das Wetter, die Straße, die Grippe-Epidemie, der Krieg. Die Luft summte wie ein Bienenstock von alltäglichen Gesprächen, während die Hufe der Pferde über das Kopfsteinpflaster der Orchard Street klapperten.

Schuljungen aller Nationalitäten, aller Größen und Formen stahlen ihr Frühstück von den Karren der Händler, duckten sich und rannten davon, wobei sie hinter weiteren vollbeladenen Karren und Wagen in Deckung gingen. Es war ein niemals endender sportlicher Wettkampf unbedeutender Diebstähle, der in dieser Nachbarschaft mehr von einem Zeitvertreib als einem Verbrechen an sich hatte.

Die Kinder trugen hier alle andere Namen, als ihre Eltern auf die Geburtsurkunden gesetzt hatten. Auf dem Weg zur Universität dachte Trudy an diesem Morgen darüber nach, wie sie einander nannten. *Pfundnase. Langbein. Schnäpper. Schrumpfkopf. Flitzer.* Alle waren sie Diebe, wie es aussah. Alle außer Trudy.

Sie war eindundzwanzig Jahre alt, und das einzige, was sie je im Leben gestohlen hatte, war ein Stück Ahornzuckerlakritze im Gemischtwarenladen daheim gewesen. Sie hatte es aufgegessen und war eine Woche lang krank vor Reue gewesen. Sie war so lange krank gewesen, bis Mama den Doktor rief und Trudy schließlich ihre Sünde bekannte.

Der allgemeine Brauch, die Straßenhändler zu beklauen, war ein Teil ihrer New Yorker Erziehung, den sie aufs entschiedenste ablehnte. Sie nahm auch keine Geschenke von den zahlreichen jungen Männern an, die ihr jeden Tag ihr Diebesgut anboten. Sie trug die Nase hoch und wandte sich ab, wobei sie den Verehrer hochmütig stehenließ.

»He, Schnäpper! Trudy nimmt dir das Zeug nicht ab! Weißt du's noch nicht! Die ist so ehrlich wie George Washington! Hat noch nicht mal 'ne Lüge erzählt!«

Auf die Art war sie selbst zu ihrem Spitznamen in der Orchard Street gekommen. Die Jungs nannten sie True – die Ehrenhafte. Zuerst war es ein Spottname gewesen, aber nach einem Jahr hatten sie vergessen, woher der Name kam, und sprachen ihn gelegentlich voll Zuneigung aus.

Die Kids azeptierten ihre seltsame, bäurische Moral. Schließlich lebte man in einem freien Land, nicht wahr? Kamen nicht gerade deshalb alle Leute nach Amerika – damit sie glauben konnten, was ihnen beliebte und leben konnten, wo sie leben wollten?

Jedermann in der Orchard Street wußte, daß Trudys Großeltern aus Deutschland eingewandert waren und sich gleich hier an der Türschwelle des Goldenen Landes niedergelassen hatten, ohne sich einen Schritt weiter vorzuwagen. Aber Trudys Eltern hatte der Drang gepackt, nach Westen zu ziehen. Sie hatten sich am Rand des Indianergebietes angesiedelt und sich mitten in der Wildnis ein Heim geschaffen. Jetzt konnte man sie kaum noch als Juden bezeichnen. Sie gingen unter in der Menge der Iren und Italiener und Deutschen, all jener, die nach Westen gezogen waren und ihre frühere Identität in New York zurückgelassen hatten.

Ja, aber hier in Manhatten, da lebte die alte Heimat weiter! Tatsächlich war jeder Winkel hier in der Nachbarschaft ein kleiner Teil dieser alten Heimat. Das war es, was New York so schön machte – Italiener wohnten jenseits der Manhattan Bridge mitten unter ihren Landsleuten, die Iren hatten ihren Ort, die Polen, die Russen. Hier fand man Europa in winzigem Maßstab, aber ohne den Großen Krieg. Es stimmte, es gab da und dort Raufereien – meistens prügelten sich die Italiener mit den russischen Juden und die Iren mit jedermann, der ihnen vor die Füße lief. Aber letztendlich war jedes Kind, das hier geboren wurde, ein Amerikaner. Warum sollte man also weiter nach Westen ziehen, um das zu beweisen? Rabbis, Priester, Gangster und Essiggurkenhändler – sie alle waren Amerikaner, um nichts weniger als Leute wie Trudys Eltern, die nach Westen gezogen waren, um im kulturellen Schmelztiegel zu verschwinden.

Trudy erinnerte sich an den Abend, an dem Mama Papa gebeten hatte, sie nach New York auf die Universität gehen und bei Bubbe und Zeyde Fritz wohnen zu lassen. »Sie hat ihre Großeltern noch nicht einmal gesehen«, hatte Mama ausgerufen. »Wie soll sie hier jemals erfahren, was es bedeutet, Jüdin zu sein?«

»Warum sollten wir wünschen, daß sie es erfährt?« hatte Papa ihr entgegengehalten. »Verfolgung. Armut. All die Tradition. Wir sind ausgewandert, um all dem zu entgehen!«

Trudy war jetzt froh darüber, daß die Tränen ihrer Mutter die Oberhand behalten hatten. Sie hatte die Erlaubnis bekommen, nach New York zu ziehen, hatte ihrem Vater aber feierlich versprechen müssen, daß sie heimkehren und einen Posten als Lehrerin annehmen würde, sobald sie in Columbia abgeschlossen hatte. Und wenn sie ihr Versprechen hielt, würde ihr jüngerer Bruder die Erlaubnis erhalten, seine Ausbildung in New York zu machen. Er würde Gelegenheit bekommen, eine Zeitlang bei Bubbe und Zeyde Fritz zu wohnen, um einen kurzen Blick auf die alte Lebensart zu werfen und dann mit aller Kraft auf neuen Wegen zu gehen. Nach fast zwei Jahren war Trudy überzeugt, daß der neue Weg, den ihr Vater gewählt hatte, für sie besser war. Die Welt der Orchard Street war winzig klein.

Zu Hause hatte Vater verboten, daß sie jemals eine andere Sprache als Englisch sprachen. Trotzdem hatten die Kinder in der Schule Trudys kehligen deutschen Akzent bemerkt. Hier in der Orchard Street dagegen fand man ihren Akzent beklagenswert bäurisch, ohne die geringste Spur von *mama-loshen*, der Muttersprache. Sie war ein abschreckendes Beispiel dafür, wie schnell die alte Lebensart in Vergessenheit geraten konnte.

Unten an der Lower East Side wechselte Trudy in eine andere Nachbarschaft über. Vor einem Jahr war Trudy im Verlauf eines Suffragetten-Treffens in der Bibliothek am Ort mit Henrietta Murphy ins Gespräch gekommen. Sie wurde Henny genannt – eine plumpe, dunkeläugige Irin, die aus der Lower East Side stammte und es nicht erwarten konnte, von dort zu verschwinden. Die beiden Frauen waren rasch Freundinnen geworden. Trudy stellte fest, daß sie mit dieser Tochter eines irischen Blumenhändlers viel mehr gemeinsam hatte als mit den Mädchen, mit denen Bubbe sie bekanntmachte.

Für Trudy gehörte Henny Murphy zum Erfreulichsten, was Orchard Street zu bieten hatte. Jeden Morgen gingen sie gemeinsam zur Universität. Henny redete den ganzen Weg über – sie sprach von Gewerkschaftstreffen und der Frauenbewegung und dem Krieg und Gott und der Welt. Henny versorgte Trudy im Alleingang mit einer bemerkenswerten Bildung. Und Trudy fand in ihr die Freundin, nach der sie sich zu Hause immer gesehnt hatte.

Das Dröhnen eines Automotors unterbrach ihre Träumereien, als sie auf den Laden des Blumenhändlers zueilte.

»Ich wollte schon ohne dich gehen.« Henny Murphy wickelte ihren knallroten Schal um den Nacken und vergrub die Hände in ihrem Muff, während die beiden sich auf den langen Weg zur Columbia-Universität machten. An diesem Tag war es so kalt, daß Trudy erwog, einen Groschen auszugeben und die Straßenbahn zu nehmen, aber Henny ließ es nicht zu. Henny konnte es sich leisten – viel eher als Trudy –, aber sie war bekannt dafür, daß sie sich lieber die Schuhsohlen ablief, als Geld auszugeben. Außerdem fanden die beiden Freundinnen die beste Gelegenheit zum Gespräch, während sie die fünfundzwanzig Blocks entlang bis zum Universitätsgelände marschierten.

In geistiger Hinsicht war die Universität so weit von der Orchard Street entfernt wie Arkansas von New York City. Trudy wußte im Grunde ihres Herzens: ihr Vater Joseph Meyer hatte nur aus einem einzigen Grund zugestimmt, daß sie nach New York ging, und das war Columbia. Er verachtete den Gedanken an Orchard Street und alle die Dinge, die innerhalb der engen Grenzen jüdischer Kultur lagen. Er wollte nicht, daß seine Tochter heimkäme und Sprüche aus der Thora zum besten gäbe oder die Küche der Südstaaten durch koschere Gerichte ersetzt wissen wollte. Die Wohnung von Bubbe und Zeyde Fritz in der Orchard Street sollte Trudy nur ein kostenloses Quartier und den Trost verwandtschaftlicher Beziehungen bieten, während sie ihren Horizont auf eine Weise erweiterte, der an einer Universität der Südstaaten unmöglich gewesen wäre. Als junger Mann hatte Joseph Meyer Columbia von ferne bewundert. Die große Alma Mater von New York war nicht so aristokratisch wie Princeton und nicht so sportlich gesinnt wie Yale. Sie hatte auch nicht die geschichtsträchtige Aura und den Snobismus von Yale. Sie war, behauptete Joseph, ein mit Wissen vollgestopftes Kaffeehaus. Die erzieherische Speisekarte stand der von Oxford University in England ebenbürtig zur Seite. Die Universität war eine kleine Stadt aus Ziegeln und Marmor, die im Herzen der großen Stadt lag, zwischen den Ufern des Hudson-Flusses und der Amsterdam Avenue. Es gab dort Schulen innerhalb der Schulen, an denen Journalistik und Management und die schönen Künste und Wissenschaften unterrichtet wurden. Finanziert wurde alles aus den Stiftungen verschiedener Millionäre. Trudys Lieblingsplatz auf dem Universitätsgelände war die Bücherei, die nicht weniger prächtig als Grand Central Station war.

Die Universität stand von der Turmspitze bis zum Fundament unter der diktatorischen Herrschaft von Präsident Nicholas Murray Butler, der aus dem Ort ein Zentrum praktischer Lehre gemacht hatte. Er machte keinen Hehl daraus, daß er darauf abzielte, aus den Studenten nicht nur Männer der Wissenschaft zu machen, sondern vor allem Männer der Tat. Präsident Butler stand in hohem Ansehen in Oxford und Cambridge. Er wurde von Präsidenten und Politikern umschmeichelt und in Europa mit Ehrungen überhäuft – aber in erster Linie war er Amerikaner. Er hatte nur ein einziges, allumfassendes Ziel für Columbia vor Augen: er wollte Amerikaner bilden, unabhängig von ihrer Rasse oder Herkunft. Und so entwickelte sich Columbia zu einer riesigen Geisteswerkstatt, einer Kulturfabrik, dem einzigen Ort in ganz New York, wo ein jüdisches Mädchen aus Arkansas neben einem irischen Mädchen wie Henny Murphy sitzen und mit ihr Gedanken austauschen konnte.

Indem er seine Tochter in die kleine Welt der Orchard Street gesandt hatte, hatte Joseph Meyer ihr den Zugang zu der Größe von Columbia geöffnet. Er hatte Trudy in Fort Smith zum Abschied geküßt und mit einem Augenzwinkern zu ihr gesagt, sie müsse alles über ihre Herkunft erfahren. Aber Trudy wußte, daß er von Amerika sprach, nicht von Orchard Street.

Trotz der Kälte war Trudy an diesem Morgen schließlich froh, daß Henny darauf bestanden hatte, zu Fuß zu gehen. Sie unterhielten sich über dies und das und noch viel mehr, während sie Seite an Seite dahineilten. Aus diesen Gesprächen lernte Trudy so viel wie aus den Vorlesungen.

DIE KÄMPFER

Jedermann auf beiden Seiten wußte, daß das Ende des Krieges nahe bevorstand. Die Armee des Kaisers mußte sich immer weiter zurückziehen. Sie war geschlagen, und dennoch kämpfte sie immer noch weiter. Die Fragen, die jedem Soldaten auf den Lippen schwebten, lauteten: *Wann wird das alles ein Ende haben? Werde ich bis zum Schluß überleben? Warum müssen immer noch Menschen sterben, obwohl das Ende so nahe ist?*

Die nicht von Kugeln oder Granatsplittern getroffen wurden oder am Senfgas starben, wurden von Ruhr und Spanischer Grippe dahingerafft. Bauernburschen aus Bayern und Sachsen starben ebenso wie die Jungs aus Pennsylvania und Kansas. Jeder von ihnen rief nach seiner Mutter oder flüsterte mit dem letzten Atemzug den Namen einer geliebten Frau.

In Deutschland waren die jungen Männer rar geworden, aber Amerika konnte immer noch Zehntausende an die Front schicken. Jeder einzelne betete darum, daß er bis zum Ende überlebte. Aber die Generäle beider Seiten gaben nach wie vor den Befehl, weiterzukämpfen, und Bauernburschen kletterten über die Sandsäcke, um im Sturm über bombenzerrissene Felder zu rennen. Sie feuerten ihre Kugeln ab und stürzten gemeinsam in blutgerötete Schützengräben. Das Wort *Mutter* wurde zehntausende Male ausgehaucht. Fünfzigtausendmal. Ein Million mal und öfter. Und immer noch kämpften sie weiter.

Der Herbst des Jahres 1918 war die schlimmste Zeit des Krieges, einfach deshalb, weil die Möglichkeit des Überlebens so nahe und das Gespenst des Todes dennoch so real war. Männer auf beiden Seiten machten ihren Frieden mit Gott und töteten einander im nächsten Atemzug. Die Seelen der verfeindeten Soldaten erhoben sich Seite an Seite von den Schlachtfeldern Frankreichs, während ihre sterblichen Überreste in Wolken von Gas und Lachen von Blut zurückblieben.

Für die Überlebenden wurde die Erinnerung an das Alltagsleben immer kostbarer. Briefe aus der Heimat wurden an alle Kameraden weitergereicht. Die Erinnerungen eines einzelnen wurden zur Erinnerung aller Kameraden.

In der grauen, farblosen Welt des Schlachtfeldes schilderte Ellis das kupferfarbene Haar Rebecca Monigers. Er erzählte von seinen Brüdern, denen, die in Frankreich gefallen waren, und denen, die zu Hause geblieben waren. Zuhause ... zwei Wochen war es jetzt her, seit er zum letztenmal Post erhalten hatte. Der letzte Brief, den Becky ihm geschrieben hatte, war durchfeuchtet und abgegriffen. Ellis wünschte sich nichts mehr als einen Brief von daheim, Nachrichten über die Herbsternte oder das letzte Baseballspiel. Wie hatte es das Team ohne Ellis als Werfer geschafft?

Max Meyer konnte die Augen schließen und das geschäftige Treiben der Orchard Street bis hinunter zum letzten Detail von Geräuschen und Gerüchen beschreiben. Freunde und Feinde erschienen beim Erzählen gleichermaßen überlebensgroß. Er sprach von seiner Zeit an der Universität von Columbia, von der schönen Irene und ihrer Horde irischer Brüder. Die Kleinigkeiten des Alltagslebens waren ein Gesprächsthema, das niemals an Reiz verlor.

Birch Tucker hatte sie alle recht gut kennengelernt. Seine heimatliche Farm war ein stiller und lieblicher Gegensatz zu Max' Geschichten aus New York. Shiloh Valley. Nicht das berühmte Shiloh des Bürgerkriegs, sondern ein verstecktes kleines Dörfchen in Arkansas. Er hatte kein Mädchen daheim, das ihm Liebesbriefe schrieb, aber seine Mutter schrieb pünktlich jede Woche und füllte ihre Briefe mit Neuigkeiten aus der Nachbarschaft und dem geselligen Leben der Kirchengemeinde und der Geburt von Kälbern auf dem Acker des Nachbarn. In ihrem letzten Brief versprach sie, ihm ein Päckchen mit warmer Unterwäsche und wollenen Socken zu schicken, wie er es erbeten hatte. Sie versprach, es sofort zur Post zu bringen, zusammen mit dem Brief.

Der Brief war vor einem Monat angekommen. Aber zu seiner Enttäuschung war kein Päckchen dabeigewesen. An diesem Morgen wurden neue Truppen an die Front geschickt, um die Männer von Company C abzulösen. Birch dachte an den Aufruf, die Post abzuholen. Er träumte von trockenen Socken und vielleicht sogar einem Kuchen, von wollener Unterwäsche, die nicht von Schweiß und Schlamm durchtränkt war. Die Post war ein Stückchen Heimat. Die Farm in Shiloh würde mitten in Frankreich auftauchen. Der fröhliche, mit Neuigkeiten vollgestopfte Brief seiner Mutter würde ihn ermahnen, sauber zu bleiben und warme Kleider anzuziehen. Er würde lachen und ihre Ermahnungen seinen Freunden vorlesen, und sie würden ihm ihrerseits ihre Briefe vorlesen, bis all die Familien daheim sich hier an der Grenze des Todes versammelten.

Heute regnete es; es schien, als regnete es seit Ewigkeiten. Der graue Himmel und die durchweichte Erde verschmolzen ineinander und bildeten einen Fluß von Schlamm. Er sog die Stiefel der Lebenden in sich ein und beschleunigte das Ende der Sterbenden.

Birch kauerte sich unter einer Segeltuchplane neben Ellis und Max zusammen. Nur eine der Tauben lebte noch in ihrem Käfig. Die andere war vor zwei Nächten unter mysteriösen Umständen gestorben und hatte an der ganzen Front den falschen Alarm eines Gasangriffs ausgelöst. »Die Grippe hat sie erwischt«, hatte der Sergeant bemerkt und durch die Gläser seiner Gasmaske auf die überlebende Taube gestarrt.

Nun verbreitete sich das Gerücht von einem baldigen Waffenstillstand an der Front und rief dieselbe Aufregung hervor wie der Tod der Taube. Alle dachten an diesem Tag an ihr Zuhause. Birch schwatzte lebhaft von den Schlammlöchern an den Ufern des James Fork-Baches, in denen einmal vier Kühe auf einmal steckengeblieben waren. Zwei Mannschaften Maulesel waren nötig gewesen, um sie wieder herauszuziehen, und dieses Schlammloch war nur halb so ekelhaft gewesen wie der Schützengraben hier.

Ellis konterte mit einer Geschichte vom schlimmsten Schlammloch in ganz Ohio. Max erzählte, wie er in Schlamm gebadet wurde, als ein Taxi um die Ecke Broadway – Second Avenue bog. Es schien, als machten solche Geschichten das Leben im Schützengraben erträglicher.

Drüben auf der anderen Seite des Niemandslandes war alles still. Kein Zweifel, auch die Deutschen drüben erzählten einander Geschichten von zu Hause und von den Schlammlöchern auf ihrer

Seite des Stacheldrahts. Selbst Schlamm konnte man liebgewinnen, wenn es nur der Schlamm der Heimat war.

Die Männer von Company C waren zum Aufbruch bereit, als die Nachricht kam, daß die Ersatztruppen angekommen waren, die ihren Platz einnehmen sollten. Drei Meilen hinter der Front wartete eine warme Mahlzeit auf sie und die Post von zu Hause, die seit zwei Wochen dort lag.

Birch hob den Vogelkäfig, der seine letzte einsame Taube enthielt. »Nun, was meinst du? Sollten wir dich den neuen Truppen überlassen?«

»Der Vogel hat uns Glück gebracht«, stimmte Max zu. »Gib ihn weiter. Wahrscheinlich brauchen sie einen Glücksbringer, bevor der Krieg zu Ende ist.«

Ellis nickte zustimmend und schob dem Vogel einen Käfer als Abendessen in den Käfig. »Vermissen werde ich ihn kaum. Und den Dreck hier auch nicht.« Er kratzte sich erst den Bauch und dann den Nacken. »Und das kleine Mistzeug auch nicht, das sich hier rumtreibt.«

Das Schmatzen von Stiefeln im Schlamm wurde in der Ferne hörbar und weckte selbst die verschlafensten Soldaten im Schützengraben auf. Birch spähte über die Reihe der Geschütze hinweg und sah eine Kompanie schwarzer Soldaten herankommen.

Ein Stück entfernt hörten sie die Stimme des Kaltschnäuzigen Barrett mit ihrem typischen Südstaatenakzent. »Guckt mal, was da kommt. Entweder haben sie schon mit der Nase im Dreck gelegen, oder sie haben sich von den Baumwollfeldern verirrt.« Ein paar Pfiffe folgten seiner unfreundlichen Bemerkung. »Gib den Niggern deinen Vogel nicht, Birch«, rief jemand. »Die fressen ihn auf.«

Max grunzte mürrisch, dann murmelte er: »Möchte wissen, warum die deutschen Kugeln immer die Falschen treffen.«

Barrett und sein Freund Cheever kicherten. »Wir sollten den Judenjingel gleich mit dalassen.«

»Komm schon, Max«, beschwichtigte ihn Birch und ergriff seinen Arm. »Die Spaßvögel da sind nicht einmal eine Tracht Prügel wert.« Er drückte Max den Vogelkäfig in die Hand und erinnerte ihn mit einem kräftigen Stoß daran, daß eine Prügelei an Ort und Stelle tatsächlich bedeuten konnte, strafweise im Schützengraben bleiben zu müssen.

»Erinnerst du dich, wie er mit dem Kraut geredet hat?« bemerkte Cheever. »Richtig lieb und nett, als wären sie alte Freunde.«

Max machte ein Gesicht, als wollte er mit den Fäusten antworten. Er starrte Barrett und Cheever zornig an, die Lippen vor Wut schmal zusammengepreßt.

Ellis trat zwischen sie und hielt sein Gepäck wie einen Schild vor sich hin, falls es zu einer Prügelei kommen sollte. »Die wollen dich reinlegen, Max«, flüsterte er. »Du weißt, Barrett steht gut mit dem Sergeant. Vergiß es! Vergiß es, hörst du? Wir hauen ab hier.«

Max schloß und öffnete seine Fäuste, dann nickte er brüsk, wandte sich ab und holte sein Gepäck, während das Regiment Schwarzer sich der Barrikade aus Sandsäcken näherte. Sie sahen nach erfahrenen Soldaten aus. Kein Zweifel, sie hatten ihren Teil an Kampfhandlungen mitgemacht und würden das Kriegsende hier im Schützengraben erleben. So oder so, das Ende war nahe.

Captain Honner sprang als erster aus dem Graben. Ein riesenhafter schwarzer Soldat salutierte ihm. Er trug die Uniform eines Gemeinen, schien jedoch der Anführer zu sein.

»Soldat Jefferson Canfield«, sagte der Mann.

»Wo sind Ihre Offiziere?« Der Captain runzelte die Stirn und blickte sich um.

»Tot, Sir. Captain Smith sagt, ich bin jetzt der Anführer. Wir machten gestern nacht vierhundert deutsche Gefangene, und jetzt sollen wir zurück an die Front. Und hier sind wir, Sir.«

Der Captain warf einen unbehaglichen Blick auf die müden Gesichter der Soldaten. *Warum schickte man ihm keine frischen Rekruten?* Einen Augenblick lang fürchtete Birch, der Captain würde sich weigern, den schwarzen Truppen die Front zu übergeben. Dann jedoch zuckte der Offizier die Achseln und nickte. »Dann gehört das alles hier euch«, sagte er grimmig.

Die schlammbedeckten Männer im Schützengraben jubelten. Der Feind hielt dieses Jubelgeheul vermutlich für die Ankündigung, daß der Krieg endlich vorbei sei. Aber es war nur die Vorfreude auf die Feldpost.

Max drückte dem Anführer der Ersatztruppen den Vogelkäfig in die Hand. Er gab dem Mann eine kurze Erklärung und marschierte dann ohne ein weiteres Wort die Straße entlang davon. Sein Zorn war schon wieder verflogen, stellte Birch fest. Das war typisch für Max. Trotzdem entdeckte Birch den Ausdruck der Erleichterung auf seinem Gesicht, als Barrett und Cheever die Gruppe verließen und auf das erste Versorgungszelt zueilten. Er hatte nichts dagegen, eine zusätzliche Meile zu laufen, wenn er nur nachher in Ruhe essen konnte, dachte Birch.

* * *

Willa-Mae Canfield war die Enkelin eines ehemaligen Sklaven und einer Tscherokee-Indianerin, eine hochgewachsene, kraftvolle Frau mit funkelnden schwarzen Augen und ebenholzschwarzer Haut. Ihre Schultern waren so breit wie die eines Mannes, und sie konnte zweihundert Kilogramm Baumwolle an einem Tag ernten. Sie und ihr Ehemann, Hock Canfield, hatten insgesamt vierzehn Kinder zur Welt gebracht und aufgezogen. Vier davon waren gestorben. Drei Söhne waren erwachsen und hatten ihr Vaterhaus verlassen. Sechs Töchter waren noch zu Hause. Und ein Sohn, Jefferson, war zur Armee gegangen und kämpfte mit den Harlem Hellfighters in Frankreich.

Jeffersons voller Name war Thomas Jefferson Canfield. Willa-Mae hatte ihn Abraham Lincoln nennen wollen – wegen dieser Sache mit der Sklavenbefreiung. Der Gedanke hatte ihr gut gefallen, aber der Ku-Klux-Klan hatte davon Wind bekommen und Hock eines Nachts grausam verprügelt. Danach erschien es ihnen vernünftiger, das Baby Jefferson zu nennen. Und Präsident Thomas Jefferson hatte ja immerhin seinen eigenen Sklaven die Freiheit geschenkt. Der Klan schien Jefferson nicht so sehr zu hassen wie Lincoln. Vielleicht hatten sie auch gedacht, das Kind sei nach dem alten Jefferson Davis, dem Präsidenten der Konföderierten, genannt worden. Nun, was immer der Klan dazu sagte, Jefferson war ein amerikanischer Soldat und so gut wie nur irgendeiner. Da sie seine Mutter war, trug sie ein rot-weiß-blaues Band im Knopfloch, wenn sie sonntags zur Kirche ging. Manche Leute in der Gemeinde waren der Ansicht, sie sei schön dumm, daß sie Jefferson in der Armee der Weißen kämpfen ließ, aber da hatte sie ihnen erzählt, ihr eigener Großvater hätte in Mr. Lincolns Heer gekämpft, und daß sie ordentlich stolz darauf war.

An diesem Morgen saß Willa-Mae auf der Veranda des Blockhauses und flocht Klein Netties wolliges Haar zu neun stacheligen Zöpfchen. Nettie saß geduldig zwischen den Beinen ihrer Mama und spielte mit dem Spielzeug, das Hock am Vorabend für sie gebastelt hatte. Es war nur ein Knopf an einem Stück Zwirn, aber Nettie war fasziniert von dem rhythmischen zupp, zupp, zupp, das er machte, sooft sie den Faden straffzog.

Nettie war das letzte von den Mädchen, das gebadet, gekämmt und zum Kirchgang angezogen wurde. Sie war sieben Jahre alt – vermutlich das letzte Kind, das Willa-Mae gebar, es sei denn, der Allmächtige wirkte dasselbe Wunder an ihr wie an der alten Sarah im Heiligen Buch. Willa-Mae machte deshalb auch ein bißchen mehr Theater um Nettie, seit sie ein Baby war. Sie hatte alle ihre Kinder mit der Rute in der einen und Liebe in der anderen Hand erzogen. Aber sie hatte Nettie kaum jemals mit der Rute geschlagen. Das Kind war einfach Zucker, genau wie Jefferson, als er ein kleiner Junge gewesen war.

»Mama –«, Nettie zog an der Schnur, und der Knopf brummte. »Wie lang dauert es noch, bis Jeff wieder heimkommt?«

»Weiß ich nicht, Schätzchen. Warum fragst du?«

»Weil wir Mädels alle Arbeit machen, seit er fort ist. Papa sagt, wir müssen beim Schweineschlachten mithelfen. Ich mag nicht Schweineschlachten. Ich bin noch zu klein.«

»Dann hilfst du mir beim Wurstmachen und Einwecken.«

Das stellte Nettie zufrieden. »Aber warum ist Jeff nicht zu Hause?« fragte sie nach einer kurzen Pause von neuem. Das Kind erinnerte sich ganz deutlich daran, wie ihr großer Bruder bei der schwierigen und langwierigen Arbeit des Schweineschlachtens geholfen hatte. Jetzt waren nur Papa und Mama da und ihre Schwestern Lula, Widdie, Angel, Hattie, Rosa und die kleine Nettie, und sie mußten alle Arbeit auf der Farm tun. Sie mußten die Kuh melken, den Acker pflügen, die Baumwolle pflanzen und ernten und sich um den Mais und das Zuckerrohr kümmern. Alles war viel leichter gewesen, als Jefferson noch zu Hause gewesen war. Er und Hock hatten die schwersten Arbeiten angepackt, und nun war Hock der einzige Mann in einem Haufen Frauen. Hock war vielleicht der einzige Mann in der Familie, aber er war ein ganzes Stück kleiner als seine Frau und seine drei ältesten Töchter. Jefferson war groß. Richtig groß. Wenn er zu Hause war, warfen die Weißen den Canfields höchstens einen Seitenblick zu, wenn sie zur Kirche gingen. Seit Jefferson weg war, machten sie zuweilen häßliche Bemerkungen. Letzthin hatte Mr. Folz, der Aufseher, auf seiner Veranda gesessen und sie ganz freundlich zu sich gerufen. Er fragte sie, wie sie hießen, und als Rosa ihm ihren Namen nannte, lachte er so laut, daß er fast aus dem Sessel gefallen wäre. »Rosa!« sagte er. »Du meine Güte, du bist die häßlichste, schwärzeste Rosa, die ich jemals gesehen habe!«

Wäre Jefferson mit ihnen zur Kirche gegangen, dann hätte Mr. Folz wahrscheinlich nichts gesagt. Und er hätte auch nicht über Rosa gelacht.

»Mama?«

»Ja, mein Liebling.« Willa-Mae ließ sich Zeit mit dem letzten Zöpfchen. Es gab keinen Grund zur Eile, und sie mochte das Gefühl, das Kinderhaar in den Fingern zu halten.

»Können wir auf einem anderen Weg zur Kirche gehen?«

»Was meinst du, Schätzchen?«

»Ich möchte nicht bei Mr. Folz vorbeigehen.«

Willa-Mae lachte. »Das macht dir Sorgen, Kindchen? Was er letzte Woche über Rosa gesagt hat?«

Nettie nickte mit einer steifen, ruckartigen Bewegung. »Ich mags nicht, wenn er lacht.«

»Kümmer dich nicht um den weißen Mann.« Willa-Mae küßte Nettie auf den Scheitel. »Der kann uns ganz gleichgültig sein. Er ist nichts weiter als ein garstiger alter weißer Mann. Und er weiß nicht, was er redet. Er hat vielleicht nie ein so herrliches Rosenrot gesehen, wie ich es bei dem Sonnenaufgang bei Rosas Geburt sah. So hell, als hätte sich der Himmel geöffnet! Und die Farbe erfüllte das ganze Blockhaus. Daher habe ich deine Schwester Rosa genannt, um mich daran zu erinnern, so oft ich sie beim Namen nenne.« Sie hob die Augen zum Himmel auf. »Hab Dank, Jesus!«

Nettie lachte. Es klang, als plätscherte klares Wasser über Kiesel.

»Er weiß gar nichts«, sagte sie. »Garstiger weißer Mann.«

»Da kann er nichts dafür. Ich nenne meine Kinder, wie meine indianische Oma es tat: ich gebe ihnen Namen, die wunderschön klingen, oder mir Hoffnung machen, wie Angel.«

»Warum hast du mich Nettie genannt?«

»Weil du mein jüngstes Mädchen bist. Mein letztes, nehme ich an. Und ich wollte, daß eure Namen wie ein Lied klingen, wenn ich euch rufe.« Sie hob den Kopf, und eine Melodie erklang, als sie die Namen ihrer Kinder vor sich hinsang. »Lu-LAAA, WID-die, An-GELL, Hat-tIIEE! ROSA! NET-tiie!«

Nettie lachte von neuem. Es war ein wunderschönes Lied. Es klang wie der Gesang in der Kirche, so liebevoll.

Lula steckte den Kopf zur Türe heraus. »Was gibts, Mama? Wir sind hier drin.«

Da mußte Nettie noch mehr lachen, und Willa-Mae lachte mit ihr, bis ihr Tränen über die Wangen liefen. »Gelobt sei Gott!« Sie schlug sich mit der flachen Hand auf den prallen Schenkel und hielt sich den Bauch, der vor Lachen schmerzte.

Drinnen im Haus rief Angel: »Was will sie denn?«

»Nichts«, antwortete Lula. »Sie und Nettie glauben wohl, sie sind schon in der Kirche, und sind in Verzückung gefallen.«

Es dauerte eine Weile, bis Nettie wieder so weit zu Atem kam, daß sie fragen konnte, warum der arme Jefferson einen so feierlich ernsten Namen bekommen hatte.

Willa-Mae wischte sich mit dem Handrücken über die Augen. »Nun, Männer müssen ernsthafte Namen haben. *Thomas Jefferson Canfield.* Ist das nicht ein richtig großer, wichtiger Name? Glaubst du, Mr. Folz würde es wagen, Jeff zu sich zu rufen und ihm dumme Namen anzuhängen? Das würde er sich aber sehr überlegen!« Sie flocht das letzte Zöpfchen zu Ende. »Außerdem ist Jeff nach einem Präsidenten benannt, und wo ist er jetzt? Er kämpft, wie es ein Präsident täte. Wie es sich für einen guten Amerikaner gehört.« Sie berührte das dreifarbige Band an ihrem Sonntagskleid. »Deshalb kämpft er wohl auch so gut.«

* * *

Niemand rührte sich, niemand sprach in den Reihen der Soldaten des 369. Infanterieregiments. Das Feuer der deutschen Maschinengewehre zischte über das Niemandsland auf der Suche nach den Unerfahrenen oder den Unvorsichtigen wie Schwärme rachsüchtiger Bienen, die ihren tödlichen Stachel in die Soldaten senken wollten. Das ständig wiederholte Rattern der automatischen Waffen wurde von Zeit zu Zeit von den deutschen Geschützen unterbrochen, aber die Granaten landeten weit vor den Schützengräben, in denen sich Jefferson Canfields Kompanie in schlammfeuchtem Elend zusammenkauerte.

»Die Krauts wissen, daß wir uns zum Angriff vorbereiten, und sie wissen auch, von welcher Seite wir kommen«, klagte ein Soldat zur Linken Canfields erbittert. Trotz eines allgemeinen zustimmenden Nickens wollte niemand einen weiteren Kommentar abgeben. Es war, als könnte jedes Gespräch, so banal es auch sein mochte, den Sprecher kennzeichnen und zum Ziel tödlicher Aufmerksamkeit machen.

Ein neuer Ton mischte sich in den tiefkehligen Lärm des Schlachtfeldes, als die französischen 155er das deutsche Feuer beantworteten. Das Rumpeln der Geschütze ertönte zu sporadisch, als daß man es ein Sperrfeuer hätte nennen können, und Canfield fragte sich, ob die französischen Kanoniere sich überhaupt die Mühe machten zu zielen, oder ob sie das Feuer nur erwiderten, um Eindruck zu machen.

In den Anfangstagen der Kämpfe des 369. Regiments hatte das Hin und Her französischer Artillerie und deutscher Geschütze Canfield und den anderen laute Jubelrufe entlockt, aber diese freudige Erregung war längst erloschen. Die Soldaten des 369sten, die bis dahin überlebt hatten, wußten nur zu gut, daß der Geschützlärm auf ihrer eigenen Seite kein Grund zum Feiern war. Er bedeutete nur, daß die Attacke bald beginnen würde und der Befehl: »Lancez une attaque! Zum Angriff!« in Kürze zu hören sein würde.

Die erste schwarze Kampftruppe, die in Frankreich eintraf, das 369. Regiment, zeichnete sich im Kampfe aus, während sie

»leihweise« der französischen Vierten Armee zur Verfügung stand. Es schien, als hätten die amerikanischen Kommandanten das schwarze Regiment nur für den Dienst im Hinterland einsetzen wollen, aber den Franzosen war es darauf angekommen, ihre dezimierten Reihen aufzufüllen. Die schwarzen Soldaten hatten sich um so mehr engagiert; die Teilnahme an einem Krieg, der der ganzen Welt die Demokratie bringen sollte, kam ihnen wie gerufen, um die Vorurteile der Weißen, was den Mut und die Initiative der Schwarzen anging, zu widerlegen. Die Gelegenheit, »etwas zu beweisen«, gab es für sie nur an der Front. Man gelangte nicht zu Ruhm und Ehren, wenn man damit beschäftigt war, Kisten aus Frachtschiffen zu schleppen oder als Sanitäter Bettflaschen zu putzen.

Die französischen Offiziere, die das Kommando über das 369. Regiment hatten, waren zuerst skeptisch gewesen, aber sie hatten bald zugeben müssen, daß diese Männer, die sich gelegentlich »Die schwarzen Terrier« nannten, im Gefecht Mut und starke Nerven bewiesen. Auch der Feind hatte keine Zweifel am guten Ruf des 369sten: Der erste Angriff der schwarzen Truppen erbrachte einen Fischzug von mehr als hundert deutschen Gefangenen, die angstvoll von den »Teufelskerlen« sprachen.

Im klebrigen Schlamm, der den dreitägigen schweren Regenfällen folgte, war es freilich schwer, sich als Held zu fühlen. Das 369. Regiment trug amerikanische Uniformen, aber ihre Helme stammten aus alten französischen Beständen und sahen mit ihren schmalen Krempen und hohen Helmbuckeln den Feuerwehrhelmen aus vergangener Zeit ähnlich. Das Schlimmste daran war, daß sie den Regen nicht abhielten. Die Soldaten mußten sich entscheiden, entweder den Kopf in den Nacken zu legen und den Regen aufs Gesicht fallen zu lassen oder sich vorzubeugen und die Tropfen hinten in den Kragen rinnen zu lassen. Aber inzwischen war auch das gleichgültig geworden, sie waren ohnehin alle naß bis auf die Haut.

Vielleicht hatte der alles durchdringende Regen das Oberkommando veranlaßt, zum Angriff zu blasen. Die schlüpfrige Erde und die schlechte Sicht machten die Deutschen zwar um nichts weniger wachsam, aber der Regen dezimierte das 369. Regiment.

Wie die Sandburg, die ein Kind am Strand erbaut hat, im Regen zerfließt, so rafften Ruhr und Fieber, die im Gefolge des Regens die Schützengräben heimsuchten, die Soldaten dahin, ohne einen Unterschied zwischen Schwarzen und Weißen zu machen. Man hatte den Entschluß gefaßt, die Truppen lieber dem Geschützfeuer als den Krankheiten auszusetzen. Im letzteren Fall bestand gar keine Hoffnung, im ersteren konnte man immerhin noch etwas erreichen. Die Generäle hatten diese Äußerung mit einem typisch gallischen Achselzucken begleitet: Wer weiß?

LIEBE UND TRENNUNG

Das Hauptquartier der Armee bestand aus einem Durcheinander von Segeltuchzelten in einem Meer von Schlamm. Jenseits des Hügels sproßten weiße Kreuze zu Tausenden aus einem Friedhof, der noch vor kurzem ein Weizenfeld gewesen war.

Die Regen trommelte sanft auf das Segeltuchdach des Kantinenzeltes. Birch stellte seinen Teller mit heißem Corned Beef und zerstampften Kartoffeln auf seinen Tornister, während er Max und Ellis zu dem hölzernen Tisch führte, der dem riesigen Kohlenofen mitten im Raum am nächsten war.

In seiner Uniformbluse steckten darüber hinaus noch drei Briefe. Ellis trug zwei Päckchen und ein halbes Dutzend Briefe. Max hielt ein Päckchen von der Größe eines Schuhkartons, in braunes Papier gewickelt, das an einer Seite eingedrückt war, und fünf Briefe aufgefächert wie ein Kartenspiel, in seiner immer noch schlammverkrusteten Hand.

Jetzt standen sie vor der Entscheidung: Sollten sie zuerst essen oder zuerst lesen? Zum erstenmal seit Wochen hatten sie Gelegenheit, an einem richtigen Tisch zu sitzen, mit einem Teller voll dampfendem Essen vor sich.

»Im Waldorf Astoria kriegt man besser zu essen«, bemerkte Max fröhlich, »aber ich würde sagen, wir essen, solange es noch heiß ist.«

Ellis riß bereits den Brief von Rebecca mit dem ältesten Poststempel auf. »Du kannst das halten, wie du willst«, bemerkte er, während er tief den Duft von Parfüm einsog.

Birch zuckte die Achseln. »Meine Mama würde sicher darauf bestehen, daß ich esse, solange es noch heiß ist«, sagte er grinsend. »Komm schon, Ellis, was gibt es Neues zu Hause?« Er öffnete den Mund und genoß den Geschmack von heißem Corned Beef auf der Zunge, als wäre es die köstlichste Mahlzeit, die er jemals gegessen hatte. Max haute ebenso kräftig rein und forderte Ellis mit einer Handbewegung auf zu lesen.

Ellis errötete unter der Schmutzkruste auf seinem Gesicht. Er überflog die erste Seite, dann blickte er auf und sagte: »Nicht diese Seite, Jungs.«

Ein lautes Protestgeschrei erhob sich, und ein Chor von Stimmen verlangte von Ellis, die erste Seite laut vorzulesen. Gabeln hämmerten gegen die Blechbecher voll starken Kaffees. Mit Essen vollgestopfte Münder am ganzen Tisch schrien durcheinander. Man hatte ein Recht darauf, daß Ellis die aufregenden Stellen vorlas, so daß jeder seine Freude daran haben konnte. Und dann mußte er das parfümierte Papier am ganzen Tisch herumreichen, damit jeder daran riechen und träumen konnte.

»Äh, das ist ... zu persönlich«, sagte er und faltete den Brief zusammen.

»Nehmt ihm den Brief weg!« schrie Max, und Birch riß ihn Ellis aus der Hand.

Das Corned Beef war vergessen. Ein Dutzend Hände packte Ellis und hielt ihn auf seinem Sitz fest, während Max auf den Tisch kletterte, um der wartenden Horde die Worte Rebecca Monigers vorzulesen.

»Es ist ein Gedicht, meine Herren.« Max verbeugte sich, als sollte er Shakespeare deklamieren.

»Ich warne dich, Max!« drohte Ellis. Es war vielleicht das erstemal, daß man ihn wirklich zornig sah. »Du wirst dafür bezahlen, das sage ich dir!«

Die Männer buhten ihn aus. Es war offenkundig, daß jeder im Raum das Liebesgedicht hören wollte. Schließlich hatte seit Monaten das Gerücht in der Kompanie die Runde gemacht, Ellis Warne sei unfähig, wirklich zornig zu werden. Zum allgemeinen Entzücken war sein üblicherweise friedliches und freundliches Gesicht knallrot vor Entrüstung.

Max räusperte sich, hob bedeutungsvoll die Augenbrauen und begann inmitten der Pfiffe und Buhrufe zu lesen:

»Nicht ganz ein Jahr ist es nun her,
da machte man uns das Leben schwer.

Du warst mein Liebstes auf der Welt –«

Der Lärm schwoll an. Ellis versuchte aufzustehen und wurde auf seinen Stuhl zurückgezerrt. Niemand dachte mehr an das Corned Beef.

»- doch schickte man dich fort ins Feld.
Nun aber nun ist es bald soweit,
vorbei ist all die schlimme Zeit.
Jetzt denk ich Tag und Nacht daran,
daß bald du heimkommst – als mein Mann.
Zusammen leben wir voll Glück,
kehrst du schon bald zu mir zurück –«

Ellis sprang mit einem Wutschrei auf und riß sich aus den Griffen der Männer los, die ihn festhielten. Er sprang auf den Tisch und fiel über Max her. Beide Männer landeten krachend in den Tellern mit Corned Beef und Sauce. Stampfkartoffeln flogen in die Luft wie die Fontänen von Schlamm und Erde aus einem Granattrichter. Die Freudenschreie der Kompanie C erfüllten das Zelt, als Ellis mit beiden Fäusten auf Max Meyers hübsches Gesicht einschlug, der den Brief mit zierlicher Geste in die Höhe hielt und vor Lachen brüllte, während sein Freund ihn mit Fausthieben traktierte.

Birch gelang es mühelos, Max den Brief aus den Fingern zu ziehen. Er überflog hastig die Zeilen. Eine jähe Welle der Scham überflutete ihn bei dem Gedanken, daß der sanfte Ellis bereit war, für das Gedicht zu kämpfen. Es war zu innig, um es mit anderen zu teilen. Er faltete den Brief und steckte ihn in die Brusttasche, während Max, dem die Lachtränen über die Wangen liefen, schrie: »Holt ihn weg – holt ihn weg von mir – aaah!«

Ellis hing das dunkle Haar über die Stirn. Er keuchte wie ein Preisringer und konnte es kaum erwarten, sich von neuem auf Max zu stürzen. Sein Gesicht klebte von Stampfkartoffeln, seine Kleider von Corned Beef und Sauce, die sich mit dem trocknenden Schlamm mischte. Zwei Männer hielten ihn an den Armen fest, während er sich loszureißen versuchte, um Max neuerlich zu verprügeln.

Max rann das Blut aus der Nase. Er blutete, aber die Lachtränen liefen ihm über die Wangen. Er blieb mitten in den Tellern auf dem Rücken liegen wie eine auf den Rücken gefallene Schildkröte.

Ein schriller Pfiff ertönte vom Zelteingang her. Militärpolizisten stürzten ins Versorgungszelt, und alle traten zurück und putzten die beiden Kämpfer ab. Das hatte man nun vom warmen Essen!

Ein stämmiger Militärpolizist umkreiste Max, der neben Ellis stand und sich beherrschen mußte, um nicht von neuem vor Lachen loszubrüllen. Ellis sah zutiefst beschämt aus. Er schluckte krampfhaft und suchte in dem Chaos nach seinem Brief. Birch fing seinen Blick auf, zwinkerte ihm zu und klopfte auf seine Brusttasche. Der Brief war in Sicherheit. Der Spaß war vorbei.

»Habt ihr Klotzköpfe noch nicht genug vom Kämpfen?« fragte der Militärpolizist.

»Keine Rede von Kämpfen, Sir«, sagte Max. »Bloß die Nervenanspannung abreagiert.«

Der MP blickte Ellis an, der sich mit den Fingern durch sein von Stampfkartoffeln verkleistertes Haar fuhr. »Stimmt das, Soldat? Alles war nur Spaß?«

Ellis nickte widerwillig. »Ja, bloß Spaß, Sir! Nichts passiert.«

»Na, dann! Schade um das gute Corned Beef.« Er wies mit dem Schlagstock auf das Chaos rundum. »Ihr Klotzköpfe habt ein Dutzend Teller mit Stampfkartoffeln zertrümmert, vom Corned Beef ganz zu schweigen.«

Als das Dutzend Männer, die ihr Abendessen wegen der Dichterlesung verschoben hatten, das hörten, schnappten sie in aller Eile ihre Blechteller und rannten, um noch einen Happen Essen zu ergattern.

Max zuckte die Achseln. »Wir waren ziemlich lange draußen an der Front.« Er stellte sich bereits vor, wie er zur Strafe Berge von Kartoffeln schälte.

Der Offizier schlug ihn sanft mit dem Stock auf den Arm. »Hebt euch eure Energie lieber für die Krauts auf, verstanden? Wir haben hier Besseres zu tun.« Er drohte ihnen an, sie ins Loch zu stecken, wenn sie noch einmal das gute Essen der Armee verwüsteten. Dann verschwand er.

Birch schob Ellis verstohlen die erste Seite des Briefes in die Hand, als sie sich zum zweiten Mal um Essen anstellten. Dieser Ellis war doch ein empfindsamer Junge – vor allem, wenn es um die Liebe ging! Max hatte die ganze Geschichte schon wieder vergessen, als er sich zum Essen niedersetzte, aber Ellis machte immer noch ein Gesicht wie ein Schuljunge, den man bei einer Schlägerei erwischt hat.

Birch beugte sich vor. »Das mußte ja mal so kommen«, bemerkte er und sah Ellis an, der offensichtlich mehr unter seinem Wutausbruch litt als Max unter seiner blutiggeschlagenen Nase.

»Nun«, sagte Ellis mit leiser, ernster Stimme, »weißt du, Birch, ich wurde dazu erzogen, mich nicht zu prügeln.«

»Niemals?« Ein erstaunliches Bekenntnis, wenn man den Krieg in Betracht zog.

»Grundsätzlich, ja.« Er zog die Stirne kraus. »Aber ich nehme an, Becky ist es wert.« Ein träumerisches Lächeln breitete sich über sein Gesicht, als könnte er sie vor sich sehen, dort drüben im einzigen leeren Winkel des Zeltes. Und ohne ein weiteres Wort trug er seinen Teller, seinen Tornister und seine Briefe in diesen leeren Winkel hinüber, in dem er mit dem Bild Becky Monigers allein sein konnte.

In schweigendem Einverständnis aßen Max und Birch ihre Teller leer und hoben sich die Post zum Nachtisch auf.

Max' zerquetschtes Päckchen enthielt die Überreste eines Kuchens, den Irene ihm gebacken hatte. »Er muß ja mal ganz toll gewesen sein«, sagte Max, während er eine Handvoll steinharter Bröckchen aufsammelte und sie in den Mund stopfte. »Irischer Zwieback«, grinste er. »Hoffentlich beiße ich mir keinen Zahn aus.« Er wandte sich Birch zu. »Sei froh, daß du kein Mädchen hast, Birch, mein Junge. Es genügt, wenn man eine Mutter zu Hause zurücklassen muß. Ich muß dieses steinharte Zeug runterwürgen und dann an Irene schreiben und ihr mitteilen, es hätte köstlich geschmeckt.« Noch einen Mund voll. Noch eine Grimasse, während er Birch nötigte, sein Päckchen zu öffnen. Kein Zweifel, es kam von seiner Mutter. Es war sorgsam in eine unzerbrechliche Hülle gewickelt. Eine Mutter dachte an dergleichen Dinge, eine Freundin dagegen hatte noch nicht genug Erfahrung, um sich vorzustellen, wie tonnenschwere Postmassen einen einzigen kleinen Kuchen in einer Schuhschachtel begruben. »Möchtest du ...?« Er bot Birch einige der Kuchenbrösel an. Birch schüttelte den Kopf. »Lieber nicht.«

Birch zögerte, sein Päckchen zu öffnen. Ihm war zumute, als sei Weihnachten. Oder vielleicht Geburtstag. Sobald er es einmal geöffnet hatte, würde die Vorfreude auf das Öffnen vorbei sein. Und so blickte er den Knoten in der Schnur an und stellte sich vor, wie seine Mutter das Päckchen auf dem Küchentisch zugebunden hatte. Sie hatte sicher seinen kleinen Bruder Bobby gerufen, damit er den Finger fest auf die Schnur hielt, während sie den Knoten knüpfte. Er grinste etwas dümmlich bei der Vorstellung. Das machte Max nervös.

»Was ist los? Mach's schon auf, worauf wartest du? Deine Mama packt immer so leckeres Zeug ein –« Er streckte die Hand aus, um die Schnur zu lösen, und Birch schlug ihn auf die Finger.

»Das gehört mir«, fuhr er ihn an. Dann schnitt er die Schnur Stück für Stück mit seinem Taschenmesser durch. Er entfernte sorgfältig das Papier und faltete es zusammen, als müßte er es für eine besondere Gelegenheit aufheben. In Wahrheit schickte seine Mutter ihm immer extra Packpapier mit, damit er es als Klosettpapier benützen konnte. Wie Max gesagt hatte, war sie eine vorsorgliche Frau. Praktisch und vorsorglich.

In der Schachtel war saubere Unterwäsche, wie sie versprochen hatte. Sie war so hübsch zusammengefaltet, wie sie sie daheim in die Schublade legte. Socken waren zusammengerollt in die Ekken gestopft worden. In einem Paar Socken steckte ein Glas Johannisbeermarmelade, im anderen Pflaumenmarmelade. Im dritten Paar Socken befand sich ein Glas Dattelpflaumenpudding, im vierten ein Säckchen mit Kandiszucker. Unter drei Paar langer wollener Unterhosen entdeckte Birch eine kleinere Schachtel, die in mehrere Seiten der Lokalzeitung von Hartford eingewickelt war. Meldungen über die Geburt von Kindern und die Namen von Läden und Menschen sprangen ihm entgegen. Er öffnete diese letzte Schachtel nicht, sondern setzte sich hin und las die neuesten Neuigkeiten, die es vor sieben Wochen in Hartford zu vermelden gegeben hatte.

»Was ist in der Schachtel?« fragte Max, an einem Mundvoll Kuchen kauend. »Borgst du mir ein paar Socken, Birch, alter Kumpel?«

Birch blickte auf und sah, wie Ellis in seinem Winkel dasselbe Ritual des Brieflesens vollzog. Eine stille Reise nach Hause. Neuigkeiten, die man in der Küchentüre austauschte. Marmelade, die auf dem riesigen Wherle-Kochherd brodelte, den er vor dem Krieg für Mama gekauft hatte. Und Mama verwendete diesen Herd noch immer, um Leckerbissen für Birch zu kochen, die sie ihm nach Frankreich schickte.

»Was ist da drinnen?« Max deutete an Marmeladen und Socken vorbei auf die letzte noch ungeöffnete Schachtel.

Birch schloß die Augen und versuchte sich vorzustellen, was es wohl sein mochte. Er dachte an die Ernte, die kürzlich eingebracht worden war. Weizen in der Scheune und große Ballen Baumwolle. Die Felder waren abgeerntet, und Mama konnte vom Küchenfenster aus die Birken sehen und hinter ihnen die Dattelpflaumen, die langsam reif wurden.

»Ich wette, es sind Dattelpflaumenkekse«, sagte er und spürte, wie ihm der Mund wäßrig wurde.

»Was ist das denn?«

»Ha!« Birch klappte den Deckel auf. Er hatte recht gehabt! Dattelpflaumen und Walnüsse. Kekse, die fast noch frisch waren. Das ganze Haus hatte wunderbar nach ihnen gerochen, als sie gebacken wurden. Er hob die Schachtel unter die Nase und atmete tief ein.

»Teilst du mit mir, Birch? Wie kommt es eigentlich, daß der Weg nach New York City um tausend Meilen kürzer ist als der Weg nach Arkansas, und trotzdem kriege ich nur –« Er streckte hoffnungsvoll die Hand aus.

Birch reichte ihm ein Plätzchen. Es war noch weich in der Mitte. »Hast du sowas schon mal gegessen?«

»Ich hab von Dattelpflaumen noch nicht einmal gehört«, log Max. Er biß ein Stückchen ab und genoß den Geschmack. »Aber sie wachsen bei euch hinterm Haus, sagst du?«

»Wie im Paradies.« Birch biß von seinem Plätzchen ab. Er kaute nicht. Wenn man kaute, verschwanden die Dinge zu rasch. Max schlang seinen zerbröselten Kuchen in großen Bissen hinunter, weil es ihm egal war, wenn er bald aufgegessen war. Aber Mama Tuckers Kekse ... die verdienten Aufmerksamkeit. Die mußte man in Ruhe und mit Bedachtsamkeit genießen. Ein Bissen genügte fürs erste. Birch rechnete sich aus, wenn er nur einen einzigen Keks pro Tag äße, Häppchen für Häppchen, dann reichte sein Vorrat an Plätzchen sicherlich bis zum Ende des Krieges.

Und nun zu den Briefen. Birch legte sie einen nach dem anderen auf den Stapel Unterwäsche. Da war ein weiterer Brief von Mama. Und zwei ohne Absender, in einer Handschrift, die er nicht kannte. Manchmal schrieben ihm Leute aus der Kirchengemeinde. Die Poststempel waren alle aus Shiloh und lagen nur wenige Tage auseinander. Er beschloß, den Brief von Mama bis zuletzt aufzuheben.

Max überflog bereits seine Briefe. Liebesbriefe von Irene. Möglicherweise Liebesbriefe von ein oder zwei weiteren weiblichen Wesen. Drei waren von Trudy. Schöne, dunkeläugige Trudy. Birch bewunderte sie ebenso sehr, wie Max die Dattelpflaumenplätzchen bewundert hatte.

Birch schlitzte den ersten Briefumschlag auf, den jüngsten Brief, der in einer weiblichen Handschrift geschrieben war. »Er ist von Maybelle, der Frau meines Cousins«, murmelte er enttäuscht. Über Maybelle gab es viel Gerede in Shiloh. Ihre Neuigkeiten waren nur selten erfreulich, selbst wenn sie der Wahrheit entsprachen.

»Komm schon«, drängte Max. »Hat sie dir nicht seinerzeit geschrieben – es ging um dieses Mädchen in ... was weiß ich, jedenfalls wurde sie schwanger und –«

»Ja.«

»Schreibt sie, was weiter passiert ist? Es hört sich an, wie der Fortsetzungsroman in der Sonntagszeitung.« Er aß sein Plätzchen fertig und streckte die Hand nach einem weiteren aus. Birch schlug den Deckel der Schachtel zu.

»Schon recht«, seufzte Max.

Birch begann zu lesen:

Hier ist soviel passiert, seit ich Dir zuletzt geschrieben habe, Birch. Wir hören, daß ihr die Hunnen zum Teufel jagt. Unsere Männer hier machen dasselbe. J.D. und Dein Papa gehörten zu den Leuten, die den deutschen Siedlern hier einen Besuch machten. Ich bin sicher, Deine Mama hat Dir davon geschrieben, bevor sie krank wurde und Klein Bobby krank wurde. Es ist scheußlich mit dieser Grippe. Papa sagt, die Ausländer seien schuld an dem, was er eine Pest nennt. Er gibt den Ausländern die Schuld daran, was mit Deiner Ma und Bobby passiert ist –

Birch fühlte, wie ihm alle Farbe aus dem Gesicht wich. Was war ihm entgangen? Er starrte die Briefe an, die Poststempel. Welche Neuigkeiten standen in diesen Briefen, die Maybelle in ihrem glattzündigen Geschwätz erwähnte?

»Birch?« fragte Max ernst. Er spürte, daß der Brief, den Birch in Händen hielt, etwas Bedrohliches ausstrahlte. «Birch! Soll ich ihn dir vorlesen?«

Birch schüttelte den Kopf und hob das Papier von neuem ans Licht der Laternen:

Wir waren alle völlig schockiert, als Bobby krank wurde. Dein Papa sagte, er hat es von den deutschen Kindern in der Schule bekommen, als er mit ihnen spielte. Und als Bobby dann starb, da war Deiner Ma einfach alles egal. Sie hat sich angesteckt, als sie Deinen Bruder pflegte. Ich konnte es einfach nicht glauben, als sie kamen und es uns erzählten ... und dann läuteten sie auch für sie die Totenglocke. Das Begräbnis war richtig hübsch ... ein wolkenloser Tag und wir waren alle –

Der Brief flatterte Birch aus den Fingern. Es schien, als würde es bei der Nachricht im ganzen Versorgungszelt still. Er hörte nirgends mehr Stimmen. Wie war das möglich? Da waren die langen Unterhosen, die sie selbst gewaschen und eigenhändig zusammengelegt hatte. Die Marmeladen und den Pudding und die Kekse hatte sie selbst gemacht, und alle ihre Gedanken und Gebete hatten ihrem Sohn gegolten. Wie hatte das geschehen können? Mam war tot? Aber sie war hier, sie bewies ihm ihre Liebe auf die Weise, die er am besten verstand. Er hatte sie eben noch vor dem Kochherd stehen sehen, hatte sich eben noch vorgestellt, wie Bobby mit einem Finger die Schnur hinunterdrückte. Das war nicht möglich. Es konnte nicht sein!

Er riß den Brief auf, der kurz vor Maybelles Brief abgesandt worden war. Oh, Gott! Er war von Dr. Brown ...

Der Brief, den Birchs Mutter ihm geschrieben hatte, blieb ungelesen. Ungeöffnet. Er brachte es nicht übers Herz, den Umschlag aufzureißen und ihre letzten Worte an ihn zu lesen. Nicht heute nacht. Wenn er den Brief versiegelt ließ, sagte er sich selbst, dann konnte er ihn immer noch eines Tages öffnen, wenn er es dringend nötig hatte, ihre Stimme zu hören. Vielleicht würde morgen dieser Tag sein. Vielleicht würde er erst in zehn Jahren kommen. Aber er würde den Brief aufheben, bis irgendwann ein Augenblick kam, an dem er sich keinen Schritt weiterwagte. Dann würde sie zu ihm sprechen.

Er trug ein frisches Paar Unterhosen. Warme Socken. Er sank erschöpft auf die Pritsche in dem riesigen Zelt, in dem noch tausend weitere Männer ihr Nachtquartier aufgeschlagen hatten. Dies hier war einst ein Zirkuszelt gewesen, das vor einigen Monaten beschlagnahmt worden war. Die Kuppel erhob sich zu einem blau-weiß gestreiften First. Einst waren hier die Seiltänzer über das Drahtseil gegangen, und die Trapezkünstler hatten sich in kühnen Saltos in die leere Luft geschleudert. Und nun war das Zelt bis zum letzten Platz voll mit tapferen Männern anderer Art. Alle standen sie auf der Bühne – kein einziger Zuschauer war in der Menge. Jeder von ihnen hatte heute nacht seinen eigenen Schmerz zu tragen. Birch wußte das, und er schwieg über seinen Jammer. Auch andere Männer hier hatten schlimme Nachrichten von zu Hause erhalten. Das Zirkuszelt war ein weiter und einsamer Ort. Tausend Männer, und jeder von ihnen war in Gedanken an einem fernen Ort namens Heimat.

Max beugte sich von seiner Pritsche herüber. »Alles in Ordnung?« fragte er.

Ellis stützte sich auf den Ellbogen. Er sagte kein Wort, aber seine Augen fragten Birch: *In Ordnung?*

Birch war keineswegs in Ordnung, aber wer war das schon? Er nickte und wälzte sich auf die andere Seite, so daß er seinen besorgten Freunden den Rücken zukehrte. Er schloß die Augen und versuchte sich jubelnde Kinderscharen unter dem Zeltdach vorzustellen, er versuchte an Löwenbändiger und Clowns zu denken. Es hatte keinen Zweck. Er konnte an nichts anderes denken als an die weiten grünen Felder von Shiloh und daran, wie er mit Bobby im James-Fork-Bach Schwimmen gegangen war. Er dachte an seine

Mutter, die das Abendessen kochte und den Boden mit einem Schrubber aus Maisstroh und Laugenseife putzte. Seltsamerweise dachte er in dieser Nacht nicht viel an seinen Vater – Pa, der jetzt ganz allein auf der Farm war, nachdem Birchs Schwestern beide geheiratet hatten. Mama war wie eine lebendige Eiche gewesen, tiefverwurzelt in ihrer Liebe zu Gott und ihrer Sehnsucht, ihre Söhne dazu zu erziehen, daß sie Gott und ihren Mitmenschen dienten. Auch Papa war aus Eichenholz geschnitzt – hart und jähzornig. Aber er war keine lebende Eiche. Er war wie ein Zaunpfahl, eine Grenze, die tief in die Erde hinabreichte, um Dinge einzuzäunen und andere Dinge auszuschließen; ein Strang straffgespannten Stacheldrahts umzäunte sein Herz und besagte: *Keinen Schritt weiter ...* Birch konnte sich nicht vorstellen, daß sein Vater trauerte. Oder liebte. Das Haus würde einfach leer sein, nachdem Mama nicht mehr am Leben war. Die Liebe war mit ihr verschwunden.

Dieser Gedanke war es schließlich, der ihm heiße Tränen in die Augenwinkel trieb. Er zog sich die rauhe Wolldecke über den Kopf und tat, als schlafe er. Das Haus war jetzt leer, und Birch erlaubte sich, darum zu trauern. Zum erstenmal wußte er, wieviel Kraft er aus dem Glauben seiner Mutter bezogen hatte, und in dieser Nacht zweifelte er daran, daß er selbst Glauben hatte. *Hilf mir beten, Mama,* schrie sein Herz nach ihr, wie er sie als Kind gerufen hatte, wenn er abends zu Bett ging. *Was soll ich sagen? Hilf mir!*

Das riesige Zeltdach hallte von Stimmen wider, von den Geräuschen einsamer Männer. Birch war nur einer von ihnen, und er fühlte sich in dieser Nacht sehr klein und unbedeutend.

* * *

Im Haus der Canfields erkrankten drei Töchter gleichzeitig an der Spanischen Grippe. Die erste, die in der Nacht weinend nach ihrer Mama rief, war die kleine Nettie, dann Widdie und als letzte die große Hattie.

Willa-Mae zündete die Laterne an und winkte Lula, Rosa und Angel, in ihr Bett zu kriechen, während Hock seine Decke nahm und in die Scheune hinüberging, um dort zu schlafen.

»Das ist sicher die Grippe, von der die ganze Stadt redet«, erklärte Willa-Mae Hock. »Mrs. Parkers Kind und Mrs. Feribys Kinder sind dran gestorben, und Mrs. Trevor, die Lehrerin, auch ...«

»Hmm – das sind reiche Leute ... und Weiße.« Hock kratzte sich den Kopf. Er blickte seine drei Töchter an, die unter dem Berg warmer Decken vor Schüttelfrost zitterten und stöhnten. »Diesmal können sie wenigstens nicht behaupten, wir armen Nigger hätten die Seuche eingeschleppt.« Hock runzelte die Stirn. »Diesmal können sie nicht uns Kleinpächtern die Schuld geben und uns von ihrem Land jagen. Die Weißen haben es als erste gekriegt. Wie kommt's, daß die Krankheit unsere Kinder erwischt hat? Sie waren gar nicht in der Nähe von Mrs. Parkers Kind, oder Mrs. Feribys Kindern.«

»Jetzt geh schon, Hock!« Willa-Mae schob ihn zur Türe hinaus. »Dieser Teufel ist weder schwarz noch weiß. Der kommt *geradewegs* aus der Hölle, wenn du mich fragst, und verschlingt die Kinder, wo er sie findet.« Sie schloß die Augen und betete inbrünstig. Ihr Mutterherz schrie auf: »Oh, ALLMÄCHTIGER Jesus! Komm und mach meine Kinder gesund ...«

Hock blickte seine Töchter an. »Amen!« fiel er ein. »In Jesu Namen!« Er schauderte und ging zur Scheune hinüber. Jetzt würden sie eine ganze Weile lang kein Schwein schlachten, dachte er. Die Seuche hatte sie ereilt. Willa-Mae konnte hören, wie er betete, während er durch die Dunkelheit vor Tagesanbruch trabte. Sie wußte, er würde beten, während er sich zum Schlafen im Heu niederlegte. Er würde beten, während er die Kuh molk und sein Tagewerk tat. Es war ein Trost, das zu wissen.

»Für dich macht das keinen Unterschied, Herr, daß wir arm und schwarz sind«, sagte Willa-Mae, während sie die fieberheißen Körper ihrer Mädchen im trüben Laternenlicht mit dem Schwamm abwusch. »Du bist hier bei meinen Babies! Du liebst sie von Herzen.« Dann flüsterte sie die Namen leise vor sich hin, und die Melodie schwang in ihrer Stimme, als sie sich bemühte, sie in den Schlaf zu singen. »Widdie«, sang sie, »Große Hattie ... Kleine Nettie ... süße Babies, Zuckerschätzchen ...« Aus dem anderen Bett sahen Lula, Angel und Rosa mit großen dunklen Augen zu ihrer

Mutter herüber, als wollten sie sehen, ob das unsichtbare Ding, das ihre Schwestern stöhnen und zittern machte, durchs Zimmer springen und sie ebenfalls ergreifen würde.

Willa-Mae wandte sich an Lula, die älteste. »Du betest jetzt für deinen Bruder Jeff in Frankreich. Der Heilige Geist kann ihn so deutlich sehen, als wäre er hier im Haus bei uns. Und etwas in meinem Herzen sagt mir, daß Jeff unsere Gebete so dringend braucht wie wir alle. Vergiß das Haus hier. Bete nur für Jefferson, und möge die Kraft des Namens Jesu uns alle erretten!«

DIE SEUCHE

An diesem Morgen war Trudy schon früh dran, um Henny Murphy abzuholen.

Das Geschrei und Gedränge auf der Straße war hier im Irenviertel kaum weniger intensiv als im Judenviertel. Die Leute, die hier in den Miethäusern wohnten, waren ebenso bitter arm. Kinder arbeiteten Seite an Seite mit ihren Eltern. Die Stimmen, die Trudy zuriefen, hatten den weichklingenden »brogue«, den irischen Akzent. Henny hatte ihr gesagt, die Leute hielten sie für eine der Ihren, weil sie so oft in der Gegend auftauchte.

»Schön' guten Morgen, Trudy!« rief Mrs. O'Halloran von ihrem Obststand gegenüber dem Blumengeschäft herüber.

Trudy hob die Hand und schluckte den Drang hinunter, mit einem munteren »Baruch Haschem!« zu erwidern. Da hätten die Leute geguckt! »Guten Morgen! Sieht nach Regen aus.«

»Heute ist das Blumengeschäft geschlossen.« Mrs. O'Halloran deutete mit dem Daumen auf den Laden.

Trudy krauste besorgt die Stirn. Geschlossen? Murphys Blumengeschäft war immer geöffnet, von sieben Uhr morgens bis acht Uhr abends. Sie hatten erst ein einziges Mal tagsüber geschlossen gehabt, das war vor drei Wochen gewesen, als Hennys kleiner Bruder Walter an der Spanischen Grippe gestorben war. Die Familie hatten die Kränze und Blumen für das Begräbnis zusammengestellt und dann die Fensterläden geschlossen und drei Tage lang die Türe versperrt.

Jetzt waren die grünen Fensterläden wieder geschlossen. Trudy blieb mitten im Schritt stehen und starrte das Fenster über dem Laden an, das zu Hennys Zimmer gehörte. Auch hier war der Laden geschlossen. Ein großes, in fetten schwarzen Buchstaben geschriebenes Schild im Schaufenster besagte GESCHLOSSEN. Die schwarze Trauerschleife für den kleinen Walter befand sich immer noch an ihrem Ort.

Trudy ging langsam zum Laden hinüber und blieb davor stehen. Sie liebte es, die Blumen zu riechen. Die Farben erinnerten sie an den Garten daheim – an weite Wiesen, an ein geruhsameres Leben. Sie hob die Hand, als wollte sie klopfen. Da wurde der Vorhang beiseitegezogen, und das müde Gesicht Mrs. Murphys erschien hinter dem Fensterglas. Unter ihren Augen zeichneten sich dunkle Schatten ab. Strähnen brauner Haare hingen lose aus dem Haarknoten am Hinterkopf. Sie machte keine Anstalten, die Türe zu öffnen. Ihr Atem beschlug das Fenster, als sie durch die Scheibe sprach.

»Henny ist krank, Trudy.«

»Krank?« Das bedeutete Grippe. Trudy blinzelte ungläubig. Konnte die Krankheit so schnell ausbrechen? Gestern noch war Henny ganz gesund gewesen! Sie waren gemeinsam zum Süßwarenstand gegangen, hatten sich jede ein Glas Eiercreme geholt und über Cousin Max und das Ende des Krieges gesprochen, während sie daran nippten.

»Ich lasse dich nicht herein.« Hennys Mutter schien den Tränen nahe. »Es wäre nicht gut für dich, wenn du reinkommst.«

»Ich hole Hennys Kursunterlagen«, platzte Trudy heraus, verzweifelt bemüht, es ihnen beiden leichter zu machen. »Ich bringe sie vorbei.«

Mrs. Murphy senkte den Blick, und die Furcht, die sie empfand, berührte in diesem kurzen gedankenvollen Augenblick auch Trudy. Vielleicht brauchte Henny ihre Kursunterlagen nicht. Vielleicht würde sie sie nie mehr brauchen. »Das ist lieb von dir, Trudy.«

»Sagen Sie ihr von mir –«

Hennys Mutter nickte nur kurz. »Ich werde es ihr sagen.« Der grüne Vorhang fiel zurück und verbarg die hellen Farben der Blumen. Trudy blieb allein und verängstigt zurück. Sie wollte an diesem Morgen nicht zu Fuß zur Universität gehen. Sie tastete in der Manteltasche nach dem Fahrgeld für die Straßenbahn. Ohne Henny war der Weg zur Columbia-Universität zu lang. Und zu einsam.

***

Die Bibliothek der Columbia-Universität hatte etwas Heiliges an sich. Kilometerlange Bücherregale erhoben sich vom marmornen Boden bis ins trübe Dämmerlicht der Kuppel. An langen Reihen tintenbeschmierter Tische saßen die Studenten und ergötzten sich an Bergen von Büchern. Fünf Millionen Bücher, um genau zu sein, wurden hier gehortet.

Trudy fühlte sich hier mehr zu Hause als an irgendeinem anderen Ort in New York. Obwohl sie mit einem halben Dutzend fremder Menschen an einem Tisch saß, kam sie hierher, um die Einsamkeit und die widerhallende Stille zu genießen. Das gedämpfte Flüstern hörte sich wie Gebete an. Hier konnte sie für eine Weile den Schmutz der Orchard Street vergessen. Sie konnte sich das Getümmel der Händler als Dickens'sche Straßenszene vorstellen. Die Taschendiebe der Cherry Street verwandelten sich in Piraten und Briganten und Banditen. Hier gab es keine Spanische Grippe, die ihrer besten Freundin das Mark aus den Knochen sog. Hier gab es keinen Krieg in Europa, der Max' Leben bedrohte. Wieder einmal war Trudy an diesen verzauberten Ort gekommen, um die Wirklichkeit zu vergessen. Sie fühlte sich unglücklich, als die Wirklichkeit an ihren Tisch trat und sie höflich fragte, ob sie ein Wort mit ihr reden dürfte.

Sie las gerade Upton Sinclairs Roman »Der Dschungel«. Es gab Textstellen darin, die sie an tragische Orte und tragische Gestalten hier in New York erinnerten. Es war kein heiterer Roman, und dennoch spiegelte er die Wesenszüge der Hauptpersonen auf eine Weise wieder, daß Trudy das Gefühl hatte, sie könnte sich hinsetzen und mit ihnen reden.

»Trudy?« Das Flüstern brachte Trudy aus der Welt Sinclairs zurück in die Realität.

Trudy blickte auf, als erwachte sie aus einem Traum. Irene Dunlap blickte sie hoffnungsvoll an. Irene, die Max liebte.

»Hast du viel zu tun?« flüsterte Irene. »Lernst du?«

Trudy brachte ein halbes Lächeln zustande. Kopfschütteln. Wie haßte sie diese Unterbrechung! »Nein ... bloß ... ich lese.« Sie schob den Daumen ins Buch, um die Seite zu markieren. »So. Hallo, Irene!« Zu laut gesprochen. Zehn verschiedene Leute blickten auf und zischten vorwurfsvoll »Pst!«

»Können wir -?« Irene deutete mit dem Kopf auf das Tor, das in den Hof führte. Das Sonnenlicht, stumpf und fern, schien seinen Weg zu Irenes leuchtendblondem Haar zu finden. Mit ihrer porzellanglatten Haut und den dunkelblauen Augen ähnelte sie der Muttergottesstatue in der Kirche daheim, die Trudy gelegentlich mit Angela Perrelli besucht hatte. Irene war hinreißend schön. Kein Wunder, daß Max sie liebte. Sie war nicht überwältigend klug, obwohl sie ihre Ausbildung zur Lehrerin abgeschlossen hatte und bereits unterrichtete. Ziemlich viele Frauen waren Lehrerinnen, obwohl sie nur wenig Hirn hatten. Das Abschlußzeugnis bedeutete nur, daß sie pünktlich alle Vorlesungen besucht hatten.

Die Gedanken jagten sich in Trudys Kopf, als sie Irene in den eisigen Hof hinaus folgte. Überall lagen haufenweise trockene Blätter. Nach der behaglichen Welt der Bibliothek traf Trudy die eisige Luft wie ein Schock.

»Wo sollen wir uns hinsetzen?« Trudy deutete mit der Hand auf eine kalte Marmorbank. Vielleicht würde es nicht lange dauern. Vielleicht würde Irene bald wieder verschwinden, und Trudy könnte ihren Roman weiterlesen.

Irene saß reglos auf der Bank. Sie blickte auf und bat Trudy flehentlich, sich ebenfalls zu setzen. »Ich muß mit jemand reden«, sagte Irene. Ihre Gesicht war ernst – vielleicht sogar traurig.

»Aber sicher, Irene.« Trudy ließ sich langsam neben ihr nieder. »Worüber denn?«

»Nicht worüber –« Irene blickte zu den entlaubten Zweigen der Bäume auf. »Über wen! Max. Über ihn muß ich reden.« Ihre Augen füllten sich mit Tränen.

Trudy starrte sie an, überrascht über ihren Gefühlsausbruch, überrascht, daß Irene ausgerechnet mit ihr sprechen wollte. Warum ging sie nicht zu ihren eigenen Leuten? Warum nicht zu ihrer Familie? Oder vielleicht einer irischen Freundin? Trudy war nur die Kusine von Max. Nicht einmal eine Freundin. Niemand aus der Familie. »Was ist denn? Was ist nicht in Ordnung?«

»Ich kann es meiner Familie nicht sagen. Nicht einmal einer

Freundin. *Niemand!* Ich habe Angst ... etwas ... etwas Schreckliches ist geschehen, bevor Max wegging.« Stumme Tränen begannen ihr über die Wangen zu laufen. Ihr Gesichtsausdruck änderte sich nicht. Die Tränen flossen einfach mühelos über ihr Gesicht, wie die Worte eines Liedes. »Verstehst du ... ich liebe ihn so sehr. Aber, Trudy, ich habe dabei meine Seele verkauft. Sieh mich bitte nicht so an! Bitte ... ich muß es jemand erzählen. Du wirst das Geheimnis bewahren, weil es das Geheimnis von Max ist.« Sie blickte Trudys Buch an. Das Mädchen hielt immer noch den Daumen zwischen den Seiten. »Ich muß es irgend jemand erzählen. Du bist die einzige, der ich unser beider Geheimnis anvertrauen kann. Es geht um Max und mich.«

Und so legte Irene ihre Beichte ab. Trudy hörte zu und nickte wie ein Priester. Wie die Romanfigur Ona in Sinclairs Roman schüttete Irene bei ihr die tiefsten Tiefen ihres Herzens aus. Sie erwartete keinen Rat. Wie die Romanfigur im Buch wollte sie nur, daß man sie zur Kenntnis nahm.

* * *

Klein Nettie, so schien es, hatte die Grippe am schlimmsten erwischt. Ihre Augen waren groß und wild, als das Delirium des hohen Fiebers sie schüttelte. Ihr Körper zitterte wie ein zerbrechliches Blatt in einem Sturm, der ihre winzige Seele von der Erde wegzuwehen drohte. Willa-Mae hielt sie in den Armen und schaukelte sie und sang ihr Lieder zum rhythmischen Quietschen des alten Schaukelstuhls.

Die Große Hattie lag wach. Schweißtropfen standen auf ihrer breiten Stirn. Sie schlürfte das Hausmittel Zwiebeltee, den Willa-Mae zubereitet hatte. Hattie war sechzehn Jahre alt und robust. Sie kämpfte gegen die Krankheit an, wie sie mit den ekelhaften Rüpeln in der Schule raufte. »Du kommst durch, Mädchen«, sagte Willa-Mae zu Hattie.

Widdie, zehn Monate älter als Hattie, war schlank und hochgewachsen und längst nicht so kräftig wie ihre Schwester. In den ersten Stunden der Krankheit war sie unruhig gewesen und hatte vor Gliederschmerzen geweint. Auch sie hatte hohes Fieber. Nun schlief sie friedlich, vielleicht allzu friedlich. Willa-Mae horchte auf ihren mühseligen Atem und fragte sich, ob sie versuchen sollte, sie aufzuwecken, damit sie das Gebräu aus Zwiebeln, Zucker, Schmalz und Whisky trank. »Vielleicht ist's besser, sie schlafen zu lassen«, sagte sie laut, als sie schließlich fühlte, wie Klein Nettie sich im Schlaf in ihren Armen entspannte. »Vielleicht schlafen sie sich einfach aus, und wenn sie aufwachen, sind sie gesund.«

***

Um zu duschen und sich zu rasieren, durfte ein Soldat genau fünf Minuten brauchen – nicht länger. Birch war nicht länger als diese Zeitspanne draußen gewesen, und dennoch sah er, als er zurückkehrte, den breiten Rücken des Kaltschnäuzigen Barrett, wie er Cheever die Schuhschachtel mit den Dattelpflaumenkeksen reichte und dann zur gegenuberliegenden Seite des Zelts hastete.

»Barrett!« schrie Birch. Ohne daran zu denken, daß er nur seine Unterwäsche trug, lief er dem Mann nach.

Barrett brummte ihm über die Schulter hinweg etwas Unfreundliches zu und trabte weiter. Ellis und Max rannten hinter Birch her, aber sie beeilten sich nicht gerade, Barrett einzuholen.

»Barrett!« brüllte Birch, und jedermann starrte ihn an, als sei er übergeschnappt. Niemand redete so mit dem Kaltschnäuzigen Barrett. Nicht von Angesicht zu Angesicht. Und auch nicht hinter seinem Rücken, solange die Gefahr bestand, daß er es hörte.

Barrett blieb stehen und drehte sich langsam um, so daß er Birch ansah. Er hatte ein halb aufgegessenes Plätzchen in seiner groben Pranke. Seine Wangen wölbten sich, so vollgestopft hatte er den Mund. Er grinste, und Kuchenbrösel fielen ihm zwischen den Lippen heraus. »Ja, Tucker? Birch Tucker? Willst du was von mir?«

Zorn erfüllte Birch, als er die leere Schachtel auf dem Fußboden liegen sah. Es war ein Sakrileg. Es war schlimmer als Diebstahl, vor allem jetzt.

»Du bist ein Dieb!« Birch ging drohend auf ihn zu. Seine Hände waren zu Fäusten geballt, seine Kiefer fest zusammengepreßt.

»Ja? Wie nennst du mich?« Barretts Augen wurden schmal, als er Birch abschätzte. Birch war beträchtlich kleiner und leichter als Barrett. Barrett grinste. Das Grinsen eines Schlächters, der Spaß an seiner Arbeit hat.

»Ein lausiger Dieb«, sagte Birch. Die Plätzchen waren dahin. Ruiniert. Nichts auf Erden konnte sie ihm zurückbringen.

»Genau! Ein Gorilla bist du, der in den Zoo gehört!« platzte Max heraus. Er sah genauso zornig aus wie Birch.

Cheever trat neben Barrett. »Und was bist du wohl, Max? Max Meyer? Ein *Saujud!* Wenn wir schon von Dieben reden.« Er kicherte leise und drohend. Die Menge der Zuschauer trat ein paar Schritte zurück. Es würde einen Kampf geben, genau hier zwischen den Pritschen. Zwei bösartig aussehende Frömmler aus Louisiana grinsten und gesellten sich zu Barrett und Cheever.

»Diebe!« Birch spie das Wort aus wie einen Fluch. »Und Lügner! Das laß dir von mir gesagt sein, Barrett!« Ellis, der gelehrt worden war, niemals Raufhändel anzufangen, hatte jetzt genau das vor.

Barrett stopfte sich das letzte noch übriggebliebene Plätzchen in den Mund. Er grinste, während er kaute, und blickte links und rechts die Zuschauer an, die mit ernsten Gesichtern dastanden. Dann sagte er: »Hab ich Klein Birchs Lieblingsplätzchen aufgegessen?« Er fluchte laut und spuckte Birch die Reste ins Gesicht.

Das ganze Zelt schien zu explodieren, als Birch aufbrüllend auf ihn einschlug. Ellis und Max stürzten sich gleichzeitig in den Kampf. Diesmal gab es keine Regeln der Fairness. Birchs Faust traf Barretts Nase und schlug sie blutig. Barrett wich zurück und versetzte Birch einen Boxhieb aufs Ohr, während Max und Ellis mit Händen und Füßen auf ihre drei Gegner einschlugen. Max wurde zu Boden geschlagen. Er kam wieder hoch, hielt einen Kampfstiefel in der Hand und knallte ihn Cheever auf die Nase. Cheever torkelte rückwärts und riß eine Pritsche um. Einer der Männer hielt Ellis fest, während ein anderer ihn ein ums andere Mal mit der Faust ins Gesicht schlug. Max sprang einem der Raufer auf den Rücken und schlug ihm den Stiefel über den Schädel, bis er von Ellis abließ. Nun, wo sie zahlenmäßig gleich waren, zeigten sich Max und Ellis ihren Gegnern bald überlegen.

Birch jedoch war in Schwierigkeiten. Barrett hatte ihm einen krachenden linken Haken versetzt und dann eine gerade Rechte. Birch stolperte über einen Spind und fiel zu Boden. Barrett stürzte sich augenblicklich auf ihn und trat ihn mit den Stiefeln gegen den Kopf und in die Nieren. Immer heftiger trat er zu, immer lauter fluchte er in seiner Wut.

Niemand hörte die schrillen Pfeifen der Militärpolizisten, als sie sich einen Weg durch die tobende Menge bahnten. Einer der Offiziere hatte den glänzenden Einfall, den Schalter der Giftgas-Warnsirene zu drücken. Ihr Heulen erfüllte das Zelt. Die Männer stürzten in wilder Hast zu ihren Pritschen und suchten nach ihren Gasmasken. Barrett richtete sich auf. Birch blieb halb bewußtlos zwischen zwei Pritschen eingeklemmt liegen. Die Sirene heulte weiter. Die Lichter blinkten, an und aus. Birch tastete nach einer Gasmaske. Er setzte sich langsam auf, während andere Männer über ihn hinwegsprangen. Dann sah er Captain Honner da stehen, den Revolver auf den Bauch des Kaltschnäuzigen Barrett gerichtet.

Das Kreischen der Sirene verstummte. Es wurde ganz still. Die Männer standen beschämt und tölpelhaft herum, die Gasmasken in der Hand, als der Captain mit leiser Stimme fragte: »Wer hat die Schlägerei angefangen?« Sein Blick wanderte über die blutigen Gesichter von Birch und Max und Ellis. Dann sah er die Männer an, die Max und Ellis verprügelt hatten und Barretts blutiggeschlagene Nase. »Ihr sieben wart es, wie es aussieht«, sagte er kühl. »Wir haben gerade dringenden Bedarf an sieben Mann an der Front. Die Deutschen bereiten eine Offensive vor. Ihr kämpft doch gerne, nicht wahr?« Er machte eine kleine Verbeugung. »Ich werde dafür sorgen, daß ihr Gelegenheit dazu habt, meine Herren.« Er wandte sich grimmig an Barrett. »Du bist eine riesige Zielscheibe, Barrett. Ich habe mich immer gefragt, wie lang es wohl dauern würde, bis irgendein deutscher Schütze bei dir ins Schwarze trifft.« Barrett sah ernsthaft erschrocken aus, als der Captain diese Bemerkung machte. »Vielleicht ist es heute nacht soweit?« Er winkte den sieben Männern mit seinem Revolver. »Holt eure Sachen. In fünf Minuten fährt ein Lastwagen zur Front. Verpaßt ihn nicht, oder ich sorge höchstpersönlich dafür, daß man euch an die Wand stellt.«

* * *

«Heb das für mich auf.« Max reichte Birch Trudys Foto, während der Lastwagen den Stellungen an der Front zurumpelte. »Meine Heimatadresse steht hinten drauf. Siehst du?« Er drehte das Foto um und zeigte ihm die säuberlich aufgestempelte Adresse in der Orchard Street. »Schreib ihnen, falls ich ... ich hab dich in meinen Briefen nach Hause erwähnt. Sie werden wissen, wer du bist.«

Birch brachte ihn zum Schweigen. »Gar nichts passiert dir.« Er grinste und nahm das Foto entgegen. »Aber das Foto nehme ich trotzdem.« Er betrachtete das ovale Gesicht und die ernsten braunen Augen. Dunkles Haar, das in sanftem Schwung auf die Schultern fiel, umrahmte das Gesicht. »Du weißt doch, daß ich es schon längst haben wollte.«

Max war immer noch allzu ernst. Er blickte über die hölzerne Umrandung der Ladefläche des Lastwagens zu den Blitzen hinauf, die den Nachthimmel erhellten. »Du mußt mir versprechen, daß du ihnen schreibst. Ich hab' so eine Vorahnung, verstehst du.«

Birch warf einen sarkastischen Blick auf den Kaltschnäuzigen Barrett, der mürrisch in seinem Winkel kauerte. »Die hatte ich auch, als Barrett mir die Faust ins Gesicht knallte.« Birch rieb sich das schmerzende Kinn. »Schau«, sagte er, als Max nicht lächelte, »ich hab dieses ungute Gefühl jedesmal, ich hab's jetzt auch.« In dieser Nacht erschien es Birch nicht sonderlich beängstigend zu sterben. Ohne es zu bemerken, klopfte er auf die Brusttasche, die den letzten Brief seiner Mutter enthielt. Würde er sie und Bobby vielleicht schon wiedersehen, bevor die Schlacht zu Ende war?

Ellis hob den Kopf. Auch er hatte daran gedacht, was ihn erwarten mochte. »Es ist schlimm da vorn.« Das Pfeifen der Granaten und das hämmernde Stakkato der Maschinengewehre übertönte das Dröhnen der Lastwagenkette, die Truppen an die Front brachte. Ambulanzwagen mit Verwundeten fuhren in die andere Richtung vorbei. Es schien wirklich schlimm zu sein, nach der Anzahl der Verwundeten zu schließen. Ellis war sehr blaß. »Mein Vater ist Arzt«, sagte er, ohne sich an jemand Bestimmten zu wenden.

Seine Augen folgten einem schlammbespritzten Ambulanzwagen, auf den an jeder Seite ein Rotes Kreuz aufgemalt war.

Der Gestank des Todes hing in der Luft. Aufgedunsene Pferdekadaver lagen in den Straßengräben neben den Trümmern deutscher Munitionswagen. Der Anblick verriet, in welcher verzweifelten Hast sich der Feind in den letzten paar Wochen zurückgezogen hatte. Dies war die letzte Schlacht, der Todeskampf des deutschen Herrschaftstraums.

Birch starrte das Gesicht Trudy Meyers an. Er fragte sich, wie ihre Stimme klingen mochte, ob sie ebenso gerne lachte wie ihr Cousin Max. Er zwang sich, sich auszumalen, wie er ihr begegnete, wie Max sie einander vorstellte. Sie würden alle zusammen in diesen Vergnügungspark Coney Island gehen, von dem Max andauernd erzählte. Sie würden am Strand liegen und niemals mehr an den Krieg denken, niemals mehr über den Krieg sprechen. Birch schob das Foto unter den Brief in seiner Brusttasche. »Es ist fast vorbei, das weißt du doch«, sagte er zu Max. Dann wandte er sich an Ellis. »Wir schaffen es. Wir haben es bis jetzt auch geschafft, oder nicht?«

»Die da auch.« Ellis blickte den Ambulanzwagen an. »Die haben es auch genau bis jetzt geschafft.«

DA GAB ES KEINE HILFE MEHR

In dieser Woche starben in der Stadt New York jeden Tag rund achthundert Menschen an der Spanischen Grippe. Auch Henrietta Murphys Name war in der Statistik zu finden. Schulen und Geschäfte blieben zu. Theater und Kirchen waren gleichermaßen geschlossen.

Am Grabe von Henrietta Murphy standen nicht viele Trauergäste. Der Tag war kalt und regnerisch, ein Wetter, bei dem fast alle außer den Familienmitgliedern und den engsten Verwandten zu Hause blieben, aus Angst, dieselbe Grippe zu erwischen, die Henny so jäh dahingerafft hatte.

Wie ein Schwarm schwarzer Krähen kauerte sich die kleine Versammlung im Schutz ihrer Regenschirme zusammen. Trudy zitterte vor Kälte unter ihrem Schirm und hörte mehr vom Trommeln der Regentropfen als von der murmelnden Stimme des Priesters. Sie blickte auf ihre schlammbedeckten Schuhe nieder. Wie seltsam, daran zu denken, daß diese selben Schuhe Tag für Tag neben Henny hermarschiert waren, und nun standen sie an ihrem Grab. Nichts an diesem Tag erschien Trudy real. Sie hob den Blick zu dem Berg von Kränzen, die den Sarg bedeckten. Hennys Eltern hatten den Blumenschmuck selbst gestaltet, wie sie es auch für jedes andere Begräbnis in der Nachbarschaft getan hatten. Sicherlich hatte kein König und kein Präsident jemals so herrliche Blumengebinde gehabt wie Henny an diesem Tag.

Die Luft schmeckte frisch und sauber nach dem Regen, der Duft von Nelken und Rosen war süß. Man stelle es sich vor! So viele Rosen um diese Jahreszeit! Henny hatte Trudy erzählt, daß sie in Gewächshäusern auf Long Island gezüchtet wurden. Teuer, aber reichlich vorhanden.

Henny hätte sicher eine Bemerkung über diese Blumen gemacht, hätte sie da neben Trudy gestanden. Wäre jemand anderes zu Grabe getragen worden, so wäre Henny wie üblich unehrerbietig gewesen. Sie hätte Trudy während des Gebets kräftig den Ellbogen in die Rippen gerammt. *Du solltest mal die Rechnung für diese Blumen sehen! Die stottern noch in zehn Jahren die Raten ab! Papa hat sich schon die richtige Branche ausgesucht ...*

Ja, genau das hätte Henny gesagt. Trudy lächelte. Wenn Henny nur hier wäre! Wirklich hier ...

Jenseits des mit Segeltuch bedeckten Erdhügels entdeckte Trudy Irene Dunlap, wie sie eine Rose aus dem kreuzförmigen Blumengebinde pflückte. Sie hielt sie an die Nase und sog den Duft ein, wobei sie die Augen schloß. Dann steckte sie die Blume in ein Knopfloch ihres Mantels und lächelte sanft, als erinnerte sie sich an etwas Schönes. *Woran denkt sie?* fragte sich Trudy. Vielleicht an die Sommernacht, in der Max ihr Rosen gekauft und sie in den Wintergarten zum Tanz ausgeführt hatte? Es war offenkundig, daß Irene weder an Henny dachte noch dem Priester irgendwelche Aufmerksamkeit schenkte. Die schöne Irene, ganz in Trauerkleidung, mit einer einzelnen roten Rose im Knopfloch. Es war ein Bild, das Trudy immer vor Augen stehen würde.

»Lasset uns beten!« intonierte der Priester.

Trudy blickte von neuem auf ihre Schuhe und den nassen Boden. Regentropfen klopften sanft auf ihren Schirm. Das Schnüffeln rundum und die Stimme des Priesters drangen wie aus weiter Ferne zu ihr. Trudy schloß die Augen, während die kalte Luft ihre Wangen biß. Sie würde sich vorstellen, daß sie auf die Straßenbahn wartete. *Sie stand in der Kälte und wartete auf die Straßenbahn ...* Sie wünschte, der Priester würde mit seinen Gebeten zu einem Ende kommen, sie wünschte, sie könnte an der schwarzverschleierten Gestalt Mrs. Murphys vorbeigehen und das Ganze hinter sich bringen. Was sollte sie sagen? Was sollte man zu einer Frau sagen, die innerhalb von wenigen Wochen ihre beiden Kinder verloren hatte?

Trudy wagte es, den Blick zu Hennys Mutter zu erheben. Sie stützte sich schwer auf ihren Gatten, dessen rundes, rosiges Gesicht genauso aussah wie bei Walters Begräbnis. Mrs. Murphy trug einen dichten schwarzen Schleier, und Trudy war froh, daß sie ihr

Gesicht dahinter nicht sehen konnte. Henny hatte ihrer Mutter so ähnlich gesehen – ein Spiegelbild der Erscheinung, die Mrs. Murphy vor zwanzig Jahren gewesen war. Henny hatte immer gescherzt, sie sei nicht neugierig darauf, was die Zukunft für sie bereithalte – sie brauche nur ihrer Mutter ins Gesicht zu sehen, um sich selbst in zwanzig Jahren zu sehen.

Heute war es aus damit. Jenseits dieses kalten, klammen Tages gab es überhaupt keine Zukunft für Henny. Bei dem Gedanken wurde Trudy plötzlich schwindlig. *Dies war die Wirklichkeit!*

»Staub zu Staub ...«

Trudy stützte sich auf den Arm eines fremden Mannes, der neben ihr stand. Sie wollte nicht wissen, was die Zukunft für sie selbst bereithielt, sie wollte nicht dem Kummer ins Gesicht blikken. Was für einen Sinn hatte das alles ... sich verlieben ... heiraten ... Kinder aufziehen ... was für einen Sinn hatte das alles, wenn es doch eines Tages an einem solchen Ort endete?

»Amen.«

* * *

Die Leute sagten, die schreckliche Grippe wirke sich bei jedem anders aus. Willa-Mae Canfield pflegte ihre kranken Kinder und wußte, daß es stimmte.

Die Kleine Nettie erwachte aus der Krankheit und fühlte sich sehr schwach. Sie sagte: »Mama, kann ich meine Puppen mit ins Bett nehmen?« und spähte hinüber zu ihren Puppen auf dem Fenstersims. Willa-Mae wußte, daß ihre jüngste Tochter überleben würde.

Die Große Hattie schwang die Beine aus dem Bett. »Mama? Kann ich ein Glas Wasser haben? Ich bin furchtbar durstig, Mama, die ganze Nacht und den ganzen Tag hab' ich Durst gehabt.«

Willa-Mae brachte ihr eine Kürbisflasche voll kühlem Wasser. Sie trank alles bis zum letzten Tropfen und bat um mehr. Willa-Mae wußte, daß Hattie gesund werden würde.

Aber die dünne und zerbrechliche Widdie schlief einfach nur. Sie öffnete nicht einmal die Augen, als ihre Mutter sie zu wekken versuchte. Sie schien ihren Namen nicht zu hören, als Willa-Mae sie rief.

Willa-Mae schob Widdie Kissen in den Rücken, so daß sie aufrecht im Bett sitzen konnte, und schaffte es, ihr mit dem Löffel ein wenig Hühnerbrühe einzuflößen. Das Kind hustete und erbrach die Flüssigkeit. Das Fieber sank, aber Widdie erwachte nicht aus ihrem tiefen und friedlichen Schlaf. Stunde um Stunde wurde ihr Körper kühler. Und kühler. Und schließlich so kalt wie Eis. Sie gab keinen Laut von sich. Sie fühlte keinen Schmerz. Sie kämpfte nicht darum, auf Erden zu bleiben. Wie die zierlichen Weiden in der starken Strömung des Flusses treiben, gab Widdie ihren Widerstand auf und trieb davon, unbekümmert um das Flehen ihrer Mutter und ihrer Schwestern und des armen Hock, der sagte, er hätte ihre Seele zum Himmel emporschweben sehen, während er die Ferkel fütterte.

* * *

«Assaut à la baionette!« Der Befehl hallte die ganze Front entlang, wo das 369. Regiment stand. *Angriff mit Bajonett!* Nur wenige von den einfachen Soldaten des Regiments sprachen französisch, aber das machte nicht viel aus, wenn die Bedeutung eines Befehls so unmißverständlich war. Jefferson Canfield zog die Schnürsenkel seiner Gamaschen fest und den Kinnriemen des verbeulten Helms stramm. Ein Bild blitzte in seinen Gedanken auf, bei dem er lächeln mußte: Er dachte daran, wie seine Mutter nervös an ihm herumgezupft hatte, bevor sie sich zum Kirchgang aufmachten.

Das Lächeln verblaßte, als ihm die Wirklichkeit zu Bewußtsein kam: Hundert Männer zogen die Lederscheiden von den bösartig spitzen, dreißig Zoll langen Bajonetten. Sie dienten nur einem einzigen Zweck, nämlich dem, Männer aufzuspießen, und das 369ste hatte in wochenlangem Drill gelernt, das mit tödlicher Präzision zu tun.

Als der Befehl zum Angriff kam, stand Canfields Abteilung bereits am Fuß der Leiter versammelt, die aus dem Schützengraben führte, und er sollte als erster hinaufklettern. »Hey, Canfield«, spottete jemand, »seid ihr schwarzen Krähen auf Medaillen aus?«

»Attacke!« kam der Befehl. Eine Woge von Männern strömte über die durchnäßten Sandsäcke und durch den niedergetretenen Stacheldraht.

Das Ziel war ein Hügelgelände in etwa einer Meile Entfernung. Zwei kleine Erhebungen, kaum hoch genug, um die Bezeichnung Hügel zu verdienen, erhoben sich aus einer verwüsteten und von Bombentrichtern durchlöcherten Ebene. Die Deutschen hatten sich oben auf den Hügelchen mit Granatwerfern und Maschinengewehren bewaffnet, eingegraben, und der Fuß beider Hügel war mit Stacheldraht verschanzt.

Canfield blickte links und rechts die Reihe stürmender Soldaten entlang. Er befand sich inmitten einer etwa zwei Meilen langen Reihe von Männern. Mühsam suchten sie ihren Weg über die Erdhaufen, die das Granatfeuer im ehemaligen Ackerland aufgewühlt hatte. Merkwürdigerweise verstummte das deutsche Maschinengewehrfeuer, als könnten die Schützen es nicht glauben, daß irgend jemand die relative Sicherheit der Schützengräben verlassen und den Versuch wagen würde, diesen öden, ungeschützten Landstrich zu überqueren.

Canfield wußte, daß die Atempause nur kurz dauern würde. Die deutschen Offiziere beobachteten den Sturm zweifellos durch ihre Feldstecher, um das Feuer dorthin zu dirigieren, wo die Soldaten am dichtesten beisammen waren. Selbst unter diesen Umständen bedeutete jeder Schritt, jeder Meter, den man zurücklegte, ohne von Kugeln durchlöchert oder verstümmelt zu werden, eine Gnade Gottes.

Dann brach es los. Beide Hügel hüllten sich mit einer jähen Explosion in Rauchwolken, die sie so völlig auslöschten, als hätte sich eine dicke graue Wolke darauf niedergelassen. Die Deutschen konnten durch den Rauch, den sie produziert hatten, selbst auch nichts sehen. Aber das hatte nichts zu bedeuten. Die Gewehre waren seit Wochen adjustiert, sie wußten genau, wo sie ihr Ziel zu suchen hatten. Die Fässer, die in den Nischen zwischen den Sandsäkken steckten, richteten die Mündungen auf die richtige Höhe aus – zwischen einem Meter zwanzig und der Brusthöhe eines erwachsenen Mannes.

Das Knallen der Gewehre hallte über das Ödland; Heckenscheren, die hier ein Bein abtrennten, da eine Kehle durchschnitten, ein Leben und noch eines abhackten und unbeachtet liegenließen, von Freund und Feind gleichermaßen vergessen.

Das zornige Summen der Maschinengewehre begann von neuem; Sicheln, die ins Feld der Männer schnitten. Sechs, acht, zehn Soldaten warfen gleichzeitig wie die Tänzer eines makabren Balletts die Arme hoch. Ein Augenblick Stille. Der elfte Mann in der Reihe hastete weiter, nervös, schuldbewußt, wie ein ungezogener Schuljunge, der im Augenblick einer Strafe entkommen ist, die über den Rest seiner Klassenkameraden verhängt wurde.

Das 369ste begann zurückzufeuern. Die Männer schossen aus der Hüfte, niemand nahm sich die Zeit zu zielen, niemand ging in den Kratern in Deckung oder blieb zögernd stehen; sie strömten in ununterbrochener, disziplinierter Bewegung weiter nach vorn.

Granaten explodierten inmitten der ersten Reihen der stürmenden Soldaten und rissen gewaltige Lücken in die Menschenkette. Aus der Entfernung klangen die Granatexplosionen wie Donnerschläge. Nachdem die ersten in ihrer unmittelbaren Umgebung hochgegangen waren, waren die Soldaten taub und konnten das Feuer der kleineren Waffen nicht mehr hören. Wer näher dran gewesen war, hörte gar nichts mehr – nie wieder. Eine Granate explodierte hinter Canfield, zwischen der ersten und zweiten Sturmwelle. Ein Stück Schrapnell, nicht größer als ein Pfennig, traf Jeffersons Gewehrgriff zwischen zweien seiner Finger und blieb stekken. Es war glühend heiß, als er es herauszog.

Dieselbe Granate tötete den Soldaten rechts neben Canfield. Ein kleines Stückchen Schrapnell traf ihn am Nacken. Er stieß einen erstickten Schrei aus und stürzte aufs Gesicht nieder. Sein Gewehr fiel in den Schlamm und blieb dort zitternd auf der Bajonettspitze stecken, als hätte der gefallene Soldat sich die Zeit genommen, sein eigenes Grab zu markieren.

Canfield hastete zu seinem Kameraden und kniete neben ihm nieder. Ein französischer Offizier, der die Linien entlanglief, hatte den Mann ebenfalls fallen gesehen. Er schrie Jefferson zu: »*Il est perdu!* Dem ist nicht mehr zu helfen!«

Vielleicht ist uns allen nicht mehr zu helfen, schoß es Jefferson durch den Kopf.

NACHTWACHE

Es schneite. Molly Warne setzte sich im Bett auf und lauschte auf die tiefe Stille, die sich immer über die Welt breitete, wenn es zu schneien begann.

»Was ist denn?« murmelte Doc, der ihre Ruhelosigkeit spürte.

»Schnee«, antwortete Molly und schlüpfte unter ihren Bettdecken hervor, um ans Fenster zu treten. Doc gab keine Antwort. Er war fast achtundvierzig Stunden auf den Beinen gewesen, um sich um die Familie MacNeil zu kümmern. Sechs Kinder, und jedes von ihnen an der Spanischen Grippe erkrankt. Doc sagte, allmählich stürben mehr Menschen hier zu Hause an der Seuche als draußen in den Schützengräben.

Dennoch dachte Molly in dieser Nacht darüber nach, was da draußen in der Ferne in den Schützengräben vor sich gehen mochte. Eine Stimme in ihrem Herzen flüsterte ihr zu, daß sich jenseits der Stille der schneebedeckten Landschaft gewaltige Ereignisse abspielten – Ereignisse, an denen ihr Sohn Ellis beteiligt war. Wo er war, gab es keinen Frieden. Sie beobachtete die großen Flocken, die aus einem windstillen Himmel herabschwebten, und fragte sich, was wohl aus dem Himmel über ihrem Sohn herabfiel.

Sie schloß die Augen und sah Lichtblitze, hörte Granaten ihre kreischende Bahn durchs Dunkel ziehen. Etwas Schreckliches geschah heute nacht. Sie wußte es, wie sie gewußt hatte, daß Schnee gefallen war. Ellis war in Gefahr ...

Molly blickte zu der Stelle hinüber, wo die Lämmchen und die Soldaten unter der weißen Decke lagen. »Nicht Ellis, Herr«, flüsterte sie. Die alte Kirche lag hinter einem weißen Vorhang aus Schneeflocken verborgen. Molly hatte oft zu diesem Gebäude hinübergeblickt und sich vorgestellt, wie festlich gekleidete Gäste und Unmengen von Blumen erschienen und Ellis in seinem Sonntagsanzug den Bräutigam machte. Hatte die Vision etwas anderes zu bedeuten gehabt? Nicht eine Hochzeit, sondern ein Begräbnis?

Sie runzelte die Stirn und schüttelte den Kopf, um das Bild abzuwehren, das sich ihr aufdrängte. *Männer und Frauen in Schwarz. Walnußsarg. Blumengebinde auf einem Leichenwagen ...*

»Nein!« sagte sie laut. »Nicht Ellis!« Sie griff nach seinem Bild und der abgegriffenen Bibel, die immer daneben lag, beim einundneunzigsten Psalm aufgeschlagen.

Leise stieg Molly die Treppe in die Küche hinab. Sie drehte den Docht der Petroleumlampe höher und setzte den Teekessel auf. Doc hatte recht; sie hatte Ellis nicht zur Welt gebracht, damit er in den schlammigen Schützengräben eines fremden Schlachtfelds sterben sollte. Aber was konnte sie tun, um ihm jetzt zu helfen? Sie schloß die Augen, und Ellis' Bild tauchte klar und deutlich in ihren Gedanken auf. *Rechts und links von ihm fielen Männer zu Boden und krümmten sich auf dem brennenden Boden zusammen. Ellis kroch tief geduckt vorwärts. Sein Gesicht war bleich, und seine Lippen bewegten sich, während die Granaten rund um ihn explodierten.*

Was sagte er? »Was sagt er, Herr?« Molly mühte sich ab, seine Stimme zu verstehen.

Bete für uns, Mama. Bete inbrünstig für uns ... Die Bitte ertönte so klar in ihrem Herzen, als hätte er die Worte laut ausgesprochen.

Der Teekessel pfiff unbeachtet, während Molly die Worte des Psalms vor sich hinflüsterte. »Tausend mögen zu deiner Rechten fallen, Ellis«, sagte sie, »Zehntausend zu deiner Linken, aber dich, mein Sohn, soll es nicht treffen.«

Der Kessel schrillte weiter und rumpelte auf der heißen Herdplatte wie fernes Maschinengewehrfeuer. In dieser Nacht fand Molly keinen Schlaf. Sie wußte, sie mußte für Ellis Wache halten und beten ...

***

Die Reihen der Angreifer stürmten vorwärts und schrien wie die Verrückten. Das Geschrei sollte den Feind einschüchtern, und vielleicht tat es das wirklich. Aber es diente auch dazu, den Todesschrei zu übertönen, als der Mann neben Jefferson Canfield getroffen zu Boden stürzte, und es übertönte das wilde Pochen seines eigenen Herzens.

Die Angriffstaktik ähnelte einem bizarren Bockspringen. Auf Befehl warf sich die erste Reihe Soldaten hinter der nächstbesten Deckung nieder. Die Glücklichen, die sich in der Nähe eines Bombentrichters befanden, gingen in den versengten Erdhaufen in Deckung. Die weniger Glücklichen kauerten sich hinter den Kadavern von Mauleseln oder aufgedunsenen Pferdeleibern nieder. Einige der Männer konnten sich nur so flach wie möglich in die Schlammpfützen werfen, als versuchten sie sich hinter ihren eigenen Helmen zu verstecken.

Canfield warf sich hinter der zertrümmerten Karosserie eines Munitionswagens in Deckung. Das Holz war von Hunderten Einschußlöchern durchbohrt, und Jefferson begriff, daß die Deutschen das Wrack dazu benutzt hatten, ihre Gewehre zu adjustieren. Die Erkenntnis war alles andere als tröstlich.

In der Nähe lag ein weggeworfener französischer Helm auf der Erde, das Gegenstück dessen, den Canfield selbst trug. Die Vorderseite war weggerissen und hatte ein klaffendes Loch hinterlassen. Jefferson betete darum, daß der Besitzer seinen Helm verloren hatte, bevor die Kugel traf.

Es überraschte den muskulösen schwarzen Soldaten, daß seine Gedanken sich so leicht ablenken ließen, selbst noch mitten in der Schlacht. Ein Teil seines Bewußtseins konnte den nutzlosen Helm betrachten und darüber nachsinnen, während ein anderer Instinkt ihn lenkte, auf die Hügelkuppe zu zielen und sein Gewehr abzufeuern. Er lud nach und feuerte von neuem, und wieder, und wieder, und dann jagte die nächste Welle des Sturmangriffs über ihn hinweg.

Fünfzig Yards weiter warf sich die zweite Welle der Soldaten in den Schlamm. Es sah aus wie ein Zaubertrick: Einen Augenblick war da noch eine Reihe von Männern gewesen, die wie die Wilden vorwärtsstürmten, als hätten sie vor, den Hügel selbst auf ihre Bajonette zu spießen. In den nächsten Bruchteilen einer Sekunde verschwanden all die schlammbedeckten Burschen in der Erde wie Ratten in ihrem Bau.

Wieder war Canfield an der Reihe anzugreifen. Im selben

Augenblick, in dem er hinter dem Wrack aufsprang, traf eine Maschinengewehrsalve und riß ein faustgroßes Loch hinein. Eine Sekunde später, und Jeffersons Kopf hätte ein ähnliches Loch gehabt wie der Kopf, der in dem zertrümmerten Helm gesteckt hatte. Er hauchte ein leises »Danke, Jesus« und rannte auf den Hügel zu, der sich nun unmittelbar vor ihm erhob.

Noch zweimal wurde das »Bockspringen« durchexerziert, aber jedesmal waren die Kameraden vom 369sten, die mit der zweiten Angriffswelle vorwärtsrannten, weniger geworden, und noch viel weniger sprangen neben Jefferson auf, um vorwärtszustürmen. Beim letzten Sprung kam er bis an den Fuß des verschanzten Hügels heran. Knapp außerhalb des Dickichts aus Stacheldraht befand sich ein großer Krater, den das Feuer der französischen 155er aufgerissen hatte. Jefferson sprang über den Rand der Grube und landete mit den Füßen voran in der Mitte. Das Granatfeuer hatte die Erde zu einer Düne aufgewühlt, die sich über der Mulde erhob und sie vor den Blicken der Deutschen oben am Abhang verbarg.

Canfield wandte sich um und winkte seinen Kameraden, sie sollten ihm folgen. Eine Gelegenheit, Atem zu schöpfen und nachzuladen. Er winkte und schrie von neuem, dann erkannte er mit Entsetzen, wie wenig übriggeblieben waren, um auf sein Rufen zu antworten. Ein junger französischer Offizier gesellte sich zu ihm, dann sechs weitere Soldaten, von denen zwei verwundet waren. Überall vor dem Stacheldraht kämpften die Überlebenden des 369sten darum, eine Deckung zu finden. Ihre Gewehre meldeten sich zögernd und stockend. Auf diese Entfernung hörte sich das Feuer der deutschen Artillerie nicht mehr wie ein Summen an, es klang eher wie das Kreischen der Kreissäge in der Sägemühle daheim, die mächtige Bäume mit einem Schnitt zu Brettern schnitt.

Der französische Offizier hatte keine Lust, der Baum zu sein, der dieser Kreissäge zum Opfer fiel. Er lag am Rand der Mulde und spähte – offenkundig verzweifelt – hinaus. »Herr Leutnant«, rief Canfield dem Offizier zu, »was sollen wir jetzt tun?«

»Was denn? Was können wir schon tun? Wo ist der Oberst? Wo ist der Major? Wir sollten uns hier sammeln ... jedenfalls denke ich, daß es hier war ... aber wo ist der Oberst? Ich muß ihn finden.«

Einer der Soldaten, ein Verwundeter, dessen linker Arm nutzlos herabhing, meldete sich. »Ich hab ihn fallen gesehen. Beide, er und der Major. Eine Granate hat sie getroffen.«

»Dann hat Captain Reynaud das Kommando. Wir müssen ihn finden, er muß uns sagen, was wir tun sollen.« Die Stimme des Leutnants war schrill vor Entsetzen; es klang, als sei er den Tränen nahe.

»Entschuldigen Sie, Herr Leutnant, Sir. Den Captain hat's auch erwischt«, sagte ein kleiner, stämmiger Mann namens Harris, der eine behelfsmäßige Schlinge für den Arm des Verwundeten zurechtbastelte.

Der junge französische Offizier geriet ganz aus dem Häuschen. »Aber irgend jemand muß doch das Kommando haben!« Er flehte die leere Luft um Beistand an, von dem einzigen Wunsch erfüllt, daß irgendein ranghöherer Offizier erscheinen und die Sache in die Hand nehmen möge.

Er wandte den Blick von der Weite des Niemandslandes ab und merkte, daß die ganze Gruppe Soldaten ihn anstarrte. »Was machen wir jetzt, Sir?« wiederholte Canfield.

»Ich weiß nicht. Ich kann's nicht!«

»Sie haben jetzt das Kommando, Sir. Was sollen wir tun?«

Der Leutnant hatte plötzlich einen Einfall. »Rückzug. Das ist es. Wir müssen den Befehl zum Rückzug geben.«

Jefferson und der stämmige Soldat sahen einander zweifelnd an. »Verzeihen Sie, Sir«, sagte Canfield, »aber wir können uns jetzt nicht zurückziehen. Wir haben jede Menge Leute verloren, bis wir hierherkamen. Wenn wir uns jetzt zurückziehen, schlachten sie uns ab wie die Säue im Pferch.«

Ein Geräusch, als schlitterte und hüpfte etwas, drang an die Ohren der Männer, die sich im Krater zusammenkauerten. »Das klingt wie –« begann Harris.

»Alles runter!« brüllte Canfield im selben Augenblick, als die Granaten, die die Deutschen den Hügel hinabkollern ließen, wie ein Unwetter unmittelbar über ihren Köpfen detonierten.

Der Leutnant sprang kerzengerade in die Höhe und schrie noch »Rückzug!«, bevor ihn eine Maschinengewehrsalve in Stücke riß.

»So hab' ich mir das vorgestellt«, sagte Canfield in aller Ruhe. »Wir können nicht hierbleiben, und wir können auch nicht zurück. Am besten ist wohl, wir bringen unseren Job zu Ende. Harris, schlüpf einmal dort 'rüber und sieh nach, wie viele kampffähige Männer wir noch haben. Ich mach dasselbe auf der anderen Seite.«

Nach einigem Hin und Her wurde festgestellt, daß mehr Männer des 369sten überlebt hatten, als man erwartet hatte, aber da war noch etwas anderes: Keiner der Offiziere war mehr am Leben.

»Auch egal«, bemerkte Canfield. »Die Sache ist ohnehin klar wie Kloßbrühe. Die Krauts haben ihre Artillerie da oben am Ende der Böschung stehen.« Er zeichnete mit der Stiefelspitze in den Schlamm. »Und das Loch hier ist genau drunter. Sie können das Schlachtfeld unter Feuer nehmen, aber ich wette, sie können die Mündungen nicht so tief nach unten richten, daß sie einen einzelnen Mann erwischen, der die Böschung raufkriecht.«

»Und wenn du dich irrst?« fragte Harris.

Jefferson grinste. »Dann muß sich ein anderer den Kopf zerbrechen, was ihr machen sollt. Was ich von euch brauche, ist Feuerschutz, damit mir die Krauts keine Granaten auf den Kopf werfen oder mich mit dem Kapselrevolver erledigen!«

Die Nachricht verbreitete sich rasch, und Sperrfeuer aus den Gewehren des 369sten überraschte die deutschen Verteidiger, die mit Rückzug und Niederlage gerechnet hatten. Die Barriere aus Stacheldraht wurde da und dort zerrissen, aber die Maschinengewehrsalven und Granaten forderten ein weiteres Dutzend Opfer.

Als Canfield sah, daß alles bereit war, warf er sich einen Sack französischer Granaten über die Schulter. Sie waren etwa so groß und schwer wie schwere grüne Baseball-Bälle. Harris hielt Jefferson zurück, als er eben aus der Mulde klettern wollte, und ergriff seinen Arm. »Gott segne dich, Bruder«, sagte er.

Canfield lächelte. »Wir sehen uns auf dem Hügel oben wieder.«

Für Jeffersons Ohren klangen die Gewehrschüsse der Männer, die ihm Feuerschutz gaben, freundlich und ermutigend. Es war fast, als hätte man eine warme Decke zum Zudecken. Bei den beständigen und genau gezielten Salven blieben die Deutschen in ihren Schützengräben, und er nahm an, daß niemand beobachtete, wie er sich auf dem Bauch heranschlängelte.

Einmal stand ein deutscher Soldat hinter den Sandsäcken auf und hob den Arm, um eine Handgranate zu werfen. Canfield hielt den Atem an und biß die Zähne zusammen, aber bevor der Mann den Sprengkörper werfen konnte, entdeckte ihn Harris und schoß ihn ab. Die Granate explodierte den Deutschen unter der Nase.

Jefferson kroch höher und höher hinauf, bis das Geschütz, das unmittelbar über seinem Kopf feuerte, die Luft mit beständigem Dröhnen erfüllte. Er kümmerte sich nicht darum und konzentrierte sich darauf, näher und näher zu kriechen. Er schwang den Sack mit Granaten von der Schulter und schob ihn vor sich her die Böschung hinauf, und dabei mußte er daran denken, welche Ironie des Schicksals darin steckte, daß sein einziger Schutz und Schirm ein Sack voll Granaten mit genügend Sprengkraft war, um ihn in den Schützengraben zurückzublasen, den er eine Meile hinter sich gelassen hatte.

Als er bis in Reichweite seines Ziels gelangt war, schob er die Hand in den Sack mit den Granaten und begann die Zündung scharfzumachen, so schnell er nur konnte. Drei zischten bereits und sprühten Funken, dann eine vierte und fünfte. Jefferson wirbelte den Sack am ledernen Tragriemen um den Kopf. *Wie eine Schleuder*, dachte er, *genau wie der kleine David in der Bibel.*

Der Sack segelte durch die Luft über die Befestigung der deutschen Gräben und landete krachend genau hinter der Geschützstellung auf dem Boden. Ein Schwall aufgeregter Ausrufe in deutscher Sprache klang auf: »Was ist das? Vorsicht! Handgranate!«

Canfield preßte den Kopf in den Schlamm und klammerte sich mit beiden Händen an der Böschung fest, als der Hügel unter der Gewalt der Explosion erbebte. Der Hügel zitterte so gewaltig, daß Jefferson sich angstvoll fragte, ob er am Ende einen Erdrutsch ausgelöst hatte, der ihn von der Böschung fegen würde. Berge von Geröll, Sandsäcken, Waffen und menschlichen Leibern wurden gegen den Himmel geschleudert und hagelten rund um ihn herab.

Die restlichen Soldaten des 369sten stürmten mit ihrem wildesten Kriegsgeschrei vorwärts. Sie schwärmten mit kampfbereiten Bajonetten den Hügel hinauf. Aber die deutschen Verteidiger hatten den Kampf aufgegeben, und die Überlebenden ergaben sich bis zum letzten Mann den »Schwarzen Terriern«.

***

Lichtblitze erhellten den Nachthimmel und beleuchteten eine schaurige Szenerie. Granaten detonierten ringsum, während Soldaten beider Armeen vorwärtsstürmten, zurückwichen und sich von neuem Fußbreit um Fußbreit vorwärtskämpften.

Birch hörte das Pfeifen einer Granate, die kreischend auf ihren Schützengraben zuflog. »Runter!« schrie er im selben Augenblick, in dem die Granate unmittelbar vor dem Schützengraben hochging.

Cheever fiel zu Boden. Ein Stück Schrapnell hatte seinen Schädel durchbohrt. Der Kaltschnäuzige Barrett begann zu weinen, als eine weitere Granate auf sie zuflog.

Birch gab ihm einen kräftigen Stoß und stieß ihn zu Boden, in den Schutz des Schützenlochs. Ellis und Max waren nicht mehr hinter ihm, als er sich umwandte. Waren sie neben Cheever gefallen?

Die Giftgas-Sirene begann ihr hohes warnendes Geheul auszustoßen. Der Artillerieangriff brachte Schlimmeres als Sprengstoff und Eisenstücke. Senfgas! Dreimal hintereinander ertönte ein lautes Dröhnen. Birch schrie nach Max und Ellis. Er wagte es, einen Blick aus dem Schützengraben zu werfen, während er seine Gasmaske aufsetzte. Seine beiden Kameraden waren nirgends zu sehen. Der Boden rauchte in einem tiefen Bombenkrater an der Stelle, an der er sie zuletzt gesehen hatte. Cheevers Leichnam war verschwunden, von der Wucht der Detonation in Atome zerissen,

Barrett weinte noch immer. Er bedeckte sein Gesicht mit seinen großen narbenbedeckten Händen und jammerte. Er hatte keine Gasmaske. Er hatte sie fallen lassen, als das Sperrfeuer begann.

Die Ratten begannen die tieferen Ebenen des Schützengrabens zu verlassen, als das Senfgas einsickerte und den Ort verseuchte. Birch versuchte sich zu trösten, es sei nichts Schlimmeres als die gasgefüllten Tunnel, durch die sie beim Drill in Fort Dix gekrochen waren. Aber es war viel schlimmer. In den Tunneln in Fort Dix hatte es keine Ratten gegeben. Sie quiekten und sprangen eine über die andere, während sie in wilder Flucht aus ihrem Bau hervorströmten. Und Barrett heulte weiter.

»Wo ist deine Maske?« Birch packte ihn am Kragen und schüttelte ihn. Ein paar Sekunden noch, und das Gas würde ihn erreicht haben.

»Ich hab sie fallen lassen!« Er deutete auf die Öffnung, aus der die Ratten hervorströmten. *»Dort unten!* Verloren! Du mußt sie mir holen, Junge!« schrie er. »Ich bitte dich, Junge!«

»Mir wär's lieber, es wär ein anderer als grade du, Barrett«, brummte Birch. Dann kroch er zu der Öffnung, jagte die Ratten mit Fußtritten von der hölzernen Leiter und begann in die trübe gelbe Helligkeit der gaserfüllten Kammern hinabzuklettern. Zwölf Fuß unter der Oberfläche brannten noch die Laternen. Zwei Tote lagen am Fuß der Leiter. Einer der beiden hielt die Gasmaske umklammert, die Barrett verloren hatte, aber er hatte sie zu spät entdeckt.

Birch riß die Gasmaske dem Toten aus der Hand und trat nach den Ratten, während er sich die Leitersprossen hinaufkämpfte. Der gelbe Nebel verfolgte ihn, hängte sich an seine Kleider, biß die Haut in seinem Nacken wund. Seine eigene Gasmaske fühlte sich an, als müßte er jeden Augenblick darin ersticken. Im trüben Licht der höheren Ebene des Schützengrabens konnte er gerade noch Barrett erkennen, der seinen Kopf mit den Händen bedeckte. Der Gasnebel kroch in Schwaden auf ihn zu. Birch rannte inmitten der krabbelnden Ratten auf ihn zu. Er zog Barretts Kopf hoch und befestigte die Maske auf seinem tränenüberströmten Gesicht. Barrett weinte immer noch – die Tränen eines Mannes, der vor Furcht wahnsinnig war. Die Erde erbebte, und Trümmer hagelten auf sie herab. Birch preßte die Hand auf die Tasche, in der die Briefe und Trudys Foto steckten. *Wo ist Max?* fragte er sich. *Und was ist aus Ellis geworden?* War es möglich, daß er selbst und Barrett die letzten Überlebenden waren? Die Möglichkeit erschien ihm so bitter, daß er nicht darüber nachdenken wollte.

»Steh auf!« Birch versetzte dem schluchzenden Koloß einen Tritt.

»Will ... nicht ... sterben!« jammerte Barrett.

Birch blickte zu den Stützbalken auf, die Tonnen von Erde und Sandsäcken trugen. Wenn noch einmal schwere Artillerie in der Nähe einschlug, würden sie einstürzen.

»Komm schon, Barrett.« Birch versetzte ihm einen kräftigen Stoß. »Schau dir doch das Dach an! Wir müssen hier raus, oder wir sind erledigt!«

Barrett schaffte es, den Blick zu heben. Er japste nach Luft und schrie, er ersticke. *Die Angst schnürt ihm die Kehle ab,* dachte Birch. Birch zog den Mann fest am Ärmel, trat gegen seine Beine, um ihn zum Aufstehen zu bewegen,

»Die Decke kommt runter!« schrie Birch, als das Pfeifen einer weiteren Granate näherkam. Sie würde in der Nähe einschlagen. Ganz in der Nähe. »Barrett!« schrie Birch noch einmal, dann kroch er in aller Eile davon. Er hatte es nicht geschafft, den Koloß dazu zu bringen, daß er sich bewegte.

Birch jagte aus dem Schützengraben – im selben Augenblick, in dem die Granate detonierte. Splitter heißen Metalls surrten ihm um die Ohren. Er spürte die Hitze, als sie an ihm vorbeiflogen und in den Boden einschlugen. Die Erde bebte, als protestierte sie gegen die brutale Mißhandlung. Der Boden über dem Schützengraben zitterte wie Pudding und fiel dann mit fürchterlichem Gerumpel in sich zusammen. Es hatte keinen Sinn, zurückzuschauen. Barrett war tot, und Birch war allein in dem engen Fuchsloch. Senfgas zog wie Nebel über die Landschaft. Das Husten und Röcheln erstickender Menschen hallte in der Luft wider.

»Max!« schrie Birch. »Wo bist du? Ellis!« Seine Stimme klang gedämpft unter der Maske hervor. Seine Rufe blieben ungehört unter den tausendfachen Schreien, die von dem Schlachtfeld aufstiegen. Die letzte Schlacht war beinahe vorbei. Die Granaten wurden immer weniger und weniger, und immer noch war Birch Tucker am Leben.

Zuletzt wurde der Himmel heller, und die Welt erwachte unter dem Stöhnen der Verwundeten und dem Schweigen der Toten. Birch stand auf und stolperte über das verlassene Schlachtfeld, ohne die Gefahr im Rücken zu beachten. Irgend jemand rief ihm zu, der Krieg sei zu Ende. Der Waffenstillstand war unterzeichnet worden. Was zählte das, wenn Max und Ellis ihn nicht mehr erlebt hatten?

Er stolperte weiter, spähte in die Gesichter der Toten und Verwundeten und schrie im Laufen nach Max und Ellis.

WAFFENSTILLSTAND

Das Geheul ferner Sirenen zerriß die Stille der Nacht über der Orchard Street.

Trudy setzte sich im Bett auf und tastete nach dem Lichtschalter. Sie blinzelte in der plötzlichen Helligkeit, nahm die schwere Weckeruhr vom Nachttisch und starrte sie an, während eine weitere Fabriksirene sich dem Geläute der Kirchenglocken nah und fern anschloß.

»Zwei Uhr siebzehn.« Sie sprach die Zeit laut aus. Sie wollte sichergehen, daß sie diesen Augenblick nie wieder vergaß. »Elfter November. Der Krieg ist vorbei.«

Es überraschte sie, wie ruhig ihre Stimme klang. Die Stadt vor den Fenstern draußen explodierte im Freudentaumel. Es war vorbei. Vorbei! Der Krieg, der alle Kriege für immer beenden sollte, war vorbei. Keine Listen der Gefallenen mehr in der Zeitung. Keine schwarzen Trauerschleifen an den Fotos junger Männer auf dem Kaminsims. Nie wieder Krieg!

Und dennoch saß sie in diesem Augenblick mit untergeschlagenen Beinen im Bett und hielt den Wecker in den Hand. Die Orchard Street widerhallte von Glockengeläute und Trillerpfeifen und dem Geschrei, das aus offenen Fenstern drang. Unten hörte Trudy das Telefon beharrlich klingeln: zwei Klingelzeichen, dann eine Pause und zwei weitere Klingelzeichen. Das bedeutete, daß jedermann an diesem Anschluß aufwachen und den Hörer abheben sollte. Sogar die Telefongesellschaft verkündete die Freudenbotschaft!

Bubbe Fritz rief über den Korridor herüber: »Es ist vorbei! Trudy! Wach auf! Wach auf, Trudy! Der Krieg ist vorbei!« Bubbe Fritz riß Trudys Türe auf, während Zeyde, barfuß und im Nachthemd, den Korridor entlangrannte, um den Telefonhörer abzuheben.

»Ja! Ja! Ja! Mazel tov! Was für eine Nacht!«

Trudy amüsierte sich über Bubbes Gesichtsausdruck. Strähnen grauen Haars hingen unter ihrer Nachtmütze hervor. Ihre tiefliegenden braunen Augen waren weit aufgerissen und schienen einen Großteil ihres plumpen Gesichts zu verschlingen. Bubbe hatte nicht bemerkt, daß sie ihre Brille vergessen hatte. Sie setzte sonst nicht einmal einen Fuß aus dem Bett ohne die Brille auf der Nase, aber hier stand sie, blind wie ein Maulwurf, und schrie Trudy zu, der Krieg sei vorbei. Trudy war sicher, daß ihre Großmutter nicht einmal von der Türe bis zum Bett sehen konnte,

»Trudy? Bist du wach? Trudy? Es ist vorbei! Vorbei, Gott sei dank! Bist du wach, Kind?«

»Ich bin wach, Bubbe.« Endlich lächelte Trudy. »Hol deine Brille, bevor du irgendwo anrennst.«

Die alte Frau fuhr sich mit der Hand ins Gesicht, als wollte sie sagen: Ich wußte doch, daß irgendwas nicht stimmt! Sie hastete zurück ins Schlafzimmer, um ihre Brille zu suchen, während die Welt draußen johlte und brüllte und die ganze Stadt von Orchard Street bis zum Times Square Freudenlichter anzündete.

Nun kam auch Zeyde zurück ins Schlafzimmer gerannt. Sein grauer Haarkranz stand wie elektrisiert in die Höhe. Er sang vor Freude, seine Stimme übertönte den immer lauter anschwellenden Lärm auf der Straße.

Trudy wickelte sich die Bettdecke um die Schultern und trat ans Fenster. Von dort aus konnte sie die Bewohner der Orchard Street trotz der Kälte der Nacht aus den Fenstern lehnen sehen. Mrs. Fleischer hämmerte mit einem Holzlöffel auf den Suppentopf. Mr. Henman blies Trompete. Die ganze Straße entlang verwandelten sich Kochtöpfe und Wasserkessel in Trommeln und Zimbeln. Kaum drei Minuten waren seit dem ersten schrillen Aufheulen der Sirene vergangen, und schon war die kalte, schlafende Welt mit einem Jubelschrei erwacht und wußte augenblicklich, was geschehen war.

»Zieh dich an, Trudy!« Zeyde Fritz steckte den Kopf zur Türe herein. Er stopfte sich das Nachthemd in die Hosen. Seine Socken paßten nicht zusammen. Sein Haar war immer noch unfrisiert. »Willst du denn die Parade verpassen?« Er wirbelte herum, um nach seinen Schuhen zu suchen. »Ja! Zieh dich schon an!«

Aber Trudy empfand nichts von all der freudigen Erregung, während sie ihre wollene Unterwäsche hervorholte und ihre langen Unterhosen und ihren wärmsten Rock und Pullover. Sie fühlte nur stille Freude, daß der Krieg endlich vorbei war. Das Morden in Frankreich hatte ein Ende. Ihr Cousin Max würde nach New York heimkehren.

Sie tastete nach dem Band, das sie seinetwegen mit so viel Stolz getragen hatte. Ja, sie war froh, daß der Krieg für all die jungen Männer wie ihren Cousin Max vorbei war.

Trudy lehnte sich ans Fensterbrett und blickte auf den sanften Glanz der Straßenlampen auf den ziegelgepflasterten Gehsteigen der Orchard Strett hinunter. Männer und Frauen eilten aus den Lädchen, in denen sie lebten und arbeiteten, rissen die Türen weit auf und umarmten Geschäftsleute, die ihnen Konkurrenz machten, und Nachbarn, mit denen sie seit Jahren kein Wort gewechselt hatten. Die Freude dieser Nacht übersprang alle Grenzen, aber sie vermochte nicht alle Tränen abzuwischen.

Trudys Augen glitten über die Fenster der Häuser – alle waren beleuchtet, aus allen blickten lächelnde Gesichter. Alle außer der Wohnung über dem Blumenladen, wo Henrietta und Walter Murphy gewohnt hatten. Kein Licht brannte dort. Schwarzes Kreppapier umrahmte noch immer die Fenster. Ein Trauerkranz hing an der Türe des kleinen Blumenladens unten, und das große Schild im Fenster besagte schlicht GESCHLOSSEN.

Trudy fragte sich, ob Mr. und Mrs. Murphy aus ihren dunklen Fenstern auf die Freudenszenen unten blickten. Zweifellos hörten auch sie die Trillerpfeifen und Glocken und den nahen Lärm der Kochtöpfe. Aber sie hatten ihre Lampen nicht angezündet. Wozu sollten sie auch ihre leere Wohnung beleuchten? Erst war ihr Sohn Walter gestorben und nun ihre Tochter Henrietta. Die Lichter ihres Lebens waren erloschen, und nicht einmal der Jubel dieser denkwürdigen Nacht konnte die Dunkelheit zurückdrängen.

Hatten Bubbe und Zeyde Fritz vergessen, daß Trudys beste Freundin erst vor drei Tagen verstorben war?

»Trudy! Schnell! Beeil dich!« rief Bubbe, als das Telefon von neuem zu klingeln begann. »Komm! Alle Welt zieht zum Times Square! Beeil dich! Beeil dich!«

Aus dem Korridor hörte Trudy Zeydes tiefes, dröhnendes Lachen, als er den Hörer abhob. »Aber nein! Sicher! Meinst du, das ließen wir uns entgehen?«

Trudy zwang sich zu einem Lächeln. Sie konnte nicht in all den Jubel hinaustreten, ohne ein Lächeln mitzubringen. Bubbe rief ihr zu, sie solle kommen und ihr mit der Kiste voll Miniatur-Sternenbanner helfen. Seit Monaten waren die Fähnchen im Laden für einen Pfennig pro Stück verkauft worden. Heute nacht wurden sie kostenlos verteilt!

An der Ecke Rivington Street entdeckte Trudy Irene Dunlap, die sich aufgeregt mit einer Gruppe Mädchen vom College unterhielt. Die Kälte und die Erregung zauberten einen rosa Glanz auf ihre porzellanenen Wangen. Ihr blondes Haar hing in Löckchen auf ihre Stirne herab – ein ungewohnter Anblick! Für gewöhnlich war Irene tadellos frisiert und bewegte sich mit der Eleganz eines Mannequins im Kaufhaus Gimbel. Während sie redete, huschten ihre Augen zum Laden der Fritz'. Kein Zweifel, Irene hatte einen Umweg gemacht, um hier vorbeizukommen. Sie war – trotz allem – immer noch in Max verliebt. Sie wollte keinen anderen, obwohl sie unter all den jungen Männern in ihrem eigenen Viertel die Wahl hatte.

Bubbe Fritz mißfiel die Sache, denn Irene war nun einmal keine Jüdin. Aber als sie sie in dieser Nacht sah, sagte Bubbe Fritz in freundlichem Ton: »Nun, da ist auch ja auch Max' kleine shiksa gekommen, um sicherzugehen, daß er nicht in letzter Minute im Krieg gefallen ist. Nu!«

Großvater schloß die Türe ab, während Trudy auf Irene zueilte. Irene strahlte, als sie Trudys Fähnchen und ihr breites Lächeln sah. Kein Zweifel, daß es Max gut ging, wenn Trudy so freundlich lächeln konnte!

»True!« Irene winkte ihr über die Köpfe der Menge hinweg zu. Sie war nicht die einzige Irin, die in dieser Nacht von der Rivington Street herübergekommen war. Die Gegend war zum Bersten voll mit plumpen irischen Gesichtern und Stimmen, die den breiigen irischen Brogue sprachen, und alle luden sie da zu einer Party oder dort auf ein Gläschen ein. Horden von Kindern, die aus der ganzen Nachbarschaft zusammengeströmt waren, stießen ein

Indianergeheul aus, als sie ihre Lehrerin sahen, und riefen Miß Irene Dunlap freudige Grüße zu.

Irene stemmte sich gegen die Menge und kämpfte sich an Trudy heran. Sie umklammerte ihre Hände. Mitten im Herzen der Orchard Street konnte sie an nichts anderes denken als an Max.

»Hast du etwas von Max gehört?« Sie hob die Stimme, um über den Lärm gehört zu werden. Was sie meinte, war natürlich: Weißt du, ob er am Leben ist und es ihm gutgeht?

»Noch nicht«, antwortete Trudy. Sie fing Bubbe Fritz' vorwurfsvollen Blick auf. Hastig drückte sie Irene ein Fähnchen in die Hand und schnitt ihrer Großmutter ein trotziges Gesicht. »Aber ich glaube, heute nacht kannst du beruhigt feiern, Irene.« Dann umarmte sie sie wie eine alte Freundin, obwohl Max und das Geheimnis das einzige waren, das sie beide verband.

Irene begann zu weinen. Sie drückte das Fähnchen an die Wange. »Ach! Er kommt nach Hause zurück! Ach, True, er kommt zurück!«

Trudy klopfte ihr sanft die Schulter, wurde aber von den freudig Feiernden angerempelt und weggedrängt. Sie drehte sich um, um einen letzten Blick auf Irene zu werfen, die immer noch Tränen des Glücks weinte, während sie von ihren Freunden in die entgegengesetzte Richtung gezogen wurde.

»Das soll mir keiner erzählen, daß sie den ganzen weiten Weg nur wegen des Fähnchens gemacht hat«, bemerkte Bubbe trocken, während sie sich in eine überfüllte Straßenbahn zwängten. Sie wurden aneinandergepreßt wie die Sardinen in Dosen im Gemischtwarenladen.

»Finde dich ab damit, Bubbe«, antwortete Trudy. »Max wird sie heiraten, sobald er heimkehrt.«

»Davon will ich nichts hören! Er wird sie vergessen!« Bubbe hob schmollend das runde Kinn. »Sind wir etwa deshalb nach Amerika gekommen?«

Trudy sagte nichts davon, daß das ihrer Meinung nach das Beste an Amerika war. Alles drängte in dieselbe Straßenbahn. Alles jubelte mit einer Stimme. Ein Mädchen aus dem Irenviertel verliebte sich in einen hochgewachsenen, gutaussehenden jüdischen Jungen aus der Orchard Street. Sie sagte nichts – dies war nicht die rechte Nacht, um über solche Dinge zu debattieren. Sie wagte auch nichts darüber zu sagen, was sie selbst sich von der Zukunft erhoffte. Es war ihr gleichgültig, in welcher Straße sie wohnte oder wie ihr Zukünftiger mit Namen hieß. Sie wünschte, sie hätte einen anderen Grund, das Ende des Krieges zu feiern – daß jemand, der ihr etwas Besonderes bedeutete, zu ihr heimkäme. Sie dachte daran, wie Henriettas Leben geendet hatte, bevor es noch begonnen hatte, und sie wünschte nichts mehr, als mit allen Fasern zu leben, jeden Tag als den Beginn eines großartigen Abenteuers zu betrachten. Wie diese Nacht heute – der Anfang immerwährenden Friedens!

Sie hatte über all das oft mit Henrietta gesprochen. Sie konnte solch gewichtige Dinge nicht mit Bubbe Fritz besprechen, aber Max würde Verständnis dafür haben, wenn er heimkehrte.

Die riesigen Scheinwerfer auf dem Dach des Gebäudes der New York Times dienten als Leuchtfeuer, das Tausende von Menschen auf den Times Square lockte.

Trudy war Zeugin eines Wunders, und sie wußte es. Nie zuvor war ein solches Fest in New York City gefeiert worden. Die Grenzen der Einwandererviertel fielen in dieser Nacht. Irisch-katholische Mütter aus Hell's Kitchen standen Seite an Seite mit Müttern aus Park Avenue, Lower East Side, Upper East Side – es war ein einziger riesiger Schmelztiegel. Alteingesessene, reiche Familien jubelten Schulter an Schulter mit Einwandererfamilien, die keinen Groschen besaßen. Dockarbeiter aus Chelsea kletterten auf die Feuerwehrautos und saßen dort neben jungen Mädchen aus reicher Familie, die die Nacht im Hotel Waldorf durchgetanzt hatten. Plötzlich gab es keine Italiener mehr – keine Juden – keine Iren – keine Deutschen – keine Schwarzen oder Weißen. Nur noch Amerikaner. Eine Nation traf sich auf dem Times Square. Die winzigen Sternenbanner, die Trudy unter der Menge verteilte, vervielfachten sich zu Tausenden, bis jedermann in New York dasselbe Fähnchen in der Hand trug, während die Menschen in spontanen Paraden aufmarschierten, ihre provisorischen Trommeln schlugen und Siegeslieder sangen, während die Sirenen der Fabriken kreischten und die Kirchenglocken, groß und klein, die heißersehnte Nachricht durch die Lüfte trugen. Der Krieg war zu Ende!

Irgendwo inmitten des Gewühls verlor Trudy ihre Großeltern. Einen Augenblick hatte sie noch neben Bubbe auf dem Times Square gestanden, und im nächsten Moment hoben Hände sie auf ein Feuerwehrauto, auf dem ein junger Mann in Frack und Zylinder eine Flasche Bourbon mit einem halben Dutzend irischer Fabrikarbeiter aus Hell's Kitchen teilte. Eine schwarze Familie aus Harlem hockte auf der Leiter zwischen einer italienischen Familie und einer Gruppe Volksschulmädchen, die im Rhythmus der Musik vor und zurück schaukelten. Trudy ließ den Blick über das Menschenmeer schweifen, das sich in jede Straße ergoß, die zum Times Square führte. Die Scheinwerfer auf dem Dach des Gebäudes spielten auf den Mauern rundum und beleckten den grauen Bauch des frühmorgendlichen Himmels. Sie konnte Bubbe und Zeyde nicht finden. Ein Feuerwehrmann schob den Arm unter den ihren und begann zu singen »East Side, West Side«, während er sein Fähnchen schwenkte.

Hier hatten Kummer und Sorge nichts verloren. Hier gab es nichts als Siegesstimmung und Festfreude. Trudy erhob ihr Fähnchen und trommelte mit dem Schöpflöffel gegen die Karosserie des langsam dahinrollenden Feuerwehrwagens.

SCHLACHTTAG

Die Morgensonne glänzte hell auf dem Teich in der Weide. Nettie spielte auf der Veranda mit ihren Puppen. Die Puppen bestanden alle aus Maiskolben, die mit einem Stückchen Stoff umwickelt waren. Nettie benannte ihre »Spiel-Kinder« mit derselben lyrischen Fantasie, mit der Willa-Mae ihren sechs Töchtern ihre Namen gegeben hatte.

Wiggity-Bops war ein kleiner Junge. Er war in ein Stück roten Flanell gewickelt, der von Jeffersons langen Winterunterhosen stammte. Ever Lee war ein kleines Mädchen, das einen blaugeblümten Fetzen Stoff trug, den Überrest einer ausrangierten Bettdecke. Dann gab es noch Bruder und Schwester und ein Baby namens Ezek-jel. Ezek-jel war ein Mädchen, denn Nettie hatte einmal ein richtiges Baby mit diesem Namen gesehen. Und obwohl sie sich unter dem Namen nichts vorstellen konnte, hatte er ihr nach einem Mädchennamen geklungen.

Die ganze Puppenfamilie saß Seite an Seite auf dem Weidenstuhl und starrte trübsinnig über den Hof und in die Scheune. Hinter dem Scheunentor hörte Nettie, wie das Schlachtmesser am Schleifstein gewetzt wurde.

»Arme Dinger«, sagte Nettie laut, während sie zum Schweinepferch hinüberblickte. Sie konnte gerade noch den roten Rücken der Duroc-Sau in einem Flecken Sonnenlicht sehen. Der mächtige Schädel des Hampshire-Schweins lag auf ihrem Rücken. Wie haßte Nettie den Schweineschlachttag!

Angel kam auf die Veranda heraus. Im Haus drinnen war das Klappern von Zinntellern im Waschzuber zu hören. Angel hatte den Geschirrfetzen über die Schulter geworfen. Sie lehnte sich an den Pfosten, der das Dach der Veranda stützte, und starrte zum Pferch hinüber.

»Arme Dinger«, stimmte Angel zu, als hätte sie Netties mitfühlende Gedanken gelesen.

»Meinst du, sie wissen's?« grübelte Nettie.

Bei der Frage schien das Geräusch des Messerschleifens lauter zu werden. Die Schweine lagen immer noch zufrieden in der Morgensonne und wackelten behaglich mit den Ringelschwänzen. Sie blinzelten schläfrig, als hätte nicht bereits ihr letztes Stündlein geschlagen.

»Schweine sind schlau«, antwortete Angel und bemühte sich, das Zittern aus ihrer Stimme zu verbannen. »Aber sie wissen nicht, was er da drin macht. Soviel sie wissen, ist das Messer für irgendein altes Huhn bestimmt. Wenn sie's wüßten, würden sie ausbrechen und wild quiekend davonrennen, bis zu den Büschen hinunter, und Pa würde sie nicht mehr zu fassen kriegen.«

Nettie stellte sich vor, wie sie und Angel zum Gatter des Pferchs rannten, das Türchen aufrissen und den Schweinen zuriefen, sie sollten in die Hügel flüchten. Einen Augenblick lang gefiel ihr der Gedanke.

Angel schauderte. Nicht allzu auffällig, nur ein leises Frösteln, das Nettie verriet, daß sie dasselbe dachte. »Würdest du nicht auch gerne ...« begann Angel, und hielt dann inne. »Papa würde uns den Hals abschneiden!«

Hinter ihnen sagte die Große Hattie: »Lieber den Schweinen als uns!« Dann breitete sich ein strahlendes Lächeln über ihr breites, dunkles Gesicht. »Außerdem ... denkt bloß an all den Speck, wenn er in der Pfanne brät. Koteletts zum Abendessen. Wurst. Schinken in der Selchkammer!«

»Hört sich besser an als Süßkartoffel.« Angel rieb sich den Magen und leckte sich die Lippen.

Hock Canfield besaß geheime Rezepte für Räucherschinken und Wurst, die in der ganzen Umgebung berühmt waren. Hock war für drei Dinge berühmt: Er konnte aus fast nichts etwas zustandebringen, er wußte, wann ein Maulesel sein Geld wert war, und er machte den besten Räucherschinken im ganzen Süden der USA.

Aber an diesem Morgen war er schlecht aufgelegt, denn Billy Jones, der den Wurstkessel bringen sollte, hatte sich verspätet. Ohne Wurstkessel konnte Hock nicht mit dem Schlachten anfangen.

Ein Feuer brannte im Hof. Ein Haufen Eichenholz lag daneben, um das Wasser im Wurstkessel zu erhitzen. Aber Billy, der versprochen hatte, den Kessel bei Morgengrauen zurückzubringen, hatte sich noch nicht blicken lassen. Die beste Zeit zum Schlachten war in aller Morgenfrühe, wenn es noch kühl war. Falls irgendwelche Fliegen den Frost überlebt hatten, würden sie zu benommen vor Kälte sein, um es zu wagen, sich auf irgendeinem von Hock Canfield geschlachteten Schwein niederzulassen. Wie gut ein Stück Fleisch auf dem Teller schmeckte, hing auch davon ab, wie man ein Schwein schlachtete und zu welcher Tageszeit.

Hock gab seine Geheimnisse nicht preis, aber das war eine allgemein bekannte Tatsache.

Nettie und Angel und Hattie hörten, wie ihr Papa die arme Rosa anknurrte, während er die Messer schliff. Rosa trat das Rad des Schleifsteins, während Hock das Messer im genau richtigen Winkel ansetzte. Niemand konnte so gut Messer schleifen, wie Jefferson es gekonnt hatte. Hock behauptete das jedenfalls, also bekam Rosa eine Gardinenpredigt zu hören, weil sie das Rad beständig zu langsam, zu rasch, zu ungleichmäßig und so weiter drehte.

Rosa zahlte den Preis für die Verspätung des Wurstkessels, weiter nichts. Hock brummte vor sich hin, da könnten sie warten bis zum Sankt Nimmerleinstag, bevor er seinen Wurstkessel wieder einmal herborgte, bevor ein so bedeutendes Ereignis ins Haus stand. Er hätte auch auf Billy Jones wütend sein könnte, aber Rosa bekam das Ärgste von seinem Groll ab.

Angel und Hattie hoben die Stimmen, um die mürrische Stimme ihres Vaters zu übertönen. Am besten war es, an einem so herrlichen Morgen das Surren des Schleifsteins und die Stimme, die vor Verdruß brummte wie ein Hornissennest, in das man mit dem Stecken hineinstochert, zu überhören. Außerdem, dachte Angel, gewährte es den friedlichen Schweinen eine letzte Gnadenfrist, die sie in der Sonne liegend verbringen konnten.

Willa-Mae gesellte sich zu ihren Töchtern auf die Veranda, nachdem alle Teller abgewaschen waren und die Wurstmaschine montiert war, um ihrer großen Aufgabe gerecht zu werden. Sie blickte zur Sonne hinüber, die eine Handbreit über den Bergen stand. Wenn sie noch ein wenig höher stieg, ohne daß der Wurstkessel auftauchte, konnte Hock die Schweine an diesem Tag nicht mehr schlachten. Und wenn seine Pläne schiefgingen, war er mürrisch wie ein Bär mit Kopfweh. Sie runzelte die Stirn und stemmte die Hände auf die breiten Hüften, während sie zuhörte, wie er Rosa anschnauzte. Dann holte sie tief Luft und bellte ihren Ehemann warnend an.

»Rosa kann nichts dafür, daß du Billy den Kessel geborgt hast! Hör auf, sie anzustinken, Hock Canfield, oder du kriegst es mit mir zu tun!«

Schweigen senkte sich über die Scheune, abgesehen vom rhythmischen Surren und Summen des Stahls auf dem Stein. Mama hatte ein Talent dafür, Papa den Mund zu verbieten. Niemand konnte das besser als Mama. Mama würde auch eine Aufgabe für sie finden. Sie mußten irgend etwas Nützliches tun, wenn sich das Schlachten verzögerte.

»Die Dattelpflaumen sind reif in der Südwiese«, sagte Mama. »Ihr wißt doch, wie gern euer Papa Dattelpflaumenpudding mag. Und Plätzchen mit Walnüssen.« Alle Köpfe fuhren herum. »Ihr pflückt sie, und ich bereite sie zu.«

Ein begeistertes Durcheinander von Stimmen erhob sich und erstarb dann ebenso plötzlich. Billys klappriges Fuhrwerk kam die Straße entlanggeholpert. Der Wurstkessel befand sich auf der Ladefläche. »Ich hoffte schon –« begann Hattie, dann schwieg sie.

Im selben Augenblick verstummte das Surren des Messers und Hock trat aus der Scheune. Die Tatsache, daß Hock den Wagen kommen gefühlt hatte, bevor Willa-Mae ihn auch nur gehört hatte, war eine der vielen unheimlichen Fähigkeiten, die der Mann zu besitzen schien. Rosa folgte ihm aus der Scheune. Sie sah erschöpft aus nach der Schimpfkanonade, die sie über sich hatte ergehen lassen müssen, und hatte es eilig, mit dem Rest der Familie zum Pferch zu laufen.

Hock eilte zornig aufs Tor zu. Billy saß ganz unbesorgt in seinem Wagen. Es schien ihm nie auch nur das Geringste auszumachen, wenn Hock ihn ankeifte. Er war kleiner als Hock und benahm sich wie ein kleiner schwarzer Gockelhahn. Er kletterte von seinem Fuhrwerk herab, tätschelte den dicken Hintern seines

Maulesels und erklärte mit leiser Stimme, daß er mit gutem Grund später dran war.

Die Frauen spitzten die Ohren, während Hock sein Messer zu Boden schleuderte und dann auf das brennende Holz deutete und die Sonne, die immer höher in den Himmel stieg, und die schlafenden Schweine. Die Schweine schliefen in aller Seelenruhe und wußten nicht, daß all die Aufregung mit ihnen zu tun hatte.

Billy hob das Messer auf und reichte es Hock, dann führte er sein Maultier und den Wagen durchs Tor und zur Scheune. Den linken Daumen hatte er unter die Hosenträger gehakt. Er winkte und grinste die Mädchen zahnlos an. »Schön' guten Morgen!« rief er, als merkte er nicht, daß Hock neben ihm vor Wut schäumte. Sogar Hock hatte Billy gern, und sobald seine Wut verraucht war, würden sie gemeinsam einen Priem Tabak kauen und über die Aussichten der Jagd auf Truthähne plaudern.

»Guten Morgen, Billy!« rief Willa-Mae, ebenso freundlich, wie Hock zornig war. Sie zuckte leicht die Achseln, als wollte sie sagen: Du weißt doch, er meint's nicht so.

Billy nahm ihren Gruß entgegen, indem er an die Krempe seines formlosen Filzhuts tippte, dann wandte er sich an Hock. »Tut mir ehrlich leid, Hock. Ich weiß, du hast dich drauf eingerichtet, die Schweine beim ersten Sonnenstrahl zu schlachten. Aber ich konnt' ehrlich nichts dagegen tun. Wär fast auf dem Weg liegengeblieben. Die Radkappe ging ab, verstehst du ... und dann sprang die Achse raus. Ich hätt' den Kessel ja auf dem Buckel hergeschleppt, wär ich nur halb so stark wie dein Junge. Wenn Jefferson die Achse gebrochen wäre, na, der hätte den Kessel drei Meilen weit geschleppt! Aber ich? Hab wohl zu lange Baumwolle gepflückt. Bin nicht mehr der Alte.« Er spuckte aus. »Naja, jetzt, wo der Krieg zu Ende ist, da wirst du ja wohl froh sein, daß du Jefferson wieder hast.«

Hock blieb mitten im Schritt stehen. »Was sagst du da, Mann?«

Willa-Mae stieß einen kleinen Schrei aus, daß alle Mädchen in die Höhe fuhren und Netties Puppenkinder aus dem Weidenstuhl purzelten.

»Was sagst du da, Billy?« schrie sie.

»Ich sagte – jetzt, wo der Krieg vorbei ist –«

* * *

An diesem Morgen war Dr.Warne in seinem Auto losgetukkert, um Mrs. Metcalfes Baby zur Welt zu bringen. Matthew und Mark waren oben im Nordfeld und schnitten Feuerholz. Luke flickte das Weidetor, das der Stier am Vortag niedergetrampelt hatte, um zu den Kühen zu gelangen. John hatte vier Reitpferde im Pferch und steckte mitten in der Arbeit, einem fünften die Hufe zu pflegen. Die fünfjährige Julie war mit Molly allein zu Hause. Sie hockte unter der Treppe und spielte mit den Puppen, die ihre Tanten ihr geschickt hatten.

Eine offene Pappschachtel stand auf dem Tisch. Darin befanden sich neue Wollsocken und lange Unterhosen, eine gestrickte Mütze und Handschuhe für Ellis, falls es ihm in Frankreich kalt wurde. Molly nahm an, daß die Regierung der Vereinigten Staaten ihre Soldaten mit Hosen und Stiefeln versorgte, aber man konnte nie genug Socken und Unterhosen haben. Sie hatte auch zwei Fruchtkuchen gebacken. In seinem letzten Brief hatte er ihr mitgeteilt, daß sie ihm nur haltbare Eßwaren schicken sollte, denn es mochte viele Wochen dauern, bis ihr Paket ihn in Frankreich erreichte. In dieser Situation erschien ihr Fruchtkuchen mit Rumglasur als die einzig sinnvolle Möglichkeit.

Drei Bügeleisen standen zum Erhitzen auf dem Herd. Ein Stapel Hemden lag auf dem Küchentisch. Ein Korb mit Hosen und Hemden und Taschentüchern stand ihr zu Füßen. Mollys Bügelbrett bildete eine Brücke zwischen dem Tisch und der Spüle. Es war so aufgestellt, daß sie aus dem Fenster zur Scheune hinübersehen konnte, zu den Feldern, zum Schulhaus und zu ihrer Reihe kleiner Lämmer und schweigender Soldaten. All ihre Nachkommen waren in Rufweite, und dennoch dachte sie an diesem Morgen nur an Ellis.

Molly stimmte den bedächtigen Rhythmus ihrer Bewegungen beim Bügeln auf das leise Summen der kleinen Julie ab, die ihren Puppen ein Liedchen sang. Es war ein stiller Morgen. Ein friedlicher Morgen.

Und dann tauchte eine Staubwolke über der Anhöhe auf.

Das unregelmäßige Rattern eines näherkommenden Automotors mischte sich in den Klang von Julies Gesang und dem Plumps! des schweren Bügeleisens. Auf eine Entfernung von zweihundert Yard erschien es Molly, als hörte sie den Motor von Doc Warnes altem vierzylindrigem Apperson. Fünfzig Yards weiter wußte sie, daß es jemand anderes war. Ungewöhnlich. In der Grafschaft Guernsey gab es kaum eine Handvoll Autos, und Molly kannte jedes einzelne am Klang seines Motors. Jedes Auto sprach mit seiner eigenen Stimme. Dieses spuckende, röchelnde Vehikel hatte nicht die Stimme eines alten Freundes.

Sie hielt das Bügeleisen über dem Kragen von Docs Hemd in der Schwebe und starrte den Wagen an, als er seine Fahrt verlangsamte und in die Zufahrt des großen weißen Hauses einbog. Die Erinnerung an andere unerwartete Besucher erfüllte sie mit banger Vorahnung. Wieder ein Telegramm? Eine Nachricht aus Frankreich?

Sie stellte das Eisen mit lautem Klirren auf den Herd zurück und sah zu, wie sich John von seiner Arbeit aufrichtete und den Wagen anstarrte. Im Nordfeld legten Matthew und Mark ihre Äxte nieder und beschatteten die Augen mit der Hand, um besser zu sehen. Luke probierte aus, ob die Angeln des Gatters funktionierten und kletterte dann auf die oberste Zaunstange, um den Ankömmling zu erkennen. Die kleine Julie hörte zu singen auf und saß schweigend da.

»Hat Mrs. Metcalf ihr Baby schon bekommen, Mama?« rief sie. Damit meinte sie, ob Doc schon heimkäme.

»Nein. Es ist nicht dein Papa.« Molly preßte die Hände zusammen, um ihr Zittern zu beherrschen, als sie aus dem Fenster starrte.

»Wer dann?« fragte Julie.

Molly gab keine Antwort. Sie brachte kein Wort über die Lippen, als sie die Schachtel auf dem Tisch anstarrte und dann zu Johns ernstem Gesicht hinübersah. Er wischte sich die Hände ab und band die große alte Stute los. Er schwang sich mühelos auf ihren bloßen Rücken und stupste sie, bis sie in langsamen Trab auf den Fremden zulief. Warum sollte jemand mit dem Auto bis hier heraus fahren? Hier gab es nichts außer Doc Warnes Farm. Docs

Söhne und ihre Frauen bearbeiteten das Land. Es gab keine Landarbeiter.

Als es noch etwa hundert Yards vom Hause entfernt war, bremste das Auto in der Mitte der Schotterstraße. Der Fahrer, der einen langen Mantel, eine Lederkappe und eine Automobilbrille trug, zog die Bremsen an, ließ jedoch den Motor laufen. Das Fahrzeug schauderte ungeduldig. Die Pferde in der Koppel liefen unruhig im Kreis, als sie den Motor hörten, aber die alte Stute, die John trug, kam unbekümmert näher.

Molly erkannte den Fahrer nicht. Auf jeden Fall war er niemand aus der näheren Umgebung, und dennoch winkte er mit beiden Armen, als John herbeikam.

Er lachte. Molly schloß erleichtert die Augen. Niemand, der ein Telegramm brachte, würde lachen und reden und so überschwenglich gestikulieren!

Sie erkannte, daß der Bursche unter seinem langen Mantel einen Kragen aus Zelluloid und eine Krawatte trug, wie die Bankangestellten in Camden es taten.

Mark und Matthew reagierten merkwürdig. Sie hörten auf, am Feldrand Holz aufzuladen, und warfen ihr Werkzeug hinten in den Wagen. Luke ließ den Hammer und die Nägel in seinen Werkzeugbeutel fallen und lief auf die Scheune zu. John, groß und schlank in seinem Overall und seiner Baseballmütze, überragte den Mann im Automobil; ein paar Sekunden lang unterhielten sie sich lebhaft miteinander. Dann wirbelte er herum, grinste und winkte zum Küchenfenster hinüber. Er wußte, Molly stand dahinter und beobachtete ihn.

»Was? Was sagt er, Mama?« Julie war auf einen Sessel geklettert und beobachtete die Szene.

Molly ergriff ihr Umhangtuch und stürzte auf die Veranda hinaus. Die Morgenluft war eisig kalt. Johns Atem bildete eine Dampfwolke, die sich mit den Rauchwolken des stotternden Motors mischte. Er schrie etwas, aber Molly konnte kein Wort verstehen. Sie sah Frank Dunn auf seinem roten Pferd die Anhöhe hinaufgaloppieren, die zu der weißen hölzernen Kirche führte. Sie blickte die fünf Grabsteine an, dann den Fremden und Matthew, Mark und Luke, die aufs Haus zurannten.

Im selben Augenblick hallte das ferne Geläute einer Kirchenglocke im Tal wider, dann stimmte eine weitere Glocke ein, und noch eine weitere, und schließlich die Glocke der Cumberland Presbyterian Church auf dem Hügel oben.

Rebecca Moniger tauchte oben auf der Anhöhe auf und stand einen Augenblick neben der Kirche. Sie blickte zum Kirchturm auf und dann zum Haus hinab. Sie winkte mit dem Hut, als wollte sie ein Signal geben, und Molly verstand.

»Es ist vorbei«, flüsterte sie.

John trieb die alte Stute mit einem Klaps an und sprang neben Molly ab. »Mama!« schrie er. »Der Krieg ist vorbei! Ellis kommt heim! Mama! Der Krieg ist zu Ende!«

Rebeccas Rufe gingen im jubilierenden Geläute der Glocken unter, als sie über die Weide rannte. Aber ihr Gesicht verkündete die Botschaft noch deutlicher als die Glocken. Der Krieg war zu Ende.

* * *

Birch erschien das alles wie ein Wunder, an das er nicht mehr geglaubt hatte. Vor Stunden hatte er alle Hoffnung aufgegeben, Max und Ellis lebend wiederzusehen. Und hier saß Max und sah sehr allein und niedergeschlagen aus, wie er auf einer Packkiste vor dem Feldlazarett kauerte.

»Max!« schrie er und löste sich aus der Truppeneinheit, mit der er von der Front wegmarschiert war.

Max hob langsam den Kopf, als wachte er aus tiefem Schlaf aus. Es dauerte einen Moment, bis er glauben konnte, daß er tatsächlich Birch vor sich sah.

Mit einer Ausdruck müder Erleichterung auf dem Gesicht stand Max auf und stolperte auf Birch zu, um ihn zu umarmen. »Ich dachte, du wärst tot«, brachte er heiser flüsternd hervor.

»Ich dachte dasselbe von dir – und wo ist Ellis?«

Max deutete mit dem Kopf auf das Zelt der Chirurgie. »Da drin.«

»Was ist passiert?«

»Schrapnell im Bein. Er blutete furchtbar. Ich habe ihn vom

Schlachtfeld getragen.« Auf Max' Uniform waren große dunkle Flecken, als hätte er in Blut gebadet.

»Es traf den Knochen. Das Schrapnell durchbohrte den Knochen genau unterhalb des Knies. Ich weiß nicht –« Er sah aus, als würde er ohnmächtig zusammenbrechen, also ging Birch mit ihm zurück zu der Kiste und setzte sich neben ihn.

Max hatte Ellis vom Schlachtfeld getragen. Inmitten von Granaten und Maschinengewehrfeuer und Schwaden von Senfgas hatte Max ihn zwei Meilen weit getragen. Das durfte nicht umsonst gewesen sein!

»Er schafft es«, sagte Birch und betete im Stillen, er möge recht behalten.

»Sie nehmen ihm das Bein ab, Birch.« Max weinte wie ein kleiner Junge, als er es sagte. »Sie schneiden es ab.« Den Kopf in den Händen verborgen, schluchzte er: »Wie soll er denn jemals wieder Baseball spielen?«

Birch legte den Arm um Max und ließ ihn weinen.

»Er kommt durch«, sagte Birch noch einmal.

»Haben wir gewonnen?« fragte Max schließlich. »Hat es überhaupt etwas zu bedeuten? Wer hat den Krieg gewonnen, Birch?«

Draußen auf der Straße zogen Hunderte von deutschen Gefangenen in langen Kolonnen vorbei. »Ich glaube, wir«, antwortete Birch, aber er war sich keineswegs sicher.

Der Waffenstillstand bedeutete noch längst nicht das offizielle Ende des Krieges, sondern nur die Einstellung der militärischen Aktionen. Der Krieg, der mit so viel Selbstvertrauen und Kampfesmut begonnen hatte, verebbte, während Ellis Warne unter der Chloroformmaske und dem Skalpell um sein Leben kämpfte. Birch konnte nichts anderes denken als daran, wie nutzlos sein Opfer in dieser Stunde erscheinen mußte. Was war erreicht worden?

Daß diese Frage bittere Wirklichkeit war, wurde immer klarer, als die Tage vorübergingen und die Tatsachen ans Licht kamen. Auf allen Seiten war menschliches Leben in einem Ausmaß vernichtet worden, wie man es in der Geschichte der Menschheit niemals zuvor erlebt hatte.

Max übersetzte Birch die Fakten und Statistiken, wie sie in

den langen Wochen nach Kriegsende in den französischen Zeitungen auftauchten. Frankreich war das Schlachtfeld gewesen, der Blutacker, auf dem die französischen Generäle das Leben ihrer Männer vergeudeten, von der skrupellosen Überzeugung erfüllt, sie könnten die Deutschen von ihrem Grund und Boden vertreiben. Das erste Kriegsjahr hatte die Hälfte aller französischen Familien am Grab eines Vaters oder Sohnes stehen gesehen. Nach sechzehn Monaten des grausigen Kampfes waren zwei Drittel von einer Million französischer Soldaten gefallen. Niemals zuvor war eine solche Zahl in den Annalen der Geschichte verzeichnet worden. Die ganze Nation schien Trauerkleidung zu tragen. Diejenigen, die noch keine Verluste erlitten hatten, betrachteten die Listen der Gefallenen und kamen zu dem Schluß, daß zuletzt jeder einzelne Gatte oder Sohn in den Schützengräben tot oder verstümmelt sein würde. Die Franzosen hatten anfangs auf Zermürbungstaktik gesetzt: Eine Folge massiver Angriffe sollte den Feind ausbluten.

Im Mai 1915 war es bei Artois zu einem Angriff gegen die Deutschen gekommen. Die Franzosen stießen drei Meilen weit vor. Die Deutschen konterten mit einem Gegenangriff und schlossen die Lücke, und als die Kampfhandlungen im Juni nachließen, begriffen die Franzosen in hellem Entsetzen, daß sie 400.000 Mann verloren und nicht das Geringste gewonnen hatten! Und es war überall dieselbe Geschichte. Die Zermürbungstaktik hatte nicht nur die Deutschen am Boden zerstört, sondern gleichermaßen die Franzosen und die Engländer.

Erst jetzt, nachdem die Toten begraben waren und man die Verwundeten in Spitälern untergebracht hatte, wurde die Wahrheit über das Gemetzel bekannt.

Deutschland: Zwei Millionen Soldaten gefallen.

Frankreich: Eine Million dreihunderttausend Soldaten gefallen.

England: Eine Million Soldaten gefallen.

USA: Hundertfünfzehntausend Soldaten gefallen.

Insgesamt hatte der Weltkrieg zehn Millionen Menschenleben gefordert. Weitere zwanzig Millionen wurden von der Grippeepidemie dahingerafft. Die Überlebenden waren bis ins Herz hinein erschüttert. Die Verwüstung hatte nichts verschont – weder

Familien noch politische Führer, weder Regierungen noch die Gesellschaft als Ganzes. Die Welt war verstümmelt wie der junge Baseballspieler aus Ohio, der einst gemeint hatte, ein Glückskind zu sein.

DIE STRASSE DER MÄRTYRER

Man hätte meinen können, die Kämpfe in Frankreich hätten noch längst nicht aufgehört. Die Listen der Verwundeten und Gefallenen in den Tageszeitungen schienen um nichts kürzer geworden zu sein.

Die Nachricht, daß Ellis verwundet war, kam per Telegramm, eine Woche, nachdem der Waffenstillstand unterzeichnet worden war.

ELLIS R. WARNE ... Dr. W. Warne ... Camden ... WU

Das »WU« am Ende bedeutete, daß die Schwere der Verletzung noch ungewiß war. Das war immer noch um vieles besser als »WS«, wie Becky Molly erklärte, denn das bedeutete »schwer verwundet«. Besser wäre freilich »WL« gewesen, das für »leicht verwundet« stand. Am allerbesten wäre es natürlich gewesen, wenn Ellis überhaupt nie auf der Liste gestanden hätte, aber Becky hoffte von Herzen, »WU« möge in Wirklichkeit »WL« bedeuten.

Das alles wurde mit großer Ausführlichkeit bei einer Tasse Tee diskutiert. Molly sagte nichts davon, daß das Telegramm die Nachricht enthalten hatte, Ellis sei am Bein schwer verwundet worden. Sie machte auch keine Bemerkung darüber, daß Doc keine hohe Meinung von der ärztlichen Versorgung hatte, die den verwundeten Soldaten in Europa zuteil wurde. Die Listen ließen erkennen, daß nur noch ein geringer Teil der Männer im Kampf gefallen war. Die Initialen hinter den Namen lauteten jetzt »DW« – »seinen Verletzungen erlegen«. Und die größte Anzahl von Todesfällen lautete »DD« – »an Krankheit verstorben«.

Selbst jetzt, Wochen nach den großen Feiern, schien sich alle Welt nur um diese Listen der Gefallenen und Verwundeten zu drehen. Die Farmer sahen in der Zeitung erst nach den Wetterberichten oder den Preisen für Jungvieh oder Weizen, nachdem sie die

Listen der Verwundeten durchgesehen hatten. Dort lasen sie die Namen von Bauernjungen und brachten sie in Verbindung mit Knabengesichtern, die sie gekannt und heranwachsen gesehen hatten.

An diesem Nachmittag trank Rebecca Moniger ihren Tee aus und eilte gerade zur Küchentüre hinaus, um zum Chorsingen zu gehen, als Doc zur Vordertüre hereinkam. Er war so erschöpft, daß er nicht einmal seinen Mantel und seine Überschuhe ablegte, bevor er sich schwerfällig an den Tisch setzte.

»Mrs. Stokes geht es schlecht, seit sie von Freds Tod gehört hat. Sie hat überhaupt keinen Lebenswillen mehr.« Er blickte an Molly vorbei zu den Grabsteinen hinüber. »Ich habe ihr gesagt, mit gebrochenen Herzen haben wir hier im Hause auch Erfahrung.« Molly half ihm aus dem Mantel und schenkte ihm dann eine Tasse Tee ein.

»Sie hat noch drei weitere Kinder«, sagte Molly. »Kann sie nicht an die denken?«

Doc hob den Blick, bis sich ihre Augen begegneten. »Du weißt doch, Molly ...«

Ja. Sie wußte es. Es gab kein Ausweichen vor dem Kummer, der einen überfiel, wenn man ein Kind verlor. Sie wußte es, aber sie wollte nicht nachgeben. »Ich werde einmal mit ihr reden. Wann besuchst du sie wieder?«

»Morgen vormittag.«

»Ich werde einen Topf Eintopf kochen und mitkommen.«

Er nickte. »Es gibt kaum jemand im ganzen Land, der nicht ein gebrochenes Herz hat.« Er sprach die Worte in einem Tonfall des Erstaunens aus. »Wir sind hierhergekommen, um all dem zu entkommen ... dem bösen Blut in Belfast. Ach, Molly ...« Er hob seine Tasse nicht an die Lippen.

»Trink deinen Tee, Doc«, drängte sie ihn. »Macht die Verzweiflung irgend etwas besser? Sie ist schlimmer als nutzlos, es sei denn, du setzt deinen Kummer für irgendeinen guten Zweck ein.«

»Ist das nicht der Grund, warum wir hierhergekommen sind? Nach Amerika? Um unseren Kindern ein besseres Leben zu bieten?« Er machte eine Handbewegung zum Fenster hin. »Sie haben meinen Vater in den Straßen von Belfast niedergeschossen, als ich neun Jahre alt war. Ich war bei ihm, als er zusammenbrach. Sein Blut bildete eine Pfütze rund um meine Schuhe. Und ich wuchs damit auf, daß ich sie haßte. Sie alle. Ich haßte die Männer, die den Finger am Abzug hatten, aber ich haßte die genauso, die beifällig nickten! Und jetzt ist es in Europa dasselbe, oder etwa nicht? Wie viele kleine Jungen werden ohne Vater aufwachsen? Und was werden sie tun, wenn sie einmal alt genug sind, ein Gewehr zur Hand zu nehmen und nach Rache zu schreien?« Er schlug mit der Faust auf den Tisch. »Was haben wir erreicht? Zwei Söhne sind tot, und ein dritter wird vielleicht ebenfalls sterben. Soll das die Lösung sein, die wir gesucht haben?«

Molly schüttelte bekümmert den Kopf und versuchte zu überlegen, was sie auf seine Frage antworten sollte. Sie hatte keine Antwort auf eine so gewaltige und rätselhafte Frage, und so versuchte sie einfach nur, Doc zu trösten. Sie massierte seine breiten Schultern und sagte nichts, während er in einem fort weiterredete.

»Die Welt, die wir kannten, ist tot«, flüsterte er. »Präsident Wilson und all die anderen werden Europa unter sich aufteilen. Er nennt es eine neue Weltordnung. Aber wird es nicht eine Welt ohne Mitleid sein? Eine Welt voll Waisen wird aufwachsen, alle mit dem bitteren Geschmack des Hasses auf der Zunge. Und ich fürchte ... unsere Söhne sind umsonst gestorben. Ellis hat umsonst gelitten, verstehst du? Es wird immer wieder passieren.«

* * *

»Mann, wir sind in Paris!« jubelte Harris, als das 369ste am Gare de Grenelle den Zug verließ. Zur Linken konnte Jefferson Canfield die Seine sehen, wo Vergnügungsdampfer und Frachtschiffe denselben rot-weiß-blauen Schmuck trugen. Unmittelbar hinter dem Bahnhof erhob sich der 984 Fuß hohe Eiffelturm zu geradezu unglaublicher Höhe. »Wusch!« bemerkte Harris, während er sich immer weiter zurücklehnte. »Ich hab noch nie so was Hohes gesehen!«

»Vorsicht!« warnte Jefferson Canfield. »Wenn du umfällst, halten sie dich für betrunken und stecken dich ins Loch.«

»Warte nur! Zwanzig Minuten in dieser bezaubernden Stadt,

und sie werden recht haben! Jeder hier drückt mir eine Flasche Wein oder einen Blumenstrauß in die Hand!«

Die Uniformen des Regiments waren gereinigt und aufpoliert worden, bis die Knöpfe im Sonnenschein funkelten und die Khakihosen scharfe Bügelfalten hatten. Die Soldaten trugen die einst so verachteten französischen Helme mit keckem Stolz.

Die Männer des 369sten formierten sich zu einer Marschkolonne, um die von Alleebäumen gesäumte *Avenue de Suffren* hinunterzuziehen. »Allee der Märtyrer«, übersetzte Canfield. »Dort hinten im Schützengraben hätte ich gesagt, sie haben die Straße nach uns benannt, aber jetzt fühl' ich mich schon ganz anders!«

Eine Militärkapelle der französischen Vierten Armee führte den Zug mit Trommelklang und den Fanfarenstößen einer Trompete an. Dann begann die Band »Yankee Doodle« zu spielen, und die Prozession zog los, in Richtung Südosten den Boulevard hinunter.

Am Straßenrand standen, vier und fünf Reihen hintereinander, die neugierigen Bürger. Jefferson erinnerte sich an die Gaffer, die die Gehsteige in New York gesäumt hatten, als das Regiment sich nach Frankreich eingeschifft hatte. Die Menschenmengen in New York hatten sie mit einer Mischung aus Amüsement und Feindseligkeit betrachtet. Die Bemerkungen, die ihnen nachgebrüllt wurden, reichten von Witzen wie: Jetzt habe wohl jeder »wirkliche« Soldat seinen persönlichen Sklaven! bis zu Äußerungen, es sei eine Schande, die Nigger die Uniform der Vereinigten Staaten tragen zu lassen. Einer von Jeffersons Freunden hatte den Spöttern zugerufen: »Bluten wir nicht so rot wie ihr?«

Das war vor zwölf Monaten gewesen – ein Jahr, in dem sie sich müde durch den dicken, dunklen Schlamm der Schützengräben geschleppt hatten. Der Soldat, der es gewagt hatte, den Spöttern die Zähne zu zeigen, war einer der ihren gewesen. Der Gedanke machte Jefferson zornig.

Er ließ den Blick über die Massen von Franzosen gleiten, und seine Augen blitzten. Sie sollten es nur wagen, ihm dumm zu kommen! Aber er irrte sich. Er irrte sich gründlich.

Die französischen Soldaten in der Menge standen stocksteif Habtacht, als das 369ste vorbeizog. Männliche Zuschauer nahmen ehrerbietig die Hüte ab. Mütter hoben ihre Kinder hoch, damit sie das berühmte schwarze Regiment besser sehen konnten, wie es da herbeimarschierte, um die verdienten Ehrungen für seinen Beitrag zur siegreichen Beendigung des Großen Krieges entgegenzunehmen.

Irgend jemand unter den Tausenden Zuschauern stieß einen Schrei aus. Erst waren es nur einige wenige Stimmen, dann zehn, dann Hunderte, bis die ganze Allee von den Zurufen widerhallte: *»Vivat les Serpents Noirs! Vivat les Serpents Noirs!«*

Jefferson fühlte einen Klumpen in der Kehle. Er zischte Harris aus dem Mundwinkel zu: »Die Leute hier sind ganz vernarrt in uns. Wir sind keine Zirkusaffen für sie. Die betrachten uns wirklich als Kriegshelden!«

»Warte du nur!« gab Harris zurück. »Wir werden auch zu Hause Helden sein! Wir haben in diesem Krieg für die Demokratie gekämpft, und jetzt wollen wir ein bißchen davon für uns selbst!«

Als sie den sechsten Häuserblock passiert hatten, öffnete sich der Boulevard linker Hand auf den freien, schotterbestreuten Exerzierplatz. Das Regiment nahm in Kompanien Aufstellung, das Gesicht den acht korinthischen Säulen und der viereckigen Kuppel der École Militaire zugewandt. Canfield stand in der ersten Reihe, den Steinstufen am nächsten, die zu den imposanten Gebäuden hinaufführten.

Aus den Arkaden trat ein Offizier hervor, der die eindrucksvolle Uniform eines Marschalls von Frankreich trug. Beim Befehl »Habt Acht!« stand das Regiment wie ein Mann stramm.

»Maréchal Henri Philippe Pétain, der Held von Verdun und Oberkommandant der Allierten, wird nun zu den tapferen Soldaten des 369sten Regiments sprechen!« schrie ein Herold.

»Soldaten!« rief der kleine, feiste Pétain. »Waffenkameraden! Wir rufen euch unseren Beifall zu für die Rolle, die ihr bei dem herrlichen Sieg gespielt habt, den wir kürzlich errungen haben!«

»Diejenigen, die besondere Ehrungen erhalten sollen, mögen einen Schritt vortreten!« rief der Herold. Canfield und die übrigen in der ersten Reihe traten vor. Von den Seiten des Exerzierplatzes rollten in langer Reihe Rollstühle herbei: Die Männer, die zu schwer verwundet waren, um zu Fuß zu der Zeremonie zu kommen.

Pétain schritt die Reihe ab. Der Herold folgte ihm auf den Fersen und zählte die Heldentaten jedes einzelnen Mannes auf, während der Marschall von Frankreich mehr als hundert Croix de guerres und die Medaillen der Légion d'honneur verteilte. Als er bei Jefferson Canfield anlangte, mußte sich der hochgewachsene, schwarze Soldat bücken, damit der kleine weiße General ihm das rote Band der Ehrenlegion um den Hals legen konnte. Der Schnauzbart des Marschalls wischte einmal links, einmal rechts über Jeffersons Wangen, und der kleine Pétain murmelte ihm ins Ohr: »Sie haben Frankreich mit Ihrem Mut Ehre gemacht. Heute ehren wir Sie mit einem Zeichen unseres Dankes. Tragen Sie es mit Stolz, Soldat Frankreichs und Amerikas!« Blitzlichter knallten, als Fotografen die Szene festhielten.

Als sie zum Zug zurückmarschierten, bemerkte Harris zu Canfield, wobei er den Lärm der Menge übertönte: »Mann, ich brauche jetzt keinen Wein mehr! Ich glaube, ich bin schon besoffen!«

Jefferson nickte zustimmend. »Ich muß wohl träumen. Harris!« sagte er plötzlich. »Jetzt werden sie uns auch zu Hause respektieren. Da bin ich sicher!«

* * *

Der Wind heulte wild um die Eisenstreben des Eiffelturms. Die Informationsbroschüre warnte, daß der Aufstieg nur bei klarem und ruhigem Wetter zu empfehlen sei, aber Birch und Max hatten die Herausforderung dennoch angenommen. Wie alle anderen Amerikaner in Paris hatten sie den Eindruck, den Leuten daheim nicht mehr in die Augen sehen zu können, wenn sie den Eiffelturm nicht bestiegen hatten. Die Lifts waren an diesem Tag außer Betrieb, aber sie mußten dennoch fünf Francs für den mühseligen Aufstieg zur Turmspitze zahlen. 350 Stufen führten zur ersten Plattform und 380 Stufen zur zweiten Plattform hinauf, wo es Bars und Souvenirläden gab. Birch genügte es nicht, bis zu der großen beleuchteten Uhr hinaufzuklettern. Er warf den Kopf zurück, stieß einen hallenden Schrei aus und machte sich auf den Weg zur dritten Plattform in 905 Fuß Höhe. Der riesige gläserne Pavillon an der Spitze war fast leer. Atemlos und schweißtriefend trotz des eisigen Windes lehnte Max sich ans Geländer und weigerte sich, auch noch die allerletzte Wendeltreppe hinaufzuklettern, die sich noch einmal 79 Fuß hoch erhob.

»Komm schon, Max!« stichelte Birch. »Du wirst doch jetzt nicht aufgeben! Da hast du den Mund so voll genommen, wie du die Stufen im Woolworth-Gebäude in New York raufgerannt bist und schneller oben warst als der Aufzug. Und jetzt schaffst du's nicht einmal bis hier herauf.«

»Schon gut.« Max wischte sich den Schweiß vom Gesicht. »Laß mich bloß eine Minute verschnaufen, ja? Wir sind doch wirklich die einzigen Schafsköpfe, die so etwas an einem Tag tun, wenn kein Lift in Betrieb ist!«

»Wie kommt das, daß du's im Woolworth-Gebäude geschafft hast und hier nicht? Sind doch bloß noch läppische zweihundert Fuß. Wenn wir nach New York kommen, guck ich mir einmal an, wie du's machst.«

Max schüttelte den Kopf. »Ich bin mit dem Lift bis ins vorletzte Stockwerk gefahren und dann losgerannt. So, und jetzt laß mich in Ruhe, Birch!«

»Dann hast du wenigstens wirklich was zum Angeben.« Birch kletterte zur höchsten Plattform hinauf, und Max folgte ihm brummend. Der Ausblick war unglaublich. In südwestlicher Richtung konnten sie bis Chartres sehen, und im Nordosten bis nach Villers-Cotterêts, das fünfundfünzig Meilen entfernt lag.

»Von hier oben sieht es gar nicht so übel aus, nicht wahr?« Birch schlug den Mantelkragen hoch, um sich vor dem beißenden Wind zu schützen.

Max beugte sich übers Geländer. Seine Augen folgten den winzigen, ameisenähnlichen Figürchen, die unten auf dem Gehsteig herumwimmelten. Bettler. Die Kinder der gefallenen Helden Frankreichs.

»Wenn man nicht zu genau hinguckt«, stimmte er zu. Dann wandte er achselzuckend den Blick ab. »Bringt sowieso nichts, jetzt daran zu denken.« Seine Züge hellten sich auf. »Komm, wir gehen in diese Bar, von der Millard uns erzählte. Die mit den Mädchen ... du weißt schon.«

Birch starrte zu den Kindern hinunter. Er seufzte. Paris im Dezember. Ihr erster wirklicher Fronturlaub seit einem Jahr. Da war er nun, in einer Stadt, von der er bislang nur im Geographieunterricht gehört und in Sally Millers Stereo-Diabetrachter ein paar Bilder gesehen hatte. Aber er hatte nur einen Wunsch: Er wollte nach Hause.

Paris im Dezember war ein hungriger Ort. Im Frühling war nichts angepflanzt worden; das einzige, was man in die Erde gelegt hatte, waren Männer, sechs Fuß unter dem Rasen. Unzählige Menschen waren Krieg und Seuchen zum Opfer gefallen. An jeder Straßenecke bettelten hohläugige Kinder die »reichen Yankees« um Geld und Essen an. In den krummen Hintergassen prostituierten sich ihre verwitweten Mütter für ein paar Francs.

»Weißt du, was mich am schlimmsten trifft?« sagte Max leise, als hätte er Birchs Gedanken gehört. »Frankreich hat den Scheißkrieg gewonnen! Und sieh dir die da unten an!« Er schüttelte den Kopf. »Ich frage mich, wie es erst den Kindern in Deutschland geht! Dort wächst eine ganze Generation ohne Väter heran, ist dir das klar?« Er blickte Birch voll in die Augen. »Und jeder von diesen kleinen Bettlern wird mit Haß im Herzen heranwachsen, Haß auf uns und die Franzosen und die Engländer, die ihre Daddies erschossen haben.«

»Haben sie unsere Jungs vielleicht nicht erschossen?« Birch zog sich alarmiert ein paar Schritte zurück. Daran hatte er noch gar nicht gedacht, und er wollte auch nicht daran denken.

»Ich spreche nur theoretisch.«

Birch zog die Augen zu schmalen Schlitzen zusammen. »Fang bloß nicht wieder davon an, ja? Wir wären um ein Haar verhaftet worden, als du im Café plötzlich losgelegt hast, man sollte mit Deutschland nicht so hart sein. Der Kerl sah so niederträchtig aus, der hätte dir den Schädel eingeschlagen.«

»Woher sollte ich denn wissen, daß er Englisch versteht?«

»Wie auch immer – halt lieber den Mund! Niemand in Paris hält es mit dir oder Präsident Wilson, und bei uns daheim ist keiner dran interessiert, daß wir uns in diesen chaotischen europäischen Völkerbund verstricken lassen. Wenn wir uns da reinziehen lassen, braucht nur ein Kroate einem Serben auf die Hühneraugen zu treten, und wir haben schon wieder Krieg.«

Max hielt die Hände hoch, zum Zeichen, daß er aufgab. Er hatte sich schon oft genug den Mund fusselig geredet, um den Standpunkt des amerikanischen Präsidenten zu verteidigen. Und Birch hatte jedenfalls in *einer* Sache recht. Jeder auf der Welt wollte Deutschland jetzt sein Pfund Fleisch aus dem Schenkel schneiden. Jeder würde Blut aus einem Stein pressen wollen. Die verwaisten Söhne der deutschen Soldaten würden am Hungertuch nagen müssen, ohne daß es den Rest der Welt kümmerte. Jedenfalls war das alles kein Gesprächsthema für jemand wie Birch Tucker, dem an Paris nichts weiter aufgefallen war, als daß die Seine viel schmutziger war als der Arkansas und daß die Kirchen »hier aber ordentlich groß und ganz leer« seien.

Max warf einen Blick auf die Uhr. »Ein Uhr dreißig. Besuchszeit ist von zwei bis vier Uhr. Wir haben gerade noch Zeit genug, eine Flasche Brandy zu kaufen.«

Birch sah entrüstet auf. »Ellis trinkt das Zeug nicht. Er ist doch Antialkoholiker.«

»Der Brandy ist auch nicht für Ellis.« Max begann die eisernen Stufen hinabzusteigen. »Der ist für mich. Du glaubst doch nicht, daß ich da reingehe, ohne mir vorher eine kräftige Dosis Medizin zu verabreichen?«

»Max, ich schwöre –« Birch biß sich auf die Zunge.

»Nein, Birch, du fluchst und schwörst nicht. Und du trinkst auch nichts. Und du läufst nicht den losen Weibern nach. Warum schaue ich mir Paris, Frankreich, eigentlich ausgerechnet in deiner Gesellschaft an?«

»Wahrscheinlich liegt's an unseren faszinierenden politischen Gesprächen. Und ich bin der einzige, der dich nicht für ein Großmaul hält.«

»Was zieht dich zu mir? Das würde mich interessieren.«

»Daß du fünf Sprachen sprichst und trotzdem kein anständiges Wort über die Lippen bringst. Du tust mir leid, Max. Wenn ich nicht in deiner Nähe bleibe, fängst du politische Debatten an, und du wirst gar nicht so schnell schauen können, wie du Ärger kriegst.«

»Ärger?«

»Ja, und wahrscheinlich einen Schlag auf den Schädel. Und

wenn ich dann nach New York komme, werde ich niemals deine niedliche Cousine kennenlernen.«

Max grinste über die Schulter zurück. »Die lernst du nur über meine Leiche kennen.«

»Du bist wie eine Glucke mit dem Mädchen. Ich bin doch kein Wüstling. Ich möchte sie nur kennenlernen.«

»Du hast dich in ihr Foto und ihre Briefe verliebt. Gib's zu!«

»Ich bin –«

»Und du siehst all die süßen kleinen Französinnen nicht einmal an – richtige, lebendige Mädelchen zum Ankuscheln! Denen ist sogar dein haarsträubender bäurischer Dialekt egal.«

»So lange ich Geld in der Tasche habe, ja. Nein danke!«

Max blieb plötzlich auf der Plattform stehen. Sein Gesicht wurde ernst. »Hör zu, Birch! Ich mach' dich wirklich nicht mit Trudy bekannt. Hör auf, mich drum zu bitten. Sie ist Jüdin. Meine Großmutter würde mir niemals verzeihen. Du bist – naja, etwas anderes.«

»Und Irene? Was ist die?«

»Wir haben Ärger deshalb. Ich hab' Ärger, Irene hat Ärger. Ihre Brüder hassen mich. Meine Großmutter lehnt sie ab. Trudy bekäme auch nichts als Ärger. Deinetwegen.« Er klopfte Birch auf die Schulter. »Was ist, wenn du ihr gefällst?«

»Dann heiraten wir.«

»Das befürchte ich eben.« Der Ernst wich aus seinem Tonfall. Er grinste breit. »Glaub mir, sie ist kein Mädchen für dich.«

»Und ich bin kein Junge für sie?« Birch fühlte sich ernstlich verwirrt.

»Du hast's kapiert. Meine Großmutter betet jeden Tag, daß Trudy einen netten, ordentlichen jüdischen Jungen kennenlernt. Verstehst du?« Max wandte sich ab, um zur nächsten Plattform hinabzusteigen. »Es gibt schon Stunk genug wegen Irene und mir. Die Deutschen besiegen ist eine Sache, mit Bubbe Fritz fertigwerden eine andere.« Das war alles, was er zu dem Thema zu sagen hatte, und er brach das Gespräch ab, indem er sich einfach abwandte.

Birch starrte einen Moment lang auf seinen Rücken. Er überlegte, ob er Max allein weitergehen lassen sollte. Seit sie einander zum erstenmal begegnet waren, wünschte er Max Meyer mindestens einmal täglich dorthin, wo der Pfeffer wächst.

»Kommst du?« rief Max ungeduldig zurück.

»Du bist ein Feigling«, gab Birch zurück. »Hast Angst vor deiner Omama!«

»So ist es, du hast recht. Schmoll' nur schön. Und jetzt komm, oder wir kommen zu spät. Wir müssen Ellis doch aufheitern.«

»Dann bleib besser hier, und ich gehe allein. Du bist ungefähr so lustig wie ein Trauerkutschenpferd.«

»Ach so? Du willst Ellis in meiner schlechten Gesellschaft allein lassen?«

Birchs Antwort bestand darin, daß er klappernd die Stufen hinuntereilte, hinter Max her. »Sprich einfach französisch mit ihm, Max, einverstanden? Dann nimmt er's nicht persönlich, wenn du dein Schandmaul in Betrieb nimmst.«

DER MEERESWANDEL

Jefferson Canfield und Harris erschien die Stadt Paris wie eine Anzahl von verschieden großen Wagenrädern. Straßen, die fächerförmig von einer Nabe im Zentrum ausgingen, überlappten sich mit weiteren Straßen in einem riesigen Laubsägepuzzle. Die kleinen Streben der Seitengäßchen, die von diesen Speichen abgingen, konnten einen hoffnungslos in die Irre führen. Harris, der in New York aufgewachsen war, zuckte bald nur noch die Achseln und überließ es Jefferson, den richtigen Weg zu finden.

Jefferson, der die wilden Bären und die Waschbären und Opossums in den dichtbewaldeten Poetau-Bergen seiner Heimat gejagt hatte, ließ sich von der verwirrenden Anlage der Stadt nicht aus dem Gleichgewicht bringen. »Hier gibt es doch jede Menge Orientierungszeichen, Harris.« Er deutete mit dem Daumen auf den Eiffelturm. »Ich orientiere mich an dem da. Das ist ein ganzes Stück leichter, als bei mir daheim bei einem Schneesturm den Heimweg zu finden!«

Harris sagte, Jefferson finde sich wohl deshalb so leicht zurecht, weil er so lang war, daß er praktisch über die Häuser hinwegsehen konnte. In Wahrheit hatte Canfield die unheimliche Fähigkeit, einen Blick auf eine Landkarte zu werfen, sich zu orientieren und jedes Detail genauestens im Kopf zu behalten. Kein Wunder, daß er seine Männer auf dem Schlachtfeld im dichtesten Rauch ins schlimmste Getümmel geführt und heil wieder zurückgebracht hatte.

Heute jedoch suchten Jefferson und Harris nichts weiter als ein kleines Parfümgeschäft. Beide Männer hatten Mütter und Schwestern zu Hause, und wie alle anderen amerikanischen Soldaten wollten sie ihre Seesäcke mit Souvenirs vollgestopft heimbringen.

Die Avenue de l'Opéra war eine große Speiche, die von der Nabe des Place de l'Opéra an einem Ende und einem großen freien

Platz, der als Théâtre Français bekannt war, am anderen Ende abging. Auf dieser eleganten Avenue befanden sich einige der mondänsten Geschäfte von Paris. Pelze, Hüte, Seidenkrawatten, Schneider und Putzmacher zogen die reiche Kundschaft an. Entwurzelte Aristokraten drückten sich an den Hintertüren der eleganten Juwelierläden herum, um ihre diamantüberkrusteten Erbstücke zu verhökern, während die neureichen Industriellen zur Vordertüre hereinkamen, um sie zu kaufen.

In diese Welt schlenderten Jefferson und Harris hinein. Jefferson trug seine Medaille der Ehrenlegion um den Hals, und jeder, der ihnen auf der Avenue begegnete, betrachtete sie voll Bewunderung. Die verarmten Aristokraten und die Neureichen lächelten ihnen einer wie der andere zu, nickten freundlich und äußerten manchmal in stockendem Englisch ein paar lobende Worte.

Jefferson erschien es wie ein Wunder, wie er hier in diesem Märchenland aufgenommen wurde. Harris, der neben ihm ging, trug die ganze Zeit sein breitestes Lächeln zur Schau, tippte sich an den Hut und grüßte die reichgekleideten Damen. »Mann, wenn wir einer Dame wie denen da bei uns daheim Hallo sagten, da gäb's einen armen Harlemer Jungen weniger auf der Welt! Sie würden uns am nächsten Laternenpfahl aufhängen!«

»Das ist Vergangenheit, Harris.« Jefferson verbeugte sich vor einer lächelnden alten Dame, als sie das dufterfüllte Parfümgeschäft *Viville* auf Nummer 24 betraten.

Man begrüßte sie augenblicklich mit derselben zuvorkommenden Freundlichkeit, die man einem Herzog oder Baron entgegengebracht hätte. Die Verkäuferinnen steckten die Köpfe zusammen und warfen Seitenblicke auf die Medaille am roten Band. Eines der Mädchen tupfte einen Tropfen Parfüm auf Harris' Handgelenk.

»Mann, das ist das Leben«, flüsterte Harris, während er den Duft einsog.

Bernsteinfarbene Fläschchen standen eines neben dem anderen auf den Regalen hinter dem Ladentisch. Winzige gläserne Phiolen, die wie Herzen oder Schmetterlinge oder Elefanten geformt waren, standen leer daneben und warteten darauf, mit einem ausgewählten Duft gefüllt zu werden. Aber Jefferson war nur aus einem einzigen Grund hierher gekommen.

»Ma'am.« Er beugte sich zu der violett gekleideten alten Frau hinunter, die den Laden führte. »Ich hab ein Fräulein gesehn ... eine *Mademoiselle* ... die so'n Fächer hatte, wie Sie'n hier verkaufen.«

Die alte Frau starrte ihn ratlos an. Ihr weiches, runzeliges Gesicht zeigte Fältchen, als sie entschuldigend lächelte. Sie ließ einen Strom von französischen Worten hören, von denen Jefferson kein einziges verstand.

Jefferson wußte, daß er in der Klemme saß. Jetzt wäre es praktisch gewesen, eine der Fremdenführerinnen zur Hand zu haben, die für jedes Problem eine Lösung wußten und französisch und englisch gleichermaßen fließend sprachen. Einige seiner Kameraden hatten zusammengelegt, um eine dieser Damen zu engagieren, aber Jefferson hatte gesagt, er habe es nicht nötig, sich von einer alten weißen Frau wie ein Kind an der Hand herumführen zu lassen!

Da stand er jetzt! »Ich hab diese Dame im Hotel gesehen, verstehen Sie? Sie hatte einen Fächer ... verstehen Sie? Einen zum Fächeln. Meiner Mutter wird's immer so heiß, wenn sie zur Kirche geht. Sie fächelt sich mit dem Gesangbuch. Und als ich diesen Fächer gesehn hab', da dacht ich, das wär' was für meine Mama, wenn sie zur Kirche geht!«

Die alte Frau schüttelte zu all dem den Kopf und hielt ihm ein Fläschchen Parfüm zum Riechen hin. Starkes Zeug. Seine Augen begannen zu tränen. Außerdem mochte Willa-Mae nichts anderes als Zitronenmelisse. »Riecht ja toll, Ma'am.« Er sah sich hilfesuchend nach Harris um, aber Harris plauderte mit einer der Verkäuferinnen, einem jungen Mädchen in hellgrünem Kleid. Sie verstand auch kein Wort von dem, was er sagte, und wußte nichts anderes zu sagen als: »Heimkommen mit mir? Meine Mama und Papa kennenlernen? Abendessen?« Jeffersons Medaille übte dieselbe Wirkung auf alle Franzosen aus, aber das half ihm nicht weiter bei der Frage, wie er zu einem Fächer kommen sollte.

Er sah sich im Laden um. Nirgends war ein Fächer zu sehen. Derjenige, der ihm so gut gefallen hatte, war aus bemalter chinesischer Seide gefertigt und mit demselben Duft parfümiert gewesen, den die Ladeninhaberin ihm unter die Nase hielt. Vielleicht waren sie alle ausverkauft? Er starrte die Vitrinen an und überlegte, was er als nächstes tun sollte. Er hatte es sich nun einmal in den Kopf gesetzt, daß er Willa-Mae einen Fächer aus Paris in Frankreich mitbringen wollte. Wie würde sie am heißesten Sonntag des Jahres voll Stolz in der Kirche sitzen!

Er kratzte sich am Kopf und deutete auf einen Notizblock und Stift. Während sich alle die Verkäuferinnen um ihn drängten, zeichnete er den Fächer auf. Und sofort widerhallte der Laden von Ooohs und Aaahs. Ja, natürlich, das gab es hier!

Das alte Fräulein brachte eine große Schachtel voll Fächer herbei. Sie waren alle in verschiedenen Farben – rot, blau, grün, gelb, orange, violett und rosa!

Jefferson stieß einen Freudenschrei aus. »Wieviel kosten die Dinger? Ich möchte sieben Stück.« Er hielt sieben Finger hoch.

»Kostenlos, Monsieur«, sagte die alte Dame, entzückt, daß ihre Fächer dem hochdekorierten Kriegshelden so viel Freude machten. Sie ließ ein Tröpfchen Parfüm auf jeden Fächer fallen, dann wickelte sie sie alle einzeln in Papier und band ein Bändchen drum. Sie tat dasselbe für Harris, der nur vier Fächer brauchte, aber trotzdem sieben Stück nahm – es hätte ja sein können, daß die Mädchen in Harlem Interesse an französischen Fächern zeigten.

Danach wählte Jefferson ein Fläschchen in Form eines Elefanten und ließ es mit dem berühmten Viville-Parfüm füllen. Das würde er seinem Mädchen zum Geschenk machen, Latisha – denn Willa-Mae würde den Duft nicht im Haus haben wollen. Wenn sie etwas dergleichen in die Nase bekam, rollte sie die Augen und warnte Jefferson vor »losen Weibern!«

Er zahlte einen viel höheren Preis für das Parfüm, als ihm angebracht erschien – fünfundzwanzig US-Dollar. Zu spät, das Geschäft noch rückgängig zu machen. Die kostenlosen Fächer waren bereits eingewickelt, und das Viville war im Elefantenfläschchen.

»Ich hab kein Geld mehr, um essen zu gehen«, sagte er zu Harris. Also gingen sie mit der französischen Verkäuferin nach Hause und lernten ihren Papa und ihre Mama und vier kleine Brüder kennen. Sie verstanden zwar ebenfalls kein Wort Englisch, aber sie waren ungeheuer beeindruckt von der Medaille.

* * *

Vierundzwanzig Männer lagen in der langgestreckten orthopädischen Abteilung des Hôspital de la Pitié am linken Seineufer. Die Station war einst eine Gebärstation gewesen, teilte man den Männern mit. Sie hatte die größten Fenster und den besten Ausblick über die schindelgedeckten Dächer bis zum Eiffelturm hinüber.

Die Aussicht war Ellis kein großer Trost. Er lag auf dem Rücken und folgte den Umrissen seines Körpers unter dem Laken mit den Augen. Sein rechtes Bein war da. Sein linkes hörte unmittelbar über dem Knie abrupt auf. Warum konnte er dann immer noch seine Zehen spüren? Warum wachte er mitten in der Nacht mit einem brennenden Jucken an der Wade seines linken Beines auf, das sechzig Meilen entfernt begraben lag? Phantomschmerzen, hatte ihm der Arzt erklärt. Die durchtrennten Nerven bildeten sich ein, alles sei noch da, und foppten Ellis mit Träumen, in denen er einen Hügelabhang hinunterstürmte oder Baseball spielte oder die Treppen zu Hause hinaufrannte.

»Sind Sie – wie sagt man doch – *okay?*« Theo Lindheim beobachtete Ellis. Dr. Smith hatte davon gehört, daß Ellis und zwei andere Männer dem deutschen Offizier das Leben gerettet hatten und hatte Lindheim auf diese Station verlegen lassen, in der Hoffnung, er würde Ellis aufheitern.

»Ich denke nach.« Ellis zwang sich, die Augen von dem Stumpf unter dem Laken abzuwenden. »Mache mir Gedanken.« Er warf einen Blick auf die Schachtel, die von daheim angekommen war. »Meine Mama hat mir extra Socken geschickt. Wollen Sie ein Paar?«

Lindheims rechtes Bein war von oben bis unten eingegipst. Seine Zehen ragten heraus. »Anna wird mir heute Socken mitbringen, wenn sie zu Besuch kommt«, sagte Theo. »Und sie wird Ihnen richtige amerikanische Zeitschriften mitbringen, sagt sie.«

Er war ein netter Kerl, dieser deutsche Pilot. Und seine Frau war ebenso hübsch wie klug. Ellis merkte ihren Kleidern an, daß Anna Lindheim jeden Groschen zweimal umdrehen mußte, wie alle in Paris. Dennoch hatten sie jedesmal, wenn sie und das kleine Mädchen zu Besuch kamen, irgendein kleines Geschenk für Ellis mitgebracht. Als er protestierte, hatte sie schlicht und einfach gesagt, für den Mann, der Theo das Leben gerettet hatte, sei ihr nichts zu teuer.

Ellis begann sich zu fragen, warum in aller Welt sie mit den Deutschen Krieg geführt hatten. Natürlich, da gab es politische Gründe. Aber wenn man sich von Mann zu Mann gegenüberstand, erschien alles so unsinnig. Bei diesem verwirrenden Gedanken blickte Ellis von neuem die Stelle an, wo seine Zehen hätten sein sollen, und dachte über das gefühllose Stückchen Schrapnell nach, das sein Bein weggerissen hatte. Welche Verschwendung! Wie konnte er nach Hause schreiben und seiner Familie berichten, was geschehen war? Wie konnte er ihnen erklären, was er selbst nicht verstand?

»Sagen Sie Anna nur ruhig, was Sie sich wünschen, Ellis.« Theo betrachtete ihn mit besorgten Augen. »Es gibt den Schwarzmarkt. Sie sagt, man kriegt dort alles zu kaufen.«

»Was ich brauche, kriegt man nirgends zu kaufen.« Ellis hatte nicht vorgehabt, so verbittert zu klingen.

Theo nickte verständnisvoll. Er flüsterte einen Satz auf Deutsch und wiederholte ihn dann auf Englisch. »Sie schaffen eine Wüste und nennen sie Frieden.«

»Ich bin die Wüste«, sagte Ellis leise. »Und ich habe keinen Frieden.«

»Ich weiß. Ein Teil des Herzens stirbt ab, wenn wir begreifen, was wir einander antun. Der Krieg wischt viele Illusionen beiseite. Wir sehen, wozu wir imstande sind, welche Freude an grausamen Siegen wir haben. Bevor Sie und Birch und Max daherkamen, lag ich im Dreck und dachte an alles, was ich je im Leben getan hatte. In meinem Herzen war immer Krieg, verstehen Sie? Kein Friede. Und ich sage Gott ... daß ich andere Menschen getötet habe und nicht einmal genau weiß, warum eigentlich! Vielleicht hatte ich auf irgendeine Weise sogar Vergnügen an diesem Krieg? Ich weiß es nicht. Wie dunkel war mein Herz, daß ich im Staub des

Todes liegen mußte, bevor ich zu Gott schrie ...! Nur in Ihm ist Frieden. Die Welt ist ein Dunghaufen.«

»Warum sollen wir dann in dieser Welt leben wollen? Nimm die Illusion weg und was bleibt zurück, Theo?«

»Nur ich selbst ... nur Sie selbst ... und was ich bin, wenn ich aus dem Dreck aufstehe. Was mich angeht, so habe ich Gott gebeten, mein Herz zu reinigen. Die Welt mag stinken, aber ich will ihren Geruch nicht annehmen, diesen bitteren, haßerfüllten Geruch. Wenn ich jetzt nicht ein anderer Mensch bin, dann wäre ich wohl besser gestorben. Verstehen Sie?«

Ellis nickte. »Das Leben ist hart.«

»Ja. Das ist die Wahrheit. Es wird immer hart sein. Sie haben Ihr Bein verloren, und die Welt ist immer noch ein Dunghaufen. Ihr Verlust ändert nichts, bedeutet nichts, wenn er Sie nicht zu einem besseren Menschen macht. Das ist der Grund, warum wir leiden. Wie Feuer brennt es den Schmutz unserer Seelen hinweg.«

»Sie sind ein weiser Mann, Theo«, antwortete Ellis, während er zur Decke hinaufstarrte. »Es ist schwer zu glauben, daß wir Feinde waren. Sie dort oben, ich unten im Schützengraben.«

»Sie haben mir das Leben gerettet. Wir waren keine Feinde.«

»Und nun retten Sie mir das Leben. Drängen die Dunkelheit zurück. Erklären die Flammen und die Veränderungen.« Er warf Theo einen langen Blick zu. »Ich hoffe, unsere Söhne werden nicht dieselbe bittere Lektion lernen müssen.«

»Sie werden ihre Lektion auf ihre Weise lernen müssen. Aber ich hoffe, es wird ihnen anders ergehen als uns. Ich hoffe, es wird über die ganze Welt ein wie sagt man? – ein Meereswandel kommen.«

»Ich verstehe nicht, Theo.«

Theo lachte. »Sie haben noch nie davon gehört? Es ist von Shakespeare. Einem Engländer.« Er schloß die Augen, um die Worte wiederzufinden, die er in irgendeinem stillen Winkel seines Lebens gelernt hatte. »Ja. Es ist aus seinem Stück *Der Sturm*:

Fünf Meilen tief im Meer dein Vater ruht. Aus seinen Knochen wachsen die Korallen. Die Perlen waren seine Augen einst ... und nichts, das er einst war, ist jetzt dahin; im Meereswandel ward er reich und wunderbar ...«

Er öffnete die Augen. »An mehr erinnere ich mich nicht. Die Gebeine eines Mannes, der im Meer ertrunken ist, verwandeln sich, werden zu Perlen und Korallen, zu etwas Reichem und Wunderbarem. Ich erinnere mich, wie tief mich der Gedanke berührte. Jetzt endlich verstehe ich ihn.« Er blickte durch das bereifte Fensterglas auf die Dächer des hungernden Paris hinaus. »Vielleicht werden die Kinder ihre Welt reich und wunderbar verwandelt sehen, weil ihre Väter kämpften und fielen ...«

»Ein Meereswandel.« Ellis wiederholte das Wort, als bezauberte es sein müdes Herz. »Ein wunderbarer Gedanke. Halten Sie es wirklich für möglich?«

Theo blickte ihn traurig an. »Ich sah die Bedingungen des Friedensvertrages, und ich sehe dort neue Stürme heraufziehen. Ich bange um die Herzen der Kinder, die ohne die Liebe eines Vaters aufwachsen werden. Welch ein Gestank wird aus den Gräbern steigen, wenn es keine Liebe in ihren Leben gibt ... wenn die Welt durch all dies Leiden keine Änderung erfahren hat!«

»Niemand hat den Krieg gewonnen, nicht wahr, Theo?«

»Niemand.«

ZWEITER TEIL

DIE HEIMKEHR

Ein Ort ist nichts, nicht einmal Raum, es sei denn,
daß in seinem Herzen ein Mensch steht.

– Amy Lowell

RÜCKKEHR NACH HAUSE

Der große Truppentransporter *America* war in früherer Zeit ein Passagierschiff gewesen, das die Route von England, Irland und Holland nach New York City befuhr. Dasselbe Schiff hatte Doc und Molly Warne an die Küste Amerikas gebracht. Heute brachte es Ellis nach Hause.

Das Schiff, in militärischem Grau gestrichen, sah altersschwach und müde aus. Von seiner früheren Eleganz war nichts übriggeblieben. Die vornehmen Kabinen waren ausgeräumt und vom Boden bis zur Decke mit metallenen Schlafkojen eingerichtet worden. Die Wandfresken griechischer Götter blickten von der Decke des Ballsaals auf hagere und erschöpft aussehende Soldaten herunter, die an langen Tischen beim Essen saßen. Wo einst die schlanken, mondänen Damen der Gesellschaft am Sonnendeck umherspaziert waren, lagerten Tausende junger Männer in unruhiger Erwartung ihrer Heimkehr, und ihr Gespräch drehte sich um ihre Familien und ihre Freundinnen und das Leben, zu dem sie zurückkehrten. Sie hatten in dem Krieg gekämpft, der allen Kriegen ein Ende machen sollte, und sie würden heiraten und Kinder in eine Welt setzen, in der es niemals wieder Krieg geben würde. Ihre Söhne würden nicht im Schützengraben in Frankreich sterben, wie alte Freunde gestorben waren. Es war vorbei. Für immer.

Der Atlantik war ruhig an diesem Nachmittag. Das Schiff glitt ruhig und zielsicher dahin. Der Hafen von New York lag nur noch ein kleines Stückchen jenseits des Horizonts.

Ellis hielt sich recht gut auf seinen Krücken, solange das Schiff ruhige Fahrt machte. Er bahnte sich einen Weg durch die uniformtragende Menge, die das Promenadendeck bevölkerte, und traf Birch an der Reling unmittelbar unter dem Rettungsboot Nr. 8.

»Hast du Max gesehn?« fragte Ellis, während die Seevögel über ihren Köpfen herumsegelten. Dies war ein sicheres Zeichen, daß Land in der Nähe war. War es möglich, daß Max sein geliebtes New York nicht so rasch wie möglich wiedersehen wollte?

»Er rasiert sich.« Birch beschattete die Augen mit der Hand, um sie vor dem Glanz der Spätnachmittagssonne zu schützen. »Wahrscheinlich schneidet er sich selber in Streifen.«

»Dann schenk' ich ihm meine Purpurherz-Medaille.« Ellis tastete mit den Fingern über die kleine Medaille, die er an diesem Tag zum erstenmal offen trug. »Er kann Irene ja erzählen, ein Schrapnell hätte ihn getroffen«, lachte er. »Sie würde jede kleinste Schramme küssen.«

Die Familie Warne wußte, daß Ellis verwundet war, aber er hatte ihnen nicht alles gesagt. Ein halbes Bein ließ sich nicht lange verbergen. Nach sieben Monaten im Hospital hatte er gelernt, ganz gut zurechtzukommen, obwohl die Beinprothese schlecht gemacht, schwer und schmerzhaft beim Tragen war. Dennoch – er fuhr heim! Er war an dem Tag, an dem sie in Marseille an Bord des Truppentransporters gingen, zu seinem Regiment gestoßen. Um dieses Ereignis zu begießen, hatte Max drei Flaschen geschmuggelten Champagner aus seinem Seesack hervorgezaubert. Da weder Birch noch Ellis tranken, hatte Max alles selbst ausgetrunken, und prompt war ihm übel geworden. Er war während der ganzen siebentägigen Reise krank gewesen, obwohl die Fahrt ruhig und der Sommerwind sanft und frisch war. Max gab dem schlechten Champagner die Schuld an seinem Elend und blieb in seiner Koje im ehemaligen Salon des riesigen Passagierschiffes. In der vergangenen Nacht hatte Ellis entdeckt – als er sich in der Dunkelheit aufsetzte, um die Phantomschmerzen in seinem Bein zu reiben -, daß Max nicht beim Champagner stehengeblieben war, sondern mit Brandy weitergemacht hatte. Er war während der ganzen Reise betrunken gewesen. Während Ellis' Holzbein von seiner Koje herabhing, hatte Max ihm gestanden, daß er es niemals verwunden hatte, den Doktor nicht erschlagen zu haben, der Ellis das angetan hatte. Warum hatte er in dieser Nacht nicht protestiert, wie Ellis damals zugunsten des deutschen Fliegerhelden ein Wort eingelegt hatte?

Auf dieses Geständnis hatte Ellis geantwortet, bei ihm sei die Sache völlig anders gewesen. Was das Schrapnell angerichtet hatte, war nicht mehr gutzumachen, und er wußte es. So war also ein Bein kürzer als das andere. Wenn man die Krücken mitzählte, hatte Ellis jetzt dreieinhalb Beine statt zwei. Aber er war am Leben, und das hatte er Max zu verdanken, nicht wahr? Dieser Gedanke war ernüchternd, und so hatte Max den Brandy an ein Quartett Kameraden weitergegeben, das im Korridor draußen Poker spielte – natürlich zu einem guten Preis. Dann hatte er sich an der Wette beteiligt, wann genau das Schiff am Kai anlegen würde. Von seinem Kater abgesehen, schien Max sich völlig erholt zu haben. Wenn er nur sein Rasiermesser ruhig halten könnte ...

In der Ferne entdeckte Ellis einen Fischkutter, der ins offene Meer hinausfuhr. Sie waren ganz nahe an der Küste. Er lehnte seine Krücken an die Reling.

Birch spähte über die Köpfe der Soldaten hinweg nach Max aus. »Er wird den schlimmsten Kater seines Leben haben...«

»Ich hab noch nie einen erlebt, der den Verlust eines Beins so schwer genommen hat«, sagte Ellis. Vor vier Monaten hatte er sich entschlossen, daß der Verlust nicht zu einer Tragödie für ihn werden sollte. Er wollte auch nicht, daß andere ihn als tragische Gestalt sahen. Nicht seine Freunde. Nicht seine Familie daheim. Er würde ihnen entgegentreten. Sie umarmen. Sie würden wieder gemeinsam beim Essen sitzen, lachend und plaudernd. Bei Mamas Roastbeef mit Stampfkartoffeln und Soße. Etwas Süßes zur Nachspeise. Und dann, wenn er seinen Mut zusammengenommen hatte, würde er sagen: *»Ach übrigens, mein Bein ...«*

»Er hat's schwer genommen«, stimmte Birch zu. »Dabei ist es nicht einmal sein Bein!«

Eben da entdeckte Ellis Max' glattrasiertes Gesicht. Kleine Fetzchen Papierhandtücher klebten an einem halbdutzend frischer Schnitte. Sein Haar war noch feucht, und seine Hautfarbe war blaßgrün. Seine Augen flitzten nervös über die Menge. Männer klopften ihm auf den Rücken und gratulierten ihm, daß er es geschafft hatte, in der letzten Stunde der Überfahrt aus dem Bett zu kriechen. Er entdeckte Ellis und Birch und hob grüßend den Hut, während er abbog und sich durch das Gewühl drängte, um sich unter dem Schatten des Rettungsbootes zu ihnen zu gesellen. Hier war es kühl. Er schloß die Augen und sog tief die Luft ein. »In der Stadt wird es zum Ersticken heiß sein«, sagte er. Aber hier fühlte er sich besser, als er sich in den letzten Tagen gefühlt hatte. Die Seemöwen schrien. Sein Gesicht hellte sich auf. »Die Kerlchen bauen ihre Nester auf den Pfosten der Anlegestellen«, bemerkte er. Er schwenkte den Hut und schrie den Vögeln zu: »Seid mir gegrüßt, Brüder aus New York!«

* * *

Drei Stunden bevor der Truppentransporter *America* am Kai anlegen sollte, verkündete der schrille Pfiff einer mächtigen Dampflokomotive die Ankunft des Zuges in der Grand Central Station.

Rebecca Moniger reiste zum erstenmal in ihrem Leben nach New York. Ihre Augen wurden groß vor Staunen, wie riesenhaft der Bahnhof war, während sie hinter Doc und Molly Warne aus dem Zug kletterte. Ein Gepäckträger mit roter Mütze holte ihr Gepäck ab, um es ins Waldorf Astoria zu bringen.

Becky warf einen Blick auf die Uhr, die sie an einem Kettchen um den Hals trug. »Kommen wir rechtzeitig hin, Mutter Warne?«

»In drei Stunden? Aber sicherlich.« Sie legte den Arm um die Schultern des Mädchens.

Ihr blaßgrünes Baumwollkleid war feucht von der schwülen Hitze und von der Reise zerknittert, aber sie sah dennoch frisch und lieblich aus. »Wir haben Zeit genug, ins Hotel zu gehen und unsere Zimmer zu beziehen. Du kannst dich umziehen.«

Becky nickte und drehte sich im Kreis, als die Menschenmenge sich an ihnen vorbeiwälzte. »Aber wenn das Schiff nun früher ankommt? Er weiß nicht, daß wir ihn abholen. Stell dir nur vor, er geht einfach von Bord und verschwindet in der Menge, und dann war alles umsonst –«

Doc bezahlte den Gepäckträger. »Das Schiff kommt erst mit der Flut, nicht wahr?« Er nickte und hob zwei kleine Köfferchen und zwei Hutschachteln auf. »Wir sind da, wenn er von Bord geht.« Doc lachte wie ein kleiner Junge. Seine breiten Schultern und seine Ein-Meter-Neunzig ragten hoch über Molly und Becky auf. »Würden Sie mir bitte folgen, meine Damen?«

Molly schloß sich ihm an. Wenn man Doc folgte, ging man niemals in die Irre. Da war er, sein Kopf und seine Schultern ragten aus der Menge hervor. »Er war schon öfters hier«, vertraute Molly Becky an. »Ärztekongresse und so weiter.«

Das war ein tröstlicher Gedanke. Grand Central Station war ein Ort, an dem man leicht verlorengehen konnte. Das Gebäude war eine hohe Säulenhalle aus hochglanzpoliertem Stein. Riesige gläserne Arkadenfenster filterten das Sonnenlicht, das Restaurants, Bars, Friseurläden, Buchläden und Schallplattengeschäfte beschien. Nach allen Richtungen schienen Korridore abzuzweigen. Korridore für Vorortzüge und Korridore für Fernreisezüge. Riesige mosaikgeschmückte Kuppeln erhoben sich hoch über ihren Köpfen. Der Lärm Tausender menschlicher Stimmen summte um sie herum, aber der Rauch und der Schmutz und das Dröhnen der Züge blieben tief unter den Ladenzeilen verborgen.

Doc wußte wirklich genau, welchen Weg er einschlagen mußte, sonst wären sie wohl die ganzen drei Stunden herumgeirrt und hätten Ellis verpaßt, den sie überraschen wollten. Bei dem Gedanken empfand Becky mehr Angst als Bewunderung angesichts des Bahnhofs. Nichts schien ihr wichtiger, als am Fuß der Gangway zu stehen, wenn Ellis von Bord ging. Sie hatte es sich seit Monaten in Gedanken ausgemalt, während Weihnachten und Ostern vorübergingen. Seit Kriegsende hatte sie an nichts anderes denken können. Es war wohl ihr Gesichtsausdruck gewesen, als Doc ihr mitteilte, daß der große Tag von Ellis' Ankunft nahe herangerückt war, der Doc und Molly veranlaßt hatte, ein Weilchen miteinander zu tuscheln und sie dann einzuladen, eine Woche mit ihnen in New York im Waldorf Astoria zu verbringen! Becky war schon einmal in Philadelphia gewesen, aber sie hatte gehört, es sei ein Dorf im Vergleich zu New York: Coney Island. Madison Avenue. East Side und West Side. Sie wollte zusammen mit Ellis dort überall hinfahren. Wenn sein Bein gesund genug war, würden sie miteinander im Wintergarten tanzen. Wie gern sie mit Ellis tanzte!

Sie eilten die sanft ansteigende Rampe hinauf. Sie hatten Zeit, mehr als genug Zeit, aber der Gedanke, Ellis bald wiederzusehen, ließ sie alle ein wenig schneller gehen und ein wenig lauter sprechen. Doc deutete quer durch die riesige Halle zu dem Ausgang mit dem Schild PARK AVENUE. Er warf Molly einen selbstgefälligen Blick zu, als hätte er sie auf Schleichpfaden durch einen Dschungel geführt und nicht eine Auffahrt hinauf. »Seht ihr? Hier stehen die Taxis schon bereit. Es sei denn, ihr wollt lieber zu Fuß gehen.«

Molly und Becky antworteten im Chor: »Nein!« Sie würden später noch Zeit genug zum Spazierengehen haben, wenn sie erst wieder mit Ellis vereint waren.

Eine lange Reihe schwarzer Ford-Taxis stand am Straßenrand an der Stelle, wo die Avenue bis zum zweiten Stock des Bahnhofsgebäudes hinaufreichte. Ein vierschrötiger Bursche, der wie ein Palastwächter aussah, rief ein Taxi für das Trio herbei, verbeugte sich mit königlicher Würde und half den Damen in den Wagen. Kein Vergleich mit dem Bahnhof von Camden, dachte Becky, obwohl das ein recht hübscher Bahnhof war.

Den ganzen Weg bis zum Hotel schwatzte Becky in einem fort vor Aufregung. Als sie den vergoldeten Eingang des Waldorf Astoria erreichten, wußte der Taxifahrer in allen Einzelheiten Bescheid über ihren Besuch in New York und die geplante Überraschung. Er bot ihnen an, Punkt vier Uhr zurückzukommen, um sie abzuholen und auf schnellstem Wege zu den Docks zu bringen. War das nicht großartig? Ihr persönliches Taxi! Die Sache wurde also arrangiert. »Kommen Sie ja nicht zu spät!« warnte Becky freundlich. Das Schrecklichste, was sie sich vorstellen konnte, war, daß Ellis irgendwie ungesehen an ihnen vorbeischlüpfte. Eine Katastrophe. Der Taxifahrer nickte feierlich und hob die Hand zum Schwur. Sie würden nicht zu spät dran sein, versprach er, wenn Ellis von Bord des Schiffes ging.

* * *

»Immer habe ich Max gesagt, er soll nur aus Liebe heiraten ... aber man kann sich doch genausogut in eine aus dem eigenen Volk verlieben wie in eine von da –« Bubbe Fritz deutete mit der Hand in die Richtung des italienischen Viertels und des Chinesenviertels und schließlich des Viertels, in dem Irene wohnte. »Also habe ich heute abend alle unsere Stammkunden eingeladen, die heiratsfähige Töchter haben. Er wird sich umsehen. Vielleicht gefällt ihm jemand, und diese irischen Dummheiten sind vergessen.« Ihre Augen flehten den Himmel an, es möge so kommen.

»Ich glaube, da irrst du dich, Bubbe«, sagte Trudy mit fester Stimme, während sie sich umwandte, damit Bubbe ihr das Rückenteil ihrer Gimbel-Uniform zuknöpfen konnte. Sie war aus blauem Baumwolltuch und nach der neuesten Mode von 1915 geschnitten. Das war einer der Vorteile, wenn man Liftgirl in einem Großkaufhaus war. Die Uniformen konnten zum Firmenpreis eingekauft und in kleinen Raten vom Lohn abgezahlt werden. Trudy hatte eine für den Winter und eine für den Sommer gekauft. Der hohe Kragen ihrer Sommerkleidung war zu heiß, aber sie war hübsch genug, sie zur abendlichen Party zu tragen.

»Wir werden sehen«, sagte Bubbe, während sie vor sich hinsummte. »Er hat Zelda Abraham schon immer bewundert. Was für ein hübsches Gesichtchen sie hat.«

»Ja, und was für einen dicken Hintern! Du solltest sie mal im Turnanzug sehen, Bubbe. Wie ein Sack voll Wassermelonen sieht sie aus.«

Bubbe klickte mißbilligend mit der Zunge. »Sie ist kräftig und gesund, das ist alles.«

»Eine richtige Kuh ist sie.«

»Mit Geld in der Tasche bist du klug und bist hübsch, und singen kannst du auch.« Damit war die Sache erledigt. Zeldas Vater war sehr reich. »Turnanzug, pah!«

Trudy schwieg lange. Es hatte keinen Sinn zu streiten. Bubbe war eine Frau vom alten Schlag. Sie dachte immer noch, Max würde zur Vernunft kommen. Sie täuschte sich, aber Trudy konnte sie nicht davon überzeugen. »Er wird keine Lust haben, zu seiner eigenen Willkommensparty zu kommen, wenn du Irene nicht einlädst.«

»Er wird kommen. Er wohnt hier. Die Party findet hier statt. Außerdem sage ich ihm, daß wir ein kleines Familientreffen veranstalten. Nur die Familie.« Ihre Handbewegung umfaßte Orchard Street und den Familienclan. »Nu?«

»Nein«, sagte Trudy entschlossen. Wenn Bubbe Räder hätte, wäre sie ein Autobus, der Max an das Ziel brachte, das sie ihm bestimmt hatte. Große Überraschung. Aber wenn man Max seinen Willen ließ, würde er in einem anderen Viertel aus dem Bus aussteigen. Ein Blick auf Irene, und er würde zu dem Entschluß kommen, nicht weiterzufahren.

»Nein?« schnappte Bubbe. »Da meinst du also, dieses Mädchen Iris –«

»Irene.«

»Iris! Irin! Irene! Was auch immer! Meinst du, sie könnte für Max kochen, wie es ihm schmeckt? Was versteht so ein Mädchen schon von *kasheh* und *blintzes* und –«

»Max interessiert etwas ganz anderes als ihre *blintzes*, wenn du weißt, was ich meine.«

»Gertrude!« Bubbe war schockiert. »Ja! Ich weiß, was du meinst! Aber wieso weißt du eigentlich darüber Bescheid?«

»Ich bin ja nicht dumm. Der Mensch lebt nicht von *blintzes* allein, das weißt du doch.«

»Was? Was sagst du da?«

»Hab ich irgendwo gehört.« Trudy lächelte süß. »Wahrscheinlich ein altes chinesisches Sprichwort.«

Bubbe seufzte und strich eine Strähne graues Haar aus der Stirn fort. »Was für ein Ort! Dieses *goldeneh medina*, wie wir es in der alten Heimat nannten. Die Gehsteige, hieß es, seien mit Gold gepflastert. Statt dessen sind sie gestopft voll mit Fremden!«

»Fremden, wie uns?«

»Wenn jeder wie wir wäre, wäre niemand ein Fremder.« Sie seufzte. »Und ich hätte keine *goyisheh* Enkelin, die mir sagt, ich soll Irin-Irene zur Party einladen, wenn Max heute nach Hause zurückkehrt!«

»Sie heißt *Irene*. Und du kannst einladen, wen immer du willst. Ich versuche dir nur klarzumachen, daß Max glücklicher wäre –«

Bubbe wandte sich ab und raffte das Bettzeug auf, um es zum Lüften aus dem Fenster zu hängen. »Max wird sich freuen, seine Familie wiederzusehen. Es ist genug. Wir reden ein andermal über die Sache.« Sie schnüffelte und setzte ein gekränktes Gesicht auf, um Trudy wissen zu lassen, daß sie zu weit gegangen war. »So. Willst du zu spät zur Arbeit kommen?«

»Bubbe ...« Sie tat Trudy leid. Sie hätte die Sache gar nicht ins Gespräch bringen sollen. Bubbe hatte Vorbereitungen für diesen Tag getroffen, seit das Ende des Krieges verkündet worden war. Max kehrte heim, und nichts sollte auch nur eine Sekunde dieses Tages verdunkeln. »Er wird sich so freuen, dich wiederzusehen.« Ein entschuldigendes Küßchen auf die Wange. »Es wird wunderbar werden, das weiß ich.«

Bubbe hatte ihr noch nicht ganz vergeben, aber sie tat ihr Bestes. »Du wirst ihm fehlen, wenn du ihn nicht am Dock erwartest.«

»Sag ihm, ich muß arbeiten. Sag ihm, daß ich ihn liebe, und daß ich um sechs Uhr komme. Er wird es gar nicht bemerken, wenn ich nicht da bin. Nicht, solange du da bist, Bubbe.«

Die schmollende Unterlippe zerschmolz in einem Lächeln. Bubby hielt einen ihrer kurzen dicken Finger warnend in die Höhe. »Jetzt geh schon zur Arbeit! Du wirst die Straßenbahn verpassen, und Gimbels wird dir den Lohn kürzen Und beeil dich mit dem Heimkommen nach der Arbeit! Ich brauche dich, damit du mir beim Auftragen des Essens hilfst.«

BRÜDERLICHER ABSCHIED

Die steigende Flut trug die *America* mühelos am Leuchtturm auf Sandy Hook vorbei und ins Hafenbecken. Der wolkenlose Sommerhimmel spiegelte sich im Wasser, dessen Oberfläche wie ein Teich aus flüssigem Silber schimmerte. Fährschiffe, Lastkähne und Fischerboote durchschnitten das Wasser, während die stämmigen Schlepper sich näherten, um den Truppentransporter zu seinem Anlegeplatz im East River zu lotsen. Der Hafen schien um nichts weniger geschäftig und überfüllt als die Straßen der City.

Ein Jubelgeschrei erhob sich, als der Dunst des Nachmittags sich teilte und die Gebäude von Manhattan sich plötzlich wie riesige Treppenstufen vom gleißenden Himmel abhoben.

»Da ist sie!« schrie Max und deutete auf die Freiheitsstatue.

Die Schiffssirene heulte auf, während die dreitausend Soldaten auf den Decks in Beifallsrufe ausbrachen. Ellis salutierte der Statue und überschrie den Lärm: »Baby, das ist das letzte Mal, daß ich dein Gesicht sehen werde!«

Dann fielen die Sirenen und Schiffshörner all der kleinen Boote im Hafen in das festliche Willkommen mit ein. Max schwatzte wie verrückt und wies auf jedes Gebäude von einiger Bedeutung hin, aber Birch verstand bei dem allgemeinen Gebrüll kein Wort von all dem, was er sagte. Es war offenkundig, daß Max seine Wetten auf die richtige Ankunftszeit völlig vergessen hatte. Sie waren eine Stunde zu früh dran. Was machte das schon! Max würde seine Wetten leichten Herzens sausen lassen, wenn er dafür ein paar Minuten früher von Bord gehen durfte!

Auf dem Sonnendeck oben stimmte die Band »Stars und Stripes Forever« an. Wie ein doppelter Regenbogen schwangen sich die Brooklyn Bridge und die Manhattan Bridge über den Fluß. Max rammte Birch und Ellis abwechselnd die Ellbogen in die Rippen. Er sah aus, als wollte er jeden Augenblick über die Reling springen und an Land schwimmen. Er lachte und weinte zugleich, schrie und winkte den fernen, orangefarbenen Schnellbahnzügen zu, die durch die Häuserschluchten rasten und verschwanden. Birch dachte daran, daß Max diese Züge gut kennen mußte, denn der Anblick bewegte ihn wie das Gesicht eines alten Freundes.

Noch während Birch in den lärmenden Jubel einstimmte, spürte er einen Stich im Herzen. Er beneidete Max. Beim ersten Schritt von der Gangway würde Max Meyer zu Hause sein, inmitten von Freunden und seiner Familie. Trudy. Irene. Birch jedoch hatte noch eine lange Reise vor sich. Und er wußte nicht, was ihn am Ende der Reise erwartete.

Die Monate, die einer nach dem anderen vorübergingen, und ein Dutzend Briefe von Birch hatten ihm keine Antwort von seiten seines Vaters eingebracht. Es war, als wäre mit dem Tod seiner Mutter Shiloh vom Angesicht der Erde verschwunden. Dann und wann blickte er ihren ungeöffneten Brief an, hielt ihn einfach nur in der Hand und starrte die Briefmarke an. Shiloh. Wenn die Einsamkeit sich auf ihn stürzte wie eine riesige finstere Welle, hielt er den Brief in der Hand und erinnerte sich daran, wie es zu Hause gewesen war. Dann fragte er Max, ob er sich Trudys Briefe noch einmal ausborgen durfte. Birch wußte, wann ihre Schule wegen der Grippeepidemie geschlossen worden war. Er folgte ihrem Weg durch die Stadt, als sie nach einer neuen Stellung suchte. Er freute sich mit ihr, als sie den Posten eines Liftgirls in Gimbels Kaufhaus bekam. Er las ihre Worte und stellte sich vor, sie wären an ihn geschrieben worden. »Vergiß es«, warnte Max ihn gutmütig. »Sie ist nicht dein Typ, Kamerad.«

Wenn andere Männer die abgegriffenen Fotos von Ehefrauen und Schätzchen hervorzogen, vergewisserte Birch sich, daß Max nirgends in der Nähe war. Dann nahm er das Foto von Trudy Meyer aus der Taschenbibel, die seine Kirchengemeinde ihm an dem Tag geschenkt hatte, an dem er abgereist war. Und er gab sich der Täuschung hin und fühlte sich seltsam stolz, wenn seine Kameraden sie bewunderten. Er sagte nichts davon, daß es schon vorher ein anderes Mädchen in seinem Leben gegeben hatte, bevor er in den Krieg zog; er sagte ihnen nicht die Wahrheit, daß sie einen anderen Mann geheiratet hatte und nach St. Louis übergesiedelt war. Birch ließ sie in dem Glauben, daß Trudy sein Mädchen war und daß es nie eine andere gegeben hatte.

Irgendwo fühlte er sich unbehaglich, so nahe an ihrem Zuhause. Was war, wenn er sie am Kai stehen sah? Wenn seine Freunde sie nach dem Foto wiederkannten, würden sie dann nicht erwarten, daß irgend etwas geschah? Vielleicht ein Kuß? Seine Täuschung ragte immer gewaltiger vor ihm auf, so hoch wie die Gebäude rundum, während die Schlepper das große Schiff ans Dock heranmanövrierten. Tausende Männer und Frauen schrien den Soldaten ihr Willkommen entgegen, bis jede einzelne Stimme in dem Gebrüll unterging. Kein Zweifel, sie war irgendwo da unten. Eine zweite Band auf dem Kai stimmte in die Musik ein, die vom Schiff herunterschallte. Taschentücher flatterten wie winzige weiße Fahnen. *Familien. Erwartung. Alle hatten sie auf diesen Augenblick gewartet, und nun war es soweit.* Heute abend würde es in der Orchard Street ein großes Abendessen im Kreis der Familie geben. Birch und Ellis waren nicht eingeladen. Es gab Hotels in New York. Varietés und Theater an jeder Straßenecke. »Herrliches Essen und jede Menge Sehenswürdigkeiten«, sagte Max fröhlich. »Unsere Wohnung ist wie eine Sardinendose«, hatte er erklärt. »Im Sommer schlafen wir auf den Feuerleitern draußen.«

Trotzdem schien es Birch an diesem Tag, daß Max der glücklichste Mann auf der Welt war.

* * *

Das Schiff legte früher als erwartet an, was Doc einigen Kummer bereitete. Militärkapellen und Feuerwehrautos und die Empfangskomitees von so ziemlich jeder patriotischen Organisation in New York verstopften die Straßen, die zur Anlegestelle führten. Der Rauchfang des Schiffes ragte gewaltig über dem Cunard-Gebäude auf. Überall heulten Fabriksirenen in hellem Jubel.

»Tut mir leid«, sagte der Taxifahrer, als das Fahrzeug vier Querstraßen von ihrem Ziel entfernt anhalten mußte, »sieht nach einem vollen Haus aus. Ich kann nicht näher ranfahren.«

Molly warf Doc einen strengen Blick zu. »Wir sind spät dran«, sagte sie und stellte sich vor, daß Ellis inzwischen schon den halben Weg zum Victory Arch und der Fifth Avenue zurückgelegt hatte.

Doc warf einen nachdenklichen Blick auf die Menge, die sich zwischen ihnen und Ellis ohne die geringste Lücke erstreckte. »Unser Sohn wurde an der Front verwundet«, erklärte er dem Fahrer. »Er wird Schwierigkeiten haben, wenn er den ganzen Weg zum Hotel zu Fuß gehen muß. Können Sie hier auf uns warten?« Damit gab er Molly zu verstehen, daß sie Ellis sogar in dieser unüberschaubaren Menschenmenge ausfindig machen würden. Sie brauchten nur noch ein Transportmittel für den Rückweg zum Waldorf Astoria. Er hatte keinen Zweifel daran, daß sie Ellis finden würden, und sie durften auch nicht daran zweifeln. Ellis war in der Nähe. Das Wissen durchrieselte ihn wie ein elektrischer Strom. Rebecca starrte nachdenklich aus dem Fenster auf ein Meer von Uniformen und Strohhüten und Sonnenschirmen. Wie sollten sie Ellis in diesem Menschenmeer jemals ausfindig machen?

»Verwundet, sagten Sie?« fragte der Fahrer. Er hielt die linke Hand hoch, an der drei Finger fehlten. »Hatte selbst schon mal einen kleinen Zusammenstoß mit der Artillerie des Kaisers. War nur ein kleines Stückchen Schrapnell. Klar, ich warte.« Er fragte nicht, wie lange er warten sollte. Als ein Passant erwartungsvoll an die Glasscheibe klopfte und zur City Hall gebracht werden wollte, schüttelte er den Kopf und rief dem Burschen zu, er habe bereits eine Fuhre.

»Sie sind ein guter Junge.« Molly tätschelte dem Fahrer die Schulter. »Ein Engel.«

Das ging dem Taxifahrer hinunter wie Öl. Er lachte laut und rief: »Das haben Sie mir ja gar nicht gesagt! Er ist doch wohl kein Offizier, Ihr Junge, oder? Nein! Offiziere haben doch gar keine Mütter – oder doch?«

Molly klammerte sich an Docs Mantel fest, als er sich durch die Menge schob. Becky hielt Mollys Hand fest. »Das ist ja wie am Markttag in Belfast«, schrie Doc fröhlich. »Zwar klebt einem hier kein Schafsmist an den Stiefeln, aber der Gestank ist genauso greulich!« Der Geruch faulender Fische mischte sich mit dem Geruch von Jauche und Müll und Schweiß. Wie fern schien dieser Ort doch von der gewohnten Heimat, und dennoch wie nahe: *Ellis war irgendwo ganz in der Nähe!*

* * *

Die riesigen Seilschlingen wurden an den metallenen Pollern am Kai befestigt. Max warf einen Blick auf seine Uhr. »Ich hab die Wette verloren«, sagte er. »Wir sind eine Stunde zu früh dran.« Er öffnete den Mund, um zu sagen, seine Familie würde vermutlich gar nicht da sein, um ihn abzuholen. Schließlich hatte er ihnen eine spätere Ankunftszeit telegrafiert. Dann jedoch wandelten sich seine Worte in einen Aufschrei! Er sah Irene, die unter den Tausenden am Kai stand!

Sie war größer, als Birch sie sich vorgestellt hatte, schlank und schön. So hellhäutig, wie Max dunkel war. Sie stand in den ersten Reihen der Menschenmenge; zweifellos hatte sie lange gewartet, da sie einen so guten Platz hatte. In ihrem hellblauen Kleid sah sie wie eine Blume aus. Sie trug einen breitkrempigen Strohhut in der Hand.

Birch warf einen Blick auf die Gesichter in ihrer Umgebung. Er hatte gehofft, Trudy Meyer neben ihr zu sehen.

»Irene! Irene!« Max nahm einen Pfennig aus der Tasche und warf ihn ihr vor die Füße. Sie bemerkte ihn nicht. Ihre Augen wanderten auf der Suche nach Max über die Decks. Er warf einen weiteren Pfennig. Diesmal sah sie ihn. Sie blickte zu Boden und dann in die Höhe, am Schiffsrumpf entlang, ihre Augen waren voll Hoffnung und freudiger Erregung. Eine weitere Münze klirrte auf das Dock nieder. Max schrie sich heiser. Er schleuderte eine Handvoll Kleingeld aufs Dock hinab. Kleine Jungen rannten herbei, um die Münzen zu Irenes Füßen aufzuklauben. Immer noch sah sie Max nicht. Sie beugte sich nieder und fragte ein Kind in kurzen Hosen, woher die Münzen kamen. Ein kleines Gesicht wandte sich dem Rettungsboot zu. Die kleine Hand deutete winkend auf Max, der sich nun scheinbar gleichgültig an die Reling lehnte. Sie sah ihn! Tränen sprangen ihr in die Augen und perlten glückselig über ihre vor Freude geröteten Wangen hinab. Sie preßte die Hand aufs Herz.

Ihre Lippen formten lautlos seinen Namen, während sie winkte und ihm die Hände entgegenstreckte.

Plötzlich hatten die gemeinsamen Monate im Schützengraben viel von ihrer Bedeutung verloren. »Wir sehen uns mal wieder, Jungs.« Max klopfte ihnen auf den Rücken. »Viel Glück! Ihr wißt ja, wo ihr mich findet, wenn ihr irgendwann mal nach New York kommt –«

»Ich werde auf den Feuerleitern suchen«, sagte Birch und ergriff seine Hand.

»Also – bis dann!« Die Blässe der tagelangen Seekrankheit war aus seinem Gesicht verschwunden. Max drängte sich durch das Gewühl der Soldaten und strebte geradewegs auf die Ankertaue zu. Irene folgte ihm unten am Kai und blieb stehen, als er oberhalb des Pollers stehenblieb.

»Was hat er vor...«

Max schulterte seinen Seesack und kletterte über die Reling. Er streckte die Hand aus und ergriff das Ankertau, dann sprang er darauf – drei Stockwerke über dem Wasser und dem Kai! Während die Tausende sein Husarenstückchen bejubelten, kletterte er langsam an dem Tau hinunter. Irene lachte und weinte unten. Er warf sein Gepäck zu Boden und stürzte sich in ihre Umarmung.

Birch und Ellis schüttelten die Köpfe und applaudierten dem leidenschaftlichen Kuß, der dem Kunststück folgte. Jedermann hier am Kai schien diese Demonstration der Ungeduld, die sie alle empfanden, zu genießen. Einer wie der andere grinste, klopfte Max auf den Rücken, jubelte lauter und lauter, als Kuß auf Kuß folgte.

Nur das ältliche Paar, das sich mühselig durch die Menge kämpfte, lächelte nicht. Sie schnitten finstere Gesichter. Birch und Ellis wechselten einen bedeutungsvollen Blick. Sie hatten Fotos von Max' Großeltern gesehen. Sie hatten den mißbilligenden Ton in den großmütterlichen Briefen noch im Ohr, die davon sprachen, daß die »irische *shiksa*« bei jeder Gelegenheit im Laden auftauchte, um über Max zu reden. Trudy mochte Irene gern, das wußte Birch. Aber Trudy, hatte Max ihm erzählt, war schließlich nicht in der Orchard Street geboren und aufgewachsen!

Als Max und Irene die Köpfe hoben, waren Max' Großeltern bereits an Ort und Stelle. Sie taten, als bemerkten sie Irene überhaupt nicht. Sie ergriffen Max einer links, einer rechts an den Armen. Sie umarmten ihn und berührten sein Gesicht. Die alte Frau weinte. Vor Freude? Oder aus Kummer, daß die erste, die ihren Enkel daheim willkommen hieß, eben jene junge Frau war, die sie mißbilligten?

Birch konnte nicht anders, er suchte nach Trudys Gesicht in der Menge. Er klopfte auf die Taschenbibel, in der er ihr Foto aufbewahrte. Er hätte sie überall wiedererkannt. Warum war sie nicht gekommen, um Max abzuholen?

Er wünschte, er könnte sie wenigstens einmal sehen, und sei es nur aus der Ferne. Max wurde von den beiden alten Leuten weggeführt. Irene folgte ihnen auf den Fersen. Max warf ihr über die Schulter einen Blick zu und sah dann zu dem Rettungsboot hinauf, um Birch und Ellis noch einmal Lebewohl zu winken. Er sah keineswegs mehr glücklich aus. Im Gegenteil, er machte ein Gesicht, als würde er ins Gefängnis abgeführt.

»Na«, sagte Ellis neidisch, »glückliches Kerlchen. Was würde ich nicht dafür geben, meine Familie zu sehen! Aber schau dir sein Gesicht an...«

Sie hatten es nicht eilig, die Gangway zu erreichen. Wozu hätten sie sich beeilen sollen? Früher oder später würden sie schon drankommen.

»Sieht so aus, als müßten wir beide einander Gesellschaft leisten«, sagte Ellis. »Hast du schon jemals eine Varieté-Show gesehen?«

»Nein, bloß etwas Ähnliches – in Paris.« Er pfiff laut und begann zu singen. *»Wie findest du denn die Jungen unten im Dorf, war'n sie erst einmal in Pariii...«*

»Und, war's gut?« fragte Ellis, während die Männer an ihnen vorbei auf die Gangway zuströmten.

»Na, wenn da ein Teich auf der Bühne gewesen wäre, hätt' ich gedacht, die Mädels wollen baden gehen. So was hab ich noch nie gesehen.«

»Ich wußte doch, mir entgeht was, wenn ich da im Spital rumliege...« Seine Stimme erstarb. Das Sonnenlicht drang in langen Bahnen durch die Schatten und ließ herrlich rotes Haar aufleuchten. »Die Farbe, die ist ja wie ... *Becky!*«

Es war Becky Moniger, kein Zweifel! Sie stand auf einer riesigen hölzernen Packkiste, schrie und winkte mit ihrem Fähnchen.

Ellis entdeckte sie im selben Augenblick, als Birch fragte: »Hey, Ellis! Guck dir mal die Rothaarige dort drüben an! Ist das nicht...«

Ellis starrte hin, einmal und noch einmal. Sein Blick schweifte über die Menschenmenge da unten. War es möglich? Seine Augen wurden groß, als eine weitere winzige Gestalt auf die Kiste hinaufkletterte. Mutter! Kein Irrtum möglich. Doc war unmittelbar unter ihnen; er starrte mit gerunzelter Stirn zu den Tausenden von Soldaten hinauf, in der Hoffnung, Ellis unter ihnen zu entdekken.

Dem ersten Schauder freudiger Erregung folgte jähe Furcht. Ellis preßte die Hand auf die Stirn und starrte die Krücken an. Sein Beinstumpf pochte und schmerzte bei der Hitze. Und was noch schlimmer war: Er war noch nicht darauf vorbereitet, Doc und seiner Mutter gegenüberzutreten. Und vor allem nicht Becky! *Nicht hier!* Er brauchte ein wenig Zeit. Er hatte sich alles bis ins letzte Detail ausgemalt. Er hatte im Geist ein Drehbuch für diese Begegnung geschrieben und genau geplant, was er zu ihnen sagen würde!

»Ellis? Hey, Ellis?« Birch beugte sich dicht zu ihm. »Bist du okay? Geht's dir nicht gut? Was ist los mit dir?«

»Was machen sie hier?« Ellis brachte die Worte nur mühsam über die Lippen. »Warum sind sie gekommen?«

»Ich nehme an, um dich abzuholen«, Birch sah verwirrt drein. Hatte Ellis nicht während der ganzen langen Reise über den Atlantik von nichts anderem gesprochen?

Ellis kehrte dem Kai den Rücken zu und ließ den Blick über das Deck schweifen, als suchte er ein Versteck. »Nicht auf diese Weise!« sagte er. »Ich bin ... ich ... ich bin noch nicht bereit, sie zu sehen! Nächste Woche! Nächste – wir beide haben doch schon Pläne gemacht, du und ich, Birch! Wir hatten allerhand vor!« Es war eine Entschuldigung, um das nackte Entsetzen nicht merken zu lassen, das ihn bei dem Gedanken erfaßte, er könnte gezwungen sein, die Wahrheit zu sagen, bevor er sich dazu innerlich bereit fühlte.

»Mach dir doch meinetwegen keine Gedanken!« Birch stieß ihm den Ellbogen in die Rippen. »Hier gibts Hunderte von Jungs, die mir gerne Gesellschaft leisten werden. Geh schon!«

»So habe ich es mir nicht vorgestellt. Verstehst du nicht?« Ellis berührte die Krücken. Er hatte sich Hoffnungen gemacht, er könnte zu Hause aus dem Zug steigen, ohne die Krücken zu brauchen! Ein paar Tage Übung in New York hätten ihm genügt. Er wäre herumgehumpelt, in Straßenbahnen ein- und ausgestiegen, Stiegen hinaufgeklettert. Im Spital hatte er all das nie ohne Krükken getan.

Birch kratzte sich die Wange. »Willst du damit sagen, sie wissen gar nichts von der ganzen Sache? Du hast ihnen kein Wort davon geschrieben?« Das war ihm neu. Birch trat einen Schritt zurück und blickte Ellis voll ins Gesicht.

Ellis schüttelte mit einer abrupten, nervösen Bewegung den Kopf. Schweißtropfen rannen über seine Schläfen herab. »Stimmt.«

»Du hast ihnen kein Wort gesagt?«

»Bloß, daß ich verwundet wurde.« Er wandte den Blick ab. »Weißt du, ich wollte es ihnen selbst sagen. Ihre Gesichter sehen. Ihnen klarmachen, daß ich ganz okay bin.«

»Na, du bist doch okay, oder nicht?«

»Ich fühl mich nicht gut.« – Suchen sie nach mir?«

»Wie hungrige Hühner nach' nem Käfer.«

»Sehen sie mich?« Er sah gequält aus.

»Du kehrst ihnen doch den Rücken zu, Ellis! Wie sollen sie dich denn unter dreitausend Uniformen erkennen? Dreh dich um!«

»Nein!« Er war zornig, wütend, daß sie hierher gekommen waren, ohne es ihn wissen zu lassen.

»Spinnst du? Da sind deine Mama und dein Papa! Und dein Mädchen!« Birch winkte und pfiff, um Beckys Aufmerksamkeit zu erregen, die ihn nicht kannte und bei dem allgemeinen Tumult auch nicht hören konnte. »HE, BECKY MONIGER! HIER IST ER! HIER!«

»Halt's Maul!« Ellis langte nach seinen Krücken, als wollte er kurzerhand die Flucht ergreifen. »Ich treff' sie zu Hause. Wie ich es mir ausgemalt habe!«

Birch packte Ellis' linke Krücke.

»Laß mich los!« Birch hielt die Krücke noch einen Augenblick fest.

»Ich hätte nie gedacht, daß du so'n Feigling bist, Ellis.« Er ließ los und trat an die Reling zurück.

Ellis stand einen Augenblick lang still da und bedachte den Vorwurf. Er blickte auf seine Stiefel hinab. Sie machten den Eindruck, als steckten zwei Füße darin, wie in jedem anderen Paar Stiefel an Deck. Wie kam es dann, daß er sich so nackt fühlte, als wäre der Stumpf deutlich sichtbar? Er holte tief Atem. Seine Familie wußte, daß er verwundet worden war. Die Krücken würden ihnen keinen Schock versetzen.

Ellis wandte sich wieder der Reling zu. »Okay! Dann eben früher als später.«

Birch blickte ihn aus seinen ruhigen blauen Augen an. Ihr Blick war beharrlich und tiefernst. »Ich würde mein rechtes Bein dafür geben, wenn ich da unten eine Familie hätte, die auf mich wartet! Und glaub mir, ich meine es ernst. Du hast Glück, Ellis. Wirkliches Glück.«

Ellis nickte. Er verstand, was Birch damit sagen wollte. Was hatte der Mann doch für ein großes, unschuldiges, kindliches Herz! »Ja. Ich weiß.« Er hob eine Krücke und steckte seinen Hut auf die Spitze. Er hob ihn hoch und winkte damit hin und her. »BECKY!« schrie er. »MAMA! HE, POP! HIER BIN ICH!« Er fuhr fort damit, bis seine Stimme vom Schreien heiser war. Schließlich wandte Becky den Kopf in die richtige Richtung. Sie hielt ihr Fähnchen reglos in der Hand, während sie ihn scharf ansah, um sich zu vergewissern. Dann stieß sie Mollys Arm an, und dann kam Bewegung in die Gruppe auf der Packkiste! Sie umarmten einander und schrien vor Freude. Doc sprang auf die Kiste hinauf und blickte in die Richtung, die Beckys ausgestreckter Arm ihm wies. Er grinste breit, als er erst die Krücke und dann Ellis entdeckte! Er hob die Hände, wie er es zu Hause in der Methodistenkirche tat, wenn er sein Halleluja brüllte! Die hölzerne Krücke schien ihrer Freude, ihn wiederzusehen, keinen Abbruch zu tun.

* * *

«Du weißt, wo du mich findest, wenn es dich einmal nach Arkansas verschlägt. Wir bleiben in Kontakt.« Birch stellte Ellis' Gepäck auf dem Boden ab und streckte die Hand aus.

Ellis weigerte sich, dieses Lebewohl hinzunehmen. »Bleib noch!«

Birch entdeckte die massige Gestalt Doc Warnes, der sich einen Weg durch das Gewühl bahnte. »Nein danke.« Er klopfte Ellis herzlich auf die Schulter. »Es war ja nicht gerade lustig, aber ich sag trotzdem nicht gerne Lebewohl.«

»Dann laß es doch bleiben!« Ellis sah beinahe verzweifelt aus. »Bleib hier, warum denn nicht?«

Birch antwortete mit einem Kopfschütteln. »Viel Glück!«

Aus dem Gesumm Tausender Stimmen löste sich der Ruf: »Ellis! Ellis Warne!« Der irische Akzent klang Birch unverkennbar im Ohr. Er überraschte ihn. Ellis wandte den Kopf in die Richtung, aus der die Stimme seiner Mutter kam, und seine Verzweiflung schien sich zu legen. Birch trat einen Schritt zurück und verschwand in der Menge. Ein Blick über die Schulter enthüllte ihm die tränenüberströmten Gesichter von Ellis Verwandten, als sie ihn von allen Seiten in die Arme schlossen. Das Sonnenlicht glänzte auf dem kupferfarbenen Haar Becky Monigers. Sie sah viel jünger aus, als Birch sie sich nach den Fotos vorgestellt hatte. Und auch hübscher. Molly Warne bildete ein zierliches Gegenstück zu Docs imposanter Körperfülle. Nach ihren Briefen hatte Birch sich eine kräftig gebaute Frau vorgestellt. Mit breiten Hüften und schweren Knochen, wie seine eigene Mutter es gewesen war. Irgendwie hatte er sich vorgestellt, Ellis' Mutter habe dieselbe Stimme wie seine Mutter. Der Südstaaten-Akzent. Das gutmütige Lachen. Waren er und Ellis nicht wie Brüder gewesen, als sie im Schützengraben gelegen hatten? Wenn sie so viel gemeinsam hatten, wie konnten sie da aus so unterschiedlichen Familien stammen?

»Ah! Mein Junge!« dröhnte Docs Stimme. »Gott sei gelobt! Ellis! Ellis, mein Junge!«

Birch blieb stehen und beobachtete aus dem Schutz der Menge

heraus neidisch, wie Ellis von seinem Vater umarmt – und geküßt – wurde. Ja, Ellis Warne hatte Glück! Sogar mit nur einem Bein hatte Ellis Warne alles, was ein Mensch sich nur wünschen konnte. Alles ...

Der Schatten der Einsamkeit breitete sich düster über Birch, als er sich abwandte. Er hätte alles dafür gegeben, hätte sein eigener Vater ihn umarmt, wenn er heimkehrte. Birch schien es, als hätte er sein ganzes Leben lang darauf gewartet. Samuel Tucker hatte Birch in seinem Leben schon allerhand Namen gegeben, aber niemals hatte er ihn »mein Junge!« genannt.

Birch berührte mit den Fingern die Hutkrempe. »Dann lebwohl, Ellis«, murmelte er. Ellis mochte nicht wissen, was ihm die Zukunft brachte, aber Birch wußte auf den ersten Blick, daß für den hochgewachsenen, schlaksigen Baseballspieler alles ein gutes Ende nehmen würde. Ellis und Becky würden wahrscheinlich ein ganzes Baseballteam in die Welt setzen. Neun kleine Söhne, achtzehn wirbelnde Beine, die übers Spielfeld jagten. Liebe war mehr wert als zwei Beine. Birch fühlte kein Mitleid für Ellis Warne. Er beneidete ihn darum, daß ihm die Art von Liebe zuteil wurde, die einen auf den Schultern trägt, wo alle anderen auf allen vieren kriechen müssen.

Der Gedanke verwandelte sich plötzlich in die niederschmetternde Erkenntnis der Realität, daß seine eigene Mutter tot war. Und er würde keinen Kuß von seinem Vater bekommen, wenn er heimkehrte. Birch schob die Hand in die Tasche, in der Mamas Brief steckte. Einen Augenblick lang erwog er, sich einen stillen Winkel zu suchen und den Brief zu öffnen. Hatte er nicht ein gleiches Willkommen wie Ellis verdient? Eine sanfte Stimme? Ein liebendes Wort, das ihm half, den nächsten Schritt zu tun, wenn seine Seele sich verstümmelt fühlte? Mama würde ein gutes Wort für ihn haben, irgend etwas, das ihm half, diesen schrecklichen Augenblick zu überstehen, in dem er begreifen mußte, daß er heimgekehrt war und vor dem Nichts stand.

Er knöpfte die Tasche auf und berührte die Ecken des Briefumschlags.

»He, Birch! Birch Tucker!« Carl Carver rief ihn. Er stand bei einer Gruppe Männer, die an diesem Tag ebenfalls allein am Kai standen. »Wenn du mitkommen willst, mußt du dich beeilen!«

Es gab eine Menge einsamer Männer mit zwei gesunden Beinen hier. Sie waren Birch ähnlicher als Ellis. Sie würden sich zusammenschließen, die Sehenswürdigkeiten von New York besichtigen ... gemeinsam. Mochten sich die Glücklichen wie Ellis Warne mit ihren eingebildeten Problemen herumschlagen! Was machte es schon aus, daß Ellis einen kleinen Teil seiner selbst in Frankreich zurückgelassen hatte? Er hatte eine ganze Familie daheim.

VERWUNDETE HERZEN

Dieselben Musikkapellen und dieselben Ansprachen, die schon fast eine Million heimkehrende Soldaten begrüßt hatten, widerhallten über dem Lärm der Menge, und es schien, als wollte Ellis sie alle hören. Während seine Familie ihn verwundert beobachtete, rief er anderen Uniformierten Grüße zu. Er gratulierte seinen Kameraden. Er stieß Jubelrufe aus und weinte, als »Hail, Columbia« gespielt wurde. Er zeigte alle äußeren Anzeichen von Freude, und dennoch wußte Molly, daß ihr Sohn keine Freude empfand. Keine wirkliche Freude.

Ellis blickte überall hin, nur nicht in in ihre Augen. Er tat, als bemerkte er gar nicht, daß Becky da war. Einmal trafen sich seine und Docs Augen. Etwas Unausgesprochenes ging zwischen ihnen vor. Etwas, das eine wortlose Botschaft von Mann zu Mann sandte, daß nicht alles in Ordnung war, daß ein dunkler Schatten über Ellis hing, daß er sich verändert hatte. Er war kein Knabe mehr. Sein Gesicht zeigte Spuren des Schmerzes und der Leiden des Erwachsenseins, die ein noch unfertiges Herz getroffen hatten. Auch Doc spürte es. Vielleicht verstand er es sogar besser als Molly. Becky verstand es nicht im geringsten. Sie blickte Ellis ins Gesicht. Sie lächelte voll Hoffnung und wünschte, er würde sie ansehen und zur Kenntnis nehmen, daß sie den ganzen weiten Weg gemacht hatte, nur um ihn zu sehen.

Doc klopfte seinem Sohn auf den Rücken. »Wir haben ein Taxi«, erklärte er über den Lärm der Menge hinweg. »Der Fahrer wurde ebenfalls in Frankreich verwundet.« Auf diese Mitteilung hin hatte Ellis es plötzlich eilig, das wartende Fahrzeug zu erreichen.

Er schob sich in den Sitz hinter dem Fahrer. Den ganzen Weg bis zum Hotel plauderten die beiden Veteranen miteinander, als hätten sie einander im Schützengraben kennengelernt. Es schien, als hätte Ellis mit dem kriegsversehrten Taxifahrer viel mehr gemeinsam als mit seiner Familie, als hätte das Pfeifen der Granaten die liebevolle Erinnerung an Heim und Familie getrübt. Noch immer hatte er kaum zwei Sätze mit Becky gewechselt, einmal hatte er sie gefragt, wie es ihrer Familie gehe und das zweite Mal, wann ihr Bruder Howard aus der Armee entlassen würde.

Molly warf einen Seitenblick auf Doc, der stirnrunzelnd das ausgestreckte Bein seines Sohnes betrachtete. Ellis stützte sich auf die Rückenlehne des Fahrersitzes und schwatzte über Marseille und die Franzosen und die englischen Soldaten. Sein Gesicht war von Leben erfüllt, während die beiden ihre Kriegserinnerungen austauschten, und dann blickte Ellis zufällig zu seinem Vater hinüber. Er bemerkte den merkwürdigen Blick, den der Arzt auf sein steifes und unbeholfenes Bein richtete. Sein Lächeln verblaßte. Er verfiel in mürrisches Schweigen. Er überließ es dem Fahrer, das Gespräch zu führen, während er aus dem Fenster in die tiefer werdende Dunkelheit des sinkenden Abends starrte.

»Wir haben dir von allen Freunden zu Hause Geschenke mitgebracht«, sagte Molly mit gequälter Freundlichkeit.

»Lieb von euch«, antwortete Ellis teilnahmslos.

»Ich habe den ganzen Koffer voll mit Sachen von zu Hause«, fügte Becky hoffnungsvoll hinzu, »für die Leute dort bist du ein Held, das weißt du doch.« Sie streckte die Hand aus und berührte die Purpurherz-Medaille. Er fuhr zurück, als hätte sie ihn geschlagen.

»Hättest du eine Woche gewartet, hätten sie mir den Kram höchstpersönlich überreichen können«, fuhr er sie an.

Beckys Mund formte sich zu einem lautlosen »Oh«. Sie wandte hastig den Blick ab und starrte die Männer und Frauen an, die auf dem Bürgersteig dahineilten.

»Ellis!« bemerkte Molly vorwurfsvoll. »Was ist denn...«

Doc legte seine große Hand auf die ihre und preßte sie sanft. Die Berührung bedeutete eine Warnung, zu schweigen. Was wußte er, wovon sie nichts wußte? Das alles sah Ellis so gar nicht ähnlich. Überhaupt nicht! Sie empfand Ärger über ihn. Wußte er nicht, was es für Becky bedeutet hatte, nach New York zu kommen, um ihn zu treffen? Sie hatten alles besprochen und beim Gedanken an die Überraschung wie Schulmädchen gekichert. Sie hatten sich ausgemalt, wie entzückt er sein würde! Sie hatten sich Küsse und Lachen und fröhliches Geplauder ausgemalt. Wenn er ihnen schon nichts zu erzählen hatte, konnte er nicht wenigstens nachfragen, wie es zu Hause stand? Wirkliche, interessierte Fragen nach seinem Heimatort und den Menschen, die er liebte?

Molly schwieg nun ebenso wie Becky. Sie lächelte, aber ihre Augen waren überschattet von Fragen und unausgesprochenen Vorwürfen an diesen Fremden, ihren Sohn. Wie konnte er sie nur so niederträchtig behandeln!

Doc mischte sich in das Gespräch mit dem Fahrer ein. Sie sprachen über Präsident Wilsons Pläne für einen Völkerbund. Den Wiederaufbau Europas und die Neue Ordnung der Alten Welt. Nichts davon hatte irgendeine Bedeutung für Molly und Becky. Die beiden Frauen wagten nicht, einander anzusehen, um nicht beide in Tränen der Enttäuschung auszubrechen. Ellis freute sich überhaupt nicht, sie wiederzusehen. Da war mehr als die Müdigkeit nach einer langen Reise und Monaten an der Front. Irgend etwas hatte sich verändert. Irgend etwas fehlte, und die fröhlichen Briefe aus Frankreich hatten ihnen keinen Hinweis darauf gegeben, was es sein mochte. *Es war ein Fehler, hierher zu kommen,* dachte Molly, als sie beobachtete, wie Ellis überall hinsah, nur nicht zu ihr und Becky. Sie empfand Angst.

»Die Damen würden gerne bei Delmonicos zu Abend essen«, sagte Doc in väterlichem Tonfall. »Sollen wir ihnen den Gefallen tun? Oder möchte du heute abend lieber auf deinem Zimmer bleiben?« Dann fügte er hastig hinzu: »Du hast dein eigenes Zimmer im Hotel. Wir dachten, nach all den Monaten in der Truppe würdest du zur Abwechslung gerne mal allein sein.« Doc bemühte sich sehr, den Blick nicht auf das Bein zu richten. Molly wollte die Hand ausstrecken und es berühren, wie sie kleine Verletzungen berührt hatte, als Ellis noch ein Kind gewesen war. Konnte das der Grund sein, warum Ellis so fremd schien?

»Klar, Papa. Abendessen. Schon recht ... bloß nicht allzu spät, okay? Du weißt, ich bin ziemlich müde und ...«

Der Fahrer mischte sich ins Gespräch: »Sag mir, wann es dir

paßt, und ich fahr dich, wohin du willst. Wie lang bleibst du denn in New York? Ich kann dir die ganze Stadt zeigen. Ich fahr dich überall rum!«

Molly und Doc blickten einander an. Eine Woche New York unter der Führung eines Kriegsveterans? Sie würden keine Gelegenheit haben, ein Gespräch mit Ellis zu führen. Er würde über Generäle und Offiziere reden, über den Schlamm in den Schützengräben und wie ähnlich er doch dem Schlamm auf den Feldern daheim bei der Farm war. Verwundete und Verstümmelte schienen für Ellis und den Taxifahrer das Hauptgesprächsthema zu bilden. Er hielt die Hand hoch und zeigte die fehlenden Finger. »Man ist nicht mehr derselbe, wenn man so nach Hause kommt. Mein Mädchen guckte mich von oben bis unten an, und dann haute sie ab und heiratete einen Kerl, der den Krieg in einer Schreibstube verbracht hatte, und da stehe ich jetzt. Wenigstens bin ich einer von den Glücklichen, die einen Job gefunden haben.«

Er deutete mit der verstümmelten Hand auf den Gehsteig, und plötzlich schien New York von Bettlern zu wimmeln. Junge Männer, blinde Männer, standen neben den Eingängen zu den U-Bahn-Stationen von Manhatten und bettelten. Da und dort sah Molly andere lebende Beispiele für die schrecklichen Folgen des großen Krieges. Ein junger Mann, nicht älter als Ellis, bewegte sich auf einem kleinen hölzernen Karren mit Rädern fort. Er wieselte geschickt zwischen den Beinen der Fußgänger hindurch.

»Der da ist der Beinlose Eddie Trahan«, erklärte der Taxifahrer. »Verlor die Beine in der Schlacht an der Argonne. Du und ich, wir haben Glück gehabt. Er war mit einem niedlichen Mädchen verheiratet. Aber sie hat's einfach nicht gepackt. Es sind nicht die Schrapnelle, die uns verstümmeln.« Wieder hob er die Hand hoch. »Nein. Die Frauen sind es. Die packen es nicht.« Er lenkte das Fahrzeug in den überdachten Eingang des Waldorf. Im selben Augenblick schoß der Beinlose Eddie um die Ecke und rollte auf den uniformierten Portier des Hotels zu. »Da sind wir schon«, sagte der Fahrer fröhlich. Hatte er bemerkt, wie sich schwere Stille auf seine Passagiere senkte? »Soll ich euch nochmal abholen?«

»Nein, danke«, sagte Ellis mit spröder Stimme. »Ich möchte gerne ... mit der U-Bahn fahren. Hab' einen Jungen gekannt, der bei der U-Bahn arbeitete. Ist in Meuse gefallen. Ich möchte mit der U-Bahn fahren. Die wirkliche Welt kennenlernen, verstehst du ...«

Die beiden schüttelten einander die Hand und tauschten verständnisinnige Blicke aus. Doc bezahlte den Fahrer und gab ihm ein reichliches Trinkgeld für seine Zuvorkommenheit, aber Molly wußte, daß Doc erleichtert war, ihn loszuwerden. Sie selbst war ebenfalls erleichtert. Was Becky anging, hatte sie schon längere Zeit kein Wort mehr gesprochen. Ellis kletterte aus dem Wagen, stützte sich auf seine Krücken und humpelte auf den Beinlosen Eddie zu, der einen Packen Zeitungen auf seinem Wägelchen mitführte. Eddie verkaufte dem Portier eine Zeitung und eine andere an einen Mann im weißen Leinenanzug. Dann entdeckte er Ellis in seiner Uniform. Seine Augen hingen einen langen, seltsamen Augenblick lang an den Krücken und dem steifen Bein. Von neuem tauschten die beiden einen Blick wortlosen Einverständnisses aus, der alle anderen rundum ausschloß. Ellis zog einen Dollar aus der Tasche und kaufte eine Ausgabe der New York Times, die nicht mehr als drei Cent kostete. »Behalt das Wechselgeld«, sagte er mit gedämpfter Stimme.

»Bin kein Bettler«, sagte der Beinlose Eddie. Da zog Ellis das Hosenbein nur ein winziges Stückchen hoch, damit der Krüppel sehen konnte – *was sehen konnte?* Der Stoff fiel zurück. Der Beinlose Eddie nickte und steckte den Dollar ein. »Danke, Bruder«, sagte er.

Im nächsten Augenblick war es auch schon vorbei. Sie betraten die Halle des Hotels, und Becky versuchte von neuem, ein Gespräch mit Ellis anzufangen. »Das war gut von dir, Ellis«, sagte sie. »Gott sei's gedankt, daß du gesund heimgekehrt bist.«

Zum erstenmal blickte er ihr voll ins Gesicht. Auf seinem Gesicht malte sich erst Entsetzen, dann aufsteigender Zorn. Er gab keine Antwort. Becky trat erschrocken einen Schritt zurück und wandte sich um, als suchte sie einen Fluchtweg. Die Sommersprossen zeichneten sich scharf auf ihrer bleichen Haut ab. »Ich ... ich gehe spazieren«, sagte sie mit heiserer Stimme.

»Becky?« rief Molly ihr nach. »Rebecca!«

»Laß sie gehen«, knurrte Ellis. »Laß sie doch *gehen!* Sie will sich eben mal ordentlich die Beine vertreten.«

* * *

Seit der Truppentransporter, der das 369ste Regiment in die Vereinigten Staaten zurückgebracht hatte, in Sichtweite der Freiheitsstatue gekommen war, hatte Harris von nichts anderem reden können als von seinem Heim in Harlem. Jefferson hatte bereits den Entschluß gefaßt, daß er das berühmteste schwarze Viertel Amerikas kennenlernen wollte, aber selbst als die beiden Freunde bereits im Bahnhof standen und auf den Zug warteten, tat er noch, als sei er seiner Sache nicht sicher. »Ich weiß nicht recht«, sagte Jefferson. »Vielleicht sollte ich doch lieber heimfahren.«

»Mann, das mußt du einfach gesehen haben«, drängte Harris. »Kannst doch nicht einfach nach Podunk in Arkansas zurückfahren!«

»Pisgah«, korrigierte ihn Jefferson.

»Na, dann Pisgah. Aber glaub mir, du kannst nicht heimfahren, ohne Harlem gesehen zu haben. Du, da gibt's die tollsten Mädchen und das beste Essen und die schönste Musik der Welt.«

Canfield betrachtete ihn skeptisch. »Bevor ich von zu Hause weggefahren bin, sagte mir meine Mama, ich solle mich vor der bösen Großstadt hüten. ›Jefferson‹, sagte sie, ›New York ist schlimmer als Babylon. Das ist Sodom und Gomorrha!‹«

Harris machte ein beleidigtes Gesicht. »Mann, was quatscht sie da? Ich schlepp' dich doch nicht in'n wüstes Loch! Wir machen uns auch ordentlich fein für PFC Jefferson Canfield, der das Band der Ehrenlegion um den Hals trägt und obendrein von Marschall Petain geküßt wurde.«

Jefferson tastete verlegen nach dem roten Band der Medaille. »Vielleicht sollte ich sie lieber druntertragen«, bemerkte er.

»Wozu?« wandte Harris ein. »Du bist ein echter Kriegsheld, und die Medaille ist der Beweis dafür. Was ist denn, willst du die süßen Kätzchen um die Gelegenheit bringen, einen waschechten Helden zu sehen?«

»Ach was, laß mich in Frieden! Ich hab' sowieso schon das Gefühl, jeder glotzt mich an!«

Die sechs orangefarbenen Wagen der Hochbahn fuhren in den Bahnhof ein. »Hallo, Platz da!« jauchzte Harris.

Der Wagen, in den sie einstiegen, war schwach besetzt, und die Fahrgäste waren alle Weiße. »Marsch, in den hinteren Teil des Waggons!« knurrte ein fetter weißer Mann in der Uniform der Zugbegleiter.

Harris stellte sofort alle Haare auf und machte den Mund auf, um eine scharfe Antwort zu geben. Er spürte, wie Jefferson die große Faust um seinen Arm schloß und ihn kräftig preßte, und er schloß den Mund wieder. Er warf dem Zugbegleiter einen zornigen Blick zu, aber die beiden Soldaten begaben sich wie befohlen in den rückwärtigen Teil des Wagens, und der Zug fuhr ruckend an.

Da bemerkten sie, daß auf den Sitzen im rückwärtigen Teil des Wagens eine große Menge Pakete lagen, und Harris machte sich dran, diese Pakete auf den Boden zu stapeln. »He, Boy«, rief der Wachmann, »was treibst du denn da?«

»Hab keinen Platz zum Sitzen«, wandte Harris ein. »Ich stell ja bloß die Schachteln hier fort.«

»Laß die Schachteln in Frieden.«

»Aber wir haben die Fahrt bezahlt...«

»Werd bloß mal nicht frech, Nigger«, warnte der Wachmann, »oder ich setz euch beide an die Luft.«

Wieder fühlte Harris, wie Jefferson ihn warnend am Arm packte. »Harris«, drängte er, während er durch das schmierige Glas des Fensters deutete, »sag mir, was es da draußen zu sehen gibt. Das letzte Mal, als ich durch New York fuhr, war es zappenduster draußen, und ich hab nichts gesehen.«

Ein schmierig aussehender Weißer mit einem Stoppelbart saß einem zaundürren Jüngelchen mit einem Gesicht voll Pickel gegenüber. Jeder von beiden breitete sich über zwei Sitze aus. Mit überlauter, quengelnder Stimme bemerkte der Mann: »Ich hab's dir doch gesagt, es kommt nichts Gutes raus dabei, wenn man diese Kerle eine Uniform anziehen läßt. Hab ich's nicht gesagt, Cecil? Ich sagte dir doch, sie würden die Nase hochtragen und vergessen, wo sie hingehören, nicht wahr, Cecil?«

»Ja, das hast du gesagt, Onkel.«

»Nimm mal einen Kellner oder Müllmann, der seinen Platz kennt, und ich bin der erste, der sagt, der Mann verdient Respekt. Hab ich das nicht immer gesagt, Cecil?«

»Ja, hast du, Onkel.«

»Aber steck diesen selben Kellner oder Müllmann in eine Uniform, und schon hat er große Rosinen im Kopf und glaubt, er wär ein Soldat, und vergißt, wo sein Platz ist. Stimmts, Cecil?«

»Mister«, sagte Harris und blies sich auf, »reden Sie vielleicht von uns?«

Der Wachmann rauschte wichtigtuerisch herbei. »Was ist hier los?« sagte er zu dem schmierigen Weißen. »Machen Ihnen diese Nigger Ärger?«

»Was?« platzte Harris heraus.

Canfield trat mit einem raschen Schritt zwischen Harris und den Offizier. Seine riesenhafte Gestalt ragte über dem pausbäckigen Wachmann auf, der einen Schritt zurücktrat. »Wir wollen hier keinen Stunk machen, Officer«, sagte Jefferson. »Mein Freund will mir zeigen, wo er wohnt. Wir sind eben aus dem Krieg heimgekehrt.«

Als der Wachmann den großen Schwarzen mit so sanfter Stimme sprechen hörte, nahm er an, er hätte ihm Angst eingejagt. Er fühlte sich stark, weil er glaubte, er hätte den hochgewachsenen Soldaten so leicht eingeschüchtert. Er trat nah an ihn heran und hauchte ihm seinen nach Knoblauch stinkenden Atem ins Gesicht. »Eben aus dem Krieg zurückgekehrt, ja?« rief er hämisch. »Na, und habt ihr auch fleißig Nachttöpfe ausgeleert? Haben sie euch dafür das hübsche Anhängsel da umgehängt?« Ein Zeigefinger, der einer kurzen dicken Wurst ähnlich sah, spielte mit der Medaille der Ehrenlegion. »He, das fühlt sich ja wie 'ne richtige Medaille an«, bemerkte er. »Was is'n das?«

»Das heißt, daß er ein Kriegsheld ist, Sie –« spuckte Harris, der fast auf Canfields Schultern hing.

»Hat er wahrscheinlich geklaut, was, Onkel?« bemerkte das pickelige Jüngelchen.

»Na, eine echte Kriegsmedaille kann's ja wohl nicht sein«, stimmte der schmierige Weiße zu. »Die Nigger haben doch gar nicht mitgekämpft. Jeder weiß, daß die beim ersten Schuß mit vollen Hosen auskneifen.«

»Also? Wo hast du die Medaille geklaut, Nigger?« wollte der Wachmann wissen. Seine fleischige Handfläche schloß sich um die militärische Auszeichnung. Im selben Augenblick fuhr der Zug in die nächste Station ein, und zugleich umschloß Jefferson Canfield mit seiner mächtigen Faust das Handgelenk des Zugbegleiters. Der Mann sog scharf den Atem ein, als seine Finger augenblicklich gefühllos wurden.

Mit seiner sanftesten Stimme sagte Canfield: »Würden Sie uns bitte entschuldigen, Sir? Wir würden gerne ein Stückchen zu Fuß gehen. Also, dürften wir wohl hier aussteigen?«

Der Wachmann nickte langsam. Sein Gesicht war käsebleich.

»Komm schon, Harris«, sagte Jefferson. »Erzähl mir noch ein bißchen was über diese Stadt.«

Als die beiden Soldaten aus dem Zug stiegen, nahm Canfield die Medaille vom Hals. Er legte das Band der Ehrenlegion sorgsam zusammen, stopfte es in seine Hemdtasche und knöpfte sie zu.

* * *

Der Lärm von Bohrmaschinen, die den Asphalt aufrissen, hallte durch die Straße. Becky stand am Rand des Gehsteigs und starrte trübsinnig die vorüberfahrenden Taxis und Straßenbahnen an. Sie wußte nicht, wo sie hingehen sollte. Zurück nach Hause? Der Weg bis zum Bahnhof war nicht weit, aber ihr gesamtes Gepäck befand sich oben in ihrem Hotelzimmer. Sie wollte nicht das Risiko eingehen, Ellis noch einmal zu begegnen. Er hatte sie genug gedemütigt!

Sie war verletzt – so verletzt, daß sie wütend war. Das war nicht mehr derselbe Mann, in den sie sich verliebt hatte! Nicht Ellis Warne war heimgekehrt, sondern ein Fremder, der wie Ellis Warne aussah. Sie wischte die Zornestränen ab, bevor sie ihr die Wangen herunterlaufen konnten. Sollte er doch bei seinen Kameraden und seinen grausigen Erinnerungen bleiben! Nach nur einer Stunde war sie zu dem Entschluß gelangt, daß ihr dieser neue Ellis gestohlen bleiben konnte. Sie würde ein Weilchen warten, dann ihr Gepäck einsammeln und sich ein Taxi zur Grand Central Station nehmen und mit ihrer Rückfahrkarte noch in dieser Nacht nach Hause zurückfahren.

Ein Taxi blieb neben ihr stehen. »Wo soll's denn hingehen?«

»Ohio.«

»Das ist mir zu weit, Lady«, grinste der Fahrer und fädelte sich wieder in den Verkehr ein.

»Na, Sie verlassen ihn jetzt schon, hah?« spottete eine Männerstimme hinter ihr.

Becky wandte sich nach der Stimme um. Passanten eilten vorbei, aber sie sah niemand, der sie angesprochen haben könnte.

»Hier unten«, rief ihr der Beinlose Eddie von seinem Wägelchen aus zu. Seine Tweedmütze saß keck auf seinem gekräuselten Haar. Er trug ein rotkariertes Hemd mit kurzen Ärmeln, das seine muskulösen Arme enthüllte. Seine Hände waren zum Schutz in Fetzen gewickelt. Seine Khakihosen waren abgeschnitten und in der Mitte der Oberschenkel zu Säcken um die beiden Beinstümpfe zusammengenäht. Er grinste sie grausam an. Derselbe bittere Ausdruck, den sie auf Ellis' Gesicht gesehen hatte, funkelte in seinen Augen.

Becky ging voll Zorn auf seine Herausforderung ein. Was mischte er sich da ein? »Wir haben Ihnen schon eine Zeitung abgekauft«, fuhr sie ihn an.

»Ja, okay, Schwester! Ich geb dir noch'n guten Rat dazu. Kostenlos.«

»Hab' nicht drum gebeten!«

»Oh, die feine Dame! Ihr seid doch alle gleich, was?« Er rollte näher herbei und neigte den Kopf zur Seite. So guckte er sie an wie ein quengeliges Kind. »Ihr meint wohl alle, ihr seid nicht glücklich, wenn ihr nicht tanzen könnt, was? Da gibt einer alles, was er hat, und dann kommt er zu sowas wie euch nach Hause zurück.« Er stieß seinen Karren rückwärts, dann wirbelte er auf seinen Rädern in einem Ein-Mann-Tanz herum. »Ich bin lang und schlank weggefahren und kam einen Meter kürzer zurück. Meine Alte wollte einen langbeinigen Burschen. Das war's dann für mich! Ich weiß nicht, was ihr Weiber wollt. Dein Kerl hat doch wenigstens noch *ein* Bein zum Rumhüpfen.« Seine Augen verengten sich zu verbitterten Schlitzen. »Das genügt Ihnen aber wohl nicht, oder?«

Becky starrte ihn sprachlos an. »Was? Was sagen Sie da? Nicht genug?«

»Sie müssen einen Kerl mit zwei Beinen haben, was?« Wieder wirbelte er herum. Seine Räder klapperten auf den Ritzen des Gehsteigs. »Sie müssen die Schritte von zwei Füßen hören, wenn er Ihnen entgegenkommt, was?«

»Was? Zwei?«

»Ja, schöne Dame.« Seine braunen Augen blitzten vor Groll. »Erzählen Sie mir nichts! Meine Alte war um nichts besser. Ich hab Zeitungen verkauft, bevor ich zur Armee ging. Ich verkaufe immer noch Zeitungen. Nur meine Frau hat mich sitzenlassen.« Er drehte eine neuerliche Pirouette, dann spuckte er ihr vor die Füße. »Er braucht kein Purpurherz. Gott hat ihm ein gebrochenes Herz geschenkt, das genügt.« Er fluchte gedämpft, und mit einem kraftvollen Stoß einer Hand fuhr er herum und rasselte davon, um hinter einem Wald von Beinen zu verschwinden.

Becky starrte ihm nach. Was für ein grausiger kleiner Kerl er doch war – kein Wunder, daß seine Frau ihn verlassen hatte! Wer konnte mit so viel Bitterkeit leben? Und was hatte die ganze Sache mit Ellis zu tun? *Eine Wunde am Bein war noch längst keine Verstümmelung!* Sie verließ Ellis, weil sein Herz verstümmelt war, nicht sein Körper. Jetzt war sie zu wütend, um noch zu weinen. Sie hatte schon gehört, daß es in New York von Wichtigtuern nur so wimmelte. Erst der Taxifahrer, und jetzt ...

In diesem Augenblick faßte Becky einen Entschluß, was sie tun wollte. Ihre Taschen waren oben auf dem Zimmer, noch nicht einmal ausgepackt. Es war ein schrecklicher Fehler gewesen, hierher zu kommen. Sie ging ins Hotel zurück und reichte dem Empfangschef ihren Zimmerschlüssel. »Ich gebe mein Zimmer auf«, verkündete sie in königlicher Haltung. Dann schrieb sie eine kurze Nachricht für Doc und Molly. Es war eine freundlich, aber unnachgiebig formulierte Nachricht. Sie würden sie sicher verstehen ...

Dreißig Minuten später stand Becky, mit ihrer Rückfahrkarte in der Hand, wieder in der Grand Central Station.

AM ENDE DER WELT

Das stille Abendessen im Familienkreis, das Bubbe ihm vor Augen gemalt hatte, erwies sich als Schimäre. Der Laden und die Wohnung darüber waren bis in den letzten Winkel vollgestopft mit Freunden und Nachbarn, als Max zu Hause ankam. Der Tisch war mit Leckerbissen überhäuft. Es war Max völlig klar, daß für all das einige Planung erforderlich gewesen war. Irene war in diese Pläne nicht eingeschlossen.

Bubbe stellte ihn als ihren »Kriegshelden« vor. Applaus und Jubelrufe dröhnten durch den Raum.

Max antwortete, wenn es einen zum Helden mache, mit dem Leben davonzukommen, dann sei er wohl ein Held.

Man stellte ihm endlose Fragen. Was wollte er jetzt anfangen? Würde er wieder auf die Universität gehen? Würde er den Laden übernehmen? Max beantwortete jede Frage Hunderte Male, wie es schien. Es reichte! Er wußte nicht genau, was er vorhatte; aber eines sagte er jedenfalls nicht: daß in diesen Plänen die Orchard Street keine Rolle spielte.

Um neun Uhr abends warf Max Trudy einen verzweifelten Blick zu. Alle Fenster und Türen standen offen, und dennoch waren der Lärm und die Hitze der Menschenmenge unerträglich.

Trudy hatte von Max noch nicht mehr gehabt als eine Umarmung und ein paar flüchtige Worte. Sie war dankbar, als Max ihre Hand ergriff und sie Mrs. Fleischers auf Jiddisch geführter Konversation entzog.

Er führte sie ins Schlafzimmer, zum Fenster hinaus und auf die Feuertreppe. Sie kletterten ein kurzes Stück und befanden sich auf dem Dach. Der Teer war noch weich von der langen Hitze der Nachmittagssonne, dennoch war es viel kühler hier oben. Und auf jeden Fall stiller.

Max stützte die Ellbogen auf die Brüstung des Daches und

blickte zum Irenviertel hinüber. Sein Gesicht war angespannt. Erschöpft.

»Bubbe hat das alles natürlich geplant, nicht wahr?«

Trudy stellte sich neben ihn und blickte auf die Lichter der Stadt hinunter. »Natürlich.« Sie legte eine Hand auf seinen Arm. »Sie arbeitet seit Wochen daran. Backen. Hausputz. Alles!«

»Aber Irene durfte nicht kommen.« Er krauste die Stirn. »Ich kapier's schon. Bubbe meinte nicht ›Familie‹ ... sie meinte das hier.« Er machte eine Handbewegung, die das Viertel umfaßte. »Nur das. Nur wir. Nur Juden.«

Trudy wollte ihm sagen, er sollte es nicht so schwer nehmen. So war das Leben nun einmal. »Weißt du, wie sie mich hier nennen?«

Er blickte sie fragend an.

»Ich bin eine *Fremde*. Wäre ich nicht deine Cousine, hätten sie mich nicht einmal eingeladen.«

»Du Glückliche«, sagte er und sog tief die Luft ein. »Die ganze Nacht lang fragen sie mich schon, was ich jetzt anfangen werde. Werde ich weiterstudieren? Ja. Werde ich den Laden übernehmen?«

»Nein«, antwortete Trudy an seiner Stelle. Auch Max war ein *Fremder*.

»Du hast recht.« Wieder blickte er zu Irenes Straße hinüber – ebenfalls eine lange Reihe von roten Ziegelhäusern. »Ich lasse diesen Ort so weit hinter mir, wie es nur irgend geht«, sagte er trotzig. »Glauben die etwa, ich will meine Kinder hier aufwachsen lassen?« Er fluchte und spuckte aus. »Ich hab' mir die letzten eineinhalb Jahre jede Menge Gemeinheiten anhören müssen, weil ich als Jude geboren bin. Und ich sag dir was, Trudy, es hängt mir zum Hals heraus. Ich schlag sie mit ihren eigenen Waffen. Eines Tages werde ich eine entzückende kleine *goy* heiraten, und wenn sie hier nicht willkommen ist, bleib ich auch fort.« Er zog an seinen Fingern, daß die Knöchel knackten. »So. Das hat mir schon die ganze Nacht auf der Zunge gelegen.« Er grinste entschuldigend. Hübscher, kluger Max. Er würde alles fertigbringen, was er sich vornahm.

»Das dachte ich mir«, sagte sie leichthin. »Ich sagte Mrs.

Fleischer, wenn sie wüßten, wie dir wirklich zumute ist, würde von hier bis zur Bronx die Erde erzittern.«

»Sie werden es früh genug herausfinden.« Er sah ihr in die Augen. »So. Wie hast du es geschafft, in unserer engen kleinen Welt ohne meine Hilfe zu überleben?«

»Manchmal war es schwierig«, gab sie zu. »Aber manchmal war es ganz entzückend. Ich gehöre nicht hierher.« Gelächter drang aus dem Fenster unter ihnen. »Ich weiß überhaupt nicht, wo ich hingehöre. Ich fühl mich wie ein Schinken in einer koscheren Metzgerei. In der Schule komme ich mit den Italienern und Iren besser aus.«

Max lachte darüber. »Niemand kommt mit den Italienern gut aus. Weiß Bubbe davon?«

Trudy schüttelte amüsiert den Kopf. »Sie würde mich in mein Zimmer einsperren.« Sie beugte sich vor. »Ich hab ihr auch nicht gesagt, daß ich zu Hause in die lutherische Kirche gehe.«

Das war tatsächlich eine schockierende Neuigkeit. Wie viele Söhne und Töchter in der Orchard Street gingen schon in eine christliche Kirche?

»Gut für dich.« Max klopfte sie auf den Rücken. »Aber behalt es bei dir, bis du hier abhauen kannst, okay?«

Trudy nickte, erleichtert, daß Max ihr Geständnis so locker aufgenommen hatte. »Dann kann ich dir ja auch sagen, daß du und Irene meinen Segen habt.«

Er gab keine Antwort. Sie standen eine Weile nebeinander, während seine Gedanken sich ordneten und in Reih und Glied durch sein Gehirn marschierten. Schließlich wandte er seine Aufmerksamkeit Trudy zu. »Wie steht's mit dir?«

»Ich habe einen Job als Lehrerin.«

»Gratuliere. Wo?«

»Zu Hause. Fort Smith. Arkansas. In derselben Schule, die ich besuchte.«

Er lachte ungläubig. »Am Ende der Welt.«

»Nein.« Trudy deutete auf die Straße, die das Judenviertel vom Irenviertel trennte. »Das hier ist das Ende der Welt. Hier bin ich vor langer Zeit über den Rand gefallen.«

Er lachte von neuem. Sie hatte völlig recht. »Nun, wie man in dieser Welt sagt: *Mazel tov.* Du bist einfach super, True.« Max küßte sie von neuem und eilte dann die eiserne Leiter hinunter, um Irene zu treffen. Trudy hörte seinen Schritt, der sich eilig durch die Hintergäßchen entfernte.

Bubbe rief aus dem Fenster: »Trudy? Trudy? Max? Seid ihr da draußen?«

Trudy gab keine Antwort. Bubbe rief noch ein paarmal, dann kehrte sie zu ihren Gästen zurück. Trudy beschloß, noch einen Augenblick zu warten und dann ins Haus zurückzuschleichen. Wenn sie die Arme bis zum Ellbogen im Spülwasser hatte, konnte niemand von ihr erwarten, daß sie wußte, wohin Max sich fortgeschlichen hatte. Sein Geheimnis würde freilich nicht mehr lange ein Geheimnis sein. Vielleicht war es überhaupt kein Geheimnis. Aber Trudy wußte genau: Das war die letzte Party, die Max jemals besucht hatte, ohne daß eine gewisse junge Dame von jenseits der Orchard Street ebenfalls eingeladen war.

***

Die Reklame verkündete: »Der frechste Star und die fröhlichste Musik aller Zeiten! MITZI! Ihr Auftritt in ›Hals über Kopf‹!«

Das George-M.-Cohan-Theater war in dieser Nacht bis zum letzten Platz vollgepackt mit amerikanischen Soldaten. Birch hatte das Gefühl, daß er als einziger an diesem Ort nüchtern war. Es war ein Wunder, daß bei dem Lärm die Wände nicht in sich zusammenfielen. Die Varietétruppe sang und tanzte, aber Birch konnte bei dem allgemeinen Gebrüll und Gelächter ihre Stimmen nicht hören. Er hörte ihre Absätze nicht auf die Bühnenbretter stampfen. Als die Revuegirls herausgeeilt kamen und über den Laufsteg hüpften, ging sogar die Orchestermusik in dem Krach unter.

Es war heiß hier drinnen, die Luft roch nach Männerschweiß und abgestandenem Bier. Birch dröhnte der Kopf vom Lärm der Stiefel, die auf den Boden trampelten. Vielleicht war er als einziger an diesem Ort noch nüchtern, aber er hatte den Eindruck, daß kein Kater am nächsten Morgen so schlimm sein konnte wie das Kopfweh, das er jetzt hatte.

Er verließ das Theater unbemerkt. Seine Kameraden vermißten ihn nicht. Ein Schwall kalter Luft traf ihn ins Gesicht, als er den Gehsteig entlangschritt. Es regnete. Er hob das Gesicht dankbar den Tropfen entgegen und ließ den Regen den Dunst eines halben Dutzend billiger Bierhallen wegwaschen.

Die Forty-second-Street glühte in der Nacht wie ein Sommernachmittag. Die Lichter der hohen Gebäude brannten die ganze Nacht lang und färbten den Nebel golden. Jedes Geschäftsschild, jede Markise glitzerte farbig. Das gesamte Alphabet funkelte und wirbelte und drehte sich über seinem Kopf. Die Regentropfen schienen rot und grün und gelb gefärbt, wie sie durch den leeren Raum fielen. Der nasse Gehsteig reflektierte Regenbögen. Die schwarzglänzenden Karosserien der Taxis wirkten wie in frische Farbe getaucht.

Zu seiner Rechten sah Birch einen großen Trupp Soldaten über die Straße stolpern. Sie begrüßten eine kleinere Gruppe, die zur Linken daherkam. Ein ganzes Regiment war auf den Beinen, um New York in dieser Nacht auf den Kopf zu stellen.

»Komm«, rief jemand. »Wir gehen ins deutsche Viertel und schlagen ein paar Krauts die Nasen blutig! He, Birch! Birch Tukker! Komm mit!«

Birch wandte sich ab und tat, als hörte er nichts. Er hatte genug Krauts die Nasen blutig geschlagen. Er hatte inzwischen auch von amerikanischen Randalierern die Nase voll. Er dachte an Ellis. Glücklicher Ellis! Dann dachte er an Max. Er fragte sich, ob sie in der Orchard Street auch bei Regen auf der Feuertreppe schliefen.

Bei dem Gedanken winkte er einem Taxi.

»Wohin, Kleiner?«

»Orchard Street«, antwortete Birch, selbst überrascht über seine Antwort. Er konnte Max' Familie nicht einfach überfallen, schon gar nicht um 11.30 Uhr in der Nacht. Was tat er da überhaupt? »Orchard Street«, wiederholte er entschlossen.

»Welche Nummer?«

Birch zog Trudys Foto aus der Tasche. Er starrte ihre dunklen, empfindsamen Augen an. Er warf einen Blick auf die Adresse, brachte es aber nicht übers Herz, sie dem Fahrer zu nennen. »Keine Adresse. Ich will bloß die Orchard Street sehen.«

Der Fahrer warf ihm einen Blick zu. »Im Regen? Mitten in der Nacht? Um die Zeit ist dort nichts offen. Ich kenn' da ein paar scharfe Nachtlokale...«

»Nein, danke.« Birch lehnte sich in den Sitz zurück und ließ sich die kühle Brise ins Gesicht blasen. »Ich hab Freunde dort.«

Der Fahrer brummelte: »Ob wir die ohne Hausnummer finden werden ... die Straße ist lang ...«

***

Trudy wusch das Geschirr fertig ab und schlüpfte auf die Feuerleiter hinaus, um auf den ersten sehnlichst erwarteten Regentropfen zu warten. Wäsche und Bettzeug waren aus Angst vor dem Gewitter ins Haus geschafft worden. Die Orchard Street war ein stilles Schiff, das mit eingerollten Segeln und Flaggen auf Halbmast beilag.

Unter der Straßenlampe an der Ecke konnte Trudy die Gestalten von Max und Irene sehen, die miteinander sprachen. Sie stand mit dem Rücken zum Laternenpfahl. Max stand ihr gegenüber und hatte die Hände links und rechts von ihrem Kopf aufgestützt. Die perfekte Haltung für einen Kuß, dachte Trudy. Als hätte Max sie gehört, beugte er sich hinab und küßte Irene. Die Welt lag in Schatten, und dennoch küßte Max sie dort im hellen Licht der Straßenlampe. Morgen würde die ganze Orchard Street kein anderes Gesprächsthema kennen. Bubbe und Zeyde Fritz würden davon hören, und morgen abend würde es beim Essen eine hitzige Debatte darüber geben. Bubbe würde laut weinen und die Türen hinter sich zuknallen. Zeyde würde mißbilligend mit der Zunge schnalzen und sich selbst Vorwürfe machen, daß alles vor die Hunde gegangen sei, seit er sein Geschäft am Sabbath offenhielt.

Max küßte Irene von neuem, leidenschaftlicher diesmal. Sie lächelte zu ihm hinauf und legte die Hand an seine Wange. Dann ergriff er ihre Hand und zog sie aus dem Lichtkreis und in die Schatten unter dem Torbogen der Gemüsehandlung. Die Orchard Street hatte genug gesehen.

Trudy hatte keine Zweifel am Ergebnis der Debatten. Es würde eine Hochzeit geben. Keine jüdische Hochzeit. Vielleicht nicht einmal eine irische Hochzeit. Wahrscheinlich irgend etwas Bürgerliches auf dem Rathaus. Die Regierung war in solchen Dingen ziemlich neutral. Solange Max genug Geld hatte, um die Stempelmarken zu bezahlen, fragte niemand danach, in welcher Straße er lebte.

Ein jäher Blitz erhellte die Straße wie das Blitzlicht eines Fotografen. Irene stand mit dem Rücken an die Ladentüre des Gemüsehändlers gelehnt, ihre Arme schlangen sich um Max' Nacken, als er sie leidenschaftlich küßte. Das Paar schien das Licht nicht zu bemerken. Donner rumpelte durch die Straße. Trudy beneidete sie. Es mochte Herzeleid genug in ihrer Vergangenheit und auch in ihrer Zukunft geben, aber Trudy beneidete sie um ihre Liebe. Max würde Irene heiraten und alles in Ordnung bringen.

Trudy setzte sich auf dem eisernen Gitterrost nieder und ließ die Beine über den Rand des Treppenabsatzes hängen. Sie schlüpfte aus ihren Schuhen und warf sie durch das dunkle Fenster ihres Schlafzimmers. Die Luft kühlte plötzlich unter einem sanften Windstoß ab. Es roch nach Regen. Trudy wandte den Blick dem Schatten zu, der Max und Irene verbarg. Sie wußte, daß sie indiskret war, aber sie genoß es dennoch. Sie hoffte auf einen weiteren Blitz, eine jähe Fotografie der beiden Liebenden. Das hier war viel unterhaltsamer als das Theater, überlegte sie und wackelte mit den Zehen.

»Trudy?« rief Bubbe von drinnen. »Wo bist du?«

»Hier draußen.«

»Es wird gleich regnen.«

»Hoffentlich!« Würden Max und Irene den Regen überhaupt bemerken? Trudy hatte noch niemals einen Kuß bekommen, der sie ein Unwetter hätte vergessen lassen. Das Schicksal hatte es so gewollt, daß sie ihre zwei Jahre in New York zu einer Zeit dort verbrachte, als es Krieg gab und die besten Männer in Europa waren. Jetzt, wo alle zurückkehrten, mußte sie nach Hause fahren. In ihrem ganzen Leben hatte sie noch nie einen Jungen getroffen, von dem sie gerne bei Gewitter geküßt worden wäre!

»Komm herein!« Bubbe steckte den Kopf aus dem Fenster und sog tief die Luft ein. »Du wirst ja naß.«

»Es ist so hübsch hier draußen, Bubbe«, protestierte Trudy.

Dann erhellte ein weiteres Blitzlicht die Straße. Irene. Max. Hatte Bubbe sie gesehen? Ein Regentropfen klatschte auf ihre Wange.

»Ja. Das sehe ich«, sagte die alte Frau trocken. »Jetzt weiß ich wenigstens, warum der Himmel ein Unwetter schickt.« Sie stupste Trudy sanft. »Das ist nicht höflich. Er war lange weg. Da braucht er ein paar Küsse – selbst wenn es irische Küsse sind. Jetzt komm herein und hör auf, hinter Max herzuspionieren.«

Das war erstaunlich tolerant von Bubbe. Nicht das, was Trudy erwartet hatte. »Ja, Bubbe«, sagte sie leise.

»Die ganze Welt steht kopf«, sagte Bubbe. »Wie soll ich es da schaffen, daß die Leute bleiben, wo sie hingehören – nach einem solchen Krieg?«

Alles war anders geworden. Das stand fest. Trudy fühlte es in dieser Nacht, als sie hineinkletterte und im Dunkeln neben dem offenen Fenster saß. Der Regen prasselte schwer auf die Straße hinunter und kühlte die Luft.

* * *

Das Taxi bog in die Orchard Street ein. Der Regen fiel jetzt in Strömen; Bächlein rauschten über die Pflastersteine und gischteten um die Reifen des Wagens.

»Sind Sie sicher, daß Sie hier raus wollen?« fragte der Taxifahrer. Er streckte den Arm aus dem Fenster, um den Regen zu fühlen, und zog ihn hastig wieder zurück.

»Stimmt«, sagte Birch. Er warf einen letzten Blick auf die Rückseite von Trudy Meyers Foto. Er steckte es ins Futter seines Hutes und bezahlte den Fahrer.

»Aber Sie haben keine genaue Adresse?« Der Fahrer klang besorgt. »Wissen Sie, wenn Sie sich hier umgucken wollen, sollten Sie das lieber bei Tage tun.« Er deutete auf die leere Straße und die dunklen Gebäude. »Hier ist keine Menschenseele unterwegs bei Nacht.«

»Danke«, sagte Birch, als hätte das alles nichts zu besagen. Er tippte sich an den Hut und sprang auf den Gehsteig hinaus, der voll Pfützen stand.

»Soll ich auf Sie warten?«

»Nein, danke«, rief Birch unter der Markise eines Ladens heraus.

Mit einem Achselzucken stellte der Fahrer sein Taxameter neu ein und startete die Straße entlang. Birch flüchtete vor dem Regen in den tiefen Eingang eines Geschäfts mit geschlossenen Läden. Das Ganze war eine Schnapsidee, das wußte er. Die Feuerleitern waren alle leer. Die offenen Fenster der Wohnungen in den oberen Stockwerken waren dunkel. Die Straßenlampen verschwammen hinter einem Vorhang aus Regen.

Birch redete sich ein, er sei nur hier, um die Straße zu sehen, in der Max wohnte, und seine Neugier zu stillen, wie der Ort wohl aussähe. Die Wahrheit war freilich, daß er hoffte, den Gemischtwarenladen der Fritzens beleuchtet vorzufinden. Vielleicht hielten sie die ganze Nacht offen. Fremde kamen von der Straße herein, und man bot ihnen Sandwiches und Apfelwein an. *Ich war zufällig gerade in der Nähe ...*

Der Regen prasselte auf die Leinwandmarkisen und rauschte in die Gullies hinunter. Tagsüber feilschten hier Straßenverkäufer und Händler mit Pferdekarren mit den Hausfrauen um die Preise. Birch blickte zu den Wohnungen hinauf und stellte sich all die Leute vor, die dort drinnen wohnten, die Leute, die er durch Trudys Briefe und Max' lebensnahe Schilderungen kennengelernt hatte. Jetzt schien es ein ganz gewöhnlicher Ort zu sein. Seit Monaten entflammte dieser Ort seine Fantasie, aber jetzt, mitten in der Nacht, wirkte die Orchard Street ziemlich bedeutungslos.

Der Heiligenschein einer Straßenlampe spiegelte sich in einem Schaufenster. Birch blieb stehen und blickte auf die goldenen Buchstaben. Hebräische Buchstaben, seltsame kleine Zeichen, die wie erhobene Hände und kleine tanzende Männchen aussahen. Plötzlich gewann die Orchard Street ihr geheimnisvolles Flair zurück. Hier stand er, mitten in einem von seinem Ort entrückten Jerusalem.

Er hatte die ganze Zeit gewußt, daß Max Jude war, aber in diesem Augenblick erkannte er zum ersten Mal, daß Max anders war. Alle, die hier wohnten, waren anders als Birch. Er war ein Fremder, der sich unerlaubt in ihrer schlafenden Welt aufhielt. Max hatte es ernst gemeint, als er gesagt hatte, Trudy sei nicht die richtige Frau für Birch.

Birch trat einen Schritt zurück und suchte die Fassade nach einer Hausnummer ab. Eine ordentliche englische Hausnummer. Sie war in den Stein geschnitten: 75. Birch wandte sich langsam um und blickte durch den Regen zu dem braunen Ziegelgebäude auf der anderen Straßenseite hinüber. Da stand in simplem Englisch der Name: FRITZ GEMISCHTWARENHANDLUNG. In Schablonenschrift auf Zettel gemalt, hing die Ankündigung in den Schaufenstern: SONDERANGEBOTE! SONDERANGEBOTE! SONDERANGEBOTE!

Über der Markise standen die Fenster der Wohnung offen. Birch trat in den Schatten zurück, damit nicht jemand herausblickte und ihn da gaffend stehen sähe.

Aus ihrem Briefwechsel wußte Birch, daß Trudy von dem Fenster zur Rechten auf die von Menschen wimmelnde Straße herabblickte. Dort befand sich ihr Schlafzimmer. Spitzenvorhänge flatterten in der Brise. Lag sie da drinnen wach, fragte er sich, und horchte auf den Regen auf dem Dach? *Keine Frau für dich, Kamerad ...*

Er wünschte, er könnte ihre Stimme hören, ihr nur ein einziges Mal begegnen. Ihre Briefe waren so voll Leben, wie die Geschichten in einem Buch. Er hätte ihr das gesagt, wäre er ihr begegnet. Er hätte ihr gesagt, wie alles, was sie schrieb, sie zum Lachen gebracht hatte, wenn das Leben in Frankreich unerträglich trostlos erschienen war. Er hätte ihr gesagt, sie sollte Schriftstellerin werden, sie habe das Talent dazu.

»Keine Frau für mich«, sagte er laut. Das Herz wurde ihm schwer, als er aufblickte und wußte, daß er ihr niemals begegnen würde. Und selbst wenn? Was hätte es schon für einen Unterschied gemacht? Sie entstammten gegensätzlichen Welten, daran gab es keinen Zweifel. Max hatte keinen Scherz gemacht.

Er warf einen langen Blick nach rechts und dann nach links. Nach einem letzten raschen Blick auf das Fenster rannte Birch über die Straße. Er duckte sich unter der tropfenden Markise von Fritzens Laden und drückte die Nase an das Schaufenster. Er ließ den Blick über die dunklen Formen und Regale wandern und versuchte sich vorzustellen, wie es wohl war, in einem solchen Laden zu arbeiten, in dem die Menschen eine Sprache sprachen, die man in kleinen tanzenden Buchstaben schrieb.

Da war die Registrierkassa, die zuweilen nach saurem Hering roch. Da war der Ladentisch, an dem Bubbe und Mrs. Fleischer stundenlang standen und den neuesten Klatsch weitertrugen. Da waren die hunderterlei Geschichten, die Birch gehört hatte. Es tat ihm leid um die zehntausend, die er niemals hören würde. Trudys Briefe waren das einzige, das Birch an seiner Armeezeit jemals vermissen würde. *Dort oben ist sie ...*

Ein Wassertropfen rann den hölzernen Rahmen der Markise entlang und tropfte ihm auf die Schulter, als hätte ihn ein kalter Finger berührt. Er wandte den Blick vom Laden ab und suchte den Himmel nach dem Glanz von Lichtern ab. Ein paar Straßen weiter würde er ein Taxi finden.

Er tippte in wortlosem Lebewohl an die Hutkrempe und planschte dann die nasse Straße in Richtung Rivington entlang. Wenige Straßen weiter sah die Welt ganz anders aus, dort wurden Trudy und Max als Eindringlinge betrachtet ...

* * *

Die Grand Central Station war in dieser Nacht überraschend ruhig. Die Blitze flammten hinter der großen gläsernen Arkade. Der Donner grollte wie die Artillerie, von der Ellis geschrieben hatte. Die Regentropfen trommelten friedlich gegen die Glasscheiben. Rebecca Moniger saß auf einer der langen hölzernen Bänke. Es schien ihr, als hätte sie sich nie zuvor im Leben so elend gefühlt.

Sie blickte ihre Fahrkarte an. Der Mitternachts-Expreßzug. Sie würde ein paar Stunden im Pullman-Wagen schlafen, und dann würde ihre Schwester Violy sie abholen. Becky hatte ihr bereits telegrafiert und ihr erzählt, daß sie ein paar Tage in Philadelphia bleiben wolle. Nachdem sie mit Ellis Schluß gemacht hatte, würde sie sich vielleicht einen Job in Philadelphia suchen. Wozu sollte sie jetzt überhaupt noch heimfahren?

Sicherlich hatten Doc und Molly ihre Nachricht inzwischen gefunden. Becky hatte halb erwartet, sie würden in der Bahnhofshalle auftauchen und nach ihr suchen. Aber wahrscheinlich hatten sie an diesem Abend mit Ellis alle Hände voll zu tun. Er war zu ihnen allen ekelhaft gewesen, nicht wahr? Sie hob trotzig das Kinn, überzeugt, daß sie die richtige Entscheidung getroffen hatte.

Das Klappern von Schuhen und Stiefeln hallte auf dem glatten Marmorfußboden des Bahnhofs und erinnerte Becky an die Worte des Beinlosen Eddie. Was hatte er ihr zum Vorwurf gemacht? Sie wolle den Klang von zwei Füßen hören? Was für ein Unsinn!

Sie erhob sich ruckartig, als die Erinnerung sie mit neuem Groll erfüllte. Sie hob ihre Hutschachtel auf und richtete den Blick auf den Schaufensterdekorateur, der einer männlichen Schaufensterpuppe im Schaufenster eines Schuhgeschäfts die Schuhe wechselte.

Der nervös wirkende kleine Mann versuchte, ihren grimmigen Gesichtsausdruck zu ignorieren. Er pfiff hinter der Glasscheibe vor sich hin, während er den Fuß der Puppe abschraubte und den braunen Lederschuh draufsteckte.

Die Lautsprecheranlage dröhnte: »DER MITTERNACHTS-EXPRESS NACH PHILADELPHIA WIRD AUF GLEIS 22 BEREITGESTELLT!«

Das war Beckys Zug. Sie rührte sich nicht. Irgend etwas war da mit der Schaufensterpuppe und dem Schuh ... Becky schüttelte den Kopf und versuchte, die Erinnerung an den Beinlosen Eddie aus ihren Gedanken zu vertreiben. Was war es doch, das er zu ihr gesagt hatte?

Der Schaufensterdekorateur mißverstand ihren Gesichtsausdruck; er hielt ihn für Interesse an den Schuhen. Er hielt den Schuh und den abgeschraubten Fuß hoch und band die Schnürsenkel, während er so tat, als bewunderte er die Ware.

Er pfiff nicht mehr. Er beugte sich zu Becky vor und zeigte ihr den Schuh und den Fuß. Seine Lippen formten die Worte: »Gefällt's Ihnen?« Dann blinzelte er Becky an und schraubte den Fuß fest. Die Illusion war komplett. Überaus wirkungsvoll.

Becky starrte den Schuh an und dann die steife Haltung der Schaufensterpuppe. Erkenntnis funkelte in ihren Gedanken auf und verblaßte wieder. *War das möglich?* Wußte der Beinlose Eddie etwas, das sie nicht wußte? Warum hatte Ellis das Hosenbein dieses winzige Stückchen angehoben? »Danke, Bruder«, hatte Eddie zu ihm gesagt.

»Das könnte er doch niemals geheimhalten«, murmelte Bekky vor sich hin. »Er würde doch nicht ... oder doch?«

Plötzlich stand Molly neben ihr. Sie starrte ebenfalls das Bein der Schaufensterpuppe an. Sie ergriff Beckys Hand, als der Dekorateur den zweiten Fuß abschraubte und die Prozedur wiederholte. »Becky?« Ihre Stimme zitterte. Die Wahrheit schwang schwer in ihrem Tonfall mit.

»Warum hat er uns nichts davon geschrieben?« sagte Becky todunglücklich.

»Doc redet gerade mit ihm. Er brach zusammen, als wir mit ihm aufs Zimmer gingen. Doc wußte es vom ersten Augenblick an, als er ihn die Gangway herunterkommen sah.«

»Natürlich.«

»Er sagte, er wollte es uns erst zu Hause erzählen. Auf seine eigene Weise, nehme ich an. Er war heute einfach noch nicht dazu bereit.«

»Soll ich wegfahren?«

»Oh, nein, nein, Liebling! Das würde ihm das Herz brechen.«

»Ich habe ihm das Herz bereits gebrochen!« Becky verbarg das Gesicht in den Händen. »Ich sagte ihm doch, wie glücklich ich sei, daß er mit gesunden Gliedern heimgekehrt sei! Oh, Mutter Warne! Was für dummes Zeug ich geschwatzt habe!«

»Überhaupt nicht!« Molly tätschelte sie sanft. »Seine Seele hat zwei gesunde Beine, nicht wahr? Es sei denn, er gibt dem Teufel Gelegenheit, ihm eins davon zu rauben!« Sie schüttelte eine Faust in die Luft. »Und das wird Gott der Herr nicht zulassen! Und seine Mutter auch nicht, glaub mir! Und sein Papa auch nicht! Und die Frau, die ihn liebt, auch nicht!« Molly streckte die Hände aus und zog Becky in stummer Umarmung an sich, und die beiden Frauen standen da, hielten einander umschlungen und weinten.

Schließlich trat Becky einen Schritt zurück und blickte Molly in die Augen. »Was soll ich tun?« Sie suchte vergeblich nach einem Taschentuch, um sich die Nase zu schneuzen.

»Wir können weiterhin hier stehen und herumschnüffeln, würde ich sagen«, schniefte Molly. »Oder wir können ins Hotel zurückgehen und uns ordentlich ausweinen und Gott danken, daß Ellis wieder bei uns ist. Ich würd' sagen, wir nehmen die zweite Möglichkeit. Und dann gehen wir zu Delmonicos essen, wenn wir nicht allzu verheult aussehen.« Sie hob Beckys Kinn hoch. »Ellis sollte dich sehen, wie verschwollen und verheult du aussiehst.« Sie zwang sich zu einem Lächeln. »Da wüßtest du dann, ob er dich wirklich heiraten will!«

FLUCHT AUS NEW YORK

Trudys Reisetasche lag offen auf dem Bett. Sie nahm nur wenig aus New York mit nach Hause. Diese kleine Tasche enthielt alle ihre Kleider. Eine Schachtel war mit Büchern vollgestopft und sorgfältig zusammengebunden. Die Bücher waren ihr viel wertvoller als die drei Blusen, drei Röcke, zwei Paar Schuhe und die Unterwäsche. Sie blickte die Bücherschachtel an und wünschte, sie müßte sie nicht den ganzen weiten Weg nach Arkansas im Gepäckwagen schicken. Sie legte zwei Bände beiseite, die sie während der Fahrt lesen wollte. Tennyson und Dumas würden ihr auf der langen Reise Gesellschaft leisten.

Das Fenster stand weit offen, aber die Hitze der Orchard Street war fast unerträglich. Max saß mit untergeschlagenen Beinen und barfuß auf dem schmalen Bett. Er tat so, als lese er Tennyson. »Kannst du nicht den Sommer über in New York bleiben?«

Sie schenkte ihm ein sarkastisches Lächeln. »Jeder will im Sommer aus der Stadt raus. In den Catskill-Bergen gibts zur Zeit mehr New Yorker als Einheimische. Warum kommst du nicht mit mir?«

»Hab zu tun«, sagte er, den Blick aus dem Fenster gerichtet. Er sah zu den Apartmenthäusern auf der gegenüberliegenden Seite der Orchard Street hinüber. »Ich habe meine Flucht sorgfältig geplant.«

»Du redest, als wäre die Orchard Street ein Gefängnis«, ätzte sie.

»Für mich ist es eines. Ich hasse Armut.« Er lächelte. »Ich habe die Absicht, sehr reich zu werden.«

»Was sagt Bubbe doch immer? *Tova toireh mikol sechoireh?* Die Torah ist das höchste Gut.«

»Du hast schon zu lange in der Orchard Street gelebt. Ich rede nicht von solchen Reichtümern.«

Sie lachte. »Du hast recht. Ich habe zu lange in der Orchard Street gewohnt. Aber ich weiß, daß die Leute hier ihr Glück nicht auf Geld und Gut bauen.«

»Kein Wunder, wenn sie kein Geld und Gut haben.«

»Warum heiratest du nicht einfach Irene und läßt dich hier nieder? Werde glücklich. Ich dachte, du würdest schon verheiratet sein, wenn ich hier wegziehe.«

»Wir wollen noch warten. Ich möchte ihr etwas Besseres bieten als das hier –« Er machte eine Handbewegung, die den winzigen Raum umfaßte. »Fließendes Wasser beispielsweise wäre hübsch.«

»Ich hab gesehen, wie du sie geküßt hast. Das sah mir nicht nach einem ›Wir-wollen-noch-warten-Kuß‹ aus.«

»Hast du deinem aaarmen aaalten Cousin Max nachspioniert, waaas?« Er dehnte die Worte mit einem Südstaaten-Akzent. »Tut man das?«

Trudy zuckte die Achseln und blickte ihn ernsthaft an. Sie machte sich wirklich Sorgen. Hier ging es um mehr als ein paar unschuldige Küßchen. »Ich mag Irene.« Trudy runzelte die Stirn. »Letzten Herbst kam sie in die Bücherei zu meinem Tisch. Wir redeten –«

»Letzten Herbst? Bevor ich heimkam?« Seine Augen verengten sich zu schmalen Schlitzen.

»Sie sagte mir, sie mache sich Sorgen, du würdest sie nicht –«

»Ich gebe ihr einen ehrlichen Namen. Irgendwann einmal. Aber ich habe ihr von allem Anfang an gesagt, ich will nicht heiraten, bevor ich diesem Platz hier den Rücken kehren und nie wieder zurückkommen kann. Ich war ehrlich ihr gegenüber. So ehrlich, wie ein Mann einer Frau gegenüber eben ist.«

»Du weißt, daß sie dich liebt. Sie würde alles für dich tun.«

»Damit habe ich gerechnet, und das macht mein Leben erträglich.« Er zuckte die Achseln. »Es ist ja nicht so, daß ich irgendein naives Landmädchen ausnutze, das von Tuten und Blasen keine Ahnung hat.«

»Nein! Das hast du ihr noch rasch beigebracht, bevor du nach Europa gegangen bist, oder etwa nicht? Und jetzt bist du wieder da und machst genau dort weiter, wo du aufgehört hast.«

Max starrte sie an. »Ich sagte doch, ich werde sie heiraten. Nur eben nicht, bevor du morgen abend in den Zug steigst. Okay? Wenn du in ein paar Jahren zurückkommst, kannst du an der Hochzeitsparty teilnehmen.« Sein Stimme wurde so hitzig wie die Luft. »Reden wir von was anderem.«

»In Ordnung.« Sie faltete ihre Bluse und legte sie zuoberst in den Koffer. Tennyson folgte, dann Dumas. Trudy ärgerte sich über Max, aber das wurde ihr jetzt erst bewußt. Als Irene ihr erzählt hatte, was geschehen war, hatte sie sich traurig und elend gefühlt. Jetzt war sie zornig. Sollte sich die ganze grausige Szene wiederholen? Sie hatte nicht erwartet, daß Max sich mit der Hochzeit so viel Zeit lassen würde, nach allem, was zwischen ihm und Irene vorgefallen war.

»Schon gut«, sagte sie und schloß den Koffer.

Er beendete das Gespräch nicht, obwohl er es gerne getan hätte. »Ich liebe sie wirklich«, sagte er jämmerlich. »Wieviel weißt du?«

»Der Arzt in Newark.«

»Ein Baby hätte ihr Leben ruiniert. Sie hätte die Schule verlassen müssen.«

»Sie wollte das Kind. Du hast ihr nicht einmal gesagt, was für ein Arzt das war, was er mit ihr tun würde. Sie sagte, sie sei aufgewacht und es war geschehen.« Trudys Empörung flammte von neuem auf. »Ein deutsch sprechender Arzt.«

»Jetzt ist sie Lehrerin.«

»Es wundert mich, daß sie dich nicht haßt, Max. Irene wußte nicht einmal, daß es so etwas gibt.«

»Sie hat die Schule abgeschlossen und hat einen guten Job. Das wäre nicht passiert, wenn sie –«

»- dich geheiratet und das Kind bekommen hätte?«

»Ich bin in den Krieg gezogen. Keine Garantien. Denkst du, ich hätte ruhig sterben und sie mit dieser Last zurücklassen können?«

»Du meinst, mit deinem Kind?«

»Ein Kind aufziehen ... hier ... allein. Was ich getan habe, habe ich für sie getan. Verstehst du das nicht?«

Trudy starrte ihn wutentbrannt an. Sie wünschte, sie wären

nie auf das Thema zu sprechen gekommen. »Du bist nicht nur ein Egoist, Max, du bist ein Lügner. Du hast alles nur für Max getan. Genauso, wie du sie jetzt zwingst, zu warten, bis du bereit bist, eine Familie zu gründen. Und die ganze Zeit steigst du ihr ins Fenster und ins Bett. Weißt du, wie sie einen Kerl wie dich bei uns zu Hause nennen?«

Er betrachtete sie mit kalten Augen. Der Groll stand deutlich in seinen Zügen geschrieben. »Was willst du denn mal werden, wenn du groß bist, Trudy? Ein Heiratsvermittler? Oder ein Rabbi?«

»Eine Nonne im Kloster, wenn ich fürchten muß, einen Kerl von deiner Sorte zu kriegen.«

Der Lärm der Orchard Street konnte die Stille zwischen den beiden nicht durchdringen. Max saß auf dem Bett. Trudy stand mitten im Zimmer, die Hände auf den Hüften. Wie hatte es so weit kommen können? Sie haßte es.

»Nun, ich nehme an, ich weiß jetzt, warum du nicht länger hier herumhängen willst.«

Trudy sank auf das Bett nieder. »Nein. Ich hänge hier nur deshalb nicht länger herum, weil ... weil ich es Papa versprochen habe. Das weißt du genau. Oh, Max!« Es tat ihr jetzt leid, daß sie Bescheid wußte.

»Meinst du, ich hätte mir keine Gedanken gemacht? Mich nicht wie der letzte Dreck gefühlt?« Er blickte auf seine Hände nieder, als seien sie blutig. »Du hast recht. Sie wußte von nichts. Ich meine – sie wußte gar nichts. Überhaupt nichts. Nicht mal, wo die kleinen Kinder herkommen.«

»Oder wie man sie wieder los wird.«

»Das hab' ich auch nicht gewußt. Ein Freund an der Universität erzählte mir von diesem Arzt, kapiert?« Er fuhr sich mit gespreizten Fingern durchs Haar. »Ich. Der Romeo von der Orchard Street, nicht wahr? Und Irene sagte, sie hätte das Gefühl, irgend etwas sei nicht in Ordnung. Also machte ich diesen Arzt in Newark ausfindig und brachte sie zu ihm. Er sagte mir, sie sei schwanger, aber gegen ein entsprechendes Honorar könnte er die Sache in Ordnung bringen. Sagte, sie brauchte es gar nicht zu wissen. Sie war sich selbst nicht sicher, verstehst du? Also sagte ich, er sollte sich ans Werk machen. Wenn sie nicht wußte, was los war, war es doch egal, oder? Es war alles ganz einfach. Ein paar Stunden später saßen wir im Auto und fuhren zurück. Sie weinte den ganzen Weg in die Stadt.« Er sah schmerzlich berührt aus. »Sie reimte sich alles zusammen, verstehst du? Niemand mußte ihr etwas erzählen. Sie wachte einfach auf und wußte, er hatte was mit ihr gemacht. Und dann wußte sie auch, daß sie ein Baby gehabt hatte.« Er starrte aus dem Fenster. »Feine Art, erwachsen zu werden.«

»Jetzt seid ihr beide also erwachsen, ja? Willst du das Ganze etwa noch einmal durchmachen, Max?«

»Ich war lange weg. Du weißt nicht, wie schwer es für einen Mann ist.«

»Du hast überhaupt nichts dazugelernt.«

»Wir passen schon auf.«

»Du bist überhaupt nicht erwachsen geworden.«

»Was erwartest du von mir? Daß ich wie ein Mönch lebe?« fuhr er sie an. »Ewige Keuschheit. Nicht nach allem, was...«

»Dann heirate sie!«

»Hat sie dir den Floh ins Ohr gesetzt? Daß du mich so unter Druck setzen sollst?«

»Du kennst sie gut genug, um zu wissen, daß sie das nicht tun würde.«

»So? Du klingst im Moment genau wie sie.« Er äffte sie nach: *»Max, laß uns doch jetzt gleich heiraten. Bitte, Max! Ich kann so nicht leben ...«* Er blickte sie böse an. »Nun, das geht jetzt nicht, das sage ich dir. Ich kann nicht mein Studium beenden und gleichzeitig Frau und Kind ernähren. Ich will nicht! Ich hab was Besseres vor mit meinem Leben. Ich sagte ihr letzte Nacht, ich würde sie nachkommen lassen –«

»Nachkommen lassen?«

Ein kurzes Nicken. »Ich hab meine Zeit in Europa nicht verschwendet. Du weißt ja, wir waren monatelang dort und warteten darauf, nach Kriegsende abzurüsten. Zeit genug, sich umzusehen. Die Universitäten dort sind –«

»Du gehst fort?«

»Du weißt, wie gut meine Noten an der Universität Columbia waren. An der Universität Oxford war man beeindruckt.« Er zog einen zusammengefalteten Brief aus der Tasche. »Gestern teilte man mir mit, daß ich einen Studienplatz bekomme. Ein Stipendium. Volkswirtschaft und Journalistik.«

»Du läßt Irene hier?«

»Es geht nicht anders. Sie versteht es. Warum kannst du es nicht ebenfalls verstehen? Ich will etwas aus meinem Leben machen – begreifst du das nicht?«

Sie nahm ihm den Brief aus der Hand und überflog seinen Inhalt. Plötzlich wurde ihr alles klar. Aber davon wurde nichts richtiger und besser. Das Stipendium bot Kost, Quartier und Studiengebühren sowie ein kleines Taschengeld für einen unverheirateten Mann. »Weiß sie Bescheid?«

Er nickte. »Sie ist ganz meiner Meinung.«

»Was sollte sie denn sonst tun? Du bist doch fest entschlossen.«

»Ich gehe auch ein Risiko ein. Was ist, wenn sie irgendeinen Typ kennenlernt, während ich weg bin –«

»Das geht ins Leere, Max.« Trudy gab ihm den Brief zurück. »Die ganze Zeit, während du fort warst, hat Irene keinen anderen angesehen, selbst nach allem, was du ihr angetan hast. Sie interessiert sich für keinen anderen Mann. Das weißt du sehr gut.« Sie seufzte und blickte auf ihren Koffer nieder. »Also? Wann fährst du weg?«

»Bald. Nächsten Monat, genau gesagt.« Er lächelte leise.

»Ein Monat ist eine lange Zeit. So lange hat sie dich jedenfalls noch.« Sie hoffte insgeheim, er würde mit der Zeit seine Meinung ändern. Vielleicht würde er dann gar nicht fortgehen wollen. In einem Monat konnte viel passieren.

»Ich weiß nicht mehr, was recht und richtig ist.« Seine Augen wurden traurig. »Ich hab gesehen, wie es Burschen in Stücke riß – Leben, die zu Ende gingen, in Trümmer fielen. Und ich denke, es gibt noch schlimmere Arten, sein Leben zu verlieren, als im Krieg zu fallen. Orchard Street ... die Slums. Das erscheint mir wie ein Tod mitten im Leben. Ich hab gesehen, was dieser Ort aus Menschen machen kann, die in aller Liebe gemeinsam angefangen haben. Alles hier welkt und stirbt. Irenes Mutter hatte sieben Kinder. Ich habe ein Bild von ihr gesehen; in ihrer Jugend war sie eine

Schönheit. Sie starb mit 47. Die Armut kann einem das antun. Sie zerbricht das Herz, lange bevor sie den Körper zerstört.« Er blickte zu Trudy auf. »Ich hab' da drüben ziemlich viel nachgedacht, kapiert? Es muß mehr als nur das geben! Ich wußte es an dem Abend, als ich heimkehrte ... hier stirbt sogar die Liebe ab.«

»Meinst du, Geld hält sie am Leben?«

»Vielleicht. Vielleicht macht es auch nur das Leben leichter.« Er wischte Schweißtropfen von der Stirn. Er hatte ihr alles gesagt, was sie seiner Meinung nach wissen mußte. Im Unterschied zu Irenes Geständnis war seine Rede voller Widersprüche und voll Selbstrechtfertigung gewesen. Überhaupt keine Beichte, sondern eine innere Debatte. Er lächelte. Hübscher, kluger Max! Er konnte alles erreichen, was er sich in den Kopf setzte. »Möchtest du runtergehen und einen Eierlikör mit Soda trinken?« fragte er. »Wir werden einen Toast auf die Liebe anbringen. Und auf ein langes Leben.«

* * *

Der Droschkenkutscher hielt die Zügel lose in der Hand, während das Pferd eine weitere Runde um den Central Park drehte. Das ältere Paar, das über Müdigkeit klagte, war schon vor einer Stunde vor dem Waldorf-Hotel abgesetzt worden. Der Soldat war gerade so weit gekommen, daß er der jungen Dame den Arm um die Schulter legte, und das auf ihr Drängen hin.

»Es ist ein bißchen kühl hier, Ellis. Wer hätte gedacht, daß es hier kühl werden könnte? Ich hab' meine Jacke im Hotel gelassen; macht es dir etwas aus, wenn ich –« Sie kuschelte sich an ihn und hielt seine Hand in der ihren, und dann schlüpfte sie mit der Geschicklichkeit eines Kätzchens, das sich am Herdfeuer zusammenrollt, unter seinen Arm.

Der Kutscher hatte Nacht für Nacht Gelegenheit, Romanzen aller Art zu beobachten. In dieser Nacht merkte er, daß der junge Soldat so unbeholfen wie sein Holzbein war. Er brauchte Hilfe. Das rothaarige Mädchen an seiner Seite tat ihr Bestes und würde das Spiel gewinnen – es sei denn, es begann vorher zu regnen.

»Unsere letzte Nacht in New York«, sagte sie träumerisch. »Wirst du es vermissen, Ellis?«

»Nein.« Er antwortete ohne den geringsten Hauch von Romantik in der Stimme, während sie auf einen Kuß wartete. Was für ein hübsches Ding sie war! – Das rote Haar hatte sie mit einem Schildpattkamm aufgesteckt, die haselnußbraunen Augen waren weit offen und starrten ihn hingerissen an. Der Kutscher konnte ihre Spiegelbilder im glänzend polierten Messing der Lampe an seiner Droschke sehen. Worauf wartete der Bursche denn noch? Ihre letzte Nacht in New York, auch das noch! Wie lange hatte sie ihn schon in der Mangel? Aber er war steif wie ein Haubenstock. Sie sah beiseite, sichtlich verletzt. Der Soldat blickte auf sie herab ... sehnsüchtig, aber furchtsam. Dann wandte er rasch den Blick ab, bevor sie sich ihm wieder zuwandte und in der Erwartung eines Kusses den Kopf hob.

»Nun, ich werde es vermissen. Es waren die aufregendsten Tage meines Lebens. Erinnere dich nur! Drei Broadway-Shows, und dabei sind ›Die Piraten von Penzance‹ nicht mitgezählt. Fanny Brice ... die gefiel mir am besten, glaube ich. Natürlich, für dich ist es wohl nicht so aufregend, nachdem du Paris gesehen hast –«

»Ich hab Paris nur vom Spitalfenster aus gesehen. Nein, das ist es nicht ... ich hab bloß an daheim gedacht! Du weißt schon. Ich hab mich gefragt, was ich jetzt wohl anfangen werde.«

»Nun, du machst einfach weiter.«

»Wir müssen miteinander reden, Becky. Ich meine, wir müssen ernsthaft drüber reden. Vielleicht brauchen wir ... brauchst du Zeit, darüber nachzudenken, was da auf dich zukommt.«

»Ich habe schon nachgedacht. Ich habe an nichts anderes als an dich gedacht, Ellis. Ich will nicht mehr länger nachdenken.«

»Willst du wirklich einen Mann heiraten, der ein Holzscheit als Bein hat?«

Das war also das Problem. Der Kutscher runzelte die Stirn und versuchte, reglos auf seinem hohen Sitz zu bleiben. Die Krükken lehnten am Sitz. Das Mädchen war keine von der Sorte, die einen Mann wegen einer solchen Sache fallenließ. Er war stolz auf seine Menschenkenntnis. Das Mädchen würde ihn nicht fallenlassen, aber vielleicht würde der Soldat sie fallenlassen – aus einem falschen Ehrgefühl heraus.

»Meinst du, das macht mir etwas aus?« Ihre Stimme war süß

und ehrlich, als sie antwortete. Es machte ihr nichts aus, daß der Mann, den sie liebte, nur ein Bein hatte.

»Sag mir nicht, du hättest nicht gemerkt, daß ich es nicht geschafft habe, bis zur Spitze der Freiheitsstatue hinaufzusteigen.«

»Hör zu, Ellis, selbst wenn du zwei Beine hättest, würde ich sowas kein zweites Mal im Leben machen wollen. Das nächste Mal nehmen wir den Aufzug bis zur Spitze, vorausgesetzt, er ist bis dahin repariert, oder ich steige überhaupt nicht mehr rauf! Die Kletterei hat deine Mutter halb umgebracht! Wenn dir das Kopfzerbrechen macht, kann ich dir nur sagen: Vergiß es! Außerdem kenne ich daheim haufenweise Leute, die seit Jahrzehnten verheiratet sind und die Freiheitsstatue noch nicht mal von unten gesehen haben. Soviel ich weiß, gehört das nicht zum Heiratsversprechen.«

Der Kutscher lächelte. Gut gemacht!

Der Soldat saß da und fragte sich, wie sie es fertiggebracht hatte, das Gespräch von seinem amputierten Bein auf Heiratsversprechen und das Erklimmen der Freiheitsstatue zu bringen!

»Das ist nicht alles.« Seine Stimme brach. »Gestern sagte Dr. Remington, Papas Freund, der Feldchirurg sei ein Pfuscher gewesen. Er sagte, es sähe aus, als hätte es ein Tierarzt gemacht. Und es wird nicht in Ordnung kommen, wenn ich mich nicht einer zweiten Operation unterziehe. Das bedeutet, daß ich monatelang im Spital liegen werde, bis sie mir eine ordentliche Prothese anpassen und ich wieder gehen kann.«

»Na dann, Ellis ...«

»Mindestens drei Monate im Spital. Dann daheim. Ich werde nicht vor dem nächsten Jahr an die Universität zurückkehren können.«

»Na, dann müssen wir eben...«

»Wart's ab.«

»Nein! Dann müssen wir eben sofort heiraten, Ellis!«

»Becky, du verstehst nicht –«

»Wenn wir jetzt gleich heiraten – nun, was macht es für einen Unterschied? Du weißt, ich würde so und so jeden Augenblick an deiner Seite verbringen. Wenn wir verheiratet sind, kann ich mich wenigstens ordentlich um dich kümmern, nicht wahr? Es wäre viel besser. Du brauchst eine Frau, die für dich sorgt. Die dich liebt. Eine Frau kann Dinge für dich tun, die nicht einmal eine Mutter tun kann.«

Der Kutscher fragte sich, ob einer der beiden wirklich wußte, wie zutreffend diese Feststellung war. Er grinste, kratzte sich das Kinn und trieb das Pferd zu schnellerem Schritt an. Wenn er sich beeilte, konnte er es gerade bis zur Brücke schaffen, bevor die Debatte beendet war. Kein anderer Ort war so romantisch wie die Brücke und so geeignet, einen Heiratsantrag und dergleichen zu machen.

»Becky, ich habe monatelang auf der orthopädischen Station des Militärspitals gelegen. Du weißt nicht, was du sagst.«

»Ich will keine Krankenstation voll Männer, Ellis. ich will dich.«

»Du hast noch nicht einmal gesehen ... du weißt nicht Bescheid. Dr. Remington sagt –«

»Es ist genau hier«, sagte sie sanft und streckte die Hand aus, um sein Bein zu berühren. »Genau über dem Knie.« Sie lächelte furchtlos. »Hier ist dein Holzscheit.« Sie klopfte mit den Knöcheln darauf und kicherte. »Aber dies hier ... das ist dein Bein.« Sie berührte seinen Schenkel. »Das fühlst du doch, Ellis, nicht wahr?« Sie lächelte zu ihm hinauf. Er saß steif und starr da, als inspizierte ihn sein militärischer Vorgesetzter. Seinem Gesichtsausdruck war zu entnehmen, daß er ihre Hand nur zu deutlich fühlte.

»Rebecca ...«

»Ich hab mich schon gefragt, ob du von Kopf bis Fuß alles Gefühl verloren hättest, Ellis.« Sie schmiegte sich an ihn. »Du warst so distanziert.«

»Ich wollte nicht ... angenommen, du hättest...«

»Du hast mir weh getan, Ellis.«

»Aber genau das wollte ich ja eben nicht tun!«

Sie war ganz schön clever, dieses Mädel! Der Kutscher gratulierte ihr im stillen. Die Brücke lag genau vor ihnen, und sie hatte ihren jungen Mann genau dort, wo sie ihn haben wollte.

»Dann hättest du meiner Liebe zu dir vertrauen sollen, Ellis. Du hättest an mich glauben sollen. Als du mich fragtest, ob ich dich heiraten wollte, habe ich dir für ewige Zeiten mein Herz geschenkt. Und nun versuchst du mich wegzuschicken und tust, als liebte ich dich nicht mehr, während in Wahrheit du derjenige bist, der mich nicht mehr liebt!« Sie senkte den Kopf und schniefte sehr realistisch. Die Hand blieb auf seinem Bein liegen.

»Aber ich liebe dich doch! Becky! Bitte ... ich versuchte an dich zu denken, an dein Leben mit mir –« Er hob ihre Hand auf und drückte die Fingerspitzen an seine Lippen. »Du mußt doch wissen, was ich für dich empfinde! Jeden Augenblick habe ich an dich gedacht! Niemand anderes ...«

Das Pferd ging automatisch langsamer, als die Droschke sich der Brücke näherte. Der Ort hatte einen ganz eigenen Zauber. Die Straßenlampen spiegelten sich im Wasser. Grillen und Frösche sangen Jubellieder, als Ellis seine Becky in die Arme nahm und sie ordnungsgemäß küßte. Dann sagte er: »Komm, wir wollen nicht warten!« als wäre es seine Idee gewesen. »Ich will nicht länger warten, Becky!« Er küßte sie von neuem. »Sag mir, daß du mich heiraten wirst, sobald wir nach Hause zurückgekehrt sind. Sag ja, bitte!«

»Ja«, antwortete sie mit träumerischer Stimme. Dann hob sie ihm ihr Gesicht von neuem entgegen. »Bitte?«

Ellis küßte sie wieder. Und wieder. Sie merkten es gar nicht, daß die Droschke eine weitere Runde um den Park drehte. Und als der Wagen schließlich vor dem Waldorf-Hotel anhielt, berechnete der Fahrer Ellis nur zwei Stunden. Die letzte halbe Stunde war eine Spende an die Sache des Patriotismus.

DER PREDIGER AUS PISGAH

Drei Tage nach seiner Heimkehr hatte Max wieder seinen früheren Job als Kellner in »Luigi's Place« angenommen. Trudy hatte den Verdacht, daß Irene ihren Besuch an diesem Nachmittag so eingerichtet hatte, daß er nicht zu Hause sein würde, wenn sie die Stiegen zu Trudys Zimmer hinaufschlich.

Sie trug eine kleine, mit blauem Band zugebundene Schachtel in der Hand. Die bot sie Trudy beinahe schüchtern an.

»Soll ich sie gleich aufmachen, oder –«

»Jetzt gleich, würde ich sagen.« Irene blieb neben dem offenen Schrank stehen.

Trudy klopfte mit der Handfläche aufs Bett, und Irene setzte sich neben sie, während Trudy das Abschiedsgeschenk auswickelte. In der Schachtel war eine Trillerpfeife, die an einem schwarzen Samtband hing. Nicht ein simples Blechding, wie man sie im Laden zu kaufen bekam, sondern eine massive Trillerpfeife, wie Trainer, Lehrer und irische Polizisten auf Streife sie verwendeten.

»Es ist eine Pfeife«, sagte Irene.

Trudy schluckte die Bemerkung hinunter, daß sie das bereits selbst gemerkt hätte. »Sie ist wunderbar.« Sie hängte sich das Band um den Nacken. »Ich werde voll Stolz davon Gebrauch machen, sooft meine kleinen Rabauken es auf dem Spielplatz allzu wüst treiben, und dann werde ich an dich denken.«

»Mein Onkel ist Polizist«, sagte Irene lächelnd. »Er schenkte mir eine Trillerpfeife zum Schulabschluß. Ich hab sie gut gebrauchen können, als ich in der Bowery unterrichtete. Nützliche kleine Dinger, wenn es darum geht, eine Rauferei zu beenden.«

Trudy lachte, als sie sich die zierliche, bildhübsche Irene vorstellte, die mitten in einer Prügelei auf der Trillerpfeife eines Polizisten blies. »Wahrscheinlich vernünftiger, als mit dem Besen dazwischenzufahren, würde ich sagen.«

»Oh, das hab ich ein oder zwei Mal auch getan.« Sie meinte es ernst. Das war eine neue und ganz unerwartete Seite an Irene. »Aber üblicherweise genügt die Pfeife. Die kleinen Lumpen kennen eine Polizeipfeife und sausen in alle vier Winde davon, wenn ich pfeife.« Sie krauste die Stirn. »Ich weiß allerdings nicht, wie dort, wo du unterrichten wirst, die Polizeipfeifen klingen. Vielleicht ist die Wirkung nicht ganz so durchschlagend.«

»Ich schreibe dir und lasse es dich wissen«, versprach Trudy. Sie umarmte Irene. Dann begann Irene zu ihrer Überraschung zu weinen – ganz leise Tränen natürlich, die niemand unten im Laden hören konnte. »Was ist? Was stimmt nicht?« Mit Trudys Abschied konnten diese Tränen wohl kaum zu tun haben.

»Du bist so ein liebes Mädchen, Trudy«, sagte Irene. »Das ist alles.«

»Ich bin bloß froh, daß nicht alle Leute Rotz und Wasser heulen, weil ich ein liebes Mädchen bin.« Sie ergriff Irenes Hände. »Was ist los? ... Ehrlich jetzt!«

Irene warf einen Blick auf die geschlossene Tür, als hoffte sie, daß niemand an der anderen Seite lauschte. »Max gefiel es gar nicht, daß ich dir davon erzählte«, sagte sie. »Und es tut mir leid, daß ich es getan habe ... ich wollte nicht, daß du jetzt eine schlechte Meinung von ihm hast.«

»Das weiß ich.« War dies die eigentliche Absicht hinter Irene Besuch? Über Max zu reden?

»Er hatte Angst, du würdest schlecht von ihm denken. Das möchte ich auf keinen Fall. Und ich möchte, daß du mir das wirklich glaubst. Er ist ein guter Mensch, ganz gewiß. Wie könnte ich ihn sonst so sehr lieben?«

Trudy ließ ihre Hand nicht los. »Max ist einfach nur Max. Ich kenne ihn.«

»Er wollte nur das Richtige tun. Das Richtige für uns beide.« Die Tränen hörten auf zu fließen, und Irene richtete sich auf. Sie nahm die altvertraute Haltung an, die Trudy an Irene immer schon bewundert hatte. »Er sagt, und da bin ich ganz seiner Meinung ... keine Hochzeit, bevor er mir nicht wirklich etwas bieten kann.«

Sie zog die Augenbrauen zusammen. »Und du sollst wissen, Trudy ... irgend jemand soll es wissen ... ich sagte ihm, er kann nicht ... ich will nicht ... ich sagte ihm gestern nacht, daß, bevor wir nicht verheiratet sind –«

»Gut für dich.« Trudy seufzte laut auf. »Da wundert es mich nicht, daß er so wütend ist.«

»Eine Zeitlang dachte ich, wir würden einfach so weitermachen wie früher. Aber dann bekam er seinen Brief, und jetzt fährt er fort. Und ich fragte mich, was aus mir werden sollte, wenn wieder so etwas passierte wie damals. Es machte mir Angst, Trudy. Ich würde nicht mehr leben wollen, wenn er mich wieder zu so einem schleimigen Doktor brächte.«

»Du hast die richtige Wahl getroffen. Halt dich dran. Sag ihm, ich hab es dir gesagt. Und wenn er zudringlich wird, blas auf deinem Pfeifchen. Hol die Polizei.«

Irene lachte leise. »Oh, Trudy. Du wärst imstande und würdest es tun, nicht wahr?«

Trudy überlegte einen Augenblick lang. »Ich weiß nicht. Ich hab noch nie einen Mann so sehr geliebt, wie du Max liebst. Aber ich habe das Gefühl, Liebe – wirkliche Liebe – sollte nicht so weh tun. Laß nicht zu, daß er dich verletzt, Irene. Es verletzt ihn nämlich auch, wenn du es zuläßt. Geh einfach fort – renn fort von ihm, wenn es sein muß – aber laß nicht zu, daß er dich noch einmal so sehr verletzt.« Irene hörte zu. Sie hörte sehr aufmerksam zu. Trudy schnitt ein Gesicht. »Jetzt wird Max aber wirklich stocksauer sein, daß ich dir das gesagt habe.«

»Aber du hast recht«, sagte Irene und umarmte sie von neuem. »Und ich werde mein Bestes tun, stark zu bleiben.«

Danach redeten sie von anderen Dingen, vom Unterricht und den Kindern und der Schule in der Bowery, an der Irene unterrichtete. Trudy schrieb ihre Adresse auf und steckte sie Irene in die Tasche. Die beiden Frauen umarmten einander noch einmal. Dann ging Trudy unter den frostigen Blicken von Bubbe Fritz mit ihr hinunter und zum letzten Mal zur Straßenecke von Rivington.

* * *

Grand Central Station wimmelte von Tausenden uniformierter Soldaten. Innerhalb weniger Tage hatte ein Dutzend Truppentransporter im Hafen von New York angelegt und ihre menschliche Fracht abgeliefert. Die Soldaten hatten in der großen Stadt ordentlich auf den Putz gehauen, aber jetzt hatte der Spaß ein Ende. Mit den Entlassungspapieren in der Hand schienen alle zugleich auf denselben Gedanken gekommen zu sein: *Rein in den ersten Zug, der New York verläßt, und heimwärts!*

Birch Tucker war einer von diesen Tausenden, die sich unter dem Dach der Grand Central Station drängten. Er schlief im Sitzen, zwischen einen Matrosen aus Kansas und einen Soldaten aus Arkansas eingeklemmt.

Den größten Teil der vergangen Woche hatte er zusammen mit ein paar hundert anderen Männern, die nicht in die Kasernen zurückwollten, beim CVJM gegessen und geschlafen. Einmal hatte er daran gedacht, zu Max in die Orchard Street zu fahren und ihn um einen Schlafplatz auf der Feuerleiter zu bitten. Er war sicher, dort wäre es weniger überfüllt gewesen. Dennoch blieb er beim CVJM, denn unter den kostenlosen Filmvorführungen in dieser Woche fanden sich Filme mit Mary Pickford und Douglas Fairbanks, seinen Lieblings-Stars.

Tagsüber war er mit der U-Bahn und der Hochbahn herumgefahren. Er hatte eine Fähre bestiegen und war in das strahlenbekränzte Gehirn der Freiheitsstatue hinaufgeklettert. Er hatte Times Square und Harlem gesehen. Die Farbigen in Harlem sprachen mit südlichem Akzent, und er wurde fast krank vor Heimweh. Er war direkt zur Grand Central Station gefahren, seinen Seesack auf der Schulter. Sein letzter Eindruck von New York war, daß es auch nichts anderes war als ein weiteres Schlachtfeld. Er war taub vom ständigen Rattern der Asphalthämmer und dem Geheul der Hupen und Fabriksirenen. Die ganze heimatliche Farm hätte man leicht unter der Kuppel des Bahnhofs unterbringen können. Ganz Shiloh hätte in zwei Häuserblocks hineingepaßt. Aber New York hatte keine Chance gegen Shiloh, Arkansas! Birch wollte nur eines: Raus

aus diesem ungeheuerlichen Ort, und nie wieder hierher zurückkehren!

Es gab natürlich keine direkte Zugverbindung nach Shiloh. Im Reisebüro hatte man länger als gewöhnlich gebraucht, um die Fahrverbindungen auszutüfteln, aber nun schlief Birch tief und ruhig, ein dickes Päckchen von Fahrkarten in der Tasche. Er würde eine ganze Menge von Amerika sehen, bevor er in heimatlichen Gefilden angelangt war. Er würde mindestens ein Dutzend Mal umsteigen müssen, aber zuletzt würde er zu Hause ankommen. Vielleicht war dieses Wissen der Grund, daß er mit einem Lächeln auf dem Gesicht schlief, oder er lächelte, weil er im Schlaf noch glauben konnte, daß Mama und Bobby dasein und ihn erwarten würden, wenn er aus dem Zug stiege. In seinen Träumen hörte er das Schrillen der Insekten in den Büschen. Die Baumwolle wuchs hoch im unteren Feld. Das Klingeln der Maultiergeschirre mischte sich mit dem Quietschen der Karrenräder. Der James-Fork-Bach floß träge vorbei, und Forellen sprangen im Schatten der Felsblökke. Ein Bussard schrie, während sein Schatten über das freie Feld fegte. Mama rief von der hinteren Veranda nach Birch und Bobby, die in den Birken herumkletterten und an den Stämmen herabrutschten. Klar und laut schallten die Glocken der Kirche von Shiloh hinter dem Hügel hervor. Birch hob den Kopf, als er das Geläute hörte. *Warum klangen die Glocken? War es Sonntag? Was hatte das Geläute zu bedeuten?*

Birchs Kopf fuhr hoch, und sein Traum löste sich in nichts auf. Er öffnete die Augen, war den Bruchteil einer Sekunde lang verwirrt und begriff dann: New York. Grand Central. Wie viele Männer hier hatten wohl dieselben Träume wie er? Er blickte zu der Uhr an der gegenüberliegenden Wand der Halle hinüber. Fast 11.30 Uhr nachts. *Wie lange hatte er hier gewartet? Geschlafen?* Er runzelte die Stirn und schüttelte den Kopf, um wieder klar zu werden. *Und wann fuhr sein Zug?*

»LETZTER AUFRUF! EINSTEIGEN NACH BALTIMORE, WASHINGTON, D.C. UND –«

Birch sprang auf die Füße und weckte den Matrosen und den Soldaten dabei auf. Er warf sich seinen Seesack auf die Schulter und kramte in der Tasche nach den Fahrkarten, während er auf den entfernten Bahnsteig zurannte. *Das war sein Zug, der da aufgerufen wurde!*

»GLEIS 29! ZUG NACH BALTIMORE! LETZTER AUFRUF!«

* * *

Tief drunten in den Eingeweiden der Grand Central Station dröhnte die riesige Lokomotive wie eine Baßpauke unter dem Eisengestänge des Lokschuppens. In dem Wagen Zweiter Klasse war es heiß. Trudy öffnete die Verriegelung des Fensters und schob die Scheibe herunter, damit sie Bubbes letzte Verhaltensmaßregeln hören konnte.

»Und sprich nicht mit fremden Männern!« rief die alte Frau und schüttelte warnend einen dicken Finger.

Trudy war von Männern umgeben. Fremde oder nicht – der Zug war vollgestopft mit Soldaten wie eine Sardinendose. Sie war praktisch das einzige weibliche Wesen im Zug. Bubbe machte sich offenkundig Sorgen wegen dieser unvorhergesehenen Entwicklung. »Das tue ich sicher nicht, Bubbe!« versicherte Trudy ihrer grimmig dreinblickenden Großmutter.

Neben Bubbe lächelte und winkte Max. »Darf sie wenigstens mit denen reden, die *keine* fremden Männer sind, Bubbe?« fragte er.

Sie starrte ihn böse an und stieß ihn hart an der Schulter. »Sie sind alle Fremde!« erklärte sie.

Trudy machte vor allem eines Sorgen: Der ganze, mit Passagieren überfüllte Zug roch wie die Heringfässer, denen sie so sorgfältig aus dem Weg gegangen war. Aber es gab keine Möglichkeit, den mehreren hundert ungewaschenen Philistern aus dem Weg zu gehen, die nach Irgendwo nach Hause fuhren! Und sie konnte nicht den ganzen Weg bis Fort Smith die Luft anhalten. *Das wird vielleicht die härteste Prüfung meines ganzen New Yorker Abenteuers,* dachte sie grimmig, während sie versuchte, ihre Nase mit dem Rauch der Lokomotive zu füllen.

»LETZTER AUFRUF! GLEIS 29 ... BALTIMORE, WASHINGTON D.C.! DER ZUG FÄHRT AB! BITTE ALLES EINSTEIGEN!«

Bubbe zog ein Taschentuch hervor und begann dicke Tränen zu weinen. Zeyde Fritz versuchte sie zu trösten. Sein graues Haar stand zottig unter seiner Kappe hervor. Trudy kämpfte ihre Gefühle nieder. Wer wußte, wann ... und ob ... sie ihre Großeltern wiedersehen würde? Und Max würde nach England fahren. Wie sehr würde sein Leben sich verändert haben, wenn sie ihn das nächste Mal sah!

Bubbe schluchzte laut, wie sie es bei Hochzeiten oder Begräbnissen zu tun pflegte.

»Sag deiner Mutter ... gib deiner Mutter einen Kuß von mir ...« Die Liste der Aufträge schien endlos. Sie enthielt genaue Anordnungen, wann die Sandwiches mit Corned Beef und der Kartoffelsalat gegessen werden sollten, und in welcher Reihenfolge das Essen im Proviantkorb gegessen werden mußte. Sie hatte genug Proviant mit, um bis Fort Smith damit auszukommen, aber das Essen mußte in der richtigen Reihenfolge verzehrt werden, sonst könnte ihr schlecht werden. Man stelle sich vor, wenn ihr in einem Zug voll Gojim schlecht würde! Oh!

Trudy nickte und nickte. Dann blickte sie Max bedeutsam an. Es gab so viel, das sie ihm sagen wollte. Sie wünschte so sehr, daß alles gutging mit ihm und Irene, daß sie *wahren Reichtum* fanden ...

Der Zug erzitterte. Hinter Max drängelte eine Handvoll säumiger Passagiere in wilder Hast herbei, um noch einzusteigen. *»Wartet! Wartet! Halt! Noch nicht abfahren!«* Wie konnte der Schaffner auch nur einen einzigen zusätzlichen Passagier hier hereinquetschen?

»Man fühlt sich wie in einer Sardinendose!« rief Trudy und lachte, um nicht weinen zu müssen. »Oh, Max!« Die Kolben zischten und bewegten sich an den Stahlrädern, und der Zug setzte sich in Bewegung.

»Trudy! *Dodi!*« schrie Bubbe. Ihre Tränen flossen noch reichlicher. »Sei vorsichtig!«

Trudy streckte die Hand aus, um Max' Finger zu berühren. »Sag Irene –«

Bubbe gefiel dieser Abschiedsgedanke überhaupt nicht. »Irene?!«

Trudy ignorierte die Mißbilligung ihrer Großmutter. »Gott segne euch beide, Max! Sei ... gut zu ihr!«

»Was?« fragte Bubbe. »Was sagt sie? Irene? Die Irin?«

»Leb wohl, Bubbe!« rief Trudy laut. »Zeyde! Ich liebe euch beide. Danke für alles! Ich schreibe euch! Danke auch für ...« Ihre Stimme verhallte im Donnern der riesigen Maschinerie, dem Zischen von Dampf und dem Rattern der Räder auf den Schienen. Max hob die Hand zum Zeichen, daß er verstanden hatte. Ja. Er hatte Trudy gehört. Sein Herz hatte ihren Wunsch gehört, er möge mit Irene glücklich werden. Er formte die Worte »Hab dich lieb«, und dann stieg eine Dampfwolke auf und entzog die kleine Gruppe ihren Blicken. Der Zug rollte aus dem Schutz des Bahnhofs hinaus. Die Lichter der Stadt glitzerten, als fielen zehntausend Sterne zur Erde herab. Sie markierten die Umrisse eines Ortes, der für manche der Himmel und für andere die Hölle auf Erden war. Die kalte Nachtluft wehte zum offenen Fenster herein, wirbelte Trudys Haar in die Höhe und fegte den ranzigen Schweißgeruch fort.

»Leb wohl, New York«, flüsterte Trudy. Sie hatte nichts dagegen, daß die Stadt langsam aus ihrem Blickfeld entschwand.

* * *

»Tut mir leid, mein Junge.« Der Schaffner eilte durch den schwankenden Korridor des überfüllten Eisenbahnwagens. »Es gibt einfach keinen freien Platz mehr in diesen Zug – außer dort hinten.« Er deutete mit einer Hand über die Köpfe der schlafenden Soldaten hinweg, die eng zusammengepreßt auf den Sitzen des Wagens Zweiter Klasse hockten. Birch war als letzter zugestiegen und mußte feststellen, daß dieser Teil seiner Reise offenbar unter einem schlechten Stern stand. »Eigentlich ist der Wagen für Schwarze bestimmt, aber es sitzen auch ein paar Weiße da hinten. Halb so schlimm, wenn man sich erst einmal daran gewöhnt hat –«

»Ist schon in Ordnung«, antwortete Birch mürrisch, um den Mann zum Schweigen zu bringen. »Wir haben alle zusammen im Schützengraben gelegen. Eine Eisenbahnfahrt nach Baltimore und Ohio kann ja wohl nicht schlimmer sein.«

Offenkundig hatte der Schaffner nicht die geringste Vorstellung von Schützengräben. Was ihn anging, so war der Waggon der Schwarzen sein persönliches Niemandsland. »Ich schicke immer einen der farbigen Träger dort rein, damit er die Fahrkarten einsammelt. Selber gehe ich da nicht rein. Ich versprech' Ihnen, in dem Augenblick, in dem da vorne ein Platz frei wird, reserviere ich ihn für Sie.« Er klopfte Birch auf den Rücken, ohne zu merken, wie diesem vor Zorn die Haare zu Berge standen.

»Ist ja reizend von Ihnen«, schnarrte Birch. Der Schaffner hörte den Sarkasmus in seiner Stimme nicht.

»Danke, das freut mich. Ich tu', was ich kann, für unsere wackeren Jungs.« Er riß die Türe auf und trat beiseite, um Birch Platz zu machen, der sich unter dem Türrahmen duckte und einen Schritt zur Seite machte, um den engen, vergammelten Wagen Dritter Klasse zu betreten. Überall lagen Männer herum; sie schliefen auf den Holzbänken oder auf dem Boden, lehnten aneinander oder saßen in jämmerlicher Erschöpfung aufrecht da. Seesäcke waren auf den Gepäcknetzen über den Sitzen aufeinander gestapelt. Birch warf seinen Sack hinauf und stellte fest, daß einige Männer das Gepäcknetz zu einem Schlafplatz umfunktioniert hatten. An der rückwärtigen Wand des Wagens saßen drei weiße Soldaten, die sich leise miteinander unterhielten. Ihre Augen flitzten zu Birch herüber, als er eintrat. Der Mittelgang war mit schlafenden Soldaten verstopft, also ließ Birch sich auf dem einzigen noch freien Platz neben der Tür nieder. Er hielt seinen Seesack auf dem Schoß wie ein Kind und suchte mit den Augen den Wagen ab, ob er irgendwo ein Platz entdeckte, wo er ihn unterbringen könnte. Im Unterschied zum Wagen Zweiter Klasse gab es in diesem hier nur eine einzige Lampe; eine Laterne, die an einem Haken vom Dach hing. In ihrem Licht konnte Birch die abgeblätterte und zersprungene Lackfarbe sehen; ein Grafitti, das unter dem Fenster ins Holz geschnitzt war, lautete: *J.B. liebt K.R., '92 ...*

Er mußte über die Inschrift lächeln. Dieser Wagen war vermutlich schon museumsreif gewesen, als J.B. im Jahre 1892 sein Liebesbekenntnis für K.R. in den Fensterrahmen geschnitzt hatte. Die Eisenbahngesellschaft von Ohio und Baltimore hatte diesen alten Wagen aus dem Depot geholt, hatte ihm der Schaffner erzählt, weil zur Zeit alle Verkehrsmittel so überfüllt waren. Das hieß vermutlich, daß man das Ding irgendwo von einem Müllhaufen abgeschleppt und auf die Schienen gestellt hatte, ohne irgend etwas daran zu reparieren, die Laterne vielleicht ausgenommen. Birch konnte erkennen, daß die Laterne ganz neu war. Sie glänzte in ihrem eigenen Licht und spiegelte ein zersprungenes Fenster, das anscheinend auf halber Höhe steckengeblieben war. Feuchtigkeit war zwischen den Doppelscheiben eingesickert und hatte das schmierige Glas beschlagen. Keine Chance, die schöne Landschaft zu genießen – bei solchen Fenstern!

Er stopfte seinen Seesack unter den Sitz. Die Bewegung schreckte den schlafenden Riesen an seiner Seite auf; er hob den Kopf und fiel dann wieder in Schlaf. Birch verschränkte die Arme vor der Brust, um niemand anzustoßen, und dann ließ auch er den Kopf auf die Brust sinken, während die rostigen Räder über die Schienen ratterten, Richtung Baltimore.

* * *

Das Gesicht des riesenhaften Schwarzen, der Birch gegenübersaß, lag im Schatten seines Mützenschirms verborgen. Birch konnte nicht erkennen, ob er wach war oder schlief, während er in seinem Seesack nach dem Fahrplan kramte. Er öffnete das dünne Büchlein und kniff die Augen zusammen, um den winzigen Druck im trüben Licht lesen zu können.

»Achtzehn Stationen zwischen New York und Washington«, drang eine tiefe, melodische Stimme aus den Schatten. »Sie sind hier bald wieder draußen; wird nicht lange dauern, bis irgendein Weißer aussteigt, und Sie kriegen seinen Platz. Der Schaffner hat Angst, hier hereinzukommen. Der Träger sagte mir, er hätte Angst wegen der Rassenkrawalle.«

»Sieht mir nicht so aus, als hättet ihr Burschen hier Krawalle im Sinn.«

»Nee. Wir haben Krawall genug in Frankreich gehabt. Hundertneunzig Tage haben wir im Schützengraben gelegen. Als wir mit den Deutschen fertig waren, hatten die auch Angst vor Rassenkrawallen, das können Sie mir glauben.« In seiner Stimme klang vergnügter Stolz mit. Birch dachte, wie ungerecht es doch war, daß ein Mann, der fast zweihundert Tage im Schützengraben verbracht hatte, heimkehrte und von der Eisenbahngesellschaft schlechter als ein Gepäckstück behandelt wurde.

Birch salutierte forsch. »Da hast du mir was voraus, Kamerad. Bei mir waren's zweiundneunzig Tage, aber sie haben mir was nachgelassen – wegen guter Führung.«

Wieder ein tiefes, kehliges Lachen. »Da haben wir den Beweis, daß du kein Schwarzer bist! Aber wieso haben sie dich zu uns in den Gepäckwagen gesteckt?« Er stampfte mit seinem großen Stiefel auf den Boden. Die Bretter gaben nach, und Birch konnte die Räder sehen, die funkensprühend über die Schienen rasten. Er schluckte und wandte den Blick ab.

»Richtig geraten. Vorne gibt's keinen Platz mehr«, antwortete Birch.

»Vielleicht kennen sie Jim Crow noch nicht so gut, eh?« Er lächelte kurz. »Wenn's hier keinen Platz mehr gäbe, würden sie mich wohl nicht zu den Weißen nach vorne setzen, was wetten wir?«

Birch gab keine Antwort. Der Mann hatte gelächelt, als er seine Gedanken in Worte faßte, aber es stimmte trotzdem. Von den militärischen Ehrenbezeugungen in Frankreich zu den Rassentrennungsgesetzen in der Heimat heimzukehren, war wohl wie ein kalter Guß für die Männer gewesen, die in dem schrottreifen Eisenbahnwagen unterwegs waren.

»Wo fährst du denn hin?« fragte Birch.

»Heim. Arkansas. Das heißt, wenn der Boden hier nicht vorher durchbricht.«

»Ich dachte schon, du könntest aus meiner Gegend sein. Ich komm' auch aus Arkansas.«

»Na, wenn das kein Zufall ist!« Der Schwarze stampfte vor Vergnügen über das Zusammentreffen auf den Bretterboden. Wiederum glitzerten einen Augenblick lang die funkensprühenden Räder.

»Wo wohnst du denn?«

»Ich steig aus dieser Sardinendose in Fort Smith aus, und dann steig ich im Leben in keinen Zug mehr, ganz egal, in welchen

Krieg sie mich schicken wollen.« Er sah aus, als könnte er es allein mit der ganzen Armee des Kaisers aufnehmen – ein richtiger Simson von einem Mann. »Wohn aber nicht direkt in Fort Smith. Wir haben 'ne Farm, ungefähr einen Tagesmarsch entfernt.«

»Tatsächlich?« Birch lehnte sich zurück. »Wir wohnen drüben in Shiloh. Kennst du Shiloh?«

»Ich hab hin und wieder'n Blick drauf geworfen, wenn ich oben in den Poteau-Bergen jagen war, auf Opossum-Jagd mit meinem Papa. Wir haben runtergeschaut auf Shiloh, die Baumwollfelder und – « Er schloß die Augen, um die Erinnerung zurückzurufen. »Ein Bach –«

»Das ist der James-Fork-Bach! Wir wohnen direkt am Bach, dort, wo er die Biegung macht. Am Südende unserer Felder steht eine lange Reihe Birken.«

»Nein sowas! Dort wohnst du?« Der Mann lachte und stampfte von neuem mit dem Stiefel auf. »Das kenn' ich ja! Die Birken sehn aus wie'n richtiger weißer Zaun. Solche Bäume gibt's sonst nirgends dort. Mein Papa guckte sich die an und sagte: ›Jefferson, irgendein Kerl hat diese Bäume gepflanzt, damit auch ja jeder genau weiß, wo sein Platz anfängt und wo er aufhört. Einen Feldstein kann einer versetzen, aber diese Bäume versetzt keiner, es sei denn mit der Axt!‹ Da wohnst du also! Na, sowas!«

»Ich hab mich beim Pflügen immer an diesen Bäumen orientiert. Ich hab die Furchen entlanggeschaut und genau auf einen dieser Bäume gezielt.« Birch sehnte sich plötzlich nach zu Hause, weit heftiger, als er es je erwartet hätte, seit seine Mutter gestorben war. »Wird ein gutes Gefühl sein, diese Bäume wiederzusehen.«

»Glaub ich auch.« Der Große nickte, als sehe er den Ort vor seinem inneren Auge. »Recht hübsch. Aber du weißt nicht, was schön ist, bevor du nicht den Pisgah-Berg gesehen hast.«

»Ach ja? Du kommst aus Pisgah?«

»Wir haben ein Blockhaus direkt am Fuß des Mount Pisgah. Seit dem Krieg waren wir Canfields dort Pächter.« Birch wußte, daß er mit ›dem Krieg‹ den Sezessionskrieg meinte. »Mein Opa baute die Blockhütte und die Scheune.«

»Das ist sicher der hübscheste Landstrich der Welt«, stimmte Birch ihm zu.

»Nicht mal der Himmel ist so schön, glaub ich. Ich hab' Gott drüben in Frankreich gesagt, ich hätt's gar nicht so eilig, in seinen Himmel zu kommen, ehe ich nicht noch einmal in meinem eigenen Himmel war. Na, und hat Gott mich gehört oder nicht? Hundertneunzig Tage im Schützengraben, und ich bin immer noch am Leben! Ich glaube, ich bin ihm eine Menge gute Ernten dafür schuldig!«

»Bist du verheiratet?«

»Nee. Aber meine Mama wird mir bald 'nen Tritt in den Hintern geben, wenn ich mein Mädchen nicht ganz schnell heirate.« Seine weißen Zähne glitzerten im Schatten. »Aber ich hab' einen Haufen Schwestern, die alle noch zu Hause wohnen. Und wie steht's mit dir?«

Birch schüttelte den Kopf. »Bloß ich und mein Alter! Ich hoffe, er wird sich freuen, daß ich heimkomme – wenigstens, weil er dann jemand hat, der ihm Baumwolle pflücken hilft. Hab' allerdings nicht viel Bock drauf.«

»Na, was mich angeht, ich kann's kaum erwarten, daß ich wieder die alte Erde unter den Füßen spüre. Mir hat das alles sehr gefehlt, das Pflügen und das Pflanzen und das Pflücken auch. Ich hab' genug vom Töten. Ich will nichts weiter als meine Farm.«

»Naja, dann.« Birch streckte die Hand aus. »Mich nennen sie Birch. Wie die Bäume. Birch Tucker. Und du, hast du auch'nen Namen?«

»Jefferson Canfield. Aber meistens nennen sie mich Prediger.«

»Prediger?«

»Ja, so nennen mich die Leute bei mir zu Hause. Ich bin Prediger und Farmer.«

»Und was will Gott – Baumwolle, Mais oder Zuckerrohr?« neckte Birch ihn.

»Ich schätze, er will Seelen.« Er hob langsam den Kopf. »Die Felder sind weiß zur Ernte, hat er gesagt. Und da möcht' ich mitarbeiten.« Er stieß den Kappenschirm mit dem Daumen hoch, so daß Birch sein Gesicht erkannte. »Ich hab dich an der Front gesehen, Kamerad.«

»Tatsächlich?«

»Ein Freund von dir hat mir seinen Taubenkäfig gegeben.«

Birch lachte vor Vergnügen über die kleine Erinnerung. »Das freut mich, daß du's geschafft hast. Wie geht's dem Vogel?«

»Ist in Ausübung seiner Pflicht fürs Vaterland gefallen. Der hat mir das Leben gerettet, der Piepmatz. Ich hab'n in ein Schützenloch runtergelassen, und als ich ihn rauszog, hatte ihn das Gas drunten umgebracht. Ich schätze, ihr alle habt mir das Leben gerettet.«

»Weißt du, daß wir den Vogel um'n Haar mitgenommen hätten? Freut mich zu hören, daß er zu was gut war.«

»Ja.« Er nickte nachdrücklich. »Ich bin dir also was schuldig. Meinst du nicht auch?« Er lächelte breit. »Bist du gerettet, Kamerad?«

Bei der Frage mußte Birch von neuem laut lachen. Er fühlte sich rundherum wohl. Niemand hatte sich viel um seine Seele gekümmert, seit er von zu Hause fortgezogen war. Auf jeden Fall hatte ihm noch niemand die Frage auf diese altvertraute Weise gestellt, seit er Shiloh verlassen hatte. Es war, als sagte jemand: *Willkommen daheim, Sohn!* »Ich bin gerettet«, antwortete Birch.

»Das ist gut. Ich hab' für euch alle gebetet, als der Vogel einging. Ich hielt euch für Engel.« Er lachte und hieb sich mit der flachen Hand auf den mächtigen Schenkel. »Als ich dich hier reinkommen sah, da dachte ich, vielleicht hat dich Jesus zu mir geschickt, daß ich dich retten kann. Preist den Herrn!« Die Hand voll Freude erhoben. »Vielleicht hat er einen anderen Grund.«

»Hast du eine Kirche, Prediger?«

»Bloß das Zuckerrohrfeld und das Baumwollfeld und das Maisfeld. Predigen und pflügen! Holzhacken und predigen! Mir entkommt niemand. Jede Reihe ist voll.« Er beugte sich dicht zu ihm vor. »Der Herr zeigte mir dort im Schützengraben Reihen und Reihen von Männern in Ketten – alle reif zur Ernte! Brauch' nicht mehr Kirche als das.«

»Nein, brauchst du nicht. Ich krieg richtig Heimweh nach meiner Kirche in Shiloh, wenn ich dir zuhöre. Sie ist nicht so wie diese großen Kirchen in Europa ... diese riesigen leeren Scheunen. Nee ... sie ist klein, aber voll bis zum Dach.«

»Preist den Herrn!« sagte der Prediger. »Na, vielleicht bin

ich dir ja auch bloß über'n Weg gelaufen, um dir Danke zu sagen. Danke für den Vogel, der mir das Leben gerettet hat, damit ich sein Werk tun kann: Die Felder bearbeiten.«

Birchs Antwort ging im Kreischen der Bremsen unter, als der Zug in den Bahnhof Plainfield einfuhr.

Der Gepäckträger steckte den Kopf zur Tür herein und winkte Birch und den drei anderen weißen Soldaten. »Der Schaffner sagt, ihr könnt jetzt nach vorn kommen. Im Wagen Nummer Sechs ist jede Menge Platz.« Der schwarze Träger grinste den Prediger an. »Ihr habt doch hoffentlich nicht Krawall gemacht, oder? Habt *ihr* etwa diesen eleganten Salonwagen so abgewrackt?«

Brüllendes Gelächter antwortete ihm. »Wir haben hier 'ne Erweckungsversammlung, Mann! Sag deinem Schaffner, er soll herkommen und seine Seele retten lassen!«

Birch tat es leid, die nette Runde zu verlassen. Wären da nicht die morschen Bodenbretter und die harten Holzbänke gewesen, so wäre er geblieben.

»Viel Glück!« Er schüttelte dem Prediger die Hand. Seine Hand schien in dem mächtigen Griff zu verschwinden.

»Wir sehn' uns wieder, Bruder«, bemerkte der Prediger mit einer Selbstsicherheit, die Birch bewog, einen letzten Blick über die Schulter auf das breite Gesicht des Riesen zu werfen. Wie klein erschien einem die Welt in einem Zug! Jeder Soldat hier an Bord kehrte aus demselben Krieg heim. Aber mit dieser Reise würde auch die Gemeinsamkeit enden. Als wären sie in eine neue Welt hineingeboren worden, erwartete jeden von ihnen eine andere Zukunft. Birch hob die Hand zum Lebewohl. »Irgendwann muß ich mal kommen und dir zuhören, wie du dem Baumwollfeld predigst«, sagte er.

»Komm einfach hierher zurück, wenn's dir dort vorne zu stickig wird.« Er stampfte auf den Boden und brüllte vor Lachen, während die Türe zufiel.

* * *

Im zweiten Personenwagen war der Lärm der Lokomotive ohrenbetäubend laut. Trudy faßte den Entschluß, daß sie versuchen würde, einen Platz in einem Wagen weiter hinten zu bekommen, wenn sie in Washington umstieg. Sie war jedoch dankbar, daß sie einen Platz am Fenster hatte. Die kühle Nachtluft war erfrischend.

Das Buch lag aufgeschlagen auf Trudys Schoß. Ihre Hand lag selbst im Schlaf darauf. Es war eine Art Waffe, um unwillkommene Gesprächsversuche abzuwehren. Nach einem höflichen Guten Tag konnte sie ihren Gedichtband zur Hand nehmen und so tun, als lese sie darin, wenn einer der hundert Soldaten, die sich im Zug drängten, allzu aufdringlich wurde. Sie hatte es fertiggebracht, Bubbe zu beschwichtigen, indem sie ihr diese Strategie erläuterte. Inzwischen hatte sie festgestellt, daß sie tatsächlich enorm erfolgreich war. Bereits dreimal hatte sie Lord Tennyson wie einen Revolver gezogen und den grünen Band vors Gesicht gehalten, bis der geschwätzige Soldat ihr gegenüber entweder den Platz wechselte oder einschlief.

Dann schlief sie selbst. Stimmen murmelten rundum. Die Lok pfiff einsam durch die Nacht. Glocken schellten bei jeder Haltestelle, wenn der Schaffner die Namen der Städte ausrief: Plainfield, Bound Brook, West Trenton.

Soldaten in braunen Uniformen standen auf, und andere nahmen ihre Plätze ein. Es schien, als wäre der Zug bereits Hunderte Male angefahren und wieder stehengeblieben. Die Passagiere wechselten die Plätze und stapelten Gepäckstücke einmal da, einmal dort um sich herum auf. Sie flüsterten miteinander, um den Schlaf der Handvoll Zivilisten im Zug nicht zu stören.

»Ist's gestattet?«

»Wo fahren Sie denn hin?«

»Ich? Ich muß in Philadelphia raus. Und Sie?«

Alle kamen vom selben Ort. Frankreich. Aber jeder, so schien es, fuhr jetzt irgendwo anders hin. Trudy hielt das Gesicht dem Fenster zugewandt. Wenn sie die Augen öffnete und auf einen Bahnhof hinausblickte, schienen diese Bahnhöfe alle gleich auszusehen. Auf jedem Bahnsteig warteten ein oder zwei Familien auf einen Sohn oder Ehemann. Wieder und wieder spielte sich dieselbe Szene ab, wenn aus Soldaten wieder ganz gewöhnliche Männer wurden. Als schlüpften sie aus einem allen gemeinsamen Kokon, stiegen sie aus dem dunkelgrünen Zug und wurden sogleich von Leuten umarmt, die farbenfrohe Kleider trugen und Tweedjacken und Mützen und Kappen, die alle verschieden und einzigartig aussahen in dieser Sommernacht. Trudy beobachtete all diese Wiedersehensszenen vom Fenster aus. Wenn irgendein neuer, braungekleideter Fremder sich auf dem Sitzplatz ihr gegenüber niederließ, ergriff sie ihren Tennyson, um das Verfahren von neuem zu beginnen. Die Bewegung des Zuges, der Wechsel der Passagiere, die flüsternden Stimmen nahmen allmählich ein vertrautes Muster an, einen Rhythmus wie das gleichförmige Rattern der Räder auf den Schienen.

In Philadelphia stieg gut ein Drittel der Passagiere aus, aber ebensoviele stiegen wieder ein. Noch sechsmal pfiff die Lok ihr Haltesignal, und dann füllte sich der Zug mit Matrosen, deren weiße Uniformen bereits zerknittert und schmuddelig waren vom tagelangen Warten in der Station. Sie verstauten ihre Seesäcke, förderten Kartenspiele zutage und begannen zu pokern. Das laute Gelächter und die Pfiffe der Neuankömmlinge veranlaßten die anderen, die bereits die lange Reise von New York hinter sich hatten, zu ärgerlichen »Schsch! Pst!«

Trudy, die sich schlafend stellte, in Wirklichkeit aber hellwach war, hörte eine tiefe Stimme sagen: »Haltet euch ein bißchen zurück, Jungs! Hier fährt eine Dame mit.«

Nach einem Augenblick völliger Stille wandten sich alle Köpfe zu ihr um, dann begann das Flüstern von neuem, während der B & O aus dem Bahnhof rollte.

UNTERWEGS

Weiter im Osten schellte das Glöckchen eines anderen Zuges, als er in eine Station einfuhr. Ellis schob Kopf und Schultern aus dem Fenster und jauchzte der Menschenmenge zu, die auf dem Bahnsteig stand.

Die Familien Warne und Moniger nahmen den meisten Platz auf dem Bahnsteig von Camden ein. Sie waren einer lärmenden Horde ähnlicher als einem Chor, als sie sangen: »Ich bring dich wieder heim, Kathleen.« Als Ellis ein Kind gewesen war, hatte er bei diesem Lied jedesmal weinen müssen, wenn die Jungs im Friseurladen es gesungen hatten. Und jetzt mußte er wiederum weinen – Tränen des Glücks, in die sich Lachen mischte.

Er schüttelte die Faust, unbehaglich berührt, daß er seine Gefühle so offen zur Schau gestellt hatte. »Wer ist denn auf die Idee gekommen, das zu singen?« fragte er Doc.

»Ich«, sagte Becky. »Und ich wünschte bloß, ich hieße Kathleen.«

Babies und Kleinkinder ritten auf den Schultern von Brüdern und Cousins und zukünftigen Schwägern. Kleine Neffen zerrten an den Zöpfen quietschender Mädelchen. Ellis wußte nicht, wer wer war; sie waren alle so groß geworden! Wieviel hatte er versäumt – zwei Jahre seines Lebens! Babies waren geboren worden. Babies, die jetzt schon Kleinkinder waren, herumrannten und -tollten und »Nein!« schrien, wenn ihre Eltern die Hand ausstreckten, um sie am Kragen zu packen. Ellis würde seine Zeit brauchen, bis er sie alle auseinanderhalten könnte. Welches Kind gehörte zu welchem Bruder? Wer gehörte zum Warne-Clan und wer zu Beckys Familie? Rund fünfundsiebzig Menschen hatten sich versammelt, um sie in Empfang zu nehmen, und alle schwatzten sie durcheinander.

Der Bahnhofsvorsteher machte ein besorgtes Gesicht. Die alle waren eines einzigen Passagiers wegen gekommen? Was für ein Empfang!

All die Jungen wollten wissen, wie es im Krieg gewesen war. Die Mädchen umdrängten Becky und fragten, wann die Hocnzeit stattfinden sollte und wie es in New York gewesen war. Kleine Hände streckten sich aus, um bewundernd Ellis' Krücken zu berühren. Ihre Augen wurden groß, als sie beobachteten, wie er über den Bahnsteig hinkte. Hier war ein lebender Beweis, daß ein wirklicher Krieg stattgefunden hatte! Ein aufregender, *wundervoller* Krieg! Vielleicht würde Ellis ihnen später davon erzählen.

Vor der Bahnstation standen hintereinander ein Dutzend Autos. Es war geradezu ein Festzug. Trotz der späten Stunde hatten alle Eßwaren mitgebracht – schließlich war es zwei Jahre her, seit Ellis etwas ordentlich Hausgemachtes gegessen hatte! Und jeder Haushalt der beiden Familien hatte das Seine dazu beigetragen, daß es ihm an nichts mangelte!

Becky und Ellis fuhren im ersten Wagen und hatten das Verdeck herabgerollt, so daß Ellis die Sommernacht so richtig genießen konnte, wie er es in seinem Brief geschrieben hatte. Doc und Molly fuhren dahinter mit John – eine Karawane von insgesamt zwölf Wagen, die alle vom Kühler bis zum Heck mit glücklichen Menschen vollgestopft waren. Unterwegs stiegen noch ein paar Freunde zu, die zufällig vorbeigekommen waren und mitfeiern wollten. Hupen gellten! Jubelrufe stiegen zum Himmel auf! Pastor Hildermeyer kam im Nachthemd in den Hof hinausgelaufen und rannte zur Kirche hinunter, um die Glocken zu läuten!

»Ellis ist zu Hause! Hallo, ihr Leute! Es ist wirklich vorbei! *Ellis Warne ist wieder zu Hause!*«

* * *

Die Sonne stieg eben über der Kuppel des Kapitols auf, als der Baltimore-Ohio-Expreß in den Bahnhof einfuhr. Obwohl es noch früh am Morgen war, war der Tag grau und trübe.

Birch wischte sich den Schweiß von der Stirn, als er aus dem Wagen stieg. Seine Augen wanderten unwillkürlich zu dem Anblick hinüber, den der Prediger und ein Dutzend weiterer schwarzer Soldaten boten: sie gähnten, reckten die Glieder, rieben sich die Bäuche. Offenbar waren sie ebenso hungrig wie Birch.

Birch hob grüßend die Hand. Der Prediger antwortete mit derselben Geste. Im Bahnhof der Hauptstadt der USA konnten die beiden Männer einander nicht näher kommen. Überall waren die Warnschilder aufgestellt NUR FÜR WEISSE. Es gab getrennte Trinkbrunnen für Weiße und Schwarze. Getrennte Waschräume. Eine einzige Bank im Warteraum für Schwarze. Der Rest der Sitze war den weißen Reisenden reserviert. Hier herrschten die Gesetze der Segregation.

Überall im Bahnhof schleppten farbige Träger mit roten Käppchen Gepäckstücke herum. Schwarze Jungen putzten Schuhe. Im Hauptspeisesaal bereiteten schwarze Köche das Essen zu. Aber der Prediger und seine Handvoll Jungs durften in diesem Speisesaal nicht essen. Sie aßen irgendwo anders. Birch wußte nicht genau, wo sie essen gingen, aber er wünschte, er hätte mit ihnen gehen und irgendwo Speck mit Eiern essen können, wenn sie das Glück hatten, welchen zu bekommen.

Statt dessen reihte er sich in die Menge weißer Passagiere ein, die auf das Restaurant zueilten. Eine Anzahl Männer löste sich aus der Menge und umdrängte die Essensausgabe des Roten Kreuzes, die für die reisenden Soldaten aufgestellt worden war. Aber Birch brauchte an diesem Morgen mehr als Kaffee und einen Krapfen, um seinen Magen zu füllen! Sein Magen knurrte zornig. Er erinnerte ihn an den wölfischen Appetit, der ihn jeden Morgen zu Hause auf der Farm überkommen hatte.

Die letzte Mahlzeit, die Birch zu sich genommen hatte, war ein Hamburger in Coney Island gewesen, ein Hamburger, der von allem nur erdenklichen Saucenähnlichen troff – die Fettschmiere auf den Rädern des Hot-Dog-Karrens ausgenommen. Vierzehn Stunden später litt sein Magen immer noch unter den Folgen dieser brutalen Attacke. Er sehnte sich nach einem guten heißen Essen. Speck, Eier und ein Stapel Toastscheiben wären ihm gerade recht gekommen. Im ersten Teil der Reise von New York nach Washington hatte es keinen Speisewagen gegeben, aber man hatte ihm erzählt, in der Union Station gäbe es heiße Mahlzeiten, die von flinken, hübschen Mädchen serviert würden. Der Schaffner hatte ihm versichert, es würde keine Schwierigkeiten geben, den Anschlußzug nach Cincinnati zu erreichen.

Es mußte eine Ewigkeit her sein, seit dieser Schaffner die Nase in den Speisesaal im Bahnhof von Washington, D.C. gesteckt hatte, dachte Birch. Er stand in einer Menschenschlange, die sich zehn Mann hoch um die Theke drängte. Birch roch den Speck. Wenn er die Augen schloß, konnte er ihn fast schmecken, aber das genügte nicht. Er erspähte die gestärkten Käppchen der Serviererinnen und ertappte sich bei dem Gedanken, daß die »hübschen Mädchen« ordentlich gealtert waren, seit der Schaffner das letztemal hier gespeist hatte. Verhärmt aussehende Frauen in mittleren Jahren rannten hin und her, schrien die Bestellungen in die Küche, servierten Sandwiches und kassierten das Geld.

Eine Wanduhr hing zwischen den Porträts von Lincoln und Washington. Auf den Gesichtern beider Präsidenten schien sich beim Anblick der hungrigen Soldaten und der hektischen Kellnerinnen ein amüsierter Ausdruck abzuzeichnen. Birch amüsierte sich nicht. Das Wasser lief ihm im Mund zusammen bei dem Geruch nach Essen, aber die Uhr machte ihn darauf aufmerksam, daß es bei dem Duft bleiben würde. Sein Zug fuhr in elf Minuten ab. Wenn er nicht all die Männer niederschlug und über ihre Körper hinwegkletterte, um der Köchin den Schöpflöffel aus der Hand zu reißen, würde er an diesem Morgen nichts zu essen bekommen. Bei dem Tempo, in dem die Schlange sich zentimeterweise vorwärtsbewegte, würde er seinen Zug um zwei Stunden verpassen, wenn er sich auf die übliche Vorgangsweise verließ.

»Schweine am Trog«, knurrte er vor sich hin, während er sich aus dem Menschenknäuel freikämpfte. Sein Magen rumpelte trübselig und erinnerte ihn an die Extraportion Senf, die er auf den Hamburger geklatscht hatte.

Sobald er die Menge hinter sich gelassen hatte, warf er einen Blick auf sein Kursbuch, kannte sich aber nicht aus damit. Er fühlte sich elend, während er zum Trinkbrunnen ging und genug Wasser trank, um sein Magenknurren zu beschwichtigen. Jetzt wünschte er, er hätte sich die Taschen mit Brezeln und Salami gefüllt, wie Max es ihm geraten hatte.

»Brezel und Salami. Du mußt dir Proviant mitnehmen, wenn du mit dem Zug fährst. Von Brezeln und Salami kann man wochenlang leben«, hatte Max ihm geraten.

Ellis hatte hinzugefügt: »Ja, und dann stinkst du so grausig nach Knoblauch, daß du Vampire verscheuchen könntest. Niemand mag im Zug neben einem Kerl sitzen, der wie ein italienisches Restaurant riecht.«

»Dann kauf doch koschere Salami.«

»Riecht die besser?«

»Nein, aber sie riecht wenigstens nicht wie ein *italienisches* Restaurant.«

Jetzt war es zu spät. Birch hatte es versäumt, auf einen Mann zu hören, der sich mit Zügen auskannte, und jetzt bezahlte er den Preis dafür, indem er allmählich verhungerte.

Er ließ den Blick über die riesige Bahnhofshalle schweifen. Da und dort saßen kluge Reisende mit ihren Proviantkörbchen. Männer und Frauen kauten wie zufriedene Kühe vor sich hin, während sie mit leeren Augen das Getriebe des Bahnhofs betrachteten. Birch fragte sich: Vielleicht würde ihm einer von denen ein Sandwich verkaufen? Er klimperte mit dem Kleingeld in seiner Hosentasche. Er fuhr sich mit einer Hand über das Gestrüpp auf seinen Wangen. Er blickte auf die zahllosen Knitterfalten seiner Uniform hinab. Er sah einem Landstreicher ähnlicher als einem Soldaten. Im Schützengraben war er in einem besseren Zustand gewesen als jetzt. Er runzelte die Stirn und fragte sich, was die Leute wohl sagen würden, wenn er fragte ... erklärte ... Und dann, als sein Blick auf der Suche nach einem vielversprechenden Ziel durch den Raum schweifte, sah er eine junge Frau mit einem breitkrempigen weißen Strohhut dasitzen. Ihr kastanienbraunes Haar war zu einem Knoten geschlungen und entblößte einen schlanken Nacken. Sie trug eine weiße Bluse mit Puffärmeln und einem Matrosenkragen. Sie aß, wobei sie langsam kaute; dann faltete sie das Kuchenpapier sorgsam zusammen und legte es in ihr Körbchen zurück. Sie blickte zum Zug hinüber und dann wieder zum öffentlichen Warteraum.

Birch starrte sie eindringlich an. Er kramte in seiner Tasche herum und suchte das Foto Trudy Meyers heraus. Er nahm das Bildchen aus seiner Bibel und hielt es hoch, als die junge Frau ihren Korb hochnahm und auf die Türe mit dem Schild DAMENWASCHRAUM zueilte. Sie war das feine Dynamit! Er starrte stirnrunzelnd das Foto an. Blödsinn! Die junge Dame konnte nicht Trudy Meyer sein. Aber immerhin sah sie ihr ähnlich genug, daß sie ihre Schwester sein konnte.

Birch starrte ihr nach, bis sie hinter der Türe verschwunden war. Von diesem Mädchen hätte er gerne eine Mahlzeit serviert bekommen! Aber jetzt war es zu spät. Sie war mitsamt ihrem Essenskorb verschwunden. Birch schob das Foto der wirklichen Trudy in seine Bibel zurück und überprüfte dann den Warteraum, ob irgendwo ein anderes hoffnungsvolles Körbchen in Aussicht wäre.

Das Schild über der Kantine des Roten Kreuzes fesselte sein Interesse! SANDWICHES FÜR UNSERE SOLDATEN stand dort. Vielleicht gab es dort doch mehr als nur Krapfen. Die Menschenmenge rund um den Kiosk war kleiner geworden. Freundlich dreinblickende Mädchen in weißen Schürzen teilten links und rechts belegte Brötchen aus. Dort stand, ganz hinten in der Schlange, der Prediger mit sechs anderen schwarzen Soldaten aus dem B & O-Expreß. Der Prediger entdeckte Birch und winkte ihm mit erhobenem Arm zu.

»Ich hab' dir doch gesagt, wir würden uns wiedersehen«, sagte der Prediger.

»Das Mittagessen ist ein guter Treffpunkt.« Birch spähte zu den Stapeln belegter Brötchen hinüber. Hühnersalat auf einem Tablett und Brötchen mit Spiegeleiern auf dem anderen.

»Wir kriegen nirgendwo anders 'was zu essen«, sagte der Prediger. Als wollte sein Magen dieser Bemerkung zustimmen, knurrte er laut. »Mensch, hab' ich Hunger! Hab' seit letzter Nacht in Harlem nichts mehr zwischen die Zähne gekriegt.«

Vor dem Prediger und seinen Männern standen noch vier weiße Soldaten. Birch bemerkte, wie die Rotkreuz-Mädchen ihnen Blicke zuwarfen und dann miteinander flüsterten. Einen Moment später wurden die Tabletts entfernt.

»Tut mir leid, Jungs«, rief ein blondes Mädchen den Schwarzen zu. »Uns sind die Vorräte ausgegangen.«

Das Lächeln auf den Gesichtern des Predigers und seiner hungrigen Männer verblaßte. Sie warfen einander wissende Blicke zu. Aber was hätten sie schon tun sollen?

Birch trat hinter dem breiten Rücken des Predigers hervor.

»Soll das heißen, es ist überhaupt nichts mehr da?« fragte er. Die Blonde – erst unbehaglich berührt vom plötzlichen Auftauchen eines Weißen, dann trotzig – stemmte die Hände auf die Theke und wandte sich an den Prediger.

»Vorwärts, macht schon! Haut ab hier! Versucht es irgendwo in der Stadt. Da gibt's ein paar Cafés für Farbige.«

Birch murmelte dem Prediger zu: »Wartet mal da drüben bei der Säule.« Dann strich er sein zerknittertes Hemd glatt und schlenderte lässig auf die Theke zu. Er wartete, bis der Prediger sich ein paar Schritte entfernt hatte. Er blickte zu den Glasfenstern oben an der Decke auf. Er sah zu den Bögen der Ein- und Ausgänge und den Mustern der Säulen hinüber. Dann warf er einen Blick über die Schulter auf die Uhr und flüsterte: »Gibt's wirklich gar keine Sandwiches mehr, Fräulein? Ich hab'n Riesenhunger.«

Sie beobachtete mißtrauisch, wie die schwarzen Soldaten sich zurückzogen. »Natürlich nicht.« Sie dämpfte die Stimme zu einem verschwörerischen Flüstern. »Wir wollen bloß nicht alles an die Neger verfüttern.«

»Sieht so aus, als hättet ihr ihnen gar nichts geben wollen«, lachte Birch, als amüsierte der Gedanke ihn wirklich. »Habt ihr noch ein paar von den Brötchen mit Hühnersalat übrig? Ich muß den Zug erreichen. He! Du siehst ja wirklich süß aus, hat dir das schon mal einer gesagt?« Er beugte sich nahe zu ihr und streckte dann die Hände nach dem Tablett mit den Sandwiches aus. »Das sind ja Unmengen! Und kostenlos, was?«

Sie kicherte. »Greif zu, Soldat!«

»Genau das hab ich vor.« Er griff nach dem Tablett und brüllte: »HE, PREDIGER! DAS NETTE MÄDEL SAGT, WIR KÖNNEN UNS NEHMEN, SOVIEL WIR WOLLEN!« Er blinzelte ihr zu, als sie verblüfft den Mund aufriß und errötete. »Ich bring euer Tablett gleich zurück«, lächelte er. Dann schrie er von neuem. »GUCKT MAL, WAS DA NOCH AUFGETAUCHT IST! EIN GANZES TABLETT VOLL SANDWICHES! HE, PREDIGER, HIERHER! KOMM SCHON!«

An diesem Morgen gab das Rote Kreuz allen Soldaten zu essen, schwarzen und weißen. Was nicht heißen sollte, daß die jungen Mädchen, die an dem Kiosk bedienten, auch ihre Freude daran hatten. Sie sagten Birch nicht einmal »Danke«, als er das Tablett zurückgab.

Und er erreichte den Zug genau dreißig Sekunden, bevor er abfuhr.

* * *

Von ihrem Fensterplatz im sechsten Personenwagen aus sah Trudy zu, wie eine Handvoll säumiger Passagiere zum Zug rannten. Sie hatte es sich bereits bequem gemacht. Ihr gegenüber saßen ein Bankier und seine Frau aus Cincinnati. Ihre elfjährige Tochter saß neben Trudy. Sie alle lasen in Büchern, so daß Trudy wie ein Familienmitglied aussah, wenn sie die Nase in ihren Band Lord Tennyson steckte.

Rund um diese Insel der Zivilisten saßen erschöpfte Soldaten. Zerknittert und unrasiert, sahen sie einer wie der andere aus. Trudy war froh, inmitten der Bankiersfamilie zu sitzen. Die Dame roch nach Fliederparfüm und der Herr nach Jamaika-Rum. Trudy hatte sich soeben gewaschen und ein paar Tropfen *La France Violette* auf ihrer Kehle und ihren Handgelenken verteilt. Das Parfüm war ein Geschenk, das Max ihr aus Frankreich mitgebracht hatte. Sie hatte vorgehabt, es für spätere Gelegenheiten aufzubewahren, aber es schien, als stinke jeder neuangekommene Trupp militärischer Passagiere noch schlimmer nach Schweiß als der vorhergehende. Vielleicht hatte sich die Bankiersfamilie aus eben diesem Grund zu ihr gesetzt. Sie umhüllten sie mit einer kleinen Enklave süßer Düfte, wie ein Friseurladen neben einem Händler mit sauren Heringen. Männer drängten vorbei und enthüllten schweißfleckige Hemden, so oft sie die Arme hoben. Sie beobachtete mit einer gewissen inneren Befriedigung, daß die Frau des Bankiers ihr Spitzentaschentuch im selben Augenblick wie sie selbst vor die Nase hielt. Trudy hoffte sehr, damit kein unpatriotisches Verhalten an den Tag zu legen – aber manche dieser Jungs mußten buchstäblich seit Tagen unterwegs sein, ohne sich gewaschen zu haben!

Und da kam auch noch ein besonders ausgeprägtes Exemplar daher. Der hochgewachsene Soldat mit dem sandfarbenen Haar nahm seinen Hut ab und duckte sich unter dem Türrahmen. Sein

Haar klebte vor Schweiß. Sein Gesicht trug einen Ausdruck, in dem sich Erleichterung und Vergnügen mischten, als der Zug in eben dem Augenblick, in dem er den Wagen betrat, mit einem heftigen Ruck anrollte. Er warf seinen Hut in die Luft und fing ihn mit einem Finger auf, dann schob er seinen Seesack auf der Schulter zurecht und grinste in die Runde, während er auf den einzigen noch freien Sitz, drei Reihen hinter Trudy, zudrängte.

»Na, du hast's ja tatsächlich geschafft!« rief jemand. »Hast du was zu essen gekriegt?«

Der Soldat klopfte auf seine ausgebeulten Taschen. »Die Mädels vom Roten Kreuz haben mir die geradezu aufgedrängt.« Einwickelpapier stand links und rechts aus seinen Hemdtaschen heraus und wölbte die Vorderseite seiner Uniformbluse.

»He, Birch, du siehst aus wie'n Mädel! Iß die Sandwiches lieber schnell auf!«

Der ganze Wagen bebte vor Lachen – alle lachten, der Bankier, seine Frau und seine Tochter ausgenommen. Und natürlich Trudy, die ihren Tennyson vors Gesicht hielt, als die blauen Augen des Soldaten sie anstarrten. Eine Frechheit hatte der Kerl!

Er zwängte sich zentimetermeterweise zurück und duckte sich, um den Glühbirnen an der Decke zu entgehen. Er sah Trudy durchdringend an. Sie hatte das Gefühl, als bohrten seine tiefblauen Augen sich durch das Buch. Er ging langsamer, ohne auf die Bemerkungen der übrigen Männer zu achten. Dann, als säße Trudy auf seinem Sitzplatz, blieb er direkt neben der Tochter des Bankiers stehen und gaffte Trudy aufdringlich an.

Sie fühlte sich unbehaglich und tat, als hätte sie nichts bemerkt. Der Tennyson war an Ort und Stelle. Sie blätterte die Seite um, ohne sie gelesen zu haben, weil es ihr wichtig erschien, ihn glauben zu machen, sie lese. Die Frau der Bankiers blickte ihn neugierig an, und der Bankier und seine Tochter ebenfalls. Warum glotzte er sie so an? Warum setzte er sich nicht auf seinen Platz? Warum versuchte er, durch die Krempe von Trudys neuem Strohhut hindurchzustarren?

Er roch nach Zwiebeln und Hühnersalat. Er räusperte sich geräuschvoll. Trudy ignorierte ihn, als wäre sie taub. Sie blinzelte nicht einmal. Er räusperte sich noch einmal.

»Entschuldigen Sie ... Fräulein?« Sein Stimme war tief und melodisch.

Trudy hob den Blick nicht von ihrem Tennyson.

»Entschuldigen Sie, Fräulein ... Sie da mit dem Hut ... Sie da mit dem Buch ...«

Trudy wagte es, den Blick zu heben. Die Frau des Bankiers war entrüstet. Ihre Unterlippe schob sich vor, und sie hob eine Augenbraue.

Der Soldat lächelte Trudy seltsam an. »Sie sehen jemand ähnlich, den ich kenne, Fräulein.«

»Ach ja? Nun, Sie sehen niemand ähnlich, den ich kenne«, antwortete Trudy süß. Ihr Blick huschte zurück zu ihrem Tennyson.

»Ich wollte Ihnen trotzdem sagen ... ich meine, ich hab noch nie so'n hübsches Mädchen wie Sie gesehen, seit ich fortgegangen bin.«

»Danke ... Ihnen.« Trudys Stimme brach. Sie fühlte, wie das Erröten ihre Kehle hochkroch und ihr in die Wangen stieg. Sie blickte ihn kein zweites Mal an, obwohl er erwartungsvoll stehenblieb.

Er hatte einen Augenblick zu lange herumgetrödelt. Hinter ihm öffnete sich die Türe, und ein älterer Herr in weißem Mantel und weißen Hosen humpelte herein, warf einen Blick in die Runde und nahm den letzten Sitz im Wagen ein.

Der Soldat lachte nervös und blickte den Bankier an. »Naja, ich kam eigentlich nur so vorbei.« Er nickte Trudy zu. »Gute Reise!«

Trudy dankte ihm von neuem und sah ihm dann nach, wie er sich den Korridor des Zuges entlang zurückzog, um irgendwo in einem anderen Abteil einen Platz zu finden. In der Luft hing ein schwacher Geruch nach Hühnersalat. Er war bloß einer von einer Million Männern, die an diesem Sommermorgen unterwegs waren. Die meisten warfen Trudy interessierte Blicke zu. Ein paar tapfere Jungs brachten es sogar über sich, mit ihr zu reden. Wie dieser hier, benutzten sie zumeist den Vorwand, sie zu kennen oder schon einmal gesehen zu haben.

Ein ganzer Tag verging, bis der Schaffner »Nächster Halt: Cincinnati!« ausrief. Zu diesem Zeitpunkt hatte Trudy das verquere Lächeln und den offenen Blick des hochgewachsenen Soldaten fast schon vergessen.

KRIEG AN DER HEIMATFRONT

Als die Truppen in Cincinnati den Zug verließen, warteten Prostituierte auf sie. »Dafür reicht die Zeit«, sagten einige der Männer. Birch verbrachte die drei Stunden Aufenthalt in der Bahnhofshalle.

Es war eine Schnapsidee, das wußte Birch. Dennoch konnte er den Drang nicht unterdrücken, das Mädchen anzureden, das Trudys Foto ähnlich sah.

Er entdeckte sie vor dem Zeitungskiosk. Zeitungen aus dem Osten und Westen der Vereinigten Staaten waren über dem Kopf des Zeitungsjungen an der Wand befestigt.

Die junge Frau blickte zu ihnen auf, als wollte sie sie alle lesen. Die Schlagzeilen waren alle unterschiedlich formuliert, aber die Botschaft war die gleiche:

DEUTSCHLAND UNTERZEICHNET FRIEDENSVERTRAG UNTER PROTEST

Es hatte bis jetzt gedauert, die Details des Vertrages mit den Alliierten auszuarbeiten. Deutschland war verstümmelt und gedemütigt, die Österreichisch-Ungarische Monarchie zerschlagen. Neue Nationen erhoben sich aus den Trümmern: Jugoslawien, die Tschechoslowakei, Ungarn. Der deutsche Kanzler trat lieber zurück, als den Vertrag zu unterzeichnen. Die deutschen Staatsmänner, die in den Palast von Versailles kamen, mußten einen Seiteneingang des Gebäudes benützen. Buhrufe und Steinwürfe der Menschenmenge empfingen sie, als sie den Palast verließen. In Deutschland kam es zu Protestdemonstrationen und Krawallen. Vor der Küste Schottlands versenkte der deutsche Admiral Ludwig von Reuter lieber seine Flotte, als sie an den Feind auszuliefern. Das alles erschien den politischen Führern der Alliierten von geringer Bedeutung; sie dachten daran, eine neue Weltordnung aufzubauen.

Birch stand Schulter an Schulter mit der jungen Frau und überflog die Schlagzeilen und die zahllosen Zeitungsmeldungen, die die Ereignisse kommentierten.

»Wissen Sie«, sagte der Zeitungsverkäufer verdrießlich, »die Zeitungen hier sind eigentlich zum Kaufen gedacht, wenn Sie sie lesen wollen.«

»Nein danke«, sagte das Mädchen, während sie ihren Strohhut zurechtrückte. »Das könnte ich mir nicht leisten, die alle zu kaufen. Ich will bloß ein bißchen schmökern, bis der Zug wieder abfährt.«

Birch war längst nicht so unverfroren. Er zog demütig drei Pfennig aus der Tasche und kaufte eine Ausgabe der Tageszeitung von Cincinnati.

Sie blickte ihn an und lächelte schelmisch. »Warum kaufen Sie denn die Kuh, wenn's die Milch umsonst gibt?« fragte sie, während sie näher an die Wand voll Neuigkeiten herantrat. *Hörte er da nicht eine Spur eines deutschen Akzents in ihrer Stimme?*

»Weil ich gerne noch etwas mehr als die Titelseite lesen würde, deshalb.« Er klopfte auf seine Zeitung. »Da, sehen Sie sich das mal an! Fortsetzung auf Seite sechs, Spalte drei. Man kriegt die Milch eben nur, wenn man die Kuh hat.«

»Es genügt doch, wenn man den Rahm kauft.«

Sie schien sich an das kurze Zwischenspiel des vergangenen Tages nicht zu erinnern.

»Ich habe bemerkt, daß Ihr Vater eine komplette Zeitung hatte. Sie hätten sie von ihm borgen können.«

»Mein Vater?«

»Im Pullman-Wagen.«

Sie starrte ihn ausdruckslos an. »Gestern? War ich da etwa wach?«

»Oh, sicher.« Er richtete den Blick auf ihre Kehle, die der V-Ausschnitt ihrer Bluse umrahmte. »Sie sind doch rot geworden.«

Bei der Erinnerung daran wurde sie von neuem rot. Sie legte die Hand an die Wange. »Oh. Ja.« Sie wandte sich rasch wieder den Zeitungen zu.

»Ich hab' mich inzwischen rasiert.« Birch traf keine Anstalten, wegzugehen. »Ich hab' auch eine frische Uniform angezogen.

Hab' mich mit kaltem Wasser hier im Bahnhof rasiert. Wenn Ihr Vater gerne –«

»Mit meinem Vater ist alles in Ordnung, danke schön!« Es war deutlich zu erkennen, daß sie seine Zutraulichkeit nicht schätzte. »Außerdem gibt es da drüben einen Friseur. Es wäre nicht nötig gewesen, sich mit kaltem Wasser zu rasieren.«

»Ich hab' auf die Art zwei Dollar gespart.« Schweigen. Offenbar mochte sie ihn nicht besonders, trotz der Rasur und des sauberen Hemdes. Er versuchte es von neuem. »Mit den zwei Dollar könnte ich einem hübschen Mädchen ein Stück Kuchen kaufen.«

»Gut. Hoffentlich finden Sie eines.«

»Sie wären aber – ich meine...«

»Nein, ich wäre nicht! Bitte. Ich will nur heimfahren. Wenn ich einen Zehner für jeden heimwehkranken Soldaten hätte, der mir Kuchen kaufen will...«

»Mögen Sie keinen Kuchen? Wie wär's statt dessen mit...«

Sie starrte ihn so böse an, daß er schwieg. »Hört sich an wie ein Broadway-Musical. Junge trifft Mädchen im Bahnhof. Er kauft ihr Apfelkuchen und Kaffee...«

»Hört sich gut an.«

»...sie plaudern miteinander. Die Musik wird lauter. Er singt ihr ein Lied vor, und sie fahren gemeinsam mit dem Zug fort und leben glücklich bis an ihr seliges Ende.«

Er lächelte. »Wenn Sie so wollen, gern!«

»Nun, dies hier ist kein Broadway-Musical! Dies hier ist schlicht und einfach Cincinnati. Das dreckige alte Cincinnati. Und ich höre keine Musik.«

»Ich hab' nichts davon gesagt, daß ich singe.« Er trat einen Schritt zurück.

»Oh«, sagte sie mit einer leisen überraschten Stimme, als hätte sie sich selbst nicht zugetraut, so mit ihm zu reden, »ich wollte nicht so unfreundlich klingen, aber...«

»Es ist Ihnen trotzdem gut gelungen.« Er tippte sich an die Hutkrempe und trat einen weiteren Schritt zurück. »Es ist auch nur, weil ... weil Sie diesem Mädchen, das ich kenne, so ähnlich sehen.« Er lächelte sie an, wie man einen bissigen Köter anlächelt, der hinter einem wackeligen Zaun hervorkläfft. »Aber jetzt merke ich, Sie sind nicht sie. Wollt' Ihnen nicht zu nahe treten.« Er wußte jetzt mit Sicherheit, daß diese Frau nicht seine Trudy Meyer war, deren Briefe ihn und seine halbe Kompanie unterhalten hatten wie die Geschichten in einem Fortsetzungsroman. Ganz egal, wie ähnlich sie ihr sah – das aufgesteckte Haar ausgenommen. Und das Gesicht wirkte älter. Jedermann hatte schließlich irgendwo einen Doppelgänger. Aber nur die wirkliche Trudy vermochte Briefe zu schreiben, die die Seele eines Mannes vom Sterben und Töten ablenken konnten. Er wagte eine letzte Frage: »Sie haben nicht zufällig eine Schwester?«

»NEIN!«

»Naja, dann, Fräulein ... viel Glück!«

Sie nickte mit königlicher Würde. »Danke! Gleichfalls.«

Birch schob die zusammengerollte Zeitung unter die Achsel und trabte davon, um seine Wunden zu lecken. Dieses Mädchen hier war ein eiskalter Stockfisch. Hielt sich wohl für was Besonderes! Broadway-Musical! Hübsch, aber nichts dahinter. Er überlegte, ob er nicht besser auf Max' Rat gehört und sich für eine dieser französischen Damen interessiert hätte. Vielleicht war es ja wirklich besser, nicht dieselbe Sprache zu sprechen.

Er warf einen Blick zurück, wie sie da am Zeitungskiosk stand, den Kopf in den Nacken gelegt, um die Titelstories der Zeitungen lesen zu können. Er sprach jedenfalls nicht dieselbe Sprache wie *diese* Frau! Jammerschade. Je näher er seiner Heimat kam, desto elender fühlte er sich. Mama würde nicht da sein. Birch hätte sich gefreut, jetzt mit einer Frau reden zu können, die eine weiche Stimme hatte und hübsch anzusehen war.

Er wagte es, ihr einen neuerlichen Blick zuzuwerfen, während sie auf den Trinkbrunnen zuging. Sie war hochgewachsen, gut ein Meter fünfundsiebzig. Ein Mädchen von dieser Größe würde Schwierigkeiten haben, einen Mann zu finden, der groß genug war, um zu ihr zu passen. »Wahrscheinlich wird sie zum Schluß mit irgend einem kurzbeinigen kleinen Herrenkleidermacher dastehen«, brummelte er gedämpft vor sich hin. Dann fiel ihm ein, daß Marjorie genau das getan hatte. Sie hatte einen Herrenkleidermacher geheiratet und war nach St. Louis gezogen. Marjorie war nicht groß genug gewesen, um wirklich zu Birch zu passen, obwohl sie sehr hübsch gewesen war.

Birch ließ sich auf eine Bank fallen, streckte die langen Beine von sich und fächelte mit seiner Zeitung. Daß man eine Zeitung auch dafür gebrauchen konnte, daran hatte diese scharfzüngige, geizige junge Person nicht gedacht!

Sie verschwand um die nächste Ecke. Wahrscheinlich suchte sie nach ihrer Familie. »So, und das ist das letzte, was ich von dir gesehen habe«, sagte er ohne Bedauern.

* * *

Trudy hatte Pech: Der Soldat, der sie bereits zweimal zum Erröten gebracht hatte, fuhr ebenfalls im Zug nach St. Louis. Sie fand eine sichere Enklave inmitten von Zivilisten im Aussichtswagen, aber dreimal rannte sie im engen Korridor des Zuges in den Soldaten hinein.

»Verfolgen Sie mich, Ma'am?« Er lächelte. Sie errötete.

Sie gab natürlich keine Antwort. Es war einfach zu lächerlich, um auch nur darüber nachzudenken. Sie wünschte, er würde an einer der zahllosen Stationen zwischen Cincinnati und St. Louis ausstiegen. Sie war jedesmal überrascht, daß er immer noch im selben Zug wie sie fuhr. Wenn er an ihrem Platz vorbeiging, blickte sie in die andere Richtung. Wenn sie nicht anders konnte, als an dem Abteil vorbeizugehen, in dem er die halbe Nacht mit ein paar anderen Soldaten Karten spielte, dann tat sie, als sähe sie ihn nicht. Sie wollte nicht noch einmal erröten, und er schien eine ganz spezielle Begabung dafür zu haben, sie von Kopf bis Fuß erröten zu lassen.

Der Zug fuhr auf die Stahlbrücke, die sich über den Mississippi spannte, und Trudy dachte, nun würde sie ihn wohl zum letzten Mal gesehen haben. Sie hatte Zeit genug, in die Rock-Island-Linie umzusteigen, die letzte Etappe ihrer Heimreise. Sie eilte eben durch den Bahnhof, als der blonde Soldat lächelte, ihr zublinzelte und zuwinkte. Er eilte ebenfalls zu der Rock-Island-Lokomotive hinüber. Ein schwarzer Riesenkerl in Uniform schritt neben ihm.

Die beiden lachten wie alte Freunde und waren in ein lebhaftes Gespräch vertieft. Dann tat der Soldat etwas Bemerkenswertes, obwohl der Rock-Island-Zug halb leer war. Er stieg das Trittbrett zu dem Wagen hinauf, der für Farbige reserviert war. Aus eigenem freien Willen! Sie wußte, was das bedeutete, und es machte ihn ihr sympathisch.

»Hilf mir mal damit, Prediger!« Er warf dem Schwarzen seinen Seesack zu, und Trudy wußte, daß er tatsächlich dort hinten mitfahren würde. Drei Gepäckwagen trennten sie von den regulären Personenwagen. Sie konnte im Zug nach Belieben herumlaufen, ohne Angst haben zu müssen, mit ihm zusammenzustoßen.

Es war irgendwie unbefriedigend. Das Versteckspiel war vorbei. Er war nicht mehr daran interessiert, sie zu necken. Also ergab sie sich in ihr Schicksal und erwartete, er würde irgendwo in der Landschaft von Missouri verschwinden, sobald sie den Süden erreichten. Dann würde sie zu Hause angelangt sein. Sie würde über ihn schreiben – eine einzige Zeile in ihrem Tagebuch: *»Er sagte, ich sei das hübscheste Mädchen, das er je gesehen hätte ...«* Und sie würde ihn vergessen, die Tatsache ausgenommen, daß er ihre Reise interessanter gestaltet hatte.

Und es wäre tatsächlich so gekommen, hätte der Rock-Island-Expreß nicht kurz vor Monet, Missouri, angehalten, um Wasser aufzunehmen.

* * *

Jenseits des Schattens, den der Wasserturm warf, war ein Jahrmarkt in vollem Betrieb. Leuchtendgelb und rotgestreifte Zelte standen verstreut zwischen Wagen, die mit Bildern von Pygmäen und Pythonschlangen und bärtigen Damen und Riesen bemalt waren. Kinder sausten zwischen den Halteseilen der Zelte herum. Erwachsene schlenderten durch das Gedränge oder saßen im Schatten und aßen Melonen und schlürften Limonade.

Trudy konnte die Musik von Fiedeln, Gitarren, Banjos und Baßgeigen über dem dröhnenden Herzschlag des Zuges hören. Hatte es jemals einen willkommeneren Anblick gegeben, nachdem sie Stunden um Stunden auf Maisfelder und felsige rote Erde hinausgeblickt hatte? Die ganze linke Seite des Zuges war augenblicklich gedrängt voll mit Passagieren, die wie Kinder den Hals reckten, um zu sehen, was außerhalb ihres kleinen Pferches vor sich ging.

Kein Zweifel, daß irgendein schlitzohriger Jahrmarkts-Manager einmal dieselbe Route bereist und den günstigsten Platz ausgesucht hatte, um eine Menschenmenge anzulocken, wenn die Züge hier viermal am Tage anhielten, um aufzutanken.

»Meine Damen und Herren«, rief der Schaffner, als wäre er der Anreißer für die Jahrmarktsattraktionen. Er hielt seine Uhr hoch. »Dreißig Minuten! Dreißig Minuten Aufenthalt! Bitte nehmen Sie bis sieben Uhr dreißig Ihre Plätze wieder ein!«

Die Passagiere stießen einen Freudenschrei aus, als wären sie soeben aus der Schule entlassen worden. Dreißig Minuten waren gerade lang genug, um einen heißen Maiskolben und ein großes Glas Eistee und vielleicht einen kandierten Apfel zu genießen.

Der Abendwind wehte über eine Baumgruppe im Westen. Trudy hob das Gesicht, um den Wind zu spüren. Zum erstenmal, seit sie New York verlassen hatte, lächelte sie. Insgeheim segnete sie den klugen Burschen, der seinerzeit den Wasserturm entdeckt und einen Springquell von Dollars aus jedem einzelnen Personenwagen sprudeln gesehen hatte.

Zweihundert weitere Passagiere verschwanden gemeinsam mit Trudy in der Menge. Sie ließ den Tennyson liegen und nahm nur ihre Handtasche und ihren Appetit mit. Zuerst ein Maiskolben. Dann ein Hamburger, der besser schmeckte als alle Hamburger, die sie je in Coney Island gegessen hatte.

Mit einem Hot Dog in einer Hand und einem Glas Limonade in der anderen bewegte sie sich zu den Klängen der Musik. Ein Tanzboden war im Zentrum des Gedränges aufgebaut worden. Männer in Overalls tanzten mit Frauen in billigen bunten Baumwollfähnchen. Ihre Füße trampelten im Rhythmus der Musik auf den Brettern des Tanzbodens. Plötzlich wünschte Trudy, sie wäre nicht so unfreundlich zu dem schlanken Soldaten gewesen, der ihr im Zug begegnet war. Die Musik in New York war mit dieser hier nicht zu vergleichen! Es war lange her, seit sie getanzt hatte.

Sie trank in kleinen Schlucken ihren Drink und sah sich um,

ob sie irgendwo einen passenden Partner entdeckte. Dann erspähte sie plötzlich ihren hartnäckigen Soldaten. Er hörte weder der Musik zu, noch lächelte er.

Er stand neben dem schwarzen Soldaten, den er »Prediger« genannt hatte. Seine Arme waren über der Brust verschränkt, seine Beine leicht gespreizt, sein Kinn trotzig erhoben, während eine Rotte von sieben Männern ihm herausfordernd gegenüberstand – vierschrötige Farmer.

»Wir mögen keine Nigger hier, sag' ich dir«, sagte ein Mann mit breitem Brustkasten. Er spuckte dem schwarzen Soldaten vor die Füße, als wollte er das Gesagte damit unterstreichen.

Ein zweiter Mann stierte bösartig den halb aufgegessenen Maiskolben an, den der Prediger in seiner großen Hand hielt. »Und wir füttern hier keine großmäuligen Nigger durch, die der amerikanischen Uniform Schande machen. Wofür hast du die Uniform da an, Nigger? Hast du 'nen Weißen erschlagen und sie ihm geklaut?«

Der Prediger schwieg und blickte über die Köpfe der Menge hinweg zum Zug. »Gehen wir beide zurück zum Zug«, sagte er und schubste seinen weißen Gefährten an. »Komm schon. Ich bin hier fertig.«

»Du gehst nirgends hin, bevor du nicht diese Uniform ausgezogen hast«, knurrte ein anderer Farmer.

Trudys Soldat wich nicht zurück. Er trat vor, bis er ganz knapp vor dem zweiten Herausforderer stand. »Dieser Soldat war hundertneunzig Tage in den Schützengräben in Frankreich! Der ist kein NIGGER! Das nimmst du sofort zurück!«

Der Mann lachte ihm ins Gesicht. »Bist wohl mit der Nase im Dreck gelegen, was, Schwarzarsch? Hast die Hosen voll gehabt, Sambo?« Er ahmte das Pfeifen einer näherkommenden Granate nach, wobei er vor sich hinlächelte, und dann, als es zur Explosion kam, krachte seine rechte Faust hart in den Magen von Trudys Soldaten, der mit einem rechten und linken Haken konterte.

Der Jahrmarkt verwandelte sich in ein Tohuwabohu. Männer stürzten hinter Trudys Rücken vom Tanzboden herbei, um sich an den Prügeln für Trudys Soldaten und den riesigen Schwarzen zu beteiligen.

Der Prediger stemmte einen Farmer über den Kopf hoch und ließ ihn krachend auf vier andere niedersausen. Er kämpfte wie ein riesiger Bär, während die Männer ihm wie eine Hundemeute auf den Rücken sprangen und ihm die Knöpfe, die Ärmel und schließlich das ganze Uniformhemd vom Leib rissen.

»Paß auf!« schrie der Schwarze Trudys Soldat zu. Die Warnung kam zu spät: Ein Whiskykrug krachte auf seinen Schädel herab.

Trudy schrie um Hilfe, als ihr Soldat zusammensackte und zu Boden fiel. Wo waren all die anderen Soldaten, die ihm hätten helfen können? Ihr wurde fast übel, als sie erkennen mußte, daß ein paar andere Jungs in Uniform, die im Zug mitgefahren waren, sich dem Mob angeschlossen hatten und auf den Prediger einschlugen. Sie schubsten und stießen einander weg, um an ihn heranzukommen. Männer hatten sich an seinem Nacken festgeklammert und kletterten seinen nackten Rücken hinauf. Aber noch immer stand er fest auf den Beinen.

Plötzlich krachten Schüsse. Die Menge schwieg und wich von dem keuchenden Riesen zurück. Seine Uniform lag in Fetzen zu seinen Füßen. Trudy rannte zu ihrem Soldaten, der bewußtlos und stark blutend auf der Erde lag. Wieder ertönte ein Schuß, und die Menge wich noch weiter zurück, als der Lokführer und der Heizer des Zuges, beide in ihren Jeans-Overalls, sich durch die Menge drängten. In den behandschuhten Händen hielt der Lokführer ein Gewehr mit abgesägtem Lauf.

Er lud nach und richtete den Lauf geradewegs auf den Bauch des Mannes, der die Prügelei angefangen hatte. »Ich behalte meine Schrotflinte in der Hand, für den Fall, daß irgendein Mistkerl meinem Zug zu nahe kommt. Ich mache auch Gebrauch davon. Den Rock-Island-Expreß hält keiner auf. Mag keinen Stunk. Kapiert?«

»Die haben angefangen!« schrie der vierschrötige Farmer. »Er und der Niggerkerl da drüben! Hielten sich für was Besonderes! Der trug 'ne Uniform, der Schwarzarsch! Großmäuliger Nigger und sein Niggerfreund! Da sehn' Se nur, was die uns angetan haben!« Er deutete auf einen Mann, der stöhnend auf der Erde saß und seinen gebrochenen Arm hielt. »Das hat ihm der Nigger angetan!«

Der Lokführer wandte sich abrupt in die Richtung, wo Trudy saß und den Kopf ihres Soldaten im Schoß hielt. Sie weinte, streichelte seine Wange und flehte Gott an, er möge ihn nicht sterben lassen.

»Ist das Ihr Mann, Ma'am?«

Trudy nickte, ohne einen Augenblick zu überlegen. »Sie sind über ihn hergefallen ... sie kamen alle her und –«

»Ich hab's gesehen«, sagte der Lokführer. Er winkte grimmig mit der Waffe. »Und ihr bleibt jetzt alle genau dort stehen, wo ihr steht, während ich und meine Passagiere zum Zug zurückkehren. Verstanden?« Ängstliches Kopfnicken antwortete ihm. »Gut so, sehr gut! Ich mag's nämlich gar nicht, wenn mich irgend etwas aufhält.« Er warf dem Schwarzen, der sein eigenes blutiges Gesicht nicht zu bemerken schien, einen Blick zu. »Heben Sie den Gatten der Dame da mal auf und tragen Sie ihn zum Zug zurück, okay?«

Der Riese hob Trudys Soldaten auf die Arme, als wäre er ein kleines Kind, und stellte sich neben den Lokführer. »Alles in Ordnung«, sagte er mit gedämpfter Stimme, und sie zogen sich zum Zug zurück. Die Angreifer blieben reglos stehen.

Die wenigen Passagiere, die sich in die Schlägerei eingemischt hatten, blickten erst einander und dann den Lokführer an. »Was ist mit uns?«

»Ihr habt gültige Fahrkarten«, knurrte der Heizer sie an. »Aber wir schmeißen euch raus, wenn ihr unterwegs noch einmal Stunk macht. Kapiert?«

Sie nickten zustimmend. Neun Männer lösten sich aus der Menge und folgten ihnen langsam und demütig zum Zug zurück.

»Wir legen Ihren Mann in ein Abteil Erster Klasse, Ma'am!« sagte der Schaffner, während er ängstlich die angriffslustigen Passagiere beäugte, die sich gegen ihn zusammengerottet hatten. Er blickte den Prediger an. »Du sieh zu, daß du in den Wagen für Farbige da hinten verschwindest, und mach nicht noch mal Ärger.« Der Schwarze gab keine Antwort, während er den schlaffen Körper von Trudys Soldaten sanft in das Abteil Erster Klasse bettete.

»Du lieber Gott«, flüsterte er, »er ist schlimm verletzt.« Er blickte Trudy an. »Vielen Dank! Die hätten Birch und mich glatt umgebracht.«

»Jetzt verschwinde schon, wo du hingehörst«, fuhr der Schaffner ihn an und schob ihn weg.

Die Wunde in Birchs Kopf blutete reichlich. Alles war voll Blut, Trudys Rock war durchtränkt davon, und die Polsterung war ebenfalls blutbefleckt.

»Verbandmaterial«, befahl Trudy, während sie bereits ihre Ärmel aufkrempelte. »Whisky und Eis.« Sie zog die Handtücher vom Gestell und stopfte sie dem Verletzten unter den Kopf.

Der Schaffner starrte sie stirnrunzelnd an. »Sie wollen den Whisky doch nicht trinken?«

»Der Whisky ist zum Desinfizieren der Wunde. Das Eis ist gegen die Schwellung.«

»Der hat ja Glück, daß er bewußtlos ist. Wenn Sie Whisky auf so 'n Loch im Schädel wie das hier gießen, fällt er vor Schmerz in Ohnmacht.«

»Na, da brauchen wir uns ja keine Sorgen zu machen, nicht wahr?« Sie drängte den massigen Eisenbahner aus dem Abteil. »Bitte sorgen Sie dafür, daß wir schnell alles Nötige bekommen.« Sie schloß die Türe hinter sich, dann kniete sie neben dem Soldaten nieder. Wer war er? Wo wohnte er? Würden sie an seiner Heimatstadt vorbeifahren, ohne es zu bemerken?

Trudy hatte kurzerhand gesagt, er sei ihr Ehemann, um von der aufgehetzten Menge wegzukommen. Jetzt, nachdem sie es gesagt hatte, mußte sie herausfinden, zu wem er wirklich gehörte und dafür sorgen, daß er sicher nach Hause kam!

Sie durchwühlte den Inhalt seiner Taschen und fand sein Fahrkartenheft. Sein Reiseziel hieß Hartford. Dazu würde er in Fort Smith umsteigen müssen – eine Unmöglichkeit in seinem Zustand. Sie bewegte seinen Kopf vorsichtig hin und her und warf einen verstohlenen Blick auf den scheußlichen Schnitt hinter seinem rechten Ohr. Die Porzellansplitter des Whiskykrugs steckten noch in seiner Kopfhaut. Trudy mußte an Billy Baker denken, der daran gestorben war, daß ein Pferd ihn mit dem Huf getroffen hatte – genau dort, wo der Soldat getroffen war. Dies hier war mehr als ein Schlag auf den Schädel. Ihre Hände zitterten, während sie ein Handtuch über die Wunde breitete und dann seine Brieftasche und eine kleine Taschenbibel aus seiner Brusttasche zog. Hier mußte sich doch irgend etwas finden lassen, das über ihn Auskunft gab.

Die Bibel glitt ihr aus der Hand und fiel lärmend zu Boden. Trudy blieb der Mund offen stehen, als ihr eigenes Foto herausfiel. Sie starrte ihr ernsthaft dreinblickendes Konterfei an, dann hob sie es auf und drehte es um. Das war das Foto, das sie Max gegeben hatte, an dem Tag, an dem er nach Frankreich abgereist war! Wie kam es hierher, in dem Besitz von -

Plötzlich wurde ihr alles klar: Das hier war der Bursche, von dem Max ihr geschrieben hatte! *Der Junge aus Arkansas! Der wie ein Baum hieß! Birch ... Birch Irgendwas.* Sie öffnete die Brieftasche. *Birch Tucker, aus Shiloh, Arkansas!*

Max hatte sie ja bereits gewarnt, daß es da einen jungen Mann aus Arkansas gäbe, der ihr Foto bei sich trug und die Briefe las, die sie an Max schrieb, sobald dieser damit fertig war. *Eines Tages mußt du unvermutet bei ihm auftauchen, Trudy. Er wird in Ohnmacht fallen, wenn er dich sieht! Er hat jedesmal ganz große feuchte Hundeaugen bekommen, wenn er dein Foto anguckte.*

Kein Wunder, daß er sich im Zug so hartnäckig an ihre Fersen geheftet hatte! Er hatte gesagt, sie sähe jemand ähnlich, den er kannte. Aber er wußte nicht, daß sie selbst Trudy Meyer war! Jetzt war er da – und tatsächlich ohnmächtig! Alles paßte zusammen!

»Birch? Hörst du mich? Ich bin's, Trudy, Max' Cousine ...«

Keine Antwort. Ein scharfes Klopfen an der Türe ertönte, und der Schaffner kehrte zurück, ein Erste-Hilfe-Köfferchen in der Hand. »Es gibt leider keinen Whisky, Ma'am.«

Er trat einen Schritt beiseite und machte einem behäbigen Mann mit grauen Bartkoteletten und einem hängenden Schnauzbart Platz. »Aber ich habe Dr. Cooper aus Fort Smith mitgebracht, damit er Ihren Mann behandelt.«

»Wie geht's?« Der Doktor hatte seine schwarze Arzttasche mitgebracht. Er beugte sich über Birch und inspizierte die Wunde. »Whisky? Sie leben wohl noch in der Zeit der Indianerkriege? Haben Sie das in einem Groschenroman gelesen?« Er schnalzte mit der Zunge, und sein Tonfall wurde ernst. »Wie heißt er?«

»Birch«, krächzte sie und hielt die Bibel und das Foto fest umklammert.

Der Arzt wiederholte seinen Namen und zog dann die Augenlider des Patienten hoch, um ihm in die Augen zu spähen. Birch stöhnte. Der Arzt schwieg, während er ihm den Puls fühlte. Dann wandte er sich an Trudy: »Wo wohnen Sie?«

»Fort Smith.«

»Wir bringen ihn am besten dorthin. Wenn er überlebt, findet er daheim bessere Pflege als in einem Spital. Ich will Ihnen nichts vormachen, junge Frau – er hat eine Gehirnerschütterung, und eine schlimme dazu, wie's aussieht.«

Trudy nickte. Sie hatte Angst. Sie wünschte, sie hätte nie behauptet, daß er ihr Mann sei.

»Wir schicken von der nächsten Haltestelle aus ein Telegramm«, sagte der Arzt brüsk. »Wir müssen zusehen, daß wir einen Krankenwagen und eine Bahre organisieren.« Dann wandte er sich von neuem an Trudy. »Haben Sie Verwandte, die Sie informieren müssen, daß er in diesem Zustand nach Hause kommt? Die das Bett für ihn vorbereiten?«

»Können wir ihn nicht ins Krankenhaus bringen?«

»Nicht bei der Grippeepidemie, die zur Zeit herrscht! Alle Betten sind überfüllt. Und im Moment haben wir bei uns in der Gegend auch noch einen Ausbruch von Blattern. Sie werden ja wohl kaum riskieren wollen, daß er sich auch noch infiziert!«

Trudy nickte zustimmend und kritzelte dann die Botschaft nieder, die ihnen nach Fort Smith vorauseilen sollte: KOMME 2:25 AN, BRINGE KRIEGSKAMERADEN VON MAX MIT. VERLETZT. BRAUCHT BETT. TRUDY.

Nun, das war ja eine großartige Ankündigung ihrer Heimkehr! *Bitte keine Parties und keine Empfangskomitees, Mama. Ich bringe einen Soldaten mit, der an der Heimatfront verwundet wurde ...*

Trudy senkte den Blick auf das abgegriffene Foto. Wie lang hatte er ihr Bild schon mit sich herumgetragen? Wie viele ihrer Briefe hatte er gelesen? Sie wünschte jetzt, sie hätte es gewußt. Von den fünfzig Männern, die sich unter dem Vorwand *»Hab ich Sie nicht schon einmal gesehen?«* an sie herangemacht hatten, hatte dieser eine sie wirklich schon früher gesehen.

Er war bleich, sein Atem ging flach. »Helfen Sie mir, ihm das

Hemd auszuziehen«, befahl der Arzt. »Und machen Sie ihm den Gürtel auf. Machen Sie schon! Etwas mehr Beeilung, Mädchen! Er hat einen Schock. Machen Sie das hier auf –« Dann fragte er: »War er in Frankreich?«

»Ja«, antwortete Trudy mit absoluter Gewißheit. Max hatte ihr viel über ihn geschrieben ... ihn und diesen anderen Mann, Ellis.

»An der Front?«

»Neunzig Tage.«

»Es wäre eine Schande, ihn jetzt zu verlieren, nachdem er all das durchgestanden hat«, murmelte der Doktor. »Heimkehren und einen Whiskykrug auf den Schädel kriegen! Wäre doch eine Schande!«

»Könnte er sterben?«

»Er könnte überleben, sagen wir so.« Er lagerte Birchs Beine hoch und fühlte ihm den Puls. »Wie lange seid ihr beiden denn schon verheiratet?«

»Ich bin nicht ... er ist nicht ... ich hab' das nur gesagt, um ihn dort wegzuschaffen.«

Ein geistesabwesendes Lächeln flackerte über das Gesicht des Arztes. »Das habe ich geahnt. Sie scheinen ja schnell zu denken! Ich wette, die hätten den Nigger gelyncht. Und diesen braven Jungen da hätten sie wahrscheinlich gehenkt, wären Sie nicht eingeschritten.«

Trudy fühlte sich schwach und elend. Sie lehnte sich gegen die Wand des winzigen Abteils und starrte den leichenhaft weißen Körper Birch Tuckers an. Der Schaffner tauchte von neuem auf, eine Flasche Whisky in der Hand, dann nahm er die Notizen mit und versprach, die Telegramme vom nächsten Bahnhof aus abzusenden.

»Ah, Ihr Schlangenbiß-Heilmittel.« Dr. Cooper hob die Flasche mit dem bernsteinfarbenen Alkohol in die Höhe, zog den Korken heraus und nahm einen ausgiebigen Schluck. »Sie sehen aus, als könnten Sie auch einen gebrauchen.«

Trudy schüttelte den Kopf. Das Abteil drehte sich um sie. »Ich fürchte, mir wird gleich übel werden.«

»Zum Fenster raus, wenn ich bitten darf«, sagte er ohne jegliches Mitleid. Er schob ihr das Fenster herunter und wandte sich dann wieder seiner Arbeit zu.

Schade um das Geld für den Hot Dog, den Maiskolben und die Limonade! Sie übergab sich zum Fenster hinaus und sank dann erschöpft auf den Boden nieder. Sie heftete den Blick fest auf Birchs schlaffen Arm. Sie hätte gerne seine Hand gehalten und ihn dazu gebracht, aufzuwachen und gesund zu werden. Er war kein Fremder mehr für sie.

»Seien Sie lieber froh, daß Sie nicht mit ihm verheiratet sind«, murmelte der Arzt vor sich hin. »So'n hübsches kleines Mädchen wie Sie ist zu jung, um schon Witwe zu sein.« Ein oder zwei Minuten später fragte er: »Wie lange kennt ihr euch denn schon?«

»Er war ... er ist ... ein enger Freund der Familie«, antwortete sie heiser. »War an der Front mit meinem Cousin.« Sie folgte mit den Blicken der Linie seines Profils. Ein paar Sommersprossen zeichneten sich scharf auf seiner aschfarbenen Haut ab und verliehen ihm eine gewisse Ähnlichkeit mit einem schlafenden Kind. Sandfarbenes Haar umrahmte ein empfindsames Gesicht. Gerade Nase, volle Lippen. Große Augen. Blau, erinnerte sie sich. Sehr blau und offen. Er war auf eine knabenhafte Weise hübsch, ganz anders als der Birch Tucker, den sie sich nach Max' Briefen vorgestellt hatte. Irgendwie hatte sie sich das verwitterte Äußere eines dunkelhäutigen Indianers vorgestellt. Zäh und ledern und mit wilden Augen, eine Kämpfernatur. Mit diesem Birch hier bestand keine Ähnlichkeit. Hochgewachsen und eckig, bewegte er sich mit der lässigen Eleganz eines Sportlers. Als er sie angesehen und angesprochen hatte, lachten und glitzerten seine Augen, als wüßte er etwas über sie, das sie selbst noch nicht wußte. Erst später hatte sie etwas Wildes an ihm entdeckt, beim Jahrmarkt, als er der Rotte gegenübergestanden hatte. Da hatte sein Gesichtsausdruck sich völlig verändert. Sie hatte den tapferen und mitfühlenden Mann entdeckt, von dem Max ihr berichtet hatte.

»Er muß einfach überleben«, flüsterte sie.

Dr. Cooper grunzte nur eine Antwort und fuhr damit fort, die größten Porzellansplitter aus Birchs Kopfhaut zu pflücken.

* * *

Der Schaffner warf Jefferson sein zerdrücktes und blutbeflecktes Fahrscheinheft zu. »Einer von den Jungs da draußen hat das aus den Fetzen deiner Kleider genommen. Sagte mir, ich sollte es dir bringen, damit du auch gut nach Hause kommst.«

Jefferson fuhr mit dem Daumen über das Blut auf dem Fahrschein. Jetzt wußten die Angreifer über jede Haltestelle und jede Umsteigestelle auf seiner Route Bescheid. Die Fahrkarten waren ihm zur Warnung zurückgegeben worden. Sie hatten vor, ihn irgendwo zwischen der Grenze von Missouri und seiner Heimat zu fassen. Er wischte sich den Schweiß von der Stirn und zog ein sauberes Hemd aus seinem Seesack. Diesmal würde er nicht den Fehler machen, seine Uniform in aller Öffentlichkeit zu tragen. Das einfache, weiße, kragenlose Hemd, das Mama ihm geschickt hatte, würde ihm Sicherheit geben. Er zog es an und blickte auf seine Gamaschen und Armeestiefel hinunter, die feinsten Stiefel, die er je besessen hatte. Er knöpfte die Gamaschen auf und zog die Stiefel und Socken aus, die er in den Seesack stopfte. Er rollte die Hosenbeine bis zur halben Wade auf und ließ den Hemdzipfel hinten aus der Hose hängen. Barfuß und schlampig konnte er sich gefahrlos in der Welt des weißen Mannes bewegen. Er würde nur sprechen, wenn er angesprochen wurde, und auch dann nur in einem langsamen, unbestimmten Genuschel. Jefferson wollte keine weiteren Zwischenfälle auf seinem Heimweg riskieren. Er schob seine Fahrkarte tief in die Tasche, als der Zug langsamer wurde und fast im Schrittempo die Grenze nach Arkansas überquerte. Ohne eine Erklärung abzugeben, verließ er den abgewrackten Wagen und stieg die Trittbretter hinunter. Im Augenblick, in dem der Zug schneller wurde, warf er seinen Sack aus dem Zug und sprang hinterher. Er verbarg sich hinter einem Moosbeerbusch, als die anderen Wagen vorüberrollten.

Er konnte fünfzig Meilen weit marschieren, bevor die Angreifer im Zug überhaupt mitgekriegt hatten, daß er verschwunden war. Vielleicht suchten sie an der nächsten Haltestelle nach ihm und verbrachten die Zeit damit, die Bleiringe ihrer Totschläger zu polieren. Aber der Gedanke an daheim war Jefferson zu kostbar, als daß er auf dem Weg dorthin noch eine weitere Schlacht riskiert hätte.

POSITIONSWECHSEL

Es war schon lange her, seit Ellis das letztemal mit Doc draußen hinter der Scheune Baseball gespielt hatte. Es war ein gutes Gefühl, wenn der Ball hart in seinen Handschuh klatschte, wenn er ihn zurückschleuderte und das befriedigende WACK! hörte, sobald Doc ihn auffing.

»Du bist immer noch ein guter Werfer, Ellis.« Doc blinzelte und schüttelte die Hand, als hätte das Auftreffen des Balls ihm durch das dicke Leder hindurch die Handfläche verbrannt. »Aber ich habe die Entscheidung bereits getroffen ... bei den Wettkämpfen dieses Jahr wird John der Werfer sein.«

»Ich hätte nie gedacht, daß ich jemals wieder –«

Doc hob die Hand. »Keine Debatten jetzt, Junge! Mit deinem Holzbein wärst du nichts wert als Werfer. Könntest nicht schnell genug laufen.«

»Klar, Papa«, stimmte Ellis ihm zu. Die Diskussion mißfiel ihm. Schließlich hatte er jede Hoffnung aufgegeben, jemals wieder Baseball zu spielen.

»Freut mich, daß du mit dem Trainer einer Meinung bist.« Doc holte aus und warf mit aller Kraft, er schleuderte den Ball Ellis entgegen. Ellis fing ihn mit Leichtigkeit und schleuderte ihn zurück. »So. Nachdem das nun geregelt ist, wirst du Johns Platz als Fänger einnehmen. Anders geht es nicht, Junge.«

Ellis ließ die Hände schlaff an der Seite herabfallen. »Was träumst du dir da zusammen, Papa? Ich kann nicht fangen.« Er warf den Ball lustlos zurück.

»Was tust du denn hier gerade?« Doc warf den Ball in hohem, weitem Bogen. Ellis schnappte ihn mit der natürlichen Reaktion eines Mannes, der darauf konditioniert ist, niemals einen Ball ins Leere gehen zu lassen. Er starrte überrascht seinen Handschuh an.

»Das ist was anderes. Das ist kein Ballspiel. Das sind nur du und ich. Hinter der Scheune, wie damals, als ich ein Kind war.«

Doc hörte ihm nicht zu. »Als wir nach Amerika kamen, gab es da einen Jungen namens Charlie O'Donnell, der nur ein Bein hatte. Du warst noch zu klein, um dich an ihn zu erinnern, aber du hättest in der Welt keinen zweiten Fänger wie Charlie gefunden. Natürlich machte er nie ein Geheimnis draus, daß ihm ein Stück Haxe fehlte. Er hüpfte einfach so rum. Versuchte gar nicht erst, so einen Holzscheit mit sich rumzuschleppen. Der Ball kam geflogen und Wumm! sprang er auf und schoß ihn zurück.«

»Hör auf zu träumen, Papa«, sagte Ellis mit leiser Stimme.

»Du mußt diesen Holzknüttel, den du da umgebunden hast, zu Hause am Bettpfosten hängen lassen.« Doc ignorierte seinen Protest.

»Und wie soll ich auf dem Spielfeld rumrennen?«

»Alles schon arrangiert.« Wumm! Der Baseball knallte in Docs Handschuh. »Nur mal langsam mit den alten Pferden, Ellis! Laß deinem Papa Zeit. Ich hab' dir schon gesagt, dieses Jahr wirfst du nicht!«

»Papa, ich zeige mich nicht mit einem halben Bein vor allen Leuten!«

»Sei nicht albern! Du kannst nicht den Fänger machen, solang' du dieses Ding angeschnallt hast. Das stimmt doch, oder? Du bist viel beweglicher ohne Prothese. Die ist doch nur dazu da, dein Hosenbein auszufüllen. Du kannst einfach nicht spielen, solang' du das Bein umhängen hast.«

»Papa, du hörst mir nicht zu.«

»Doch, ich höre dir zu. Du streitest mit deinem Trainer. Es ist alles arrangiert, mein Junge! Der kleine Danny Flannigan wird für dich laufen. Du schlägst. Er läuft. Die anderen Teams sind einverstanden.«

»Papa, ich glaube nicht, daß ich ... ich meine, das kommt überhaupt nicht in Frage. Ich kann nicht Baseball spielen. Jetzt ist einfach alles anders. Ich weiß nicht –«

»Stimmt. Du weißt es nie, bevor du es nicht versucht hast.« Er blickte auf seine Uhr und warf von neuem. Höher diesmal und mehr nach rechts. Wieder streckte Ellis instinktiv den Arm aus und fing den Ball ab. Doc grinste. »Ich weiß, Fänger zu sein ist nicht gerade der große Traum eines Werfers. Aber du wirst uns sehr nützlich sein.«

»Ich bitte dich, Papa!« Ellis fühlte sich jämmerlich. »Ich möchte wirklich nicht –«

»Na dann.« Doc spannte seine massigen Schultern an und runzelte ingrimmig die Stirn. Er wechselte das Thema so locker, wie er den Baseball warf. »Hast du dir schon überlegt, an welcher medizinischen Fakultät du dich bewerben willst?«

»Nein – ebensowenig, wie ich ans Baseballspielen denke. Du weißt doch, ich muß mein ganzes Leben neu konzipieren.«

Doc steckte einen Finger ins Ohr und wackelte hin und her, als könnte er Ellis nur mit Mühe verstehen. »Was höre ich da? Leben neu konzipieren? Noch mal drüber nachdenken, ob du Medizin studieren willst? Meine Güte, Ellis, du redest, als hätten sie dir das Hirn amputiert statt das Bein! Du trägst den Kopf immer noch auf den Schultern, oder etwa nicht!«

»Papa«, antwortete Ellis mit müder Stimme, »wie kann ich jetzt noch Arzt werden?«

»Und ich frage: Wie kannst du den Gedanken aufgeben, Arzt zu werden? Nach allem, was passiert ist, Ellis, wäre es ein Verbrechen, aus all dem, was der Herr dir geschenkt hat, nicht das Beste zu machen.«

»Es kümmert mich nicht, was er mir gegeben hat. Ich denke an das, was er mir genommen hat.«

»Du redest, als wärst du ein Krüppel.« Doc sah beleidigt aus. Er tippte sich mit dem Zeigefinger an die Schläfe. »Das hier ist die einzige Stelle, an der ein Mann wirklich zum Krüppel werden kann. Um Medizin zu praktizieren, braucht man keine zwei Beine – es sei denn, du möchtest deine Patienten mit Tritten in den Hintern kurieren.« Er stand auf einem Bein. »Ich bin noch nie in die Verlegenheit gekommen, die unteren Teile meiner Anatomie in meinem Beruf einsetzen zu müssen.« Er räusperte sich ungeduldig. »Den Fänger zu machen, wird ein bißchen schwierig, das gebe ich zu. Aber das Medizinstudium?« Er schnalzte mit den Fingern. »Es gab schon lange keinen so vielversprechenden Kandidaten mehr wie dich, Ellis. Es wäre ein Verbrechen, das absterben zu lassen. Und ich würde dir niemals vergeben, wenn du diese Begabungen einfach abtöten würdest.«

»Ich hab' nicht darum gebeten, Papa«, antwortete Ellis trotzig. Er hatte über das alles sehr gründlich nachgedacht und war entschlossen, alles aufzugeben, was er sich jemals gewünscht hatte. Nun sagte ihm sein Papa, er sei völlig auf dem Holzweg. Das gefiel ihm nicht sonderlich. Es war viel leichter, sich mit einem Verlust abzufinden, nicht wahr?

»Seit du ein kleiner Junge warst, Ellis, bist du mir auf Schritt und Tritt nachgelaufen, hast mir ständig Löcher in den Bauch gefragt und wolltest immer genau wissen, was ich tue. Willst du sagen, du hättest deinen Herzenswunsch aufgegeben? Einfach so?«

»Ich bin dazu gezwungen.«

»Wer zwingt dich dazu? Du hast zwei tüchtige Hände. Zwei Augen. Dein Verstand ist so brillant wie eh und je – davon abgesehen, daß du dir einflüstern läßt, du wärst weniger tauglich nach Hause gekommen.«

»Stimmt das etwa nicht?«

»Nun, ich habe einen Fänger aus dir gemacht, oder nicht? Ich gebe zu, du wirst kein Werfer sein. Aber zwischen einem Baseballspiel und einer medizinischen Fakultät ist ein großer Unterschied, nicht wahr?«

Doc warf einen Blick auf seine Uhr, als Ellis' Brüder um die Ecke der Scheune kamen. Sie trugen Baseballhandschuhe und Schläger auf der Schulter. Der kleine Danny Flannigan begleitete sie.

»Heda, Ellis!« rief ihm der Junge zu. »Doc sagt, ich kann beim Spiel für dich laufen! Ist das nicht toll?«

Ellis warf seinem Vater einen bösen Blick zu. Warum bestand er darauf, daß Ellis das Unmögliche tat? Warum wollte er ihn zur Zielscheibe des Mitleids für die ganze Grafschaft machen?

John schob sich an ihn heran und streckte ihm die Hand entgegen. »Tut mir leid, Ellis«, murmelte er. »Papa sagt, ich solle an deiner Stelle den Werfer machen. Ich bin zwar nicht halb so gut wie du, aber Papa sagt, es wird schon klappen.« Er warf einen Seitenblick auf Ellis' Bein. »Du willst doch dieses Holzding nicht mit dir herumschleppen, wenn du den Fänger machst?«

Doc klatschte in die Hände, um die allgemeine Aufmerksamkeit auf sich zu lenken, noch bevor Ellis antworten konnte. »Wir haben nur ein paar Wochen Zeit zum Üben, Jungs. Wir werden hart arbeiten müssen, um genügend Kondition zu kriegen, aber wir können es schaffen.« Er warf Ellis und John den Blick zu, der besagte: *Und widersprecht eurem Trainer nicht!* »Ellis, geh in die Scheune und schnall dieses Ding ab! Du und John, ihr tauscht einfach nur die Plätze. Gebt euch Mühe.« Ein breites Lächeln. »Es wird dir bald so natürlich wie das Atmen sein. Du hast absolut nichts vergessen. Du wirst sehen.«

* * *

Vom ersten Tag seines Fußmarsches an hielt sich Jefferson Canfield von den Hauptstraßen fern und schlug eine vom Regen ausgewaschene Landstraße ein, die dem Lauf eines namenlosen Baches folgte. Er zog immer weiter nach Süden. Manchmal blieb er stehen, um seine Füße in dem kühlen Wasser zu baden, während die Sonne in hohem Bogen in den Himmel stieg.

Die wilden Brombeeren wuchsen dicht an den Hecken. Er aß sich satt. Jetzt war er dankbar, daß er den Zug verlassen hatte. Er erinnerte sich kaum noch daran, warum er es getan hatte. Das blaue Auge und die aufgeplatzte Lippe erschienen ihm bedeutungslos. Er fragte sich, warum er nicht schon früher aus dem überfüllten Zug ausgestiegen war und sich zu Fuß auf den Weg über Land gemacht hatte. Ihm war zumute, als sei er bereits zu Hause – das stickige Gefühl der heißen Luft, Sonnenlichtflecken, die lange Schattenstreifen unterbrachen, wo die Wälder ihre Kronen über seinen Kopf breiteten. Insekten schrillten im Gebüsch. Vögel flogen erschrocken auf und flatterten davon, als er sich näherte. Eine schwarze Schlange huschte über die Landstraße, lag dann still im Gras und horchte aufmerksam, als Jefferson vorbeiging. Dieses Land war seine Heimat – war schon Heimat, noch bevor er die Blockhütte von ferne sah oder seine Mutter nach ihm rufen hörte. »Das ist gut hier, richtig gut, Jesus«, sagte er laut. Seine tiefe Menschenstimme klang fremd und schnarrend inmitten der Musik der Wälder, also schwieg er von da an. Er pries Gott in seinem Herzen und dankte ihm mit seinen Augen und Sinnen für alles, was geschehen war.

Jefferson ging weiter, bis der Abend sank. Einige wenige

Sterne erschienen am Himmel, und die Moskitos summten ihm um die Ohren. Jefferson rollte seine Hosenbeine und seine Ärmel hinunter und zog Socken und Schuhe wieder an. In der Nacht war schlimmeres Ungeziefer unterwegs als die Moskitos.

Fern auf einem Hügel entdeckte er ein Licht – ein schwaches, flackerndes Licht. Ein menschliches Licht, das bald erlosch, während die Sterne sich in glitzernden Scharen über den Himmel ausbreiteten.

Es war eine mondlose Nacht. Dennoch war es hell genug, daß Jefferson seinen Weg ausmachen konnte. Der Lärm von Grillen und Ochsenfröschen brach los. Ein Ziegenpfeifer sang, und eine Eule antwortete. Der süße Duft frischgemähten Heus machte Jefferson hungrig, also kaute er die Beeren, die er gesammelt und mitgenommen hatte.

Schließlich kam er zu einer alten Scheune, die mitten in einem Feld stand. Kein Haus war in der Nähe, und Jefferson wußte, daß die Scheune als Heuschober diente. Er kam zu dem Schluß, daß die Scheune zu dem fernen Haus auf dem Hügel gehörte und kletterte über den Stacheldrahtzaun. Kein Hund bellte und meldete den Eindringling, also wagte er sich weiter vor, bis zu den Steinbrocken, die die Doppeltüre verschlossen, damit kein Wild vom Heu naschen konnte. Jefferson wollte nichts davon stehlen. Er wollte nur darin schlafen.

Mit einem Seufzer kletterte er auf den Heuboden hinauf und legte sich nieder. Es gab keine Fenster in der Scheune, aber durch die Ritzen zwischen den Brettern glitzerten immer noch die Sterne, und der sanfte Wind, der vom Bachbett heraufwehte, strich lind über sein Lager.

DIE ARZNEI DER LIEBE

Endlich hörte das Dröhnen in Birchs Kopf auf. Es war jetzt ruhig, nur der Schrei eines Ziegenmelkers war irgendwo in der Dunkelheit zu hören. Ein sanfter Windhauch strich über ihn hinweg und verschwand dann wie ein Wellchen, das den Strand beleckt. In den Schleiern, die vor seinen Augen hingen, tauchte Trudys Bild auf. Das Haar hing ihr offen auf die Schultern. Ihre dunklen Augen glitten forschend über sein Gesicht, als seine Lider sich flatternd öffneten.

»Trudy ...« Seine Stimme klang fern, träumerisch.

»Ja?«

»Bin ich ... tot?« Er konnte den süßen Duft eines Parfüms riechen. Oder waren es duftende Blüten an einem Zweig?

»Nein, Birch.« Sie lächelte und legte ihre kühle Hand auf seine Stirn.

»Dann träume ich wohl.« Er seufzte und versuchte sich zu erinnern, wo er war.

»Nein. Du träumst nicht. Nicht mehr.« Ihre Finger streichelten sein Gesicht, weckten ihn aus einem tiefen und dunklen Schlaf.

Er runzelte die Stirn und versuchte sich zu erinnern, was ihm entgangen war. Vielleicht war Trudy die ganze Zeit schon dagewesen und alles andere in seinem Leben war nur ein Traum gewesen. »Bist du es wirklich?«

»Ja. Ich bin Trudy.«

»Aber wie? Bin ich ...? Ist hier New York?« Die Orchard Street im Regen fiel ihm wieder ein. Danach konnte er sich an nichts mehr erinnern.

»Du bist bei mir zu Hause.« Sie beugte sich tiefer zu ihm herab. Ihr Haar streifte über seine Wange, als sie den Kopf beiseite wandte. »Mama?« rief sie dann, gedämpft, aber dringlich. »Er ist aufgewacht!«

Eine Frau tauchte hinter Trudy auf, eine ältere Frau mit

dunklen, sorgenvollen Augen. Ihr Gesicht verzog sich zu einem mitfühlenden Lächeln. »Na, endlich! Seit vier Tagen hoffen wir schon, daß Sie bald wieder aufwachen. Wie fühlen Sie sich denn?«

Birch starrte verwirrt blinzelnd zu ihr auf, während er herauszufinden versuchte, wie es ihm ging. Sein Kopf dröhnte. »Scheußlich, Ma'am!«

»Das ist gut so.« Sie lächelte. »Hauptsache, Sie fühlen überhaupt etwas.« Sie wandte sich an Trudy. »Ich rufe Dr. Cooper an. Dreh das Licht ab.« Sie sprach mit einem schwerfälligen deutschen Akzent. Sie eilte lautlos aus dem Zimmer. Der Ziegenmelker sang von neuem, ein Lied, das nach Heimat klang.

»Ich hab keinen Ziegenmelker mehr gehört, seit ich von zu Hause weggegangen bin«, brachte er hervor, während er von neuem den süßen Duft einsog. Jetzt roch er den reinen Duft des Flusses und frischgemähtes Heu. »Es riecht nach zu Hause.«

Trudy streichelte mit unbefangener Geste seine Wange. »Fast zu Hause. Fort Smith. Wir haben dich direkt vom Zug hierher gebracht. Erinnerst du dich nicht?«

»Überhaupt nicht«, antwortete er wahrheitsgemäß. »New York. Orchard Street. Der Regen. Wo ist Max? ... Fort Smith? Wie in aller Welt bin ich nach Fort Smith gekommen?«

Sie lachte, dann seufzte sie vor Erleichterung. »Wart einmal.« Sie ergriff seine Hand. »Im Zug – das heißt, beim Jahrmarkt – hat dir jemand einen Krug über den Schädel geschlagen. Du hattest eine Gehirnerschütterung. Dr. Cooper hat eine Stunde lang Porzellansplitter aus deiner Kopfhaut gepuhlt. Wir waren nicht sicher, ob du überhaupt je wieder aufwachen würdest.«

Er hob eine zitternde Hand, um die schmerzenden Stellen an seinem Kopf zu berühren. Dicke Verbände bedeckten seinen Schädel hinter dem rechten Ohr. Er konnte sich an rein gar nichts erinnern.

»Fällt es dir wieder ein?« fragte sie hoffnungsvoll.

Er blickte über ihre Schulter hinweg zu dem hohen eichenen Sekretär hinüber, auf dem eine Puppe saß. Mondlicht spiegelte sich in einem Wandspiegel und erhellte die winzigen Rosensträußchen auf der Tapete. Spitzenvorhänge flatterten im sanften Wind. Er schloß die Augen und erinnerte sich daran, wie er vom Gehsteig der Orchard Street zu einem Fenster aufgeblickt hatte. *Sehnsucht* ... Nach dieser Erinnerung kam nur noch die Dunkelheit, das Hämmern im Schädel und ein warmer Regen, der auf ihn herabgerieselt war und ihn bis auf die Haut durchnäßt hatte.

Er berührte seine Wange. Sie war glattrasiert. »Wer hat mich denn rasiert?«

»Ich.«

»Warum bist du nicht in New York?«

»Ich wohne in Fort Smith.«

»Max ... diese Ratte ... hat mir kein Wort davon gesagt.«

»Komisch. Er hat mir von dir geschrieben. ›Ein junger Mann aus Arkansas‹ schrieb er. Der wie ein Baum heißt ... Birch. ›Ein sehr tapferer und gutherziger Bursche‹, sagte Max.«

»Zu mir sagte er ... du würdest mich nicht mögen.« Seine Stimme klang träge und schläfrig. »Wollte mich nicht mit dir bekanntmachen ...«

»Er gab mir deine Adresse. Sagte, wenn es mich jemals nach Shiloh verschlagen sollte, sollte ich dich besuchen. Er bestand darauf, ich müßte *ohne Vorwarnung* plötzlich vor deiner Türe stehen.« Sie kicherte und schüttelte den Kopf. »Typisch Max! Und dann fuhren wir beide zusammen im Zug!«

»Dann hab' ich den Zug also noch erreicht. Aber ich kann mich nicht ... ich hab überhaupt keine Erinnerung daran.«

»Das ist vielleicht auch besser so«, sagte sie, mehr zu sich selbst als zu ihm, als das Bild des Predigers und der Randalierer vor ihr auftauchte. »Wir haben deiner Familie eine Nachricht geschickt.«

»Meinem Pa?«

»In Shiloh.« Trudy warf einen Blick auf den ungeöffneten Brief, der zusammen mit seinen restlichen Besitztümern auf dem eichenen Sekretär lag. Die Absenderadresse lautete auf den Namen einer Frau. Clara. »Ich habe die Nachricht an Clara Tucker geschickt. In Ordnung?«

»In Ordnung.« Er drehte das Gesicht zur Wand.

»Ich habe sie vor vier Tagen abgeschickt, am selben Tag, an dem wir hierherkamen. Doktor Cooper sagte, du würdest noch eine ganze Weile nirgendwohin fahren. Du solltest nicht viel bewegt werden. Das habe ich ihnen in dem Brief geschrieben.«

»Das ist in Ordnung, danke.« Traurigkeit erfüllte seine Augen. »Er wird sowieso nicht herkommen, um mich zu besuchen. Hat eine Menge Arbeit in den Feldern, und all das.«

Seine Stimme war so überaus traurig. Trudy nickte nur und horchte eine Weile auf die Geräusche der Nacht, während sie ihn seinen eigenen Gedanken überließ. Schließlich sagte sie: »Scheußliche Art, nach Hause zurückzukehren, was?«

»Kann man wohl sagen ...« Er blickte ihr forschend ins Gesicht. »Aber ich wachte auf, und da warst du. Die ganze Zeit in Frankreich träumte ich davon, daß jemand zu Hause auf mich wartete. Und dann sah ich mir dein Bild an und –«

Sie legte einen Finger auf seine Lippen. Das war zuviel. Zu früh. Das Verlangen in seinen Augen und seiner Stimme erschreckte sie. »Still jetzt! Kannst du schlafen, bis Dr. Cooper kommt?«

»Ich will nicht schlafen«, flüsterte er, während er die Augen schloß und ihre Hand ergriff. »Bitte geh nicht fort, Trudy.«

Sie gab keine Antwort, aber sie entzog ihm auch nicht ihre Hand.

* * *

»Trudy?« Sadie Meyers Stimme zitterte, als sie vom Treppenabsatz zu ihrer Tochter hinaufrief. »Da ist jemand, der dich sprechen möchte.«

Trudy blickte aus dem Fenster und entdeckte einen großen schwarzen Ford Modell T mit einem großen goldenen Sternenemblem auf der Türe. FORT SMITH, SHERIFF.

»Trudy!«

»Komme schon, Mama.«

Birch öffnete die Augen, als sie an ihm vorbeihuschte. »Du kommst doch zurück, nicht wahr?« Seine Stimme klang wie die eines Kindes.

Sie tätschelte ihm ermutigend die Wange und verließ den dunklen Raum. Am Fuß der Treppe stand der Sheriff mit dem Hut in der Hand. Er blickte zu Trudy hoch und lächelte anerkennend, als sie die Treppe herunterstieg.

»'N Abend, Miß Meyer«, sagte er mit herzlicher Freundlichkeit. Er war ein junger Mann, vielleicht ein oder zwei Jahre älter als Trudy. Sie erkannte ihn wieder, erinnerte sich jedoch nicht, welcher Name zu dem Gesicht gehörte. »Ich habe Ihren Namen im Polizeibericht entdeckt«, fuhr er fort. »Deshalb haben sie mich hierhergeschickt.«

»Oh?« Trudy schüttelte ihm die Hand. »Polizeibericht?«

»Wegen des Krawalls, bei dem Sie Zeugin waren. Da oben in Missouri.« Seine Augen wanderten an ihr vorbei, die Treppe hinauf. »Sie haben einen von den Burschen hierhergebracht?«

»Er war schwer verletzt«, erklärte Sadie. »Möchten Sie ein Glas Eistee?«

»Nein, vielen Dank, Ma'am! So viel Zeit hab' ich nicht.« Wieder wandte sich sein Blick der Treppe zu. »Sehen Sie ... der Schwarze hat allerhand angerichtet.«

»Würde mich nicht wundern. Sie fielen über ihn und Birch her«, fiel ihm Trudy ins Wort. »Ich stand genau daneben und hab' alles gesehen, Schritt für Schritt. Und es war ... nun, um ein Haar hätten sie Birch umgebracht.«

»Birch.« Das Gesicht des Sheriffs hellte sich auf. »Die Jungs von der Eisenbahn dachten, Sie und Birch wären ein Ehepaar. Reisten zusammen. Aber der alte Doc Cooper sagt, Sie seien zufällig zusammengekommen. Und es könnte ja sein, daß Birch...« Er warf einen langen Blick auf die Türe des Schlafzimmers. »Könnte ja sein, daß er mit dem großen Schwarzen zusammen gereist ist.«

»Dem Prediger?«

»Prediger? Jeff Field heißt er.« Der Sherriff grinste. »Soviel konnten sie in Erfahrung bringen. Er wohnt irgendwo hier in der Gegend. Jedenfalls hatte er ein Ticket bis hierher. Er ist aber aus dem Zug gesprungen – oder irgend jemand hat ihn rausgeworfen. Obwohl ich das nicht so recht glauben kann, nach allem, was ich von ihm gehört habe. Riesenkerl.«

»Ja, eine Riese ist er. Aber er hat nichts Böses getan. Ich war ja dabei.«

»Ein Haufen anderer Leute auch. Die sagen was anderes. Er hat eine Menge Schaden angerichtet. Hat einem Kerl den Arm gebrochen und dem Alten des Sheriffs die Hüfte angeknackst. Die sind stocksauer auf ihn dort oben in Missouri.«

»Er hat nichts Böses getan, ich sagte es Ihnen doch!« Trudy war bleich vor Entrüstung.

»Na, dafür haben wir ja Gerichtshöfe und Geschworene. Um die Entscheidung darüber zu fällen. Wir hier in Fort Smith wissen nichts weiter, als daß wir den Auftrag haben, diesen Neger zu finden und auszuliefern.«

Trudy sah, wie die Hände ihrer Mutter zitterten. Trudy verschränkte die eigenen Hände hinter dem Rücken, damit der Sheriff nicht bemerken sollte, daß sie ebenfalls zitterte.

»Ich weiß nicht, wo er wohnt.« Sie sagte nichts davon, daß sie es ihm auch nicht gesagt hätte, hätte sie es gewußt.

»Klar. Doc Cooper sagte uns, Sie wären grade nur dazugekommen, um diesem Burschen Birch zu helfen. Aber wenn Birch mit dem Neger zusammen gereist ist, dann könnte er uns ja vielleicht helfen.«

Trudys Stimme bebte vor Entrüstung. »Er kann sich an nichts erinnern. An überhaupt nichts, seit er New York verlassen hat. Sie ... diese braven gesetzestreuen Bürger ... haben ihm einen Whiskykrug über den Schädel geschlagen und hätten ihn umgebracht, wäre der Prediger nicht gewesen. Und Birch weiß auch nicht, wo er wohnt, und außerdem geht es ihm noch längst nicht so gut, daß er von der Polizei befragt werden könnte.«

Der Sheriff zuckte die Achseln und lächelte. »Ich hab denen in Missouri erzählt, was für ein tolles Mädel Sie sind, Miß Meyer.« Ihr Zorn schien ihn nicht im geringsten zu berühren. »Ich erinnere mich aus der Schule an Sie ... Sie ließen sich schon damals nicht ins Bockshorn jagen ... Naja, ich tue nur meine Pflicht! Wenn ein Befehl von ganz hoch oben kommt...« Er zuckte neuerlich die Achseln. »Sehen Sie? Ich persönlich hab' nichts damit zu tun.«

Sie schluckte mühsam und neigte dann verständnisvoll den Kopf. »Dann haben Sie jetzt Ihre Pflicht getan und können den Leuten sagen, Birch Tucker erinnert sich an nichts. Ich weiß nur, was bei der Auseinandersetzung passiert ist. Mr. Tucker und ... eh .. *Field* verteidigten sich gegen die Horde Randalierer. Der Lokführer des Rock-Island-Expreß kann das ebenfalls bezeugen.«

Er setzte seinen breitkrempigen Hut auf, lächelte höflich und nickte. »Ich werde weitergeben, was Sie gesagt haben.« Er machte eine kleine Verbeugung vor Sadie. »Tut mir leid, Sie alle an einem so angenehmen Abend zu stören, Ma'am. Danke, daß Sie Zeit für mich hatten.«

Trudy verriegelte die Innentüre und schloß die schwere eichene Außentüre, obwohl es eine warme Nacht war. Sie sah zu, wie das Auto fortfuhr. »Sie hätten den Schwarzen gelyncht, Mama. Sie hängen ihn auf, wenn sie ihn finden und nach Missouri zurückschicken.«

Sadie stand eine gute Minute lang schweigend und reglos da. In ihren Augen spiegelte sich eine ferne Erinnerung, eine von neuem zum Leben erwachte Furcht. »Das würde mich nicht überraschen, Trudy.« Dann wandte sie sich entschlossen von dieser fernen Erinnerung ab. »Am besten, du redest mit Birch nicht darüber. Am besten, du redest mit überhaupt niemandem darüber ...«

* * *

»Jeff Field ... Prediger ... oben in Missouri ...« Bruchstücke des Gesprächs drangen zu Birch hinauf. Er lag still; atmete kaum, während er auf die Worte horchte. Bilder blitzten in seiner Fantasie auf: eine Farm am Fuß des Mount Pisgah; der Prediger im Baumwollfeld. Canfield. Der Name verband sich mit einem Gesicht, breiten Schultern, Armen, die so mächtig waren, daß die Ärmelnähte der Uniform knirschten. Aber die Erinnerung an den Kampf, der Birch niedergestreckt hatte, wollte sich nicht einstellen.

Der stotternde Motorenlärm des Automobils verhallte in der Nacht, und bald darauf kam Trudy zurück. Sie trug ein Tablett mit einer Suppenschüssel darauf.

»Hast du schon mal Mazze-Klößchensuppe probiert?« Sie schaltete die Nachttischlampe ein.

»Ich hab davon gehört.« Er blinzelte in dem trüben Licht, bei dem sein Kopfweh zurückkehrte.

»Von Max, wette ich.« Sie stellte das Tablett auf den Nachttisch und machte sich dann an Birchs Kissen zu schaffen. »Hungrig?«

»Nein.« Er wollte die Hand ausstrecken und ihr Gesicht berühren, er wollte ihren Arm ergreifen und sie zu sich herabziehen.

»Nun, du mußt trotzdem essen.« Sie breitete eine Serviette über seinen Schoß und lächelte ihn an, wie seine Mutter es getan hatte, wenn er krank gewesen war.

»Wer war hier?«

»Niemand.«

»Wer Niemand? Hat er nach mir gesucht?«

»Nicht nach dir. Nichts ... es war nichts.« Sie wischte seine Frage so beiläufig vom Tisch, daß er ihr geglaubt hätte, hätte er das Gespräch nicht selbst mitangehört. »Du mußt jetzt vor allem essen und bald wieder gesund werden. Hat Max dir nicht erzählt, daß Mazze-Klößchensuppe ein Heilmittel ist?« Sie löffelte ihm die Brühe in den Mund. Es schmeckte gut.

»Schmeckt gar nicht wie Medizin. Schmeckt wie Hühnersuppe. Wie die Hühnersuppe, die meine Mama machte.«

Sie lachte und führte den Löffel von neuem an seine Lippen. »Sie wird mit Liebe zubereitet, deshalb ist sie die beste Medizin.« Dann wurde sie rot und stotterte: »Ich meine die Suppe deiner Mutter...« Ein nervöses Lächeln.

»Klar«, sagte er. »Ich weiß, was du meinst.«

»Ich hab' noch immer nichts von deiner Familie gehört. Aber die Post braucht endlos lange«, plauderte sie. »Schmeckt diese Suppe so gut wie bei deiner Mama?«

Sie schmeckte tatsächlich so gut, aber er ging der Frage aus dem Weg, indem er den Dampf beiseite blies. Dann blies sie an seiner Stelle auf die Suppe, tupfte ihm den Mund mit der Serviette ab, vermied es, ihn anzusehen. Sein Blick hing an ihrem Gesicht. Das Licht umglänzte sie warm, schimmerte auf ihrem Haar. Er wollte ihr sagen, daß sie vom ersten Augenblick an, als er ihr Foto gesehen hatte, die Medizin gewesen war, die ihn in den schlammigen Schützengräben Frankreichs bei Kräften erhalten hatte. Ihre Worte. Ihre Briefe hatten ihn genährt, ihm Spaß gemacht, ihm etwas gegeben, worauf er sich freuen konnte. Die Briefe waren nicht an ihn gerichtet gewesen; das Foto war nicht wirklich für ihn bestimmt gewesen. Aber in ihrer Nähe durchströmte seinen Körper eine Kraft, die nichts mit der Mazze-Klößchensuppe zu tun hatte.

EIN WINZIGES KÖRNCHEN STAUB

Die Morgensonne strömte durch die Ritzen zwischen den Brettern und verwandelte die alte Scheune in einen Käfig aus Silberstäben. Staubkörnchen wirbelten in den Lichtstrahlen. Jefferson lag auf dem Rücken und folgte ihrem Flug mit den Augen und dachte an winzige Welten, nicht größer als ein Staubkorn, von Geschöpfen bevölkert, die so winzig waren, daß nur Gottes alles durchdringendes Auge sie erfassen konnte,

Er lächelte. Er hatte solchen abstrusen Gedanken nicht mehr nachgehangen, seit er sein Zuhause verlassen hatte. Das Leben danach war zu wild und hektisch gewesen, um an kleine Staubkörnchenwelten zu denken. Es brauchte den Duft frischen Heus an einem kühlen Sommermorgen, um sein dumpfes Hirn zu neuem Leben zu erwecken.

Jefferson hatte den Kindern daheim gerne Geschichten erzählt, wenn solche sonderbaren Gedanken in ihm aufstiegen. Einmal hatte er für seine kleine Schwester eine ganze Geschichte erfunden, die von einer Welt, so klein wie ein Staubkorn, handelte, einer Welt, die sich im Universum eines Lichtstrahls wirbelnd drehte. Er hatte zu ihr gesagt: »Vielleicht ist die ganze Welt nicht mehr als ein Staubkörnchen im Vergleich zu allem, was da ist ... nur ein Staubkörnchen, das in Gottes Lichtstrahl herumwirbelt.«

Das kleine Mädchen hatte die Gewohnheit angenommen, sich freundlich mit Staubkörnchen zu unterhalten und Gott zuzurufen, er möge bitte nicht in Richtung dieser kleinen Welt niesen, weil das alles Leben auf ihr vernichten würde. Jeffersons Mama hatte ihn ernsthaft zurechtgewiesen, daß er der kleinen Nettie solche Flausen in den Kopf setzte. Willa-Mae sagte, die Leute müßten ja denken, Klein Nettie hätte nicht alle Tassen im Schrank. Hock und Willa-Mae zwangen Jefferson, Klein Nettie zu sagen, daß kein

Wort von all diesen Geschichten stimmte. Es gab keine winzigen Kerlchen, die auf Staubkörnchen lebten. Die Erde war der Mittelpunkt des Universums, oben war der Himmel und unten die Hölle, und damit basta.

»Meine Güte«, murmelte er, während er sich im Heu ausstreckte. »Das ist auch schon seine Zeit her!« Seit damals hatte Jefferson eine Menge Dinge gesehen, von denen er vorher keine Ahnung gehabt hatte. Er hatte Männer ohne Gott sterben gesehen und hatte sie vor Entsetzen schreien gehört, als sie die Ewigkeit vor Augen hatten. Er hatte Freunde den Namen Gottes anrufen gehört, während ihr Leben versickerte. Er hatte ihre Gesichter von Frieden und Freude erfüllt gesehen. Er hatte gehört, wie sie voll Freude die Namen derjenigen riefen, die vor ihnen dahingegangen waren, und hatte gesehen, wie die Sterbenden die Hände hoben, als würden sie im Augenblick des Todes davongetragen.

Das alles hatte Jefferson in dem Glauben bestärkt, daß es in dieser Welt mehr Unsichtbares als Sichtbares gab. Und vielleicht waren Himmel und Hölle näher als »da oben« und »da unten«. Es gab Menschen, die waren Fenster zum Glanz des Himmels. So nahe! Andere, viele andere, waren wie Löcher in einem Staudamm, und die Finsternis der Hölle durchströmte ihr Leben und verschlang sie und ertränkte ihre Seelen in Fluten von Haß. Jefferson hatte genug Menschen gesehen, die sich selbst eine Hölle auf Erden schufen. Er wollte ein Fenster sein – silbernes Licht sollte durch saubere Scheiben fallen, ein Lichtstrahl sollte die Fluten der Finsternis teilen. Ein Kämpfer gegen die Hölle wollte er sein!

Jefferson Canfield dachte an diese Dinge, während er die Lichtstrahlen und die goldenen Staubkörnchen betrachtete. Vielleicht würde er eines Tages eine Predigt über das Thema halten, dachte er. Er würde Geschichten erzählen über die kleinen Dinge, die ihm durch den Kopf gingen, und die Menschen würden ihm zuhören und den Herrn des Lichts kennenlernen wollen. Es war ein glückseliger Gedanke. Er freute sich darauf, nach Hause zurückzukehren.

Er kletterte vom Heuboden herunter und putzte sich ab. Erst jetzt entdeckte er, daß die Türen der Scheune geschlossen waren. Die Felsbrocken an der Außenseite der Türe waren auf ihren ursprünglichen Platz zurückgewälzt worden und verschlossen den Eingang.

Es wäre Jefferson nicht schwer gefallen, die Türe aufzusprengen. Es hätte ihm gar keine Mühe bereitet. Er hatte schon schlimmere Mauern als diese durchbrochen. Statt dessen brachte er ein Auge nahe an eine der Ritzen heran und spähte ins Freie. Wer hatte ihn eingesperrt?

Ein weißer Farmer im Arbeitsanzug saß auf einem umgestülpten Eimer, etwa zwanzig Schritt von der Türe entfernt. Er hielt ein doppelläufiges Gewehr auf den Knien, während er an einem Keks knabberte. Er sah zu Jefferson hinüber, als hätte er die Absicht, alles abzuknallen, was aus der Scheunentüre hervorbrach. Jefferson trat beiseite. Ihm war klar, daß ein Schuß aus diesem Gewehr mühelos durch die Bretter dringen würde.

»Hallo da draußen!« rief Jefferson.

»Hallo«, antwortete der Farmer und richtete sein Gewehr so aus, daß der Lauf genau auf die Mitte der Scheunentüre zielte.

»Ich hab die Nacht über in Ihrer Scheune geschlafen, Sir.«

»Weiß ich«, antwortete der Farmer ohne jede Feindseligkeit.

»Sie haben mich eingesperrt.«

»Ich hab die Türe gestern abend zugemacht. Nehme an, du bist eingebrochen. Unerlaubtes Eindringen. Das macht dich zu meinem Gefangenen, kapiert?«

»Wollte bloß'n Schlafplatz«, rief Jefferson zurück. »Hab nichts Böses vorgehabt. Tut mir leid.«

»Du redest wie'n Nigger. Bist du'n Nigger, Junge?«

Jefferson fuhr sich mit seiner großen Hand über die Stirn. Da hatte er sich wohl den falschen Schlafplatz ausgesucht! »Ja, Sir, Sie haben recht, ich bin ein Farbiger.«

»Dacht' ich mir. Was hast du hier rumzuschleichen?«

»Bin auf'm Heimweg, Sir. Komme aus'm Krieg.« Jefferson lehnte die Stirn an die Wand. In der Scheune wurde es heiß. Schweiß stand ihm auf der Stirn. »Tut mir leid. Wollt Ihnen echt keinen Ärger machen.«

»Mag's nicht, wenn die Leute auf meinem Grund und Boden rumlungern.«

»Wollte bloß heim, sonst nichts. S' war schon dunkel. Die

Moskitos haben mich halb aufgefressen. Dachte, ich könnt' mich mit'm Bündel Heu zudecken und bis zum Morgen schlafen.«

Der Farmer lachte und stand auf. »Die Moskitos waren schlimm, da hast du recht, aber kein Vergleich zu einer Schrotladung im Bauch, Junge.« Er ging zu den Felsbrocken hinüber und stieß sie beiseite, dann öffnete er lässig die Türe, wobei er sie mit dem Gewehrlauf beiseiteschob. »Komm raus, und Hände hoch!«

Jefferson gehorchte. »Hallo«, sagte er von neuem. »Tut mir leid, wenn ich Ihnen Ärger gemacht habe.«

Der Mann schätzte ihn von oben bis unten ab, als sei er ein preisgekrönter Maulesel. »Du bist ja'n Riesenkerl! Hast du Töne! So was von groß und breit!« Er lächelte, aber der Gewehrlauf zielte immer noch auf Jeffersons Bauch. »Wo kommst du her?« Er kratzte seine Wange und scheuchte eine Brummfliege weg.

»War im Krieg.«

»Wo hast'n die Stiefel her? Ganz schön feine Stiefel für'n schwarzen Jungen.«

»Gehören mir. Hab' ich im Krieg bekommen.«

Die Unterlippe in dem unrasierten Gesicht schob sich vor. »Mann, das sind die größten Stiefel, die ich je gesehen habe. So'ne Schuhnummer kannst du einfach nicht geklaut haben.« Er sprach seine Gedanken laut aus und kam zu dem richtigen Schluß.

»Nein, Sir. Nur meine eigenen Füße passen in diese Stiefel. Maßanfertigung. Hat die Armee für mich machen lassen.«

Der Farmer blickte ihn von Kopf bis Fuß an. »Wie groß bist du, Junge?«

Bevor man ihn zur Armee eingezogen hatte, hatte Jefferson keine Antwort auf diese Frage gewußt. Jetzt fiel ihm die Antwort leicht. »Ein Meter fünfundneunzig ohne Stiefel. Beim letzten Wiegen hab ich 125 Kilo gewogen. Aber ich glaube, ich hab seit damals ein bißchen Gewicht verloren.«

Der Farmer pfiff leise. »Du wiegst ja fast so viel wie'n ausgewachsener Zuchteber.« Er fuhr sich mit der Zungenspitze über die Zähne. »Haste Hunger, Junge?«

Jeffersons Magen knurrte. »Ja, Sir.«

»Na, ich nehme an, du hast mir die Wahrheit gesagt.« Der Farmer lachte. Er ließ den Gewehrlauf sinken. »Und wenn du vorhättest, mir den Hals umzudrehen, hättest du's wohl schon getan. Ich hab' einen Stapel Holz, der bearbeitet gehört. Komm mit zum Haus. Hack mir das Holz, und ich sag der Frau, sie soll dir 'ne ordentliche Schüssel voll hinstellen.«

* * *

Der Postbote hatte eben ein Päckchen Briefe abgegeben, als Dr. Cooper die Treppe herabstieg. Trudy blätterte sie hastig durch, dann zog sie bestürzt einen davon hervor.

»Der Junge hat einen Schädel wie aus Gußeisen.« Dr. Cooper rollte seine Ärmel herunter und wischte sich die Stirn. »Den hätten sie als Rammbock einsetzen können. Ich habe die Fäden aus den Stichen rausgezogen – zweiunddreißig Stiche. Ich hab ihm gesagt, er kann aufstehen und rumlaufen, aber er soll vorsichtig mit seinem Schädel sein, und nichts, was...« Er unterbrach sein Geplapper und hielt am Fuß der Treppen inne, als Trudy von dem Brief aufblickte. »Was ist denn, Kind?«

Trudy hielt den Briefumschlag in die Höhe. »Der Brief, den wir an seine Mutter geschickt haben ... kam ungeöffnet zurück.« Der Name *Clara Tucker* war mit dicken Bleistiftstrichen ausgekreuzt. Daneben waren die Worte gekritzelt: CLARA TUCKER IST VERSTORBEN. ZURÜCK.

»Herr, du meine Güte«, murmelte der Doktor, während er seinen Schnurrbart glattstrich. »Hat der Junge irgend etwas davon gesagt?«

»Kein Wort über seine Familie. Jede Menge über Shiloh. Aber kein Wort über –« Sie hob den Blick, als Birch am Treppengeländer oben auftauchte.

»Haltet ihr ein Konsilium ab?« Er knöpfte sein Hemd zu.

»Wo wollen Sie denn hin?« rief Dr. Cooper empört.

»Sie sagten, ich könnte aufstehen.«

»Ja, aber ganz langsam und vorsichtig, sagte ich. Sie haben Ihre Stiefel an.«

Birch lächelte ein breites, langsames Lächeln. »Ich hatte vor, zu Williams Brothers rüberzugehen und mir ein Pferd zu kaufen.«

»Ein Pferd?« Dr. Cooper blieb das Wort im Halse stecken.

»Sie werden noch wochenlang kein Pferd reiten! Wollen Sie meine ganze Arbeit zunichte machen, nur weil Sie bei dem Gehoppel dauernd mit den Kopf wackeln? Sie wissen gar nicht, wie schwer verletzt Sie waren!«

Birch legte eine Hand auf den Hinterkopf. »Es fühlt sich ganz anständig an.« Er nickte Trudy zu. »Meine Mutter pflegte zu sagen, Fisch und Besucher stinken nach drei Tagen. Ich war fast drei Wochen hier.«

Trudy trat zwei Schritte auf ihn zu. »Du bist noch frisch genug, und frech genug auch. Ich verzeih es dir im Leben nicht, Birch Tucker, wenn du dich umbringst, nach all der Arbeit, die wir mit dir gehabt haben!« Dann blickte sie auf den Brief nieder. Ihre Stimme wurde leiser. »Birch? Dieser Brief, den ich an ... an Clara Tucker schickte. Er kam zurück.«

Er nickte. Das Lächeln verblaßte. »Das dachte ich mir. Meine Mama, sie ... die Grippe hat sie dahingerafft, schon vor ein paar Monaten.«

»Davon hast du mir nichts gesagt.« Trudy schob den Brief in ihre Schürzentasche.

»Ich wollte nicht, daß du noch einen weiteren Brief schreiben mußt. Es ist sowieso egal. Selbst wenn ... er ihn geöffnet hätte.«

»Er?«

»Mein Vater.« Birch fuhr sich mit der Hand durchs Haar und seufzte. »Ich muß zum Friseur«, murmelte er; dann wandte er sich um und kehrte in sein Schlafzimmer zurück.

Dr. Cooper sah ihm mit grimmigem Blick nach. Er senkte die Stimme. »Mir egal, was seine Mutter über Fische und Besucher sagte! Ich will ihn mindestens eine Woche noch unter Beobachtung halten. Ich möchte nicht, daß er aus dem Bett springt und sich sofort in einen zwölfstündigen Arbeitstag auf dem Baumwollfeld stürzt. Wenn er hier weggeht, tut er nämlich vermutlich genau das.«

Trudy nahm den Brief aus der Tasche und betrachtete ihn von neuem. »Ich erinnere mich, als er das erste Mal aufwachte ... da sagte er etwas, daß jemand ... vielleicht sein Vater? nicht zu Besuch kommen würde.«

»Behalten Sie ihn noch eine Weile hier. Ich springe mal bei Ihrem Vater im Laden vorbei und sage Ihren Leuten Bescheid.«

»Denen macht das nichts aus. Sie haben ihn gerne zu Besuch – Freund von Max und so weiter. Max hatte ihn uns in seinen Briefen beschrieben, und –«

Der Doktor klopfte ihr auf den Arm. »Ja. Und ich kenne eine gewisse junge Dame, der seine Gesellschaft auch ganz gut gefällt.«

Das Blut begann ihr in die Wangen zu steigen. *Sah man ihr denn an der Nasenspitze an, was sie empfand?* Was für ein Fluch, daß sie so leicht errötete! Jeder konnte ihr ins Herz schauen. »Er ist nett ... und ein Freund von Max.«

»Oja«, kicherte er. »Ich vergaß – ein Freund von Max.«

»Und wir haben eine Verpflichtung.«

»Aber natürlich!« Ein weiteres väterliches Tätscheln. »Behalten Sie ihn nur ruhig ein Weilchen hier, Trudy. Es gibt ein Telefon in der Gegend von Shiloh. In Oma Amos' Gemischtwarenladen. Meine Cousine zweiten Grades, Winnie Morris, rief mich letzte Ostern von dort aus an. Oma Amos kennt die Leute in der Gegend in- und auswendig. Sie verlangt Geld dafür, daß sie Botschaften ausrichtet, aber das Geld soll es uns wert sein, wenn wir Näheres über das bißchen Familiengeschichte der Tuckers erfahren. Wenn es zwischen Vater und Sohn böses Blut gibt...« Er sprach den Gedanken nicht zu Ende, aber Trudy nickte trotzdem zustimmend. Er hob warnend einen Finger. »Keine Pferde! Gehen Sie mit ihm im Garten spazieren. Mehr kann er im Moment sowieso nicht verkraften.«

* * *

Farmer Schmidt konnte nicht lesen, und so wußte er nur sehr wenig über den Großen Krieg drüben in Frankreich. Er saß da wie ein kleiner Junge und stellte Jefferson tausend Fragen. Während ein halber Klafter Holz gespalten und aufgestapelt wurde, erzählte Jefferson ihm alles, was er selbst wußte.

Mrs. Schmidt stellte ein Frühstück aus Haferkuchen und Sauce und gebratenem Speck mit einem halbdutzend Eiern auf den Tisch, das Jefferson auf der hinteren Veranda aß. Er hätte einen halben Dollar für die Mahlzeit zahlen können, aber die Arbeit machte ihm nichts aus, und der alte Farmer erwies sich als nette Gesellschaft und eine unerwartete Quelle für den örtlichen Dorfklatsch.

»Du bist ein feiner Kerl, und nach all dem Kriegführen da drüben täte es mir leid, wenn du hier ein schlimmes Ende nähmst.« Er deutete auf die Bergkette, die sich in zwanzig Meilen Entfernung erhob. »Hab' ich das recht verstanden – deine Farm ist auf der anderen Seite der Berge da drüben?«

»Stimmt. Zwanzig Meilen ungefähr.«

»Hör zu, mach einen Bogen um die Berge, sogar wenn du deshalb 'ne Woche länger laufen mußt. Hier ist alles nicht mehr so wie früher.« Er senkte die Stimme zu einem Flüstern, als hätte er Angst, daß jemand mithören könnte.

Jefferson sagte: »Ich bin in diesen Bergen gut hundertmal auf Opossumjagd gegangen und hab nichts weiter dort gesehen als die Sterne bei Nacht. Habe oft dort gestanden und hab hier in dieses Tal runtergesehen und mich gefragt, wer wohl hier unten...«

Der alte Mann schob die Daumen hinter die Hosenträger und flüsterte drängend: »Das versuche ich dir ja zu sagen! Hör jetzt zu! Geh' nicht auf diesem Weg nach Hause. Das Land hier wird von dem Klan beherrscht. Dort oben in den Bergen halten sie ihre Treffen ab. Es ist nicht mehr sicher für euch Burschen, dort rumzulaufen.«

»Tja, dann.« Jefferson wischte den letzten Rest Bratensaft mit einem Haferkuchen auf. »Hört sich an, als wär's ein großes Glück für mich gewesen, daß ich in Ihrer Scheune geschlafen hab, Mr. Schmidt.«

»Das kann man wohl sagen, Junge! Jeder andere hier hätte erst geschossen und dann gefragt, was du eigentlich willst. Der Klan ist wieder da, wie ein altes Gespenst, das aus seinem Grabe kriecht ... Mein Großvater war Unionssoldat und kämpfte für Mr. Lincoln. Das war vor sechzig Jahren, und die Leute hier schauen mich und meine Familie immer noch schief an deshalb. Keiner hat uns je gebeten, daß wir uns diesen Spinnern in ihren Bettlaken und Kapuzen anschließen. Und ich bin ordentlich froh, daß sie mir nicht die Ehre gegeben haben, das kannst du mir glauben.«

Jefferson lachte. »Ja, Sir, da bin ich nun wirklich froh, daß ich in Ihrer Scheune geschlafen hab!«

»Du lachst, Junge, aber *hör auf mich!* Ich erzähl' dir hier keine Geschichten. Schlaf' in niemandes Scheune mehr. Klopf' an niemandes Tür. Zieh den Schwanz ein und hau aus der Gegend hier ab, bevor es dunkel wird. Sie haben hier schon Farbige aufgehängt, und niemand kann sie aufhalten, niemand!«

Mrs. Schmidt brachte ein in Papier gewickeltes Päckchen herbei. »Hier sind ein paar belegte Brote und eine Flasche Apfelwein für später. Mach dich jetzt auf den Weg. Und denk dran, was dir Mr. Schmidt gesagt hat!«

»Sehr freundlich von Ihnen, Ma'am. Ich hab das Holz so klein gehackt, daß es gut in Ihre Holzkiste paßt.«

»Du bist ein guter Arbeiter.« Schmidt klopfte ihn auf den Rücken. »Jetzt verschwinde, und komm nie wieder hierher zurück, es sei denn, du bringst den Herrn der Heerscharen und ein flammendes Schwert mit! Sonst hast du bald eine Schlinge um deinen Stiernacken.«

Die Warnung hallte Jefferson in den Ohren, während er seine Stiefel in seinen Seesack zurückstopfte und sich auf den Weg machte – mit genauen Anweisungen der Schmidts, wie er den Bauernhäusern unterwegs ausweichen konnte.

DIE BRÜDER WARNE

Bei Anbruch des Vierten Juli war der Himmel grau und bedrohlich. Trudys Mutte Sadie starrte die Sturmwolken grimmig an, als wollte sie sie davor warnen, den Tag zu zerstören, bei dessen Vorbereitung sich alle so viel Mühe gegeben hatten.

Die Sonne war kaum aufgegangen, als auch schon Berge von rotem, weißem und blauem Fahnentuch in den Fond des Automobils geladen wurden, um zur großen Festfeier in den Fort Smith Electric Park gebracht zu werden. Wie so viele andere Einwohner von Fort Smith, die ursprünglich aus Deutschland ausgewandert waren, hatten es auch Joseph und Sadie Smith geschafft, die kriegsbedingten Vorurteile gegen sie zu überwinden, indem sie sich mit patriotischem Eifer in die Kriegsereignisse stürzten. Joseph Meyer hatte mehr Kriegsanleihen verkauft als jeder andere Kaufmann auf der Garrison Avenue. Sadie hatte nicht nur warme Kleidung für die Soldaten an der Front gestiftet, sie hatte auch die »Wohltätigkeitsliga hebräischer Frauen« gegründet, um die Kleidungsstücke zu nähen, zu verpacken und zur Post zu bringen, und nun konnte niemand ihren Siegesjubel übertreffen. Das Fahnentuch kam aus dem Textilgeschäft der Meyers. Ihr Nähkränzchen konnte es mit den Produktionsmengen der Lutherkirche aufnehmen, die Trudy besuchte und die eine viel größere Mitgliederzahl hatte als die kleine Synagoge. Sadie sorgte dafür, daß Trudy – und Joseph, der kein bißchen religiös war – diese Tatsache nicht übersehen konnten.

»Wenn ihr das Fahnentuch auf dem Orchesterpodium seht, dann vergeßt nicht, wessen Hände es dort angebracht haben«, sagte Sadie in königlichem Tonfall.

»Und vergiß nicht, aus wessen Laden es kommt«, antwortete Joseph mit einem gutmütigen Achselzucken. Was kümmerte es ihn, welches Nähkränzchen die meiste Dekoration gefertigt hatte, solange nur alle wußten, woher das Tuch stammte?

»Wir sollten die Tradition nicht vergessen, bloß weil wir jetzt Amerikaner sind.«

»Doch, sollten wir!« Joseph startete den Motor, der laut aufheulte. »Sonst halten nämlich die Lutheraner und die Baptisten und die Methodisten am Samstag offen, während ich mit dir in der Synagoge bin, und plötzlich gibt es keinen Textilwaren-Meyer mehr und kein Fahnentuch und nichts, was die ›Liga hebräischer Damen‹ nähen kann.« Er lächelte. »Laß mich fünf Minuten in Ruhe, ja?«

Sie ratterten die Straße entlang, während sie zum hundertsten Mal über dieses Thema debattierten. Trudy stand am Gehsteigrand und beobachtete die Pantomime des Streitgesprächs, das sie auswendig kannte. Sie wußte, die Sache würde weder heute noch morgen ausdiskutiert werden. Sie fühlte sich seltsam unbehaglich, daß Birch Zeuge des »Familienproblems« geworden war.

»Mutter ist von mir enttäuscht, glaube ich«, gestand sie ihm, während sie das Hähnchen panierte und eine Stunde später in die brutzelnde Fettpfanne legte.

Birch saß am Tisch und schälte Kartoffeln. Ein sanftes Lächeln spielte um seine Lippen, während er auf seine mehlbestäubten Hände niederblickte. Es schien, als hätte er sie nicht gehört.

Sie wollte mit ihm darüber reden. Es war ihm doch sicher nicht entgangen, daß sie Jüdin war. Machte es ihm etwas aus? In Fort Smith war das offenbar bei einer ganzen Anzahl von Leuten der Fall.

»Mama hoffte, ich würde in New York jemand kennenlernen«, sagte sie, während sie das schmorende Hähnchen mit der Gabel anstach.

»Hmmm.« Er warf die spiralförmige Kartoffelschale in den Abfall und machte sich an einer neuen Kartoffel ans Werk. »Jemand, he? Irgend jemand bestimmten? Oder bloß jemand aus New York?«

»Jemand ... du weißt schon, aus der alten Nachbarschaft. Hier in Fort Smith gibt es nicht gerade sehr viele heiratsfähige jüdische Burschen, wie du dir wohl vorstellen kannst.« Sie versetzte dem Hähnchen einen kräftigen Stich, während sie wünschte, sie hätte das nicht gesagt. Es klang, als redete sie von der Ehe – und das tat sie ja natürlich auch. Aber warum sprach sie gerade mit Birch Tucker über eine so persönliche Angelegenheit? Was mußte er von ihr denken, daß sie ein solches Thema aufs Tapet brachte? »Ich meine ... was ich sagen will, ist ... wir haben immer noch einen Fuß in dieser Welt und einen in jener Welt.«

»Hört sich an, als wollte man am Arkansas-Fluß bei Hochwasser übersetzen, was?«

»Ja. Mama auf der einen Seite. Papa auf der anderen. Und ich stehe seiner Seite näher als ihrer. Also ist sie von mir enttäuscht, denke ich, weil ich nicht –« Sie nahm sich zusammen, bevor sie sich dazu hinreißen ließ, über den wahren Grund zu reden, warum ihre Mutter sie nach New York geschickt hatte.

»Sie hoffte, du würdest jemand von der Orchard Street heiraten, hm? Und ihn hierher nach Fort Smith bringen?« Er konzentrierte sich mit allen Kräften darauf, die Kartoffelschale in einer einzigen, ungebrochenen Spirale abzuschälen.

Sie spürte, wie die Verlegenheit ihr die Röte in die Wangen trieb. Vielleicht würde er ja denken, die Farbe käme nur davon, daß sie über den heißen Kochherd gebeugt stand. »Sogar ein Salzgurkenhändler wäre ihr recht gewesen. Solange er nur...«

»Solange er nur Jude ist?«

»So ungefähr.«

»Da hat sie dich also losgeschickt, dir einen Mann zu angeln?« Er hielt die Schale hoch und ließ sie wie eine Feder wippen.

»Naja – so würd ich's nicht sagen.« Sie war keineswegs zufrieden mit der Art und Weise, wie sie das unerfreuliche Thema zur Sprache gebracht hatte. »Schließlich habe ich meine Zeugnisse als Lehrerin, und...«

»Die hättest du auch in Fayetteville gekriegt. In Kansas City. In St. Louis. Aber sie hat dich nach New York geschickt, um einen Schwiegersohn aufzureißen.«

»Wie du das sagst!«

»Du hast es zuerst gesagt. Ich nicht. Du solltest einen jüdischen Salzgurkenhändler heiraten. Statt dessen hast du mich angeschleppt.« Er grinste hochmütig. »Wetten, daß sie nicht besonders glücklich mit dieser Wendung der Dinge ist.«

»Unsinn. Du hast gar nichts damit zu tun.« Sie klang indigniert. Sie drehte das Hähnchen um und streute eine Handvoll Mehl in die Bratpfanne. Es zischte laut auf, als es ins Fett fiel.

»Tatsächlich? So so. Du hättest mich beinahe zum Narren gehalten. Ich dachte, wir reden hier übers Heiraten.«

»Wie kommst du bloß auf den Gedanken?« Jetzt hörte sie sich an, als wollte sie ihm die Würmer aus der Nase ziehen – dabei war das überhaupt nicht ihre Absicht gewesen. »Nein wirklich, Birch! Wir sollten lieber über etwas anderes reden.«

»Okay«, sagte er. Seine Stimme verriet nicht die geringste Enttäuschung – als wäre es ihm gleichgültig, worüber sie sich unterhielten.

»Also, worüber möchtest du reden?«

Er schwieg einen Augenblick lang. »Was meinst du, wird es heute noch regnen? Es wäre doch eine Schande, wenn alle die Dekorationen ruiniert würden.«

Das weitere Gespräch an diesem Vormittag folgte ähnlich langweiligen Bahnen. Trudy überkam dasselbe unbestimmte Gefühl der Enttäuschung wie damals im Zug, als ihr klargeworden war, daß sie Birch nicht wiedersehen würde – Enttäuschung, in die sich eine Spur Ungewißheit mischte. Hatte sie sich nur eingebildet, daß er sie mit Interesse, ja mit Zuneigung betrachtet hatte? Hatte sie sein Lächeln mißverstanden, die zarte Berührung seiner Finger, wenn sie ihm bei Tisch die Stampfkartoffel reichte? Hatte sie das anscheinend so echte Interesse falsch beurteilt, wenn er sich mit ihrem Vater über die Gefahren unterhielt, die die Alkohol-Prohibition für das Familienunternehmen bedeuten mochte?

Trudy mußte zugeben, daß sie gehofft hatte, Birch bringe ihr mehr als nur freundschaftliche Sympathie entgegen. Sie hatte sich also getäuscht. Warum wünschte sie jetzt, sie hätte recht gehabt? Es war alles sehr verworren, und sie konnte das Rätsel nicht lösen. Sie warf ihm einen Blick zu, als sie später nebeneinander standen, um in die Straßenbahn zu steigen. Er war so attraktiv in seiner Uniform. Er hielt den Picknickkorb am Arm, ein Zeichen, daß er mit Beschlag belegt war, daß er sich in Gesellschaft einer gewissen Miß Trudy Meyer befand. Andere Mädchen warfen ihr neidische Blicke zu und flüsterten einander zu, als hätten sie gemeinsame Geheimnisse. Aber Birch wandte sich mit demselben ernsten Interesse und offenen Blick an alle Leute. Trudy begriff jetzt, daß sie letztendlich doch nichts Besonderes für ihn war. Die Diskussion in der Küche war rein akademisch gewesen. Die Blicke und das Lächeln und die freundlichen Worte waren nichts weiter als Geschenke, die er freizügig an alle Menschen verteilte.

***

In Guernsey County in Ohio hatten das Baseballspiel und der Vierte Juli beide eine sehr lange Tradition. Man konnte nicht das eine ohne das andere haben. Und Baseball war einfach nicht das Wahre, wenn die Brüder Warne nicht auf dem Spielfeld standen.

Sie waren immer schon unschlagbar gewesen, diese Brüder Warne. Natürlich gab es jetzt weniger von ihnen als in vergangenen Jahren, aber immer noch genug, um einen großen Teil des Teams zu stellen. Sie waren eine gut gedrillte Truppe mit Doc Warne als Trainer. Vor dem Krieg war der junge Ellis der Werfer gewesen – der beste, den man jemals im Guernsey County gesehen hatte. Er hatte das Zeug zur Nationalmannschaft. Er konnte einen Ball so weit werfen, daß man ihm im nächsten County wiederfand, sagten die Leute. Auch seine beiden Brüder, Jack und Tim, die aus Frankreich nicht mehr heimgekehrt waren, waren zum Ballspiel geboren gewesen. Mit Doc zusammen hatten sie eine beachtliche Mannschaft gebildet.

Eine Schande, was da passiert war! Alle waren derselben Meinung. Der Fänger mit nur einem Bein! Die Tragödie war bereits von allen Teilnehmern des Picknicks anläßlich des Unabhängigkeitstages durchgesprochen worden und ebenso beim Baseball-Turnier der presbyterianischen Kirche. Dieses Jahr waren die Reihen der Warnes so gelichtet, daß niemand erwartete, die Presbyterianer würden ernsthafte Gegner für die Methodisten, die Episkopalen und ganz besonders die Baptisten sein. Aber diese Teams konnten nicht sehen, daß Ellis Warnes Seele immer noch zwei Beine hatte.

Die Zuschauer zogen die Augenbrauen hoch, als der einbeinige Fänger seinen Platz einnahm. Becky und Molly beobachteten ihn von der Zuschauertribüne aus und lauschten den Kommentaren der Familienangehörigen des gegnerischen Teams von der Baptistenkirche. Alle Kommentare wurden natürlich geflüstert, um auf diese Weise höflicher zu klingen.

»Mama! Schau dir den Mann da an! Er hat nur ein...«

»Pssst! Pst, Sally-Schätzchen. Da schaut man nicht hin.« Eine Pause, und die Stimme wurde ganz leise. »Es ist unsere Pflicht als Patrioten, ihn spielen zu lassen, den armen Hund! Wie schrecklich! Einfach schrecklich. Ich weiß nicht, wie der arme Krüppel Baseball spielen soll! Wer ist bloß auf die Idee gekommen? Guck nur – er hat sein Holzbein nicht dran –«

»Ist er ein Seeräuber, Mama?«

»Pst, Sally! Hör auf, mit dem Finger zu zeigen. Das tut man nicht.«

»Aber was ist mit seinem Bein passiert, Mama?«

»Der Kaiser hat es ihm abgeschossen, Sally. Jetzt schau dir das Spiel an. Ich hoffe bloß, sie gehen sanft mit dem armen verkrüppelten Jungen um.«

Becky krümmte sich. Sie schnitt Gesichter und warf der Quelle dieses ungebetenen Mitleids zornlodernde Blicke zu. Ellis einen Krüppel nennen, also wirklich! Nach all diesen Wochen harten Trainings. Die Frau hatte doch keinen Schimmer! Becky machte sich bereit, sich umzudrehen und der Wichtigtuerin und ihrer kleinen Sally zu sagen, daß Ellis mit all den fetten, rotgesichtigen kleinen Baptisten im Handumdrehen fertig sein würde ...

Molly legte beschwichtigend eine Hand auf Beckys Arm. »Sie werden es früh genug sehen«, flüsterte Molly. »Laß es gut sein.« Ihre Lippen zuckten in einem listigen Lächeln. »Dabei würde ich so gerne das Haushaltsgeld dieses Monats auf den Ausgang des Spiels verwetten!«

»SPIEL AN!« schrie Paul Mazurki, der Schiedsrichter. Er war Katholik und daher gewappnet gegen die Versuchung, einen protestantischen Werfer dem anderen vorzuziehen. Für ihn waren sie alle halbe Heiden, und so würde er das Spiel mit unbestechlicher Gerechtigkeit beurteilen.

Als Ellis sich in Position stellte, war kaum noch zu erkennen, daß er nicht zwei gesunde Beine am Leib hatte. John warf zum ersten- und zum zweitenmal, und er fing beide Bälle ohne Mühe.

Becky konnte nicht an sich halten. Sie wandte sich um. »Nun, was halten Sie jetzt vom Fänger?«

»Jeder kann einen Ball fangen, den man ihm geradewegs in die Hand wirft.« Die Frau starrte sie unter ihrem Sonnenschirm hervor böse an.

»Aber anscheinend kann nicht jeder werfen, egal, wie viele Beine er hat«, antwortete Becky

»Also wirklich –«

»UND ... ZWEI, DREI! AUF GEHTS, DU DA DRAUSSEN!«

»Papistischer Schiedsrichter«, murmelte die Frau. Dann packte sie Klein-Sally am Kragen und schleppte sie an irgendeinen Platz, wo es weniger Sonne gab.

»John wirft heute recht gut, findest du nicht, Mutter Warne?« Becky lächelte selbstzufrieden und applaudierte den Jungen.

»Wenn man bedenkt, daß er in Ellis' Fußstapfen tritt, wirkt er recht ruhig«, stimmte Molly zu.

Becky winkte ihrem Bruder Howard zu. Auch er war eben erst aus dem Krieg zurückgekehrt – nicht als Held, wie Ellis, sondern als Überlebender in den Amtsstuben. Und, wie Howard ihnen trocken zur Kenntnis gebracht hatte, bekam man keine Purpurherz-Medaille für die Arbeit in einer Schreibstube.

Ein Gelehrter, kein Sportler. Howard war nur als Spieler aufgestellt worden, weil er demnächst als Schwager in die Familie aufgenommen werden sollte. Das war seine einzige Qualifikation. »Hier ist das schwächste Glied der Kette, Mutter Warne.«

»Becky! Das ist aber häßlich, so etwas von deinem eigenen Bruder zu sagen!«

Becky seufzte bedauernd. »Es stimmt aber leider.«

In diesem Augenblick schlug der Baptist Nummer Zwei den Ball mit hartem Schlag genau auf Howard zu. Panik breitete sich über sein gerötetes Gesicht, als der harte Ball mit tödlicher Zielsicherheit auf seine Nase zusauste. »HAB IHN!« schrie er und hielt sich den Handschuh vors Gesicht. Der Ball tat ihm den Gefallen und sauste mitten in Howards Fanghandschuh mit einer Wucht, die ihn hintenüber warf. Als er wieder aufhörte zu stolpern, blickte er in seine Hand und sah ein Wunder: Der Ball war, wo er sein sollte!

Molly schüttelte betrübt den Kopf »Ich hätte doch das Haushaltsgeld auf die Jungs wetten sollen.«

»Ich werde Howard von heute an mit ganz neuer Hochachtung begegnen«, murmelte Becky. »Ich dachte, er würde den Kopf einziehen!«

Der dritte Schläger grinste Ellis heimtückisch an, als hätte er einen heimlichen Trumpf im Ärmel. Er schwang den Schläger ein paarmal, um das richtige Gefühl zu bekommen, und trat dann vor. John und Ellis warfen einander bedeutungsvolle Blicke zu. Ellis hatte sich darum bemüht, Becky die Bedeutung dieser Signale klarzumachen, während sie gemeinsam auf der Hollywoodschaukel saßen.

»Das wird ein schneller Ball, Mutter Warne«, sagte Becky.

Molly schüttelte den Kopf. »Nein, Kind. Das wird ein steiler Ball.«

Die Baptisten im Team brüllten vor Aufregung, als der Schläger krachend den Ball traf. Ellis sprang hoch und starrte in den Himmel, wo er, geblendet vom Sonnenlicht, den Ball suchte. Einen Augenblick schwankte er.

Dann – wie Doc es ihm prophezeit hatte – überkam es ihn, als sei er mit nur einem Bein geboren worden. Mit drei langen Sätzen hüpfte er genau unter den vom Himmel herabsausenden Ball. Er streckte die Hand aus und schnappte ihn – *kein Problem, war mir ein Vergnügen!*

Schweigen senkte sich auf die Baptisten. Er tippte, zu Molly und Becky gewandt, mit den Fingern an den Kappenschirm und hielt den Ball hoch, so daß alle ihn sehen konnten. Ein Jubelschrei stieg auf – von beiden Seiten.

Ellis Warne konnte also fangen. Sein Holzbein hing am Haken, und dennoch war er besser als jeder andere Fänger auf dem Spielfeld. Aber konnte er den Ball auch schlagen?

Als er mit Schlagen an die Reihe kam, schnallte er sein Holzbein an. Er machte sich nicht einmal die Mühe, einen Socken darüberzuziehen. Da war es, ganz frei und offen, und jeder Protestant im Guernsey County konnte die Prothese sehen. Aus Holz. Geformt wie ein wirkliches Bein, bloß daß es kein wirkliches Bein war. Es sah schockierend aus, aber da war es nun mal. Er brauchte es, um die Balance zu halten. Er brauchte das Ding, damit er beim

Ausholen sein Gewicht von einer Hüfte auf die andere verlagern konnte.

Kinder und Männer glotzten gleichermaßen, als Ellis sich in Positur stellte. Die Damen taten, als hätten sie nichts bemerkt. Die Signale gingen zwischen Werfer und Fänger hin und her. Die Menge hielt den Atem an.

Er holte aus! Das Krachen des Aufschlags rief ekstatisches Gebrüll in der Menge hervor. Der Ball sauste höher und höher, schlug einmal kurz vor Mr. Schullers Weidezaun auf und sprang dann darüber.

»NEIN!« schrie Mr. Schuller. »BLEIBT DRAUSSEN AUS DEM FELD! MEIN STIER IST DA DRINNEN! BLEIBT DRAUSSEN!«

Einer der Spieler sprang über den Zaun zurück, ohne den Ball. Er hatte auch seinen Handschuh und seine Mütze verloren. Er lag keuchend auf der Erde.

Das erste Spiel endete mit einem 12:3. Die Warne-Jungs hatten einen Erdrutschsieg erzielt. »Schau sie dir an – sie schwitzen, als wollten sie gleich davonschwimmen.« Becky lachte und stupste ihren Bruder Howard spielerisch an, während er einen großen Becher Eistee trank. Howard sah ebenfalls aus, als sei er gerade aus einem Fluß gekrochen.

»Ich weiß nicht, Becky«, sagte er müde. »Ich bin bloß der Schwager, und diese Brüder Warne machen mir angst und bange.«

»Nur Mut, Howard«, neckte ihn Becky. »Du hast nur noch zwei Spiele vor dir.« Sie lächelte und winkte den Reihen der Spieler der Methodistenkirche zu, die ziemlich eingeschüchtert aussahen. »Wir schlagen sie in Nullkommanichts, dann kannst du dich ausruhen.«

WOFÜR WIR GEKÄMPFT HABEN

Billy Jones' Fuhrwerk war vollgestopft mit Kindern, als es am Tor der Canfield-Farm vorfuhr. Billys Frau, Delpha Jean, trug ihr bestes Sonntagskleid und Häubchen. Sie winkte mit ihren dikken Armen, als Willa-Mae auf die Veranda heraustrat.

»Willa-Mae! Ihr müßt unbedingt mit uns nach Fort Smith kommen! Wir fahren auf Besuch zu Billys Schwester. Sie machen ein Grillfest unten am Fluß! Zieht euch an und kommt mit!«

Hock, Willa-Mae und die Mädchen liefen alle beim Tor der Farm zusammen, um sich Billy und Delpha und die sechs Kleinen anzusehen, die trotz der Hitze alle ihren Sonntagsstaat trugen.

»Kann nicht«, erklärte Hock entschieden. »Die alte Sau wird jeden Moment ferkeln. Die Kleinen müssen heute oder morgen kommen.«

Die Mädchen gaben Schreie der Enttäuschung von sich. Die Kinderhorde im Wagen drängte, sie sollten wenigstens Klein-Nettie die Erlaubnis geben, sich auf einen Platz zwischen ihnen zu quetschen.

Hock schüttelte den Kopf und spuckte aus. »So ist's bei den Canfields Brauch: Wenn nicht alle gehen können, geht niemand. Aber trotzdem: dank' euch schön.«

Willa-Mae krauste die Stirn. Wie es aussah, wollte Hock die Mädchen einfach nie in die große Stadt Fort Smith fahren lassen. Und jetzt war obendrein Feiertag. Dennoch wollte sie ihm vor Billy und Delpha Jean nicht widersprechen. Sie würde die Angelegenheit später mit ihm diskutieren.

»Wo kampiert ihr denn?« fragte Willa-Mae. »Bloß für den Fall, daß die Sau jetzt bald ferkelt. Vielleicht kommen wir dann nach.«

»Oh, ich bete dafür!« Delpha Jean klatschte in die Hände.

Billy deutete mit einer Hand auf die Sonne. »Da muß sich deine Sau aber mächtig beeilen, wenn sie's noch schaffen will. Wenn der Spaß nicht längst vorbei ist, bevor ihr ankommt – wir kampieren südlich vom Electric Park der Weißen. Geht einfach am Ufer entlang.«

Es sah nicht so aus, als würde die Sau an diesem Abend noch ferkeln, aber Hock dankte seinen Nachbarn dennoch und verabschiedete sie. Seine Töchter murrten und schmollten den ganzen Rest des Nachmittags, aber es gab wichtigere Dinge im Leben, als den Weißen zuzusehen, wie sie zu Ehren des Vierten Juli ein Feuerwerk abbrannten. Da war eine tüchtige alte Sau im Gatter, und Hock wollte nicht riskieren, daß er sie wegen der Freiheitsfeiern am Vierten Juli verlor.

»Freiheit bedeutet nicht dasselbe für Leute wie uns«, murmelte er, als die Mädchen den ganzen Weg bis zum Haus ein Mäulchen machten. »Außerdem, Willa-Mae ... in einer Nacht wie heute kommt der Teufel aus der Hölle und fährt manchen von diesen Weißen genau ins Herz. Ich glaube, wir bleiben am besten nahe beim Haus, mit oder ohne Sau.«

* * *

Ein freundlich lächelnder Mann in mittleren Jahren drängte sich durch die Zuschauermenge. Sein cremefarbener Leinenanzug war untadelig glattgebügelt, und ein brandneuer Panama-Hut saß in kühnem Schwung über seinem knabenhaften Gesicht. Becky beobachtete, wie der grinsende Mann stehenblieb, um zwei Farmern die Hand zu schütteln, einem dritten herzhaft auf den Rücken klopfte und sich dann niederbeugte, um ein Baby zu bewundern, das vor der Sonne geschützt unter dem Sonnenschirm seiner Mutter lag.

»Howard«, fragte Becky, »wer ist das? Zum Baseballspielen ist er jedenfalls nicht angezogen.«

»Hmmm?« murmelte Howard, der schon wieder die Nase in ein Buch steckte. »Was hast du gesagt, Beck? Ich habe eben versucht, ein bißchen zu lesen, bevor das nächste Spiel losgeht.«

»Vergiß es«, sagte sie. »Gehst du schon, Mutter Warne?« fragte sie, als Molly sich von der Zuschauertribüne entfernte.

»Ich muß eine Botschaft überbringen«, antwortete Molly. »Ich habe den Werfer der Methodisten beobachtet, wie er sich aufwärmt. Er läßt die linke Schulter fallen, bevor er einen krummen Ball wirft. Ich glaube, unsere Jungs sollten darüber informiert sein.«

Die beiden Frauen machten sich auf den Weg zu Doc und Ellis, die immer noch die Glückwünsche einer kleinen Gruppe jugendlicher Bewunderer entgegennahmen. »Mutter Warne«, wiederholte Becky ihre Frage, »wer ist der Mann da?«

Der Mann im Leinenanzug hatte sein Jackett ausgezogen – eine Konzession an den informellen Charakter seines Besuchs – und arbeitete sich langsam durch die Menschenemenge auf Doc zu, wobei er immer noch lächelte und Hände schüttelte.

»Der?« Molly schniefte verächtlich. »Das ist der Ehrenwerte Richter Hopewell.« Sie betonte das Wort *ehrenwert* so auffällig, daß es wie ein Fluch klang.

»Meine Glückwünsche«, sagte Hopewell eben zu Doc, als Molly und Becky herbeikamen. »Ich sehe, die Erzählungen über die Fähigkeiten der Familie Warne sind keineswegs übertrieben. Kein Wunder, daß man Sie landauf, landab bewundert.«

Doc wollte schon danken, als er den Sprecher erkannte und innehielt. Doc betrachtete den Neuankömmling kritisch von oben bis unten, als betrachtete er etwas Unappetitliches, in das er soeben hineingetreten war. »Ach, Sie verstehen etwas von Baseball, Richter Hopewell? Es ist ein Spiel, das im Freien vor aller Augen gespielt wird, und es hat Regeln, an die man sich halten muß.«

Hopewell lachte laut, als hätte Doc gerade einen wirklich guten Witz gemacht. »Und ein Spiel, für das man Mut und Geschicklichkeit braucht«, fügte er hinzu. »Und da ist niemand couragierter als Ihr Sohn. Eine Schande, was mit seinem Bein passiert ist. Schrecklich, schrecklich!«

»Sie haben recht, was seinen Mut angeht«, stimmte Doc zu. »Obwohl ich mich frage, woher Sie irgend etwas von Mut verstehen.«

»Nana, Dr. Warne«, ermahnte ihn Hopewell, »wir wollen uns doch nicht zanken. Ich bin sicher, wir alle wünschen unseren stolzen Kriegsveteranen nur das Beste. Was für eine Unordnung in diesem Land herrscht! Da kommen all diese tapferen Jungs heim aus dem Krieg und müssen feststellen, daß Spaghettifresser und Polacken ihnen ihre Arbeitsplätze weggenommen haben. Jetzt stellen Sie sich mal vor, ich bin an zwei Lastwagen voll Negern vorbeigekommen, die neben der Straße kampierten, als ich hierher zum Spiel fuhr. Kamen wohl gerade vom Baumwollfeld, mit ihrer ganzen kleinen Brut im Schlepptau. Es sollte ein Gesetz geben, das ihnen verbietet, einfach überall rumzulaufen. – Übrigens«, fuhr Hopewell fort, »werde ich vermutlich bald in der Lage sein, für ein solches Gesetz zu stimmen.«

»Wie bitte?«

»Nun, seit dem Tod des alten Mills ist ein Sitz im Kongreß vakant, und der Kongreß macht bekanntlich die Gesetze. Senator Hardings Leute haben mich gebeten, mich als Kandidaten aufstellen zu lassen, und sie stehen bis zum letzten Mann hinter mir – ebenso wie alle anderen aufrechten Amerikaner.«

»Wie nett für Sie«, antwortete Doc trocken.

»Mit soviel Unterstützung kann ich einfach nicht verlieren. Aber, Dr. Warne«, sagte Hopewell ernst, »Ihre Meinung wird in diesem County sehr geschätzt. Es würde mich sehr freuen, wenn auch Sie mich unterstützen würden.«

»Hopewell«, sagte Doc, »wenn's mir jemals passieren sollte, daß ich auf derselben Straßenseite gehe wie Sie, würde ich wie der Blitz auf die andere Seite wechseln, selbst wenn ich dabei überfahren würde.«

»Nicht so hastig, Dr. Warne«, schloß Hopewell. »Denken Sie an all das Gute, das wir für dieses Land tun können. Oh, wie die Zeit vergeht! Tut mir leid, daß ich mich so hastig verabschieden muß«, sagte er abrupt. »Ich muß noch ein paar andere Versammlungen an diesem stolzen amerikanischen Feiertag besuchen. Das ist meine Bürgerpflicht, wie Sie wohl wissen.«

Becky blickte seiner verschwindenden Gestalt nach. »Wer hat ihn eingeladen?«

»Den mußte niemand einladen«, sagte Doc. »Die Sorte taucht einfach überall auf. Immer und überall.«

»Laß es gut sein, Doc«, warnte ihn Molly. »Du läßt dich vom Spiel ablenken.«

»Es liegt nicht nur daran, daß ich sein Gerede hasse; ich hasse es, wenn man mich nur mit solchen Typen reden sieht. Was ist, wenn die Leute annehmen, ich sei seiner Meinung?« Doc schauderte, als schmeckte der bloße Gedanke wie eine Dosis Rizinusöl.

»Doc«, sagte der Schiedsrichter Mazurki, »ich hab gehört, was Hopewell sagte und was Sie ihm drauf sagten. Ich bin froh, daß Sie mit Kerlen wie ihm nichts zu tun haben wollen. Niemand hier glaubt, daß Sie einer Meinung mit ihm wären. Aber«, fügte Mazurki hinzu, »Sie bringen mich auf den Gedanken, wen wir als Gegenkandidaten gegen Hopewell und seine Lobby aufstellen sollen.«

Doc schüttelte den Kopf und zuckte die Achseln. »Komm, mein Freund«, sagte er. »Ist es nicht an der Zeit, daß du das nächste Spiel ansagst?«

* * *

Die Straßenbahn brauchte dreißig Minuten für die fünf Meilen von der Innenstadt von Fort Smith bis zum Electric Park. Die Elektrizitätswerke und Verkehrsbetriebe von Fort Smith hatten auf den fünfundsiebzig Hektar Wald einen Park gestaltet, um die Benutzung von Straßenbahnen am Wochenende und am Feierabend zu fördern. Während die Kinder in langen Reihen Schlange standen, um Achterbahn zu fahren, oder sich in Massen in den Swimmingpool stürzten, amüsierten sich die Erwachsenen im Theater, im Kasino, im Tanzpavillon oder schlenderten einfach die eleganten Wege in den Gärten entlang. An diesem Tag war jede Fassade, jeder Laternenpfahl mit Fahnentuch geschmückt. Die Veteranen des Großen Krieges waren in Scharen aufmarschiert, um sich unter die greisen Veteranen des Bürgerkrieges und die schwarzgekleideten Witwen und Mütter der »auf dem Felde der Ehre Gefallenen« zu mischen. Der Bürgermeister, der Chef der Feuerwehr und der Vorsitzende der Bank hielten Reden. Salutschüsse wurden abgefeuert, und die Tränen flossen reichlich. Dann tauchten die Musikkapellen auf, und die Picknickkörbe wurde geöffnet. Es war ein vollkommener Tag – nicht einmal die Gefahr drohenden Regens konnte ihn verdunkeln, denn die morgendlichen Wolken waren verschwunden. Birch unterhielt sich mit anderen Kriegsheimkehrern über den Krieg. Trudy plauderte mit einer Gruppe altgedienter Lehrerinnen über die Belle-Grove-Schule.

Birch beobachtete Trudy, wie sie da im Schatten des Gartenpavillons in der Nähe des Tanzbodens saß. Die anderen Frauen rings um sie herum erschienen im Vergleich zu ihr langweilig. Er brauchte gar nicht zu hören, was sie sagte, um sich an ihrer fernen Konversation zu erfreuen. Er erinnerte sich daran, wie sie die Hand bewegte, wenn sie sprach, wie sie den Kopf neigte, wenn sie lachte und die anderen in ihr Lachen einstimmten. Wunderschön. Er wünschte, sie würde zu ihm herüberschauen. Jetzt tat es ihm leid, daß er sich in das Gespräch mit einem Dutzend anderer Krieger, jung und alt, die um den Picknicktisch herumsaßen, hatte hineinziehen lassen. Sie redeten darüber, wie es vor dem Krieg gewesen war und während des Krieges und wie es jetzt war. Das Gespräch kam auf das Frauenstimmrecht und dann auf die Prohibition. In Arkansas waren beide Themen dazu angetan, einem Toten das Blut in Wallung zu bringen.

»Hier im Süden wissen wir schon, wozu die Frauen gut sind! Und zwar nicht dazu, daß sie zur Wahlurne gehen!«

»Fast so schlimm wie das Wahlrecht für Nigger! Jetzt, wo der Krieg vorbei ist, wollen die Nigger auch wählen!« pflichtete ein tattriger Veteran des Bürgerkrieges bei.

»Die Frauen wählen den Präsidenten! Die Nigger wählen einen Senator! Dafür bin ich nicht in den Krieg gezogen!«

Das Thema Prohibition kam aufs Tapet, während große schäumende Steinkrüge mit Bier nachgefüllt wurden.

»Wenn dieses Gesetz durchgeht, ist das das Ende von Fort Smith!«

»Ich sag's euch, Burschen! Wenn wir die Saloons hier in der Stadt schließen müssen, machen wir keine Geschäfte mehr mit den durstigen Jungs aus Oklahoma! Die bringen uns um damit, jawohl! Die schließen hier alles.«

»Prohibition! Suffragetten! Die Welt ist nicht mehr, wie sie einmal war, das könnt ihr mir glauben!«

»Ja, und wie Harve sagte: Haben wir etwa *dafür* gekämpft?«

In Wahrheit wußte kein einziger von der Runde am Tisch,

warum sie eigentlich in den Krieg gezogen waren. Aber sie hatten es getan und den Krieg gewonnen, und nun waren sie heimgekehrt und mußten feststellen, daß die Welt aus den Angeln geraten war. Frauen taten Männerarbeit und waren stolz darauf. Und nun war auch noch die gesamte Regierung drauf und dran, den Verstand zu verlieren und wollte einem ehrlichen Mann das Recht auf sein Bier absprechen!

Abgesehen von diesen Fragen hatten die meisten der Veteranen, die um den Tisch saßen, nicht die geringste Vorstellung davon, daß die Österreichisch-Ungarische Monarchie zertrennt wurde und in Zukunft vier verschiedene Staaten bilden sollte. Sie wußten auch nicht, daß Präsident Wilson um das Überleben seines Völkerbundes kämpfte; daß derselbe Kongreß, der für das Frauenwahlrecht und die Prohibition stimmte, auch dafür eintrat, daß die Vereinigten Staaten sich in Zukunft nicht mehr in europäische Angelegenheiten einmischen sollten; daß ohne die Unterstützung der USA der Völkerbund ein Mißerfolg werden mußte.

Birch hörte den Männern zu und stellte bekümmert fest, daß er selbst ebenso unwissend gewesen wäre, wäre er nicht monatelang mit Max Meyer zusammengewesen und hätte den Umsturz in Europa aus erster Hand miterlebt.

Er beobachtete Trudy über den weiten grünen Rasen hinweg. Sie war in ein lebhaftes Gespräch verwickelt. Wie Max war sie zweifellos besser informiert und äußerte ihre Ansichten wohlüberlegter als der ganze Haufen, der hier am Tische saß. Bigotte, unwissende Männer, die sie waren, hatten diese Farmer keinen Schimmer davon, daß der Krieg, in dem sie gekämpft hatten, von ihren Söhnen aufs neue würde ausgefochten werden müssen, wenn die politischen Entscheidungen, die jetzt getroffen wurden, sich als Fehler erwiesen. Er hätte alles dafür gegeben, hätte er hinübergehen und bei den Frauen sitzen können, einfach nur, um Trudy zuzuhören.

»Was hältst du davon, Birch Tucker?« fragte ihn jemand. Die Worte drangen durch den Schleier seiner Unaufmerksamkeit.

»Was denke ich von was?« fragte er. »Worum geht's?«

»Darum, was Präsident Wilson gesagt hat, daß man die Deutschen billiger davonkommen lassen solle! Nachdem wir ihnen die Schnauze eingehauen haben, sollten sie nicht auch noch die Kriegskosten tragen müssen, sagte er! Also ... was sagst du dazu?«

Birch und Max hatten ein gutes dutzendmal über das Thema gesprochen. Birch hatte seine Meinung. »Wir haben's den Deutschen gegeben, aber sie waren auf französischem Boden, als wir's getan haben. Den Franzosen und den Engländern ging's um nichts besser, bevor wir Amerikaner in den Krieg eintraten.«

Diese Tatsache rief einen Chor von Jubelrufen bei den stolzen Soldaten hervor. »Aber Birch, das ist noch keine Antwort auf die Frage ... Reparationen und so weiter. Sollen wir die Deutschen dazu zwingen, alles zu bezahlen?«

Birch wandte den Blick einen kurzen Augenblick lang zu Trudy, als er daran dachte, wie er neben Max gestanden und über das hungernde Paris hinweggeblickt hatte. »Ich hab einen Burschen sagen gehört, ein Krieg mache die Sieger bösartig und die Verlierer rachsüchtig. Irgendwann fangen all die Verlierer – und ganz besonders die Waisen der Verlierer – an, die Sieger zu hassen. Und sie fangen an nachzudenken, wie sie's ihnen heimzahlen können. Dann gibt es wieder einen Krieg. Ihre Kinder und unsere Kinder. Kapiert?«

Sein Kommentar wurde mit Buhrufen aufgenommen. »Das ist nicht die Frage, um die es geht!«

Birch zuckte die Achseln. »Doch. Das ist die Frage. Wir haben den Krieg gewonnen, und jetzt planen die Politiker den nächsten Krieg für uns.«

»Es gibt keinen nächsten Krieg!« protestierte einer.

»Setz dich hin, Tucker! Und halt's Maul!«

Trudy wandte den Kopf, als sie den Lärm hörte, und bemerkte, daß Birchs Augen an ihr hingen. Sie hielt mitten im Satz inne, lächelte und blickte dann beiseite. Er konnte selbst auf die Entfernung hin sehen, daß sie unter seinen Blicken errötete. Am liebsten wäre er hinübergeeilt, hätte sie aus dem Sessel gehoben und sie geküßt, bis sie nicht mehr genug kriegen konnte. Es war ein vergnüglicher Gedanke. Viel amüsanter als dieses politische Geschwätz.

Er grinste bei dem Gedankenbild, als jemand ihn auf die Schulter tippte.

»Sind Sie Birch Tucker?«

Er wandte sich um und sah einen jungen, sympathisch wirkenden Mann, der ein paar Zoll kleiner war als er selbst. Der Bursche trug einen weißen Strohhut, ein weißes Hemd, dessen Ärmel er aufgerollt hatte, und keine Krawatte.

»Stimmt, bin ich«, sagte Birch, den es ärgerte, daß er aus seinem süßen Traum geweckt worden war.

»Wie geht's?« Der Mann schüttelte Birch flüchtig die Hand. »Mein Name ist Davey East. Ich bin vor einiger Zeit vorbeigekommen, um Sie im Haus der Meyers zu besuchen. Sie waren invalid.«

»Ja.« Birch hob die Hand, um seinen Hinterkopf zu betasten. »Ich hab' den ganzen Krieg gesund überstanden. Dann kam ich heim, und jemand zerbrach einen Krug auf meinem Schädel.«

»Ja. Hab' davon gehört. Alles wieder in Ordnung?«

»So ziemlich.«

»Freut mich zu hören. Gute Nachricht.« Er stockte und blickte dann ebenfalls zu Trudy hinüber. »Das ist ja 'n tolles Mädchen. Hat sich schützend vor Sie gestellt.« Er zog eine Augenbraue hoch. »Ich hätte da ein paar Fragen gehabt nach dem Neger, der mit Ihnen in die Schlägerei verwickelt war. Jeff Field heißt er. Wohnt hier irgendwo in der Gegend.«

»Warum fragen Sie?«

East ließ ein Lächeln aufblitzen. »Ich bin bloß der Deputy Sheriff. Sie suchen nach diesem Neger. Wenn wir ihn finden, wollen sie ihn nach Missouri zurückbringen. Hat wahrscheinlich allerhand angerichtet, und sie wollen ihn deshalb vor Gericht stellen.«

»Warum stellen sie nicht mich vor Gericht? Ich war auch bei der Schlägerei dabei.«

»Na, Sie sind ein Weißer. Und nach allem, was ich gehört habe, hatten Sie mit der Sache schon nichts mehr zu tun, als es richtig ekelhaft wurde.«

Bilder der Prügelei zuckten durch Birchs Hirn. Er schloß einen Moment lang die Augen. »Es war schon ekelhaft, bevor der erste Schlag fiel.«

»Wird schon stimmen. So muß es wohl gewesen sein.« Er lächelte immer noch. »Aber darüber müssen wir hier unten uns nicht den Kopf zerbrechen. Sie wollen den Nigger da oben haben, für eine faire Gerichtsverhandlung, und –«

»Und Sie hofften, ich könnte Ihnen helfen, ihn zu finden?« Eine Fliege summte um Easts Gesicht, aber das Lächeln blieb darauf sitzen wie angeklebt. Professionelle Liebenswürdigkeit.

»So ungefähr.«

»Dann muß ich Sie leider enttäuschen. Ich weiß nicht, wo er ist.«

Das Lächeln zitterte ein wenig. »Verstehe. Das sind schlechte Nachrichten. Wir haben seine Spur noch nicht gefunden. Ich hoffte, Sie könnten mir die Arbeit ersparen.«

»Tut mir leid.«

East warf einen weiteren Blick auf Trudy, und das Lächeln verschwand von seinem Gesicht. Irgendein kalter Gedanke wanderte durch sein Gehirn, und Birch bemerkte es. Der Mann blickte Birch von neuem an. »Sie sind aber kein Jude, oder?« fragte er.

Die Frage überraschte Birch völlig. »Warum fragen Sie?«

Das Lächeln schlüpfte an seinen Platz zurück. »Ach, ging mir bloß so durch den Kopf.« Er hielt inne. »Hier am Tisch hat Sie keiner gefragt, was Sie eigentlich drüber denken, daß die Nigger sich seit dem Krieg mausig machen und das Wahlrecht wollen wie 'n ehrlicher weißer Mann. Haben Sie eine Meinung dazu?« Er kratzte sich am Kopf. Plötzlich schien er hinter seinem Lächeln ein sehr garstiger kleiner Mann zu sein.

»Sie bluten rot wie wir.«

»Mein Hund auch, Mr. Tucker.« Der Haß war plötzlich da, sichtbar geworden – dunkel und teuflisch stand er Birch vor Augen. East tippte an seinen Strohhut. »Na, dann danke für nichts. Wir finden ihn trotzdem.« Derselbe dunkle Blick huschte zu Trudy hinüber. »Bei der Gesellschaft, in der Sie sich aufhalten, hätte ich mir denken können, daß Sie mir keine Hilfe sein werden.«

Einen Augenblick spürte Birch, wie eine Welle von Zorn ihn überschwemmte, nicht wegen der Worte, die East gesagt hatte, sondern wegen der Art und Weise, wie er Trudy ansah. Birch hätte den kleinen Mann mühelos am Hemdkragen packen, ihn mit einem Hieb bewußtlos schlagen, einen Riesenwirbel verursachen und an Ort und Stelle verhaftet werden können. Aber er tat nichts dergleichen, er gab nicht einmal Antwort auf die ätzende Bemerkung. Irgend etwas in ihm flüsterte eine Warnung: *Laß es gut sein! Laß es gut sein!*

Plötzlich wurde südlich des Electric Parks ein lautes Knallen hörbar – Schüsse? oder Knallfrösche? Zuerst war es schwierig, den Unterschied zu erkennen. Birch drehte den Kopf in die Richtung, aus der der Lärm kam, während ein Dutzend Männer auf Sheriff Davey East zurannten. Sie alle schrien gleichzeitig.

»S' ist eine Horde Nigger unten am Fluß! Besoffene Schwarzärsche, die mit Gewehren rumknallen! Sie haben Vera Allsops Hund bei ihrer Rumschießerei getötet, und Vera ist total aus dem Häuschen!«

East nahm seinen Blechstern aus der Hemdtasche und steckte ihn an, so daß die späte Nachmittagssonne auf dem Metall glänzte.

»Hat keinen Sinn, unbewaffnet da runter zu gehen, wenn sie bewaffnet sind«, sagte er. »Ich hab' ein paar Gewehre im Auto und meinen Revolver.« Er wandte sich um und blickte Birch an. Er tippte sich geschäftsmäßig an den Hut und nickte ihm zu, als wollte er sagen, daß er mit Birch und der Angelegenheit Jeff Field noch längst nicht fertig sei.

* * *

Max erschien es, als seien sämtliche New Yorker, die sich keinen Urlaub auswärts leisten konnten, unterwegs nach Coney Island. Die Stadt dampfte in der feuchten Sommerhitze wie eine riesige Dampfwäscherei, und Tausende von schwitzenden Einwohnern drängten sich in der Untergrundbahn, um sich an der Küste des Atlantik zu vergnügen und auf die kühle Abendbrise zu warten.

Max trug einen großen geflochtenen Einkaufskorb, der all das Zeug enthielt, das Irene auf ihren Ausflügen nach Coney Island mitzunehmen pflegte. Badeanzüge, Handtücher, eine Decke. Ein kleiner Sonnenschirm, um ihre zarte Haut vor der Sonne zu schützen. Essen zum Knabbern. Ein Buch zum Lesen. Als hätten sie vor, eine ganze Woche zu bleiben, anstatt nur den Tag über bis zum Abend.

Für gewöhnlich war Irene so voll fröhlicher Aufregung wie die Kinder, die sich in die Wagen der Untergrundbahn drängten, wenn es um einen Trip nach Coney Island ging. Aber heute war sie bleich und schweigsam. Sie sagte Max, ihr sei übel, und er hatte sich Sorgen gemacht, sie könnte die Grippe bekommen, obwohl die Epidemie ja vorbei war. Er versuchte sie aufzuheitern, aber sie wollte sich nicht aufheitern lassen. Er nahm an, es hinge damit zusammen, daß er am nächsten Morgen nach England abreiste. Sie saß mürrisch da und starrte aus dem Fenster in den finsteren Tunnel hinaus, und ihr Gesichtsausdruck änderte sich auch nicht, als der Zug unvermittelt im Land der Vergnügungsfahrten und trägen Wellen und dichtgedrängten Körper an der Küste auftauchte.

»Geht es dir gut?« fragte er sie zum sechsten Mal, seit sie von zu Hause weggefahren waren.

»Großartig«, fuhr sie ihn an, und wieder einmal hatte er das Gefühl, er hätte gerade ein unbekanntes Verbrechen begangen, das sie so übellaunig stimmte.

»Bist du sicher? Wir können zurückfahren.«

Sie starrte ihn böse an. »Zurückfahren und was machen?«

»Einfach zurückfahren ... heim. Wenn du dich lieber hinlegen möchtest oder so.«

Sie ignorierte sein Angebot und eilte ihm voraus in das bunte Gedränge des Luna Parks. New Yorker aller Art schlenderten an den dichtgedrängten Buden vorbei, um sich die Zwerge und bärtigen Frauen und Schwimm-Champions anzusehen und sich mit dem Herkules fotografieren zu lassen. Hoch über dem Jahrmarkt hallten die Schreie aus den Achterbahnen, deren Wägelchen durch den Looping brausten. Drehorgelmänner kurbelten an ihren Kisten, um die herumziehenden Straßenmusikanten zu übertönen. Irene wirkte geistesabwesend und desinteressiert.

Zwei Sommer waren ins Land gegangen, seit sie das letztemal gemeinsam hier gewesen waren. Damals hatte sie das schräge Tohuwabohu von Coney Island reizvoll gefunden. Sogar nachdem Max mit ihr auf dem Hurricane gefahren war und ihr schlecht geworden war, hatte sie immer noch gelacht und seine Hand gehalten und fröhlich vor sich hingeplaudert. *Was hatte sich verändert?* fragte sich Max.

Am Strand überschwemmte sie eine Welle von Düften. Bayrische Weißwurst, koschere Hot Dogs, Hamburger, Garnelen, Austern und kleine Krabben. Irene sah plötzlich aus, als sei ihr speiübel. Ihre Hand tastete nach ihrem Magen. Ihre helle Haut wurde geisterhaft bleich. Sie fuhr herum und starrte Max so wütend an, als hätte er alle diese Gerüche produziert, um sie zu ärgern.

»Ich bin ... mir ist nicht gut«, fuhr sie ihn an. »Oder ist dir das völlig egal?« Sie stürmte an ihm vorbei auf den nächsten Waschraum zu.

»Irene?« Max stolperte unglücklich hinter ihr her, wobei er den Picknickkorb mit sich schleppte. Sie rempelte zwei junge Mädchen an, die sie einen Moment lang böse anfunkelten, dann die Achseln zuckten und sich wieder ihrem lebhaften Gespräch zuwandten.

Max wartete beim Schützenstand auf sie, wo ehemalige Kriegsteilnehmer aus der Bronx ihren Freundinnen die Schießkünste vorführten, die ihnen den Sieg im Kriege eingetragen hatten. Alle Leute hier schienen glücklich zu sein. All die Tausende, die hier auf diesem schmalen Streifen Sand zusammengepfercht waren, lächelten aus dem einen oder anderen Grund. Alle außer Max und Irene. Und es war nicht das erstemal, daß sie sich ihm gegenüber so aufführte.

Sie tauchte aus dem Waschraum auf. Ihre Kragen war feucht von dem kalten Wasser, mit dem sie sich das Gesicht gewaschen hatte. Sie hob noch immer nicht den Blick, um ihn anzusehen, obwohl sie ein wenig Farbe in den Wangen hatte.

»Geht's dir gut?« Zum siebten Mal stellte er die Frage.

»Seh ich so aus, als ginge es mir gut?« Ihr Mund verzog sich zu einem Schmollen.

»Du siehst besser aus als zuerst.«

»Das hab' ich nicht dir zu verdanken.«

Er hob die Stimme, so daß ihn ein paar Kinder erstaunt ansahen. »Was hab ich getan? Hör zu! Ich bin nicht schuld, daß dir schlecht geworden ist, oder? Was bin ich denn? Dein Gepäckträger? Du schleppst mich hinter dir her, damit ich deinen Korb spazierentrage? Wir sind heute den letzten Tag beisammen!«

Sie biß sich auf die Unterlippe. Liebliche blaue Augen füllten sich mit Tränen. »Vergiß es«, sagte sie. »Nur ... ich will nach Hause.«

»Fein. Warum hast du das nicht gleich gesagt?«

»Das hab' ich soeben getan!« schrie sie und rannte schwerfällig auf die U-Bahn-Station zu.

Max folgte ihr mit langsameren Schritten. Er wollte sie nicht einholen. Er hatte das alles satt, diese Launen, was immer sie zu bedeuten haben mochten. Sie war nicht mehr dieselbe Frau gewesen, seit er ihr von Oxford erzählt hatte. Zuerst hatte sie gesagt, es sei wunderbar und sie freue sich für ihn. Dann hatte diese depressive Stimmung sie überkommen. Andauernd klagte sie, ihr sei übel. Sie wollte ihn nicht mehr küssen; es war ihr gleichgültig, wenn er sie umarmte. Die Leidenschaft, die sie einst mit ihm geteilt hatte, war im Schwinden begriffen. Er betrachtete sie, wie sie sich durch die Menge schlängelte. Vielleicht war es ihm gleichgültig. So viel hatte sich geändert, seit er heimgekehrt war.

Max blieb stehen, als Irene ihre Fahrkarte löste und sich durch das Drehkreuz zwängte. Sie blickte kein einziges Mal zurück, ob er ihr folgte.

»Schön«, sagte er, als sie in den Zug stieg. »Na dann, gute Reise.« Er hob ihren Korb, dann reichte er ihn über die Schranke hinweg einem Jungen in der Badehose. »He, Kleiner, siehst du die hübsche Dame da drüben in dem hellblauen Kleid? Da ist sie – im Zug. Ich geb' dir einen Nickel, wenn du ihr das hier bringst. Sie hat es vergessen.«

Der Junge übernahm den Auftrag bereitwillig. Max stand, die Arme vor der Brust verschränkt, da und sah zu, wie das Kind zu Irene hinrannte und ihr den Korb gab. Sie blickte zu Max hinüber. Ihre Augen verengten sich zornig. Sie nahm den Korb entgegen und wandte sich dann ab, als sei es ihr gleichgültig, ob Max mit ihr kam oder nicht.

Der kleine Junge rannte zurück, um sich seinen Nickel zu holen. »Danke, Mister!« Er hielt die Münze hoch. Mit einem Nikkel konnte man in Coney Island allerhand anfangen. »Die Dame sagte, ich sollte Ihnen etwas ausrichten.«

»Ja? Und was?«

»Sie sollen tot umfallen.« Der Junge sauste davon, während die Türen des U-Bahn-Zuges sich mit einem Klirren schlossen und der Zug davonratterte.

EIN LICHT IN DER NACHT

Es war fast neun Uhr abends, als Birch endlich eine Chance bekam, Trudy um einen Tanz zu bitten. Bis dahin hatte sie mit so ziemlich jedem alleinstehenden jungen Mann getanzt, der sie noch von der Schule her kannte. Jeder einzelne war auf ihren Zehen herumgetrampelt.

»Ich hab' dich gesucht.« Birch drängte sich hinter Fred Berger heran, dessen schwitzende Handflächen Trudys Hände befeuchtet hatten. Birch ergriff ihre Hand. »Du fühlst dich an, als hättest du hier nicht getanzt, sondern Teller gewaschen.«

»Geschwirrabwaschen wäre vermutlich spaßiger gewesen«, seufzte sie. Die Band stimmte eine Polka an. »Macht es dir was aus, diesen Tanz auszulassen? Dr. Cooper bringt mich um, wenn er sieht, daß wir hier im Kreis herumhopsen.«

»Ich wollte eben dasselbe vorschlagen. Möchtest du einen Spaziergang machen?«

Die Nachtluft wehte ihr kühl ins Gesicht. Der Duft von Rosen hing süß in den Gärten. Alle Gebäude waren von weißen Lichtern erhellt. Birch führte sie auf den dunklen, duftenden Wald zu. »Ich möchte etwas mit dir besprechen«, sagte er mit ernster Stimme. »Wir sollten irgendwo hingehen, wo es ruhig ist.«

Ihre Füße knirschten auf dem gekiesten Pfad, als sie an einem Dutzend Liebespärchen vorbeigingen, die auf den Bänken saßen. Trudy versuchte, sie nicht anzusehen, versuchte, sie nicht um ihre Umarmungen zu beneiden oder sich daran zu erinnern, wie Max Irene im Gewitter in der Orchard Street geküßt hatte. Warum hoffte sie, Birch würde sie nun in derselben Weise in die Arme nehmen?

Sie konnte das Plätschern eines Baches hören, lauter als die Musik aus dem Tanzpavillon. »Wohin gehen wir?« fragte sie, als es zu dunkel wurde, um den Pfad deutlich zu sehen.

»Das ist weit genug.« Er blieb neben einer großen Eiche stehen und staubte einen Felsblock mit dem Hut ab. »Setz dich«, befahl er.

Sie war dankbar für die Dunkelheit. Erleichtert, daß er das frische Rot auf ihren Wangen nicht sehen konnte. »Was gibt es?«

»Ich muß dich etwas Wichtiges fragen. Etwas wirklich Wichtiges.« Er ging vor dem Felsblock auf und ab.

»Was ist denn, Birch? Würdest du bitte still stehen? Wenn du Bewegung brauchst, hätten wir weitertanzen können!«

»Hör zu«, sagte er, immer noch auf und ab gehend. »Mir ist heute abend etwas wieder eingefallen. Etwas, das ich wissen muß ...«

»Nun?«

Er rührte mit der Hand an den Kopf. »Als ich niedergeschlagen wurde –«

»Als du ...« Sie tat ihr Bestes, nicht enttäuscht zu sein. Keine Spur von Romantik an diesem kleinen Spaziergang. Er wollte nur Fakten feststellen. »Ja. Schon recht. Was möchtest du wissen?«

»Alles«, sagte er. Qual klang in seiner Stimme. »Es fiel mir wieder ein. Fast wie ein Traum. Der große schwarze Mann. Sein Name ist Jeff Canfield. Wir fuhren zusammen im Zug. Dann war da .. der Wasserturm. Etwas... Ein Jahrmarkt.«

»Ja?«

»Und irgend jemand machte ein Bemerkung ... über ihn. Er sagte zu mir, ich sollte nichts sagen. Aber ich hab's doch getan. Ich glaube, ich wollte mich mit den Typen dort prügeln; ich wollte eine Gelegenheit, diesem Kerl eins auf die Schnauze zu hauen. Dann ... ging alles schief. Richtig schief. Und dann weiß ich nur noch ... du warst da. Habe ich das geträumt, Trudy? War es wirklich so? Denn wenn ich – wenn meine eigene –« Seine Stimme versagte, er hielt die Faust in die Höhe und starrte sie an, als sei sie ein persönlicher Feind.

»Ich sah, wie sie alle um dich herumstanden ... und um deinen Freund«, antwortete sie mit beschwichtigender Stimme. »Er ... dein Freund ... wollte zum Zug zurück. Aber –«

»Aber ich konnte einfach nicht weggehen.« Er wußte, es war die Wahrheit. »Ja, jetzt hab ich's. Ich konnte einfach nichts loslassen. Ich mußte ein bißchen Öl ins Feuer gießen. In die Flammen blasen. Und jetzt? Was wird mit ihm geschehen? Dem Schwarzen? Den Prediger – so nannte man ihn.«

»Er hat jemandem den Arm gebrochen. Sie wollen ihn ins Gefängnis stecken.«

Er sank neben ihr auf den Sitz. »Ich wollte nicht mehr kämpfen«, murmelte er.

»Was? Birch, du kannst dir keinen Vorwurf daraus machen, was passiert ist. Du wärst um ein Haar erschlagen worden.«

»Drüben in Frankreich hab ich einen anderen Burschen verletzt, schlimm verletzt. Der wollte nicht einmal kämpfen. Ellis Warne. Hat Max von ihm geschrieben?«

»Er verlor sein Bein. In der Nacht des Waffenstillstands.«

»Ja, das ist er. Und er hat dieses Bein meinetwegen verloren. Weil ich mich rumprügelte, verstehst du?« Seine Stimme war so voll Bedauern, daß Trudy einen Augenblick lang dachte, er würde weinen. Er hatte sie nicht an diesen dunklen, stillen Ort gebracht, um sie zu küssen, sondern um sich selbst ins Gesicht zu sehen – etwas, das ihm im Licht zu schwer gefallen wäre.

»Wie kannst du dir Selbstvorwürfe machen, Birch? Wie?« Sie berührte seinen Arm, dann ergriff sie seine Hand.

»Ich bin schuld. Ich wollte mich prügeln. Beide Male. Und ich hab' auch schon andere Prügeleien angezettelt. Ich war nie derjenige, den es erwischte ... bis Missouri. Es traf immer einen, der es nicht verdient hatte. Ellis. Der Prediger. Und ... meine Mutter.«

»Deine Mutter?«

Er reagierte nicht auf die Neugier in ihrer Stimme. »Ich kann jetzt nichts mehr daran ändern. Kann nichts mehr gutmachen. Aber eines sage ich dir ... nie wieder will ich die Hand im Zorn erheben, Trudy. Ich hab genug Kampf und Streit gesehen. Ich weiß, was das bedeutet. Weiß, was Gewalttätigkeit den Menschen antut. Und ich weiß, daß sich mit Gewalt nichts lösen läßt. Aggression richtet so viel Schaden an. Leben, die ruiniert werden ... erst Ellis, und jetzt sind sie hinter dem Prediger her. Und ... nun, ich möchte einfach, daß du es weißt, Trudy. *Ich mach Schluß mit den Schlägereien!* Du mußt das gehört haben, bevor ich weiterreden kann. Du mußt wissen, daß ich ein hitziges Temperament habe. Und du mußt außerdem wissen ... das ist so ziemlich das einzige, was ich habe.«

Sie drückte seine Hand, um ihm zu versichern, daß sie ihm zuhörte. »Ja, Birch.«

»Dieses Temperament hat andere Leute in Schwierigkeiten gebracht. Und ich muß den Versuch machen, eine Lösung für zu Hause zu finden. Wenn mir das gelingt ... und wenn ich zurückkomme und dir etwas bieten kann ... habe ich vor, dich zu heiraten.«

Sie lachte. »Einfach so?«

»Einfach so. Ich hab an keine andere Frau mehr denken können, seit Max uns deinen ersten Brief vorlas. Der eine, in dem du von Mr. Finkle schriebst, dem Salzgurkenmann. Und dem Hering. Wie die Münzen in der Kasse danach stanken.«

»Überaus inspirierende Mitteilungen! Kein Wunder, daß du dich Hals über Kopf in mich verliebt hast! Aber was ist, wenn ich deine Gefühle nicht erwidere, Birch Tucker? Ein Mädchen möchte gebeten, nicht herumkommandiert werden –«

»Zum Teufel damit, Trudy!« Er nahm sie in die Arme und zog sie eng an sich. Sein Gesicht war ganz nahe an ihrem. Seine Augen forschten in den ihren. »Hör auf, mit meinem Herzen zu spielen. Wir sind nicht mehr die Fremden, die einander im Zug begegneten. Ich stand unter deinem Fenster in der Orchard Street und blickte hinauf und verlangte nach dir. Jetzt hast du mich gefüttert und meine Wunden versorgt und was weiß ich noch alles –«

»Den Rest haben meine Mutter und mein Vater erledigt, wenn du's wissen willst.« Stellte er sich etwa vor, sie hätte ihn auch gewaschen? Nerven hatte der Mann!

»Wie auch immer. Ich schlief in deinem Bett und dachte daran, wie du darin liegst. Ich sah dich im Zimmer herumgehen wie einen Schatten und wollte dir zurufen, du solltest kommen und neben mir liegen. Ich liebte dein Herz, bevor ich dich jemals von Angesicht zu Angesicht sah. Und nachdem ich jetzt auch den Rest gesehen habe, wäre ich ein Lügner, wollte ich behaupten, daß es mich nicht auch nach dem Rest verlangt.« Er küßte sie leidenschaftlich.

Sie fühlte sich plötzlich schwach. Sie konnte kaum atmen. Er küßte sie von neuem, noch wilder als zuvor. Sie konnte sich nicht dagegen wehren und versuchte es auch nicht. In der Ferne dröhnten Kanonen. Nein, nicht Kanonen, Donnerschläge! Regen begann zu fallen und raschelte in den Blättern der Eiche.

»Sprich es aus«, flüsterte Birch. »Sag mir, daß du mich liebst.«

»Ja.« Sie hob ihm das Gesicht entgegen, mitten in den Regen hinein, voll Ungeduld, von neuem geküßt zu werden.

»Sprich die Worte.«

»Ich liebe dich, Birch.«

»Jetzt kann ich alles ertragen.«

* * *

Max hatte sich an der großen Feier des Unabhängigkeitstages auf Coney Island sattgesehen. Er hatte alte Freunde in der Menschenmenge getroffen und den Tag mit ihnen verbracht, aber in Gedanken saß er bereits im Zug nach Hause. Als man ihn einem Dutzend junger Frauen aus dem Barnard College in Columbia vorstellte, lächelte er und redete eine, die Susan hieß, mit Irene an. Es wäre nicht so schlimm gewesen, wäre es nur einmal passiert. Aber vier Mal? Schließlich hatte Susan ihn angesehen und gesagt: »Irene ist nicht hier. Aber du solltest dich auf die Socken machen und versuchen, sie zu finden.«

Die Feuerwerksraketen explodierten über ihren Köpfen, während Max die fast leere Untergrundbahn bestieg. Er sah die Spiegelung ihrer Farben in dem schmutzigen Glas der Fenster, aber er wandte sich nicht um, um sie anzusehen. Das Gerumpel in dem dunklen Tunnel entging seiner Aufmerksamkeit. Er schlug mit der Faust auf den leeren Sitz nebenan, als der Zug an jeder leeren Haltestelle zwischen Coney Island und der East Side anhielt. Niemand stieg ein. Alle Welt war am Strand, Max und Irene ausgenommen. Die Stadt war verlassen. Nur Max und Irene waren in der ganzen Welt übriggeblieben ...

Jetzt empfand er Bedauern über seinen Zorn. Warum war er nicht mit ihr gefahren? Sein dummer, närrischer Stolz hatte zugelassen, daß sie fortging. Kindische Rachsucht hatte dem Jungen einen Nickel bezahlt, damit er ihr den Picknickkorb in die Hand drückte. *Du sollst tot umfallen,* hatte sie gesagt. Und nun, als die Luft abkühlte und sein Zorn sich legte, war ihm bereits zumute, als müßte er tatsächlich ohne sie tot umfallen, und morgen würde er ein Schiff besteigen, das die ganze Weite eines Ozeans zwischen ihn und sie brachte.

Er hatte sich geirrt, als er angenommen hatte, die Stadt sei verlassen. Als er aus dem Zug stieg und mit raschen Schritten in Richtung Bowery ging, stellte er fest, daß alle Kneipen geöffnet und bis auf den letzten Platz mit feiernden irischen Gästen besetzt waren. Der Geruch von Bier hing in der heißen Sommernacht.

Klaviermusik mischte sich mit dem Klang eines Akkordeons, das in einer Konkurrenzkneipe spielte. Das rauhkehlige Lachen der Gäste wurde laut und übertönte die Melodien. Sein Kopf dröhnte, als er ingrimmig das Fenster anstarrte und Irene durch bloße Willenskraft zu zwingen versuchte, daß sie sich blicken ließ.

Er achtete nicht auf die Zeit, während er dort am Lampenpfahl lehnte. Ein große Gruppe Männer stolperte an ihm vorbei. Sie waren betrunken und grölten mit lauter Stimme ordinäre Lieder. Als der Lärm anschwoll, wurde der Vorhang vor Irenes Fenster gehoben. Sie warf einen Blick hinunter auf die Randalierer und entdeckte dann Max, wie er unter der Laterne stand.

Max hob die Hand. »Bitte ...« murmelte er. »Es tut mir leid.«

Sie konnte seine Worte natürlich nicht hören, aber sie hörte seine Sehnsucht. Sie hatte gefühlt, daß er da war und auf sie wartete ... und hoffte, sie möge allein sein. Der Vorhang fiel herab, und einen Augenblick später wurde der kleine Veilchenstock im Übertopf auf das Fensterbrett gestellt, das übliche Signal für Max, daß sie alleine im Haus war. Ihre Brüder waren zweifellos unten an der Straßenecke in Clarys Saloon.

Er warf einen Blick über die Schulter zurück und ging ein ganzes Stück weit die Straße hinunter, bevor er sie überquerte. Er schlug einen Haken, schlüpfte in die Hintergasse, sprang dann hoch und erklomm die Leiter der Feuertreppe. Sie wartete auf ihn, als er den obersten Absatz erreichte. Sie weinte, als sie seine Hand nahm und ihn in die dunkle Wohnung führte. Er konnte ihre feuchte Wange an seinem Gesicht fühlen und schmeckte das Salz ihrer Tränen, als er sie begierig küßte.

Sie hatte ihn also ebenso sehr vermißt wie er sie. Sie bedauerte den Streit nicht weniger als er. Sie sprachen nicht davon. Sie sprachen auch nicht von Max' bevorstehender Abreise. Sie sprachen über gar nichts in dieser Nacht. Sie flüsterte nur ein paar Worte, als er sie in den Armen hielt: *»Ich liebe dich, Max, und es ist zu spät ...«*

* * *

Da war etwas in der Nacht. Etwas, das übers Land streifte. Willa-Mae spürte es mehr, als daß sie es hörte. Hocks Schnarchen und das sanfte Atmen ihrer Töchter veränderten sich nicht, aber Willa-Mae lag hellwach auf dem Rücken und starrte in die Dunkelheit der Deckenbalken des Blockhauses hinauf.

In der Ferne hörte sie eine Kuh muhen, dann eine weitere. Den Geräuschen folgte das Gebell eines Hundes. In einiger Entfernung fielen zwei weitere Hunde ein. Durch das friedliche Summen der Nacht lief ein Schauder der Erwartung. Etwas kam auf sie zu. *Ein Fuchs vielleicht? Oder ein Puma?*

Die mit Maisstroh gefüllte Matratze raschelte, als sie sich aufsetzte und ihre stämmigen Beine über die Bettkante schwang. Hock schnarchte laut auf und brummelte im Schlaf, als die Gewichtsverlagerung seinen kleinen Körper aus einer behaglichen Mulde in der Matratze beförderte.

Sie zündete keine Lampe an. Wenn der nächtliche Störenfried ein Fuchs war, der es auf den Hühnerstall abgesehen hatte, würde Old Boone, der Jagdhund, sich bei der ersten Witterung auf ihn stürzen. Da brauchte man kein Licht. Ein Licht würde die Moskitos ins Haus locken. Sie konnte die Felder ohnehin beim Licht der Sterne besser überblicken.

Die Dielen knarrten, als sie auf die Veranda hinaustrat und sich in den Weidenstuhl setzte. Sie atmete die Süße der Nachtluft ein, den Duft von Baumwolle und Mais und warmer Erde, die in der Nacht abkühlte. Und dieses Etwas ... Sie hob die Augen zu den Sternen auf, halb und halb in der Erwartung, den Herrn der Herrlichkeit wie einen Blitz am Himmel erscheinen zu sehen. »Was für ein Tag wird das sein«, murmelte sie. »Oh, Jesus. Mhmmmm.«

Dann dachte sie, sie sei vielleicht mitten in der Nacht geweckt worden, um ein Weilchen zu beten, also tat sie es. Es gab immer viel zu beten. Arme Leute und reiche Leute. Weiße und schwarze Farmer. Gott weiß, sie hatten alle ihr Bündel zu tragen. Alle brauchten es, daß man für sie betete. Willa-Mae hätte die ganze Nacht dasitzen können, ohne ans Ende der Liste von Lobpreisungen und Klagen zu kommen, die dem Herrn zu Gehör gebracht werden mußten.

Also betete sie eine Weile und blickte von den Sternen zu den Baumwipfeln, die sich bewegten, als striche eine Hand darüber. Sie strengte ihre Augen an, um den Weg zu sehen, als das *Etwas* sich näherte und Hunde und Hühner und Kühe gleichermaßen beunruhigte. Das Irgendwas war von menschlicher Art. *Vielleicht einer. Vielleicht mehr als einer. Kein Fuchs, kein diebisches Opossum würde sich auf der Landstraße nähern.*

Noch immer sah sie jedoch keine Bewegung auf dem sternenerhellten Weg. Sie war froh, daß sie die Lampe nicht angezündet hatte. *Vielleicht kam dort etwas Böses heran.* Was immer es war, der alte Boone hatte noch kein warnendes Geheul angestimmt. Er lag unter der Veranda, unbekümmert um das Heulen der Nachbarhunde. Er würde sich um die Angelegenheit kümmern, wenn sie die Grenzen überschritt, die er an jedem Zaunpfahl und jedem Baum rund um die Farm markiert hatte. Bis dahin ging ihn die Sache nichts an. Er würde kläffen, wenn er an der Reihe war, und nicht aufhören, bis das Problem jenseits der Farm verschwunden war. Bis dahin würde er nicht einmal die Augen aufmachen, obwohl unter Willa-Maes großen Füßen die Dielen knarrten und knackten.

Die Sterne zogen langsam über die dunkle Wölbung des Himmels. Dreimal entdeckte Willa-Mae den hellen Schweif einer Sternschnuppe, die zur Erde fiel. Sie wußte, das bedeutete, daß jemand gestorben war. Bei dem Gedanken betete sie inniger, und das Haar in ihrem Nacken schien sich zu sträuben, als der alte Boone unter der Veranda hervorkroch und sich streckte und die Nase dem Weg zuwandte. Er witterte.

»Kommt jemand, Old Boone?« Er wedelte nicht mit dem Schwanz und bewegte sich auch nicht. Seine Bluthundschnauze durchsuchte den Schatten, lang bevor seine Augen irgend etwas sehen konnten ...

Dann bellte er eine Warnung. Zwei kurze Kläffer und ein langes Heulen. Das Fell auf seinem Rücken sträubte sich.

»Da kommt 'n Fremder.« Willa-Mae wußte, daß Boone niemals so heulte, es sei denn, ein Fremder näherte sich. Dieses Gebell hielt Fremde davon ab, dem Haus zu nahe zu kommen. Meistens standen sie dann ganz still unten beim Briefkasten und schrien zum Haus hinauf, jemand sollte den Hund zurückpfeifen.

»Vielleicht gehen sie ja einfach vorbei ...«

Zwei weitere laute Kläffer und ein lautes Bellen. Boone knurrte und scharrte mit den Pfoten im Staub. Der Fremde war beim Tor. Willa-Mae konnte eine schwache Bewegung in den dunklen Schatten der Walnußbäume sehen, die den Eingang des Grundstücks flankierten. Sie stand auf und rief nach Hock, während der alte Boone lauter und lauter bellte.

»Da kommt jemand, Hock«, schrie sie, während sie aufstand und zum Rand der Veranda vorging.

»Hah?« Hock stolperte aus der Türe heraus und hakte einen Träger seines Overalls fest. »Wer kommt denn um die Zeit in der Nacht? Die Dunkelheit bringt keine guten Nachrichten.« Dann wölbte er die Hände zum Mund und überschrie das Gebell des Hundes: *»Stehenbleiben, und keine Bewegung!«*

Eine Stimme dröhnte zurück: »SAGT DOCH EINER DEM ALTEN BOONE, ICH BIN'S BLOSS!«

»Allmächtiger Jesus!« schrie Willa-Mae. »Das ist Jefferson! Oh Gott, Hock! Es ist Jefferson!«

Willa-Mae zündete die Lampe an. Sie stellte sie mitten im Hof auf einen Hackklotz und ließ die Motten und Moskitos sich in dem gläsernen Rauchfang zu Tode stürzen, während alle Canfields um den riesigen Jefferson herum summten und brummten, als wäre er die Flamme und das Licht und die Lampe ihrer Freude in dieser Nacht! Schmetterlinge im Nachtgewand umflatterten ihn, während er aß. Kalte Buttermilch, im Brunnen gekühlt, wurde ihm in einem großen Krug vorgesetzt. Eine ganze Dose Maisbrot wurde dick mit Butter bestrichen und mit einem Glas eingeweckten Pfirsichen und den Überbleibseln von Bohnen und Speck gegessen.

Klein Nettie saß auf seinem Knie. Da war immer noch Platz genug für eine ganze Herde Puppen, und sie stellte sie ihm eine nach der anderen vor. Alle stellten ihm zugleich Fragen. Die Worte stolperten übereinander, Sätze trampelten Sätze nieder, als eine Flut von Gedanken sich in Worte zu fassen versuchte. Dann begann Jefferson zu lachen und Klein Nettie begann zu lachen. Einen Augenblick später stimmten Willa-Mae und Hock und Rosa und Lula ein, dann Angel und Big Hattie, bis das Blockhaus von ihrem Jubel dröhnte. Selbst der alte Boone stimmte mit ein und steckte seinen Bluthundschädel unter Jeffersons Arm, ein Hundelächeln um die Schnauze, und sein Schwanz wedelte wie ein Fächer. »Oh, Gott sei Dank und Preis!« rief Willa-Mae und umklammerte ihre breiten Hüften.

Ihre Freude war wie Speise und Trank; es dauerte eine Weile, bis sie sich alle sattgelacht hatten. Sie hungerten alle nach einem üppigen Lachen und nach Jefferson. Und nun war er endlich heimgekommen und hatte das Lachen mitgebracht.

EHRE DEINEN VATER

»Was hast du mir mitgebracht, Jeff?« Klein Nettie klopfte ihm auf den Rücken, während er breit hingestreckt schlafend im Blockhaus lag.

Er öffnete die Augen und betrachtete die vertrauten Muster der handgehauenen Balkenwand neben seiner Matratze. Solange er sich zurückerinnern konnte, war er am Morgen aufgewacht und hatte die Kerben gesehen, wo die Axt seines Großvaters den Baum umgehauen und geglättet hatte. Jede Kerbe bot ihm ein altvertrautes Bild. Er hatte zuweilen von dieser Wand geträumt, während er in weiter Ferne in den schlammigen Schützengräben lag. Und nun hatte er endlich die Augen geöffnet und sie wieder vor sich gesehen.

»Jeff?« quengelte Netties Stimme. Sie stand hinter ihm. Sie konnte sein Gesicht nicht sehen und wußte nicht, daß er die Augen aufgeschlagen hatte. Er wollte noch einen Augenblick länger hier liegen und den Geräuschen seines Vaterhauses lauschen. *Das Gekicher der Mädchen, während sie Wäsche wuschen und sie im Hof aufhängten. Das Klock-Klock-Klock von Hocks Hammer, der einen Nagel in ein Brett schlug. Mama, die nach Klein Nettie rief ...*

»Wo ist das Kind? Sie ist doch nicht etwa da drin und fällt Jefferson auf die Nerven? Ich sagte ihr doch, sie sollte ihn in Ruhe lassen! Er hat seit Tagen kaum ein Auge zugetan! Gott sei gelobt! Nettie! Klein Nettie! Wo bist du, Mädelchen?«

Jefferson rührte sich nicht. Er knurrte mit tiefer Stimme: »Mama wird dir den Hintern verklopfen, Klein Nettie, wenn du mich aufweckst. Verschwinde lieber von hier, und ich komme gleich nach.«

»Bist du wach?« flüsterte sie.

»Nein. Und weck' mich nicht auf. Mama versohlt dich, wenn du's tust.«

»Redest du im Schlaf?«

»Ja.«

»Sagst du mir, was du mir mitgebracht hast?«

»Nein.«

»Puh, gemein!«

»Verschwinde, bevor Mama dich zu fassen kriegt.«

Sie brummelte vor sich hin, während sie aus dem Zimmer schlüpfte: »Kein Mensch schläft so lang, höchstens, wenn einer krank ist ...«

Willa-Mae sah Nettie auf die Veranda huschen und brüllte: »Klein Nettie, wenn du deinen Bruder aufgeweckt hast, kriegst du den Hintern voll!«

»Hab ich nicht getan, Mama.«

Jefferson gähnte und streckte sich und rollte sich auf den Rücken. Er verschränkte die Hände hinter dem Nacken und sättigte seine Augen mit den vielen vertrauten Anblicken.

Wie konnte alles andere unverändert sein, wenn er selbst so verändert war? Da war Mamas und Papas Bett mit der roten und blauen Flickendecke. Der rauhe grauwollene Vorhang war zurückgezogen und enthüllte den kleinen Nebenraum, in den gerade nur das Bett paßte. Auf der anderen Seite des Raumes stand das große Bett mit der ausziehbaren Bettlade, in dem die Mädchen schliefen. Die weiße Fichtenholztruhe, die zugleich als Bank diente, stand am Fuß des Bettes. Der Tisch stand auf der Veranda draußen. Jefferson schlief auf einer Maisstrohmatratze, die jede Nacht an der Wand gegenüber der Vordertüre ausgebreitet wurde. Zu seinen Füßen waren die Steine des Kamins. Über seinem Kopf befand sich ein Fenster, das erst in den letzten Jahren verglast worden war. Im Sommer schlief Jefferson unter dem offenen Fenster, um es kühl zu haben. Im Winter lag er mit dem Kopf beim Herd, und seine Mutter deckte ihn warm zu. Über ihm befanden sich die massiven Deckenbalken, auf denen jedes Familienmitglied eine Schachtel für seinen persönlichen Besitz stehen hatte. Jefferson zählte sie und las lautlos die Namen, die auf den Schachteln mit Bleistift aufgemalt waren.

Etwas hatte sich verändert. Widdies Schachtel war von den Deckenbalken verschwunden. Mama hatte ihm geschrieben, daß sie Widdies Sachen verschenkt hatten, nachdem sie gestorben war. Sie hatten sie in ihrer Lieblingsdecke begraben, dem Blumengarten, wie sie sie genannt hatte. Er konnte sie in Gedanken immer noch vor Augen sehen – blaue und hellblaue Blumen, rosafarbene und rosa gewürfelte Blumen, jede in einem Rahmen aus grünen Stoffkaros mit hellgelbem Mittelpunkt. Im Winter pflegte Widdie ihren zerbrechlichen, einem Blumenstengel ähnlichen Körper in ihren Blumengarten zu wickeln und unmittelbar neben dem Kamin zu sitzen, um es warm zu haben. Jetzt war die Decke nicht mehr da, und Widdie war nicht mehr da, und ihre Schachtel auf den Dekkenbalken oben war auch nicht mehr da. Jefferson hatte die Nachricht nicht ganz fassen können – bis zu diesem Augenblick. Jetzt, wo die Blumengartendecke fehlte ...

Er blickte auf seinen vollgepackten Seesack hinunter. Geschenke. Er hatte eins für Widdie mitgebracht, obwohl Mama ihm den Brief geschrieben hatte. Dort drüben in der Ferne hatte er das Bild seiner Heimat im Herzen getragen. Er hatte es nicht geschafft, Widdie aus diesem Bild herauszunehmen.

Er schloß die Augen und malte sich ein neues Bild von Widdie. *Groß und schlank und wunderschön von Angesicht ging Widdie durch einen Blumengarten. Lebendige Blumen streiften ihr weißes Gewand. Blumen wuchsen da, rosa gewürfelt und blau gewürfelt, mit hellgelbem Mittelpunkt und umrahmt von grünen Karos. Sie nickten, als sie vorüberschritt – Erinnerungen an ihre Heimat.* »Ich bin heimgekehrt, Widdie«, flüsterte er. »Hab' dir ein Geschenk gebracht. Es macht dir doch nichts aus, wenn ich's Klein Nettie gebe? Kleine Mädchen können nie genug Geschenke kriegen.«

»Ich wußte, du würdest es schaffen, Jefferson. Mach dir meinetwegen keine Gedanken.« Widdie lächelte ihn aus ihrem Garten heraus an. »Es ist so hübsch hier, und Jesus ist so gut zu mir!«

»Das ist gut so, Widdie«, flüsterte er. »Dauert nicht mehr lange, bis wir alle bei dir sind.«

Er fühlte inneren Frieden, als er zusah, wie sie davonschritt. Nach einer Weile bellte der alte Boone draußen im Hof, und Jefferson schlug die Augen auf. Es machte ihm jetzt nicht mehr so viel aus, daß die Blumendecke und Widdies Schachtel verschwunden waren; er freute sich, daß es so gut um Widdie stand.

Klein Nettie stand auf der Veranda und spähte durch die weit offene Türe herein. Die Augen in ihrem nußbraunen Gesichtchen starrten ihn ungeduldig an. »Jetzt hör mal, Jefferson! Ich dachte, du machst überhaupt nie mehr die Augen auf! Bist du jetzt wach? Oder schläfst du mit offenen Augen?«

Er setzte sich auf und betrachtete sie mit bohrendem Blick. »Bist du das, Nettie? In der Dunkelheit gestern nacht habe ich gar nicht gesehen, wie groß du geworden bist, während ich weg war. Nicht zu glauben, wie du gewachsen bist!«

Das Schmollen verschwand von ihrem Gesicht. Sie stolzierte ins Haus wie eine französische Dame beim Schaufensterbummel. Sie legte den Kopf schief und fuhr mit den Fingern an ihrem Kleid entlang. »Bin ich wirklich gewachsen? Du schaust überhaupt nicht anders aus als früher, Jefferson, der einzige Unterschied ist, daß du jetzt den ganzen Vormittag im Bett liegst wie irgendein fauler, reicher, weißer Mann!«

»Ich mußte ein bißchen träumen, weißt du – all die Dinge, die hier passiert sind, seit ich weg war. Erst dann konnte ich so richtig zu Hause sein.« Er zog seinen Seesack näher heran. »Ruf mal Papa und Mama und alle anderen her. Ich hab' Geschenke mitgebracht!«

Nettie klatschte in die Hände und kreischte vor Entzücken auf, wie sie es immer tat. Es hatte nichts zu bedeuten, daß sie gute dreißig Zentimeter gewachsen war, seit er von zu Hause weggegangen war. Sie war immer noch dieselbe Kleine Nettie.

* * *

Die kleine Kammer hinter dem Wohnzimmer, die Doc als Büro, Untersuchungszimmer, Bücherei und Privatsphäre diente, war an und für sich nicht groß. Ein Sofa unter dem Fenster, das gleichzeitig als Untersuchungsliege diente, reichte von einer Ecke zur anderen. Es wurde von Bücherregalen flankiert, die vom Boden bis zur Decke reichten, und stand einer weiteren, ähnlichen Wand gegenüber, mit einer Tür darin, die aussah, als wäre sie dem Architekten zu spät eingefallen. Die einzige noch verbleibende Wand wurde mehr als zur Hälfte von Docs riesenhaftem Mahagoni-Schreibtisch eingenommen. Der Schreibtisch war, wie der ganze Raum, mit Papieren vollgeräumt.

Das einzige weitere Möbelstück war – von einem Kleiderständer aus Messing abgesehen – Docs niedriger Schaukelstuhl. Der Stuhl war so nahe wie möglich an den Schreibtisch herangeschoben worden, dennoch schien der winzige Raum aus den Nähten zu platzen. Die Ursache waren die drei gewichtigen Mitglieder der Gemeinde, die nun auf dem ächzenden Sofa saßen.

Doc betrachtete das schwitzende Trio mit einigem Amüsement. *Gewichtig* war zweifellos das richtige Wort. Obwohl die Begriffe *wohlhabend und einflußreich* seine Besucher ebenso zutreffend beschrieben, betrug ihr gemeinsames Gewicht sicherlich mehr als dreihundertfünfzig Kilogramm. Daß sie auf dem Diwan zusammengequetscht saßen, hatten sie jedoch sich selbst zuzuschreiben. Molly hatte den unerwarteten Ankömmlingen das Angebot gemacht, sie auf der Schattenseite der Veranda einzuquartieren und ihnen Limonade zu servieren, aber sie hatten auf einem »Gespräch unter vier Augen« bestanden.

Doc blickte erwartungsvoll vom geröteten Gesicht seines Nachbarn Jim McBride zu den aufmerksamen und scharfäugigen Zügen Robert Blaylocks, aber keiner von ihnen sprach. Sein fragender Blick hing an den runzligen Zügen des ältesten Mitgliedes des Trios, dem Schiedsrichter und Besitzer eines Transportunternehmens, Paul Mazurki.

»Nun, Paul«, fragte Doc, »würdest du mir jetzt endlich mitteilen, was dieses Komitee zu bedeuten hat, oder wollt ihr mich raten lassen?«

Mazurkis dunkle Augenbrauen zogen sich gedankenvoll über den tiefen Falten in seinen Wangen zusammen. »Wir möchten, daß Sie für den Kongreß kandidieren.«

Plötzlich schienen alle drei zugleich zu reden. »Ich dachte, wir wollten ihn zuerst aushorchen!« wandte Blaylock in seinem Advokatenton ein.

»Hören Sie, Doc«, drängte McBride, »sagen Sie auf keinen Fall nein, bevor Sie nicht gehört haben, was wir zu sagen haben.«

»Wir finden, Sie sind der richtige Mann für den Job«, fügte Mazurki hinzu.

Als das konfuse Durcheinanderreden sich schließlich ein wenig gelegt hatte, ergriff McBride das Wort. »Sie wissen doch, daß der Abgeordnete Mills letzte Woche starb, nicht wahr?« Doc nickte zustimmend. »Nun, es wird eine außerordentliche Wahl geben, um seinen Platz im Kongreß für den Rest dieser Sitzungsperiode zu besetzen.«

»Die andere Seite hat bereits angekündigt, daß Hopewell sich um diesen Sitz bewerben wird«, bemerkte Blaylock.

»Hopewell?« lachte Doc. »Dieser Lump! Das ist der krummste Hund, den ich je gesehen habe! Ich will deinen Berufsstand nicht beleidigen, Bobby, mein Junge, aber sie sagten immer, er sei der beste Rechtsanwalt, den man für Geld kaufen kann, und jetzt, wo er Richter ist, gilt das immer noch!«

»Stimmt genau«, bestätigte Blaylock. »Er ist eines der schlimmsten Beispiele für die Großkapitalisten, die die kleinen Leute unter Druck setzen. Farmer und Fabrikarbeiter könnten sich keinen schlechteren Fürsprecher vorstellen.«

»Doc«, sagte Mazurki ernst, »Sie wissen, was dieses Stinktier Hopewell von Polen hält.«

»Und Katholiken«, fügte McBride hinzu. »Doc, Sie sind Protestant und ich bin Katholik, aber waren wir nicht all diese Jahre gute Nachbarn? Würden Sie untätig dastehen, wenn derselbe Haß wie in der alten Heimat hier wieder aufflammte?«

»Das würde ich nicht tun, Jim, wie Sie ganz genau wissen. Aber warum gerade ich? Und wie kommen Sie auf die Idee, ich könnte die Wahl gewinnen?«

Die drei Männer auf dem Sofa tauschten bedeutungsvolle Blicke, und dann setzte Blaylock zu einer Erklärung an. »Sie sind ein gebildeter Mann, Doc, und stehen in der ganzen Gegend hier in hohem Ansehen.« Er bog den Zeigefinger zurück, um anzuzeigen, das sei Punkt Eins gewesen, und fuhr fort. »Zweitens, Sie haben einen Bauernhof, und Ihre Familie bestellt das Land selbst. Drittens, Sie sind vielleicht kein Katholik, aber Sie sind Ire, und man vertraut Ihrem Anstand.«

»Nun gut, nun gut«, sagte Doc mit einem nachdenklichen Ausdruck auf dem Gesicht. »Gibt's noch mehr?«

»Hopewell wird Mißtrauen und Angst in der Bevölkerung

schüren, indem er die Familien von Einwanderern als *Ausländer* und *un-amerikanische Elemente* bezeichnet.«

»Leute wie mich!« knurrte Mazurki und schlug sich mit den Fäusten auf die breite Brust. »Mich nennt er ein *un-amerikanisches Element!*«

»Aber das soll er einmal versuchen, einen solchen Vorwurf gegen Sie zu erheben!« pflichtete McBride ihm bei. »Sie, Doc, der zwei Söhne für Amerika geopfert und beinahe auch noch einen dritten verloren hat! Wenn er das zu sagen wagte, würde kein streunender Hund mehr für ihn stimmen!«

* * *

Der Pferde- und Mauleselmarkt John B. Williams lag an der Ecke Nort Towson und A-Straße in Fort Smith. Das Geschäft blühte, trotz der zunehmenden Zahl von Automobilen und laut klingelnden Straßenbahnen in der Stadt. Die Leute waren der Ansicht, nichts könnte ein gutes Pferd oder Maultier jemals ersetzen. Schließlich brauchte man landauf, landab Maultiere, um die Automobile aus den Schlammlöchern zu ziehen. Wo Speichenräder und zischende Maschinerie nichts ausrichten konnten, konnte man sich immer noch auf vier starke Beine verlassen.

Birch ging zum ersten Mal alleine aus. Er war hierhergekommen, um das beste Pferd samt Sattel zu einem guten Preis zu erwerben. Im Hof wimmelte es von Menschen, die alle zum selben Zweck hierhergekommen waren. Kinder saßen auf den Zäunen und sahen zu, wie die Männer feilschten. Jedes einzelne Brett im Korral war mit Werbesprüchen bemalt, die für alles mögliche Reklame machten, von Hüten zu zwei Dollar angefangen bis zu Poes Schuhgeschäft.

Birch kannte sich mit Pferden aus. Er kannte sich so gut aus, daß er genau wußte: Wenn man ein Tier nicht vom Fohlen an aufzog, blieb es immer ein großes Fragezeichen. Selbst dann konnte der beste vierbeinige Freund einem eine Überraschung bereiten.

WIR KAUFEN – WIR VERKAUFEN stand auf dem Schild. Im Zentrum der Koppel führte Williams ein jung aussehendes Pferd nur mit einem Halfter und einer Leine im Kreis.

»Sehen Sie sich dieses gutmütige Tier an«, rief er einem potentiellen Käufer zu, einem jungen Mann mit einem angespannten Gesichtsausdruck. »Sehen Sie sich das an!« Williams winkte einem der Jungen auf dem Zaun zu. Das Kind, ein etwa neunjähriger Junge, kletterte herunter und folgte gehorsam dem Ruf.

»Ja, Sir, Mr. Williams?«

»Kannst du reiten, Junge?«

»Ja, Sir, Mr. Williams!«

»Nun, ich möchte, daß du das Pferd hier für den Herrn reitest. Steig gleich mal auf.« Er beförderte das Kind auf den bloßen Rücken des Tieres. Birch erkannte die Körpersprache des Pferdes an der Art, wie es die Ohren bewegte. Es legte sie kurz an und trat nervös von einem Fuß auf den anderen, obwohl es nur das leichte Gewicht des Kindes spürte.

»Nun sehen Sie sich an, was für ein frommes Tier das ist«, sagte der Pferdehändler. »Sehen Sie? Selbst ein Kind kann es reiten ... ohne Sattel.«

Nun, natürlich konnte ein Kind das Pferd ohne Sattel reiten. Das Kind war leicht wie eine Feder. Der entscheidende Augenblick kam, wenn man einem frisch zugerittenen Pferd einen Sattel auf den Rücken warf und den Riemen festzog. Man mußte den Halfter abnehmen und dem Pferd ein Zaumzeug ins Maul schieben und dann sehen, wie ihm das schmeckte.

»Sieht gut aus«, sagte der junge Mann und fuhr mit der Hand die Beine des Pferdes entlang. Wieder sah Birch die nervöse Bewegung der Ohren. Der Pferdehändler warf dem Jungen einen Blick zu und blinzelte. Es hatte seine Gründe, daß er die Jungen im Hof herumlungern ließ. Sie halfen ihm, seine Ware zu verkaufen.

»Ich hab' noch einen anderen Interessenten für dieses Pferd. Er wollte am Nachmittag mit dem Geld zurückkommen.« Nun kam die Pointe. »Nun, hier heißt's, wer zuerst kommt, mahlt zuerst. Das beste Pferd, das ich zur Zeit im Angebot habe. Hab' ihn von einer Witwe draußen in Charleston. Richtiges Schoßtier. Aber sie mußte ihn verkaufen. Ich hab' ihr den Preis gezahlt, den sie verlangte, bis auf den letzten Pfennig, und ich will bei dem Handel nur das Geld wieder rauskriegen, das ich reingesteckt habe.«

So bekräftigten sie den Handel mit einem Handschlag, und

das Geld wurde bezahlt. Die Papiere wurden im Büro unterzeichnet, während Birch hin und her ging und das restliche Vieh besichtigte. Er wartete darauf, ob seine Einschätzung sich als richtig erwies.

Das Pferd war am Koppelzaun festgebunden. Es zerrte am Riemen. Die Augen des neuen Besitzers wurden groß.

»Ach, das ist bloß Theater! Verhätschelt. Die Umstellung. Sie wissen ja, so ein Tier braucht eine Weile ...«

Die Satteldecke wurde dem Pferd auf den Rücken gebreitet; die Kreatur zitterte. Dann kam der Sattel. Williams befahl dem Knecht, ihn dem Tier aufzulegen. Das Pferd tänzelte nervös und schauderte schrecklich unter dem schweren Leder. Zuletzt kam das Zaumzeug. Sofort schnellte der Kopf in wildem Protest hoch, als der Pferdeknecht sein Bestes tat, die zusammengepreßten Zähne auseinanderzuzwingen. Schließlich war es geschafft.

»Sie sollten lieber ein bißchen in der Koppel rumreiten, bevor Sie's mit ihm auf der Straße versuchen«, rief der Pferdehändler, während er ein anderes Pferd ergriff und nach einem weiteren Käufer Ausschau hielt. »Sie wissen ja, er wurde von der Witwe auf einer Farm aufgezogen. Hat wahrscheinlich noch nicht viele Autos gesehen.«

Wenn diese Witwe wirklich existierte und so viel Geld für dieses Pferd bekommen hatte, wie der Händler behauptete, dann war Williams betrogen worden. Und nachdem er all das Geld, das er in den Handel hineingesteckt hatte, wieder zurückbekommen hatte, war der junge Käufer der Dumme gewesen. Und so war es auch. Das Pferd warf ihn innerhalb der ersten fünf Sekunden in der Koppel ab. Dann wetteten fünf wackere, abenteuerlustige Burschen miteinander, ob sie das Tier zureiten könnten. Drei von den Brüdern wurden einer nach dem anderen abgeworfen, bis es schließlich dem Stärksten gelang, sich auf dem Pferderücken zu halten und unter allgemeinem Jubel ein paar Mal rund um den Pferch zu reiten.

»Sehen Sie?« rief der Pferdehändler. »Zahm wie ein alter Hund. Wurde wahrscheinlich immer ohne Sattel geritten, das wird der Grund sein.«

Der Käufer war sichtlich verstört, als er die Zügel seines

Pferdes ergriff und von neuem hinaufkletterte. Ein, zwei, drei wilde Bocksprünge, und er blieb im Sattel. Dann gewann er langsam die Herrschaft über das Tier. Falls er überlebte, hatte er eine Chance, daß er mit dem Vieh zurechtkommen würde. Hoffnung bestand jedenfalls.

Birch wollte jedoch nicht von der Pike auf anfangen. Er wollte auch kein ausgedientes Feuerwehrpferd kaufen, das bei jedem Glockenton vollkommen durchdrehte, und auch nicht irgendjemandes luxuriöses Rennpferd mit kaputten Sehnen. In den Ställen des Pferdehändlers gab es alle diese Sorten von Pferden. Unter den zahlreichen Tieren, die zur Auswahl standen, stand auch ein großer grauer Wallach mit schwarzen Beinen und starken schwarzen Hufen. Er sah verhungert aus und wurde möglicherweise von Würmern geplagt, aber sein Kopf war edel geformt und seine Augen klug. Er stellte freundlich die Ohren auf, als Birch auf seinen mächtigen Schenkel klopfte und mit der Hand sein wohlgeformtes Bein entlangfuhr. Er hob locker die Hufe, als Birch sie eine nach der anderen hochhob. Er schien ein sehr wohlerzogenes Tier zu sein. Birch spähte ihm ins Maul. Das Pferd hatte die Zähne eines Sechsjährigen. Junge Zähne mit Ausnahme der hinteren Backenzähne, die rauhe Kanten hatten. Deshalb also war er so mager. Es war eine einfache Sache, die Zähne abzufeilen und dem Tier das Kauen zu erleichtern. Birch fuhr mit den Händen über jeden Zentimeter des großen Wallach. Er stand lässig da. Es beunruhigte ihn nicht.

Der Besitzer bemerkte Birchs Interesse und schlenderte zum Gatter.

»Ist 'n hübsches Pferd, nicht wahr?«

»Die Zähne gehören abgefeilt.« Birch schnalzte mit der Zunge. Die kleinen, adretten Ohren richteten sich auf. »Braucht ganz dringend die Zähne abgefeilt.«

»Das ist schnell gemacht.« Der Händler räusperte sich. Birch reinlegen zu wollen, hatte nicht viel Sinn. »Er hat einem Indianer drüben in der Reservation der Choctaw im Indianerland gehört.«

Der Mann sprach von Oklahoma, das schon seit einigen Jahren ein Staat war. Trotzdem nannten alle Leute Oklahoma gewohnheitsmäßig »das Indianerland«. »Hat sich betrunken. Hat das

Pferd beim Pokern verloren. Der Bursche, der es gewonnen hat, hat es an mich verkauft. Gutes Pferd.«

Birch blickte zu ihm auf, während er das rechte Vorderbein überprüfte. »Hat dieses Pferd schon jemals einen Sattel getragen?«

Der Pferdehändler kratzte sich den Kopf. »Naja, wissen Sie ...« Es schien ihn zu amüsieren, daß Birch bei seinem letzten Handel Zeuge gewesen war. »Ich glaube, mit diesem Pferd hier kann man so ziemlich alles machen.«

»Vielleicht. Jetzt geht es ihm schlecht. Wenn man ihn ein bißchen aufpäppelt und er sich wohler fühlt, zeigt er sich vielleicht von einer ganz anderen Seite.«

»Wollen Sie ihn ausprobieren? Legen Sie ihm einen Sattel auf. Haben Sie einen?«

»Nein. Wenn ich das richtige Pferd finde, kaufe ich vielleicht einen. Wenn ich den richtigen Sattel finde.«

»Hab' genau das Richtige für Sie. Sein eigenes Zeug. Der Indianer hat auch Sattel und Zaumzeug verspielt. Alles da, was Sie brauchen.«

»Ich kauf' keine Katze im Sack, Mister! Ich will sehen, was er wert ist«, warnte Birch.

»Ich werd' Sie doch nicht anlügen. Ich hab' dieses Pferd nicht selbst geritten. Ich kann sie nicht alle reiten. Ich handle nur mit ihnen – kaufe und verkaufe sie. Reiten Sie ein paar Runden auf ihm.« Er blickte auf Birch's Armeestiefel nieder. »Sie sind Kriegsveteran, was?«

»Bin eben erst heimgekehrt«, sagte Birch. »Wollte meinem Pa daheim auf der Farm was Hübsches mitbringen.«

Williams nickte und spie einen Strom Kautabaksaft aus. »Dann versuchen Sie's mit dem Burschen hier. Und wenn er Ihnen nichts taugt, versuchen Sie's mit 'nem anderen. Sie sehen, ich hab' jede Menge Pferde. Hab' nicht vor, irgend jemand zu bescheißen. Sie können ihn gerne ausprobieren.«

Und das tat Birch auch – erst in der Koppel, wo das Pferd augenblicklich auf jede der fast unsichtbaren Anweisungen reagierte, die Birch ihm gab. Ein leichter Druck mit dem Bein, eine Verlagerung des Gewichts reichte aus. Dies war wirklich ein Pferd, das man mit nicht mehr als einem Halfterseil reiten konnte. Williams sah ihm vom Zaun aus zu, wie er den großen Wallach ritt. Kein Zweifel, daß das Tier mit jeder Sekunde teurer wurde!

Im lärmenden Geratter der Straßen außerhalb des Verkaufsgeländes bewegte sich der Apfelschimmel so gelassen neben einer rumpelnden Straßenbahn, wie er es auf einer stillen Landstraße getan hätte.

Wie dieser Indianer aus Oklahoma jetzt wohl seinem vierbeinigen Freund nachtrauerte! Wie einsam mußte der nüchterne Rückweg über den Fluß Richtung Heimat gewesen sein! Hier war ein Tier, das den Herzschlag seines Reiters spürte und eifrig auf bloße Gedanken reagierte. Eine Stunde später unterzeichnete Birch die Papiere. Er zahlte einen günstigen Preis für das Pferd. Williams begann bei zweihundert Dollar ohne Sattel. Birch bezahlte schließlich hundertfünfundsiebzig für alles, einschließlich Sattel, Zaumzeug, neue Hufeisen und das Abfeilen der Zähne.

Die ganze Zeit hindurch dachte er an seinen Pa, der auch etwas von guten Pferden verstand, der etwas übrig hatte für einen guten Handel. Hier war ein großer, feiner Bursche, den er auf die Farm heimbringen würde, etwas, das ein Gesprächsthema abgeben würde – für den Anfang, falls ihnen für alles andere die Worte fehlten.

* * *

Die Ohrringe, die winzigste Repliken des Eiffelturms darstellten, baumelten an jedem weiblichen Ohrläppchen im Blockhaus. Selbst Klein Nettie schüttelte den Kopf hin und her und fühlte, wie die kleinen Eiffeltürme gegen ihren Nacken pendelten. Sie umklammerte ihre brandneue französische Porzellanpuppe. Die Puppe trug ein weißes Baumwollkleid mit einem Saum aus steifer Spitze. Hellblaue Puppenaugen starrten auf die bunte Vielfalt von farbigen chinesischen Fächern und Haarbändern und handgestickten Seidentüchlein, die Jefferson für all seine Schwestern mit heimgebracht hatte. Die Ohrringe, die Nettie trug, waren für Widdie bestimmt gewesen, aber das sagte Jefferson ihr nicht.

»Du hast mir Ohrringlein mitgebracht wie einer großen Dame«, quiekte Nettie und befingerte den Eiffelturm am rechten Ohr.

»Na, du bist ja fast schon eine große Dame, Klein Nettie«, sagte Jefferson, und sie streckte ihren dünnen kleinen Körper und klimperte mit den Wimpern.

Jefferson glättete die Seite des Stadtplans, die das riesenhafte geometrische Muster des Champ de Mars und den Eiffelturm zeigte. »Hier sind wir aus dem Zug ausgestiegen.« Er klopfte mit dem Finger auf die Haltestelle. »Man möchte kaum glauben, wie groß dieser Eiffelturm ist.« Er deutete übers Land bis zum einsamen Gipfel des Magazine Mountain, der aus dem Flachland emporwuchs. »Zweimal so hoch wie der Magazine, und er ragt kerzengerade in die Höhe, wie die größte Fichte, die man sich vorstellen kann! Da gibt's Geschäfte und Imbißstuben mitten in der Luft, wie in einem Baumhaus. Wir sind bis ganz oben auf die Spitze geklettert und haben fünfzig Meilen weit ins Land gesehen. Als könnte man von hier bis Fort Smith und wieder zurück sehen.«

Alle Hände hoben sich gleichzeitig, um die Türmchen zu betasten, die am Ohrläppchen hingen. Hier war der Beweis, daß Jefferson die Wahrheit sagte. Den Ort gab es wirklich. Menschen hatten den Turm aus Eisen erbaut, und er war höher als ein Berg.

Willa-Mae machte ein finsteres Gesicht. »Es ist aber doch kein babylonischer Turm, oder?«

»Nein, Mama«, versicherte ihr Jefferson. »Ich bin bis zur Spitze hinaufgestiegen. Wahrscheinlich haben sie in Frankreich keine Berge zum Raufklettern, deshalb haben sie den Ausguck da gebaut.«

Das schien Willa-Mae zufriedenzustellen. Sie zupfte nachdenklich an ihrem Ohr. »Hah! So was Großes!«

»Hast du keine Angst gehabt?« fragte Rosa.

»Nein. War ein Klacks im Vergleich zu den Kämpfen mit den deutschen Stinktieren.«

Hock hatte geduldig dabeigesessen, während die Frauen ihre Geschenke auspackten. Er hob die Nase in die Luft, als Willa-Mae ihren roten Seidenfächer aufschlug und ihre Töchter es ihr gleichtaten. Der Duft des Viville-Parfüms hing schwer im Raum. »Hier riecht's ja wie in 'm übel-be-leu-mundeten Haus in St. Louis«, bemerkte er.

Willa-Mae schnappte nach Luft und starrte ihn zornfunkelnd

an. »Jetzt halt aber den Mund, mein Alter! Und woher, wenn ich fragen darf, weißt du überhaupt, wie's in so'nem Haus riecht, he?«

»Oh, das weiß ich gut«, verteidigte sich Hock. »Bin mal direkt dran vorbeigegangen. Die süßen Frauen und ihre tollen Parfüms konnt' man bis auf die Straße raus riechen.«

»Na, die hatten aber sicher kein echt französisches Parfüm.« Die Große Hattie schien sich ebenfalls beleidigt zu fühlen. Die Fächer bewegten sich rascher in der warmen Sommerluft, bis es im Haus wie in einem Blumengarten roch.

»Oh, wie süß«, summte Willa-Mae vor sich hin. »Ich hab doch den süßesten Jungen, den je eine Mama hatte.« Dann betrachtete sie die farbige Karte des Champ de Mars. »Borg mir die Karte da eine Weile, Jefferson. Ich sticke dir eine Decke, die genauso aussieht wie dieses Schoom-de-maar da. Das gibt ein tolles Muster, all die Gärten und zick-zackeligen Straßen. Den Eiffelturm da, den stick' ich dir oben drauf, dann kannst du immer von oben runtergucken, wie du's in Paris getan hast. Dann kannst du sagen: ›Einmal war ich fort, ein zweitesmal brauch ich nicht mehr fortzugehen; meine Mutter hat mir eine Decke gestickt!‹«

»Ja, Mama.« Jefferson hielt das für eine gute Idee. Dann blickte er zu Hock hinüber, der die Arme vor der Brust verschränkt hatte und ebenso ungeduldig vor sich hinschmollte, wie es die kleine Nettie zuvor getan hatte. »Ich hab' auch etwas für dich, Papa.« Jefferson grinste, als Hock sich am Kopf kratzte und den Seesack argwöhnisch betrachtete.

»Brauch' kein affiges Tralala.«

Jefferson kramte in seinem Sack herum und zog etwas heraus, das so groß war wie ein dickes Buch und in eine rote Flanellunterhose gewickelt war. »Für dich hab ich keine Ohrringe, Pa!« Er drückte das Bündel in die zögernden Hände seines Vaters.

»Na dann ...« Hock wickelte die Unterhose ab und lächelte dann breit, während er ein massives Fernglas in die Höhe hielt. »Herr, du meine Güte! Das gibt's ja nicht!« schrie er auf, während er das Glas an die Augen hob und den Horizont absuchte. Dann noch einmal, und mit noch mehr innerer Bewegung: »Herr, du meine Güte! Ist das wahr!«

»Ich hab's einem deutschen Oberst abgenommen«, erklärte

Jefferson stolz. »Mit dem Ding da brauchst du auf keinen Turm zu klettern, um weit zu sehen.«

Hock stürzte auf die Veranda hinaus, als ein rotschwänziger Bussard über ein fernes Baumwollfeld flog. »Meine Güte!« schrie er. »Ich sitze ja förmlich auf seinen Flügeln!«

Jefferson lachte freudig, als er Hocks Entzücken über sein Geschenk sah. Dann sagte er: »Das Wichtigste kommt noch, Pa.« Er zog ein Paar Socken hervor, zwischen denen die Spitze eines roten Bandes hervorhing. »Das hier nennt man das Band der Ehrenlegion. Ich hab' meine Sache gut gemacht, also durfte ich vor den Franzosen auf einem großen freien Feld aufmarschieren. Sie salutierten, und die Militärkapelle spielte. Dann kam der General und gab mir diese Medaille hier, um *Schönen Dank auch* zu sagen.« Er streckte Hock die Medaille entgegen. Sie glitzerte in seiner Hand.

»Komm hier herüber, und ich zeig dir, wie sie's gemacht haben. Du mußt habtacht stehen. Hoppauf!« Hock hatte ein stolzes Lächeln auf dem Gesicht, als er Jeffersons soldatische Haltung nachahmte.

»So ist's recht. Dann hielten sie eine mächtig lange Rede, wie gut ich gekämpft hatte. Und die ganze Zeit mußte ich dran denken, daß ich der Sohn von Hock Canfield bin, und wie wir beide zusammen Bären und Pumas gejagt, und ich keine Angst dabei gehabt hatte.«

Er legte das Band der Ehrenlegion um Hocks Nacken und zog es gerade. Er küßte ihn auf beide Wangen. »Hock Canfield war's, der mich gelehrt hat, wie man kämpft und wie man betet. Also ist diese Medaille eigentlich für dich, Pa.« Er hielt Hocks knochige Schultern in seinen großen Händen. »Ehre deinen Vater, sagt die Heilige Schrift. Das hier ist das Band der Ehre. Ich hab's dir mitgebracht.«

DIE WARNUNG

Dr. Cooper lehnte an der Theke von Meyers Textilwarenladen und schnupperte an einem Stück Rosenseife, während er darauf wartete, daß Trudy und ihr Vater die Kunden fertig bedienten.

Meyers Laden in Fort Smith war das größte Textilwarengeschäft auf der Garrison Avenue. Es lag genau gegenüber von Levinsons Möbelhandlung und blickte auf Straßenbahnen und rauchspuckende Automobile und die endlose Reihe von Maultieren gezogener Karren hinaus, die ihre Fracht die geschäftige Straße hinauf und hinunter beförderten. Die Gebäude waren aus roten Ziegeln erbaut, sauber und wie neu, ohne den dunklen Belag, der die Gebäude in New York bedeckte. In der Garrison Avenue drängte sich ein Saloon an den anderen – Wasserlöcher für die durstigen Bewohner von Oklahoma, das ein »trockener« Staat war. Indianer vom Choctaw-Volk machten den langen Weg nach Fort Smith, um einzukaufen und sich in den Saloons zu vergnügen, die in Oklahoma verboten waren. Der leicht erhältliche Alkohol hatte ebensoviel zum Reichtum von Fort Smith beigetragen wie die Manufakturen, sagten manche Leute. Falls die Prohibition Gesetz wurde, würde die Garrison Avenue sich in einen grauen und düsteren Ort verwandeln. Fort Smith würde gezwungen sein, die Kneipentüren zu schließen. Und wenn man die durstigen Kunden aus Oklahoma verlor, würde das auch Rückwirkungen auf das übrige Geschäftsleben der Stadt haben.

Trudys Vater diskutierte eben diese Frage mit Miles Smith, der für die Elektrizitätswerke und Verkehrsbetriebe als Straßenbahnfahrer arbeitete. Inzwischen kümmerte Trudy sich um seine Frau, die dreieinhalb Meter Baumwollstoff brauchte, um die Schulkleidung ihrer Töchter zu nähen.

Die ganze Zeit über schlug Dr. Cooper am Ladentisch Wurzeln. Trudy eilte an ihm vorbei und roch den unverkennbaren Geruch von Whisky und Tabak. Hier war ein Ortsansässiger, der die

Kneipen ebenfalls vermissen würde, und bei ihm ging es nicht ums Geschäft.

»Tja dann«, sagte er, als Mr. und Mrs. Smith zur Türe hinauseilten. Er ließ das Seifenstück in den Korb neben der Registrierkasse fallen. »Ich habe Neuigkeiten aus Shiloh.« Er warf einen Blick über die Schulter, um sicherzugehen, daß sie allein waren. Trudy und Papa rückten näher an ihn heran. »Es ist so, wie wir vermuteten. Die Familiengeschichte von Birch Tucker und seinem Vater hört sich ziemlich unglücklich an. Oma Amos im Kaufhaus hat mir alles darüber erzählt. In allen Einzelheiten. Offenbar ist der Vater des Jungen, Samuel Tucker, ein ganz gewöhnlicher, ordinärer Säufer.«

Nun, wenn da nicht einer, der im Glashaus saß, mit Steinen warf! Dr. Coopers Wangen waren lebhaft gerötet von seiner nachmittäglichen Kneipentour. Trudy tauschte einen Blick mit ihrem Vater, dessen Mund in einem halben Lächeln unter seinem schwarzen Schnurrbart zuckte. »Na so was«, sagte Papa.

Dr. Cooper hörte das leise Vergnügen heraus, mit dem die Tatsache aufgenommen wurde, daß hier ein Säufer den anderen anschwärzte. Er hob einen Finger, um klarzustellen, daß ein Unterschied zwischen Samuel Tucker und ihm selbst bestand. »Samuel Tucker ist nicht nur ein Säufer, müssen Sie wissen ... er ist ein *niederträchtiger Säufer!* Einer von der ganz fiesen Sorte.« Er schob den Priem in die andere Wange und suchte nach einem Platz zum Ausspucken. Papa deutete auf den Spucknapf zu seinen Füßen. Dr. Cooper zielte und traf haarscharf in die Schüssel. »Hab' jahrelang geübt«, murmelte er. Dann fuhr er fort. »Oma Amos sagte mir, es hätte keinen gutherzigeren Mann gegeben als Samuel Tucker, wenn er nüchtern war, aber in den letzten Jahren war er nur sehr selten nüchtern.« Er hob das Seifenstück wieder auf. »Ich gebe nur weiter, was man mir gesagt hat. Soviel ich gehört habe, sollte Samuel von seinem alten Herrn ein schönes Stück Farmland erben. Das beste weit und breit. Statt dessen verkrachte er sich mit seinem Alten, der vom Whisky keine hohe Meinung hatte. Also starb Birchs Großvater und hinterließ das Land samt einer beträchtlichen Summe Geld der Gemeinde, um eine Kirche darauf zu bauen. Sam Tucker bekam nichts. Das ist der erste Teil der Geschichte.«

Er wischte sich den Tabaksaft vom Schnurrbart. »Jetzt ist die Kirche gebaut, und wo die Baumwolle auf Sam Tuckers Feldern hätte wachsen können, wurde ein Friedhof rund um die Familiengruft der Tuckers angelegt.« Er hielt inne, als käme nichts mehr nach.

»Das ist alles?« fragte Trudy. Sie erinnerte sich an den Schmerz in Birchs Augen, als sie über seinen Vater gesprochen hatten.

»Aber noch längst nicht!« Er atmete laut aus. »Oma Amos erzählte mir, daß Birchs Vater sich eine kleine Farm in der Nähe kaufte. Zog seine Söhne wie Sklaven auf.«

»Birch?«

Ein wissendes Nicken. »Und einen anderen Jungen namens Bobby, der der Grippe zum Opfer fiel – zwei Wochen, bevor Birchs Mama letzten Herbst starb. Aber Birch und sein Vater hatten sich schon vorher zerstritten, und zwar aus einem anderen Grund. Sieht so aus, als hätten unser Birch und seine Mama und sein Bruder eine große Vorliebe für diese kleine Kirche gehabt. Birch ließ sich eines Sonntagnachmittags im Bach unten taufen. Sein Vater war besoffen genug, um einen Wutanfall zu kriegen, und er prügelte nicht nur Birch, sondern verletzte auch seine Mutter, als sie ihm in den Arm fallen wollte. Birch konnte da nicht länger zusehen. Er prügelte seinen Vater windelweich, und der zog einen Revolver und schoß auch tatsächlich ab. Samuel Tucker warnte Birch, wenn er jemals zurückkäme, würde er ihm einen Platz auf dem Friedhof der kleinen Kirche verschaffen, die ihm so lieb ist.«

»Ach, armer Birch!« Trudy war zumute, als müßte sie weinen. Was erwartete ihn jetzt noch zu Hause? Seine Mama war dahingegangen. Sein Bruder war tot. Nur Sam Tucker war noch am Leben, um ihn willkommen zu heißen.

»Die Mutter des Jungen? Nun, sie hatte alles, was ihrem Mann fehlte, sagte Oma Amos. Eine feine Frau. Sie führte ihr Haus untadelig und erzog die Jungen zu guten, gottesfürchtigen Christen. Clara heiratete Samuel Tucker, bevor er seinen ersten Tropfen Alkohol anrührte.« Dr. Cooper schüttelte traurig den Kopf. »Nun, da habt ihr eure Moritat vom Schnapsteufel. So gut wie im Theater, nur leider ist sie wahr.«

Erst jetzt bemerkte Trudy die hochgewachsene Gestalt in der offenen Türe. Es war Birch. Sein Gesicht war schmerzgepeinigt, bleich vor Demütigung. Seine Fäuse hingen geballt an seiner Seite. Er starrte den Rücken des Arztes an.

»Nun, ihr haltet ja schon wieder ein Konsilium ab«, sagte er mit leiser Stimme, der man seine mühsame Selbstbeherrschung anmerkte.

Dr. Cooper fuhr herum, als hätte Birch ihn angesprungen und zu Tode erschreckt. »Was soll das Lauschen, Jungchen?«

Trudy tat einen Schritt nach vorne. Es tat ihr leid, daß sie die Geschichte gehört hatte, es tat ihr leid, daß sie neugierig gewesen war. »Birch –«

Er hob eine Hand, um ihr Schweigen zu gebieten, dann wandte er sich an ihren Vater. »Ich bin nur vorbeigekommen, um Ihnen dies hier zu übergeben, Mr. Meyer.« Er hielt einen Briefumschlag hoch. »Das sollte ausreichen, um Sie für Ihre Unkosten zu entschädigen.«

»Aber Sie dürfen nicht...«

»Nein. Das ist nur fair. Und ... Sie habe ich schon bezahlt, Dr. Cooper. Es sieht so aus, als hätten Sie Ihr Honorar bereits hier auf der Avenue ausgegeben.«

»Nun, mein Junge ... ich habe nur deshalb in Shiloh angerufen, um Ihre Verwandten zu benachrichtigen ...« Der Arzt begann nervös zu husten. »Das müssen Sie verstehen.«

»Ja. Das verstehe ich. Und höchstwahrscheinlich wird mein Vater im Torweg auf mich warten, mit einem Schrotgewehr in der Hand.« Ein trauriges Lächeln. »Ist es das, was du unbedingt wissen wolltest, Trudy?«

Sie schüttelte den Kopf. »Es ist mir egal.«

»Es sollte dir *nicht* egal sein«, sagte Birch scharf.

»Bitte, Birch. Geh nicht! Du mußt nicht mehr dorthin zurück. Papa sagt –«

Joseph Meyer riß das Gespräch an sich. »Sie sind uns willkommen, Birch. Wir sind ein expandierendes Unternehmen. Sie haben hier eine gute Gelegenheit, in Fort Smith zu bleiben und für mich zu arbeiten...«

Birch legte die Hand an den Kopf, als schmerzte ihn die

Wunde. »Ich bin ... ein Bauer. Ich hab' bloß keine Farm. Ich muß mit meinem Pa reden. Ich bin mit leeren Taschen gegangen. Wenigstens komme ich mit einem guten Pferd nach Hause. Und wenn er mich wirklich umbringt –«

Trudy stürzte auf ihn zu und schlang die Arme um ihn. »Geh nicht, Birch! Du hast mich einmal gebeten, dich nicht zu verlassen, und ich blieb die ganze Nacht an deiner Seite. Bitte! Verlaß mich nicht! Nicht so! Wart ein wenig. Du kannst ihm einen Brief schreiben.«

»Ich hab ihm Hunderte Briefe in Gedanken geschrieben. Und auf die, die ich ihm schickte, bekam ich niemals eine Antwort.« Er küßte sie auf die Wange. »Ich vergesse nicht, was du zu mir gesagt hast, was ich dir versprochen habe. Aber ich habe dir nichts zu bieten. Keine Zukunft. Nicht einmal ein handtuchgroßes Fleckchen Land, auf dem du einen Garten anlegen könntest.« Er hob ihr Kinn hoch. »Was für ein Mann wäre ich, wenn ich dich jetzt zur Frau nähme? Ich muß heim. Er braucht mich jetzt, nachdem Bobby und Mama nicht mehr da sind. Vielleicht ändert sich alles. Bloß ... *ich muß nach Hause fahren!* Verstehst du?«

Sie weinte. Sie hatte Angst um ihn. Sie wünschte, sie hätte nicht danach verlangt, die ganze Geschichte zu wissen. »Natürlich.«

»Ich wollte nicht, daß du dir Sorgen machst. Ich wünschte, du wüßtest nicht Bescheid. Ich werd' mich nicht mit ihm anlegen. Ich hab's versprochen, und ich werde es halten.« Er hob die Hand, so daß sie es sehen konnte. »Ich werde nie wieder handgreiflich werden. Ich hab's dir gesagt, und jetzt weißt du, warum. Es bringt nichts, oder? Also fahre ich heim und werde ihm genau das sagen. Ich werde ihm sagen, daß mir alles leid tut. Daß es mir leid tut, daß sein Leben in Trümmern liegt.« Hoffnung schimmerte in seinen klaren Augen. »Wenn er hört, daß ich ihn liebe, Trudy, dann kann ich ihm vielleicht helfen. Es liegt nicht an ihm, es liegt allein am Whisky. Ich erinnere mich doch, wie er früher war. *Es liegt nicht an ihm!*« Schweißtropfen standen auf seiner Stirn. »Meine Mama sagte das auch. Deshalb blieb sie bei ihm. Sie würde auch wollen, daß ich es tue.«

* * *

Willa-Mae sah, daß noch ein weiterer Fächer eingepackt und mit einem Bändchen verschnürt im Seesack lag und daß es auch noch eine weitere ungeöffnete Schachtel mit Ohrringen und außerdem noch ein kleines Päckchen gab.

»Ich glaube, du solltest so bald wie möglich bei Latisha Williams vorbeischauen«, sagte sie, während er sein Mittagessen aus Maisbrot und Bohnen verzehrte. »Das Mädel hat die ganze Zeit nach dir gejammert.« Sie ahmte die klagende Stimme nach: »›Wann kommt Jefferson nach Hause? Habt ihr denn nichts von Jefferson gehört?‹ Sie hat mich jede Woche nach dir gefragt, wenn wir uns in der Kirche begegneten. Sieh zu, daß du dich auf die Socken machst und das Unglück des armen Mädchens beendest. Sag ihr den Hochzeitstermin.«

Jefferson warf einen seelenvollen Blick auf die zerknitterte Uniform in seinem Seesack. »Ja, klar. Bloß ... ich hätte gerne meine Uniform getragen, wenn ich zu Latisha auf Besuch gehe.«

»Herr du meine Güte! Ist doch nicht notwendig, sich so rauszuputzen! Was das Mädchen angeht, die vergöttert dich doch sowieso! Für die gibt's nichts, was du nicht tun könntest!«

»Trotzdem!« sagte Jefferson. »Ich werd' die Uniform nicht mehr anziehen, außer vielleicht an meinem Hochzeitstag. Da würd's mich doch freuen, wenn sie mich wenigstens einmal drin sähe.«

»Na dann ... geh zum Bach hinunter und wasch dich. Ich werde inzwischen deine Uniform schrubben und auswinden und zum Trocknen aufhängen. Bei der Hitze wird es nicht mehr als eine Stunde dauern, sie zu waschen.« Sie hob einen Finger. »Aber das Mädchen würde dir auch um den Hals fallen, wenn du in Unterhosen bei ihr auftauchst.«

»Kann sein, aber ich möchte nicht wissen, was ihr Pa dazu sagen würde.« Jefferson lachte.

»Ich werde dir die Uniform aufbügeln. Viel nutzen wird es nicht. Du wirst völlig durchgeschwitzt sein, bevor du ankommst.«

* * *

In diesem Punkt behielt Willa-Mae recht. Jefferson troff vor Schweiß, als er die vier Meilen bis zur Farm der Familie Williams hinter sich hatte. Er erreichte den Scheitelpunkt des Hügels und blickte auf die Baumwollfelder hinunter, die in der Sonne reiften. Es sah so aus, als sollte Latishas Familie dieses Jahr eine gute Ernte haben. Sie würden freilich einen Teil an »Den Mann« abgeben müssen, dessen Pächter sie waren. Das kleine weiße Haus jenseits der Felder stand im Schatten eines Ringes riesenhafter Walnußbäume. Alles schien in tiefen Schlaf versunken. Selbst der Hund döste im Schatten unter der Veranda. Es war ein vertrautes Bild. Jefferson hatte es in der Zeit, in der er in der Fremde gewesen war, oft vor sich gesehen.

Plötzlich wurde die Türe aufgestoßen. Latishas Mutter trat auf die Veranda heraus und rief nach ihrer Tochter. »Laa-tishaaa! Tish? Laa-tishaaa! Steckst du schon wieder die Nase in die Bücher? Ich hab' Arbeit für dich, Mädchen!«

Tish erschien im Schatten der hohen Doppeltüren der Scheune. Sie wirkte klein im Vergleich zu der Scheune, aber sie war ein großes Mädchen. Das hatte Jefferson von Anfang an an ihr gefallen. Sie war ein Meter achtzig groß und kräftig. Jefferson hatte das Gefühl, daß sie gut zu ihm paßte. Sie war hager und muskulös und konnte arbeiten wie ein Mann. Aber sie mochte auch Bücher. Sie hatte unten im kleinen Schulhaus lesen gelernt und borgte die Bücher von Mr. Howard, dem das Land gehörte, auf dem die Familie Williams Pächter war. Eines Tages, hatte Latisha zu Jefferson gesagt, würde sie Kinder haben und sie aufs College schicken. Sie war eine Frau mit einem tapferen Herzen, und das gefiel Jefferson am besten an ihr.

»LA-TISHA!« Mrs. Williams klang ärgerlich.

»Ja, Mama.« Latisha machte keine Anstalten, aus dem kühlen Schatten der Scheune hervorzukommen.

»Leg dieses Buch weg, Mädel! Dein Papa legt dich übers Knie, wenn du nicht sofort –«

»WIE GEHT'S DIR, MÄDEL!« unterbrach sie Jefferson.

Seine Stimme dröhnte über das Baumwollfeld. »ICH BIN WIEDER DAHEIM!«

Der Hund rappelte sich auf seinem Schlafplatz auf. Tishs Mama schrie: »Preist den Herrn!«

Latisha trat aus der Scheune, schirmte ihre Augen gegen den grellen Glanz der Sonne und lachte auf. Dann winkte sie und schlenderte ohne Eile durch die Felder. Auf halbem Weg traf sie Jefferson. Ihre mahagonifarbene Haut schien zu leuchten. Ihre weißen Zähne glitzerten in einem Lächeln, als sie die Arme um seinen Nacken schlang und ihn zur Begrüßung küßte, als hätten sie erst am Vortag voneinander Abschied genommen.

»Hallo, Jefferson«, sagte sie. »Ich wollte mir schon einen anderen suchen. Du hast eine ganze Weile nicht geschrieben. Ich dachte, du hättest ein anderes Mädchen zum Heiraten gefunden.«

»Du und keine andere, Tish.« Er berührte ihr Gesicht. »Ich hab' dir ein paar Geschenke aus dem Krieg mitgebracht.«

Sie nahm seine Hand in die ihre. Die Käfer summten um sie herum. »Ich freu' mich riesig, dich zu sehen, Jeff.« Ihre Stimme klang ruhig. »Mama hat eine Tasse Tee auf der Veranda für dich.«

* * *

Von der Farm der Williams waren es noch einmal vier Meilen Weg bis zum Haus des Gutsherrn, Mr. Howard. Der größte Teil des Landes rund um Mount Pisgah gehörte ihm, wie es schon seinem Urgroßvater gehört hatte, damals, vor dem Sezessionskrieg. Damals hatten Mr. Howards Urgroßvater auch die Frauen und Männer gehört, die das Land bearbeiteten. Jeffersons Urgroßvater war Sklave auf der Plantage der Howards gewesen. Er hatte auf demselben Land gearbeitet und dieselben Baumwollfelder bepflanzt, die Hock jetzt bepflanzte.

Der ursprüngliche Mr. Howard war stolz darauf gewesen, daß er seine Neger gut behandelte. Als die Sklavenbefreiung kam, hatte er ihnen gesagt, sie könnten gehen, wenn sie wollten. Einige waren auf und davon gegangen, aber andere waren geblieben. Auch ihre Kinder waren geblieben, und nun auch ihre Enkelkinder, und sie waren Pächter des Gutes.

Also legte Jefferson die vier Meilen bis zum Gutshaus zurück, wo Der Mann auf der vorderen Veranda saß und die Zeitung las. Jefferson blieb vor dem Tor stehen und rief Mr. Howard einen Gruß zu.

»Guten Tag, Sir, ich bin's. Jeff Canfield. Ich bin aus dem Krieg heimgekehrt.«

Mr. Howard schüttelte seine Zeitung, las eine Zeile zu Ende und spähte dann über den Rand seiner Brillengläser hinweg. »Na sowas«, sagte er, keineswegs unfreundlich. »Schön, dich wiederzusehen, Junge!« Mr. Howard schien ein Faible für Jefferson zu haben. Er bewunderte seine Kraft und Größe und seine Fähigkeit, die Arbeit von zwei Männern zu tun. Jefferson Canfield war der lebende Beweis für Mr. Howard, daß sein Urgroßvater eine glückliche Hand beim Kauf seiner Sklaven bewiesen hatte. Gute Arbeiter voller Kraft – und sie hatten diese Eigenschaften ihren Nachkommen vererbt.

»Ja, Sir, Mr. Howard. Bin froh, wieder zurück zu sein.« Jefferson hoffte, Mr. Howard würde eine Bemerkung über die Medaille an seiner Uniform machen, aber der Mann betrachtete ihn nur von oben bis unten und nickte.

»Na, alle vier Glieder noch dran, wie ich sehe«, sagte Der Mann.

»Wir haben hart gekämpft. Da ging es schon wüst zu. Aber jetzt ich bin ich wieder zu Hause und kann wieder arbeiten.«

»Das ist ja großartig.« Der Mann lehnte sich in seinen Sessel zurück. »Dein Papa sagt mir, wir werden dieses Jahr eine ausgezeichnete Baumwollernte haben. Du kommst gerade rechtzeitig zum Pflücken.«

Jefferson legte die Hand aufs Tor. Er wollte es öffnen, er wollte zur Veranda hinaufeilen und Dem Mann sagen, was ihm durch den Kopf gegangen war, während er im Ausland gewesen war. Aber er blieb draußen stehen. Es gehörte sich nicht, einzutreten, es sei denn, man wurde eingeladen.

»Ja, Sir. Und eben über die Arbeit möchte ich gerne mit Ihnen reden.«

Der Mann hob leicht die Hand. »Nun hör mal, Jefferson, du weißt genau, daß ich den Gewinn fein säuberlich in der Mitte mit deinem Papa teile. Ich mach' ihm keinen Ärger, und er haut mich nicht übers Ohr. Ich nehme an, du wirst es nicht anders machen.«

»Darüber wollte ich ja mit Ihnen reden...« Jefferson hielt seine Uniformmütze in seinen großen Händen und lächelte hoffnungsvoll. »Sie müssen wissen, ich habe vor, Latisha Williams zu heiraten.«

»Oh?« Mr. Howard schien erfreut. Auch Latisha war groß und stark. Er hatte sich bereits Hoffnungen auf eine weitere Generation tüchtiger Pächter auf dem Land der Howards gemacht. Howard kannte Latisha. Sie war in die Schule der Plantage gegangen. Sie konnte so gut lesen, daß sie den Kindern das ABC beigebracht hatte, als die frühere Lehrerin an der Grippe gestorben war. Latisha war sechzehn Jahre alt, das war nun wirklich alt genug zum Heiraten. »Latisha ist ein feines Mädel, mein Junge«, sagte Mr. Howard.

»Freut mich, daß Sie mir zustimmen, Mr. Howard.« Jefferson biß sich auf die Lippe und blickte zu Boden. »Sie wissen ja, Latisha und ich, wir wissen beide, was arbeiten heißt. Wir haben gedacht ... besser gesagt, ich habe daran gedacht. Wir würden gerne bei Ihnen Pächter werden. Dort bleiben, wo wir aufgewachsen sind. Unsere Familien leben hier. Tishas Leute und meine auch.«

»Das ist eine ganz ausgezeichnete Idee, Jefferson«, sagte Mr. Howard und nippte an seinem Glas Eistee.

Jefferson richtete den Blick auf die weißen Latten des Tores. Er wünschte, er könnte näher herankommen; er wollte mit dem Mann vom Hof aus reden. Der Stallbursche hörte jedes Wort mit. Die Dienerschaft des Hauses konnte hören, was Jefferson zu besprechen hatte. Aber er blieb draußen stehen. »Nun, ich dachte schon die ganze Zeit ... ich dachte an das Land, das an meines Vaters Land angrenzt.«

»Die Wälder?«

»Ja, Sir. Die sind jetzt ganz verwachsen mit Unterholz und Dattelpflaumen und solchem Zeug, aber mein Papa sagt, sein Papa pflegte ihm zu sagen, daß sei gutes Land. Das beste Land auf der ganzen Plantage.«

»Zu meiner Zeit nicht«, sagte Der Mann. »Aber damals – nun, kann schon sein, daß es damals gutes Land war.«

»Ich würde dieses Land gerne roden. Dort hinten in den Wäldern steht ein altes Blockhaus. Meine Latisha könnte das wieder ganz in Ordnung bringen. Wir könnten eine Scheune und ein paar Ställe bauen.«

»Dort war Wald, solange ich mich erinnern kann. Ich ging oft dort jagen. Hab' oft in dem alten Blockhaus geschlafen.« Er krauste die Stirn, als könnte er nicht dulden, daß diese Wälder seiner Erinnerung gerodet wurden. »Weiß nicht recht, mein Junge. Jetzt, wo der Krieg vorbei ist, sagen sie, der Preis für Baumwolle fällt.«

»Wir könnten fast alles dort anpflanzen, Mr. Howard. Außerdem – die Hälfte von allem, was wir dort anbauen, wäre immer noch ein größerer Gewinn für Sie, als Sie ihn jetzt von diesen Wäldern haben.«

Der Mann kratzte sich den Nacken und schob seinen Panama-Hut weit in den Nacken zurück. »Das mag schon stimmen.« Seine Unterlippe schob sich vor, und seine Augen verengten sich zu schmalen Schlitzen. »Du würdest ein Paar Maulesel brauchen, um die Baumstümpfe rauszuziehen, und einen Pflug ... und Werkzeug und all das. Ich muß überlegen, was ich da reinstecken muß. Ich muß einen Haufen Geld investieren, bevor irgendwas rausspringt.«

»Das hab ich mir auch schon überlegt, Sir.« Jefferson hatte gehofft, Der Mann würde den Preis von Mauleseln und Werkzeug nicht ins Spiel bringen, aber Mr. Howard war ein Geschäftsmann. »Latisha und ich könnten mit einem Drittel des Gewinns aus der Ernte auskommen, bis wir für die Maulesel und alles weitere bezahlt haben. Auf die Art haben Sie schon in einem Jahr statt in drei Jahren einen Gewinn bei der Sache.«

Der Mann nickte und nahm einen weiteren langen Schluck von seinem Tee. Er überlegte jetzt scharf. Das Angebot schien jetzt vielversprechender, und Jefferson war ein tüchtiger Arbeiter. »Und wenn ich nein sage?«

Jefferson machte ein finsteres Gesicht.

»Wie lange, meinst du, wird es dauern, bis du das Land gerodet hast?«

»Wir müssen bald Baumwolle pflücken. Aber wenn ich ein gutes Paar Maulesel hätte, könnte ich zehn Hektar sauberes Land schon in der nächsten Saison bebauen. Vielleicht mit Bohnen. Und dann könnte ich roden und pflanzen ... roden und pflanzen. Würde nicht lange dauern.«

Der Mann erhob sich und streckte die Glieder. Er wischte sich den Schweiß von der Stirn. »Heute ist's ja unheimlich heiß, was?«

»Ja, Sir.«

Er ging zur Türe. »Du behältst ein Drittel und mir bleiben zwei?«

»Ja, Sir. Bis die Maulesel –«

»Du weißt, ich behandle meine Leute anständig.«

»Ja, Sir.«

»Na, dann. Ich lasse den Vertrag aufsetzen. Du kannst ihn unterschreiben, und Folz soll dir ein Paar Maulesel raussuchen. Aber laß die Arbeit auf der Farm deines Vaters nicht schleifen. Wir haben dieses Jahr eine Ernte einzubringen.«

»Ja, Sir. Ich kann auf beiden Landstücken arbeiten. Sogar bei Mondlicht.«

Der Mann ging ins Haus. Dann fiel ihm noch etwas ein. »Und, Jefferson ... die Uniform, die du da anhast ...«

Jefferson richtete sich stolz auf. »Ja, Sir?«

»Ist keine gute Idee, sie in der Gegend hier in aller Öffentlichkeit zu tragen.« Er ließ den Blick übers Land schweifen. »Du weißt, wie manche Leute hier eingestellt sind. Täte mir leid, wenn du irgendwelchen Ärger deswegen bekämst. Verstanden?«

Das Lächeln verblaßte. Jefferson nickte stumm. Er senkte den Kopf. »Ja, Sir, Mr. Howard. Wenn Sie meinen –«

»Gut so, Junge.« Der Mann verschwand in seinem großen Haus.

* * *

Noch bevor Jefferson in Hörweite von Billy Jones' altem Fuhrwerk kam, das beim Tor stand, wußte er, daß etwas nicht stimmte.

Billys Frau umarmte Willa-Mae und weinte. Die Kinder jammerten und drängten sich um Hock, auf dessen Gesicht sich Katastrophenstimmung malte.

Rosa und Hattie entdeckten ihn am Abhang des Hügels. Sie deuteten mit den Fingern und riefen seinen Namen und rannten auf ihn zu. Auch sie weinten bitterlich.

»Jefferson! Jefferson! Etwas Schreckliches ... sie ... der arme Billy ... *sie haben ihn geholt!*«

Jefferson sprintete hinunter zu Delpha Jean Jones, die laut weinte und Gott um Erbarmen anrief. Es klang in Jeffersons Ohren wie eine Totenklage. Er hatte solchen Kummer schon früher erlebt, aber nur, wenn jemand gestorben war.

»Sprich langsam« drängte Jefferson sie. »Wer hat Billy geholt? Und wo haben sie ihn hingebracht, Delpha Jean?«

Hock schüttelte den Kopf und schlang seine mageren Arme um Billys Kinder. Er schnalzte mit der Zunge. »Arme kleine Kerlchen«, sagte er, und Jefferson sah, daß ihm die Tränen in den Augen standen.

»Was ist geschehen?« fragte er von neuem. »Wir können euch nicht helfen, wenn wir nicht wissen, was passiert ist, Delpha Jean.«

»Wir waren ... unten am Fluß. Die Kinder brannten ein paar Knallfrösche ab ... «

»Keine Gewehre, sicher nicht!« schrie der mittlere Junge.

»Bloß Knallfrösche, Jefferson! Sie sagten, wir hätten Gewehre dabei!«

»Wer?«

»Die weißen Männer. Sie fielen über uns her wie ein Hornissenschwarm.« Delpha Jean verbarg das Gesicht in den Händen, als wollte sie den Anblick von sich fernhalten. »Sie sagten, wir hätten irgend einen alten Hund erschossen! Aber wir hatten gar keine Gewehre! Bloß Knallfrösche, nichts weiter. Dann sagte der Sheriff, Frank müßte mitkommen ins Gefängnis. Aber Billy -« Sie hob das Gesicht und rief den Himmel um Erbarmen an. »Ich sagte Billy noch, er sollte nicht mit dem Mann streiten, aber Billy sagte: ›Warum wollen Sie ihn einsperren? Er hat nichts Böses getan!‹ Dann schlug der Mann Billy sehr hart. Billy sah ihm ins Gesicht und sagte: ›Der Herr strafe dich.‹« Wiederum erschütterte ihr Schluchzen die Luft, als die Erinnerung Billy Jones' Familie von neuem überfiel. »Und dann sagte der Sheriff, großmäulige Nigger könnte er auf'n Tod nicht ausstehen. Er brachte Frank ins Gefängnis, und wir machten uns auf den Weg. Es wurde dunkel, und dann kamen all die Männer und versperrten uns den Weg ...«

Willa-Mae biß sich auf die Lippen und blickte Jefferson eindringlich an. »Es war der Klan«, beendete sie den Satz anstelle ihrer Freundin. »Fünfzig Männer.«

»Oh Gott!« schluchzte Delpha Jean. »Sie haben Billy geholt! Sie nannten ihn einen großmäuligen Nigger und sagten, sie würden ihm eine Lektion erteilen, genauso wie anderen großmäuligen Niggern hier in der Gegend! Sie schickten uns fort! *Billy! Oh, mein Mann!«*

Die Kinder begannen nach ihrem Vater zu schreien. Hock und Jefferson wechselten Blicke voll banger Vorahnung. Hock blickte Jeffersons Uniform an. »Geh und zieh das Zeug da aus, Jefferson. Wir machen uns auf den Weg. Wir müssen unseren armen Billy im Wald suchen.«

Es dämmerte bereits, als Jefferson und Hock die Stelle an der Straße erreichten, wo fünfzig Mitglieder des Ku-Klux-Klan dem Fuhrwerk der Jones' den Weg versperrt hatten. Die Straße war zertreten von den Hufspuren ihrer Pferde. Der Pfad in den Wald, den sie eingeschlagen hatten, war leicht zu erkennen.

Jefferson hatte den Hund mitgebracht, damit er nach Spuren suchte, aber er wurde nicht gebraucht. Die Männer, die Billy entführt hatten, hatten keinen Versuch unternommen, ihre Spuren zu verwischen.

Die Hitze des Nachmittags ließ nach, als die Sonne hinter den Horizont sank. Die Geschöpfe der Nacht machten ihre gewohnten Geräusche, als wäre nichts Außergewöhnliches in ihrem Heim geschehen, als wäre das Unheimliche, das durch die Nacht gezogen war, ein natürlicher Teil dieser Wälder.

»Hier haben sie den Bach überquert.« Hock deutete auf die Böschung, die zum Wasser hinunterführte. »Und sieh da!« Er bückte sich, um die Spuren eines barfüßigen Mannes im Schlamm zu finden. Er berührte den Fußabdruck, von dem er wußte, daß er Billy Jones gehörte; dann blickte er die steile Uferböschung auf der anderen Seite des Baches hinauf. Was war dort drüben, kaum erkennbar? Hock zitterte. Er brauchte nichts zu sehen, um Bescheid zu wissen.

»Du wartest hier, Pa«, sagte Jefferson leise.

Hock begann zu weinen. »Du weißt doch, was wir finden werden, nicht wahr, Sohn?«

»Warte hier. Ich war im Krieg, Pa. Ich hab' meine Freunde links und rechts von mir sterben gesehen und hab's überlebt. Ganz gleich, was wir da drüben finden, Pa, wir leben weiter! Jetzt bleib hier.« Er folgte den Spuren, wo Billy gestolpert war und die Männer ihn die Böschung hinaufgezerrt hatten. Für jeden, der Augen im Kopf hatte, waren die Spuren deutlich erkennbar. »Geh zurück zur Straße. Ich gehe weiter.«

Hock kniete weiterhin neben Billys Fußspur. Er schüttelte den Kopf und weinte leise. »Geh schon weiter. Ich warte hier.«

Jefferson erhob sich langsam, dann trat er in den Bach. Sein Herz schlug laut, wie es in Frankreich geschlagen hatte, wenn der Befehl kam, zum Angriff aus dem Schützengraben zu schwärmen. »Hilf mir, Herr«, hauchte er. »Oh, Herr und Gott ... hilf.« Er kletterte am jenseitigen Ufer hinauf und stand da und spähte durch die Bäume zu der Stelle hinüber, wo der dunkle Schatten Billy Jones' am Ast eines hohen Walnußbaums pendelte. Hinter ihm ragten, kaum sichtbar im schwindenden Licht, die Überreste eines verbrannten Kreuzes auf.

»Geh und hol den Wagen«, brachte er hervor, als er zurückkehrte. »Ich hole Billy. Wir treffen uns an der Straße.«

Sehnsucht nach einem Vater

Die Hollywoodschaukel auf dem Vordach gab die vertrauten Quietschtöne von sich, die zum Sommer im Haus der Warnes gehörten wie der Duft des Heus, das auf den Wiesen trocknete, oder der Anblick der Gimpel, die in den Bäumen beim Haus hin und her flitzten.

Docs Arm ruhte auf der Rückenlehne der Schaukel und umfing Mollys Schulter. Er räusperte sich, als wollte er sprechen, sagte jedoch nichts. Doc blickte zu den Bäumen hinaus, dann über das Farmgelände hinweg in das dunkelnde Blau des Abends. Schließlich wanderte sein Blick zu Mollys reichem kastanienbraunem Haar hinunter. Er ließ einen lauten Seufzer hören, der mehr von tiefen Gefühlsempfindungen als von Zufriedenheit sprach.

»Was ist denn, Doc?« fragte Molly. »Hast du geglaubt, ich würde nicht bemerken, daß dir etwas auf der Seele liegt?«

Doc zögerte noch mit einer Antwort, aber schließlich sagte er: »Habe ich dir in letzter Zeit gesagt, wie sehr ich unser Heim liebe, Molly? Ist unser gemeinsames Leben nicht wunderbar?«

»So ist es«, sagte sie, streckte die Hand aus und tätschelte seine große, starke Hand mit ihrer winzigen Hand.

»Würdest du mir glauben, wenn ich dir sage, daß mir für mich selbst kein Wunsch mehr offenbleibt?« fragte Doc. »Ich meine, wir wünschen unseren Kindern Erfolg und Glück, aber was mich angeht, so fehlt mir nicht das Geringste.«

Molly umfaßte seine Hand mit entschiedenem Griff und hob den Blick zu Docs durchdringenden braunen Augen. Im selben Tonfall, in dem sie den Kindern Anweisungen zu geben pflegte, sagte sie: »Du mußt es tun, das weißt du selbst.«

»Was? Was muß ich tun?« antwortete er überrascht.

»Du mußt dich als Kandidat für den Kongreß aufstellen lassen, wie Jim McBride und die anderen es von dir verlangen. Wußtest du nicht«, fuhr sie fort, »daß ich leicht erraten konnte, um welches große Geheimnis es ging, als diese drei hier auftauchten und dich völlig durcheinanderbrachten? Wenn du mich fragst, haben sie eine Woche länger als nötig gebraucht, um hierher zu kommen und dich zu fragen. Schließlich bist du der einzige, der wirklich in Frage kommt.«

»Aber es wird bedeuten, daß ich von zu Hause fort sein muß, um meine Wahlkampagne zu führen, und daß ich meine Praxis aufgeben muß, falls ich gewinne ...«

»Sobald du gewonnen hast«, sagte sie entschlossen.

»Dann werde ich einen Teil des Jahres in Washington leben müssen, und wozu? Mich lockt nichts anderes, als was ich hier sehen und berühren kann.«

»Jetzt hör mir aber mal zu, Doc Warne! Erinnerst du dich nicht mehr, was du gesagt hast, als wir nach Amerika gingen? Sagtest du damals nicht, du würdest deine Kinder nicht in einem Land aufwachsen lassen, wo ein kleiner Junge seinen Vater tot auf der Straße liegen sehen müßte, weil er die falsche Religion hatte?«

Doc versuchte, ihr seine Zustimmung zu bedeuten, aber Molly war noch nicht fertig. »Willst du untätig danebenstehen und zusehen, wie ein Mann gewählt wird, der für seine eigensüchtigen Zwecke so viel Haß aufstachelt? Hör dir das einmal an -« Molly hob eine Ausgabe der *Daily Star* auf und las von der Titelseite vor: »›Der abscheuliche Ausbruch von Gesetzlosigkeit, der kürzlich Chicago erschütterte, kann nichts anderes sein als das Werk ›roter‹ Agitatoren, die alles dransetzen, die Negerbevölkerung aufzuhetzen. Diese ausländischen Provokateure versuchen die üblicherweise friedlichen Beziehungen zwischen Weißen und Farbigen durch flammende Demagogie und wilde Versprechungen gleicher Rechte in Feindschaft zu verwandeln. Sie mögen sich als gute Bürger maskieren, aber laßt euch warnen, hinter den unschuldig klingenden Bezeichnungen Katholik oder Jude verbirgt der gottlose Kommunist sein Gesicht.‹ Willst du wissen, wer diesen Leserbrief geschrieben hat, Doc?«

Doc mußte zugeben, daß er den Brief bereits gelesen hatte und wußte, daß der Autor Hopewell hieß. »Aber Molly«, fügte er hinzu, »wo steht es geschrieben, daß ausgerechnet ich derjenige sein muß, der ihm die Stirn bietet?«

Molly erhob sich mit einem Ruck von der Schaukel und stemmte die Hände auf die Hüften. »Doctor Warne«, sagte sie mit leidenschaftlichem Nachdruck, »ich hoffe, du hältst das nur mir entgegen und nicht deinem eigenen Gewissen, denn ich verzeihe dir deine Schwäche, aber dein eigenes Herz würde sie nicht verzeihen. Schau nur mal dort drüben ...« Sie stand stocksteif da und streckte die Hand in Richtung der Familiengräber aus. »›Für eine Welt voll Gleichberechtigung und Sicherheit‹ sagten sie. War das eine Lüge, William? Ich werde nicht zulassen, daß meine Söhne für eine Lüge gestorben sind. Und Ellis ... hat er sein Bein für eine Lüge gegeben? Schäm dich, Doc! Du mußt kandidieren, und mehr als das, du mußt die Wahl gewinnen!«

Doc erhob sich und trat neben sie. Er schlang die Arme mit einer zugleich kraftvollen und zärtlichen Umarmung um sie. »Ach, Molly, was kann ein Mann nicht alles erreichen, wenn eine Frau wie du hinter ihm steht! In Ordnung also – ich werde diesem Komitee sagen, daß meine Antwort Ja lautet.«

* * *

Es hieß, es gäbe zwei Klassen von New Yorkern: Diejenigen, die sich eine Reise nach Europa leisten konnten und diejenigen, die ihren letzten Penny ausgegeben hatten, um aus Europa 'rauszukommen.

Max' Familie gehörte zu der zweiten Kategorie, und so war es kein Wunder, daß Bubbe Fritz die Hände rang und zwei Tage lang weinte, bevor Max an Bord des Ozeandampfers am Pier Nr. 86 ging.

Max schien es, als sei die halbe Orchard Street gekommen, um ihn zu verabschieden. Salzgurkenverkäufer und Fliegende Händler, Stammkunden und stolze jiddische Mamas – alle drängten sie sich, gemeinsam mit ein paar alten Kommilitonen von der Columbia-Universität, an Bord des eleganten Dampfers.

Es gab nur ein einziges Gesicht, das Max an diesem Abend wirklich sehen wollte, aber Irene war nicht gekommen, um ihn zu verabschieden. Sie hatten sich am vorhergegangenen Abend Lebewohl gesagt. Sie wollte nicht zum Pier kommen, hatte sie ihm gesagt, sie würde angesichts seiner Familie in Tränen ausbrechen. Sie wollte sich nicht zum Narren machen.

Das Schiff sollte laut Fahrplan um Mitternacht ablegen. Seit dem Krieg war der Brauch wieder aufgelebt, daß man sich nach dem Theater und vor dem Abendessen Lebewohl sagte. Die Flure und die riesigen Hallen und Salons des Schiffes waren zum Bersten voll mit den elegant gekleideten Frauen jener New Yorker, die es sich leisten konnten, nach Europa zu reisen. Die Besucher schienen taub für das Geläute der Warnglocken. Weiß uniformierte Pagen eilten geschäftig an Max und seinem Komitee von Verabschiedern vorbei. Blumenkörbe und Geschenke in letzter Minute wurden an Fürstensuiten und Kabinen der Ersten Klasse abgegeben.

Max war natürlich tief unterhalb dieser Luxusetagen untergebracht. Seine Kabine war eine winzige Hundehütte auf einem der untersten Decks. Trotzdem: Bubbe hatte ihm einen umfangreichen Proviantkorb gepackt, und auf dem Boden lag ein riesiges Blumenbukett aus Murphys Blumengeschäft.

»Wirst du auch ein guter Junge sein?« Bubbe kniff ihn in die Wange. »Du wirst doch deiner Bubbe und Zeyde schreiben, *nu?*«

»Jede Woche«, versprach Max. Seine Augen glitten an seiner Großmutter vorbei, als eine hochgewachsene, elegant gekleidete Blondine im Flur vorbeiging. Wie sehr wünschte er, Irene wäre gekommen, um ihn zu verabschieden! Es hätte ihm nicht halb so viel ausgemacht, sie weinen zu sehen, wie es ihn schmerzte, sie kein letztes Mal mehr in den Armen halten zu dürfen.

»Du mußt es uns wissen lassen, wenn du etwas brauchst.« Zeyde fuhr mit der Hand durch seinen grauen Haarkranz. »Es steht schlecht dort drüben, glaub mir«, sagte er in fast anklagendem Ton. »Deshalb kamen wir ja überhaupt hierher.« Max wußte, sein Großvater war mit dieser Rückkehr nach Europa nicht glücklich. Wie oft hatte er es wohl gesagt? *Was soll's denn da drüben geben, das wir nicht auch hätten? Zeig's mir! Das möchte ich sehen!*

Die Sirene heulte auf und zeigte an, daß die Gangway hochgezogen wurde. Hastig wurden letzte Umarmungen ausgetauscht.

Eine letzte Tränenflut, dann eilte die Orchard Street hinaus, vorbei an elegant gekleideten Damen in Abendkleidung und Gentlemen in Smoking und schwarzer Fliege.

Max war allein in seiner Kabine, als das Schiff erzitterte und sich vom Pier löste. Er hatte gehofft, ein Gefühl freudiger Erregung würde ihn überkommen, wenn er Amerika verließ, aber er empfand nichts dergleichen.

Er schlang die Finger ineinander und starrte zu Boden. Er blickte auf das schmale Kojenbett und dachte daran, wie es sein würde, allein zu schlafen, ohne daß Irene neben ihm lag.

Sie waren schon auf dem offenen Meer draußen, als der Steward in seiner weißen Uniform an die Kabinentür klopfte. Er reichte ihm einen weißen Briefumschlag auf einem silbernen Tablett. Max erkannte seinen Namen in Irenes Handschrift. Er gab dem Steward ein Trinkgeld, schloß die Türe und schaltete die Lampe über seinem Bett ein, um zu lesen, was sie ihm geschrieben hatte:

> *Mein geliebter Max,*
> *inzwischen bist Du schon unterwegs. Vielleicht können wir beide jetzt, da ein ganzer Ozean zwischen uns liegt, unsere Liebe unter einem anderen Blickwinkel sehen. Ich habe oft daran gedacht, wie verzweifelt Du Dich danach sehnst, dem öden Alltagstrott der Orchard Street zu entfliehen. Ich habe in den Spiegel gesehen und mich daran erinnert, daß ich einst Dein Kind unter dem Herzen trug; dieses Baby war irgendwie ein Symbol all dessen, dem Du entkommen wolltest. Den ganzen Sommer habe ich Angst davor gehabt, was geschehen könnte, und doch bin ich zu schwach, Dir zu verweigern, was Du von mir verlangst. Oh, Max, wie teuer bezahle ich diese Schwäche jetzt! Ich bin von neuem von Dir schwanger. Ich hatte Angst, es Dir von Angesicht zu Angesicht zu sagen, und ließ Dich gehen, ohne daß Du davon erfuhrst. Und nun, da Du abreist, weiß ich, daß ich Dich nicht wiedersehen werde. In dem Augenblick, in dem Du aus New York abfährst, gehe ich ebenfalls an Bord eines Zuges und fahre fort. Ich will dieses Kind haben, obwohl ich weiß, Du würdest es mir nicht er-*

lauben, wenn Du hier wärst. Ich nehme einen Teil von Dir mit mir, um ihn den Rest meines Lebens zu lieben.

Lebewohl, Irene.

***

Selbst im Dunkel der Nacht erkannte Birch die Geräusche und Gerüche unmißverständlich als die seiner Heimat. Im Süden hoben sich die Poteau-Berge vom sternhellen Himmel ab wie der gekrümmte Rücken eines riesigen schlafenden Bären. Birchs Vaterhaus lag genau am Fuß dieser Berge. Er erkannte die Lichter jedes einzelnen Bauernhauses wieder und konnte jeden einzelnen Ort beim Namen nennen. Er wußte, wie viele Kinder es dort gab, wie alt sie waren, welche Farbe ihr Haar und ihre Augen hatten und wie ihre Familiengeschichte aussah. Sie wußten dasselbe von ihm.

Es gab keine Geheimnisse in Shiloh. Jedermann wußte, daß Sam Tucker an der Flasche hing; all die Familien hier beklagten das schwere Los der Familie Tucker. Sie alle hatten während des Gottesdienstes in der Kirche von Shiloh für die Opfer dieses tragischen Schicksals gebetet.

Der Prediger und die beiden Diakone waren eines Nachmittags unangemeldet zu Birchs Vater auf Besuch gekommen und waren kurzerhand ignoriert worden. Samuel Tucker hatte wortlos zwei Schweine geschlachtet, während sie von Nächstenliebe und Vergebung sprachen, und als sie zu Ende gekommen war, hatte er seine blutigen Hände an der Schürze abgewischt und gesagt: »Das ist kein Handel zwischen mir und euch. Das ist ein Handel zwischen mir und meinem Vater. Im Namen Gottes hat er mich windelweich geprügelt. Im Namen Gottes hat er mir mein Erbe weggeschenkt, um diese Kirche bauen zu lassen. Ich will eines Tages dort begraben werden. Darauf hab' ich ein Recht. Aber weder ich noch eines meiner Kinder wird jemals einen Fuß in dieses Gebäude setzen. Das Vergnügen gönn' ich dem Alten nicht, ob er nun tot ist oder nicht. Ich fahre zur Hölle, nur um's ihm zu zeigen, also verschwendet nicht eure Gebete an mich.«

Dann hatte er die Besucher weggeschickt und ihnen noch eine Ladung Schweinekoteletts für ihre Mühe geschenkt. Sam Tukker war ein widerspenstiger Mann. Widerspenstig und verbittert. Als Birch und Bobby ihrer Mutter in die kleine Kirche gefolgt waren, hatte er das als Verrat betrachtet. Die schwelende Glut des Hasses, die Samuel gegen seinen Vater empfand, wurde von seiner Frau und seinen eigenen Kindern zu einer heißen Flamme angefacht. Jedermann, der entlang der Straße nach Shiloh wohnte, wußte es. Die verdrehte Wahrheit hätte nicht offenkundiger sein können.

In dieser Nacht hätte Birch an jedem von einem Dutzend Farmhäusern anhalten können, und man hätte ihn willkommen geheißen. Niemand, der seine Familiengeschichte kannte, hätte ihm einen Vorwurf gemacht, hätte er die Nacht bei seinem Cousin J.D. verbracht und wäre dann bei Tageslicht heimgeritten, wenn die Chancen besser standen, Samuel nüchtern anzutreffen. Aber Birch war entschlossen, nach Hause zu reiten. Er würde in dieser Nacht entweder in seinem eigenen Bett schlafen oder draußen auf der Straße. Vielleicht würde sein Vater ihn tatsächlich umbringen, sobald er einen Fuß auf die Veranda setzte, wie er es ihm angedroht hatte. Birch hatte dem Tod mehr als tausendmal ins Angesicht geblickt, seit er sein Vaterhaus verlassen hatte. Er hatte kein Angst. Er hatte genug vom Kämpfen. Sein Pa war jetzt einsam; niemand außer Birch war von seiner Familie geblieben. Vielleicht konnten sie miteinander reden. Vielleicht fanden sie eine Lösung ...

Der Halbmond stieg hinter ihm in den Himmel auf, überstrahlte das Licht der Sterne und erleuchtete die Baumwollfelder. Eine Eule schrie in einer Baumgruppe, und ein Hund kläffte im Hof des Morris-Hauses, als er vorbeiritt. Birch drehte den Kopf in die Richtung, wo er seinen eigenen Hund wußte. Mama hatte ihm geschrieben, daß der alte Shuggie immer noch seine Arbeit tat, den Hühnerstall bewachte und den Hof hütete. Birch zügelte seinen großen Apfelschimmel und verharrte einen Augenblick lang mitten auf der Straße. Er lächelte, als das vertraute melodische Geheul von Südwesten her an seine Ohren drang. Wenigstens ein Freund würde da sein, um ihn zu begrüßen, wenn er die Zufahrt entlangritt. Er sah vor sich, wie Shuggies rauhes braunes Fell sich aufrichtete, während der Hund seine tiefkehlige Warnung hervorbellte. Dann würde Pa auf die Veranda heraustreten, sich an den Pfosten lehnen und den Kopf heben, um in der Nachtluft zu wittern, vor welcher namenlosen Gefahr ihn Shuggie da warnte.

»Ich bin's nur, Pa«, wisperte Birch in den sanften Wind. »Hol' dein Gewehr. Dein Sohn kehrt heim.«

***

Im Hause von Cousin D.J. waren alle Lichter gelöscht. Drei Hunde waren an den alten Walnußbaum vor dem Haus angekettet. Sie sprangen auf die Füße und zerrten an den Leinen, als Birch still am Haus vorbeiritt. *D.J. hatte immer schon zu viele Hunde gehalten,* dachte Birch. *Bösartige Hunde.*

Jenseits der weiten Äcker sah Birch, wie sich ein Mondstrahl in den Fenstern der Kirche von Shiloh spiegelte. Er schluckte schwer. Er wußte, daß seine Mutter und sein Bruder nun neben der Kirche ruhten. Er kämpfte den Drang nieder, das Pferd an den eisernen Ring zu binden, der in die Eiche im Hof der Kirche eingelassen war. *Es ist zu spät, noch einen Besuch zu machen,* sagte er zu sich selbst. Zu spät und zu einsam in dieser Nacht. Er hatte Geschäfte mit den Lebenden zu erledigen.

Er wandte die Augen von dem Wald weißer Steine ab, die das Mondlicht beleuchtete. Er wollte die neuen Steine auf der Familiengrabstätte der Tuckers nicht sehen. Er würde noch Zeit genug dazu haben. Er schnalzte mit der Zunge, so daß das Pferd in Trab fiel, und ritt den letzten Hügel vor seinem Vaterhaus hinauf. Shuggies zitterndes Geheul wurde eindringlicher. Der Hund würde nicht an der Kette sein. Nicht nötig. Er würde nicht auf die öffentliche Straße hinausstürzen, um einen Eindringling zu jagen, aber er würde auch nicht erlauben, daß Birchs Pferd einen einzigen Huf auf die kiesbestreute Zufahrt setzte.

Fünfzig Yards von seinem Heim entfernt erhob sich Birch in den Steigbügeln und pfiff leise. Er rief den Hund nicht bei Namen, der Pfiff hatte einst genügt. Würde Shuggie sich nach zwei Jahren noch daran erinnern?

Wieder pfiff er. Das Geheul verwandelte sich in ein Jaulen

und dann in ein wildes Gebell, als der Hund entzückt herbeistürzte, um Birch auf der Zufahrt zu begrüßen.

Der Apfelschimmel tänzelte nervös, als Shuggie um seine Beine tanzte und hüpfte.

»Ja, ich bin's, Shuggie«, antwortete Birch lachend. Er sprang von seinem Pferd und stemmte die Fersen in den Boden, um gewappnet zu sein, als der riesige Hund an ihm hochsprang. »Wie immer. Ja, ja, bist ein guter Junge. Ja, ich bin's, alter Junge. Ich bin wieder zu Hause.« Shuggie antwortete mit einer Flut klatschnasser Zungenschläge; dann befahl Birch ihm »Hinunter!« und ging zu Fuß weiter.

Das Haus seines Vaters war ebenso dunkel wie das Haus von D.J.. Die breite Veranda, die das ganze Haus umgab, lag in tiefen Schatten. In heißen Sommernächten hatten sie oft auf der Veranda geschlafen – die Shiloher Version der Feuertreppen in der Orchard Street. Birch stand still und suchte in den Schatten nach einem Lebenszeichen. War Sam Tucker zu Hause? War er, wie in alter Zeit, auf eine Sauftour losgezogen? War Birch zu einem leeren Haus heimgekehrt? Er hatte nicht genug Stimme, um laut zu rufen. Er blickte die dunklen Fenster an und sehnte sich danach daß eine Lampe angezündet wurde. Er sehnte sich danach zu sehen, wie Mama sich zum Fenster hinausbeugte und ihm zurief: »Na sowas, Birch! Bist du's wirklich? Preist den Herrn! Oh, preist den Herrn!«

Shuggie sauste auf die Stiegen zu, kehrte dann zu Birch zurück und drängte ihn, weiterzugehen. *Warum zögerte Birch?* schien Shuggie zu fragen. *Was stimmte nicht?*

Nichts stimmte mehr. Mama war tot, Bobby war tot. Birch blickte zu der leeren Schaukel hinüber, die von einem Baumast hing. Nur Pa und Shuggie waren noch da ... nicht einmal eine einzelne Kerze in einem Fenster brannte.

Aus dem Augenwinkel entdeckte Birch eine Bewegung auf der Veranda. Ein dunkler Schatten, der durch die Schatten huschte. Schweigen. Die Hunde hörten zu bellen auf. Grillen zirpten. Glühwürmchen torkelten durch die Holunderbüsche. In der Ferne war das sanfte Rauschen des James-Fork-Baches zu hören.

Und dann eine leise Stimme, das Knarren eines Schaukelstuhls auf der Veranda...

»So bist du also endlich zurückgekommen.«

Birch fuhr unwillkürlich zusammen, als sein Vater sprach. Es dauerte einen Augenblick, bis er wieder sprechen konnte. »Ich bin's, Pa.«

»Hab' ich mir gedacht.«

Birch blieb wie angewurzelt im Hof stehen. Das Pferd stand hinter ihm und knabberte am Gras; es zog Hälmchen zwischen den Steinen des Hofes heraus und kaute sie mit lässigen Bewegungen, während Birch in die Finsternis starrte.

»Deine Mutter und Bobby sind tot.« Die Stimme war gefühllos, als hätte Sam Tucker eine Bemerkung über den Baumwollpreis oder das Wetter der vergangenen Woche gemacht.

»Ich weiß, Pa. Maybelle schrieb mir. Und Doc Brown.«

»Wozu bist du dann hierher zurückgekommen?« Die Stimme klang hart, argwöhnisch. Birch merkte, daß sein Vater getrunken hatte.

»Ich bin deinetwegen zurückgekommen, Pa.« Birch klopfte das Herz, das Rauschen des Blutes in seinen Ohren überdröhnte das Rauschen des James-Fork-Baches. Er wünschte, sein Vater würde ins Mondlicht heraustreten.

Ein bitteres Lachen. »Hast gedacht, ich läge auch im Sterben, was?«

»Nein, Pa -«

»Hast gedacht, du könntest dir meine Farm unter den Nagel reißen?«

»Deshalb bin ich nicht zurückgekommen ...«

»Dich überleb' ich noch, du junger Hund! Hättest dir die Mühe sparen können, mich tragen sie hier noch lange nicht hinaus.«

»Pa, bitte -« Birch trat einen Schritt vor.

»Bleib lieber stehen, Junge. Hast du vergessen, daß ich mit dem Gewehr im Arm schlafe?«

Birch erstarrte mitten im Schritt. Shuggie saß zwischen ihm und der Veranda und blickte unglücklich von einem der beiden Männer zum anderen. »Ich bin zurückgekommen, um dir zu sagen, Pa, daß ich keine Händel mehr mit dir haben will. Ich bin zurückgekommen, weil es mir leid tut, was passiert ist. Es tut mir leid. Das wollte ich dir sagen. Ich hab' versucht, dir zu schreiben und es dir zu sagen.«

Die Stille senkte sich über sie – eine schwere, fast fühlbare Stille. Birch fühlte, wie die Augen seines Vaters ihn aus dem Dunkel der Nacht heraus musterten. »Es tut dir leid, Birch, mein Jungchen? Das sagst du deinem armen alten Papa einfach so?« Er spottete. »Willst du mir sagen, du bist fertig mit der Frömmelei? Hast du das dicke schwarze Buch in den James-Fork-Bach geworfen? Gehst du nicht mehr in die Kirche, die dick und fett auf meinem Land sitzt?«

Birch zitterte. »Ich gehe nicht mehr in die Kirche von Shiloh, Pa. Wenn du es nicht willst, gehe ich nicht mehr dorthin.«

»Ach so? Bist du denn quitt mit Jee-suus, ja?«

»Nein, Sir. Ich bin nicht fertig mit Jesus. Aber wenn du willst, gehe ich nicht mehr in die Kirche von Shiloh.«

Das Schaukeln hörte auf, und Stiefel dröhnten hohl auf den Brettern der Veranda. Shuggie stand auf und wedelte hoffnungsvoll mit dem Schwanz. Sam Tucker tauchte im Mondlicht auf. Er hielt ein Gewehr in einer Hand und eine halbleere Flasche in der anderen. Seine muskulösen Arme waren nackt. Er trug ein Unterhemd und Hosen, seine Hosenträger hingen an der Seite herab. Sein Gesicht lag im Schatten seiner Hutkrempe verborgen. Er stank nach Alkohol.

»Komm'er.« Er winkte mit der Flasche. Birch trat vor und band sein Pferd am Geländer fest. Shuggie jaulte glücklich.

»Ja, Sir.« Birch stand am unteren Ende der roh behauenen Steinstufen. Er war so nahe, daß sein Vater ihn hätte berühren können. Wenn er das wollte.

»Mein Jungchen ist also heimgekehrt. Sein gutes Herz hat ihn bewegt, mir zu sagen, daß er mir Unrecht getan hat. Kein Judas mehr, was?« Er streckte den Arm mit der Flasche aus. »Darauf müssen wir einen trinken. Nieder mit den Kirchenwanzen.«

Birch zuckte zurück und machte keine Anstalten, die angebotene Flasche zu ergreifen. »Nein danke, Sir.«

»Nein danke?« Sam Tucker ließ einen großen Schluck durch die Kehle rinnen. »Nein danke, bester Herr! Ich rühre dieses sündhafte Zeug nicht an, bester Herr!« Seine Wut wuchs mit jedem Augenblick. Sinnlos und voll Raserei brannte das Feuer in ihm. Es

würde keinen Unterschied machen, was Birch zu ihm sagte. Welche Versöhnungsgesten er machte. »Du willst nicht einmal ein Glas mit mir trinken! Bist dir zu gut für deinen eigenen Vater!« Dann brüllte er los. »Aber dafür bist du dir nicht zu gut, daß du dich bei den reichen Juden einnistest!« Er fluchte und stieß mit der Flasche nach Birch. Der Whisky spritzte über seine Kleider und auf den Fußboden. »Oma Amos hat von diesem Doktor in Fort Smith gehört, daß du ein Judenmädel heiraten willst! Stimmt das, Birch? Du hast dich mit einem Judenmädel ins Bett gelegt? Hast diese Christusmörder ins Herz geschlossen? Die deinen Jesus ans Kreuz genagelt haben? Vielleicht glaubst du sogar, du kannst sie hierher mitbringen?«

Es war hoffnungslos. Birch blickte den gesichtslosen Schatten an, der einst sein Vater gewesen war. Es hatte keinen Sinn, irgend etwas zu sagen. Es hatte keinen Sinn, hierzubleiben, wenn er so war wie jetzt. »Nein, Sir. Ich werde Trudy nicht hierherbringen.«

Sam Tuckers Lachen hallte durch die Nacht, laut, wild. Er lehnte sich an den Pfosten und heulte den Mond an. Dann wurde er plötzlich still, und seine Haltung nahm etwas Bedrohliches an. Er fluchte, seine Stimme wurde zu einem tiefkehligen Knurren. »Soll das heißen, du hast vor, sie sitzenzulassen?« Sein Goldzahn glitzerte im Mondlicht. »Wie du die Kirche von Shiloh und Jesus und deine ganze Frömmelei aufgeben willst?«

»Nein, Sir.« Birch warf einen Blick auf sein Pferd. Er mußte fort von hier.

»Willst du deinen alten Pa so bald wieder verlassen?« Er streckte Birch von neuem die Flasche entgegen. »Solltest einen Schluck nehmen, Birch, mein Junge! Müssen unseren Handel mit einem guten Schluck besiegeln.«

»Nein, Sir. Wir haben keinen Handel abgeschlossen.«

»Und du willst dich nicht mehr mit mir anlegen?«

»Nein, Sir. Nie wieder.«

»Das sehe ich mir an!« Bei diesen Worten hob Sam Tucker die Flasche und schlug sie Birch über den Schädel, nur wenige Zentimeter neben der Wunde, die so langsam verheilt war. Birch taumelte rückwärts und hob die Hände, um sich gegen die folgenden Hiebe zu schützen. »Heb nicht nochmal die Hand gegen mich!« kreischte Sam Tucker, während er ein ums anderemal auf Birch losprügelte. Birch fiel seinem Vater benommen zu Füßen. Sam versetzte ihm einen brutalen Tritt, und dann stürzte sich Shuggie ins Gewühl, um Birch zu beschützen. Knurrend und bellend grub er die Zähne in Sams Bein. Einen Augenblick wandte sich Sam Tuckers Raserei von seinem Sohn ab und dem Tier zu. Er entsicherte sein Gewehr und zog den Abzugshahn. Der Schuß dröhnte, und Shuggie torkelte getroffen über den Hof.

Birch lag reglos auf der Erde. Er stöhnte und schlug mit der Faust auf den Boden, den der Whisky seines Vaters durchfeuchtete. Sam Tucker stand keuchend vor ihm. Was er getan hatte, hatte ihn einen Augenblick lang ernüchtert. Dann verfluchte er den Hund und wirbelte den Lauf des Gewehrs herum, bis er ihn hart gegen Birchs Nacken drückte. »Steh auf«, drohte Sam. »Da schau ... schau, wozu du mich getrieben hast! Du hast dich nicht verändert! So oft du hier auftauchst, geht irgend etwas schief ...« Seine Stimme erstickte in einem Schluchzen. *»Du!«* Von neuem entsicherte er das Gewehr. »Steh auf! Du selbstgerechter ... *genau wie mein Alter! Hau ab hier!«* schrie er. »Verschwinde zu deiner Judenhure! Und komm nicht noch einmal hierher zurück!« Wieder schluchzte er. »Glaubst du, ich hab' Skrupel, dich umzubringen? Ich hab' von dem Hund hier mehr gehalten als von dir! *Hau ab! Hau ab! Hau ab!«* Er unterstrich jeden Befehl, indem er den Gewehrlauf hart in Birchs Schultern stieß. Birch kam taumelnd auf die Füße. Die Sterne drehten sich vor seinen Augen. Die Erde schien zu kippen, als er nach den Zügeln des Pferdes tastete und sich mit Mühe in den Sattel schwang.

Er hörte immer noch die rasenden Schreie seines Vaters hinter sich, während er die Zufahrt entlangritt. Das Pferd begann zu galoppieren, als ein Schuß hinter ihnen krachte. Einmal, und dann, nach einer Pause zum Nachladen, ein zweiter Knall und ein dritter, als schieße Sam Tucker auf Gespenster.

* * *

Keine einzige Lampe brannte in der Kirche von Shiloh, aber das Sternenlicht, das sich auf dem alten welligen Glas der Fensterscheiben spiegelte, war wie ein Leuchtfeuer, das Birch zurief, er möge innehalten. Er zog die Zügel an und tastete vorsichtig nach der Wunde an seiner Schläfe. Sie schwoll zu einer beachtlichen Beule an, aber die Blutung hatte aufgehört. »Ich werd's überleben«, murmelte er.

Birch ließ sich zu Boden gleiten und band sein Pferd an den Ring an der alten Eiche. Auf der Vorderseite der Kirche gab es zwei Türen; eine, durch die man eintrat, und die andere, durch die man als neuer Mensch herauskam. Er probierte den Riegel an dem Tor zum Hineingehen. Es war versperrt, also kletterte er die steinernen Stufen hinauf und drückte die Klinke an dem Tor zum Hinausgehen nieder. Sie quietschte und schnappte ein und die Türe öffnete sich knarrend nach ihnen.

Das kleine Heiligtum war heiß und stickig, nachdem es den ganzen Tag lang mit geschlossenen Fenstern in der Backofenhitze gestanden war. Selbst jetzt jedoch erfüllten der Duft der Gesangbücher und verwelkten Blumen und der Hauch von Zehntausenden Gebeten und Chorälen und Predigten Birch mit einem heimatlichen Gefühl.

Er stand in der Finsternis und erkannte die Umrißlinien der Kanzel und der Betbänke und des staubigen Harmoniums, an dem der alte Mr. Ray jeden Sonntagabend die quietschenden Pedale drückte.

Dort in der dritten Bank waren Mama und Bobby und er selbst immer gesessen, dort hatte er sich selbst und seinen Glauben gefunden. Heute nacht fühlte er sich grenzenlos verloren und von einer Wolke des Zweifels umhüllt.

Er ging zum Fenster hinüber und überblickte den Friedhof.

Er war voller Menschen, die er gekannt hatte. Alte Männer und Frauen, Kinder, mit denen zusammen er aufgewachsen war. Und da war die Grabstätte der Familie Tucker. Zwei neue Obelisken ragten auf der kleinen, von einem gußeisernen Geländer umgebenen Rasenfläche himmelwärts. Einer für Clara Tucker. Einer für Bobby. Da lagen sie ... die einzige Familie, zu der er in seinen Träumen heimgekehrt war. Die Leere, die sie hinterlassen hatten, erschien ihm in dieser Nacht fast unerträglich. Er sank mit einem halberstickten Schluchzen auf die Knie. »Also ist es wahr!«

In diesem Augenblick wünschte er, er könnte zu der schweigenden Versammlung gehören, die unter der Erde von Shiloh ruhte. Einen Augenblick lang blickte er auf und wollte beten, und dann sah er die Deckenbalken und dachte an den starken, festen Strick, der draußen an seinem Sattel festgebunden war. Würde es einen Unterschied machen, wenn er jetzt alles hinschmiß? Warum war er überhaupt zurückgekommen? Warum war er nicht an der Front gefallen? So viele Männer, die daheim dringend gebraucht wurden, waren niemals heimgekehrt. Wie sollte seine Zukunft jetzt aussehen? Was hatte er Trudy zu bieten?

»Nichts«, flüsterte er laut vor sich hin, »du hast dich selbst zum Narren gehalten, Birch. Hast du wirklich geglaubt, du könntest ein Mädchen wie sie heiraten, heimkommen, Kinder zeugen und das Land bebauen? Alles Träume und Schäume. Nutzlos.«

Birch hob den Kopf und blickte durch die nächtliche Dunkelheit zu dem schweren dunklen Schatten des Kreuzes auf, das an der Wand hinter der Kanzel hing. »Ich brauche ein Wort, Herr«, sagte er. »Ein Wort, das meine Seele tröstet ...«

Draußen strich eine sanfte Brise durch die spröden Blättchen der Eiche und machte ein raschelndes Geräusch. Birch wartete, hielt den Atem an, hoffte auf eine Stimme, die zu ihm sprechen würde. Nichts geschah. Nichts war da, nur der Wind um die Bäume. Keine Stimme. An diesem Ort, an dem es ihm einst erschienen war, als hätte er hier die Antwort auf alle Sehnsucht seines Herzens gefunden, gab es keine Antwort.

Er stand langsam auf und legte die Hand auf die Taschenbibel, in der Mamas Brief, immer noch ungeöffnet, darauf wartete, in einem solchen Augenblick der Verzweiflung zu ihm zu sprechen. Es gab keinen besseren Augenblick, um ihre Worte zu hören. Sie würde ein Wort der Linderung für ihn haben. Ein Wort der Hoffnung, das sie ihm anbot, ein Bild des Himmels jenseits der Hölle seiner Einsamkeit!

Birch zog den Briefumschlag hervor und stolperte zur dritten Kirchenbank nach vorne, wo sie seine Hand gehalten und für ihn gebetet hatte, an jenem letzten Sonntag, bevor er abgereist war. Er streckte sich rücklings auf der Bank aus und legte den Briefumschlag auf sein Herz, während er ins Dunkel hinaufstarrte.

Als er die Augen schloß, war es ihm, als könnte er ihre Stimme hören. *»An dem Tag, an dem du geboren wurdest, Birch, da sagte ich dem Herrn, daß du Sein Kind bist. Der Herr ist dein Vater, wohin du auch gehen magst. Ich habe dich schon geliebt, als du nichts weiter warst als ein quengelnder, nutzloser kleiner Wurm! Ich liebte dich und wechselte dir die Windeln und fütterte dich, wenn du hungrig warst. Ich liebte dich, noch bevor du jemals eine Furche gepflügt oder ein einziges Scheit Holz gehackt hast. Hör mir jetzt zu, mein Junge ... wenn du dort drüben ganz allein bist, und Angst hast und meinst, dein Herz müßte jeden Augenblick brechen ... dann denk daran, der Herr liebt dich mehr, als ich dich jemals lieben könnte! Und Er ist da, direkt an deiner Seite. Er wird dein Herz nähren, wenn du hungrig bist, und dich reinigen, wenn du erneuert werden mußt! Er wird dich bedecken, wenn dir kalt ums Herz wird. Leg dich einfach in Seine Arme wie ein kleines Kind, Birch. Du brauchst nicht allezeit stark sein. Laß zu, daß Er dich liebt. Er ist sanft zu seinen Kindern.«*

Die Stimme schien ganz deutlich hörbar. Hatte er sie mit Ohren gehört oder nur mit seinem Herzen? Er brauchte den Brief jetzt nicht zu öffnen. Er hatte kaum die Kraft, die Augen aufzuschlagen, geschweige denn eine Kerze anzuzünden.

»Jetzt mußt du mich halten, Jesus«, flüsterte er. »Heute brauche ich einen Vater.« Und dann schlief er mit einem Seufzer ein.

* * *

Jefferson schnitt Billy Jones von dem Walnußbaum ab. Er trug ihn auf den Armen und legte seinen zierlichen Körper auf die Ladefläche des Fuhrwerks. Er brachte ihn heim zu seiner Witwe und seinen Kindern. Er zimmerte einen Sarg aus den Brettern, die für einen neuen Hühnerstall gedacht gewesen waren. Um ihn für alle diese Dienste zu entlohnen, bat Delpha Jean darum, daß Jefferson die Leichenpredigt bei Billys Begräbnis halten dürfe. Der alte Prediger nickte mit seinem weißhaarigen Kopf und sagte, das sei nur recht und billig so.

Also wurde Billy Jones im Friedhof der Farbigen begraben. Keine granitenen Grabsteine standen da, keine steinernen Engel, die

die Hände zum Himmel erhoben. Billys Name wurde in Blockbuchstaben auf ein weißgetünchtes Brett geschrieben, das am Kopfende des Grabes, in dem er liegen sollte, in die Erde gerammt wurde. Jefferson las aus dem 103. Psalm in der Heiligen Schrift, daß sich der Herr über jene erbarme, die ihn fürchten, wie sich ein Vater über seine Kinder erbarmt. Man war allerseits der Meinung, daß das die einzige Art von Erbarmen sei, auf die man in diesem Leben rechnen könne. Ein Meer salziger Tränen wurde an diesem Morgen vergossen. Eine Flut von Jammer überschwemmte den Ort.

Jefferson Canfield sagte »Amen« und hob den Kopf. Er ließ den Blick über die Baumwollfelder und die Maisstengel hinwegschweifen. Die Leute blickten einander an, denn sie erkannten, daß der Heilige Geist Jefferson erfüllte, wie es schon früher geschehen war. Dann hob Jefferson die Hände, und seine Stimme hallte über die Felder.

»So spricht der Herr: Das Leben des Menschen ist wie eine einzige Baumwollflocke. Er wächst heran, und manchmal frißt ihn der alte Rüsselkäfer, der Teufel, von innen her auf, bevor er noch eine Chance hat zu blühen. Aus anderen wird kostbare Baumwolle. *Aber das Ende ist immer dasselbe, spricht der Herr! Jeden, jung oder alt, wird der Todesengel pflücken!* Und die Welt, in der wir wachsen, fragt nicht nach uns, wenn wir dahingerafft werden! Der Wind kommt und weht über die Felder, *und die stolzen, hochaufgeschossenen Baumwollstauden schwinden dahin!«*

Gemurmelte »Amen« folgten seinen Worten, aber Jefferson war noch nicht fertig.

»Oh, Herr Gott!« schrie er so laut, daß die weißen Männer, die auf einem Fuhrwerk vorbeifuhren, zu der Gruppe auf dem Hügel hinüberblickten. *»Hab Erbarmen mit den Männern, die unseren Billy getötet haben! Sie sehen nicht, was am Ende ihres Lebens auf sie wartet! Sie wissen nicht, daß kein pompöser Grabstein das Kommen des Jüngsten Tages verhindert! Hab Erbarmen mit ihnen, Herr ... denn deine Gerechtigkeit wird furchtbar sein, wenn das Gericht über sie kommt!«*

Niemand sagte »Amen«, aber alle waren überzeugt, daß sie das Wort Gottes von den Lippen des jungen Predigers vernommen hatten.

DRITTER TEIL

LIEBE UND KRIEG

Motten stecken im jungen Mais, Rüsselkäfer im Baumwollfeld,
der Teufel steckt im weißen Mann, Krieg herrscht auf der ganzen Welt.

ZWISCHEN-AUFENTHALT

Der Sonderzug hatte drei Stunden Verspätung, als er auf der winzigen Station in Camden, Ohio, ankam, aber diese Tatsache hatte die erwartungsvolle Menge zu beiden Seiten der Geleise nicht im geringsten verkleinert. Die provisorischen Tribünen, die man in aller Eile aufgebaut hatte, waren seit dem frühen Morgen zum Bersten voll. Niemand war der Versuchung erlegen, seinen Platz aufzugeben, obwohl es mittlerweile Nachmittag geworden war.

Über der ganzen Versammlung lag eine Atmosphäre wie auf einem Jahrmarkt. Fliegende Händler boten mit lauter Stimme geröstete Erdnüsse in Papiertüten und eisgekühlte Getränke an. Ihr Singsang mischte sich mit dem Geschrei der Souvenirhändler, die rot-weiß-blau gestreifte Bänder mit dem Porträt von Präsident Woodrow Wilson und winzige Sternenbanner als Andenken anboten.

Die Bahnsteige waren mit allen Honoratioren des Ortes besetzt, die sich irgendwie eine Einladung hatten verschaffen können, ihren Platz auf diesem erhabenen Ort einzunehmen. Bürgermeister Thompson, der in seinem Anzug mit dem steifen Kragen in Strömen schwitzte, umklammerte immer noch die Notizen für seine Begrüßungsrede, obwohl die Tinte längst verschmiert und das Papier zerknittert war. Er war der einzige in der ganzen Menschenmenge, der ernsthaft hoffte, die Prüfung würde bald vorüber sein. Was die anderen anging, so betrachteten sie den Besuch des Präsidenten der Vereinigten Staaten bei seinem kurzen Aufenthalt unterwegs als ein Ereignis, das den Spätsommertag in einen richtigen Festtag verwandelte; die Läden hatten die Rollbalken herabgelassen, die Bank war geschlossen, und die gesamte Bevölkerung des umliegenden Landes war nach Camden geströmt, als sei bereits die Zeit für die alljährliche Landwirtschaftsmesse gekommen.

Die Kinder schrien durcheinander und tobten umher. Sie hatten keine Ahnung, worum es bei dem ganzen Wirbel eigentlich ging, aber sie hatten ihren Spaß an der Aufregung. Doc rief seinen Enkel Howie zu sich auf die Tribüne, wo Doc zwei Sitze entfernt von Bürgermeister Thompson saß. Doc reichte Howie eine Handvoll Pennies. Er blinzelte ihm zu und sagte: »Du weißt doch, was du zu tun hast, nicht wahr, Howie?« Howie nickte feierlich und sauste davon.

Eine Anzahl kleiner Jungen, zu denen auch ein weiteres von Docs Enkelkindern gehörte, benutzten das Dach des Bahnhofs als Ausguck. Es hatte bereits dreimal falschen Alarm gegeben, und so reagierte die Menge nicht mehr ganz so schnell wie zuvor, als Patrick schrie: »Der Zug! Der Zug kommt!« Aber diesmal war es kein Irrtum. Der Sonderzug des Präsidenten, in dem Woodrow Wilson kreuz und quer durch die Staaten fuhr, um sich die Unterstützung der Bevölkerung für seinen Völkerbund zu holen, kam schnaubend und dampfend in Sicht.

Bald darauf waren die dunkelblauen Flaggen mit dem Symbol des Präsidenten erkennbar, die auf dem Zug wehten. Sämtliche Instrumente der Kapelle der Freiwilligen Feuerwehr legten mit dem Lied »The Princeton Fight Song« los.

Statt unmittelbar am Bahnsteig anzuhalten, fuhr der Zug des Präsidenten durch die ganze Station, bis die Rücklichter des letzten Waggons sich vor den Tribünen befanden. Die Lokomotive gab einen krampfhaften Dampfstoß von sich, und dann senkte sich erwartungsvolle Stille über die Szene. Eine Ehrengarde uniformierter Veteranen des Großen Krieges marschierte auf und nahm an den Geleisen entlang Aufstellung. Einer von ihnen war Ellis Warne. Er stützte sich auf seine Krücken, aber er sah stolz und glücklich aus. Doc blickte von inmitten der Gruppe der Würdenträger auf seinen Sohn hinab und lächelte.

Die Kapelle stimmte »Hail to the Chief« an, und die Türe auf die rückwärtige Plattform des Zuges öffnete sich. Der hagere, aristokratisch wirkende Mann, der seit sechs Jahren Präsident der Vereinigten Staaten war und das Land durch den Großen Krieg geführt hatte, erschien und blinzelte im Sonnenlicht.

Bürgermeister Thompson entledigte sich seiner Aufgabe, den

Präsidenten in Camden willkommen zu heißen und seine Errungenschaften zu preisen, in durchaus ehrenvoller Weise, indem er Betrachtungen darüber anstellte, welch eine große Ehre das für die Stadt, die Grafschaft und den ganzen Staat bedeutete, aber Wilson ließ deutliche Ungeduld erkennen, während die honigsüßen Worte an seine Ohren drangen. Doc fuhr es durch den Kopf, daß der Präsident sicher nicht die Ursache dafür war, daß der Zug Verspätung hatte. Er wirkte wie ein Mann, der eine große Aufgabe wahrnahm - besser gesagt, ein Mann, der sich auf einem Kreuzzug befand.

Als Thompson endlich genug Süßholz geraspelt hatte, verlor Wilson keine Zeit mehr und kam auf das Thema zu sprechen, das ihn interessierte. »Meine Freunde«, sagte er mit heiserer, aber entschlossen klingender Stimme, »ich stehe heute vor euch, wie ich in gleicher Weise vor Tausenden eurer Mitbürger gestanden habe und noch stehen werde. Ich bringe euch und der ganzen Nation eine Botschaft von größter Bedeutung für das Wohlergehen der ganzen Welt.« Die Menge wartete geduldig, bis er sich von einem Hustenanfall erholt hatte.

»Durch die Gnade des allmächtigen Gottes haben wir den Krieg gewonnen, der viele Familien so schwere Opfer kostete, wie ich sie hier vor mir sehe.« Er unterbrach sich und wies mit einer Handbewegung auf Ellis und die anderen Mitglieder der Ehrengarde. »Und ich bin sicher, daß ihr alle die Erinnerung an andere im Herzen tragt, die im Namen von Frieden und Demokratie ihr Leben geopfert haben.

Aber es genügt nicht allein, einen Krieg zu gewinnen; nun müssen wir auch den Frieden erobern! Wir stehen an der Schwelle einer Gelegenheit, die Welt dem Bild unserer Sehnsucht ähnlicher zu gestalten, eine Welt andauernden Friedens, in der es eine Möglichkeit gibt, Differenzen zwischen den Nationen ohne Gewalt oder Opfer oder Verluste an Menschenleben zu bereinigen. Ich spreche von dem geplanten Völkerbund. Die Bühne ist bereit, das Schicksal nimmt seinen Lauf. Wir können nicht mehr zurück. Wir können nur mehr voranschreiten, die Augen zum Himmel erhoben und voll frischen Wagemuts, der Vision zu folgen. Amerika wird die Fackel vorantragen. Das Licht strömt auf den Pfad, der vor uns liegt, und nirgends anders hin.«

Präsident Wilson hielt inne, um den Applaus entgegenzunehmen. Er fuhr fort. »Gibt es also einen Schatten, der diesen Pfad verdunkelt? Nur in den Herzen kleiner, verächtlicher Menschen. Pygmäenseelen. Selbstsüchtige, engstirnige Menschen, die niemals einen Schritt vorwärtstun, sondern im Kreis herumlaufen und meinen, so von der Stelle zu kommen.« Doc wußte, daß Wilson damit das Komitee für Auslandsangelegenheiten des Senats und insbesondere Senator Henry Cabot Lodge meinte. Lodge nahm kein Blatt vor den Mund, wenn es darum ging, sich gegen eine Teilnahme der Vereinigten Staaten am Völkerbund auszusprechen, und er und die übrigen Isolationisten unter seinen Kollegen hatten die Zustimmung des Senats zum Völkerbund blockiert.

»Ihr müßt mir helfen, die Flut von Unwissenheit und Furcht und Widerwillen gegen jeden kühnen Schritt vorwärts einzudämmen. Sagt euren Abgeordneten: ›Amerika muß führen! Aus dem Schmerz und dem Jammer des letzten Krieges muß eine neue Weltordnung entstehen!‹

Ihr müßt das mit Worten aussprechen und mit Briefen und, in erster Linie, mit euren Wählerstimmen! Ihr habt die Möglichkeit, diese dringende Botschaft in der wertvollsten Form nach Washington zu senden: in der Gestalt eines Abgeordneten, der beides in sich vereint, die Fähigkeit zum Opfer und die Fähigkeit, andere zu führen. Ich lege euch ans Herz, die Kandidatur von Doctor William Warne als eurem nächsten Volksvertreter zu unterstützen!«

Einen Augenblick herrschte verblüfftes Schweigen, dann brach donnernder Applaus los. William Warne. Damit war Doc gemeint, Doc Warne, der Mandeln operierte und gebrochene Arme schiente und Babies zur Welt brachte. Der Präsident der Vereinigten Staaten sprach von *ihrem Doc*, hatte ihn beim Namen genannt!

Es folgten noch einige abschließende Bemerkungen, aber die Menge hörte nur noch mit halbem Ohr zu. Als Wilson ihnen für ihr Kommen gedankt hatte und sich von ihnen verabschiedete, hatte sich bereits eine Menschenschlange auf dem Bahnsteig gebildet, um Doc die Hand zu schütteln.

Sie hielten ihn noch eine ganze Stunde in Trab, nachdem der Zug Camden bereits wieder verlassen hatte, aber schließlich hatte auch der letzte Farmer Doc seine Glückwünsche ausgesprochen, und er war allein, nur der kleine Howie leistete ihm noch Gesellschaft. Doc beugte sich zu ihm hinunter und fragte ihn: »Na, Howie, hast du sie alle wiederbekommen?«

»Ja, Sir«, sagte Howie, »alle außer dem einen, den Susie Mercer aufhob und behielt; sie sagte, was man findet, kann man behalten und...«

»Mach dir nichts draus«, sagte Doc. »Den einen gönnen wir ihr. Laß mich ansehen.«

Howie begann seine Taschen auszuleeren. Neunundzwanzig Kupferpfennige, die die Räder des Sonderzuges zu platten Ovalen gemünzt hatten, füllten Howies Hände. »Ich glaube ... ich werde diesen hier nehmen«, sagte Doc und griff sich willkürlich einen heraus. »So, den Rest teilst du mit deinen Brüdern und Cousins. Eines Tages kannst du ihn deinen Enkelkindern zeigen und ihnen erzählen, daß du ihn bekommen hast, als du gerade so alt warst wie sie, an dem Tag, an dem du Präsident Wilson sprechen gehört hast.«

»Und, Opa«, fügte Howie hinzu, und seine Augen glänzten so hell wie die Pennies, »den Tag, an dem der Präsident dich mit Namen genannt hat.«

»Ja, mein Junge«, stimmte Doc ihm zu, während er das Erinnerungsstück in sein Uhrtäschchen steckte, »das hat er getan.«

* * *

Jeden Morgen teilte Trudy sich ihre Hausarbeit so ein, daß sie damit fertig sein konnte, wenn die Post kam. Die Betten waren gemacht und das Frühstücksgeschirr abgewaschen und weggeräumt. Der Salon war abgestaubt, und dann nahm Trudy den Besen aus dem Schrank und begann langsam und überaus sorgfältig den Gehsteig vor dem Haus zu fegen, sobald der Briefträger um die Ecke der Seventh Street bog.

Wenn der Airedale-Terrier der Johnsons drüben auf der anderen Straßenseite wie rasend zu kläffen begann, hatte Trudy gerade bis zur untersten Treppenstufe gekehrt. Der Briefträger trat auf den ziegelgepflasterten Bürgersteig, die Hand voll Briefe, und begrüßte sie wie üblich. »Jede Menge Post für Sie, Miß Trudy!« rief er ihr fröhlich zu.

Sie wagte nicht, auf den Brief zu hoffen, auf den sie wartete, *um den sie betete!* Sie nahm dem Briefträger die Post ab, wünschte ihm einen guten Morgen und zwang sich, nicht an Ort und Stelle das Bündel Briefe durchzublättern und den Poststempel von Shiloh zu suchen.

»Ist etwas Interessantes dabei, Liebling?« rief Sadie aus der Küche, als die Jalousietür zugeschlagen wurde.

Trudy lehnte den Besen in einen Winkel und erlaubte sich dann, das Bündel Briefe durchzugehen. »Ein Brief von Max!« rief sie und legte den Brief ihres Cousins auf das Beistelltischchen im Flur. Die übrigen Umschläge waren an Trudys Mutter addressiert, oder es handelte sich um Rechnungen, die an ihren Vater gerichtet waren. Das Telefon klingelte - dreimal, Pause, dann noch einmal dreimal. Das war das Signal, daß der Anruf dem Anschluß der Meyers galt.

Sadie rief: »Heb ab, Trudy! Meine Hände sind voll Silberputzmittel!«

Trudy, die erst zur Hälfte mit dem Sortieren der Briefe fertig war, hob widerstrebend den Hörer ab und beugte sich vor, um laut in den altmodischen Apparat zu sprechen. »Hier bei Meyer.«

»Hallo. Hier spricht Miß Brown von der Belle-Grove-Schule. Miß Trudy Meyer, bitte?«

Trudy versuchte, den Hörer auf der Schulter zu balancieren und gleichzeitig die Poststempel auf den Briefen zu lesen. »Am Apparat.«

»Trudy?« Irgend jemand sprach auf einem anderen Anschluß, und die Verbindung wurde schlechter. »Trudy Meyer?«

»Ja!« schrie Trudy auf, außer sich vor Entzücken. Nicht etwa, weil sie so gerne mit der Sekretärin der Belle-Grove-Schule sprach, sondern weil hier in ihrer Hand der kostbare Brief lag, nach dem sie gesucht hatte. »Ja! Trudy hier!« Hörte man ihrer Stimme die Aufregung etwa so überdeutlich an?

»Tja«, schrie Miß Brown am anderen Ende der Leitung, »der Schulvorstand möchte Sie gerne sprechen -«

»Wunderbar! Wunderbar, Miß Brown!«

»Anzunehmen«, antwortete die Frau trocken. »Er sagte, es sei dringend, Miß Meyer.«

Nun, das war ja etwas Neues. Die alte Miß Brown hatte sie nie anders als Trudy genannt. Es war wohl ein Zeichen des Respekts für die jüngste Lehrerin an der Belle-Grove-Schule.

»Wann immer Sie wollen ... mir ist alles recht. Morgen? Früh am Vormittag, bevor es zu heiß wird?« Trudy ließ die übrigen Briefe zu Boden fallen, hielt aber Birchs Nachricht eisern umklammert, bis der Ärger über die telefonische Störung sich gelegt hatte. Dann jagte sie die Stiegen hinauf und schloß die Türe, um die Fragen ihrer Mutter abzuwehren, wo Birch war und wann er zurückkäme und ...

Sie schlitzte den Umschlag mit ihrem Taschenmesser auf und nahm den Brief heraus, während sie sich auf einen Sessel am Fenster setzte. Es war eine kurze Nachricht, eine einzelne Seite auf einem Stück Papier, das aus dem Notizbuch eines Kindes gerissen war. Trudy biß sich auf die Lippen, während sie versuchte, seine Unterschrift durch die Rückseite des Papiers zu lesen. Hatte er ihr geschrieben, daß er sie liebte?

Sie entfaltete das Stück Papier und überflog die drei Zeilen, dann schnappte sie nach Luft und las sie laut. *War das denn möglich?*

> *Liebe Trudy,*
> *nichts hat so funktioniert, wie ich es mir vorgestellt habe. Ich habe Dir nichts zu bieten, trotz all meiner Gefühle für Dich. Am besten, Du vergißt mich und führst Dein Leben ohne mich weiter.*
> *Birch Tucker*

»Trudy ...« Sadies ungeduldige Stimme durchdrang den Nebel von Trudys Schmerz und Zorn, als sie den Brief anstarrte. »Du hast die ganze Post auf dem Fußboden liegen lassen!«

Trudy las die Nachricht von neuem. Sie drehte den Zettel um. Es wollte ihr nicht in den Kopf, daß da nicht mehr geschrieben stehen sollte. *Wie konnte er so eiskalt sein?* Wie konnte er all die Dinge sagen, die er zu ihr gesagt hatte? Sie küssen, wie er sie geküßt hatte? Und jetzt das? Sie fühlte sich elend, und ihr war schwindlig. Sie schleppte sich zum Bett und legte sich nieder. Im Augenblick brachte sie es nicht fertig, Sadie zu antworten.

»Trudy? Wo bist du? Trudy!«

»Hier, Mama«, brachte sie schließlich hervor.

»Komm sofort herunter!«

»Mir geht's nicht ... mir ist schlecht, Mama!« rief sie und hoffte, sie würde nicht in Tränen ausbrechen. Kein Mann war es wert, daß man seinetwegen weinte. Und schon gar nicht ein Mann, der ein so abscheulicher Lügner war! Ein Mann, der es fertigbrachte, mit den Gefühlen eines Mädchens zu spielen und dann ... *das hier!* Sie schob die Nachricht hastig unter das Polster, als Sadie eintrat.

»Was ist los?« fragte Sadie.

»Ach ... weißt schon, Mama.«

»Oh, hast du wieder deine Tage?«

»Wahrscheinlich.« Trudy schloß die Augen, um die brennenden Tränen zurückzudrängen, die unter ihren Lidern hervorzuquellen drohten. Ihre Stimmte bebte. Sie wollte nicht, daß Sadie sie in diesem Zustand sah und erriet, was *wirklich* nicht in Ordnung war.

»So bald schon? Hmmm. Soll ich dir ein Aspirin holen?« Sadie zog die Sonnenblenden herunter. Barmherzige Dunkelheit.

»Nein. Ich brauche nur ein kleines Schläfchen, dann kommt alles wieder in Ordnung.«

»Kopfweh?«

»Hmmm. Ein bißchen. Bitte, Mama.« Trudy hatte das Gefühl, als würde sie mitten entzweibrechen, wenn sie noch mehr Fragen beantworten mußte.

»Schon gut ... du hast die Post auf den Fußboden fallen lassen.«

»Tut mir leid, Mama.«

»Alle außer dem Brief von Max. Aus England.« Sadies Stimme troff förmlich vor Neugier. »Er möchte wissen, ob du irgend etwas von jemand namens Irene gehört hast.« Sie hielt ihr den Brief hin.

»Du hast ihn gelesen?« Trudy saß mit einem Ruck aufrecht da und riß ihrer Mutter den Briefumschlag aus der Hand.

»Ich hab' die Absenderadresse gelesen. Ich dachte nicht, daß es ein privater Brief sei. Max gehört schließlich zur Familie. Armes kleines Ding. So vaterlos, wie er aufwachsen mußte –«

»Mama!« fuhr Trudy sie an. *»Max' Brief?«*

Sadie händigte ihn ihr nur zögernd aus. »Max sagt, diese Irene-Frau ist soeben aus New York verschwunden. Hat ihm einen Brief geschrieben und sich dann in Luft aufgelöst. Er sagt, er hat jeden Cent seines Stipendiums dafür verbraucht, Telegramme aus England zu schicken, um sie ausfindig zu machen. Ihre Brüder wissen nicht, wo sie ist oder warum sie fortgefahren ist, aber Max macht sich große Sorgen, und sobald er sie findet, will er sie heiraten und -«

»Mutter!« schrie Trudy Sadie nieder. *»Das war ein privater Brief!«*

»Nun, hast du etwas von dieser Irene-Frau gehört oder nicht?«

»Nein.«

»Wer ist sie?«

»Bitte, Mama ... eine Lehrerin. Eine alte Freundin von der Columbia-Universität.«

»Hört sich an, als wäre sie für Max mehr als nur eine alte Freundin.« Sadie stand wie festgewurzelt im Türrahmen. Sie bohrte nach der Information, die in Max' Brief mitschwang, aber nicht ausgesprochen worden war. »Ist sie eine braves Mädchen, diese Irene-Frau? Oder will sie deinen Cousin nur einfangen?«

»MUTTER!«

»Sprich nicht in diesem Ton mit mir!«

»Bitte.« Trudy kämpfte den Zorn nieder, den sie empfand. »Bitte ... schließ ... meine Türe.«

»Wenn du an Max schreibst, sag ihm, daß es mehr als einen Fisch im Ozean gibt, Trudy. Ihr jungen Leute glaubt immer, ihr würdet ein gebrochenes Herz nicht überleben. Sag ihm, bei dieser Irene-Frau gibt's nur eines: er soll sie *vergessen!«*

Trudy starrte Sadie - die jetzt alles gesagt hatte, was ihrer Meinung nach zu der Sache zu sagen war - zornfunkelnd an. »Würdest du jetzt bitte meine Türe zumachen?«

Sadie seufzte. »Aber gewiß«, sagte sie, und die Türe schnappte zu. Trudy blieb allein zurück in dem dunklen, stickigen Raum.

Trudy las Max' Brief von Anfang bis Ende. Er klang verzweifelt, hilflos und nach gebrochenem Herzen. Sein Geld war aufgebraucht. Er konnte sich keine Fahrkarte zurück nach New York leisten. Die Akademikerstiftung hatte seine Fahrt nach England bezahlt, und jetzt mußte er dort drüben bleiben. Er schrieb:

> *Sie hat New York verlassen, ohne ihren Brüdern, die sie ebenfalls dringlichst suchen, eine Erklärung zu liefern. Vielleicht bist Du die einzige, die erraten kann, was das zu bedeuten hat. Ich bemühe mich verzweifelt, sie zu erreichen. Ich möchte alles in Ordnung bringen - sie heiraten. Vielleicht hat sie Dir geschrieben. Bitte richte ihr von mir aus -*

»Oh, Max«, flüsterte Trudy. Plötzlich erschien ihr ihr eigenes gebrochenes Herz halb so schlimm im Vergleich zu seinem Kummer. Sie konnte Birch vergessen. Da mochte ihre Mutter recht haben. Aber Irene und Max - kein Zweifel, in ihre tragische Affäre würde bald auch eine dritte kleine Person verstrickt sein. Trudy war sicher, daß sie wußte, warum Irene fortgelaufen war. *»Laß nicht zu, daß er dich jemals wieder verletzt ...«*

Wie war alles nur so plötzlich ins Chaos versunken? Sie schloß die Augen, damit sie nicht anfangen würde, um Irene oder um sich selbst zu weinen. Sie hatte sich geschworen, sie würde niemals so dumm sein, wegen eines Mannes zu weinen, und so biß sie sich auf die Lippen und runzelte die Stirn und kämpfte den Drang nieder, im Selbstmitleid zu versinken. Sie hatte einmal geweint, als Birch sie verlassen hatte. Wie lächerlich kam ihr das jetzt vor! Sie würde nie wieder so dumm sein.

DIE SCHLACHT BEGINNT

Eine spiralförmige Rauchfahne stieg aus Docs geschnitzter Wurzelpfeife und kringelte sich um sein rotwangiges Gesicht. Er saß wieder in seinem Bürosessel, aber diesmal hatte das Treffen die Grenzen seines winzigen Büros gesprengt, und das Komitee breitete sich über das Wohnzimmer des Warne-Hauses aus, als wollten die Männer den zusätzlichen Raum bis zum letzten Fußbreit ausnützen.

McBride saß auf dem Fenstersims, während Mazurki die Couch ganz für sich allein hatte. Molly hatte dafür gesorgt, daß alle die Longdrink-Gläser mit Eistee gefüllt waren. Sie hatte anfangs vorgehabt, die Männer bei der Besprechung ihrer Angelegenheiten allein zu lassen, aber Doc hatte sie gebeten zu bleiben. Sie kauerte auf dem Klavierhocker in einem Winkel des Raumes. Auf dem Notenständer des Klaviers lag das Notenblatt des Liedes »Over There.«

Blaylock war der einzige, der nicht entspannt wirkte. Er hatte sich nicht hingesetzt, sondern schritt im Raum auf und ab. »Also gut jetzt, Bobby«, sagte Doc, als der Rechtsanwalt eben wieder eine Runde gedreht hatte, »wann fangen wir ernsthaft mit der Wahlkampagne an?«

»Die Bauern sind bereits auf deiner Seite«, sagte Blaylock. »Aber das allein genügt nicht. Hopewell hat die Unterstützung von Senator Harding und von Hardings Zeitung. Hopewell wird in der Lage sein, der Bevölkerung seine spezielle Art von Verfolgungswahn einzuhämmern - Angst vor den Roten, Angst vor den Ausländern, Angst vor Problemen mit den Farbigen - und er wird das Ganze in die Angst vor verlorenen Arbeitsstellen und schrumpfenden Lohntüten verpacken.«

»Und wie sollen wir dagegen ankämpfen?« brummelte Mazurki.

Ein lauter Krach unterbrach das Gespräch, noch bevor irgend jemand Pauls Frage beantworten konnte. Im hinteren Teil des Hauses wurde die Jalousietür, die in Mollys Küche führte, aufgerissen, so daß sie gegen die Hausmauer schlug, nicht nur einmal, sondern zweimal. Der Lärm trampelnder Füße auf dem Boden mischte sich mit dem Geschrei »Mama! Mama!« und »Omama!« Der Lärm und Wirbel erweckten den Eindruck, daß mindestens vierhundert Kinder auf einer Büffelherde durch die Küche stürmten.

Die Schwingtüre zwischen Küche und Wohnzimmer flog auf und Klein Julie stürzte herein. Tim und Howie folgten ihr auf den Fersen. Molly warf ihr einen Blick zu und dachte, daß Julie sich eher am Freistilringen als am Büffelreiten beteiligt hatte. Julies rote Löckchen, die hübsch säuberlich auf ihrem Scheitel aufgesteckt gewesen waren, als sie morgens zur Schule gegangen war, hingen ihr übers Gesicht. Auf der rechten Seite hing eine Korkenzieherlocke bis auf den Blusenkragen herab, als hätte jemand versucht, ihr diese Haarlocke glatt auszureißen.

»Sie hat dich eine Rothaut genannt, Papa, eine dreckige alte Rothaut«, berichtete Julie Doc mit lauter Stimme. Die Hälfte ihrer Blusenknöpfe war abgerissen, und der zerknitterte Blusenzipfel ließ erkennen, daß sie ihre blutende Nase damit abgewischt hatte.

»Nicht *Rothaut!*« Tim, der ein ganzes Jahr älter war, korrigierte sie würdevoll. »Sie hat Opa einen *dreckigen Roten* genannt!«

»Wer hat das getan?« fragte Doc. »Julie, mein Liebling, hast du dich geprügelt?«

Julie sah entrüstet aus. Genügten die Narben der Schlacht, die sie am Leibe trug, nicht als Beweis, daß sie die Ehre der Familie verteidigt hatte? Sie fuhr herum und wandte sich scharf an Tim, der hastig einen Schritt zurücktrat. »Ist doch dasselbe«, beharrte sie. »Und, Papa, sie sagte, du wärst ein lausiger Polzerwick obendrein. Du bist doch kein Polzerwick, oder? Sie sagte, ich wäre auch einer! Wir sind doch keine Polzerwicken, nicht wahr, Papa?«

Doc blickte seine Freunde der Reihe nach an, als wollte er sagen: *Helft mir doch einer, rauszukriegen, wovon sie eigentlich redet.*

Molly klärte schließlich die Sachlage. Mit fester Stimme befahl sie Julie, augenblicklich hinauszugehen, sich zu waschen und umzuziehen. Sobald Julie das Zimmer verlassen hatte, wandte Molly sich an Howie, der noch kein Wort gesagt hatte, und bat ihn um eine Erklärung.

»Amy Wallace fing den Streit an«, sagte er. »Julie erzählte gerade Susie Mercer, wie Opa die Wahl gewinnen würde, da sagte Amy plötzlich ganz laut: ›Dein Pa ist bloß ein dreckiger Roter. Das sagt meine Mama.‹ Und dann fielen sie über einander her.«

»Na, schön, gut«, sagte Doc. »Allmählich können wir uns ein Bild von der Sache machen. Du und Timmy, ihr lauft jetzt am besten nach Hause. Und laßt euch nicht auf Raufereien ein, verstanden?«

»Warte noch ein Sekündchen«, bat Mazurki. Seine Augen betrachteten die Jungen über eine Nase hinweg, die die Spuren zahlreicher Kämpfe ihres Inhabers trug. »Ihr habt uns noch nicht gesagt, wer den Kampf gewonnen hat.«

Tim und Howie blickten einander sorgfältig abwägend an. »Julie hat gewonnen«, verkündete Tim.

Howie stimmte ihm zu. »Die beiden prügelten sich ordentlich, aber als Miß Morrison sie voneinander trennte, weinte Amy, aber Julie war immer noch wütend.«

Als die Jungen das Haus verlassen hatten, ging Molly aus dem Zimmer, um sich um Julie zu kümmern, und Doc und die anderen Männer nahmen ihr unterbrochenes Gespräch wieder auf. »Wo waren wir gerade?« fragte Doc. »Oh ja, Paul. Du fragtest, wie wir gegen Hopewell zurückschlagen könnten. Die Frage hast du genau zum richtigen Zeitpunkt gestellt. Sieht so aus, als hätte der Krieg bereits begonnen!«

* * *

Die Erdwände der Kohlengrube waren Schicht für Schicht abgetragen worden und hatten eine häßliche Schramme auf dem Gesicht von Franklin County, Arkansas hinterlassen.

Viele der Helden der Schlachten an der Argonne und Meuse und im Wald von Belleau waren in ihre Heimat zurückgekehrt und hatten feststellen müssen, daß während ihrer zweijährigen Abwesenheit das altvertraute Land anderen Pächtern zugeteilt worden war. In den Augen des Gesetzes waren die Gutsherren der Südstaaten unschuldig, wenn sie ihre Helden vor die Tür setzten. Was sonst hätten sie tun sollen? Die Preise in der Landwirtschaft fielen ins Bodenlose, konnten da die Pächter erwarten, daß die Besitzer ihr Farmland während ihrer Abwesenheit brachliegen ließen?

Die Kohlenminen waren voll von verbitterten, entwurzelten Männern, die ihr Leben lang weiße Baumwolle geerntet hatten. Nun mühten sie sich zwölf und vierzehn Stunden am Tage im schwarzen Schmutz des Kohlenstaubs ab. Ihre Bitterkeit brachte Haß hervor - Haß gegen die Gutsherren, gegen die Regierung, gegen die Fremdarbeiter und gegen die schwarzen Pächter, die für einen geringeren Gewinnanteil arbeiten konnten, als es je ein Weißer getan hätte. Im Spätsommer 1919 trug der Sommerwind die Gluthitze menschlichen Zorns mit sich. Die tiefe Grube des Kohlenbergwerks von Franklin County nährte Unzufrieden und Haß unter den Männern, die dort Arbeit fanden.

Birch Tucker betrachtete es als Glücksfall, daß er überhaupt Arbeit gefunden hatte. Um den Job zu bekommen, tauschte er mit dem Vorarbeiter der Mine den schönen Apfelschimmel gegen ein Paar rauhfelliger Maultiere, die er jeden Morgen vor einen Kohlenkarren auf dem Grund der Grube spannte. Es war Birchs Job, den schweren Karren bis zur halben Höhe die steile Serpentinenstraße hinaufzukutschieren. An einer ebenen Stelle tauschte er dann den beladenen Karren gegen einen leeren Karren um und fuhr zurück zum Grund der Grube.

Birch beneidete den Kutscher, der im oberen Teil der Mine arbeitete. Der Mann kam wenigstens hin und wieder ans Sonnenlicht und sah auch einmal etwas mehr von der Welt, als vierzehn Stunden am Tag nur Kohle und die trübselige Erdschlucht. Kein Lüftchen regte sich. Es gab keinen Schatten, in dem man auch nur einen Augenblick hätte ausruhen können. Die Sonne brannte mit unbarmherziger Schärfe herunter - genauso wie die Flüche des Vorarbeiters Ned Oliver, der aus einem anderen Teil der Staaten kam. Oliver mochte die Männer nicht, die unter seiner Aufsicht arbeiteten. Er haßte die dampfende Hitze der Kohlengrube in Arkansas, und er ließ seine Wut an den Arbeitern aus.

»Kohle ist was anderes als Baumwolle, ihr faulen Säcke!«

brüllte er am Ende der Mittagspause. »Die fällt nicht von selber runter und schreit: ›Heb mich auf!‹ Auf, und hebt eure Ärsche!« Birch hätte es vielleicht noch fertiggebracht, diese verbalen Peitschenhiebe auf seinem eigenen Rücken zu dulden, aber der Vorarbeiter hatte auch seinem Apfelschimmel Peitschenhiebe versetzt. Birch bereute es jetzt, daß er dem Vorarbeiter das Pferd im Tausch gegen die Maultiere angeboten hatte. Jeden Tag mußte Birch zuhören, wie Ned fluchte und den Wallach mit grausamen Sporentritten den bröckelnden Abhang hinauftrieb, bis das Pferd schäumte und keuchte. Tief in seinem Herzen regte sich etwas, wenn der Vorarbeiter mit dem Zaumzeug grob am empfindlichen Maul des Pferdes zerrte und seinen Sporen tief in die Flanken des Tieres grub.

An diesem Morgen war die Sonne noch kaum über dem Rand des Kraters aufgegangen, aber das Pferd hatte bereits wild aufgerissene Augen vor Furcht und Schrecken, als der Vorarbeiter es im Galopp an dem beladenen Kohlenkarren vorbeipeitschte.

Ein paar Meter vor Birch stolperte das Tier auf der Serpentinenstraße, was den Vorarbeiter in rasende Wut versetzte. Die Lederpeitsche klatschte über Schultern und Rumpf des Apfelschimmels und hinterließ Striemen auf Striemen in der feuchten Haut. Birch erstarrte und gab dann seinen Maultieren den Befehl, weiterzugehen, obwohl der Vorarbeiter mit dem scheuenden Wallach kämpfte und die Straße versperrte.

»Halt deine Maultiere an!« schrie der Vorarbeiter. »Siehst du nicht -« Die Peitsche unterstrich seine Worte. Er verfluchte den Apfelschimmel und riß ihn herum. Die Augen wild geöffnet, das Maul offen unter dem grausamen Zug des Zaumzeugs, erhob sich das Pferd auf die Hinterbeine. Die Peitsche hagelte auf seinen Schädel herab und landete mit hörbarem Klatschen zwischen seinen Ohren. Birch trieb sein Gespann vorwärts, als wollte er den Vorarbeiter mitten in seinem Kampf überfahren. Nun holte der Mann mit der Peitsche gegen die Maultiere aus.

»Laß das bleiben!« brüllte Birch und zügelte sein Gespann.

Der Vorarbeiter riß sein Reittier herum und trat es brutal in die Weichen, bis das Pferd zwischen dem Karren und der Wand der Kohlengrube eingeklemmt tänzelte. Er verfluchte Birch und hob die Peitsche, als wollte er ihn damit ins Gesicht schlagen. »Du lausiger weißer Nigger!« schrie der Vorarbeiter. »Verkauft mir diesen tollwütigen Hund, den er ein Pferd nennt! Seit zwei Wochen schlage ich mich mit dem Vieh herum, während du dir ins Fäustchen lachst!« Die Peitsche krachte von neuem auf das Pferd nieder. Das Pferd machte einen Satz nach vorne, wurde aber augenblicklich brutal an den Zügeln zurückgerissen.

»Wollen Sie die Maultiere zurückhaben?« forderte Birch ihn heraus.

»Ohne die Maultiere hast du keinen Job«, drohte der Vorarbeiter.

»Nehmen Sie Ihre Maultiere, Mister. Ich will nur mein Pferd.«

Daraufhin sprang der Vorarbeiter auf den Karren und schlug den Apfelschimmel so grob auf den Rumpf, daß er in Panik in die Kohlengrube hinabrannte. Er riß Birch die Zügel aus der Hand und stieß ihn vom Karren. »Raus aus meiner Kohlengrube, und zum Teufel mit dir«, sagte er und schlug auf die müden Maultiere ebenso grob ein, wie er zuerst den Apfelschimmel geschlagen hatte.

Birch stand am Abhang und sah dem Karren nach. Der Apfelschimmel hatte den Boden der Kohlengrube erreicht. Er stand zitternd neben einem leeren Karren. Sein Zaumzeug war zerrissen, wo er auf die Zügel getreten war. Ein Ohr war aus dem Kopfgeschirr herausgerutscht und er kaute auf den verrutschten Teilen herum.

Schmutzige Gesichter blickten Birch entgegen, als er mit müden Schritten die drei Kehren der Straße bis zum Grund hinunterstieg.

»Hat er dich rausgeschmissen, Tucker?« fragte einer.

»Sieht ganz so aus, oder etwa nicht?« Birch streckte die Hand aus, um die Striemen am Nacken des Pferdes zu berühren. Das Tier wich vor ihm zurück.

»Was wirst du denn jetzt machen, Tucker?« Ein Schubkarren voll Kohle polterte in den Karren.

»Weiß ich nicht.« Birch machte einen Schritt auf den Apfelschimmel zu und drehte die Handfläche nach oben. »Ich glaube, ich sollte erst mal versuchen, mein Verhalten diesem Pferd gegenüber wieder gut zu machen.« Das Tier war verstört von der zweiwöchigen Mißhandlung. »Ich glaube, er hat nie zuvor solche Hiebe gekriegt.« Er warf einen zornigen Blick auf den Vorarbeiter, der auf der ebenen Stelle der Straße stand, wo die Karren die Kutscher wechselten.

»Willkommen in der Wirklichkeit«, sagte ein Mann zu dem Pferd.

Sobald sie einmal aus der Grube draußen waren, ließ Birch das Pferd in leichtem Trab laufen. Obwohl er die ganze Zeit sanft auf das Tier einredete, dauerte es eine ganze Weile, bevor die Ohren aufhörten, beim Klang einer Männerstimme nervös zu zucken.

Als sie ein Wäldchen mit einem kleinen Bach erreichten, zog Birch die Zügel an und lenkte das Pferd beiseite auf ein kleines Rasenstück, auf dem es grasen konnte. Das Tier wieherte leise; ein dankbarer Laut, so unmißverständlich wie ein in Worten ausgesprochenes *Danke.* »Ich weiß, wie dir zumute ist«, sagte Birch zu dem Pferd. »Zu mir ist auch schon eine ganze Weile keiner mehr so richtig nett gewesen.«

Als er den Sattel vom Rücken des Tieres nahm, entdeckte er einen kleinen ledernen Sack, der hinter dem hohen Sattelknauf befestigt war. »Was ist denn das?« sagte er laut. »Das gehört nicht mir. Was haben wir denn da mitgehen lassen? Da bin ich aber neugierig.«

Aus dem Sack fiel ein zusammengefaltetes weißes Bettlaken, aus dem in der Mitte ein Loch geschnitten war, und eine Kapuzenmaske. »Hol's der Kuckuck«, sagte Birch. »Konnte es nicht etwas zu essen sein?« Er stopfte die Robe und die Maske in den Sack zurück. Er knuffte ihn zurecht, dann stopfte er das provisorische Kissen unter den Kopf und versuchte, im Schlaf seinen wachsenden Hunger zu vergessen.

* * *

Trudy Meyer empfand es wie eine Rückkehr ins Vaterhaus, als Lehrerin in die Belle-Grove-Schule zurückzukehren. Als sie an diesem Morgen die Stufen des neugotischen Gebäudes aus roten

Ziegeln emporstieg, konnte sie sich gut daran erinnern, wie sie hier Schülerin gewesen war und davon geträumt hatte, Lehrerin zu werden. An diesem Tag trug sie ihre Lehrpläne in der Ledermappe, die ihre Eltern ihr zum Studienabschluß in Columbia geschenkt hatten. Als sie zu dem hohen schlanken Glockenturm über dem Eingang aufblickte, fühlte sie, daß dies einer der stolzesten Tage in ihrem Leben war. Wenigstens ihr Stolz und ihre Errungenschaften waren ihr geblieben, auch wenn Birch aus ihrem Leben verschwunden war.

Das Büro von Professor Bolt, dem geschäftsführenden Direktor der Schule, befand sich neben dem Haupteingang. Trudy wartete am Empfang, während Miß Brown einen Brief zu Ende tippte. Schließlich blickte die Sekretärin zu ihr auf.

»Oh ... hallo, Trudy«, sagte die Frau in zerstreutem Ton. »Du kommst zum Direktor, nicht wahr?«

»Guten Morgen, Miß Brown. Können Sie sich das vorstellen? Daß ich als Lehrerin hierher zurückkomme? Ist das nicht wunderbar?«

Miß Brown gab keine Antwort. Vielleicht lag es an der Hitze. Erst neun Uhr morgens, und schon war der Tag wie ein Backofen. Die Frau klopfte leise an die Türe des Direktors. »Sie ist da.«

»Na, schicken Sie sie 'rein.«

Sie konnte seinen Sessel knarren hören. Hörte ihn seufzen. Eine dunkle Wolke schien über ihnen beiden zu schweben. Es lag gewiß nur an der Hitze. Trudy würde nicht zulassen, daß ihre trübsinnigen Stimmen die Begeisterung lähmten, die sie empfand. Das Sommersonnenlicht strömte durch die hohen Bogenfenster, die weit offen standen, um frische Luft hereinzulassen. Ein kleiner elektrischer Ventilator stand auf dem Schreibtisch des Direktors, aber dennoch troff ihm der Schweiß übers Gesicht und versickerte in seinem steifen Kragen. Er lächelte sie flüchtig an, als er zu ihr aufblickte, und wandte dann rasch den Blick ab.

»Bitte nehmen Sie doch Platz, Miß Meyer.«

»Es klingt seltsam, wenn Sie mich nach all den Jahren mit ›Miß Meyer‹ anreden! Als ich noch in Ihrem Klassenzimmer saß, war ich schlicht und einfach Trudy für Sie. Und nun sind Sie Direktor, und ich werde in Ihrem alten Klassenzimmer unterrichten, höre ich.« Ihre Begeisterung versiegte plötzlich. Er gab keine Antwort, davon abgesehen, daß er eine leichte Handbewegung machte, um sie am Weitersprechen zu hindern. Irgend etwas stimmte nicht. Vielleicht hatte er eine schlimme Nachricht erhalten. War möglicherweise jemand in seiner Familie krank?

»Trudy.« Er blickte zu der Milchglastüre seines Büros hinüber, die einen Spalt weit offenstand. »Miß Brown«, rief er der Sekretärin zu, »würden Sie bitte die Türe schließen?«

Das Geklapper der Schreibmaschine hörte auf, und die Türe wurde lautlos geschlossen. Jetzt erst blickte er Trudy geradewegs ins Gesicht. Seine verkniffenen Züge trugen einen grimmigen Ausdruck. Große blaßblaue Augen blinzelten sie durch seine dicken Brillengläser hindurch an.

»Sind Sie ... fühlen Sie nicht wohl, Herr Professor?« Er sah krank aus. »Es ist so heiß heute morgen.« Keine Antwort. »Ich meine -«

Er sog langsam die Luft ein und wischte sich von neuem die Stirn trocken. »Trudy ...« Er unterbrach sich und senkte den Blick auf den offenen Aktenordner, der vor ihm lag. »Trudy. Ich war immer schon der Meinung, Sie seien ein begabtes Mädchen, eine gute Schülerin. Ich sagte Ihrer Mutter und Ihrem Vater, Sie würden es noch weit bringen.« Die Worte waren freundlich, aber der Tonfall war gleichgültig, ohne jede Begeisterung.

Erwartete er eine Antwort von ihr? »Und Sie waren mein Lieblings...«

Er unterbrach sie mit einem Kopfschütteln. »Bitte. Lassen Sie mich ausreden.«

Sie nickte. Ein Gefühl der Niedergeschlagenheit überkam sie. Dies hier war nicht das übliche Gespräch zwischen einem Schuldirektor und einer neuen Lehrerin, einer Schülerin, die heimgekehrt war, um nun selbst zu unterrichten.

»Wie Sie wissen, hatte die Belle-Grove-Schule eine lange und ehrenwerte Geschichte. Sie nahm hier im Jahre 1870 unter Professor Lemon ihren Anfang, damals ein schlichter Ziegelbau mit drei Lehrern. In nur zwei Jahren hatte die Schule 240 Schüler, und sechs Lehrer waren hier beschäftigt. Seit damals haben die Kinder, die Enkel und die Urenkel dieser ersten Schüler hier die Schule besucht. Das ist aus Belle Grove geworden - eine stolz und hochgeachtete Schule. Ein Ort, dem anzugehören einen mit Stolz erfüllt.« Er hielt inne. »Es gab niemals einen Skandal in diesen Mauern.« Er runzelte die Stirn, und seine Unterlippe schob sich vor. Er korrigierte sich: »Auf jeden Fall wurden Skandale immer sehr rasch bereinigt, bevor sie Gelegenheit hatten, die Moral der Schüler zu untergraben.«

»*Skandal?* Ein solches Wort gebraucht man nur, wenn man einen sehr handfesten Grund dafür hat.« Sie saß sehr aufrecht, mit stolz hochgerecktem Kopf. Irgendwie stand sie im Mittelpunkt eines Skandals oder möglichen Skandals an der Belle-Grove-Schule. Sie wollte, daß er weiterredete. Was immer es war, sie würde keine Gelegenheit bekommen, sich dagegen zu verteidigen. Die Entscheidung war bereits getroffen worden, bevor man sie zu diesem Gespräch eingeladen hatte.

»Ich komme bereits darauf zu sprechen.« Er blinzelte nervös auf seine Hände hinab und schien dann seinen ganzen Mut zusammenzunehmen. »Skandal. Die bloße Andeutung eines Skandals im Leben einer jungen Frau, die Einfluß auf die Seelen von Jugendlichen nimmt, ist bereits untragbar. Verstehen Sie das?«

»Ja.«

»Gut. Ich möchte ... das heißt, der Vorstand der Schule möchte, daß Sie das verstehen. Es hat nämlich Andeutungen über einen Skandal gegeben, in den Sie und ein junger Mann verwickelt sind. Es heißt, Sie seien in Gesellschaft eines Soldaten im Zug von New York nach Fort Smith gereist.«

»Ein Freund meines Cousins -«

»Sie waren in einen häßlichen Zwischenfall während eines kurzfristigen Aufenthalts in Missouri verwickelt. Eine Schlägerei, um genauer zu sein, in die ein Neger und Ihr Begleiter -«

»Birch war nicht mein Begleiter. Wir fuhren im selben Zug, das ist alles. Wir beide waren unterwegs nach Fort Smith.«

»Dieser Reisegefährte wurde irgendwie verletzt, und Sie ließen ihn in Ihr privates Abteil bringen. Und dann behaupteten Sie gegenüber den Eisenbahnbediensteten, er sei Ihr Ehemann. Dr. Cooper meinte tatsächlich, er sei Ihr Ehemann.«

»Das habe ich nur gesagt, weil...«

Eine ungeduldige Handbewegung schnitt ihr das Wort ab. »Machen Sie mir meine Aufgabe nicht unnötig schwer. Das ist eine sehr unerfreuliche Pflicht - um es milde auszudrücken.« Er wischte sich den Schweiß vom Nacken und trank einen Schluck Wasser, um sich zu beruhigen. »Dieser Reisegefährte wurde in Ihr Haus gebracht ... Ihr Elternhaus ... um zu genesen ... um von Ihnen gepflegt zu werden.«

»Er war ein Freund der Familie -«

»Was hat das schon zu bedeuten? Hier geht es um einen Skandal, Trudy! Verstehen Sie? Die ganze Stadt redet davon, daß dieser Kerl und Sie ... nun, man behauptet ... In der Nacht zum Vierten Juli hatten sich einige Kinder im Electric Park in den Büschen versteckt. Sie sagen, sie hätten Sie und diesen Soldaten gesehen, wie Sie einander umarmten.«

»Er küßte mich. Waren wir an diesem Abend im Electric Park vielleicht das einzige Paar, das sich küßte?«

»Das hat nichts zu besagen.« Er blieb hart. »Trudy ... Miß Meyer ... der Schulvorstand hat mir den Auftrag erteilt, Ihnen zu sagen -«

Sie stand mit einem Ruck auf. »Professor, bitte. Sie brauchen mir nichts mehr zu sagen. Ich ... ich dachte schon die ganze Zeit, es sei vielleicht kein besonders guter Gedanke, hier zu unterrichten, direkt in meinem Heimatort. Ich werde mich anderswo um eine Stellung umsehen.« Sie hielt inne, voll Angst, sie würde in Tränen ausbrechen, wenn sie noch ein Wort sagte. Die Wahrheit stand hier überhaupt nicht zur Debatte. Es war auch gleichgültig, daß Birch Tucker aus ihrem Leben hinausgeritten war und daß das, was ihre Hoffnung für Liebe gehalten hatte, ihm nichts bedeutete. Der Schaden war bereits geschehen. Das Wort *Skandal* war in aller Munde.

»Meine Liebe.« Er sah eher betrübt als erleichtert aus. »Meine Liebe ...«

»Ich bin in Ordnung, Professor. Sie wissen ja, aus welchem Holz ich geschnitzt bin.«

»Mir tut das alles sehr leid. Ich bin für Sie eingetreten.«

»Nicht nötig. Geschwätz! Es ist wie ein Armvoll Federn, den man in die Luft bläst; niemand kann sie mehr zurückholen.«

»Hören Sie zu …« Er krauste die Stirn und spähte an ihr vorbei zur Türe hinüber. Er senkte seine Stimme fast zu einem Flüstern, und wiederum verstummte das Geratter der Schreibmaschine. Kein Zweifel, da draußen spitzte Miß Brown die Ohren, damit ihr nur ja kein Wort entging. »Ich kenne da eine kleine Schule; die Lehrerin ist vor sechs Monaten gestorben. Bis jetzt gab es keine Fachkraft, die sie ersetzen konnte. Die Schule liegt nur zwanzig Meilen außerhalb von Fort Smith. Ein Häuschen gehört zu der Stellung dazu. Dorthin reicht der Klatsch unserer schönen Stadt nicht. Vielleicht könnten Sie dort unterrichten. Würde Ihnen das gefallen?«

Trudy nickte. Ihr war alles recht. Sie wollte bloß nicht, daß er ausgerechnet jetzt so freundlich mit ihr sprach, weil sie dann garantiert weinen mußte und Miß Brown allen Leuten von ihren Tränen erzählen würde. »Danke.« Sie hob die Augen zu ihm auf. »Sie sind wirklich gütig. Das dachte ich schon immer.«

»Wollen wir jetzt lieber nicht von meinem Charakter reden, Trudy. Ihnen wurde ein großes Unrecht zugefügt. Und ich fürchte, ich bin daran mitschuldig.« Er starrte die Milchglasscheibe an. »Machen Sie ein fröhliches Gesicht, wenn Sie rausgehen, ja? Wünschen Sie Miß Brown einen guten Tag.«

Er öffnete ihr galant die Türe. Sein Blick hing an ihr, als sie seinem Rat folgte und Miß Brown fröhlich Lebewohl sagte.

»Na!« hörte sie Miß Brown zischen. »Sie hat's ja tapfer geschluckt.«

»Sie hat andere Angebote«, antwortete der Professor, und dann schloß sich die Türe der Belle-Grove-Schule hinter Trudy und schnitt den Rest der Rede ab, mit der er ihre Ehre zu schützen versuchte.

* * *

Trudy trug den Kopf hoch, während sie mit raschen Schritten die North Sixth Street entlangeilte. Sie hielt den Blick starr geradeaus gerichtet. Plötzlich war ihr zumute, als starrten vollkommen fremde Leute sie an… *und tuschelten über sie.* Zwei kleine Jungen zogen einen roten Karren neben ihr über den Gehsteig. Ihr Lachen hätte Trudy noch am Vortag nicht berührt, aber an diesem

Morgen war ihr zumute, als gelte jeder Blick und jeder Laut und jeder Gedanke ihrer Person.

Der Skandal...

Sie drehte sich nicht um, als eine Männerstimme ihr zurief. »Miß Meyer? Miß Trudy Meyer?« Sheriff East überquerte die Straße und trabte ungebeten an ihrer Seite dahin.

»Guten Morgen.« Trudy wandte den Blick von ihm ab. Kein Zweifel, daß East einer von denen war, die über die schockierende Affäre Bescheid wußten – oder jedenfalls der Meinung waren, daß sie Bescheid wußten.

»Stimmt etwas nicht?« bohrte er neugierig und hoffte auf eine Antwort.

»Ich muß heim... hab' eine Menge Arbeit.«

»Ihre Mama sagte mir, ich könnte Sie in der Belle-Grove-Schule finden.« Er lächelte, offenkundig genoß er es, daß er genau wußte, was sich an diesem Morgen dort abgespielt hatte. Konnte er Trudy dazu bringen, darüber zu sprechen? »Sie hatten noch ein Gespräch mit dem Direktor... vor Schulbeginn?«

Trudy spürte, wie eine heiße Welle des Zorns über die Ungerechtigkeit ihres Hinauswurfs sie durchrieselte, und jetzt war da noch *dieser neugierige kleine Schnüffler!* Vermutlich hatte ganz Fort Smith – nur Trudy allein nicht – von vornherein gewußt, worum es bei diesem Gespräch gehen würde.

»Ja. Tatsächlich mußte ich dem Direktor mitteilen, daß ich einen anderen Posten annehmen werde. Belle Grove ist mir zu nahe an meinem Elternhaus. Zu viele neugierige Augen und schwatzhafte Zungen.«

East lachte ein sprödes Lachen. »Ach ja? Sie kehren nicht zu unseren alten Weidegründen zurück? Ich dachte, es gefiele Ihnen dort, nachdem Sie eine so gute Schülerin und so weiter waren. Im Vergleich zu Ihnen standen wir ja alle wie die Vollidioten da.« Wieder lachte er. Er schritt rasch aus, um mit ihr Schritt zu halten. »Muß wohl das deutsche Dichter- und Denker-Hirn sein, was Sie da im Kopf haben. Hab' immer schon etwas übriggehabt für das deutsche Hirn.«

Trudy blieb mitten im Schritt stehen und drehte sich um, so daß sie einander von Angesicht zu Angesicht gegenüberstanden.

Er lächelte selbstzufrieden, von dem Bewußtsein erfüllt, daß seine Worte sie wie kleine Nadeln stachen. »Deutsches Hirn, Sheriff East?«

»Das seid ihr alle doch, oder? *Deutsche?*«

»Wollen Sie mich beleidigen?« antwortete sie. Dann: »Was wollen Sie eigentlich von mir? Sie haben mir doch nicht aufgelauert und sind mir die ganze Sixth Street nachgelaufen, bloß um das Vergnügen zu haben, daß ich zugebe, daß ich Jüdin bin und an der Columbia Universität in New York City studiert habe? Ich weiß, hier in der Gegend ist das so gut wie ein Eingeständnis, daß ich Anarchistin bin, aber werden Sie dafür bezahlt, East?«

Seine Augen glitzerten hart hinter dem Lächeln. »Ich weiß nicht, was zum T-« Er unterbrach sich plötzlich und zuckte die Achseln. »Entschuldigen Sie... aber ich habe keine Ahnung, wovon Sie reden.«

»Doch, Sie wissen es. Und ich entschuldige nichts. Ich bin eine Dame, und Sie passen lieber auf, was Sie sagen, oder ich schreibe einen Brief an Ihren Vorgesetzten.«

»Sie sind keine Dame, Miß Meyer. Und niemand im Büro des Sheriffs würde Sie für eine Dame halten, da bin ich mir sicher.« Das Lächeln verschwand, und an seine Stelle trat offene Feindseligkeit, mühsam beherrschte Verachtung. »Also. Wir suchen Ihren Freund, der bei Ihnen gewohnt hat. Wir wollen ihm noch ein paar weitere Fragen stellen.«

Trudy schüttelte den Kopf und schritt weiter. Ein kleines Ford-Coupé, in dem ein paar junge Mädchen saßen, rumpelte vorbei. Drei Mädchen zeigten ganz offen mit den Fingern auf sie. »Das ist sie – das Judenmädel – die Lehrerin aus New York...«

»Miß Meyer?« East folgte ihr nicht weiter. »Wissen Sie, wo der Bursche ist?«

»Das letztemal, als ich von ihm hörte, war er in Shiloh«, antwortete sie. »Gehen Sie hin und fragen Sie ihn, was Sie wollen. Mir ist es egal.«

Das gefürchtete Erröten färbte ihre Wangen. Sie hatte keinen Grund, sich zu schämen, dennoch empfand sie plötzlich brennende Scham. Wußte Mama Bescheid, was die Leute hinter ihrem Rücken tuschelten?

»So billig kommen Sie mir nicht davon«, rief East ihr nach, aber er hielt sie nicht auf, als sie davonging. Er folgte ihr auch nicht, als sie eine Straßenbahn bestieg, um zum Laden zu fahren.

Ein weiterer Polizist stand vor dem Textilgeschäft Meyer, als sie aus der Straßenbahn stieg. Papa stand mit ihm vor dem Laden. Die Glasscheibe des Schaufensters war zerschmettert, und zackige Scherben starrten aus dem Rahmen. Joseph Meyer sah betrübt aus, als er seine Tochter herankommen sah. Das Wissen, daß es Ärger gegeben hatte, stand ihm ins Gesicht geschrieben. Hatte das zerschlagene Fenster etwas mit ihr zu tun? Mit Birch?

»Sie warfen alle zugleich mit Steinen. Standen hinten auf dem Lastwagen und brüllten und warfen einfach –« Joseph deutete auf die Glasscherben, mit denen der Gehsteig übersät war.

»Sagten sie irgendetwas Besonderes? Irgend etwas... das darauf schließen ließe, warum sie es getan haben?«

»Nein«, antwortete Joseph, als Trudy an seine Seite trat. Er sagte nicht die Wahrheit, Trudy sah es ihm an den Augen an. Die Männer im Lastwagen hatten sehr wohl etwas geschrien, aber ihr Vater wollte die Worte nicht vor ihren Ohren wiederholen.

»Wahrscheinlich waren sie betrunken«, sagte der Polizist. »Wissen Sie, wahrscheinlich waren's Indianer aus Oklahoma, die ihr Regierungsgeld versoffen haben. Mir werden die Rothäute nicht fehlen, wenn die Prohibition kommt und sie nicht mehr hier auftauchen und Rabatz machen.« Er schlug sein Notizbuch zu.

Joseph legte den Arm um Trudy. »Das waren keine Indianer«, sagte er mit ruhiger Stimme. »Der Fahrer des Lastwagens war ein großer Kerl... ich weiß, den habe ich hier schon einmal gesehen. Sicher kein Indianer.«

»Na, wenn Sie die Burschen wieder einmal sehen, rufen Sie uns an. Wir können nichts unternehmen, wenn Sie sie nicht eindeutig identifizieren und wir sie auf frischer Tat ertappen.«

»Papa?« Trudy sah, daß sein Gesicht sehr bleich war. Er blickte sie nicht an. Seine Augen beobachteten angespannt jeden Karren und jedes Automobil, die vorbeifuhren. Sie folgte seinem Blick. Alle drehten sich um und starrten die Szene an – den Polizisten, das Fenster *und Trudy!* Einige Gesichter waren unverhüllt feindselig, andere amüsiert. Einige blickten beschämt und mitleidig drein.

»Geh ins Haus, Trudy«, wies Joseph sie an. »Geh und hilf deiner Mutter, das zerbrochene Glas aufzukehren.«

Sie nickte und trat beiseite.

Er senkte die Stimme zu einem Flüstern. »Das waren keine Indianer. *Das waren andere Leute...* und sie *haben* etwas geschrien.« Er wartete, bis er die Glocke über der Ladentür einmal beim Öffnen und dann beim Schließen klingeln hörte, bevor er ihr erklärte, was die Männer geschrien hatten, als die Steine durch das Glas krachten.

OVERALLS UND WEISSE LAKEN

Jefferson setzte seinen Namen unter den Pachtvertrag, den der alte Mr. Howard aufgesetzt hatte, dann ging er zurück vors Tor, um das Gespräch weiterzuführen. So war es Brauch.

»Nun, Junge«, rief Mr. Howard ihm von der Veranda aus zu, »ich hab' gehört, du hättest eine schöne Leichenpredigt für den kleinen Billy Jones gehalten.«

»Kann schon sein, daß sie schön war, Mr. Howard«, antwortete Jefferson mit einem Kopfnicken. »Obwohl ich sie lieber nicht gehalten hätte.«

»Nun, das Leben steckt voll Überraschungen. Schlimm, daß die Sache ausgerechnet vor der Erntezeit passieren mußte. Wir werden ein gutes Jahr haben, schätze ich. Billy sagte dem Vorarbeiter erst letzten Monat, wir würden vermutlich einen halben Ballen mehr als üblich aus seinem Feld rausholen.«

Jefferson war froh, daß Der Mann das Gespräch auf dieses Thema gebracht hatte. Es machte es ihm leichter, laut auszusprechen, was er im Sinn hatte. »Manche Leute machen sich eine Menge Gedanken darüber. Billy und Delpha Jean haben wirklich hart gearbeitet. Haben Ihnen immer einen schönen Profit eingebracht.«

»Das stimmt, ja. Guter Arbeiter, der Billy.«

»Nun, wir dachten -«

»An einem so heißen Tag sollte man nicht allzu viel denken.«

»Nun, wir haben auch am kühlen Abend und mitten in der Nacht darüber nachgedacht. Haben uns Sorgen wegen Delpha Jean und den Kleinen gemacht.«

Der Mann schien überrascht. »Da braucht ihr euch keine Sorgen zu machen. Ich hab vor, sie bis nach der Ernte hier bleiben zu lassen. Ich gebe Delpha Jean sogar Billys Anteil. Dann kann sie nach Norden gehen, nach Chicago, wo ihre Schwester wohnt.«

Der alte Mr. Howard sprach von diesem Plan, als sei das alles Delpha Jeans Wille. Jefferson wußte, daß das nicht stimmte. Sie wollte ihre Kinder nicht in Chicago aufziehen. Hatte ihre Schwester nicht soeben geschrieben, daß es dort keine Arbeitsplätze gab und der Klan noch mächtiger als im Süden war?

»Delpha Jean ist eine gute Pflückerin.« Jefferson versuchte eine Formulierung für Delphas Wunsch, hierzubleiben zu finden, die Mr. Howard nicht als Beleidigung auffassen würde. »Sie kann mehr als vierhundert Pfund Baumwolle an einem Tag pflücken. Ich hab's selbst gesehen. Sie leistet mehr als ein Mann.«

»Es gibt genug Männer, die ihren Platz einnehmen können. Nicht, daß wir sie und den kleinen Billy nicht vermissen werden, aber ich hab schon einen neuen Mieter. Mein einziger Neffe. Er braucht einen Platz, wo er seine Wurzeln in die Erde senken kann - familiäre Verpflichtungen und so weiter. Wenn du dir Hoffnungen gemacht hast, du könntest Billys Platz übernehmen, muß ich nein sagen; der ist bereits vergeben.

»No, Sir. Ich habe überhaupt nicht daran gedacht. Ich versuchte bloß einen Weg zu finden, wie Delpha Jean auf der Farm bleiben könnte. Ihre Familie war seit fünfzig Jahren Pächter auf dem Land.«

Der Mann neigte den Kopf und blickte Jefferson über den Rand seiner Brillengläser hinweg an. »Dann ist es wohl an der Zeit, daß sich das eine oder andere hier ändert«, sagte er.

Der Tonfall seiner Stimme war sanft und milde wie immer, aber etwas schwang in seinen Worten mit, das Jefferson Anlaß gab, zu bereuen, daß er das Gespräch auf die Farm der Jones gebracht hatte. »Nun ja, ich wollte Ihnen nur sagen, Mr. Howard -« Jefferson lächelte und wechselte hastig das Thema, »daß unten im Wald alles wie am Schnürchen läuft. Gute Maultiere. Tüchtige Arbeiter ...«

»Das höre ich gerne, Jefferson. Du bist ein tüchtiger Bursche. So lange du deine Arbeit tust, werden wir immer gut miteinander auskommen, du und ich.«

Mr. Howard lehnte sich zurück und fächelte sich Kühlung zu. Auf der Vorderseite seines weißen Leinensakkos waren Teeflecken, und Jefferson dachte im stillen, daß sogar ein reicher Mann wie Mr.

Howard besser aussähe, wenn er einen Overall anhätte. Aber Mr. Howard wollte anders aussehen als das gewöhnliche Volk. Er konnte nicht einfach Jeans tragen, auf denen sein Frühstück keine sichtbaren Spuren hinterlassen würde. Er mußte weißes Leinen tragen, wie es sein Vater und sein Großvater getan hatten.

»Nun, Sir, Mr. Howard, dann mache ich mich wohl am besten wieder auf den Weg.«

Der Mann nickte ihm mit königlicher Herablassung von der Veranda aus zu und wandte seine Aufmerksamkeit wieder den Kassenbüchern zu, die sich auf dem Tisch neben seinem Sessel stapelten.

* * *

Chicago war weit, weit entfernt vom Mount Pisgah. Eine andere Welt; ein schrecklicher, ein höllischer Ort.

Delpha Jean Jones hatte die Zeitungsausschnitte mitgebracht, die ihre Schwester ihr aus Chicago geschickt hatte. Die Kinder waren unten am Bach und fischten. Nur Willa-Mae, Delpha Jean und Latisha waren im Haus, um die Teller nach dem üppigen Abendessen abzuwaschen.

Die drei saßen auf der Veranda beisammen, und Delpha Jean reichte Latisha den Brief und den Zeitungsausschnitt zum Lesen. Latisha half Delpha Jean immer beim Briefeschreiben und beim Lesen der Briefe, die zu seltenen Gelegenheiten bei ihr eintrafen. Dies war ein Brief von der Art, die Latisha nur ungern laut vorlas, als könnte es Unheil auf sie alle herabbeschwören, schlechte Nachrichten laut vorzulesen.

»Das ist aus der Zeitung. Da steht drin, wie es da oben zugeht.«

»Na, dann lies schon vor«, drängte Delpha Jean. »Ich bin schon den ganzen Tag gespannt darauf, was da steht.«

»Schlechte Nachrichten. Dinge, wie sie hier auch passiert sind«, sagte Latisha. Sie räusperte sich und begann zu lesen:

»Die Ausschreitungen begannen an einem öffentlichen Badestrand in Chicago, als badende Neger - in der Annahme, ein junger Neger sei von Weißen mit Steinen beworfen und ertränkt worden - Steine gegen weiße Badegäste zu schleudern begannen. Der Aufruhr dauert seit fünf Tagen mit unkontrollierter Gewalttätigkeit an. Gerüchte von Greueltaten kursieren in Chicago. Die Mitglieder beider Rassen schreien nach Rache. Weiße Killerkommandos in Autos rasen durch schwarze Wohnviertel und schießen auf alles, was sich bewegt, und schwarze Heckenschützen feuern zurück. Herumstreifende Schlägerbanden erschießen, verprügeln und erdolchen ihre Opfer. Die schlecht bemannte Polizei kann die Wellen der Gewalt nicht aufhalten, die die nördliche und westliche Peripherie von The Loop, Chicagos zentralem Geschäftsviertel, überschwemmen. Die Anzahl der Opfer beläuft sich bislang auf -«

Latisha unterbrach sich und hob den Blick. Sie sah Willa-Mae und Delpha Jean an.

»Mehr als fünfhundert Einwohner von Chicaco wurden verletzt. Bislang sind dreiundzwanzig Neger und fünfzehn Weiße bei den Rassenkrawallen getötet worden.«

Willa-Mae schüttelte den Kopf. »Herr, die Welt liegt im Argen«, seufzte sie und legte Delpha Jean, die in Tränen ausbrach, den Arm um die Schulter.

»Oh, Herr! Ich will meine armen Kinder nicht nach Chicago bringen! Hier ist es schlimm - sie haben meinen Billy umgebracht. Aber wenn wir nach Chicago ziehen, bringen sie vielleicht auch noch meine Babies um, nur weil wir schwarz sind! Warum? Warum darf so etwas geschehen?«

»Weiß ich auch nicht so recht«, antwortete Willa-Mae grimmig. Sie und ihre Mädchen hätten ebenso leicht ihr Heim verlieren können, hätte es Hock anstelle von Billy getroffen. Und wohin konnte sie gehen? Welcher Ort war besser als ein anderer?

»Was soll ich tun? Wie kann ich meine Kinder an einen Ort bringen, wo es *noch größeres Unrecht* gibt als hier? Hier weiß ich, wie ich's machen muß! Ich schau einfach auf die Erde und sage:

›Ja, Ma'am ... ja, Sir!‹ Ich sage mir: *Das kann ich. Ich führe einfach ein bescheidenes Leben. Mach bloß keine Wellen!* Aber meinen Billy haben sie trotzdem umgebracht! Jetzt stehen meine Kinder da und haben keinen Daddy und kein Dach überm Kopf. Was soll aus uns werden?«

Willa-Mae sann im stillen über die Verzweiflung ihrer Freundin nach. Es schien keine Antwort zu geben. »Mr. Howard sagt, ihr müßt das Haus räumen, damit sein Neffe dort einziehen kann. Er sagte zu Jefferson, sein Neffe hat keine Wohnung. Wahrscheinlich meint's der alte Herr gar nicht böse mit euch. Er denkt eben nur an seine eigene Familie. Stellt sich wahrscheinlich vor, daß ihr einfach fortgeht und deine Schwester in Chicago sich um euch kümmert.«

Latisha hob empört das Kinn. »Kann ja sein, daß es so ist, aber deswegen ist's noch lange nicht gut und richtig. Die Leute nehmen sich von uns, was sie wollen, und dann jagen sie uns fort. Recht und richtig ist das nicht.«

Willa-Mae stimmte zu. »Nein, das ist es nicht. Und wir werden über diese Sache beten. Wir werden beten und sehen, was der Herr mit dir vorhat, Delpha Jean. Du hast gehört, was Jeff gepredigt hat. Der Herr liebt dich und die Kleinen, wie ein Vater seine Kinder liebt.«

»Wie Billy seine Kinder liebte.« Delpha Jean tupfte sich die Tränen von den Lidern. »Oh, Gott! Wir alle brauchen einen Vater, jetzt, wo Billy tot ist!«

* * *

»Jetzt komm schon, schusch!« Becky Moniger schubste die schwarzgetüpfelte Henne. »Es ist ein so schöner Tag draußen, sieh zu, daß du rauskommst und ihn genießt!« Die getüpfelte Henne war eine Art Schoßtier der Familie. Sie war immer die letzte, die den Hühnerstall verließ, wenn jemand hineingehen und die Sitzstangen reinigen mußte.

Den Hühnermist auszuputzen, war eine eklige Arbeit, aber Becky machte es nichts aus. Nachdem die Sitzstangen jede Woche geputzt wurden, war die Mühe nicht allzu groß, und Becky dachte an die frischgedüngten Rosen im Blumengarten ihrer Mutter, wenn ihr der scharfe, saure Geruch der Exkremente in die Nase stieg.

Jenseits des Hühnerhauses befanden sich die Boxen der Milchkühe. Die Bretter, die die Wand zwischen beiden bildeten, waren nicht sehr dick, und sie stießen auch nicht fugenlos aufeinander, so daß Becky das Gespräch ihres Vaters mit dem alten Bedford Evans mithören konnte, ohne daß sie die Absicht gehabt hätte, zu lauschen. Mr. Evans war nämlich schwerhörig und pflegte entsprechend laut zu sprechen.

»WIE STEHT'S DENN MIT MIT DEINER KUH? BEREIT ZUM DECKEN?« schrie er Beckys Vater zu.

»Freilich. Schönes junges Tier«, antwortete John Moniger.

»DIE DA HERÜBEN, HEH? 'S WIRD DIR NICHT LEID TUN, JOHN. MEIN SAMSON HAT DIE BESTEN ERBEIGENSCHAFTEN VON ALLEN BULLEN IM GANZEN COUNTY.«

Becky hörte, wie die Kuh mit den Hufen raschelte, als John Moniger die Box umkreiste und ein Seil um den Nacken der gutmütigen Guernsey-Kuh schlang.

»SAG MAL, JOHN, ICH HAB DEINE BECKY KÜRZLICH MIT DIESEM WARNE-JUNGEN, DER NUR EIN BEIN HAT, GESEHEN. STIMMT'S, DAß DIE BEIDEN EIN PAAR WERDEN?«

»Und ob das stimmt, Bedford. Und ein hübsches Paar werden sie sein, das kannst du mir glauben.«

Becky lächelte, als sie ihren Vater so über sich selbst und Ellis sprechen hörte, und obwohl sie einen leichten Stich des Schuldbewußtseins fühlte, konnte sie nichts anders, als näher an die Wand heranzuschlüpfen und durch eine Ritze zu spähen. Ihr vierschrötiger, kurzbeiniger, bärtiger Vater strahlte vor Stolz bei dem Gedanken an seine Tochter und seinen künftigen Schwiegersohn.

»UND WIE WILLST DU DIE BEIDEN DRAN HINDERN?« dröhnte Evans.

Becky konnte nicht glauben, daß sie recht gehört hatte. Auch ihr Vater schien von der Frage verwirrt. »Was sagst du da, Mann?« wollte er wissen.

»WIRST DU ETWA SCHWERHÖRIG, JOHN?«

Ihr Vater brüllte jetzt ebenfalls. »Warum sollten die beiden nicht heiraten?«

»GIBT'S DOCH NICHT, DAß DU NOCH NICHTS DAVON GEHÖRT HAST, JOHN! DAS GANZE COUNTY REDET VON NICHTS ANDEREM MEHR! DOC WARNE IST EIN ROTER BOLSCHEWIK, UND ER WIRD HAUFENWEISE AUSLÄNDER INS LAND HOLEN, DAMIT SIE'S UNS WEGNEHMEN! UND DIE NIGGER GENAUSO. GANZE LASTWAGEN VOLL WERDEN KOMMEN!«

Becky sah, wie der kleine, muskulöse Körper ihres Vaters bei diesen dummen Worten erstarrte. »Wieso hörst du dir solchen elenden Quatsch überhaupt an, Bedford?«

Bedford Evans schien die Frage nicht gehört zu haben, denn er fuhr fort, gegen Doc zu wettern. »HAB NICHTS ÜBRIG FÜR ROTE, UND FÜR AUSLÄNDER AUCH NICHT, WAS NICHT EINMAL ORDENTLICH IHR ENGLISCH KÖNNEN! NEIN, SIR! UND ICH WETTE, SEIN SOHN IST UM NICHTS BESSER! HAT WAHRSCHEINLICH DEN KOPF VOLL FLAUSEN, SEIT ER DORT DRÜBEN IN EU-RO-PA WAR. WÜSSTE GERNE, WO DER SEIN BEIN VERLOREN HAT! WÜRD' MICH JA NICHT WUNDERN, WENN ER SO'N BOMBENWERFER ODER SOWAS WÄR - WAS? WAS TUST DU DENN DA, JOHN?«

Becky schnappte nach Luft und klatschte in einer Mischung aus Entrüstung und Entzücken in die Hände. Ihr Vater hatte Evans das Seil aus der Hand gerissen und die Kuh in ihre Box zurückbefördert. »Verschwinde!« befahl er. »Raus aus meinem Hof, Bedford Evans, bevor ich die Beherrschung verliere!«

»WAS?« schrie der andere von neuem. »WAS IST DENN BLOSS LOS MIT DIR, JOHN?«

»Bedford«, sagte Beckys Vater, während er Evans auf die Tür der Scheune zuschubste und eine Heugabel ergriff, um seinen Worten Nachdruck zu verleihen. »Ich hab' dir schon gesagt: Ich brauch deinen Bullen nicht mehr!«

* * *

Die erste Ernte, die Jefferson von seinen vierzig Hektar einbrachte, war eine Unmenge säuberlich gespaltenes Brennholz, das er nach Fort Smith bringen und dort verkaufen wollte.

Baum für Baum stürzten Eiche und Fichte um, wurden kleingehackt und in vierundzwanzig Zoll lange Scheite geschnitten, um in die Holzkisten der Städter zu passen. Die Fichtenscheite, ein weiches Holz, das rasch brannte, wurden von den steinharten, lange brennenden Eichenscheiten getrennt.

Hock und Jefferson hatten bereits eine beträchtliche Menge Holz auf Hocks Karren geladen, als die Sonne die Mittagsstunde anzeigte. Latisha tauchte am Rand der Lichtung auf. Sie trug ein loses weißes Hängerkleid und einen breitkrempigen Strohhut, der ihr Gesicht im Schatten verbarg. Sie blieb im kühlen Schatten einer Fichte stehen und wölbte die Hände vor dem Mund zu dem Ruf: »Herkommen, alle Mann! Ich hab das Mittagessen gebracht!«

Jefferson warf den letzten Span auf den Karren und wischte sich den Schweiß von der Stirn. Hock spannte die Maultiere aus und ließ sie im hohen Gras weiden, während die Männer zu der Decke hinübergingen, die Latisha für sie unter der Fichte ausgebreitet hatte.

Das ging schon die längste Zeit so: Am Morgen arbeiteten sie bis Sonnenaufgang auf der Farm der Canfields, dann zogen sie hinunter in den Wald und begannen zu roden. Eine kurze Mittagspause, und weiter ging es, bis die Dunkelheit einbrach.

Bald würde die Baumwolle reif zum Pflücken sein, und dann würde Jefferson aufhören müssen, sein Land zu roden. Man konnte die Kapseln an den Baumwollstauden fast schon aufspringen hören, also wollte er keine Minute Arbeitszeit damit verschwenden, daß er zum Mittagessen zum Haus hinüberging. Daher brachte Latisha Jefferson und seinem Vater jeden Tag das Mittagessen. An diesem Tag brachte sie außer getrocknetem Kabeljau und Maisbrot und kühlem Wasser auch eine Neuigkeit.

»Miß Young unten in Mr. Howards Haus sagt, wir kriegen eine neue Lehrerin«, sagte sie leise zu Jefferson, während Hock auf der Decke ein Schläfchen machte.

Jefferson nagte den Kabeljau bis auf die Gräten ab und langte noch einmal zu. »Da freust du dich wohl, Tisha. Jetzt brauchst du die Kinder nicht mehr ganz allein zu unterrichten.«

»Das macht mir nichts aus. Ich nehme an, ich kann ihr da und dort aushelfen ...« Da war etwas, das sie ihm gerne gesagt hätte. Mehr als nur die Mitteilung, daß eine neue Lehrerin kam.

»Was ist denn, Mädchen?« fragte er. Seine Augen glitten forschend über ihr Gesicht. »Macht dir etwas Sorgen?«

»Bloß ... ich dachte ... wenn wir erst einmal verheiratet sind ...«

»Ja? Daran hab' ich auch eben gedacht.« Er lächelte und griff nach ihrer Hand. Hock lag da, den Hut auf dem Gesicht, und schlief wie ein Toter. Jefferson zog Tisha an sich und küßte sie. »Sobald ich mit dem Feld hier fertig bin und ein bißchen Bargeld in der Tasche habe, fangen wir mit der Arbeit an der alten Blockhütte da hinten an.«

»Nun, ich dachte nach, Jeff ... wenn diese Lehrerin kommt?«

»Ja? Was ist los? Jetzt frag schon.«

»Wenn wir verheiratet sind.« Sie senkte schüchtern den Blick. »Miß Young sagt, diese Lehrerin ist eine wirklich gebildete Frau. War an einer großen Schule. Nicht so wie die letzte, die nicht viel schlauer als ich selber war.«

»Darum haben sie dir ja den Job gegeben«, sagte Jefferson stolz. »Du bist ein gescheites Mädchen, Tisha. Das gefällt mir an dir. Das sagen übrigens auch andere Leute.«

»Wirst du verlangen, daß ich mit der Arbeit an der Schule aufhöre, wenn wir verheiratet sind, Jeff? Muß ich dann immerzu zu Hause bleiben und ...« Sie hielt inne. »Mir gefällt es so gut in der Schule.«

Er hob ihr Kinn hoch. »Ich würde sagen, du kannst hingehen, so lange du nur willst. Ich werde dich nicht aufhalten. Aber wenn du Kinder hast, wirst du wohl bei ihnen bleiben müssen. Du kannst sie unterrichten.«

Sie seufzte vor Erleichterung. »Vielen Dank«, sagte sie. »Mama sagte, kein Mann würde es seiner Frau erlauben, noch in die Schule zu gehen, wenn sie erst einmal verheiratet sind. Ich sagte, du wärst anders als andere Männer.« Sie küßte seine große Hand und streichelte die schwielige Handfläche. »Ich freu mich schon darauf, wenn diese Blockhütte fertig ist.« Sie schloß die Augen, als er ihre Wange streichelte.

»Sobald die Baumwolle versandfertig verpackt ist, würde ich sagen. Du und ich ... und Gott der Herr wird auf uns herablächeln. Ich spüre es, wie Er den ganzen Tag lächelt. Du gehst in die Schule und lernst, so viel du kannst, damit wir beide einen Haufen kluger Kinder haben.«

Ein Specht hämmerte in einem Baum über ihren Köpfen und erinnerte Jefferson daran, daß er nicht viel Zeit hatte. Wenn das Feld gerodet und das Blockhaus instandgesetzt werden sollte, hatten sie wenig Zeit zum Schwatzen. Er weckte Hock, der vor sich hinbrummelte, daß ein herrlicher Tag zum Angeln verlorenginge, und dann machten sie sich von neuem ans Werk, den mächtigen Stamm einer eben gefällten Eiche zu zerkleinern.

DIE BARFÜSSIGE LEHRERIN

Der Staub der Straße wirbelte unter den Rädern von Joseph Meyers Lieferwagen auf. Trudy saß schweigend neben ihrem Vater. Keiner von beiden hatte ein Wort gesprochen, seit sie Fort Smith verlassen hatten. Was es zu sagen gab, war gesagt worden. Joseph und Sadie hatten Trudy nur deshalb ihre Zustimmung erteilt, diese neue Stelle als Lehrerin anzunehmen, weil ihr nichts anderes offenstand. Die Entlassung aus der Belle-Grove-Schule war nur zwei Wochen vor Schulbeginn erfolgt, zu einem Zeitpunkt, wo alle anderen wünschenswerten Stellen bereits besetzt waren. Joseph akzeptierte resignierend die Tatsache, daß Trudy nach allem, was geschehen war, niemals mehr eine Stelle als Lehrerin in Fort Smith bekommen würde, und der Klatsch hatte seine eigenen Wege, von einem Ort zum anderen zu gelangen. Kein Zweifel, daß die besseren Schulen in Fayetteville oder Little Rock ihr ebenfalls verschlossen bleiben würden, trotz der hochrangigen Empfehlungen der Universität Columbia. Vielleicht konnte sie sich im nächsten Jahr bei angesehenen Schulen in Tulsa oder Oklahoma City bewerben, wo die Leute noch niemals etwas von Birch Tucker oder der Zugfahrt aus New York gehört hatten.

Inzwischen gab es wenigsten einen Ort in der ganzen weiten Welt, in dem eine Lehrerin so dringend gebraucht wurde, daß man keine Fragen stellte oder Verwandte in Fort Smith anrief, um den Lebenswandel von Miß Trudy Meyer zu überprüfen. Und die kleine Schule war nicht allzu weit entfernt. Trudy konnte gelegentlich zu einem Besuch nach Hause kommen.

Links und rechts von der holprigen Straße erstreckten sich die Baumwollfelder bis zum Horizont. Die Kapseln begannen eben aufzuspringen, so daß man die weiche weiße Baumwolle im Inneren sah.

Trudy blickte zu den Feldern hinüber und dachte an die Pächter, die sie bewirtschafteten und deren Kinder sie unterrichten würde.

»In dem Brief stand, daß die Schule im Oktober schließt, damit die Kinder daheimbleiben und Baumwolle pflücken können«, sagte Trudy zu ihrem Vater.

»Sogar die Kleinen?« Joseph schien überrascht, aber er wußte, auf diesen Farmen wurde jede Hand gebraucht, jung oder alt, um die Ernte einzubringen. Er hatte schon winzige Siebenjährige gesehen, die mit gekrümmtem Rücken Baumwollsäcke neben ihren Eltern einherschleppten.

»Alle, hieß es, außer Babies und Krabbelkindern.«

»Na, kannst du dann eine Weile nach Hause kommen?«

Trudy zog eine Augenbraue hoch. »Ich bin *eingeladen,* die Kleinkinder der arbeitenden Mütter zu beaufsichtigen.«

»Eingeladen?«

»Für meinen regulären Lohn, steht in dem Brief. Und Mr. Howard sagte, er würde mir zwei ›schwarze Mädels‹, wie er sie nennt, zur Verfügung stellen, die mir helfen sollen.«

»Das hört sich nach mehr als einer Einladung an.« Jospeh sah beunruhigt aus.

»Es ist ein Teil meiner Pflichten.« Trudy zuckte die Achseln. »Außerdem muß ich das Schulhaus sauberhalten und den Kamin vor Unterrichtsbeginn putzen.«

»Primitiv!« schnappte Joseph. »Haben wir dich dafür auf die Columbia Universität geschickt?«

»Vielleicht schreibe ich einen Roman, Papa«, beschwichtigte sie ihn. »Ich kann mir nicht vorstellen, daß irgendeine Kommilitonin ein ähnliches Erlebnis aufzuweisen hat!«

»Du bist auf die Universität gegangen, um Lehrerin zu werden, nicht um Erlebnisse zu haben«, antwortete er düster. »Deine Mutter und ich wollten, daß du dich mit Anstand selbst erhalten kannst, und was gibt es da schon an Möglichkeiten für eine Frau, außer, Lehrerin zu werden? Und jetzt das - Schwätzer und Lügner, Heuchler, haben dich gezwungen, einen so niedrigen Posten anzunehmen! Den Kindern von Pächtern das ABC beizubringen, während du Studenten unterrichten könntest und –«

»Papa«, unterbrach sie ihn, »das ist schon in Ordnung. Diese Kinder brauchen das ABC ebenso dringend, wie die Kinder der Heuchler ihre Geschichtsstunden brauchen. Ich kann beide gleich gut unterrichten.« Sie war überzeugt, sie würde der Herausforderung gerecht werden.

»Aber vierzig Schüler in einem einzigen Klassenzimmer, Trudy! Und nur eine einzige Lehrerin - du! Das ist Wahnsinn.« Er geriet von neuem in Zorn. Trudy wollte nicht schon wieder dieselbe Debatte führen, die sie in den letzten beiden Wochen schon auswendig kennengelernt hatte. »Wie wirst du mit ihnen allen fertig werden?«

»Ich werde mehr als nur mit ihnen fertigwerden, Papa«, sagte sie mit fester Stimme. »Ich werde sie erziehen.« Sie warf einen Blick auf sein grimmiges Gesicht und seine zusammengebissenen Zähne. »Ich bin schließlich dein Kind, oder nicht?«

»Wir hätten im Norden bleiben sollen«, sagte er. »Ich hätte meine Geschäfte genauso gut in Indiana oder Illinois machen können - wo es keine steinewerfenden Verrückten gibt.«

Trudy gab einen Augenblick lang keine Antwort. Der Wagen rumpelte dahin. Hitzewellen schimmerten vor den fernen grünen Bergen und ließen sie näher erscheinen, als sie tatsächlich waren. Ein wunderschöner Landstrich. Ihr Vater war von der Schönheit dieses Landes begeistert gewesen, als er es zum erstenmal gesehen hatte. »Du liebst die Gegend hier, Papa«, sagte sie. »Und im Norden ... nun, weißt du, im Norden ist es um nichts besser als hier. Die Rassenkrawalle in Chicago. Das ist die Hochburg des Klans. In Illinois und Ohio hat der Klan zweihunderttausend Mitglieder.«

»Meine Mutter und mein Vater haben die alte Heimat verlassen, um diesem Wahnsinn zu entkommen.«

»Und die Wahnsinnigen sind ihnen hierher gefolgt, Papa.« Sie blickte auf ihre Hände nieder und dachte an die Beschimpfungen, die ihr die Mädchen in dem vorüberfahrenden Auto zugerufen hatten, an die beißenden Bemerkungen von Sheriff East, an die Steine, die durch das Ladenfenster flogen. »Ich glaube, für uns ist kein Ort besser als ein anderer.«

»Wenn nur deine Mutter nicht darauf bestehen würde, in die Synagoge zu gehen! Vielleicht –«

»Vergiß es, Papa.« Trudy legte ihm eine Hand auf den Arm. »Wir können das Verkehrte im Herzen der Menschen nicht geradebiegen. Außerdem denken nicht alle so. Deine Freunde, deine Kunden kümmern sich nicht im geringsten darum, wo wir herkommen. Das Fenster - das war ein Zufall. Sie sind sauer, weil sie glauben, ich hätte ihnen nicht alles gesagt, was sie über Birchs Schwierigkeiten in Missouri wissen wollten.«

Joseph widersprach seiner Tochter. »Nein, sie sind zornig, weil sie wissen, daß du ihnen nicht helfen würdest, selbst wenn du es könntest. Da liegt der Hund begraben! Können wir es ableugnen? Wir haben Unrecht erlitten. Diese Leute - die Birch und seinen Freund attackiert haben -, die *sind* das Unrecht! Meinst du, sie könnten nicht fühlen, daß du ihre Heuchelei durchschaust? Sie hassen es, daß du sie durchschaust. Sie verstecken sich hinter der Religion. Rechtschaffene Worte, Trudy - sie führen rechtschaffene Worte im Munde und leben dabei ein dunkles und bösartiges Leben.«

»Dann bin ich froh, auf der anderen Seite zu stehen«, sagte Trudy entschlossen. »Ich bin glücklich, mich so sehr von ihnen zu unterscheiden, daß sie der Ansicht sind, sie müßten mich aus ihrer Mitte vertreiben.« Ein Schlagloch in der Straße warf sie beinahe von ihrem Sitz. »Das ist eine Fahrt, Papa, was?«

In den Schachteln im Laderaum des Wagens befand sich nichts Zerbrechliches. Trudys Mutter hatte Bettzeug und eine beträchtliche Menge Haushaltswaren aus den Beständen des Ladens eingepackt. Ein Mopp, ein Besen und verschiedene Eimer befanden sich in Gesellschaft von Seife für die Wäsche und Waschpulver fürs Geschirr und rosenparfümierte Seife für Trudys Bad. Die Teller waren aus blau-emailliertem Zinn. Kaffeekanne und Töpfe und Pfannen befanden sich noch in den Originalverpackungen des Ladens. Von ein paar Kleidern und persönlichen Dingen abgesehen, befanden sich in den Kisten hauptsächlich Bücher. Sie füllten eine Unzahl von Kisten. Trudy hatte jeden nur erreichbaren Klassiker aus den Bücherwänden im Salon genommen. Geschichtsbücher und Gedichtbände waren zusammen mit dem zwanzigbändigen Romanwerk Dumas' und dem »Lederstrumpf« von Cooper verpackt worden. Trudy brauchte nichts dringender als ihre Bücher, um die Einsamkeit der winzigen Schule auf der Plantage zu überleben. Sie konnte sich mit Büchern trösten, falls die Stunden unerträglich langweilig wurden. Sie konnte lesen und vergessen ... und es gab vieles, das sie zu vergessen wünschte.

* * *

In seinem weißen Leinenanzug, mit seiner schmalen Krawatte und seinen breitkrempigen Strohhut sah der alte Mr. Bundy Howard Zoll für Zoll so aus, wie man sich einen Plantagenbesitzer im Süden vorstellt. Sein weißes Haar und sein hängender Schnurrbart erinnerten Trudy an Fotografien von Mark Twain. Aber Twain hatte einer früheren Ära angehört, erinnerte sie sich, als sie die Veranda des alten Herrn betrat. Er erhob sich aus seinem Schaukelstuhl und lüpfte andeutungsweise den Hut. Ohne seinen Strohfächer loszulassen, deutete er Trudy und Joseph, auf zwei Stühlen Platz zu nehmen. Er rief der fülligen schwarzen Dienerin zu, sie möge rasch noch zwei Gläser Limonade bringen.

»Nun, also.« Er betrachtete Trudy mit wohlwollenden Blikken. »Klug und gebildet und auch noch hübsch. Ich bedaure, daß mein Neffe Scott gestern abgereist ist. Er hätte Sie sicherlich gerne kennengelernt!« Er zwinkerte Joseph zu. »Ich gratuliere Ihnen, Sir. Es ist ungewöhnlich, daß ein Mann seinen Kindern sowohl Verstand wie auch Schönheit mitzugeben vermag. Bei einer Frau kann das eine beängstigende Kombination sein.« Er fächelte sich und hatte seine Freude an seinem Monolog, während seine müden, durstigen Besucher höflich lächelten und Konversation machten. Man sprach vom Wetter und den riesigen Baumwollfeldern, die den Mount Pisgah umgaben. Solche Höflichkeiten waren für Mr. Howard jedoch nur der Ausgangspunkt, um die Geschichte der Howard-Plantage und schließlich auch die Geschichte der Schule zu erzählen, in der Trudy unterrichten sollte.

»Wir hatten die Negerschule, so lange ich zurückdenken kann - schon zu Lebzeiten meines Vaters, lang vor dem Krieg. Wir Howards hingen immer dem Grundsatz an, daß unsere Leute lesen lernen sollten - wenigstens so viel, daß sie ihre Bibeln lesen können, was sie auch recht eifrig tun. Da steht viel drinnen, das sich ein Sklave hinter die Ohren schreiben kann. Die moralischen Werte von Gehorsamheit und Zuverlässigkeit und so weiter ... es machte es leichter, sie am Zügel zu halten, wenn man die Heilige Schrift sozusagen als moralischen Aufseher hatte, könnte man sagen.« Die schwarze Frau kam mit einem Tablett mit Keksen und Limonade. Es schien, als hörte sie Mr. Howards Vortrag nicht. Trudy blickte ihr ins Gesicht und entdeckte nicht den geringsten Wechsel im Ausdruck ihrer Züge, obwohl Trudy die Philosophie des alten Mannes widerwärtig fand. »Deshalb haben wir diese Schule gebaut. Wir wollen nun allerdings auch wieder nicht, daß die Schwarzen mehr lernen, als ihnen gut tut, Miß Meyer. Nun, wenn Sie erst jeden Tag mit ihnen arbeiten, werden Sie schon sehen, daß ich recht habe. Wir haben hier keine Probleme mit unseren Negern, im Unterschied zu den Yankees und ihren Rassenkrawallen oben im Norden.«

Trudy fing den Blick der schwarzen Frau auf. Sie dankte ihr mit leiser Stimme für die Limonade, und die Frau nahm es mit einem bloßen Nicken zur Kenntnis. Mr. Howard sprach in Gegenwart dieser schwarzen Frau, als wäre sie nichts weiter als ein Pfosten, der das Verandadach stützte, oder ein zu seinen Füßen schlafender alter Hund.

»Wieviele Kinder gehen in die Schule? Man sagte mir, vierzig.«

»Manchmal mehr, manchmal weniger. Wir nehmen es nicht allzu genau damit, daß die Kleinen die ganze Zeit kommen. Einige müssen arbeiten. Das Ganze spielt sich auf mehr oder weniger freiwilliger Basis ab. Das Interesse am Schulbesuch hat ein wenig nachgelassen, seit die Lehrerin letzten Winter an der Spanischen Grippe starb. Komische Sache, diese Grippe. Befiel Leute im ganzen Land ... schlich sich 'ran und infizierte sie. Ich hab jeden Tag meinen schwarzen Tee getrunken, das reinigt die Eingeweide, und keine Krankheit kann sich einnisten ...« Er blickte auf, als er kurzfristig den Faden verlor. »Worüber sprachen wir doch eben?«

»Der Schulbesuch ist nicht zwingend vorgeschrieben, sagten Sie«, erinnerte ihn Trudy. Ihr Vater saß nervös herumzappelnd in seinem Sessel. Die Nachmittagssonne kroch immer tiefer nach Westen hinab, und er mußte noch den ganzen Weg nach Fort Smith zurückfahren.

»Nein«, sagte Mr. Howard, »außer für die Lehrerin.« Er lachte. »Sie müssen anwesend sein, oder Sie kriegen kein Geld.« Er griff nach einer Liste, auf der ihre Pflichten aufgezählt waren. Trudy hatte schon in der Vorwoche ein Exemplar dieser Liste mit der Post erhalten. »Haben Sie das bekommen?« Er wedelte damit vor ihrer Nase herum. »Nun, als Sie angestellt wurden, sagte der alte Doug Bolt -«

»Der Professor?«

»Stimmt. Der kleine Dougie Bolt. Er wuchs hier auf, war der Sohn des Aufsehers. Er ging im Schulhaus der weißen Kinder zur Schule, dort drüben, jenseits des Baches.« Er suchte nach seiner Brille und balancierte sie auf seiner mächtigen, schnabelförmigen Nase. »Tja also ... wie ich schon sagte ... als Pro-fes-sor Bolt die Empfehlung von Belle Grove sandte, da erwähnte er nichts davon, daß Sie ein *Judenmädel* sind. Wie Sie hier sehen können, besteht die Verpflichtung, daß die Lehrerinnen regelmäßig den Gottesdienst besuchen. Die Leute hier würden es ziemlich merkwürdig finden, wenn Sie sonntags nicht zur Kirche gingen. Mir ist es piepegal, was Sie glauben, solange Sie's bei sich behalten, Miß Meyer, aber das sind nun mal die Regeln und wir alle halten uns daran.«

Trudy sah, daß ihr Vater deutlich sichtbar in seinem Sessel erstarrte, während der alte Mann fortfuhr, die Liste der Regeln vorzulesen, die zweifellos zu den Tagen der Sklaverei zurückdatierten. Trudy nickte und lächelte zu allem, aber schließlich fragte sie: »Nachdem es eine Schule für die weißen Kinder und eine für die schwarzen Kinder gibt, gibt es wohl auch eine weiße Kirche und eine schwarze Kirche?«

»Oh, guter Gott, natürlich!« lachte der alte Mann. »Die bleiben gerne für sich, diese Schwarzen.« Die Frage reizte ihn zu einem Kichern, während er seinen Tee schlürfte. *Was für ein Gedanke!*

Trudy las die Liste noch einmal durch. »Warum hat es denn so lange gedauert, bis Sie jemand für den Posten finden konnten?« fragte sie. Aus dem Augenwinkel sah sie, wie Joseph ein Gesicht schnitt und mit einer Hand an der Unterlippe zupfte, um ein Lächeln zurückzuhalten. Keine Frage!

»Weiß ich auch nicht so recht. Die junge Latisha Williams hat bei den Kleinen ausgeholfen. Die hat Grütze im Köpfchen, das

Mädel. Aber was eine gut ausgebildete Lehrerin betrifft ... nun, ich nehme an, ein Haufen Mädchen will bloß deshalb Lehrerin werden, damit sie möglichst bald einen verwitweten Farmer kennenlernen und heiraten. Nachdem das hier eine rein schwarze Schule ist, gibt's natürlich nicht viel Möglichkeiten, falls Sie deshalb gekommen sind.«

Trudy betrachtete ihn mit ernsten Augen. »Ich könnte mich ja in der Kirche umgucken.«

Bei dieser Bemerkung begann Joseph krampfhaft zu husten, um nicht in Gelächter auszubrechen.

»Geht's Ihnen gut, Meyer?« fragte Mr. Howard. »Haben Sie sich etwa an der Zitrone verschluckt?«

»So ungefähr«, brachte Joseph hervor, während er aufstand und sich die Augen wischte. »Und jetzt ... ich bin überzeugt, meine Tochter wird es gut bei Ihnen haben, Mr. Howard. Wo geht es denn hier zur Schule? Ich muß möglichst rasch ausladen und zurückfahren, sonst überrascht mich die Nacht auf offener Straße.«

So endete Trudys Einstellungsgespräch auf der Plantage der Familie Howard. Der alte Mr. Howard war das einzige Mitglied des Schulvorstandes, und wie es aussah, hatte Trudy seine Inspektion bestanden und war eingestellt. Ein knochiger Arm deutete die Straße entlang. »Über den Hügel, und nach zwei Meilen biegen Sie ab - bei dem weißen Gebäude, das ist die Kirche«, erklärte ihr Mr. Howard. »Nicht die erste Kirche, rechts von der Straße, sondern die zweite Kirche ... links. Die ohne Kirchturm. Die Schule liegt eine halbe Meile dahinter in einem Wäldchen. Das Lehrerhäuschen liegt genau neben der Schule. Sie können es nicht verpassen.«

* * *

»Trudy, du mußt dir angewöhnen, deinen Sarkasmus im Zaum zu halten«, warnte Joseph, als der Lieferwagen davonholperte.

»Ich habe vor, einem Gespräch mit dem alten *Massah* so weit wie möglich aus dem Wege zu gehen. Und wenn wir uns doch einmal miteinander unterhalten müssen, werde ich mir sorgfältig Notizen machen und eines Tages jedes Wort, das er sagte, in einem

Roman verwenden. In der Universität Columbia würden sie ihn in der Abteilung ›Kulturelle Anthropologie‹ in einen Schaukasten stellen und ein Etikett aufkleben: ›Frömmlericus antiquuus‹.«

»Er ist kein so seltenes Exemplar, wie du vielleicht glaubst«, sagte Joseph, der nun plötzlich ernst wurde. »Die Sorte gibt es anscheinend überall. Und er ist noch harmlos im Vergleich zu –«

»Ist ja egal. Ich werde ihn nicht mehr ändern, aber die Kinder in meiner Schule gehören mir, und die erziehe ich, wie ich es für richtig halte.«

»Halte dich an die drei R und du kriegst keine Schwierigkeiten«, warnte er.

»Du meinst rassistisch, reaktionär und repressiv?« Sie lächelte. Joseph blieb ernst.

»Es ist noch nicht zu spät. Du kannst mit mir zurückfahren, im Laden arbeiten, bis -«

»Das wird sich in meiner Biographie nicht allzu großartig ausmachen.« Sie stieß ihm sanft den Ellbogen in die Seite. »Ich bin schon in Ordnung. Ehrlich.«

* * *

Die Straße zum Schulhaus war nicht zu verfehlen. Erst tauchte die eine Kirche auf, dann die andere. Karren und Arbeiter und breitrückige Maultiere wichen weit nach rechts aus, als der ratternde Lieferwagen der Meyers vorbeifuhr, um die neue Lehrerin abzuliefern. Selbst als Trudy ganz offen aus dem Wagenfenster starrte und die braungebrannten, schweißbedeckten Gesichter und zerlumpten Overalls auf hageren Körpern betrachtete, wandte sich niemand nach ihr um. Die Leute fuhren mit ihren Gesprächen fort oder ließen sie mit derselben einstudierten Gleichgültigkeit, wie Trudy sie auf dem Gesicht der Hausbediensteten gesehen hatte, vorbeiziehen. Trudy bedeutete für ihr Leben nicht mehr als der vorüberziehende Schatten einer Wolke auf den Baumwollfeldern. Eine Lehrerin war im letzten Winter gestorben, und eine andere war schließlich gekommen, um ihren Platz einzunehmen. Und wenn Trudy fortging, wie es gewißlich der Fall sein würde, würde eines Tages wieder jemand anderer kommen. Aber diese Leute, die ihre Hacken auf der Schulter trugen, denen die Zehen aus den Schuhen lugten - diese Bauern würden immer noch da sein, wenn Trudy schon längst wieder weg war. Wenn das Schulhaus niederbrannte, machte das keinen großen Unterschied. Die Baumwolle war da und das Land war da, und in dem großen weißen Haus saß Der Mann im Schaukelstuhl auf der Veranda. Manche Dinge änderten sich nie. Wie es gestern gewesen war, so schien es, so würde es immer sein. So kam Trudy wie eine kleine Wolke und hoffte, den Schweiß ihrer Mühen zu kühlen, und sei es auch nur eine kurze Zeit.

Joseph fuhr langsam und bog in einen tief ausgefahrenen Karrenweg ein, der unter dem hellgetüpfelten Blätterdach eines Waldes dahinführte. Gras wuchs in der Mitte der Straße, und Joseph pries in Gedanken Henry Ford, daß er die Karosserie seines Wagens solchen Straßen angepaßt hatte. Die langsame Fahrt wandelte sich zu einem sorgfältigen Dahinkriechen, als der Karrenweg zu einer bloßen Karrenspur wurde. Es war lange her, seit irgendein Fahrzeug auf Rädern diesen Weg genommen hatte.

Joseph schnitt ein Gesicht und fluchte gedämpft, als ein kleiner Bach auf einer Seite des Weges auftauchte und gemächlich quer über die Fahrbahn floß. Er hielt an und wechselte einen Blick mit Trudy.

»Es ist noch nicht zu spät. Ich kann nach Fort Smith zurückfahren. Du kannst im Laden arbeiten, bis -«

Trudy klopfte ihn auf den Arm und schüttelte den Kopf. »Nein.« Sie schlüpfte aus den Schuhen, kletterte aus dem Fahrzeug und hob den Rock, um durch den Bach zu waten. Das kalte Wasser fühlte sich köstlich an. Sie lachte und winkte, als sie die Mitte des Flüßchens erreichte, das ihr nur bis zur halben Wade ging. »Komm nur!« rief sie. »Es geht schon, Papa!«

Er schüttelte den Kopf, und der Ford machte einen Satz vorwärts, in das steinige Bachbett hinein und hindurch. Trudy stieg nicht mehr in den Lieferwagen, sondern eilte ihm voraus und wies ihm den Weg. Die Bäume erhoben sich hoch über ihrem Kopf. Sonnenlicht blinkte auf den Blättern, die sich hellgrün und dunkelgrün schimmernd vom hellblauen Himmel abhoben. Der Karrenweg wandte sich scharf nach rechts, und dann tauchte das weiße Gebäude des Schulhauses auf. Es sah einer Kirche ähnlicher als die Kirche selbst. Es war ein altes Gebäude, vielleicht so alt wie die

Pflanzung selbst. Das Haus war hauptsächlich aus viereckig behauenen Hölzern erbaut. Die Fassade bestand aus weißgetünchten Brettern und stellte die primitive Imitation eines Herrenhauses dar, wie es vor dem Sezessionskrieg üblich gewesen war. Statt der griechischen Säulen stützten vier genau gleiche runde Baumstämme das Dach des Vorbaus. Die Türe war hoch und wurde von Fenstern flankiert, die ebenso hoch und schmal wie die Türe waren. Die kleinen Glasscheiben, wellig vom Alter, waren blitzblank geputzt und widerspiegelten das Grün der Bäume und den Himmel und das Licht, und schließlich die gebrochene Spiegelung des Lieferwagens, der in dieser Umgebung absolut fehl am Platz wirkte.

»Wunderschön«, sagte Trudy, und sie meinte es ernst. Das Haus war so sauber geputzt, daß man deutlich sah, daß irgend jemand auf diesen Ort sehr stolz war. Sie konnte rundum im Erdboden die Spuren eines Rechens sehens. Aber nirgends war eine menschliche Fußspur zu sehen, als wäre der Jemand auf Zehenspitzen gelaufen und hätte beim Rückzug alle Spuren menschlicher Gegenwart weggekratzt. Selbst der Boden war perfekt.

Joseph stellte den Motor des Lieferwagens ab und plötzliche, gesegnete Stille hing einen Augenblick lang in den Eichen, bevor das Zwitschern der Vögel und das gedämpfte Gemurmel des Baches die Leere ausfüllten. Trudy drehte sich um und blickte ihren Vater an, der zum erstenmal an diesem Tag einen friedlichen Ausdruck auf dem Gesicht trug. »Na sowas«, sagte er überrascht. »Nun, nun ...«

»Na?« Trudy deutete auf den zugedeckten Brunnen neben dem Haus. Eine ihrer Pflichten bestand darin, jeden Tag einen Kübel Waschwasser aus dem Brunnen zu holen. War er tief? Sie eilte zu dem steinernen Brunnenrand hin und blickte hinunter in den kühlen Tunnel moosiger Finsternis. Es sah so aus, als würde ihr diese Pflicht nicht allzu viel ausmachen. Schließlich spähte sie durch ein Fenster ins Innere des Schulgebäudes. Ein großer schwarzer Kanonenofen stand in der Mitte des Raumes. Es gab keine Tische, nur lange hölzerne Bänke, glattgeschliffen von den Generationen von Kindern, die darauf gesessen waren. Eine schwarze Schultafel stand da. Darüber hing ein Bild von George Washington, der aus den Wolken herab sein Mona-Lisa-Lächeln lächelte. Daneben befand sich eine Landkarte der Vereinigten Staaten, auf der einige Staaten noch als »Territorien« bezeichnet waren. Nun, wenn schon. Trudy würde die Geographie von Mount Pisgah schon demnächst auf den letzten Stand bringen.

»Oh, Papa!« rief sie entzückt. »Ist es nicht hinreißend! Und es gehört mir!«

Er umarmte sie und spähte ebenfalls in das Klassenzimmer. »Du wirst dich hier wohlfühlen, Trudy«, sagte er. »Ich werde deiner Mutter sagen, du wärst in einem Zauberwald gelandet. Es sieht aus wie Bayern ohne die Bayern.« Er lachte. »Sie hinterlassen keine Fußabdrücke, siehst du?« Er hatte es also auch bemerkt. Er deutete einen Pfad entlang, der sich zu einer kleinen Holzhütte auf einem baumbewachsenen Hügelchen hinaufschlängelte. »Und dort oben ist dein neues Zuhause, nehme ich an?«

»Wir sollten lieber gleich anfangen, das Zeug raufzuschleppen. Näher können wir auf keinen Fall zufahren.« Es schien ihr nichts auszumachen, obwohl die Bücherkisten sich als Problem erweisen konnten. »Aber sehen wir es uns erst einmal an.« Sie griff nach ihrer mit Kleidern vollgestopften Reisetasche und eilte den Pfad hinauf zu der Hütte. Auch sie hatte bucklige Glasscheiben und eine Türe, die in hundert Jahren des Öffnens und Schließens die Türschwelle glattgeschliffen hatte. Sie hob den Riegel ... es gab kein Schloß ... und die Türe öffnete sich knarrend in einen Raum, der süßlich wie eine Selchkammer roch. Ein schmales Eisenbett stand an der rückwärtigen Wand. Es war hübsch und sauber mit einer blau-roten Flickendecke mit Blumenmuster bedeckt. Vor dem offenen steinernen Kamin, der für alles Kochen und Heizen herhalten mußte, stand ein Tisch. Die einzige Beleuchtung war offenbar die Petroleumlampe auf dem Tisch. Zinnene Teller und Tassen standen sauber gestapelt auf einem schmalen Wandbrett neben dem Kamin. Kleingehacktes Holz lag auf dem Feuerrost.

»Sieht so aus, als würdest du erwartet«, sagte Joseph leise.

* * *

Jefferson aß seine Abendmahlzeit in Latishas Haus, deshalb verpaßte er die interessantesten Teile der Geschichte, als sie zum ersten Mal erzählt wurde. Sie würde noch oft genug wiederholt werden, aber Geschichten waren immer am besten, wenn sie zum erstenmal erzählt wurden.

»Oh, sie ist schick, Mama!« Die Große Hattie reichte die Schüssel an Klein Nettie weiter, die dann auch das Gespräch über die neue Lehrerin weiterführte.

»Sie ist so groß wie Hattie, aber sie ist mehr wie eine Weide, nicht wie eine alte Eiche.«

Hattie, die nicht sicher war, ob sie die Bemerkung als Beleidigung auffassen sollte, rempelte ihre Schwester an. Egal. Jetzt ging es um die Lehrerin. »Sie hat die Haare ganz auf'm Kopf oben zusammengetan. Sie haben eine Farbe wie das Fell von Mr. Howards altem kastanienbraunem Kutschenpferd. Und so braune Augen wie das Pferd hat sie auch. Und sie hatte ein gelbes Kleid an.«

Nettie kicherte. »Und als der Mann den Wagen beim Bach anhielt, und nicht mehr weiterfahren wollte, da hat sie doch tatsächlich die Schuhe ausgezogen und SCHWUPPS! ging sie einfach weiter. Und zog ihren Rock hoch -«

»Ganz weiße Beine hatte sie. Und lang, richtige Beine zum Rennen.«

Nettie schlug nach Hattie. »Du sei jetzt still! Ich erzähl's!« Sie fuhr fort, und die ganze Familie beugte sich vor, um in allen Einzelheiten den Bericht über die Fahrt vom Haus des Alten Herrn bis zur Schule zu hören. »Da ging sie also einfach durch'n Bach und rief, *›Na komm schon, es ist gar nicht tief, Pa-pa!‹*«

»Und wißt ihr was? Der Mann rumpelte rat-ta-ta-ttatta einfach rüber«, sagte Hattie. »Aber sie stieg nicht mehr ein. Keine Rede davon! Sie ließ ihre schicken Schuhe im Wagen und ging einfach barfuß den Weg weiter, wie'ne gewöhnliche alte Landmagd. Sie sagte ihrem Pa, 's gefiele ihr, und dabei hatte sie Straßendreck zwischen den Zehen!«

»Und sie guckten bei den Fenstern rein und sagten, wie *schööööön* wir alles für sie hergerichtet hätten. Und sie redeten drüber, daß jemand alles saubergemacht und keine Spuren hinterlassen hätte.«

Auf diese Bemerkung hin richtete Rosa sich stolz auf. »Ich hab's dir gesagt, Mama, ich kann's so machen, daß sogar der Boden gut aussieht, wenn niemand drauf rumläuft.«

»Das hast du fein gemacht, Rosa«, nickte Willa-Mae. »Gefällt ihr die Hütte?« fragte sie Hattie.

»Wir haben nicht so gut gehört, was sie sagten, aber sie machten andauernd OOOOHHH und AAAHHHH.« Sie lachte. »Und ihr Papa mußte Kisten und Kisten voll Bücher im Schulhaus abladen, weil sie sagte, sie hätte keinen Platz für eine *Bücherei* in ihrer kleinen Hütte.«

»Bücherei!« rief Angel aus. »Was du nicht sagst! Bücher? Ich wünschte, ich wäre dabei gewesen!«

Willa-Mae tröstete sie. »Du mußtest doch auf Tante Lous Kinder aufpassen. Aber du wirst sicher noch oft genug Gelegenheit haben, dir die neue Lehrerin anzugucken.«

Rosa sah ebenfalls enttäuscht aus. »Aber ich glaube nicht, daß wir noch einmal Gelegenheit haben werden, ihre nackten Füße zu sehen. Und beim Fenster reingucken wird sie wohl auch nicht mehr.«

Lula, die Älteste, saß selbstzufrieden auf ihrem Platz. Sie hatte nicht das Vorrecht gehabt, die Ankunft der neuen Lehrerin aus den Büschen heraus zu beobachten, aber sie hatte ebenfalls Neuigkeiten mitgebracht. »Nun, Miß Young hat ihr Limonade serviert, als sie unten bei Mr. Howard war, und sie hat mir *haarklein* erzählt, was sie zu Dem Mann sagte -«

Alle Köpfe fuhren neugierig und verblüfft herum, als sie diese Neuigkeit hörten. Dann begann Lula das Gespräch in allen Einzelheiten wiederzugeben, bis die ganze Familie, Hock eingeschlossen, beinahe platzte vor Lachen.

»›Dann bleibt mir ja immer noch die Kirche‹, sagte sie dann. Ihr Pa krümmte sich vor Lachen, aber er hustete und prustete hinter der vorgehaltenen Hand, damit niemand was merkte, und der alte Mr. Howard wußte nicht, worüber sie lachten! Also sagte Mr. Howard: ›Haben Sie sich etwa an der Zitrone verschluckt?‹ ›So ungefähr‹, sagte ihr Papa, und dann packte er sie am Nackenfell und schleppte sie raus zum Auto, bevor ihr am Ende noch was rausgerutscht wäre und der Alte Herr vielleicht noch mitgekriegt hätte, daß sie ihn für'n Narren hielt!«

»Naja dann«, sagte Hock, als er sich von seinem Lachanfall erholt hatte und wieder Luft bekam, »das hört sich ja an, als wäre sie'n kluges Köpfchen! Da werdet ihr aufpassen müssen, Kinder! Wenn sie sich von dem Alten Herrn nichts gefallen läßt, dann wird sie euch auch ordentlich über'n Mund fahren können!«

Während des ganzen Abends wurde die Nachricht von der Ankunft der neuen Lehrerin und den Ereignissen unten im Haus des Alten Herrn von einem Haus zum anderen weitergereicht, bis jedes einzelne Abendessen in Pisgah mit Gelächter gewürzt war und nach dem Respekt für die neue weiße Lehrerin schmeckte, die barfuß durch den Petty-Jane-Bach lief und ihre Bücherei sicher ans Ziel gebracht hatte.

SAMSTAGSSCHULE

Trudy schlug die Augen auf, noch bevor der Wecker schrillte. Die Wälder, die ihre Hütte umgaben, vibrierten von tausenderlei Geräuschen - alles zirpte, schnalzte, gurgelte und rauschte der Dämmerung entgegen.

Es war kühl an diesem Morgen, als hätte die Welt vergessen, daß es eigentlich Sommer war. Sie zog die weiche Decke bis ans Kinn hoch und lag im blauen Licht der ersten Dämmerung still da, um zu lauschen. Kein menschlicher Laut störte die Perfektion dieser urtümlichen Symphonie - keine schnarrenden Stimmen, kein Straßenbahngeklingel, keine rasselnden Maschinen. Trudy schloß die Augen und atmete tief den würzigen Duft der Wälder ein. Wie lange war es her, seit sie zuletzt eine Fichte gerochen hatte - wirklich gerochen? Sie bekam Hunger davon. Sie betrachtete die aufgereihten Gläser mit selbst eingelegten Früchten und Gemüse. Daneben lag eine Packung Maisbrot, die jemand für sie bereitgelegt hatte. Zum erstenmal wog die Last, die sie seit dem Verlust ihrer Stelle in Belle Grove bedrückte, weniger schwer. Es war, als wollten die Wälder und die Klänge und die Düfte ihr ein Geschenk anbieten, das sie dringend brauchte ... das Geschenk ruhiger Gelassenheit.

Sie setzte sich im Bett auf und schlang die Arme um die Knie. Das Ticken der großen Pendeluhr erschien ihr als Störung. Trudy kam zu dem Schluß, daß sie das Ding nicht brauchte. Sie konnte sich jeden Morgen von der Uhr der Wälder wecken lassen. Sie würde die mechanische Uhr mit in die Schule nehmen und sie dazu benützen, den Kindern beizubringen, wie man die Uhr liest, obwohl diese Fertigkeit hier in Mount Pisgah vermutlich nicht eben lebenswichtig war.

Was ist heute für ein Tag? Welcher Monat? Welches Jahr? Welches Jahrhundert? Die einzig wichtige Antwort war die erste. »Heute ist Samstag«, sagte Trudy laut. Das war wichtig zu wissen. Der Samstag war unterrichtsfrei. Sie würde das ganze Wochenende

Zeit haben, um die Bücher auszupacken und unten im Schulhaus einzuräumen. Um ihre eigenen bescheidenen Besitztümer hier in der Hütte unterzubringen, würde sie kaum eine Stunde brauchen, aber das Klassenzimmer war etwas anderes! Da gab es so viel zu tun ...

Sie wusch sich im kühlen Wasser des Waschzubers auf der hinteren Veranda. Sie zog ein blauleinenes Arbeitshemd und einen frischgewaschenen Overall an, verzichtete darauf, in die Schuhe zu schlüpfen und trug das Maisbrot und ein Glas Pfirsiche in ihrer Tasche hinunter zum Schulhaus.

Die Türe des Schulhauses stand offen. *Wahrscheinlich hat sie der Wind in der Nacht aufgeweht,* dachte sie. Sie würde da vorsichtig sein müssen. Ein kräftiger Wind und ein heftiger Regenguß könnten ihre Bibliothek beschädigen, falls die Türe zufällig vom Sturm aufgerissen wurde. Sie sprang zwei Stufen auf einmal hinauf und betrat ihr Reich. Dann stieß sie einen leisen Schrei aus, als vierzig Köpfe herumfuhren, um sie zu betrachten. Jede einzelne Bank war Zoll für Zoll vollgestopft mit Schülern. Ihre dunklen Augen wurden groß vor Staunen, als sie ihre neue Lehrerin in einem blauen Arbeitshemd und im Overall sahen, wie die Landarbeiter einen trugen. Die Overallhosen waren bis zur halben Wade aufgerollt und entblößten die langen weißen Beine, und ganz unten bot sich ein wunderbarer Anblick - nackte Füße! Ein paar begannen zu kichern, schwiegen aber sofort wieder, als eine schlanke, hochgewachsene junge Frau ihnen einen strengen, drohenden Blick zuwarf. »Schsch! Seid sofort still!« sagte die junge Frau. Sie stand auf und lächelte Trudy schüchtern an. »Guten Tag, Ma'am«, sagte sie und bemühte sich nach Kräften, nicht die Füße anzustarren. »Mein Name ist Latisha Williams. Dies hier sind Ihre Schüler.«

»Aber ... aber ... aber ... es *ist Samstag!*« krächzte Trudy, während sie ihr Maisbrot umklammerte und an dem Glas Pfirsiche herumfummelte, bis alle die Kinder sie angafften und sie dachte, sie würde es jeden Augenblick zu Boden fallen lassen.

»Ja, Ma'am«, sagte Latisha. »Es ist Samstag.« Ihre Augen schweiften vom Gesicht zu den Schultern, dann zu den Schnallen an den Trägern und den aufgerollten Hosenbeinen und zuletzt zu den Füßen und Zehen. Das Lächeln erlosch. Zog sich die Lehrerin etwa immer so an? »Wir pflücken keine Baumwolle, Ma'am«, platzte sie heraus, und die ganze Klasse brüllte vor Lachen. »Still! Sofort!« Latisha fuhr zornig herum und sie verstummten augenblicklich. Nur die Allerjüngsten kicherten noch ein- oder zweimal.

»Wollt ihr sagen, ihr habt am Samstag Schule?« Trudys Stimme war eine Oktave höher als üblich. Sie sah aus, als wollten ihre Augenbrauen auf den Scheitel rutschen. Ihr Haar war nur halb aufgesteckt, als hätte sie es einfach nur aus dem Weg haben wollen. Sie strich es glatt und blickte entsetzt auf ihre eigenen Füße nieder.

»Ja, Ma'am. Wir haben jeden Tag Schule, außer am Tag des Herrn.«

Trudy starrte sie an, kaum fähig, diese Katastrophe zu begreifen. »Na dann«, sagte sie, während sie das Pfirsichglas hinter dem Rücken zu verstecken versuchte, »jedenfalls *nicht diesen Samstag.* Ich ... wie ihr seht ... Latisha war der Name, nicht wahr?«

»Ja, Ma'am.«

»Ich war nicht vorbereitet ... ich ... Bücher ... und meine ... habe noch viel Arbeit.« Sie senkte die Stimme zu einem Flüstern. »Am Montag können wir dann ...«

Latisha sah enttäuscht aus. Sie trug ihr schönstes Sonntagskleid. Jedes weibliche Wesen im Klassenzimmer strotzte von Haarbändern. »Wenn Sie's sagen, Ma'am. Aber wir dachten, wir könnten gleich zu lernen anfangen. Es ist schon lange her, seit wir eine richtige Lehrerin hatten.«

Die Luft summte von einem ganzen Chor von »Mhmhmmm ... stimmt ... ist schon lange her ...«

»Naja dann.« Trudy ließ den Blick über die eifrigen Gesichter ihrer Schüler gleiten. »Wenn ihr ein Weilchen warten könnt, laufe ich schnell ins Haus hinauf und -«

»Oh, wir können warten«, strahlte Latisha. »Wir haben so lange gewartet, ich denke, da macht's niemand etwas aus, noch ein bißchen länger zu warten.«

Trudy schritt rückwärts aus dem Klassenzimmer und bezwang ihren Drang, den Pfad entlang davonzustürmen. Statt dessen schritt sie mit all der Würde, die man von einer neuen Lehrerin erwartet, davon.

* * *

An diesem ersten Sonntag machte Trudy den geforderten Besuch in der Kirche des alten Mr. Howard. Man stellte sie der Gemeinde vor und bat sie, aufzustehen. Man begutachtete sie von oben bis und unten und stellte ihr hinterher kurze, bohrende Fragen.

»Wie in aller Welt kamen Sie denn dazu, gerade hier zu unterrichten?« war die wohl am häufigsten gestellte Frage.

»Ich schreibe einen Roman«, antwortete Trudy. Das entsprach zwar nicht ganz der Wahrheit, aber sie hatte tatsächlich vor, eines Tages einen Roman zu schreiben. In der Zwischenzeit mußte die Behauptung als Erklärung für alles und jedes herhalten. Dennoch bemerkte sie - obwohl Dutzende sie mit lächelnden Gesichtern betrachteten -, wie Hände sich hoben, um ein Flüstern zu verbergen, und Köpfe sich neigten, um es aufzufangen. Zweimal hörte sie die gemurmelten Worte »Judenmädel«.

Das war also das Schlimmste, was ihr widerfuhr. Sechs Tage in der Woche konnte sie voll Freude ihre Kinder unterrichten, wozu sie den Stapel altertümlicher Bände aus der Edition McGuffys benützte. Sie konnte ihnen aus *Onkel Toms Hütte* vorlesen und beobachten, wie sie mit großen Augen zuhörten.

Nur der Sonntag würde schwierig für sie werden. Nur der Ruhetag würde Arbeit und Mühe bedeuten. An den restlichen sechs Tagen ruhte sie in der Bewunderung ihrer Schüler.

Und so kam sie mit den Mühen des Sonntags zu einem Ende. Ihre Schultern schmerzten, als sie zu ihrem Häuschen zurückkehrte. Weit unten an der Straße lag die Kirche, die ihre Schüler besuchten. Trudy konnte hören, wie die Stimmen der schwarzen Gemeinde von Mount Pisgah sich zu dem Lied vereinten:

»Fließ weiter, Jordan, fließ weiter!
Ich will in den Himmel kommen, wenn ich sterbe
und den Jordan fließen hören ...«

Sie ging langsamer, als sie an dem baufälligen kleinen Gebäude vorbeikam. Die Farbe löste sich in Flocken von den wetterzernagten Brettern ab. Das Dach hing durch. Aber durch die Fenster konnte Trudy die Versammlung sehen - glänzendes Ebenholz und bunte Haarbänder, erhobene Hände und im Rhythmus des Liedes hin und her schwankende Körper. Und sie wünschte, sie könnte hineingehen und sich ein Weilchen ausruhen.

* * *

Der Musikpavillon im Park von Greysville war der günstigste Ort für eine Wahlkampfveranstaltung, den man sich vorstellen konnte. Doc Warne konnte oben auf der Plattform stehen, während sich die Menge gemütlich auf dem Rasen ausbreitete, und alle konnten ihn bestens hören und sehen. Der freie Platz, auf dem der Pavillon stand, war von Bäumen umgeben, schlanken Ahornbäumen und dicht belaubten Rüstern. Die Zuhörer wanderten natürlich zu der Seite hinüber, die von der Nachmittagssonne geschützt im Schatten lag, und Doc, der ihnen gegenüberstand, hatte seinen Mantel ausgezogen und die Ärmel aufgerollt, als er sich anschickte, seine Rede zu halten.

Greysville lag nur fünfzig Meilen von Camden entfernt und gehörte zum selben politischen Bezirk wie Docs Heimatstadt. Aber während die Umgebung von Camden hauptsächlich Bauernland war, war Greysville eher eine Fabriksstadt. Der Krieg hatte der Wirtschaft von Greysville gut getan, um so mehr, als die Waffenfabrik am Ort einen fetten Vertrag mit der Regierung für die Produktion von Maschinengewehrteilen an Land gezogen hatte.

Nun, wo der Krieg vorbei war, machten sich eine Menge Leute Sorgen, sie könnten ihre Jobs verlieren. Die angespannte Lage wurde noch dadurch verschärft, daß auch die heimkehrenden Kriegsveteranen einen Arbeitsplatz suchten - mehr Leute denn je drängten sich zu den Arbeitsplätzen, von denen es weniger denn je gab.

Das war die Atmosphäre, die Docs Wahlkampfveranstaltungen umgab. Er brauchte die Unterstützung der Leute in der Stadt, sonst durfte er sich keine Hoffnung auf einen Sieg machen.

»Es gibt Leute, die euch sagen werden, wir gehen harten Zeiten entgegen«, begann er, »vieles hat sich verändert, und noch mehr wird sich in Zukunft verändern. Aber der kürzeste Weg durch harte und unruhige Zeiten führt vorwärts, nicht zurück. Keiner von uns würde sich wünschen, daß der Krieg andauert, oder?«

Murmelnde Zustimmung durchrieselte die Menge. »Wenn ihr von harten Zeiten redet«, drängte Doc, »dann fragt mal einen unserer tapferen Jungen. Fragt meinen Sohn.« Doc machte keine Bemerkung darüber, daß Ellis ein Bein verloren hatte, aber die meisten Zuhörer hatten es ohnehin schon gewußt. »Fragt ihn, ob er will, daß seine Kinder in einem weiteren schrecklichen Krieg kämpfen müssen, weil wir, deren Pflicht es gewesen wäre, den Frieden zu bauen, uns abgewandt und unsere Pflicht nicht getan haben.«

Doc hielt inne, um seine Botschaft wirken zu lassen. »›Und was ist unsere Pflicht?‹ denkt ihr jetzt vielleicht. Unsere Pflicht ist, daß Amerika die Führung übernimmt. Wir müssen auf einem Sieg ohne Rache bestehen und auf einer Lösung von Konflikten ohne Blutvergießen. Aber wir können nicht erwarten, daß unsere Stimme gehört wird, wenn wir nicht dem Völkerbund angehören, wenn wir eine Mauer um dieses Land bauen, die die Waren anderer Länder von uns fernhält, die Familien fernhält, die hierherkommen und hier leben wollen.«

»Die roten Anarchisten wollen wir abhalten!« schrie eine rauhe Stimme aus dem Hintergrund. »Raus mit denen, sage ich! Wollen wir hier eine Revolution wie in Rußland?«

»Wir reden hier nicht von Anarchisten«, sagte Doc mit fester Stimme. »Wir sprechen von Familien, die hierherkommen und hier leben und ihre Kinder im großartigsten Land der Erde aufziehen wollen. Sie wollen tüchtig arbeiten und sich hier ein Leben aufbauen, und sie werden gleichzeitig auch Amerika aufbauen.«

»Niederreißen, wollten Sie wohl sagen!« schrie eine andere Stimme, diesmal aus einem anderen Teil der Menge. »Die kommen mit ihrer Brut von gefräßigen Jungen hierher und nehmen unseren Kindern das Brot vom Mund weg! Und dieser Unfug von Völkerbund! Ein Bund von Verstrickungen in fremde Angelegenheiten ist das, sonst nichts! Hört dieses Kommunistenschwein an, und ihr könnt sicher sein, daß eure Kinder in all den zukünftigen Kriegen in Europa kämpfen werden! Nein, sage ich, nie wieder! Da, nimm das, du Bolschewik!« Eine verfaulte Tomate kam über die Köpfe der Menge geflogen und klatschte gegen einen Pfosten des Musikpavillons nahe an Docs Kopf.

Von drei verschiedenen Stellen in der Menge hagelte es verfaultes Gemüse gegen Doc und überschüttete ihn mit einer übelriechenden, schleimigen Masse. Docs Anhänger in der Menschenmenge jagten die Stänkerer fort, aber von da an fand er nicht mehr genug Aufmerksamkeit bei der Menge, um seine Rede zu Ende zu halten.

* * *

»Mir gefällt das absolut nicht, das sage ich dir«, beklagte sich Molly bei Doc, während sie sein Hemd schrubbte und versuchte, die Tomatenflecken herauszuputzen. »Diese Randalierer gehören verhaftet. Sie und das Stinktier Hopewell, das sie geschickt hat.«

»Nana, Molly«, warnte Doc, »jetzt reg dich einmal nicht so auf. Ein paar Hitzköpfe, die vermutlich gerade ihren Arbeitsplatz verloren haben. Die sind stinksauer auf die ganze Welt, nicht nur auf mich.«

»Das redest du dir selber ein, Doc Warne, aber die Wahrheit ist doch, daß sie einen Korb voll Gemüseabfälle mitgebracht haben, um sie *dir* an den Kopf zu werfen!« Sie warf das Hemd angewidert in das schmutzige Wasser zurück. »Oder dachtest du, sie hätten ihren Müll gerade auf den Müllplatz bringen wollen, als sie zufällig bei deiner Veranstaltung vorbeikamen?«

»Jetzt mach dir doch nicht so viele Gedanken wegen eines Dummejungenstreichs«, sagte Doc. »Außerdem - die Leute, die dabei waren, wissen jetzt wenigstens, zu welchen unfairen Mitteln die andere Seite greift.«

»Jetzt gibst du wenigstens zu, daß sie Agenten der anderen Seite waren! Oh, Doc, und wenn sie nun nicht Tomaten geworfen hätten, sondern Steine?«

»Ich bin sicher, es wird nicht wieder vorkommen. Die Öffentlichkeit duldet keine Übergriffe, selbst wenn sie meinen Standpunkt nicht teilt.«

Das Geräusch eines spuckenden, hustenden Ford-Motors erregte ihre Aufmerksamkeit. Doc erkannte in dem Fahrer Robert Blaylock, obwohl er in einen schweren Automantel und eine Tuchmütze gehüllt war. Das Auto ratterte in den Hof der Warnes und blieb mit zitternden Flanken stehen.

Als Doc Blaylock an der Türe begrüßte, winkte der Rechtsanwalt mit einer Zeitung. »Hast du das gesehen?« schrie er ihm förmlich entgegen. »Nein, natürlich nicht. Ich hab's ja eben erst selbst gesehen. Schau dir an, was da steht!«

Blaylock entfaltete die Zeitung und breitete sie auf dem Eßtisch aus. Es war die Morgenausgabe des Marion Daily Star. KRAWALLE IN GREYSVILLE, lautete die Überschrift. Darunter stand in nur wenig kleineren Buchstaben: *HETZREDE DES KANDIDATEN WARNE LÖST AUFRUHR AUS.*

»Mach dir nicht die Mühe, den ganzen Artikel zu lesen«, sagte Blaylock. »Er ist voll bösartiger Lügen und Verleumdungen und Unterstellungen. Der Leitartikel geht so weit, daß es heißt, die Bevölkerung von Ohio würde es nicht dulden, daß rote Agitatoren den Kommunismus predigten. Doc, wie sie es formulieren, klingt es, als wärst du ... als wärst du ...« Der Rechtsanwalt begann zu stottern und schwieg.

»Ich weiß, Bobby, ich weiß«, ergänzte Doc mit einem schuldbewußten Seitenblick auf Molly. »Sie haben doch hoffentlich nicht vergessen zu schreiben, daß ich mich selbst mit Tomaten beworfen hätte?«

* * *

Das kleine Kaufhaus von Mount Pisgah gehörte zur Gänze Mr. Howard, erklärte man Trudy. Ein rundlicher, kahlköpfiger kleiner Mann namens Mr. Moss war der Geschäftsführer. Mrs. Moss arbeitete halbtags als Postbeamtin. Ihr Reich lag im hinteren linken Winkel des Ladens hinter einer Trennwand aus dunkler Eiche, vor deren Schalteröffnung sich Eisenstäbe befanden. »Mrs. Moss«, wie selbst ihre engsten Freunde sie nannten, war die Quelle aller Briefmarken, aller Zahlungsanweisungen und allen Klatsches in Mount Pisgah. Jedermann, Trudy eingeschlossen, mußte bei ihr nach den Poststücken fragen, die in kleinen Fächern hinter Mrs. Moss' strähnigem Haupt aufbewahrt wurden. Sie wußte genau, welche Briefe hereinkamen und welche Briefe hinausgingen. Sie konnte mit absoluter Zuverlässigkeit berichten, daß die neue Lehrerin jede Woche einen Brief von ihrer Mutter in Fort Smith bekam, und daß ein Brief ihr den ganzen weiten Weg von England bis Mount Pisgah nachgeschickt worden war. *Das schlug doch dem Faß den Boden aus, nicht wahr?* Es war auch ein Brief aus New York gekommen, dessen Absenderadresse in einer spinnenartigen Handschrift geschrieben war, zweifellos von einem alten Menschen. Alle, die sich dafür interessierten (und das waren so gut wie alle Einwohner von Mount Pisgah), fanden es sehr merkwürdig, daß eine so kluge und attraktive junge Frau wie Miß Trudy Meyer nicht einen einzigen Brief von einem Verehrer bekam. Kein einziger junger Mann schrieb oder kam zu Besuch. Da versteckte sie sich am Ende der Welt, um die Neger zu unterrichten! Nach all der großartigen Ausbildung, die sie gemacht hatte! Selbst wenn sie ein Judenmädel war, war es doch merkwürdig, daß sie es zu nichts Besserem gebracht hatte.

Mrs. Moss und Mrs. Digby besprachen die Sache aufs gründlichste. Als die Schulmamsell hereinkam, um ihren einzigen Brief abzuholen, hielten sie den Mund und begnügten sich damit, daß sie ihr einen angenehmen Tag wünschten und sie fragten, wie die kleinen Negerlein in der Schule vorankämen. Dann kaufte sie ein paar Lebensmittel, wie immer, und trank ein Soda-Orange, wie immer, und ging wieder.

Die beiden Frauen blickten einander an und fragten sich von neuem, welche Geheimnisse es im Leben dieses Fräulein Lehrerin geben mochte. Schließlich kam niemand nach Mount Pisgah, der nicht unbedingt mußte.

»Ich hab eine Kusine zweiten Grades, die in Fort Smith wohnt«, sagte Mrs. Digby.

»Tatsächlich?«

»Ich werde ihr ein paar Zeilen schreiben. Wie hießen die Eltern der Lehrerin noch mal? Ein Geschäft haben sie? Auf der Garrison Avenue? Nun, Millicent wird schon wissen, wo das ist.« Sie starrte angestrengt zur Türe hinaus, als die Lehrerin draußen die Straße überquerte. »Vielleicht ist ja nichts dahinter, aber ich habe da so ein Gefühl ...«

DAS UNSICHTBARE REICH

»Becky«, fragte Julie kokett, »findest du nicht auch, daß ich ein klein wenig wie Mary Pickford[1] aussehe?«

Becky lächelte über die Schulter hinweg dem kleinen Mädchen zu, das mit dem Rücken zu ihr auf dem Gepäckträger des Buggy saß. »Nun, ein klein wenig vielleicht ... aber du bist viel, viel hübscher«, sagte Becky.

Ellis schnalzte mit den Zügeln, und das graue Pferd lief die Hauptstraße hinunter und entfernte sich vom Camden-Kino. Sie hatten soeben den Film *Rebecca von der Sunnybrook Farm* gesehen. Julie hatte ihn schon viermal gesehen, aber Ellis hatte ihn noch nie gesehen, denn als der Film zum erstenmal in der Stadt gespielt wurde, war er bereits bei der Armee gewesen.

»Natürlich«, sagte Julie ernsthaft zu Becky, »solltest du dich bemühen, so wie sie zu sein, schließlich hast du denselben Namen wie sie. Ellis«, fragte sie ihren Bruder, »wünschst du nicht auch, man könnte die Leute im Film richtig reden hören?«

Ellis überlegte die Sache eine Weile. »Nein«, sagte er. »Das würde alles verderben. Wenn wir sie reden hören könnten, müßten sie nicht so gut spielen wie jetzt.«

Ellis und Becky hatten darum gebeten, Julie mit in die Stadt nehmen und mit ihr ins Kino gehen zu dürfen, nachdem Doc und Molly fünfzig Meilen entfernt bei einer politischen Veranstaltung waren. »Ich werde Schauspielerin, wenn ich groß bin«, sagte Julie und hielt die Hand mit affektierter Geste an die Stirn, wie es ihre Lieblingsheldinnen taten, kurz bevor sie in Ohnmacht sanken.

»Letzte Woche wolltest du Krankenschwester werden und Papa helfen, kleine Babies zur Welt zu bringen«, neckte sie Ellis.

---

1 Berühmte Schauspielerin der Stummfilm-Ära.

»Papa wird sowieso ein berühmter Kongreßmann«, antwortete Julie. »Da braucht er keine Krankenschwester.«

Die Straße führte an der katholischen Kirche St. Francis vorbei, die etwa auf halbem Wege zwischen dem Gut der Warnes und Camden lag. Von einer Hügelkuppe aus konnte Ellis den Kirchturm sehen, der aus einer kleinen Mulde in den Hügeln aufragte. »Das ist ja merkwürdig«, sagte er. »Schau nur, wie hell der Kirchturm heute aussieht - als scheine ein Licht darauf.«

Julie stand auf und drehte sich um, wobei sie sich auf die Schultern ihres Bruder und ihrer zukünftigen Schwägerin stützte. »Wo?« wollte sie wissen.

»Genau da vorne, Liebling«, deutete Becky ihr. »Sieht nach einem Feuer aus, Ellis. Meinst du, dort gibt es Schwierigkeiten?«

»Nein«, sagte Ellis. »Wahrscheinlich ist es bloß ein Lagerfeuer.« Er trieb das Pferd dennoch zu einem rascheren Trab an.

»Meinst du, die Katholiken machen ein Grillfest?« überlegte Julie.

»Das bezweifle ich«, sagte Ellis, »aber in ein paar Minuten werden wir es wissen.« Ein Windhauch trug die fernen Klänge eines Liedes zu ihnen herüber. Die Musik schwoll an und wurde wieder leiser, sie klang gedämpft und undeutlich.

Die Glut des Feuerscheines wurde stärker und stärker, bis deutlich zu sehen war, daß das Feuer genau vor der Kirche brannte. Zumindest das Dach der Kirche und der oberste Teil der Mauern waren deutlich sichtbar über den Bäumen. Plötzlich lohte der Feuerschein auf, als hätte jemand ein Scheit ins Feuer geworfen. Schatten tanzten auf den Mauern des Gebäudes - seltsame wirbelnde Schatten, unbestimmte Umrisse mit dreieckigen Spitzen.

»Was in aller Welt ist denn das?« fragte Becky.

»Ich weiß, was es ist«, sagte Ellis grimmig. »Es ist ein Treffen des Ku-Klux-Klan.«

Nach einer weiteren Kehre der Straße führte der Weg direkt zur Kirche hinauf, und der Buggy hielt unmittelbar darauf zu. Vor der Türe der Kirche loderte ein flammendes Freudenfeuer, und in seinem Zentrum erhob sich, zweieinhalb Meter hoch, die zischende, knisternde Fackel eines brennenden Kreuzes.

Ein Kreis von Gestalten stand um die Flammen herum. Die

dem Kreuz am nächsten standen, waren von Kopf bis Fuß in weiße Roben gehüllt. Ihre Gesichter waren maskiert, und sie trugen hohe spitze Kapuzen. Hinter dem Kreis der Maskierten drängte sich ein weiterer Kreis, der aus Frauen bestand. Auch sie trugen weiße Roben, aber ihre Gesichter waren unmaskiert. Sie sangen: »Gottes Sohn Zieht In Den Krieg«.

Als der Buggy sich der Szenerie näherte, hob eine der maskierten Gestalten die Arme über den Kopf. Schweigen breitete sich über den Rest der Gruppe. »Gott«, betete der Kapuzenmann mit lauter Stimme, »reinige dieses Land, wir flehen dich an! Laß die Teufelei römischen Götzendienstes hier hinfort nicht mehr bestehen.«

Ein murmelnder Chor von »Amen« stimmte ihm zu.

»Tue aus unserer Mitte hinweg jene Rassen, die du verflucht hast - die papistischen Heiden, die jüdischen Christusmörder und vor allem jene, die das Zeichen Kains tragen, die Neger. Beim leuchtenden Ruhmesglanz dieses flammenden Zeichens schwören wir -«

Der Mann verstummte, als das Geräusch der Räder des Buggys, die über den Kies knirschten, hörbar wurde. Einige in der Gruppe drehten sich um und wandten den Blick. Ellis zwang das nervöse Pferd zu einem gleichmäßigen Trab und hielt die Zügel straff, trotz des inneren Dranges, es zu einem Galopp anzutreiben.

Sie fuhren am Rand der Lichtung vorbei. Auf der Kirchenmauer neigten sich einige der spitzzipfeligen Schatten einander zu, um sich flüsternd miteinander zu beraten. Niemand sprach ein lautes Wort oder näherte sich dem Buggy. Ellis blickte starr geradeaus, und Becky hielt Julie fest an sich gepreßt.

Zu Füßen der Frauen spielte eine Anzahl Kinder im Gras. Eines von ihnen trug eine winzige Kopie der Robe ihrer Mutter und auf dem Kopf eine spitzzipfelige Kapuze wie ihr Vater.

Julie schnappte nach Luft und deutete auf das kleine Mädchen, dessen Gesicht unter der Kapuze in bösem Vergnügen feixte. »Das ist Amy Wallace!« sagte Julie. »Sie ist eine von den Geisterleuten!«

* * *

Während der restlichen Fahrt zurück zum Gut der Warnes blickten Ellis und Becky beständig über die Schulter zurück und spähten nach vorne in die Dunkelheit, in der ihnen jeder Busch und jeder krumme Baum verdächtig erschien. Die tanzenden Schatten der »Geisterleute« und ihr scheußliches Freudenfeuer verschwanden aus ihrem Blickfeld, während der Buggy aus der Mulde kletterte und den nächsten niedrigen Hügelrücken überquerte. Aber der Klang ihres Gesanges schwebte hinter Ellis, Becky und Julie her wie ein spottendes Gespenst: »Sein Blutrot Banner Strömt Einher«, höhnte es, »Wer Folgt Ihm Willig Nach?« Becky war überzeugt, sie würde diese Hymne nie wieder hören können, ohne daß es ihr eisig über den Rücken lief.

Als sie in Beckys Vaterhaus angelangt waren, das ein kurzes Stück vor dem Haus der Warnes an der Straße lag, war Klein Julie eingeschlafen. Das kleine Mädchen hatte die Arme um Beckys Hals geschlungen und schlief tief und fest. Ellis warf einen Blick auf sie. »Du könntest sie auf die Sitzbank legen«, sagte er.

»Ist schon gut«, sagte Becky leise. »Mir macht es nichts aus. Armes Ding, sie zitterte vor Angst. Ich bete, daß sie heute nacht nur von erfreulichen Dingen träumt - daß sie einmal so berühmt wie Mary Pickford wird und so weiter - und nicht von dieser abscheulichen Bosheit da hinten.«

»Möchtest du nicht einen Sprung hereinkommen, Ellis?« fragte Becky, als der Buggy vor ihrem Haus anhielt. »Ich bin sicher, Papa und Mama werden nichts dagegen haben, wenn wir Julie auf die Couch legen, während ich uns eine Tasse Tee mache.«

Ellis überlegte einen Augenblick lang. Er dachte daran, daß es schön wäre, den Abend in freundlicher Atmosphäre ausklingen zu lassen, aber dann schüttelte er den Kopf. »Ich würde es gerne tun, Becky, aber meine Mutter und mein Vater sind heute nacht fort ... nun, du weißt schon, ich habe einfach das Gefühl, ich sollte ein Auge auf die Dinge haben.«

Er hielt das Pferd mit einer Hand an den Zügeln und hielt mit der anderen Julie auf dem Sitz neben sich fest. Er pfiff leise vor sich hin, während er durch die Nacht fuhr und sich sagte, es gäbe keinen Grund, sich zu fürchten, und nichts, was ihn in Unruhe versetzen müßte. Trotzdem war er dankbar, als der Zaun um sein Vaterhaus direkt vor ihm auftauchte. Er war froh, daß er daran gedacht hatte, eine Lampe im Wohnzimmer brennen zu lassen. Sie leuchtete durchs Fenster wie ein Leuchtfeuer und ließ Julies Kätzchen erkennen, das auf der Rückenlehne des Sofas saß und sie durchs Fenster beobachtete.

Als er seitlich ans Haus heranfuhr und den Kiesweg erreichte, der zur Scheune führte, sah er es. Wie ein böses Auge, das ihn aus dem Dunkel heraus anglotzte, blinkte ein glühendes oranges Licht aus der Mitte einer dunklen Form, die im Hof im Zwielicht unter den Bäumen lauerte. Er zog die Zügel so scharf an, daß das Pferd stieg und zurücksprang. »He! Holla! Nur mit der Ruhe«, rief Ellis leise.

Er starrte ins Dunkel und versuchte herauszufinden, was es war. Es schien mitten in der Luft zu hängen - ein Gespenst in der Nacht. Ein Windhauch wehte, und das Ding schwang mit dem Wind hin und her. Es gab ein unheimlich knarrendes Geräusch, als ob ein neues Seil an alter Rind rieb. »Nein!« schrie Ellis, und er sprang vom Karren und stürzte in die Dunkelheit. »Nein«, keuchte er noch einmal, »bitte, Gott, laß es nicht zu!«

Er blieb stehen, unmittelbar bevor er es berührt hatte. Er streckte eine zitternde Hand aus und brachte es nicht fertig, den letzten Schritt vorwärts zu tun. Der Wind blies von neuem, und das Ding drehte sich um die eigene Achse, bis sein Gesicht über der Schlinge des Henkerstricks auf Ellis herunterblickte.

Es war eine Puppe, eine Vogelscheuche. Auf die Leinwand war ein schielender Blick und ein schwachsinniges Grinsen gemalt. Die Glut kam aus seiner Brust. Die Leute, die es hierhergehängt hatten, hatten versucht, es anzuzünden, aber die Strohfüllung war feucht und hatte nur geschwelt.

Auf dem Boden darunter lag, sorgfältig mit Steinen befestigt, eine mit großen groben Buchstaben beschriebene Tafel. Die Schrift darauf warnte: ROTE UND NEGERFREUNDE, VERSCHWINDET VON HIER!

WASSER BLEIBT WASSER

Die Sonntagspflicht. Trudy wandte den Blick der Musik von Mount Pisgah zu, als sie vorüberging. Drinnen saßen ihre klugen Schüler und Schülerinnen Schulter an Schulter auf den langen harten Bänken und sangen Harmonien, wie sie in Trudys Vorstellung nur im Himmel erklangen. *Was für eine Musik!* Im Vergleich klangen die schnarrenden Stimmen in der Kirche des alten Mr. Howard wie das Gerassel trockener Knochen. Trudy seufzte neidisch bei dem Gedanken, den Sonntagvormittag in der schäbigen kleinen Kirche inmitten ihrer Kinder zu verbringen ... *ihrer Babies!*

Sie kam etwas zu früh bei der adretten, schindelgedeckten kleinen Kirche an. Der alte Mr. Howard stand inmitten einer Gruppe von Männern unter einem alten Walnußbaum und rauchte eine Zigarre. Folz, der Aufseher der Plantage, stand zwischen ihm und einem jungen Mann, der einen modischen weißen Hut, einen weißen Anzug und eine Krawatte trug. *Der da ist kein Farmer,* dachte Trudy. Er war dunkelhaarig, hatte eine dunkle Haut und den Körperbau eines Athleten. Eine goldene Uhrkette spannte sich über seine Weste. Trudy erkannte das Abzeichen einer Studentenverbindung daran.

Ihre Augen hingen allzu lange an ihm, und er lächelte sie an und berührte die Hutkrempe mit zwei Fingern zum Gruß. Sie antwortete mit einem Lächeln und wandte sich dann ab, als die Lippen des Aufsehers dem jungen Mann ein warnendes Wort formten. *Judenmädel.* Die Muskeln in ihren Schultern waren bereits verkrampft, und dabei hatte der Morgen eben erst begonnen.

»Miß Meyer -« Die heisere Stimme des alten Mr. Howard rief sie zurück. Sie drehte sich um, und er winkte sie mit einem gekrümmten Finger herbei. »Ich möchte Sie mit meinem Neffen Scott bekanntmachen.«

»Sehr erfreut.« Seine dunklen Augen glitten mit offenkundigem Wohlgefallen über Trudy. »Onkel, warum hast du mir denn nicht gesagt, daß es hier in der Gegend so schöne Frauen gibt? Dann wäre ich schon früher hierher gekommen.«

»Wir mußten die kleine Dame importieren, Scott, mein Junge.« Der Alte Herr blinzelte Trudy zu und kicherte. »Wenn ich gewußt hätte, daß sie dich hierherlocken würde, hätte ich sie schon früher geholt.«

Folz, der Aufseher, trug einen kalten Ausdruck auf dem mageren Gesicht. Er hielt nichts davon, wenn man einer wie Trudy auch noch schmeichelte, das war offenkundig. Jeden Sonntag verkniff er sich jedes Wort außer dem allernotwendigsten Gruß. »Miß Meyer. Wie kommen die Negerlein denn in der Schule voran? Schon Ärger gehabt mit den diebischen kleinen -«

»Nana, Folz, Sie sind zu hart mit den Negern«, beschwichtigte ihn Mr. Howard. »Miß Meyer hat ein Herz für die kleinen Kerlchen. Sie unterrichtet in der Negerschule.« Er stieß seinen Neffen an, der keinen Augenblick den Blick von Trudy abgewandt hatte. »Sie lehrt sie die Heilige Schrift lesen.«

Folz schnaubte, als wüßte er nur zu gut, was Trudy wirklich unterrichtete. »Sie bringt ihnen noch allerhand anderes als die Bibel bei. Die kleinen Nigger kriegen alle Arten von Büchern in die Hand bei ihr. Eine ganze Bücherei hat sie mitgebracht, nach allem, was man so hört. Und ein Grammophon -«

Der Neffe des alten Mannes trat einen entschiedenen Schritt vor und schnitt Folz das Wort ab. »Freut mich zu hören.« Er spielte mit dem schlüsselförmigen Abzeichen der Studentenverbindung an seiner Uhrkette. Sein Blick hielt Trudys Blick fest, und sein Gesichtsausdruck machte ihr klar, daß ihm die stupiden Äußerungen des Aufsehers ebenso auf die Nerven gingen wie ihr. »Literatur und Musik in Mount Pisgah. Kultur und Schönheit obendrein.«

»Ich hab's dir doch gesagt«, sagte der Alte Herr und klopfte Scott auf den Rücken, »Pisgah hat mehr zu bieten, als du glaubst.«

Trudy atmete langsam aus. Konnte Scott sehen, daß sie dankbar war? Die Kirchenglocke begann zu läuten. »Es hat mich gefreut –«

»Bitte.« Scott bot ihr den Arm. »Darf ich Ihnen meine Gesellschaft anbieten?«

Trudy spürte, wie Folz' Blicke sich in ihren Rücken bohrten, als sie ihn dort unter dem Baum stehenließen. Später, als der Gottesdienst vorbei war und Scott sie in seinem Buggy heimfuhr, konnte sie sehen, wie Männer und Frauen im Hof der Kirche sich im Chor den Hals verrenkten, um ihnen nachzustarren.

Scott klopfte das Pferd mit der Peitsche auf den Schenkel, sodaß es in Trab fiel. »Ganz schön angespannte Stimmung da hinten«, sagte er und schob den weißen Hut aus der Stirn zurück. »Ich weiß nicht, ob ich mich je daran gewöhnen werde.«

Sie hob erstaunt die Augenbrauen und lachte. »Sie? Was würde Ihr Onkel sagen, wenn er es wüßte?«

»Er ist ein schlauer alter Fuchs. Er weiß es nur zu gut. Er sagte mir, daß es niemand interessierte, was ich glaube ... oder nicht glaube ... solange ich es bei mir behalte und sonntags in die Kirche gehe.«

»Dann bin ich also nicht die einzige Heuchlerin am Ort«, antwortete sie.

»Ich würde sagen, der ganze Ort ist zum Brechen voll mit der Heuchelei alter Sitten und Gebräuche.« Seine Augen funkelten vor Vergnügen. »Aber ich bin froh, daß es hier noch eine zweite Person gibt - eine so hübsche Person wie Sie -, die ehrlich ist.«

»Wenn ich ehrlich wäre, wäre ich nicht jede Woche dort.«

»Na, dann, *klug*. Denn Sie sind ja dort, obwohl Sie es nicht wollen.« Er zügelte das Pferd, so daß es im Schritt ging. »Wir brauchen uns nicht zu beeilen, es sei denn, Sie hätten bereits Verabredungen für den Nachmittag getroffen. Erzählen Sie mir doch, wo Sie herkommen.«

»Wollen Sie damit sagen, das hätten Sie nicht schon längst gehört?«

Er zuckte die Achseln. »Ach, Mount Pisgah! Der Ort ist ein einziges riesiges Ohr, das allen Klatsch hört.« Er zwinkerte ihr zu, als sei es ihm egal, was er alles gehört hatte. »Soll ich Ihnen dann zuerst erzählen, wer *ich* bin? Und danach können Sie mir helfen, die nackte Wahrheit aus all den fantastischen Geschichten herauszuschälen, die hier über das junge, alleinstehende Fräulein Lehrerin erzählt werden.«

Scott Howard hatte die Universität in Fayetteville abgeschlossen und war, wie er behauptete, mehr Geschäftsmann als Farmer. Er war der einzige Neffe seines kinderlosen Onkels und wurde darauf vorbeitet, das Land zu übernehmen, wenn sein Onkel einmal nicht mehr am Leben war. Und er hatte große Pläne mit dem Gut.

»Aber ich langweile Sie«, sagte er, als sie an der Kirche von Mount Pisgah vorbeikamen und Trudy den Kopf wandte, um den Gesang zu hören.

»Nein ... es ist nur ... ich komme gerne hier vorbei und höre sie singen. Manchmal möchte ich hineingehen. Nichts weiter.«

Er lachte und schnalzte mit der Zunge, um die Stute anzutreiben. »Ich habe etwas Besseres vor.« Er sah ihr tief in die Augen. »Wollen Sie mir Ihre Bibliothek zeigen?«

Trudy lud Scott nicht in ihr Häuschen ein, aber sie sperrte das Schulhaus auf und zeigte ihm die Reihen von Büchern, die sie mitgebracht hatte, um ihr Gesellschaft zu leisten.

»Das also sind die subversiven Romane, die dem alten Folz so viel Kopfzerbrechen machen! Tja, die dürfen den Negern natürlich nicht in die Hände fallen.« Er hielt ein Exemplar von *Onkel Toms Hütte* in die Höhe. »Ein Mann wie er hat noch nie etwas von Gleichberechtigung gehört, nehme ich an.«

Trudy ließ sich krachend auf ein Ende der Schulbank fallen und blickte in das attraktive Gesicht ihres Besuchers auf. »Ich wünschte, ich hätte vom ersten Tag an mit Ihnen reden können«, seufzte sie. »Ich habe mich so einsam gefühlt.«

* * *

Der Sonntagsstaat der Gottesdienstbesucher in der Kirche von Mount Pisgah bestand aus leuchtendbunten Haarbändern und Turbanen, aus Mehlsäcken geschneiderten Kleidern mit Blumenmustern und verschossenen schwarzen Sonntagsanzügen mit ausgefransten Manschetten und zu kurzen Ärmeln.

Jeff stand in seiner Uniform hinter der alten Kanzel, die der erste Mr. Howard vor fünfundsiebzig Jahren der Kirche gestiftet hatte. Er umklammerte die Seitenteile, die von den ebenholzschwarzen Händen dutzender Prediger blankgeschliffen waren - einige waren freie Männer gewesen, andere Sklaven. Jefferson lächelte, als sein Blick über die dichtgedrängte Gemeinde schweifte. Es war doch alles noch so, wie er es in Erinnerung gehabt hatte! Wie ein Blumengarten wartete sein Volk darauf, mit dem Wort ihres einzigen, ihres himmlischen Meisters bewässert zu werden. Und auf der vordersten Bank kühlten sieben grellbunte Fächer, wie Schmetterlingsflügel flatternd, die Gesichter seiner Mama, seiner Schwestern und seiner Braut.

»Dies hier ist nicht der Himmel.« Er blickte Willa-Mae an, die nickte und sich noch eifriger fächelte. »Aber es ist unser Zuhause, und die Heimat kommt dem Himmel am nächsten, nicht wahr?«

Ein Chor von »Oja ... Amen ... Gelobt sei Gott«, erfüllte das kleine Gotteshaus. Die Fächer bewegten sich im selben Rhythmus wie die Köpfe auf und ab. Es tat gut, wieder unter den eigenen Leuten zu sein!

»Ja!« Jefferson hob seine großen Hände in einer Gebärde der Dankbarkeit zum Himmel. »Ja, danke, Jesus!« Jauchzen und Jubel erhoben sich. Schließlich hatte Jeff eine riesengroße Lücke hinterlassen, als er in den Krieg gezogen war. Niemand hatte es bis jetzt geschafft, auf der Kanzel an seine Stelle zu treten. Die Leute redeten immer noch über den Sonntagabend, an dem er sich so in Eifer geredet hatte, daß er die schwere Kanzel aus Mahagoniholz vom Boden gehoben und über den Kopf gestemmt hatte, als wäre er Samson, der die Säulen des Tempels niederriß! Später sagte er, er hätte gar nicht gemerkt, wie schwer die Kanzel war. Der Heilige Geist hatte ihn erfüllt, er hätte die ganze Kirche hochheben können, hätte seine Predigt einer solchen Illustration bedurft!

Jetzt war er also wieder daheim.

»Sag uns, was der Herr dort drüben zu dir gesprochen hat, Jeff!«

»Was hast du da draußen in der weiten Welt gesehen, Jeff?«

»Predige uns, Jeff!«

»War dieser Krieg Gottes Werk, Jeff?«

Wiederum liebkosten große Hände die Seitenteile der Kanzel. Jeffersons breites Lächeln erlosch, als er sich an den Großen

Krieg erinnerte - das Sterben, das Leiden. Und dann blätterte er raschelnd in den Seiten der Heiligen Schrift, und Schweigen senkte sich über den Raum. Die Frauen der Canfields falteten ihre Fächer zusammen und warteten aufmerksam.

»Ja«, sagte er nach einer Weile, »der Herr war dort. Er ist überall, wo Männer leiden und sterben. Ich sah Ihn neben einem deutschen Offizier. Sah Ihn neben einem armen schwarzen Soldaten, wie ich selbst einer bin. Hörte einen Burschen nach Ihm schreien, nachdem ich diesen Burschen selbst niedergeschossen hatte. Ich setzte mich in den Schlamm neben diesen Mann, als er im Sterben lag. Ich hielt seine Hand und flehte um Erbarmen für seine Seele ... und meine eigene, weil ich ihn getötet hatte ...« Er hob den Kopf und ließ den Blick über die düsteren Gesichter seiner Freunde und seiner Familie schweifen. »Der Herr war auf beiden Seiten der Front, an der Männer starben und Männer töteten. Er kämpft mit dem alten Luzifer um die Seelen der Menschen. Manchmal gewinnt er und manchmal nicht. Ich denke, diese unsichtbare Schlacht ist um nichts weniger blutig als die Schlacht, die ich gesehen habe.«

Ein Dutzend zustimmender »Amen« antwortete ihm. Willa-Mae schüttelte bekümmert den Kopf, als sie an die Schlacht dachte, in der ihr Sohn gekämpft hatte. Sie wußte immer noch nicht, worum es in diesem Krieg eigentlich gegangen war. Sie wußte nur, daß gekämpft worden war und daß Jeff sicher nach Hause zurückgekehrt war.

»Wie hast du die Medaille da gekriegt, Jefferson?« rief einer der jungen Männer und deutete mit dem Daumen auf die Medaille der Ehrenlegion, die Jefferson um den Hals trug.

»Ich bin geblieben und hab weitergekämpft, als alle anderen davonrannten«, antwortete Jeff schlicht.

»Da bist du also 'n Held?«

Jefferson schüttelte langsam den Kopf. Er wollte über eben dieses Thema predigen. »Es gab eine Zeit ... eine ganz kurze Zeit ... wo ich dachte, ich wäre vielleicht ein Held. Für einen Mann, der so schwarz ist wie ich, gibt's nichts Schöneres, als so eine Medaille zu tragen und durch die Straßen von Paris in Frankreich zu marschieren. Die Franzosen brauchten bloß einmal meine Medaille anzugucken, und schon hatten sie vergessen, welche Farbe meine Haut hat! Sie sagten: ›Komm zu mir nach Hause zum Abendessen!‹ Sie sagten: ›Hast du schon ein Quartier heute nacht?‹ Sie sagten: ›Du wunderbarer amerikanischer Gentleman! Vive l'Americain!‹ Das heißt: *Hurrah!*«

Die Versammlung antwortete auf diese Enthüllung mit Blikken des Staunens. »Im Ernst? Solche Dinge haben die Weißen zu dir gesagt?«

»Das stimmt. Und zwar mitten auf der Straße. Sie hielten mich an und sagten solche Dinge, bis ich mir einbildete, es würde vielleicht alles anders sein, wenn ich heimkäme - vielleicht würden die Weißen hier denken, ich sei in Ordnung. Vielleicht könnte ich im selben Zug fahren, wie in Frankreich; und in einem Café essen, wie in Frankreich. Die ganze Zeit dachte ich: ›Jefferson, wirst du wirklich jemand sein, wenn du zurückkommst?‹« Er lächelte traurig und forschte in den Gesichtern der Versammlung, die seinen Blick mit wissenden Augen zurückgaben. Jedermann wußte, daß sich nichts geändert hatte. Überhaupt nichts. Schwarz war schwarz und weiß war weiß, wie schon immer. Nicht wie in Frankreich.

»Tja nun«, fuhr Jefferson fort. »Ich fühlte mich also ganz schön stolz. Dann kamen wir nach Hause zurück.« Er blätterte eine Seite in der Bibel um und folgte einen langen, wortlosen Augenblick lang den gedruckten Worten mit dem Finger. »Hier bin ich also. Jefferson und nichts weiter. Und dies habe ich vom Herrn gelernt, was Helden und dergleichen angeht: *Was ich hier in dieser Welt tue, daran liegt's nicht, wieviel ich wert bin. Was der Herr bereits getan hat, das macht mich wertvoll.*«

Er begann zu lesen:

> »Der Herr läßt Gerechtigkeit und Gericht walten an allen Beladenen ... der Herr ist gnädig und barmherzig, langsam zum Zorn und reich an Erbarmen ... Er handelt nicht mit uns nach unseren Sünden, noch verfährt er mit uns nach unseren Missetaten. Denn so hoch der Himmel über der Erde ist, so groß ist sein Erbarmen mit denen, die ihn fürchten. So weit der Osten vom Westen entfernt ist, so weit hat er unsere Übertretungen von uns getan.«

Jefferson hielt inne und blickte auf. Er klopfte mit dem Finger auf die Buchseite. »So weit der Osten vom Westen entfernt ist!« rief er. »Das ist gewaltig weit, Brüder und Schwestern! Kein Mann könnte so weit laufen! Kein Adler könnte so weit fliegen! Kein Fisch könnte einen so großen Ozean durchschwimmen! So weit hat er unsere Sünden von uns getan! Jesus nahm sie alle weg, als Er für mich starb - nun, macht mich das nicht wertvoll? Kann da nicht Jefferson Canfield so stolz und aufrecht dastehen wie nur je ein weißer Mann, der mir ins Gesicht spucken möchte und sagen, ich sei nichts wert?«

Das kleine Gotteshaus füllte sich mit Stimmen, die voll Verständnis Antwort gaben. Hände erhoben sich zum Lobpreis, und die Fächer sprangen bei dieser Enthüllung vor Aufregung auf.

»Ich brauche keine Medaille, um mir klarzumachen, daß ich etwas wert bin! Ich brauch niemand, der mich zum Essen nach Hause einlädt! Ich brauch in keinem Wagen Erster Klasse zu fahren! Jesus hat mir bereits gesagt: ›Jefferson, du bist mein Leben wert! Jefferson, du bist mein Leiden wert! Jefferson, der Sohn des allmächtigen Gottes liebt dich! Dein Leben und deine Seele sind eine Ewigkeit wert! Du bist mir *alles* wert, und es ist ganz gleichgültig, was irgend jemand zu dir sagt!‹«

Von neuem las er aus dem 103. Psalm:

> »Wie ein Vater sich über seine Kinder erbarmt, so erbarmt sich der Herr über jene, die ihn fürchten.«

Er warf den Kopf zurück und stieß ein Lachen reiner Freude aus. »Hört ihr das? Der Herr liebt mich wie Sein eigenes Kind! Sein eigenes Kind! Ich hab zugesehen, wie Babies zur Welt kommen - die sind rein gar nichts wert, wenn man danach geht, wieviel Baumwolle sie pflücken können! Sie können keine Baumwolle pflücken, können kein Unkraut harken, können kein Maultier reiten! Babies sind nichts weiter als quengelnde, schmutzige, hungrige kleine Würmer! Aber wie sehr werden sie geliebt! Nicht deswegen, was sie fertigbringen, sondern *einfach nur deswegen!*«

Er schüttelte den Kopf. »Ich brauche keine großen Kriege durchzufechten. Ich brauche nicht weiß oder reich zu sein. Ich brauche nur zu wissen ... Jesus liebt mich! Liegt in Seinen Armen und laßt euch von Ihm lieben! Seid Sein Baby, und er wird euch gehen lehren, er wird euch lehren, wie ihr sprechen sollt, wie ihr laufen und lachen und singen sollt! Aber zuerst müßt ihr Seine Liebe fühlen und aufhören, euch so schrecklich zu fürchten, daß ihr nicht gut genug seid für Seine Liebe, daß ihr's noch nicht so weit geschafft habt, daß Er euch liebt!« Schweigen senkte sich über die Gemeinde, während Väter und Mütter auf ihre Kinder herabblickten und wußten, wovon Jefferson sprach.

Jefferson nickte ihnen zu. »In den Augen des Herrn ist Jeff Canfield genau so viel wert wie Präsident Woodrow Wilson! Na, ist das etwa nichts wert?«

* * *

An diesem Abend stand Trudy auf der Veranda ihres Blockhäuschens und blickte zu den Sternen auf, die durch die Äste der Bäume blinkten. Sie schloß die Augen und versuchte an Scott Howard zu denken. Aber statt dessen konnte sie an nichts anderes denken als an Birch - seine Arme umschlangen sie in den Gärten des Electric Park, seine Lippen preßten sich auf die ihren.

»Du bist ein Schwachkopf, Trudy«, murmelte sie laut und sog tief die feuchte Nachtluft ein. Da gab es einen attraktiven, intelligenten Mann wie Scott Howard, der ein Auge auf sie geworfen hatte. Wahrscheinlich war er der einzige Mann in der ganzen kleinen, nur an sich selbst interessierten Welt von Mount Pisgah, mit dem sie wirklich reden konnte. Und dennoch blieb sie innerlich kalt und sehnte sich nach einem anderen Mann.

Sie zog sich aus und machte es sich im Bett gemütlich. Als sie den Geräuschen der Nacht lauschte, fühlte sie sich einsamer denn je. *Ich muß Birch ganz einfach vergessen,* beschloß sie bei sich. Und dann zwang sie sich, an Scott zu denken, an seine Hände, die kraftvoll, aber frei von Schwielen waren - die Hände eines Gentleman. Sie wußte, daß er sie gerne geküßt hätte, aber sie hatte es ihm nicht erlaubt. *Nächstesmal vielleicht,* überlegte sie. *Wenn es ein nächstesmal gab.*

* * *

»Aber es ist doch nicht ihre Schuld«, fuhr Becky zornentbrannt auf Ellis los, während er den Brief zum viertenmal durchlas.

»Natürlich ist es ihre Schuld! Was ist denn das für eine beste Freundin, die sich von ihrem Vater verbieten läßt, zu unserer Hochzeit zu kommen! Und dabei hast du schon den Stoff für ihr Kleid gekauft!«

Becky starrte ihn wütend an. Der Zorn, den sie über den Brief Miranda Smiths in Greysville empfand, ergoß sich nun zur Gänze über Ellis. »Alles nur wegen der *Politik!* Meinst du, Miranda wäre es nicht völlig gleichgültig, ob Hopewell oder dein Vater gewählt werden? NEIN! Da schau! Schau nur, wie die Tinte auf dem Papier zerlaufen ist! Sie hat geweint, als sie den Brief schrieb! Geweint! Meine arme Miranda!«

»Ja, geweint hat sie«, sagte Ellis in trockenem Ton. Dann begann er zu lesen. »Wenn es sich der alte Dr. Warne doch nur nicht in den Kopf gesetzt *tropf tropf* hätte, sich gegen *tropf tropf* unseren lieben Richter Hopewell *tropf* ...« Er warf ihr das Blatt Papier zu. »Ich würde gar nicht erlauben, daß die zu meiner Hochzeit kommt!«

»*Unserer* Hochzeit. Und wenn ihr Vater nachgibt, dann wird sie meine Brautjungfer, das laß dir gesagt sein.«

»Nur über meine Leiche.«

»Du! Und dein ganzes abscheuliches politisches ... *Zeug!* Da muß die beste Freundin eines Mädchens leiden, weil die zukünftigen Verwandten der Braut Politik machen -«

»Du redest, als wärst du mit Papa nicht einverstanden.«

»Ich bin einverstanden. Aber ich wünschte, die Politik würde sich aus meinen Hochzeitsvorbereitungen raushalten.«

»Dann sollte sich das Mädchen vielleicht einen anderen Verlobten suchen.« Ellis schleuderte einen Stein nach Mrs. Monigers preisgekrönter getupfter Henne, die im Hof spazierenging. Er traf sie auch. Sie gackerte und flatterte auf, und die Federn flogen. Dann fiel sie flügelschlagend um und verendete.

Das gab Becky den Rest. Zuerst ihre Brautjungfer, und jetzt lag das Lieblingshuhn ihrer Mutter tot im Hof! Sie schnappte nach Luft, und dann sprang sie vom Heuschober auf und schlug Ellis hart auf den Arm. »Raus hier, du Vieh! Jetzt hast du Mutters Henne umgebracht! Das arme Ding! Da schau, was du -«

Ellis starrte blinzelnd das tote Federbündel an. »Das war keine Absicht. Ich wollte nur ... nur ... zielwerfen.«

»Du bist aber hier nicht auf dem Baseballfeld!«

John Moniger trat aus der Küchentüre und blickte seine Tochter an, dann Ellis, dann die Henne.

»Was ist denn los?« rief er.

»Ellis hat die getupfte Henne umgebracht! Er hat einen Stein nach ihr geworfen UND SIE GLATT UMGEBRACHT!«

John schirmte seinen Augen gegen den Sonnenschein. »Naja, Becky, dann rupf sie und nimm sie aus und steck sie in den Suppentopf.« Mit einem Achselzucken kehrte der kleine Mann ins Haus zurück.

Becky stampfte mit dem Fuß auf. »Kapiert ihr Männer denn überhaupt nichts?« Sie fuhr zornig herum. »Ich heirate keinen Mann, der ein hilfloses Huhn aus purer schlechter Laune ermordet!«

»Dann wirst du wohl nie heiraten.« Ellis erhob sich, ein wenig schwankend, und hinkte dann in den Hof, um das tote Huhn zu holen. »Da, rupf das, Becky Moniger, denn mir rupfst du nicht meine Männlichkeit aus und auch nicht mein Recht, für die Wahrheit einzutreten!« Er drückte ihr das Huhn in die Hand. Einen Augenblick lang sah es so aus, als wollte sie ihm den Kadaver um die Ohren schlagen, aber dann tat sie es doch nicht. Sie hob hochmütig das Kinn und starrte ihn wutentbrannt an.

»Wenn du es so haben willst, dann werde ich der armen Miranda schreiben und ihr mitteilen, daß die Hochzeit *abgesagt* ist! Dann wird sie sich besser fühlen, weil sie nichts verpaßt!«

»Soll mir recht sein.« Ellis ging zum Buggy. Er blickte nicht zurück, während er mit der Zunge schnalzte, um die Stute in flotten Trab zu setzen.

***

Trudy schlenderte langsam vom Kaufhaus heimwärts. Ihre Mutter hätte ihr Vorwürfe gemacht, daß sie trödelte, und vielleicht stimmte das auch. Sie ging nur einmal in der Woche einkaufen und sonntags in die Kirche. Ansonsten fühlte sie sich fest verwurzelt in der kleinen Welt ihrer Wälder und ihrer Blockhütte und ihrer Schule. Sie liebte den Frieden und die Ruhe nach Unterrichtsschluß, aber manchmal mischte sich ein bitterer Tropfen Einsamkeit in ihr Alleinsein. Sie sehnte sich nach Gesprächen über andere Themen als die Baumwollpreise oder die Qualität von Reverend Hammonds wöchentlicher Predigt. *»Es ging mir heute einfach nicht so recht ans Herz ... Der Gesang war auch ziemlich schwach heute ...«*

Was die Schule anging, so hatte sie inzwischen herausgefunden, was der alte Mr. Howard damit gemeint hatte, daß keine Schulpflicht bestünde. Nach den ersten Unterrichtswochen war die Schülerzahl um ein gutes Drittel gesunken, und es schien, daß jeden Tag eine andere Gruppe Kinder im Unterricht fehlte - außer den Canfield-Schwestern und Latisha Williams, die immer früh am Morgen kam und jeden Tag so lange wie möglich blieb. Latisha las jedes Buch, das sie in die Finger bekommen konnte; sie pflegte einen Band auszuwählen und ihn zwei Tage später vollständig durchgelesen zurückzugeben. Sie hatte einen unstillbaren Hunger nach Wissen, und dennoch wußte Trudy, daß die Ausbildung der jungen Frau vermutlich zu Ende sein würde, sobald sie heiratete. Wenn sie erst einmal zwanzig war, würde sie für ihre Kinder sorgen müssen. Kein Zweifel, daß dieselbe Zukunft den Canfield-Schwestern bevorstand. Frühe Heiraten und Schwangerschaften schienen der natürliche Lauf des Lebens hier in Mount Pisgah zu sein, und das betraf nicht nur die schwarze Bevölkerung. Es galt auch für die Weißen. Erst letzte Woche hatte Trudy eine Fünfzehnjährige mit ihrem Neugeborenen in der Kirche gesehen. Die Schule, so schien es, war in diesem Teil der Welt nur eine Art Pferch für die Jugendlichen. Trudy hatte gehofft, sie könnte einen Bahnhof daraus machen, in dem sie den Zug eines großen Traums bestiegen und so weit in die Welt fuhren, wie es ihnen nur möglich war.

Aber sie mußte mit kleinen Schritten den Anfang machen. Ein regelmäßiger Schulbesuch stand als erstes auf dem Programm. Trudy wußte, daß sie für die Eltern ihrer Schüler ein Gegenstand der Neugier, vielleicht auch des Argwohns, war. Wie konnte sie sie besser kennenlernen und sie dazu bringen, daß sie ihr hinreichend vertrauten, um ihr behilflich zu sein?

Ein Karren, auf dem die sechs Jones-Kinder saßen, fuhr knarrend vorbei. Drei Jungen und drei Mädchen hüpften auf und ab, als sie ihre Lehrerin die Straße entlanggehen sahen. Vielleicht kam es ihnen seltsam vor, sie außerhalb des Klassenzimmers zu sehen. Es gehörte sich einfach nicht, daß Lehrerinnen aufs Postamt gingen oder sich irgendwo anders als in der Schule aufhielten, oder?

»Wie geht es Ihnen, Miß True«, schrien sie im Chor.

»Guten Tag, Kinder«, antwortete Trudy. »Ich habe euch in der Schule vermißt.«

Sie grinsten. Es freute sie, daß man sie vermißte. »Wir vermissen Sie auch, Miß True«, sagte die kleine Polly scheu.

Die hochgewachsene, stämmige Frau, die den Karren lenkte, blickte Trudy nicht einmal an. Sie trieb einfach ihr Maultier weiter. Ihre dunklen Augen blickten geradeaus, als denke sie über sehr ernsthafte Dinge nach.

Trudy gab dem Impuls des Augenblicks nach, hob die Hand und rief: »Mrs. Jones!«

Die Gesichter der Kinder waren voll Staunen, daß ihre Lehrerin ihre Mama so einfach auf offener Straße anhielt.

Mrs. Jones hielt das Maultier an und wartete geduldig, bis Trudy herbeigekommen war. Die Frau hob nicht den Blick, um Trudy anzusehen. »Ja, Ma'am«, sagte sie leise.

»Mrs. Jones, Sie haben so kluge Kinder, es ist eine Freude, sie zu unterrichten.«

»Danke, Ma'am.« Die Frau betrachtete die Zügel, die sie in Händen hielt. Sie wagte noch immer nicht, Trudy anzusehen.

»Ich habe überlegt -« Trudy platzte mit ihrer Frage heraus, ohne recht zu wissen, warum sie es tat. »Könnte ich Sie vielleicht einmal besuchen? Vielleicht könnten wir uns ein wenig unterhalten. Über den Unterricht und so weiter.«

»Ja, Ma'am«, stimmte Mrs. Jones zu. Ihr Gesicht war ausdruckslos wie Granit, als wäre sie entschlossen, zu allem Ja und Amen zu sagen, nur damit Trudy sie weiterfahren ließ.

»Na dann«, Trudy trat einen Schritt zurück, »würden Sie mich wissen lassen, wann es Ihnen paßt?«

»Sagen Sie nur, wann, Ma'am. Mir ist es gleich.«

»Schön. Darf ich Latisha Williams bitten, mich zu begleiten? Damit sie mir den Weg zeigt?«

Ein Flackern der Erleichterung zog über ihr Gesicht. »Ja, Ma'am. Latisha findet mühelos den Weg.«

Als Mrs. Jones ihr Gespann weitertrieb, dachte Trudy, daß sie vielleicht nur deshalb Besuche machen wollte, weil nie jemand kam und sie in ihrer kleinen Hütte besuchte. *Nur um ein wenig Gesellschaft zu haben.* Sie spielte mit dem Brief ihrer Mutter. Sie würde ihn mit sich heimtragen und ohne großes Interesse lesen. Sie hatte gehofft, wieder einmal von Birch zu hören.

* * *

»Ist doch nichts weiter als eine Kabbelei unter Liebenden«, sagte Doc zu Ellis, als der Junge vor dem Abendessen trübsinnig vor sich hinbrütend auf der Veranda saß.

»Sag das dem Huhn«, sagte Ellis niedergeschlagen und barg den Kopf in den Händen.

»Du wirst es ihnen eben ersetzen müssen«, riet ihm Doc. »Ein Huhn ist doch wie das andere.«

»Dieses eben nicht. Schwarz mit hellen Tupfen. Es sah aus wie die Damenhüte, die wir im Waldorf Hotel in New York gesehen haben. Nur daß es gackerte und Beine hatte.«

»Ein bewegliches Ziel«, murmelte Doc.

»Ich bin nicht mehr der Werfer, der ich einmal war, Pa. Ich wollte nur den Staub aufwirbeln. Und dann - WAMM!«

Das Telefon schrillte. Molly rief nach Ellis. »Ellis? Mrs. Moniger ist am Telefon. Sie sagt, Becky weint sich die Augen aus, und ob du nicht zum Abendessen rüberkommen willst.«

»Was gibt's denn Gutes?« rief Doc munter.

Ein Augenblick verging, während Molly die Frage weitergab. »Getupfte Henne und Klößchen.«

* * *

»Die Lehrerin kommt!« Rosa und Klein Nettie überprüften rasch noch gegenseitig ihre Frisur, während die Große Hattie die Decke auf dem Bett glattstrich und Lula eine Blechtasse neben den Wasserkrug stellte, damit die weiße Lehrerin ihren eigenen Trinkbecher hatte.

Latisha Williams begleitete die Lehrerin. Sie diente ihr als Führerin zu den Bauernhöfen aller Schülerinnen von Mount-Pisgah. Heute kam Miß True zur Farm der Canfields. Sie lag der Schule am nächsten; vielleicht stand sie deshalb als letzte auf der Besuchsliste. Miß True und Latisha hatten ihre Besuchsrunde bei Gehöften begonnen, die fünf Meilen entfernt lagen, und jeden Tag hatten sie sich ein wenig näher an das Zentrum der Gemeinde herangearbeitet, bis sie zuletzt hier angelangt waren.

Als wäre es Weihnachten, hatte Willa-Mae zu dem besonderen Anlaß Früchtekuchen gebacken. Die Canfield-Mädchen hatten mehr Zeit als die anderen Schülerinnen gehabt, den Besuch der Lehrerin zu einem besonderen Ereignis zu machen. Der Pfirsichkuchen würde das seine dazutun. Hock und Jeff waren im Wald, um Feuerholz zu schneiden, damit es in irgendeinen eleganten Herd in Fort Smith paßte, aber kein Herd auf Erden konnte einen Früchtekuchen backen, wie Willa-Mae ihn machte! Sie warnte die Mädchen im voraus: Der Kuchen sei für die Lehrerin bestimmt, und sie durfte sich davon nehmen, so viel sie wollte! Was die Mädchen anging, durfte sich jede nur ein winziges Stückchen nehmen, und außerdem mußten sie darauf achten, daß noch genug für Hock und Jeff übrigblieb, wenn sie abends von der Arbeit heimkamen.

Nettie hatte ihre neue französische Puppe *»Fräulein Lehrerin«* genannt und sie auf einen Polster gesetzt, damit sie alle die anderen Puppenkinder unterrichten konnte, die in einer gehorsamen Reihe auf der Matratze nebeneinander saßen. Sie hatte beschlossen,

Miß True das kleine Klassenzimmer zu zeigen, wenn sie zu Besuch kam.

»Da kommt sie!« kündigte Angel an.

Willa-Mae schob den Fenstervorhang gerade so weit zurück, daß sie hinaussehen, aber selbst nicht gesehen werden konnte. »Ah ... heute ist sie aber kein bißchen wie'ne Landmagd angezogen! Ich bin ein bißchen enttäuscht - ich hätte so gerne die riesengroßen Füße gesehen, von denen ihr alle erzählt habt.«

Miß True trug einen einfachen grauen Rock und eine weiße Bluse mit Puffärmeln, dieselben Kleider, die die französische Puppe trug. Das Sonnenlicht auf ihrem Haar hob rote Glanzlichter im tiefen Kastanienbraun hervor. Ihre Hautfarbe war dunkler als die der meisten weißen Frauen in der Gegend - die fürchteten die Sonne und trugen immer Sonnenhüte, um nicht braun zu werden.

»Nun, sie trägt jedenfalls keinen Hut«, bemerkte Willa-Mae. »Gehört sich nicht für sie, ohne Hut in der Sonne herumzulaufen. Die Leute denken doch, sie hätte Baumwolle gepflückt, auch wenn sie heute keinen Overall trägt.«

»Sie sieht aber doch niedlich aus, nicht wahr, Mama?« sagte Lula. »Wie die Kleiderpuppen in den Katalogen von Sears und Roebuck.[1]«

Willa-Mae rückte ihren blau-weiß gewürfelten Turban zurecht und strich ihre Schürze glatt. Sie ließ den Blick über ihren Haushalt gleiten und empfand eine gewisse Nervosität. Noch *niemals* hatte eine weiße Lehrerin der Mount-Pisgah-Schule die Familien ihrer Schülerinnen besucht! Willa-Mae war froh, daß sie nicht als erste auf der Liste gestanden hatten, denn dann wäre sie *wirklich* nervös gewesen. Inzwischen hatte sich die Nachricht verbreitet, daß Miß True ein untadeliger Gast war. Sie hatte auf einem Baumstumpf in Mrs. Youngs Hof gesessen und die Muster der Flickendecken bewundert, die auf der Wäscheleine hingen. Miß True hatte wohlerzogen an Mrs. Youngs Unterhosen vorbeigesehen und darüber geredet, daß sie noch nie so schöne Flickendecken gesehen hatte; sie hatte gesagt, man sollte sie im Museum ausstellen. Dann hatte sie über Museen geredet und was das eigentlich

---

1 Amerikanisches Versandkaufhaus

war und daß es eine Schande sei, daß es in keinem Museum einen Raum für Flickendecken aus Mount Pisgah gäbe.

Sie hatte eine beträchtliche Aufregung verursacht. Manche Leute behaupteten, sie versuche sich einzuschmeicheln. Aber Willa-Mae hatte die Lehrerin von Anfang an sympathisch gefunden, vor allem, weil sie mit den Kindern gut zurechtkam. Miß True ging regelmäßig in die Kirche des alten Mr. Howard. Willa-Mae hatte ihr jeden Sonntagmorgen zugesehen, wie sie an ihrer eigenen kleinen Kirche vorbeiging. Einmal, als Jeff gerade die Predigt gehalten hatte, war die Lehrerin stehengeblieben und hatte draußen am Rand des Baumwollfeldes gestanden und so getan, als blickte sie über das Feld hinweg, anstatt der Predigt zuzuhören. Sie hatte den Eindruck gehabt, daß sie ein einsam und verloren aussehendes kleines Ding war. Und jetzt kam sie geradewegs die Zufahrt herauf! Sie redete und redete mit Latisha, als wären sie alte Freunde. *Und wie die beiden miteinander schwatzten!*

Willa-Mae klatschte in die Hände, und alle ihre Kinder standen habt-acht. Sie standen da wie die Orgelpfeifen, erst Lula, dann Angel, Hattie, Rosa und Nettie. Willa-Mae zog Zöpfchen zurecht und richtete Haarbänder gerade.

»Mama, wieso hast du eigentlich so viele Mädchenkinder?« fragte Klein Nettie leise.

»Damit ich viele süße kleine Dinger habe, an denen ich rumputzen kann«, antwortete Willa-Mae.

Dann schwiegen sie, während Stimmen und Gelächter sich näherten. Niemand hatte je zuvor eine Lehrerin lachen gehört; höchstens, daß eine irgendein Kind ausgelacht hatte, aber niemals, daß sie mit einem Kind lachte. Sie lachte über etwas, das Latisha gesagt hatte. Und sie fragte nach dem Namen des alten Boone, als er schweifwedelnd auf sie zulief.

»Boone heißt er? Haben sie ihn nach Daniel Boone genannt?«

Latisha lachte. »Schon möglich, Miß True. Jeff sagt, er hätte den Namen bekommen, weil er eines Tages ein Bärenjunges aufstöberte und bis nach Boonesville hinein jagte, und die ganze Stadt geriet aus dem Häuschen, als Mama Bär hintennach kam, um ihr Junges zurückzuholen. Die Leute wären fast tot umgefallen vor

Schreck! Jeff sagte, er würde den Tag nie vergessen, denn noch nie hätte er so viele Weiße so *käseweiß* gesehen!«

Die Canfields kicherten alle zugleich los, denn die Geschichte ging noch ein ganzes Stück weiter, aber das zu erzählen, mußte Jeff überlassen bleiben.

Da kam sie also, die Lehrerin, und marschierte geradewegs in den Hof. Latisha schöpfte Wasser aus dem allgemeinen Trinkgefäß und trank, und Miß True tat dasselbe, *und trank direkt nach ihr aus dem gemeinsamen Schöpfer!*

»Herr du meine Güte!« flüsterte Willa-Mae, die in der Türe stand. Sie blickte den Becher an, der extra auf dem Tisch stand, damit die Lehrerin ihren eigenen Trinkbecher haben konnte. Willa-Mae hatte es noch nie erlebt, daß irgendeine weiße Person aus dem allgemeinen Trinkgefäß trank! »Oh mein Gott, süßester Jesus«, jammerte sie, »ich hoffe bloß, sie tut das nie vor Mr. Howards Augen! Der alte Herr schickt sie mit dem nächsten Zug zurück nach New York City!«

Die Mädchen streckten verdutzt die Hälse vor. »Sie kann nichts dafür«, verteidigte Lula sie. »Sie denkt, Wasser bleibt Wasser und Becher bleibt Becher. Vielleicht hat sie nie gelernt, daß die Weißen ihre eigenen -«

»Pst!« befahl Willa-Mae. »Da kommen sie.«

Miß True betrat das Haus und bewunderte die Puppen und die Mädchen und die Flickendecken, aber Willa-Mae mußte die ganze Zeit daran denken, daß diese weiße Frau ihren Töchtern hoffentlich nicht irgendwelche Flausen in den Kopf setzen würde. Wenn andere weiße Leute selbst nur eine solche Kleinigkeit wie das Trinken aus einem gemeinsamen Krug sahen, würden sie Miß True wegschicken. Und die Schwarzen in Mount Pisgah würden deshalb Ärger kriegen.

Miß True aß den Früchtekuchen und plauderte über Schulbücher und andere erfreuliche Dinge. Die ganze Zeit über sprach Willa-Mae in sehr höflichem Ton und sagte »Ja, Ma'am« und »Nein, Ma'am« und dachte daran, daß diese Lehrerin noch sehr viel lernen mußte, bevor sie sich selbst ins Unglück brachte.

* * *

Latisha war deutlich anzusehen, daß sie Sorgen hatte. Ihre Augen waren rot gerändert, und ihre Hände zitterten ein wenig, als sie den Band Upton Sinclair auf Trudys Schreibtisch legte. Sie stand noch einen Augenblick daneben, und ihre Finger ruhten auf dem Einband des Buches, als wollte sie sich nicht davon trennen.

»Was ist denn, Latisha?«

Die junge Frau biß sich auf die Lippen. »Ich wußte nicht, daß die Weißen im Norden ihre eigenen Leute so schlecht behandeln, Miß True. Ich dachte, sie würden es nur ... hätten es nur ... hier getan, mit uns Schwarzen.« Sie runzelte die Stirn. »Ist es im Norden wirklich so, wie es hier geschrieben steht?«

»Es war vor zwölf Jahren so, als das Buch geschrieben wurde. Aber ein solches Buch kann Veränderungen bewirken. Die Menschen erkennen große Ungerechtigkeiten, und dann tun sie etwas dagegen.«

Latisha hob den Blick und starrte aus dem Fenster, als könnte sie die Ungerechtigkeit da draußen sehen und sehnte sich danach, darüber zu schreiben. »Ja, Ma'am. Mir scheint, in Chicago, wo dieses Buch geschrieben ist, ist es noch schlimmer als hier.«

»Das mag schon sein.«

»Delpha Jean muß mit ihren Kindern nach Chicago ziehen. Sobald die Baumwolle gepflückt ist, müssen sie hier raus.«

Trudy fuhr zusammen und blickte in den Hof hinaus, wo drei der Jones-Kinder - Delsy, Sue und Polly - sich auf der Schaukel vergnügten. Sie hatten nichts davon gesagt, daß dies ihre letzte Unterrichtswoche in der Schule von Mount Pisgah war. Die Baumwollernte würde bald beginnen, und in dieser Zeit würde die Schule geschlossen sein. Wenn der Unterricht wieder begann, würden die Jones-Kinder nicht mehr hier sein.

»Sie müssen weg? Weg von ihrer Farm? Zwingt sie denn jemand, fortzugehen?«

Latisha klopfte von neuem mit dem Finger auf das Buch. »Ja, Ma'am. Sie müssen fort. Ich werde Delpha Jean von diesem Buch erzählen ... ich werde ihr sagen, sie soll ihre Kleinen nicht in den

Schlachthöfen in Chicago arbeiten lassen.« Sie seufzte und ging nach draußen, als bedeutete es eine zu große Anstrengung für sie, noch länger darüber zu reden.

* * *

Trudy hatte eben ihr Haar einshamponiert, als Scott ihr von dem Pfad her, der zum Blockhäuschen führte, einen Gruß zurief.

»Scott!« sagte sie frustriert. Er war unangemeldet herbeigeritten, nachdem der Unterrichtet beendet war und die Kinder nach Hause gegangen waren. Sie spülte die Seife im Kübel ab und rief ihm zu, er solle draußen auf sie warten. Er schien sie nicht zu hören.

Er öffnete die Türe, steckte den Kopf hinein und lachte über ihren nassen Kopf und ihre bloßen Füße. Er trug Arbeitskleidung aus Jeansstoff und Stiefel.

»Wir sollten dich nach dem Baseballspieler *Barfüßiger Joe* nennen.«

»Joe heißt mein Vater«, antwortete sie trocken. »Also wirklich, Scott! Kannst du nicht später wiederkommen?«

»Warum? Warum bist du jetzt so empfindlich?« Er trat in die Blockhütte und warf seinen Hut auf den Tisch. »Ich hab noch nie eine Frau getroffen, die ihren Kopf in einen Kübel steckte und nicht –«

»Scott, die Leute werden über uns reden, wenn du einfach so hereinkommst.« Sie fühlte sich unbehaglich, als er so dicht bei ihr stand. Sie streckte die Hand nach einem Handtuch aus. Er ergriff ihr Handgelenk.

»Nein. Ich mag dich so, wie du bist«, sagte er; dann beugte er sich vor, um sie auf den Nacken zu küssen.

Sie fuhr abrupt zurück. »Ich mag dich *nicht*, wenn du so bist wie jetzt«, antwortete sie zornig.

Er zuckte die Achseln und warf ihr das Handtuch zu, das sie als Turban um ihr Haar wickelte. Die Hände auf die Hüften gestemmt, starrte sie ihn an. »Laß uns nach draußen gehen.«

»Wenn es Winter wird, muß ich dir dann draußen in der Kälte den Hof machen?« Er sah zerknirscht und schuldbewußt aus.

»Ach, du machst mir den Hof?« Sie verzieh ihm, daß er hereingeplatzt war. Sie saßen nebeneinander auf der Türschwelle.

»Das hoffte ich.«

»Das ist sehr schmeichelhaft, Scott. Aber ich glaube nicht, daß ich ... ich bin einfach noch nicht so weit. Und du? Du bist doch nur hier, weil ich eine Frau bin, die Bücher besitzt -«

»Und du hast ein Grammophon. Und du riechst gut.«

»Hast du das alles nicht auch bei den Frauen von Fayetteville gefunden? Ich hörte, die schönsten Mädchen der Welt wohnten in Fayetteville.«

»Das mag stimmen«, sagte er nachdenklich. »Aber ... sie sind eben nicht du.«

Trudy biß sich auf die Lippen und dachte an einen anderen Mann, der sie in den Armen gehalten hatte. »Ich bin noch nicht so weit, Scott.«

»Der andere Bursche steckt dahinter, was?«

Sie wandte den Kopf und blickte ihn mit fragenden Augen an. »Mag sein.«

»Der Soldat, nicht wahr?« Er schien amüsiert, als wüßte er noch vieles, wovon er ihr nichts erzählte.

»Jedes Mädchen hatte einen Schatz im Krieg.« Sie versuchte ihn vom Thema abzubringen.

»Aber nicht jedes Mädchen ist mit einem im Zug gefahren und hat ihn als ihren Ehemann bezeichnet.« Er reckte das Kinn hoch und betrachtete sie lachend. »Mrs. Digby hat eine Kusine zweiten Grades in Fort Smith, wie es aussieht.«

Trudy bedeckte ihre Füße mit dem Rock. Plötzlich wurde ihr klar, daß Scott sich Dinge zusammenfantasierte, die seine Augen zum Glitzern brachten, wenn er sie anblickte.

»Da hast du also das Märchen auch gehört.« Sie fühlte, wie ihr die Hitze in die Wangen stieg. »Nichts davon ist wahr, Scott. Nichts ist passiert. Das alles ereignete sich nur in den Köpfen eines Haufens alter Frauen, die klatschten und tratschten und mich in meiner alten Schule um meine Stellung brachten. Deshalb bin ich hier.«

»Es wäre mir ohnehin egal.« Scott beugte sich zu ihr und legte den Arm um ihre Taille. »Sag bloß, du hättest nicht an mich gedacht.«

»Bitte ... nicht. Nicht so schnell, Scott. Ich brauche Zeit zum Nachdenken.« Sie zog sich vor seinem Verlangen zurück.

»Gibt es also einen anderen?«

»Nein. Jetzt nicht. Aber ...« Sie seufzte und deutete mit der Hand auf das kleine Schulhaus. »Die Leute hier bedeuten mir etwas. Meine Stellung hier ebenfalls. Ich möchte sie nicht verlieren.«

Er zog spöttisch eine Augenbraue hoch. »Dies ist die Negerschule von Pisgah, nicht Belle Grove. Meinst du, die Schwarzen interessieren sich für deine Moral? Und so lang du deine Geheimnisse bei dir behältst -«

»Es würde ihnen sehr wohl etwas ausmachen. Und mir selbst auch. Ich möchte nichts tun, was mich in ihren Augen in ein schlechtes Licht rücken würde.«

Er lachte über ihre Skrupel. »Du hast ja kuriose Flausen im Kopf, und vielleicht mache ich mir das Vergnügen, dir den Kopf zurechtzurücken.» Er stand mit einem Ruck auf. »Bis dahin, Miß True - darf ich Sie am Sonntagmorgen in meinem Buggy zum Kirchgang abholen?« Seine Augen blitzten. »Du siehst, ich kann das Spiel nach den Regeln spielen, wenn es sein muß.«

»Es muß sein«, sagte Trudy. »Und - ja, Sie dürfen mich abholen.«

* * *

»Doc, ich sage dir, wir haben die Wahl so gut wie gewonnen«, sagte John Moniger mit Nachdruck. Sein buschiger Bart fegte auf seiner Brust auf und ab, so oft er mit dem Kopf nickte.

»Es ist ein bißchen früh, würde ich sagen, um das Fell des Bären zu verteilen, John«, warnte ihn Doc. »Es heißt, Hopewell hielte heute nacht eine Großveranstaltung im Norden des Bezirks ab. Er versteht es immer noch, die Leute zu begeistern.«

Moniger schnaubte verächtlich. Er streckte die Hand aus und knuffte Doc freundschaftlich in die Brust, die sich ungefähr auf derselben Höhe wie sein eigener zottiger Schnurrbart befand. »Jetzt hör mir mal zu, Doc Warne«, sagte er. »Kümmere dich gar nicht um diese Schlange Hopewell. Die einzigen, die ihm nachrennen, sind diejenigen, die zu dumm sind, selber zu denken, oder die sich Hoffnungen auf die Versprechungen machen, die er so großzügig unters Volk wirft.«

»Das stimmt, Papa«, stimmte Ellis seinem zukünftigen Schwiegervater zu. »In letzter Zeit haben mir sogar Leute, die anfangs für Hopewell stimmen wollten, gesagt, daß sie sich geirrt hätten und daß sie dich wählen werden. Sieht so aus, als hätte Hopewell seine Haßtiraden zu weit getrieben, und den Leuten ist ein Licht aufgegangen.«

»Vielleicht hast du recht«, sagte Doc nachdenklich. »Ich danke euch beiden für die Ermutigung. In ein oder zwei Wochen werden wir die Wahrheit wissen, denke ich. Eine Wahlkampfreise noch durch die großen Städte, und dann ist Schluß.«

»Und dann ist bei uns allen Schluß damit, bis nach dem Abendessen über nichts anderes als Politik zu reden«, erklärte Molly, während sie geschäftig im Wohnzimmer hin und her eilte. »Zu Tisch bitte! - Julie!« rief sie die Treppen hinauf. »Essenszeit, Kind!«

»Komme schon, Mama!« hallte Julies Stimme vom Oberstock herunter. »Ich bringe gerade mein Kätzchen zu Bett, aber es ist schlimm und will nicht liegenbleiben!«

KALTE FÜSSE

In dem Häuschen in der Nähe von Camden, Ohio, erwachte Ellis vom durchdringenden Schrillen seines Weckers. Er schlug mit der Faust auf das Ding los und brachte es zum Verstummen, während seine vier kleinen Neffen im Schlaf murmelten und sich auf die andere Seite drehten.

Ein Stich jähen Schreckens durchfuhr Ellis, als er aus dem Bett kroch und die Füße auf den kalten Boden setzte. Seine Hände zitterten, wie sie in den Schützengräben jenseits des weiten Atlantik gezittert hatten.

Der Tag, nach dem er sich gesehnt hatte ... der Tag, den er gefürchtet hatte ... war letztendlich angebrochen. Er atmete tief ein und versuchte das Entsetzen abzuschütteln, das ihn zu überwältigen drohte. Er blickte aus dem Fenster und sah die Tropfen eines Sommerregens an den Blättern der Bäume im Hof hängen.

»Was habe ich getan?« murmelte er vor sich hin, als der Duft von Haferkuchen und Speck seine Nase erreichte. Diese Haferkuchen wurden für ihn gebacken - ein besonderer Leckerbissen, ein Frühstück, das seine Mutter ganz allein für ihn zubereitete, weil es ein so besonderer Tag war.

Ellis stöhnte und barg den Kopf in seinen großen, schwieligen Händen. Jetzt war es zu spät, um da noch rauszukommen. Er wußte, seine Mutter würde ihm den selbstsüchtigen, verächtlichen Hintern verhauen, wenn er jetzt zu kneifen versuchte. Alles war vorbereitet. Die Kleider. Die Parties. Die Einladungen. Die Kirche. Der Prediger ... *Rebecca!* Und jetzt das Frühstück. Das letzte Frühstück, das er als Junggeselle im Hause seines Vaters essen würde.

Erbarmen! Er betete, daß ein Blitz ins Haus einschlagen möge. Er wollte natürlich nicht, daß das Haus abbrennen sollte, aber wenn der Blitz ins Haus des Bräutigams einschlug, dann mußte ja wohl die Hochzeit abgesagt werden, nicht wahr? Eine solche Katastrophe war doch wohl ein guter Grund dafür? Die Hochzeitsgäste und der Pastor würden vollstes Verständnis dafür haben, daß ein guter Sohn in einem solchen Fall nicht seine Familie im Stich lassen und heiraten und auf Hochzeitsreise nach Niagara Falls fahren konnte, wenn große Löcher im Dach klafften und alles in wildem Durcheinander war.

»Stimmt etwas nicht, Ellis?« Sein Neffe Patrick setzte sich auf und kratzte sich in seinem flammendroten Haar.

Ellis hatte Patrick - und all die anderen, die überall im Haus einquartiert waren - völlig vergessen. Jeder Zollbreit Boden war mit Betten und Matratzen bedeckt. Neffen. Nichten. Dutzende Familienmitglieder. Das ganze Haus war so vollgestopft mit Menschen, wie man eine bereits überfüllte Lade mit gerollten Socken vollstopft.

Kein Blitzstrahl hätte durchschlüpfen können, ohne irgendein Mitglied der Familie Warne zu erschlagen. Es war hoffnungslos. Ellis verdrehte die Augen zum Himmel und nahm seine Bitte um einen Blitz zurück. Er würde in den sauren Apfel beißen müssen. Er würde Rebecca Moniger heiraten müssen, es gab keinen Ausweg.

Die Hochzeit war groß angekündigt worden, und nun waren alle Karten ausverkauft und alle Plätze besetzt. Alle waren sie von fern und nahe angereist, um Zeugen des großen Ereignisses zu sein – Ellis, der erste hausgemachte Amerikaner der Warnes, heiratete ebenfalls eine Amerikanerin. War das nicht ein Ereignis, das weltweit gefeiert werden mußte? Und dieses Paar würde weitere kleine Amerikaner produzieren, mit denen Molly dann prahlen konnte: »Ist das nicht großartig, Ellis und Rebecca haben Kinderchen, die Amerikaner der zweiten Generation sind, denken Sie mal!«

Ellis schlug sich kräftig auf die Brust und sog tief den Atem ein.

Der kleine Patrick weckte erschrocken den Rest der Horde auf. »He, wacht auf! Ellis ist schlecht.«

Ted, Jim und Howie starrten von ihren Kissen aus den atemringenden Ellis an. »Geht's dir gut, Ellis?« fragte Jim stirnrunzelnd.

Ellis brachte es fertig, den Kopf nach allen Richtungen zu schütteln. JA und dann NEIN und dann wiederum JA.

»Ruft mal Oma«, sagte Ted schläfrig. »Ellis hat Hemdflattern.«

Ellis stieß die Luft mit einem explosiven UFF aus den Lungen aus, aber dann sog er den Atem so rasch wieder ein, daß er keine Luft bekam. Seine Hände waren wie Eis. Seine Lungen drohten zusammenzufallen. Ihm war, als könnte er weder tief genug noch schnell genug atmen, und er konnte auch nicht sprechen.

Die Diskussion ging weiter. »Ihm ist nicht schlecht, glaub mir!«

»Nein ...«

»Aber guck ihn doch an ...«

»Er ist nicht krank. Bloß steif vor Angst.«

»Erinnerst du dich nicht? Onkel John passierte genau dasselbe an seinem Hochzeitstag. Er war käsebleich und sah elend aus. Und er kotzte!«

»Ja, ich erinnere mich. Oma ging mit dem Besen auf ihn los. Sagte ihm, er sollte sich zusammenreißen, das Haus sei voll Leute. Und Doc sagte, er sollte der Familie gefälligst keine Schande machen und sollte Arleta heiraten, auch wenn er's gar nicht gern täte.«

Eine winzige dünne Stimme piepste dazwischen - die Stimme des kleinen Howie. Howie war das Produkt der Verbindung zwischen John und Arleta, und ihm mißfiel die Enthüllung, sein Vater hätte sich bei der Aussicht, seine Mutter zu heiraten, übergeben müssen.

»Du bist ein Lügner!« schrie Howie und stürzte sich auf Ted, wie ein Zwergpinscher sich auf einen Mastiff stürzt. »Ein lausiger ... dreckiger ... Lügner!« Eine von Ellis' Krücken wurde umgerissen und traf Jim am Kopf.

Ellis' Jammer war vergessen. Während er nach Luft schnappte und darum rang, das Entsetzen, das seine Seele umklammert hielt, zu bezwingen, verwandelte sich der Raum in eine Miniaturversion des Bürgerkriegs. Bruder gegen Bruder. Cousin gegen Cousin. Bett an der Nordwand gegen Bett an der Südwand. Kissen und Fäuste.

Das weckte auch andere Leute im Haus. Selbst diejenigen, die eine Schlägerei im Schlafzimmer normalerweise gelassen hinnahmen, wurden von dem Lärm geweckt.

Die Türe sprang auf. Schlaftrunkene Augen und wirres Haar und zerknitterte Nachthemden drängten sich durch die Öffnung, um da einen Jungen am Kragen zu packen und dort einen anderen am Ohr zu zerren und einen dritten am Haar zu ergreifen.

Es hätte nicht schlimmer zugehen können, hätte tatsächlich ein Blitzschlag das Haus getroffen!

»Was ist los?«

»Was treibt ihr da?«

»Er sagte, du hättest gekotzt, als du Mama heiraten mußtest!«

»Nein! Ich sagte -«

»Und dann sagte er -«

»Stimmt nicht! Ich hab gesagt -«

»Und daß du Mama gar nicht heiraten wolltest!«

»Nein! Ich sagte, Ellis säh' genauso elend aus wie -«

Plötzlich beruhigte sich der Aufruhr. Frieden breitete sich über die stürmischen Wellen. Eine düstere Stille senkte sich herab, in der nur Ellis Warnes keuchender Atem hörbar wurde. Er saß, kalkweiß im Gesicht, zwischen zerrissenen Kissenbezügen und Bettzeug an der Wand.

Alle Augen wandten sich dem Bräutigam zu - voll Mitleid, voll von Erinnerungen und dann voll Amüsement.

John, dem tatsächlich an seinem Hochzeitstag die Knie gezittert hatten, beugte sich über seinen Bruder. »Hochzeitsangst hat er!« sagte er mit Bestimmtheit. »Das liegt in der Familie.« Er blickte seine Schwägerin Cecile an. Sie zuckte die Achseln und nickte.

Dann tauchte die einzige bereits voll angezogene Person in der Zuschauermenge auf - Mutter Warne. Ihre Augen sprühten Flammen. Sie hatte einen Stapel Haferkuchen auf dem Tisch und niemand, der sie aß. Alle waren im Oberstock und starrten ihren in Amerika geborenen Sohn an.

»Nun?« fragte sie.

Niemand gab Antwort.

»Ich *verstehe.*« Sie warf Ellis, der immer noch mit Mühe zu atmen und zu sprechen versuchte, einen verächtlichen Blick zu. »Da habe ich mir also einen weiteren Feigling aufgezogen, was?«

Ellis nickte jämmerlich. Nervöses Lachen erfüllte den Raum.

»Raus hier!« schrie Molly mit einem Blick auf den Trümmerhaufen. Alle drängten in wilder Panik zur Türe. Cousins, Neffen, Brüder, ein paar Nichten, die irgendwie dazwischengeraten waren - alle versuchten sie gleichzeitig durch die schmale Türöffnung zu entkommen. Sie rauschten an Doc vorbei, der in der Halle hinter der Menge stand und die Arme vor der Brust verschränkt hatte. Familienmitglieder in allen Größen und Formen verschwanden innerhalb von Sekunden, und dann schritt Doc feierlich hinein und schmetterte die Türe hinter sich zu.

Mutter und Vater waren nun allein mit ihrem Kind. Doc sah ungewöhnlich grimmig aus, als er das zitternde Häufchen Elend betrachtete, das sich sein Sohn nannte.

»Nun, Molly?« knurrte er.

»Was sollen wir tun?« fragte sie. »Die Gäste sind alle eingeladen. Die Kirche ist geschmückt. Der Festsaal ist gemietet und der Prediger engagiert. Die Fahrkarten nach Niagara Falls sind gekauft und die Koffer gepackt.«

»Wir könnten ihn allein im Zug dorthin schicken«, schlug Doc hilfreich vor.

Ellis blickte hoffnungsvoll auf. Würden sie ihm helfen, der Falle zu entfliehen, die er selbst sich gestellt hatte? »Pa -« krächzte er mühsam.

Molly unterbrach ihn. »Rebecca würde das Herz brechen. Obwohl ich mich frage, was sie mit einem solchen Waschlappen anfangen soll -«

»Ach ja ... Rebecca.« Doc rieb sich das Kinn und blickte nachdenklich die Weckeruhr an, die immer noch tickend auf der Erde lag, wo sie bei dem Tohuwabohu gelandet war. »Wir haben noch ein paar Stunden Zeit«, sagte er. »Wir können Rebecca doch nicht enttäuschen. Ein so niedliches kleines Ding.«

Ellis wischte sich den Schweiß von der Stirn. Inmitten all der Aufregung hatte er Becky fast völlig vergessen. »Mut-ter -« Er schaffte es, zwei Silben hintereinander über die Lippen zu bringen.

Molly hob Schweigen gebietend die Hand. Sie wandte sich an Doc. »Ein paar Stunden, Doc. Das ist Zeit genug. Wir stülpen ihm einfach einen Sack über den Kopf und lassen ihn eine Weile allein. Wenn er dann immer noch stottert und schwitzt, dann können du und Matthew und John ihn in den Brunnentrog tauchen und ihn für die Hochzeit anziehen. Seine Brüder können ihn während des Gottesdienstes festhalten. Wenn er wieder zu Bewußtsein kommt, wird Rebecca schon wissen, wie sie ihn wieder auf die Beine bringt.«

Doc nickte feierlich.

Oh Gott, kein Fluchtweg war mehr offen! Ellis schluckte schwer und sprach. »Bitte ... keinen Sack ...« Er deutete auf seinen Kopf. »Ich ... ich bin schon in Ordnung. Nur ... ein wenig ... Zeit ... allein ...«

Doc nickte. »Ich verstehe.«

Molly sagte in dem bedauernden Ton, den sie anschlug, wenn ihr der Braten angebrannt war: »Wir hätten ihn letzte Nacht lieber allein schlafen lassen sollen, Doc.«

»Das stimmt, das stimmt.« Er tätschelte seinem Sohn den Kopf. »Wir alle haben es überlebt, Ellis. Morgen früh wirst du froh sein, daß du dich dazu aufgerafft hast.«

Dann öffnete er die Türe und entlarvte damit mindestens ein Dutzend Ohren, die sich an das dünne Holz preßten. Sie spritzten auseinander und rannten in Deckung, als Doc mitten unter sie stürmte.

Molly folgte ihm. Sie schimpfte vor sich hin, ihre Haferküchlein seien sicher längst angebrannt, aber die den ganzen Wirbel verursacht hatten, würden sie trotzdem essen, angebrannt oder nicht, oder eben ohne Frühstück bleiben.

Die Türe schloß sich mit leisem Klicken hinter ihr. Ellis Riley Warne verbrachte die letzten Stunden seines Junggesellendaseins in Einsamkeit.

* * *

Die letzte der hübschen Guernsey-Milchkühe stand in ihrer Box, das Euter so voll, daß es fast schmerzte. Sie rollte erleichtert die Augen und muhte, als John Moniger seinen Melkschemel zurechtrückte und wie ein Konzertmusiker den plätschernden Milchstrahl einmal da, einmal dort in den Blecheimer spritzen ließ.

Rebecca kraulte die samtige Nase des Tieres und betrachtete

beim sanften Laternenlicht ihren Vater. Heute würde er sie einem anderen Mann anvertrauen, und dennoch saß er hier und molk wie jeden Tag die Kühe. Sein kleiner drahtiger Körper beugte sich mühelos beim Melken der kleinen Guernsey-Kuh. Rebecca wollte ihn so im Gedächtnis behalten, wie er seine Arbeit tat, als sei nichts weiter Besonderes an dem Tag. Sie war das jüngste von elf Kindern und heiratete als letztes der Moniger-Mädchen. Ihre Mutter hatte während der letzten Woche dann und wann geweint, weil sie nun ihre Jüngste verlor. Rebecca gefiel die nüchterne Haltung ihres Vaters besser, und so folgte sie ihm an diesem Morgen, während er da und dort am Werk war, als sei sie noch eine Fünfjährige, die von ihm lernen wollte.

Sie fand Kraft in den warmen, erdigen Gerüchen der Scheune und des Hofes und dem Anblick John Monigers, der seine Arbeit tat.

Sie fand Frieden in der Erinnerung, daß ein Mann, dessen Jugend von Gewalttaten und Zorn geprägt gewesen war, nun am Hochzeitstag seines elften Kindes in aller Ruhe eine Kuh in Ohio molk.

Rebbecca gingen tausend Fragen durch den Kopf, die sie ihm stellen wollte. Sie hatte das Gefühl, sie verlasse ihn für immer und würde nie wieder Gelegenheit haben, ihn irgend etwas zu fragen. Das stimmte natürlich nicht. Aber von morgen an würde sie zu Ellis gehören, und alles würde anders sein.

Sie lehnte sich ans Gatter und zog die Jacke enger um sich, als friere sie bei dem Gedanken.

Ihre Vater begann eine lebhaftere Melodie zu summen. Er blinzelte zu Rebecca hoch und zog neugierig eine Augenbraue hoch. »Ich dachte, du hättest nie Spaß am Melken gehabt, Rebecca«, sagte er. Sein schwerer irischer Dialekt war in den Jahren in Amerika weicher und glatter geworden. »Und dennoch läufst du mir heute nach, als hätte du noch nie gesehen, wo die Milch herkommt.« Er lächelte hinter seinem langen, grauen Bart hervor. »Also?«

»Ich ...« Die Stimme versagte ihr. Sie starrte den Strom von Milch an und dann ihren Vater, der die Stirn in einer Art leidenschaftlicher Zärtlichkeit an die Flanke der Kuh preßte. Er war ein guter Mensch - so lange sie ihn kannte, war er immer gut gewesen.

Sie hatte gehört, er sei mit der Zeit sanfter geworden; sie konnte ihn alles fragen. Wenn sie nur die richtige Formulierung finden konnte.

»Nun ... wie war es für euch ... für dich und Mutter?«

Er hob den Kopf und brach in ein lautloses Lachen aus, das seinen kleinen Körper schüttelte. »Es war kein solcher Wirbel wie das hier, das kann ich dir sagen! Es war viel einfacher.«

Rebecca trat unbehaglich von einem Fuß auf den anderen. Sie räusperte sich und nickte, als verstehe sie, und vielleicht verstand sie tatsächlich. Schließlich waren die letzten Wochen abscheulich gewesen: Anproben für das Hochzeitskleid, zahllose Vorbereitungen, Nervosität, Augenblicke des Schreckens. Der große Streit mit Ellis wegen ... wegen ... was war es doch gewesen?

»Deine Mutter und ich hatten alle die Sorgen nicht.« Das Geräusch der Milch, die in den Eimer spritzte - *ting, ting, ting* - wurde ein wenig langsamer, als er seinen Erinnerungen nachhing. »Kein Prediger und kein Priester. Kein Hochzeitskleid und keine Gäste.« Er ließ die Schultern hängen. »Du weißt, daß ich auf der Flucht war. Auf meinen Kopf war ein Preis ausgesetzt. Ich hielt es mit der einen Seite der Bürgerkriegsparteien und deine Mutter und ihre Familie mit der anderen. Katholiken. Protestanten. Jetzt macht das keinen Unterschied - hier nicht. Aber dort drüben, da machte es sehr wohl etwas aus.« Er lehnte den Kopf an die warme Flanke der Kuh, während er redete und molk. »Aber da war deine Mutter. Eine Schönheit, die mir mehr bedeutete als Politik und Religion. Sie war siebzehn, ein ganzes Jahr jünger als du, Rebecca - und du bist genauso schön, wie sie es war.«

Rebecca kannte die Geschichte, aber sie ließ ihn weiterreden. Am Ende dieser oft gehörten Geschichte gab es eine Frage, die sie ihm noch nie gestellt hatte. Heute morgen würde sie es tun.

Er fuhr fort, ohne innezuhalten. »Meine Kameraden hielten ein Boot an der Küste bereit, das auf uns wartete. Wir konnten ihre Lampen brennen sehen, als wir auf dem alten Coal übers Moor ritten. Wir beide, deine Mutter und ich, wußten, daß wir unsere Familien und unsere Heimat von dieser Nacht an niemals wiedersehen würden ... Sie schlang die Arme fest um meinen Rücken, aus Angst, sie könnte vom Pferd fallen und in die Hände der Reiter, die uns auf den Fersen folgten.« Seine Augen verdunkelten sich bei der Erinnerung an diese furchtbare Nacht, als durchlebte er sie noch einmal. Dann hörte er auf zu melken und schwieg einen Augenblick lang, während er die Kuh tätschelte und den Melkeimer beiseite stellte. »Du kennst den Rest, Mädchen. Wir flohen über den Kanal nach Frankreich, und dort heirateten wir. Danach kamen wir hierher, wo es nichts zu bedeuten hat, ob einer in der Kirche kniet oder aufrecht steht. Und wir zogen euch elf Kinder mit dieser Gesinnung auf. Und ich glaube, es hat euch zu besseren Männern und Frauen gemacht.« Er hob den Eimer und den Melkschemel auf und streckte sich zu seiner ganzen geringen Größe. »Tja, das war mein Hochzeitstag«, grinste er. »Wie ich schon sagte - bei uns war alles viel einfacher als die Prüfung, die ihr durchzustehen habt.«

Sie bewegte sich keinen Zollbreit von ihrem Platz, als er die Kuh aus der Box lassen wollte, als hätte sie das Tier als Geisel genommen, bis er ihre entscheidende Frage beantwortet hatte. »Aber ...«

Er sah sie an, halb überrascht, halb amüsiert. »Die arme Gertie hat uns alles gegeben, was sie zu geben hat, Becky. Sollen wir sie vielleicht bis nach deiner Hochzeit hier eingesperrt lassen?«

»Ich dachte nur –« Becky wollte so vieles fragen, mußte so vieles noch wissen. Aber wie konnte sie über solche Dinge mit ihrem Vater sprechen?

»Ja?«

»Ich meinte - was passierte *nachher*?«

»Nach was?« Er warf einen Blick über die Schulter, als ihre Stimme sich geheimnisvoll senkte.

»Der ... Hochzeit.«

Er blickte sie an, als könnte er nicht glauben, daß sie den Teil der Geschichte verpaßt hatte, den er doch so oft schon erzählt hatte. »Wir kamen hierher. Nach Ohio.«

Sie errötete und schluckte. »Nein, Vater, ich meine, ich muß wissen ... ich muß es wissen. Das von den *Männern.*« Sie sprudelte den Rest hastig hervor. »Verstehst du? Ich weiß es nicht. Ich weiß nicht, was nach der Hochzeit kommt und nach dem Abendessen, und ich muß es wissen –«

John Monigers Gesicht spiegelte seine Überraschung. »Hatte deine Mutter nicht mit dir darüber gesprochen?«

»Ich habe sie gefragt, und sie brach in Tränen aus.«

Er streckte sich und schnüffelte unbehaglich. »Und deine Schwester?«

Rebecca nickte langsam. »Violy sagte, in seiner Hochzeitsnacht muß man als Mädchen Dinge tun, die man gar nicht gerne tut, aber man muß sie eben tun.«

Daraufhin stellte John Moniger den Eimer mit der warmen Milch auf den Boden der Scheune. Er kratzte sich den Bart und setzte sich auf seinen Melkschemel nieder. Er wartete, bis Rebeccas brennendrote Wangen eine etwas normalere Farbe angenommen hatten.

»Ich nehme an, das ist schon mehr, als deine Mutter in unserer Hochzeitsnacht wußte, aber ich will dich nicht so unwissend heiraten lassen.« Er starrte seine gefalteten Hände an, und nach einem langen Augenblick deutete er auf die Box, in die er die Kühe zum Kalben brachte. »Du weißt sicher mehr, als du selber weißt, Becky. Du weißt doch, was passiert, wenn wir den Stier zu den Kühen lassen.«

Rebecca blinzelte ihren Vater an, als hätte sie nicht ganz verstanden, was er meinte. »Ja.«

»Na, eben.« Er wartete, aber kein verständnisvolles Nicken wurde sichtbar.

»Ja. Kälbchen.«

»Na, dann.« Er winkte mit der Hand. Die Diskussion war beendet.

»Das ist alles?« fragte Rebecca. Sie konnte nicht glauben, daß die Tränen ihrer Mutter und die ominösen Warnungen ihrer Schwester mit einer so simplen Sache zu tun haben konnten.

Den Milcheimer in der Hand, ging John Moniger ihr voraus zum Haus. »Ich hab's deiner Mutter in unserer Hochzeitsnacht genauso erklärt.«

* * *

Die Kirche war zum Bersten voll, als Molly und Doc ihre Plätze in der ersten Kirchenbank auf der Seite des Bräutigams einnahmen. Beckys Mama weinte Tränen des Glücks, während sie und John Moniger sich auf der gegenüberliegenden Seite hinsetzten.

Ellis und seine Brüder kamen der Reihe nach bei der Seitenpforte herein und standen dann vorne. Ellis hinkte ein wenig, aber an diesem Tag brauchte er weder Stock noch Krücke. Alles war sorgfältig geprobt worden. Kein Niederknien und Aufstehen. Kein mühsames Erklimmen der Altarstufen. Das Sakrament wurde ihm gebracht, und alles wurde ihm so leicht wie möglich gemacht. Er mußte nichts weiter tun, als aufrecht stehen und die vorgeschriebenen Worte nachsprechen. Sein Bruder John stand dicht neben ihm, falls er einen Schwächeanfall erleiden sollte, wie es den Männern der Familie Warne häufig an ihrem Hochzeitstag widerfuhr.

Ellis wandte sich um und blickte die Gemeinde an. Er entdeckte Molly und lächelte, dann hinkte er auf sie zu und beugte sich hinunter, um sie auf die Wange zu küssen. »Sie ist dir so ähnlich, Mama«, wisperte er. Dann nahm er seinen Platz wieder ein, die Hände vor dem Bauch gefaltet, während er den Blick in den rückwärtigen Teil der Kirche richtete. Es begann zu regnen, die Tropfen prasselten auf das Dach der alten Kirche, als die Musik begann. Die Reihe der Brautjungfern paradierte, der Größe nach geordnet wie die Orgelpfeifen, den Mittelgang mit einer Würde und Haltung entlang, die ihnen niemand zugetraut hätte. Zuletzt erfüllte das Geräusch all der Leute, die zugleich aufstanden, die Kirche. Molly blickte Becky an, die unter ihrem Brautschleier rosa angehauchte Wangen hatte. Ihr kindliches Gesicht war von rotem Haar und einem Kranz blauer Blumen aus den Wiesen um Camden umkränzt.

Molly blickte aus dem Fenster, zu dem Ort hinüber, wo fünf passende Sträußchen blauer Blumen am Fuß jedes granitenen Grabsteins lagen. Drei Babies. Zwei Soldaten. Und sie dankte dem Herrn für den einen, der heimgekehrt war - für Ellis, der heftig errötete, als er den Arm seiner Braut ergriff und sich dem Geistlichen zuwandte.

***

Es war eine bezaubernde Hochzeit gewesen. Jedermann sagte das. Der Regen hatte für einen angenehm kühlen Tag gesorgt, die Blumen waren nicht verwelkt, Braut und Bräutigam hatten einen gelassenen Eindruck gemacht. Nun - einigermaßen gelassen. Ellis hatte vergessen, was er sagen sollte, und der Pastor hatte es ihm nochmals vorsagen müssen, aber das entscheidende »Ja, ich will« war ausgesprochen worden. Der Handel wurde unterzeichnet und besiegelt und die Neuvermählten wurden in den Zug nach Niagara Falls gesetzt.

Nun war das Haus still und leer. Enkelkinder, Neffen und Nichten waren wieder nach Hause geschickt worden, Klein Julie war fortgefahren, um ihre Cousins zu besuchen. Doc und Molly schliefen bis spät in den Morgen und liebten einander beim Gerumpel eines fernen Gewitters.

»So ist das also, wenn sie alle erwachsen und verheiratet sind«, sagte Doc ohne das geringste Bedauern. »Weißt du, ich hatte mir von meinem Leben mit dir, liebste Molly, noch einiges mehr erwartet.«

Es war fast zehn Uhr morgens, als das Telegramm von Ellis ankam. Molly war noch im Morgenrock, und das Haar hing ihr über die Schultern herab. Doc eilte zur Türe und öffnete das Telegramm. Dann brüllte er vor Lachen. »Sieht so als, als beginne Ellis die Freuden des Ehelebens zu entdecken.« Er reichte Molly den Zettel aus gelbem Papier. Sie lachte ebenfalls und segnete im Stillen Becky, die eine so perfekte Partnerin für ihren Ellis war.

PAPA DU HAST RECHT GEHABT STOP WEISS NICHT, WARUM WIR DEN GANZEN SOMMER GEWARTET HABEN, UNS ZUSAMMENZUSPANNEN STOP TOLL WAR'S
ELLIS

Zu Mittag läutete das Telefon. Molly hob in dem Augenblick ab, als Doc von der hinteren Veranda hereinkam. Ihr Gesicht wurde von einer Sekunde zur anderen aschfahl.

»Was ist denn?« fragte Doc, in der Meinung, irgendein medizinischer Notfall rufe ihn von zu Hause fort.

»Warum sind Sie –« Mollys Stimme bebte vor Zorn.

»Molly?« Doc nahm ihr den Hörer aus der Hand. »Hier spricht Doc Warne.«

Die Stimme am anderen Ende der Leitung war so dunkel und unheimlich wie die Drohung, die sie aussprach. *»Wenn Sie wissen, was für Sie und Ihre Familie gut ist, Doctor Warne, dann steigen Sie aus dem Wahlkampf aus.«* Dann wurde der Hörer aufgelegt.

Das Fräulein in der Vermittlung konnte ihnen nicht sagen, woher der Anruf gekommen war. Eine halbe Stunde versuchte Doc, herauszufinden, wo die Drohung ihren Ursprung hatte. Dann setzte er sich still neben Molly, die immer noch zitterte.

»Die *Familie,* sagte er! Er sprach von Julie und von Ellis und ...« Molly barg das Gesicht in den Händen.

»Ein Spinner«, sagte Doc zornig. »Eher reiße ich das Telefon aus der Wand, als daß wir uns nochmal solche Drohungen anhören.« Der Zorn alter Erinnerungen flammte in seinen Augen. »Ich rufe die Vermittlung an. Sie sollen keine Gespräche mehr durchstellen, wenn sie nicht die Nummern der Anrufer haben.«

* * *

Auf dem Gesicht des Postfräuleins malte sich ein bedeutungsvolles Schmunzeln, als Trudy nach ihrer Post fragte und ihr ein Brief von Sadie ausgehändigt wurde.

»Nun, und wie geht es Ihnen da unten im Schulhaus, Miß True?« fragte sie, während Mrs. Digby und Mrs. Morgan einen Schritt zurücktraten und so taten, als hörten sie nicht zu.

»Wunderbar. Außergewöhnlich kluge Schüler«, antwortete Trudy, aber sie wußte natürlich, daß es bei der Frage um etwas ganz anderes als den Unterricht ging.

»Sie haben einen neuen Schüler gefunden, wie es aussieht.« Mrs. Moss blickte zu den beiden anderen Damen hinüber. »Man sieht den jungen Mr. Scott ja ziemlich oft in Ihre Richtung reiten.«

Da lag also der Hase im Pfeffer. »Tatsächlich? Sie müssen ihm unbedingt sagen, er soll gelegentlich einmal bei mir vorbeischauen.« Trudy schob ihren Brief in die Tasche. »Einen schönen guten Tag, meine Damen«, sagte sie und wandte sich ab, um alles Nötige für das Picknick einzukaufen, das sie und Scott für den Sonntagnachmittag nach dem Kirchgang geplant hatten.

Trudy stellte fest, daß ihr an diesem Tag nicht einmal der Klatsch etwas ausmachte. Sie hatte in letzter Zeit sehr viel an Scott gedacht. Sie hatte ihre Gedanken bewußt auf ihn und alles Gute, das sie von ihm wußte, gerichtet. Ihre Nächte waren weniger einsam gewesen, wenn sie von einem Wiedersehen mit ihm träumen konnte. Ihre Tage wurden von der Vorfreude durchsonnt. Vielleicht war ihr gemeinsames Interesse an Büchern und Musik der erste Schritt, auf den sie ihre Beziehung zu dem gutaussehenden jungen Mann aufbauen konnte. Und obendrein schienen sich all die Klatschmäuler von Mount Pisgah so gut zu amüsieren, wie schon lange nicht mehr.

BRENNENDE TRÄUME

Große Haufen Eichenholz lagen wie Heuschober auf dem Feld aufgestapelt. Baumstrünke ragten aus der Lichtung hervor wie die Bartstoppeln auf einem unrasierten Gesicht. Das Klingen der Axt am Holz und das Krachen des Holzspaltens hallten zwölf und vierzehn und sechzehn Stunden am Tag durch den Wald. Der Rhythmus blieb gleich von der ersten bis zur letzten Stunde und hörte nur auf, wenn Latisha mit ihrem Essenskörbchen auf die Lichtung kam.

»So gut wie Geld auf der Bank«, sagte Jefferson zu ihr, während er Wasser aus der Kürbisflasche trank und dann eine Handvoll über seinen schweißglänzenden Oberkörper goß. »Ich denke, ich werde eine Menge Holz in Fort Smith verkaufen. Genug, daß ich mit dem Alten Herrn teilen kann und immer noch genug bleibt, daß du und ich noch dieses Jahr nach der Baumwollernte heiraten können. Die reichen weißen Leute werden den ganzen Winter mit diesem Holz heizen und sagen: ›Wir haben noch nie Holzscheite gehabt, die so hübsch genau in die Holzkiste paßten und so schön gestapelt im Schuppen liegen.‹ Sie werden sagen, ich soll ihnen noch mehr davon bringen. Fünf Dollar pro Klafter, Mädchen. Wenn ich die ganzen vierzig Hektar gerodet habe, sind wir beide reiche Leute.«

Latisha schlenderte an einem der mächtigen Holzstöße vorbei und bewunderte ihn. »Der ist ja groß wie eine Scheune, Jeff«, sagte sie. »Selbst wenn du mit Dem Mann teilen mußt, bist du jetzt schon ein reicher Mann, Jeff! Wir können im Handumdrehen heiraten!«

Als sie sich umdrehte, entdeckte sie Folz, den Aufseher der Plantage, auf seinem großen rehbraunen Pferd. An seiner Seite ritt auf einem kleineren grauen Pferd ein junger Mann. Dieser zweite

Mann trug Arbeitskleidung aus blauem Jeansstoff, aber sie sah ganz neu aus, und der Glanz seiner neuen Reitstiefel war noch nie befleckt worden.

Beide Männer beugten sich aufmerksam lauschend im Sattel vor und betrachteten das Holz, als könnten auch sie den Wohlstand sehen, den es repräsentierte.

»Guten Tag, Mr. Folz«, sagte Latisha. Sie wünschte, der hochgewachsene, hagere Mann hätte nicht mitgehört, wie sie von ihrem Glück sprachen. Glück war etwas, das man einem anderen stehlen konnte.

»Tag.« Folz' blaßblaue Augen verengten sich, so daß die Farbe verschwand, als er zwinkerte. »Ihr beide habt Mr. Howards Neffen wohl noch nicht kennengelernt ... Mr. Scott. Er wird in Zukunft die Farm der Jones bewirtschaften.« Er deutete auf den zweiten Reiter, der freundlich nickte und von seinem Pferd stieg. Jefferson gewann den Eindruck, daß dieser Neuankömmling keineswegs so aussah, als sei er bedürftig und brauchte dringend ein Obdach.

»Du hast da 'ne Menge Holz für den Alten Herrn geschnitten, Jeff«, fuhr Folz fort, »Ich hab Mr. Howard erzählt, wie hart du arbeitest, um das Land zu roden. Er freut sich sehr, daß du daran gedacht hast, die Bäume zu Feuerholz zu schneiden. Sehr klug von dir.«

»Ja, Sir, Mr. Folz«, antwortete Jefferson, aber es gefiel ihm nicht, wie Folz das Wort *klug* auf der Zunge zergehen ließ. »War nichts besonders Kluges dran. Gesunder Menschenverstand.«

»Was meinst du wohl, wie viele Klafter Holz haben wir hier?« fragte Folz. »Du arbeitest ja schon eine ganze Weile daran, nicht wahr, Junge?«

»Ja, Sir. Seit dem Tag, an dem wir Billy Jones begruben. Ich war damals in der Stimmung, die Eichen hier mit bloßen Händen auszureißen.«

»Und ich würde dir's zutrauen, daß du es tatsächlich tust, so groß, wie du bist. Aber wie viele Bäume hast du denn hier herunten schon ausgerissen?«

»Etwa fünfzig Klafter, würde ich sagen. Oder noch mehr.«

Folz pfiff durch die Zähne und zog die Augenbrauen hoch. »Haben Sie das gehört, Mr. Scott?«

Der jüngere Mann hatte sich niedergekauert und ließ eine Handvoll Erde durch die Finger rieseln. »Das ist reiche Erde«, sagte er. »Ist lange brachgelegen.«

Folz lächelte Jefferson an. »Fünfzig Klafter, das ist ja fein. Mr. Howard wird sich freuen zu hören, was du für ihn getan hast.«

Latisha trat einen Schritt vor. Sie schirmte die Augen mit der Hand, um zu Folz aufzublicken, den das Sonnenlicht hinter seinem Rücken mit einer strahlenden Aura umgab. »Jeff schneidet das Holz, damit wir bald heiraten können, Mr. Folz. Er teilt den Gewinn mit dem Alten Herrn, wie sie es ausgemacht haben.«

Folz schnaubte entrüstet bei ihren Worten. »Was schwatzt du da, Mädchen? Im Pachtvertrag steht nichts von dem Holz. Die Bäume hier hat keiner angepflanzt, höchstens Gott, wenn man so will. Von denen steht nichts im Vertrag. Jefferson rodet dieses Land für Den Mann, damit Jefferson das Land bebauen kann. Aber das Holz gehört Dem Mann. Jeder einzelne Span. Stimmt's etwa nicht, Mr. Scott?«

Der Neffe des Gutsherrn schwang sich wieder in seinen glänzenden englischen Sattel und schob seinen Stetson aus der Stirn. »Das ist auch meine Meinung«, sagte er.

Jefferson stand da und starrte in Folz' grinsendes Gesicht. Die Backen des Aufsehers waren eingefallen, denn die hinteren Zähne fehlten in seinem Mund. Sein gelbzähniges Grinsen ließ ihn in Jeffersons Augen wie ein Skelett aussehen.

Latisha trat einen Schritt zurück. Sie wußte, daß es keinen Sinn hatte zu widersprechen. Im Bruchteil einer Sekunde war Jeffersons Arbeit zunichte geworden. Es wäre gefährlich, einen Streit anzufangen. Folz konnte dem alten Mr. Howard berichten, daß Jefferson ein undankbarer Störenfried war, ein Dieb, der ihm das Holz seiner vierzig Hektar stahl.

Aber Jefferson konnte die Sache nicht auf sich beruhen lassen. »Mister Folz ... ich hatte vorgehabt, dieses Holz zu verkaufen und den Profit mit Mr. Howard zu teilen. Verstehen Sie, Sir? Es hat doch keinen Sinn, einen Baum umzuschneiden und dann keinen Gebrauch von dem Holz zu machen.«

»Das stimmt schon, Jefferson. Aber diese Bäume gehören nicht dir. Du hast sie nicht gepflanzt. Sie gehören dem Alten Herrn und sonst niemand. Du hast keinen Anspruch auf etwas, das du nicht gepflanzt hast.«

»Aber ich hab die Arbeit gemacht -«

»Du hast das Land gerodet, wie man dir's aufgetragen hat.« Der Aufseher erhob sich im Sattel. In seiner Stimme klang ein scharfer Ton mit, eine Warnung.

»Aber –« Jefferson hielt den Mund. Konnte er es riskieren, das Land zu verlieren, weil er das Holz zu behalten versuchte, das er bislang geschnitten hatte? »Gott weiß, ich hab getan, was meine Arbeit ist«, murmelte er. Folz und der junge Mr. Scott wandten ihr Pferde und ritten in leichtem Trab davon, bis sie außer Sicht waren.

Jefferson blickte den beiden Männern nach und sah Latisha dann mit müdem Blick an. »Wir hätten es verbrennen sollen. Auf einen Haufen werfen und wie Gestrüpp verbrennen. Dann hätten sie nicht daran gedacht, Tish.« Er hob die Axt auf und schleuderte sie nach dem größten Holzhaufen. Sie blieb mit einem Krach stekken, und Splitter flogen davon.

»Es gefällt ihnen nicht, daß du von selbst darauf gekommen bist. Die Weißen mögen es nicht, wenn wir Schwarzen selber denken und die Dinge selber in die Hand nehmen. Lieber würden sie alles zum Teufel schicken, als daß sie zusehen, wie ein Nigger etwas Vernünftiges draus macht.«

»Fünfzig Klafter Holz. Fünf Dollar das Klafter. Das ist genug, daß du und ich auf der Stelle heiraten können!« Der riesige Mann sah am Boden zerstört aus. Er sank auf einen Baumstrunk nieder. »Ich hab an nichts anderes denken können, während ich hier herunten gearbeitet habe. Ich hab an dich und mich gedacht.« Er hob den Kopf, um zu der verfallenen kleinen Blockhütte hinter den Bäumen hinüberzuspähen. »Dachte, ich könnte ein neues Dach zimmern, bevor der Regen kommt.« Er wandte sich um, um ihr ins Gesicht zu sehen. »Die ganze Nacht träume ich von dir, Tisha. Ich denke, wie es sein wird, wenn du ganz mein bist.« Er hob einen Zweig auf und brach ihn entzwei. »Das ist es, was dieser Wald für mich bedeutet hat! Für den alten Mr. Howard und diesen Scott da und Folz bedeutet er nichts weiter als Geld. Für sie heißt er nicht, daß sie endlich aufhören können, vor Verlangen zu brennen.« Er stöhnte auf und barg den Kopf in den Händen. »Ich sehne mich nach dir, Tish. Ich kann nichts dagegen tun. Ich bete und arbeite, und die ganze Zeit brenne ich vor Verlangen nach dir, als stünde meine Seele in Flammen.«

Sie kam nicht näher, als spürte sie, daß dieses Feuer im Augenblick sie beide verzehren konnte. »Der Herr hat dieses Feuer des Verlangens in die Seele der Menschen gepflanzt, Jeff. Es ist keine Sünde darin. Du liest es ja in der Heiligen Schrift: Jakob liebte Rachel und arbeitete sieben Jahre lang um ihretwillen.«

»Dann hatte er wohl einen standhafteren Charakter als ich. Wahrscheinlich hat er nie hochgeguckt und gesehen, wie sein Mädchen übers Feld kam, und an die Dinge gedacht, an die ich denke, wenn ich dich sehe.«

Sie lächelte über sein Elend. »Ich hab auch an dich gedacht, Jefferson - daran, daß ich auch nicht mehr länger warten will. Laß uns jetzt gleich heiraten. Ich will nicht mehr warten. Ich will nicht mein Leben lang auf einen Haufen Holz warten oder darauf, daß der alte Mr. Howard dich behalten läßt, was dir von Rechts wegen gehört. Wir gehören nicht Mr. Howard. Du hast selbst gesagt, wir gehören dem Herrn, und Er wird Seine Herde weiden. Es scheint mir, als wollte Er unseren Herzen sagen, wir sollten lieber nicht länger warten, oder wir tun etwas, was wir nachher bereuen müssen.«

Er warf ihr einen scharfen Blick zu. Dann sah er die Blockhütte an und schließlich wieder sie. »Geh jetzt heim, Latisha«, warnte er. »Geh rasch, bevor ich dich bitte ...« Er unterbrach sich. »Und komm nicht mehr allein hierher, Mädchen. Es ist nicht klug.« Er stand auf, trat aber keinen Schritt von dem Baumstumpf weg. »Los, geh schon. Und schick meinen Vater hierher, so rasch du kannst. Sag ihm, er soll eine glühende Kohle vom Feuer mitbringen.« Seine Augen sprühten Flammen. »Wir werden dieses Land roden, bevor ich für den Alten Herrn Baumwolle pflücke. Sag ihm, er soll sich beeilen, Tisha. Und dann bleib weg von hier, Mädchen.«

* * *

Dem rehfarbenen Pferd flockte der Schaum von den Flanken, als Folz die Zügel so scharf zurückriß, daß es auf die Hinterbeine stieg. Er sprang aus dem Sattel und rannte bereits auf den brennenden Holzhaufen zu, bevor der junge Mr. Scott auf den Schauplatz geritten kam.

Das hell brennende Feuer sandte eine Rauchsäule aus, die Folz noch in vier Meilen Entfernung gesehen hatte. »Was treibt ihr hier?« fragte er Hock und Jefferson.

»Hal-loo«, sagte Hock. »Ist ja furchtbar heiß für so'ne Arbeit. Aber wenn wir hier mit dem Roden fertig werden und obendrein noch Baumwolle pflücken wollen, haben wir keine Zeit zu verlieren, was, Jeff?«

»Nee, könn' wir nich', Mr. Folz«, stimmte Jeff zu. »Keine Zeit zum Holzschneiden, wenn einem die Baumwolle schon aus den Kapseln raus ins Gesicht hüpft, nein, Sir, das geht nich'.«

»Aber das Holz gehört Mr. Howard! Ihr könnt es doch nicht einfach verbrennen!« fluchte er.

»Siehste, Papi«, sagte Jefferson zu Hock. »Hab' dir doch gesagt, Massah Howard will, daß wir's ins Nachbarfeld schleppen und dort liegen lassen.«

»He, wartet mal«, befahl Folz. »Das geht auch nicht.«

Jefferson sah verwirrt drein. »Was denn nu, Massah Folz? Können's nich' verbrennen und können nichts wegschleppen? Ja, was sollen wir denn da nu' tun damit?«

Mr. Scott rief dem Aufseher vom Rücken seines grauen Pferdes aus zu: »Kommen Sie mit, Folz! Ich glaube, ein kleines Gespräch mit meinem Onkel wird Klarheit in die Sache bringen.« Dann fügte er, zu Hock und Jefferson gewandt, hinzu: »Seht bloß zu, daß ihr nicht noch mehr davon verbrennt, bevor wir euch wissen lassen, wie ihr es schneiden sollt.«

»Nein, Sir«, stimmte ihm Jefferson zu. »Es ist ohnehin viel zu heiß für so 'ne Arbeit.«

* * *

Klein Nettie war zu Tode betrübt. Sie hatte dasselbe gesehen, was auch Angel und Rosa gesehen hatten, und sie nahm die französische Porzellanpuppe aus dem Klassenzimmer voll Puppenschüler fort und schubste sie unters Bett. »Du bist nichts wert, Fräulein Lehrerin«, sagte sie zu der Puppe und schob sie mit den Zehen außer Sichtweite.

»Wir haben diesen Mr. Scott mit dem Fräulein Lehrerin gesehen, Mama«, sagte Angel. »Miß True ist auch nicht anders als die anderen, glaube ich.«

Rosa saß auf der Truhe und schüttelte nur den Kopf. »Sie war mit diesem Mann beisammen. Und sie hat sich von ihm küssen lassen.«

»Ich geh nicht mehr in die Schule!« jammerte Klein Nettie. »Ich geh' nirgends hin, wo dieses Fräulein Lehrerin ist!«

Willa-Mae bügelte weiter an Jeffs Sonntagshemd. »Vielleicht weiß Miß True gar nicht, was der junge Mr. Scott vorhat.«

»Sie saß in seinem Buggy mit ihm.« Angel war empört, daß ihre Mutter eine so ruchlose Person auch noch verteidigte. »Und er sah sich um und sagte: ›Das ganze Land hier wird mir gehören ... und es kann dir gehören, wenn du mich heiraten willst.‹«

»Er meint damit, er nimmt Billy Jones Farm und er stiehlt Jeffs Holz und vielleicht nimmt er auch uns unsere Felder weg, und dann gibt er alles Miß True, wahrscheinlich als Hochzeitsgeschenk«, platzte Hattie heraus, »Sie hat getan, als hätten wir eine große Zukunft vor uns, Mama, und davon geredet, daß wir aufs College gehen könnten. Das ist doch genauso, wie wenn der alte Mr. Howard Billys Kindern erzählt, in Chicago wär's ganz toll, dabei ist der Klan dort so mächtig und sie schießen farbige Kinder auf der Straße nieder. Sie hat uns das vom College bloß erzählt, damit wir von zu Hause weggehen und sie und Mr. Scott alles für sich allein haben können!«

Willa-Mae runzelte die Brauen. »Hat sie was gesagt, daß sie den jungen Herrn heiraten will?«

»Nein.« Hattie sprach das Wort sehr nachdenklich aus.

»Aber sie hat sich von ihm küssen lassen! Und ihr Wangen wurden ganz rosa dabei, so fest küßte er sie, und sie sagte, er sollte es nicht so eilig haben, denn sie sei noch nicht bereit.«

»Wofür ist sie nicht bereit?« fragte Nettie und blickte traurig die Puppenkinder auf dem Bett an, die jetzt keine Lehrerin mehr hatten.

Willa-Mae setzte das Bügeleisen hart auf den Ärmel von Jeffs Hemd. »Das soll heißen, daß sie noch nicht recht weiß, was sie von diesem Stinktier halten soll. Er hat sie noch nicht zum Altar geschleppt.«

»Ganz egal, Mama«, sagte Angel, »aber so wie sie aussah, hatte sie *Spaß daran*, geküßt zu werden.«

»Junges, hübsches Mädchen.« Willa-Mae zuckte die Achseln. »Sie ist einsam. Hat niemand ihresgleichen, der ihr Gesellschaft leistet. Kein Wunder, daß es ihr gefallen hat.«

Angel zog die Augen zu schmalen Schlitzen zusammen. »Wenn du mich fragst, muß das sein, als küßte man eine Sandviper.«

Willa-Mae fuhr ihre Tochter scharf an. »Niemand hat dich gefragt. Aber wenn ihr alle dauernd rumschleicht und den Leuten nachschnüffelt, dann werdet ihr allerhand sehen und hören, das euch nicht paßt. Habt ihr verstanden?«

»Nun, ich gehe nicht mehr zur Schule, Mama«, erklärte Nettie.

Willa-Mae flatterte auf wie ein aufgescheuchtes Huhn, alle Federn gesträubt vor Zorn. »Wie redest du denn mit mir, Nettie? Mach das noch einmal, und ich leg dich übers Knie und hau dich durch, bevor du weißt, was dir passiert ist! Verstanden, Mädchen?« Sie blickte ihre Kinder eins nach dem anderen warnend an.

»Ja«, antwortete Nettie mit zitternder Unterlippe.

Willa-Mae wandte sich der ganzen Gruppe zu. »Das Nachschnüffeln hört sofort auf, verstanden? Das Mädchen hat nicht einmal so viel Verstand, daß sie weiß, aus welcher Kürbisflasche sie trinken darf und aus welcher nicht! Wie soll sie da wissen, daß der junge Herr nichts weiter als eine diebische Schlange ist, die uns einen nach dem anderen von Haus und Hof vertreiben will?« Das Bügeleisen wurde mit einem harten Klicken auf dem Herd abgestellt. »Laßt gut sein!« Sie schüttelte den Finger. »Und ihr alle geht wie bisher zur Schule!«

Der Chor antwortete gehorsam: »Ja, Mama«, und damit war die Diskussion beendet. Die Fräulein Lehrerin-Puppe blieb trotzdem unbeachtet unter dem Bett liegen.

* * *

»Jetzt sind sie ein richtiges Ehepaar«, sagte Molly zu Doc, als die Jungvermählten aus dem Zug stiegen.

»Sie sehen ganz so aus, nicht wahr?« stimmte Doc ihr zu.

Tatsächlich hatten Becky und Ellis etwas Älteres und Tieferes an sich, das Doc und Molly bewog, einen kurzen Augenblick zurückzutreten und das Wunder des Einsseins zu bestaunen, das in der kurzen Zeit, die sie fern von zu Hause verbracht hatten, zwei Kinder in Erwachsene verwandelt hatte.

Ellis gab dem einzigen Gepäckträger des Bahnhofs von Camden ein Trinkgeld, dann blickte er Becky an - blickte sie an, als umarmte er sie mit diesem Blick. Er hatte es nicht besonders eilig, auf dem Bahnsteig nach Eltern und Verwandten auszuspähen. Becky war jetzt seine Familie, und so sollte es sein.

Auch Becky schien kein Verlangen zu haben, irgend jemand anders als Ellis zu sehen. Es war, als wäre die Heimkehr nach Hause nur eine Station auf ihrer Reise; als wäre alles, was ihr lieb und vertraut war, plötzlich vor dem völligen Erkennen und Erkanntwerden der Ehe verblaßt.

Ein Augenblick verging, bevor sie das Plakat auf der runden Säule des Bahnhofs entdeckte. Dann stupste sie Ellis an und drehte ihn so herum, daß er das erst kürzlich angebrachte Plakat lesen konnte:

WÄHLT DOC WARNE
DEN MANN DES VOLKES IM KONGRESS

Ellis lächelte, und erst jetzt sah er sich um, wo Doc und Molly sein mochten.

Sie umarmten einander, aber diese Umarmungen der Wiedersehensfreude waren nicht länger die Umarmungen zwischen Kindern und Eltern. Sie waren einander gleichgestellt, und obwohl sie über Dinge sprachen, die sie gesehen und getan hatten, lagen wunderbare, unausgesprochene Geheimnisse hinter jedem Wort verborgen, das auf dem Rückweg zur Farm gesprochen wurde.

Doc erzählte die neuesten Neuigkeiten über den Verlauf seiner Wahlkampagne. Aber er sagte kein Wort von den Drohungen und Warnungen.

* * *

Das Pferd, das Birch ritt, war in Oklahoma geboren und aufgezogen worden, und nichts wollte der große graue Wallach lieber, als den Fluß Arkansas überqueren und nach Hause zurückkehren. Die Wochen in der Kohlengrube hatten das Tier überzeugt, daß es die Hölle gesehen hatte. Der Himmel befand sich drüben, jenseits des Arkansas. Birch zweifelte keinen Augenblick daran, daß er, falls er die Zügel freigab und im Sattel einschlief, schnurstracks in irgendein Indianerreservat in Oklahoma getragen würde.

Birch band ihn jede Nacht fest, wenn er sich unter den Sternen schlafen legte. »Manchmal kann man nicht einfach nach Hause zurückkehren, mein Großer«, sagte er zu dem Pferd, dem er nie einen Namen gegeben hatte. »Ich weiß, dein Indianer hat gut für dich gesorgt. Aber wenn ich dich zurückkehren ließe, würde er dich doch nur wieder beim Pokern verlieren. Dann müßte ich zu Fuß gehen, und du würdest vielleicht wieder in einer Kohlengrube landen.«

Der Wallach wieherte leise, als er Birchs Weisheiten vernahm. Es klang, als durchrieselte ihn ein Schauder der Furcht bei dem Gedanken.

Die zwei waren rasch Freunde geworden. Beide hatten heimwehkranke Herzen und sehnten sich nach den vertrauten Weiden, aber keiner von beiden konnte dorthin zurückkehren, wo er am glücklichsten gewesen wäre. Sie waren von Farm zu Farm getrampt, hatten ihr Essen mit Tagelöhnerarbeit verdient und waren dann hastig weitergezogen. Als sie nach Norden ritten, kamen sie zu einem Wegweiser, der den Weg nach Fort Smith wies. Das Pferd wandte den Kopf, als wollte es diesen Weg einschlagen und dann vielleicht von dort weiter nach Oklahoma ziehen.

Birch zügelte den großen Wallach mitten auf der Straße und starrte die Weggabelung in Richtung Fort Smith entlang. Er dachte an Trudy, wie er es seit dem Tag, an dem er sie verlassen hatte, gewiß schon Hunderte Male getan hatte. Sicher unterrichtete sie jetzt an dieser vornehmen Schule in Fort Smith. Kein Zweifel, daß Birch nur mehr eine ferne Erinnerung für sie war. Vielleicht verachtete sie ihn inzwischen für die Art und Weise, wie er sie verlassen hatte, verachtete ihn dafür, daß er unfähig gewesen war, sein Versprechen zu halten. Nein, es war einfach unmöglich, an ihrer Haustüre aufzutauchen wie eine hungrige, streunende Katze! Max hatte die ganze Zeit recht gehabt, nicht wahr? Trudy war keine Frau, die zu Birch paßte. Eine höfliche Umschreibung für die Tatsache, daß er nicht gut genug war für sie. Es war ja schön und gut, über Liebe zu reden, aber konnte man einen Mann wirklich lieben, der weder ein Heim noch eine Familie noch eine Zukunft hatte?

Hitzewellen schimmerten über der Straße, die nach Fort Smith führte. Sie schienen ihn anzuziehen, ihn zurückzulocken. Der große Wallach spürte die winzige Bewegung in Birchs Bein und sprang mit einem Satz vorwärts, in diese Straße hinein, und galoppierte. Birch ließ ihn rennen, dann zog er die Zügel an und ließ ihn in leichtem Trab laufen, der Meile um Meile verschlang. Am frühen Nachmittag fand sich Birch wieder auf der Garrison Avenue. Joseph Meyers Laden lag, nur drei Blocks entfernt, deutlich sichtbar vor ihm, aber Birch ritt nicht mehr weiter die breite Straße entlang. Er konnte nicht zulassen, daß sie ihn in diesem Aufzug sah - einen Dreitage-Bart im Gesicht, in zerlumpten Kleidern und der schweißfleckigen Armeemütze. Eine ganze Stunde stand er in einiger Entfernung da und starrte hoffnungsvoll zur Eingangstüre des Ladens hinüber. Er wollte ihr Gesicht sehen, wollte ihre Bewegungen aus der Ferne beobachten ... und sich der Erinnerung hingeben.

* * *

Für sein Gespräch mit dem alten Mr. Howard legte Jefferson seinen Sonntagsanzug an. Willa-Mae hatte sein Hemd gewaschen und gebügelt und seine Hosen geplättet. Seine Jackenärmel waren zu kurz, und die Umschläge der Hosen endeten oben bei den Knöcheln. Er trug seine Armeestiefel, aber seine Armeemütze ließ er zu Hause und ging barhäuptig zum Haus des alten Mannes.

Der Alte Herr saß auf seiner Veranda, in Gesellschaft des jungen Mr. Scott, der hinter seinem Stuhl stand. Mr. Scott hatte ein merkwürdiges Lächeln auf dem Gesicht, wie ein Mann, der gerade eine Pokerpartie verloren hat, aber weiterhin freundlich lächeln muß. Er blickte Jefferson mit diesem harten Lächeln auf dem Gesicht entgegen, als dieser beim Tor ankam. Der alte Mann wirkte nervös. Sein Fächer lag auf dem Tisch. Kein Eistee stand in seiner Reichweite. Mrs. Young, das Hausmädchen, war an diesem Tag nicht anwesend. Dieses Treffen war Privatsache.

»Guten Tag, Mr. Canfield,« sagte der Junge Herr.

»Wie geht es Ihnen«, antwortete Jefferson und blieb an seinem üblichen Platz vor dem Tor stehen.

Der Alte Herr nickte. Die Muskeln in seiner rechten Wange zuckten. Seine Augen blinzelten hastig hinter seiner Brille. »Nun, Jeff?«

»Ja, Sir.« Jeff hatte nicht um dieses Gespräch gebeten. Man hatte ihm die Nachricht geschickt, er möge kommen.

»Du fragst dich wahrscheinlich, warum ich nach dir geschickt habe?«

»Das ging mir durch den Kopf, ja.«

Der Junge Herr sagte: »Kommen Sie herauf. Setzen Sie sich.«

Jefferson runzelte die Stirn. Wußte der Junge Herr, daß er damit gegen die Sitte der Gegend verstieß, gegen einen Brauch, der noch aus den Tagen der Sklaverei stammte? Jefferson warf dem Alten Herrn einen Blick zu, um sicherzugehen, daß es seine Richtigkeit hatte.

Der alte Mann klopfte ungeduldig mit der Hand auf die Armlehne seines Stuhls. »Nun, worauf wartest du? Du hast gehört, was Mr. Scott sagte. Komm schon!«

»Ja, Sir.« Jeff schob das Tor auf und stieg langsam die Stufen hinauf. Er überragte die beiden weißen Männer auf der Veranda bei weitem, aber er brachte es nicht fertig, sich hinzusetzen. Wenn er sich nun verhört hatte? Wenn der Junge Herr gar nicht gemeint hatte, Jeff sollte sich niedersetzen? Schwarze Männer waren schon wegen viel geringerer Verstöße gelyncht worden, als es das ungefragte Hinsetzen auf der Veranda eines weißen Mannes gewesen wäre.

»Setz dich hin, Jefferson!« knurrte der Alte.

Jefferson setzte sich in einen Rohrstuhl, der unter seinem Gewicht quietschte, Der Stuhl war nicht für einen großen Mann gedacht. Jefferson wußte nicht, was er mit seinen Händen anfangen sollte, also faltete er sie im Schoß, als betete er, und blickte auf seine Stiefel nieder, damit sich sein Blick nicht auf die Rauchfahne richtete, die immer noch von dem Brandherd im Wald aufstieg.

Der Alte Herr schniefte. »Ich rieche immer noch brennendes Eichenholz, Jefferson.«

»Ja, Sir.«

Der Junge Herr lachte - ein kurzes, scharfes Lachen. »Na Junge, du hast's uns ja ganz schön gezeigt, daß du klüger bist als wir, nicht wahr?«

Jefferson runzelte die Stirn. Es stimmte natürlich, aber er würde es niemals laut sagen. »Weiß nicht recht, was Sie meinen, Sir.«

Wieder ein Lachen. »Oh, natürlich weißt du es.« Der Junge Herr ging um den Stuhl seines Onkels herum und lehnte sich ans Geländer. Der Rauch stieg hinter seinem Rücken auf, als wäre es der Rauch seines eigenen Zorns. Aber sein Gesicht schien nicht zornig zu sein. Nur seine Augen. »Mir brauchst du nicht die Komödie vom dämlichen Nigger vorzuspielen, Mr. Canfield. Du hast genau gewußt, was du getan hast, als du dieses Holz in Brand gesteckt hast. Es war weder geschnitten noch gespalten, nicht wahr? Und nicht mehr als fünf Klafter, im Vergleich zu den fünfzig, die du gerodet und geschnitten hast.«

Der Alte Herr schlug mit der Handfläche auf die Armlehne seines Sessels, als wollte er eine Fliege erschlagen. »Du hast Folz zum Narren gemacht, Jeff. Du weißt, das nimmt er nicht so einfach hin. Der Mann hat ein langes Gedächtnis.« WUMP! Wieder schlug er auf den Sessel. »Ihr wißt, daß ich auf meine Leute schaue. Die Howards haben immer für ihre Leute gesorgt. Du hättest schnurstracks zu mir kommen sollen, statt den Holzhaufen anzuzünden, solange Folz noch in der Nähe war! Du hast *ein heißes Feuer angezündet, Junge!«*

Mr. Scott wandte sich um und betrachtete die Rauchsäule. »Wie lange wird dieser Wald wohl noch brennen?«

»Eichen brennen lang«, sagte Jefferson ruhig. »Ein paar Tage noch, schätze ich.«

»Folz wird eine ganze Weile länger brennen«, fuhr ihn der Alte Mann an. »Also? Was ist eigentlich los?«

Jeff dachte bei sich, daß der Alte Mann recht hatte. Wenn Folz nicht zusah, daß er seinen Frieden mit Gott machte, dann würde er tatsächlich lange brennen, aber so etwas sagte man ebenfalls nicht laut. Jefferson hielt sich an die Einzelheiten. »Ich hab das Land gerodet, wie Sie es mir aufgetragen haben, Mr. Howard, und gedacht, ich könnte für uns beide einen Profit rausschlagen. Ich dachte, ich könnte Latisha heiraten, sobald ich dieses Holz in Fort Smith verkauft und Ihren Anteil mit Ihnen abgerechnet hätte. Das ist alles.«

»Nun, dieses Holz teile ich nicht mit dir«, zischte der Alte Herr.

»Ja, Sir. Das sagte man mir.«

»Aber ich zahl' dir einen Dollar pro Klafter fürs Aufladen und fürs Verkaufen in Fort Smith.« Der Alte Mann beugte sich erwartungsvoll vor. »Das ist doch fair.«

Jefferson schluckte schwer. Es war keineswegs fair, aber es war immerhin etwas. Besser jedenfalls, als seine Arbeit in Rauch aufgehen zu sehen. »Ja, Sir. Das kann ich für Sie tun.«

Schweigen. Sie hatten eine Schlacht gewonnen, aber noch längst nicht den Krieg. Hatte Jefferson nicht einen winzigen Sieg errungen? Spürte er, wie sehr sie ihn für diesen winzigen Sieg haßten?

»Du bist ein schlauer Bursche, Jefferson«, sagte der Junge Herr. »Aber paß bloß auf, daß ihr nicht allzu schlau werdet - du und dein Mädel. Nur kein Öl ins Feuer gießen. Seht zu, daß ihr mit allen gut auskommt.«

»Ja, Sir«, sagte Jefferson, und dann ließ er sie auf der Veranda sitzen und ging nach Hause und fühlte sich großartig.

DAS HOCHZEITERHÄUSCHEN

Plötzlich schrumpfte Trudys Klasse um mehr als die Hälfte zusammen, und die Kinder, die noch zum Unterricht kamen, blickten nicht mehr auf und lächelten sie an, wie sie es früher getan hatten. Die Canfield-Mädchen waren physisch anwesend, aber ihre Gedanken und Sinne waren anderswo. Wenn Trudy versuchte, sie in die Gegenwart zurückzuholen, funkelten sie sie mit dunklen und unfreundlichen Blicken an.

Auch Latisha schien in Gedanken woanders zu sein. Sie gab kaum Antwort, als Trudy sie herbeirief, um ihr das Informationsblatt zu zeigen, das sie vom Industrie-Institut in Tuskegee für sie angefordert hatte.

»Nun, Ma'am«, sagte Latisha - nicht Miß True, sondern Ma'am, wie sie Mrs. Moss im Postamt oder Mrs. Digby anzureden pflegte. »Ich glaube, ich interessiere mich nicht für das Tuskegee-Institut. Mein Freund und ich werden demnächst heiraten, und dann bin ich fertig mit der Schule. Vom Lernen wird man als armes Mädchen auch keine Lady, würde ich sagen.«

Der Tag verging. Es gab Geflüster hinter der vorgehaltenen Hand und Schweigen im Hintergrund. Als Trudy auf ihrer nickelbeschlagenen Polizeipfeife blies, antwortete ihr nicht wie üblich kreischendes Gelächter. Die Schüler stellten sich einfach in ordentlichen Reihen vor der Türe auf und starrten sie an.

Es konnte keinen Zweifel geben. Irgend etwas Entsetzliches war geschehen und hatte die sichere kleine Welt in Trümmer geschlagen, die Trudy hier an der Schule um sich herum aufgebaut hatte.

Die Zeiger der großen Weckeruhr krochen langsam auf drei Uhr nachmittags zu, während die Last unausgesprochener Mißbilligung düster im Raum hing. Schließlich rief Trudy Klein Nettie beiseite und fragte sie: »Wie kommt denn dein Fräulein Lehrerin mit der Puppenkinderschule zurecht?«

Nettie rümpfte die Nase. »Sie mag die Puppenkinder nicht mehr«, sagte Nettie mit hochmütigem Ausdruck.

Trudy berührte Netties dünnen Arm. Er fühlte sich steif und abwehrend an, ganz im Gegensatz zu früher, wo das Kind sie bereitwillig umarmt hatte. »Aber was ist denn passiert?« fragte Trudy, die den unbegreiflichen Zorn ihrer Schüler kaum noch ertragen konnte.

»Das Fräulein Lehrerin ... die treibt sich mit einem schlechten Kerl herum. Sie mag den schlechten Kerl viel lieber, als sie die Puppenkinder je gemocht hat. Sie läßt sich von dem schlechten Kerl küssen, als würde sie 'ne Sandviper küssen! Und er nimmt den Puppenkindern ihr ganzes Land weg. Er schickt Billys Kinder nach Chii-kaa-gooo, wo sie im Schlachthof arbeiten müssen. Er stiehlt dem Großen Jeff sein Holz, damit er und Latisha nicht heiraten können!«

Trudy starrte sie fassungslos blinzelnd an. »Das Fräulein Lehrerin ... ihr Verehrer macht all diese schlimmen Sachen?«

»Ja, Ma'am«, sagte Klein Nettie. »Und wahrscheinlich noch viel mehr. Das ist nur das kleinbißchen, das meine Puppenkinder mir erzählt haben. Wenn ich größer wäre, wüßte ich wohl mehr.«

Trudy starrte an ihr vorbei ins Leere. Konnte Scott das wirklich getan haben? Doch nicht Scott! Er war wohlerzogen und empfindsam. Sie war überzeugt, daß ihm die Pächter von Mount Pisgah ebenso am Herzen lagen, wie Trudy ihre Schulkinder liebte. Irgendein Mißverständnis. Irgendwo hatte es einen Fehler gegeben. Ein Gerücht vielleicht. Trudy hatte Erfahrung mit Gerüchten.

»Danke, Nettie«, sagte sie. »Ich bin sicher, dein Fräulein Puppenlehrerin hat ihre Puppenschüler lieb. Ich bin ganz sicher - du wirst schon sehen. Das alles ist ein Mißverständnis, glaube ich.« Sie hob den Blick und sah Latisha an, die sie mit kalten Augen anstarrte, als wollte sie ihre Hoffnung zerstören, daß alles nur ein Mißverständnis war. Ihre braunen Augen schienen zu sagen: *Du weißt nicht viel vom Leben.*

* * *

Wenn es überhaupt so etwas wie ein Kaufhaus in Camden gab, so war es Shindlers Gemischtwarenladen. Ellis und Becky pflegten über den Katalogen von Sears & Roebuck zu brüten, aber wenn sie dann wirklich einkaufen gingen, gingen sie zu Shindler. Diesmal suchten sie den Laden auf, um Stoff für neue Vorhänge für das Wohnzimmer auszusuchen.

Sie hatten sich ein kleines Gefährt ausgeliehen, dessen grüne Lackierung auf Hochglanz poliert war, und hatten die Polsterung mit Lederöl eingerieben, bis sie im Sonnenlicht glänzte. Das silbergraue Kutschenpferd war nur wenig größer als ein Pony, aber es zog den einsitzigen Buggy mit Leichtigkeit und schien sogar Vergnügen daran zu finden, wenn es angeschirrt wurde. Schon das leiseste Schnalzen der Zügel genügte, um es in Bewegung zu setzen, und Ellis und Becky lachten, als sie von sanftem Wind umweht die Fahrt in die Stadt machten.

Ellis lenkte den Buggy in die Hauptstraße, aber das Pferd wäre auch ohne seine Lenkung gut zurechtgekommen. Es lief geradewegs zu Shindlers Laden und blieb dort stehen. Ellis war stolz auf seine Fähigkeit, mit einem Satz aus dem Buggy zu springen, trotz seine hölzernen Beins, und er eilte hinüber zu Beckys Seite, um ihr herunterzuhelfen. Sie lächelte ihm warm in die Augen, während sie den Fuß aufs Trittbrett setzte.

»Na sowas«, bemerkte eine höhnische Stimme über die Straße hinweg. »Guck dir das einmal an, Stewart. Sollte nicht lieber sie ihm helfen?«

Ellis blickte auf die andere Straßenseite hinüber, wo zwei verwahrlost aussehende Männer an der Wand eines Friseursalons lehnten. Sie gaben seinen Blick frech zurück. Einer von beiden war dunkelhaarig und hatte einen zottigen Schnurrbart, der über massige Kinnbacken herabhing.

Der andere war dünner und größer. Eine Zigarette baumelte auf seiner Unterlippe, als hätte er vergessen, daß sie da war. Beide Männer traten von dem hölzernen Bürgersteig herunter und schlenderten auf den Buggy zu, so daß sie Ellis von beiden Seiten in die Zange nahmen.

»Wollt ihr was von mir?« fragte Ellis.

»Ja, wir wollen was«, sagte der grobknochige Mann, während er das Pferd am Zaumzeug packte. »Wir wollen Arbeitsplätze. Wir wollen, daß alle die Polacken und die Nigger wieder hingehen, wo sie hergekommen sind, und wir wollen, daß dein Alter aufhört, sein Gewäsch von ›alle Rassen können in Frieden zusammenleben‹ von sich zu geben.«

»Okay«, sagte Ellis kalt. »Ich hab' verstanden. Jetzt haut ab und sagt dem, der euch geschickt habt, ihr habt euren Auftrag ausgeführt.«

»Du hochnäsiges Bolschewikenschwein«, antwortete der große Kerl. »Wer bist du denn, daß du so mit mir redest? Hältst du dich für was Besonderes, weil du mit einem Bein weniger aus dem Krieg zurückgekommen bist? Ich war auch im Krieg.«

»Becky«, sagte Ellis ruhig, »geh in Shindlers Geschäft. Sofort«, drängte er. Becky stieg zurück in den Buggy und setzte sich nieder, wobei sie auf die andere Seite hinüberrutschte.

»Ich glaube, er hat nicht ganz verstanden, was wir ihm gesagt haben, Stewart. Wir sollten es ihm lieber ganz genau erklären.«

Der dünne Mann warf seine Zigarette weg und trat mit dem Fuß an Ellis' Holzbein, so daß er zu Boden stürzte. »Bleib da liegen und denk drüber nach, was wir dir gesagt haben«, befahl er.

»Wie ihr meint«, antwortete Ellis und stellte sich willfährig.

»Siehst du, Mac, so mutig ist er gar nicht«, bemerkte Stewart, einen Augenblick, bevor Ellis den Unterleib herumschnellte, so fest er konnte, und sein Holzbein mit aller Kraft an Stewarts Knie aus Fleisch und Blut krachte. Vor Schmerz brüllend, krümmte sich der dünne Mann im Straßenstaub und hielt mit beiden Händen sein Knie.

Als Mac seinem Freund zu Hilfe eilen wollte, ergriff Becky die Zügel und schlug das Pferd damit grob auf den Rücken. Das erschrockene Tier machte einen wilden Satz vorwärts, und das Wägelchen rammte den grobknochigen Mann, überrannte ihn und preßte ihm die Luft aus den Lungen.

Shindler und einige seiner Kunden waren aus dem Laden gestürzt, um zu sehen, worum es bei dem Aufruhr ging. »Ellis! Miß Becky!« rief er. »Soll ich die Polizei holen?«

»Ja, Mr. Shindler, rufen Sie sie sofort an!«

Aber die beiden Schläger warteten nicht auf die Polizei. Mac krabbelte unter dem Buggy hervor und half dem ächzenden Stewart auf die Beine. Er drohte Ellis mit der Faust. »Du hast uns nicht zum letztenmal gesehen«, drohte er. »Sag das deinem Alten! Das wird dir noch leid tun!« Mac umklammerte seine schmerzenden Rippen, während er und Stewart über die Straße stürmten und in einem Hintergäßchen verschwanden.

* * *

Trudy stieg nicht vor Meyers Textilwarenhandlung aus der Straßenbahn. Birch wartete und wartete, bis Joseph Meyer um fünf Uhr dreißig den Rolladen herabzog und die Türe versperrte. Die Kunden des Saloons, vor dem er den ganzen Nachmittag gewartet hatte, kamen und gingen, ohne sich im geringsten für Birch zu interessieren. Er war nichts weiter als ein Vagabund mehr, einer von Hunderten Nichtseßhaften, die durch Fort Smith zogen. Birch hatte Männer gesehen, die wie sein Spiegelbild aussahen. Sie gingen die Straße entlang zum Bahnhof, mit ruppigen Bärten, ausgetretenen Armeestiefeln und zerlumpten Kleidern. Die Güterwagen von tausend Zügen beförderten solche menschliche Fracht in alle Richtungen. Landkarte und Kompaß waren bedeutungslos geworden. Eine ganze Generation junger Männer war von den Farmen hinweggerissen und in den Sack des Krieges geworfen worden, in dem sie durchgeschüttelt wurden, bis Osten und Westen auf das Gleiche herauskamen. Jetzt schüttete man sie über die Welt aus, und viele, allzuviele fanden - wie Birch auch - den Weg nach Hause nicht mehr.

Als Joseph Meyer die Straßenbahn bestieg, die ihn nach Hause bringen sollte, sank Birch auf den Randstein nieder. *Nur ein einziges Mal ihr Gesicht sehen! Nur einen Augenblick lang! Nur eine Sekunde lang ihre Stimme hören ...* Er hob den Blick und sah die Telefondrähte, die über seinem Kopf verliefen.

Warum hatte er nicht schon früher daran gedacht? Er stand da und blickte die Garrison Avenue hinauf und hinunter, auf der Suche nach einem Telefon.

»Gibt es da drinnen ein Telefon?« fragte er er einen vierschrötigen Geschäftsmann, der eben den Saloon betrat.

»Überall gibt es ein Telefon«, wies ihn der Mann zurecht. »Haben Sie denn im Wald gelebt?«

»Wahrscheinlich«, murmelte Birch. Er wünschte, er hätte schon vor Wochen an das Telefon gedacht. Er schob sich hinter dem Mann hinein und legte einen Nickel auf die Theke. Das Klavier, das laute Tanzmelodien spielte, lärmte ihm ins Ohr, während Birch die Vermittlung anrief und bat, ihn mit der Wohnung von Joseph Meyer zu verbinden.

* * *

Dreimal Klingeln. Pause. Dreimal Klingeln. Pause. Dann hob Sadie Meyer den Hörer ab und Birch hörte das Echo der Heimat im Herzen.

»Mrs. Sadie, hier spricht Birch. Birch Tucker!« überschrie er, jauchzend vor Freude, die Klaviermusik im Hintergrund.

»Birch! Na, so etwas!« Schweigen. Steinern und unerfreulich.

»Sind Sie noch dran, Mrs. Sadie?«

»Ich bin dort, wo ich immer war.«

»Das ... das ist gut ... und Trudy? Wie geht es Trudy?«

»Sehr gut, danke.«

»Kann ich sie sprechen?«

»Nein, können Sie nicht.«

Jetzt war Birch überzeugt, daß er recht gehabt hatte. Trudy verachtete ihn. Er konnte ihr nicht einmal einen Vorwurf daraus machen.

»Mrs. Sadie, ich wollte sie anrufen, aber verstehen Sie mich recht, es fiel mir einfach nicht ein.«

»Ich bin sicher, daß Trudy kein Interesse daran hat, mit Ihnen zu sprechen.«

Er fühlte sich elend und verzweifelt. »Ich möchte nur ... bitte ... nur eine Minute.«

»Sie ist nicht hier.« Sadie kochte vor Zorn. »Und ich muß Ihnen schon sagen, nach all dem Ärger und Kummer, den Sie meiner Tochter verursacht haben, hätte ich nicht gedacht, daß Sie noch die

Frechheit haben würden, hier anzurufen und zu erwarten, daß wir Ihnen jubelnd um den Hals fallen!«

Im Hintergrund konnte Birch hören, wie eine Türe zugeschlagen wurde und Joseph eintrat. »Wer ist es denn, Sadie?« fragte er.

»Es ist dieser Schleimer Birch. Er will Trudy sprechen.« Eine Hand bedeckte den Hörer, um die Stimme zu dämpfen. Dann nahm Sadie das Gespräch wieder auf.

»Also, Birch. Sind Sie in Fort Smith?«

»Ja, Ma'am.«

»Wir wünschen nicht, daß Sie uns besuchen. Trudy will Sie nicht sehen. Sie hat Sie verschmerzt. *Sie ist fertig mit Ihnen, verstanden?* So eine Frechheit!«

»Ja, Ma'am ... ich wollte bloß ...« Birch schluckte schwer. »Ich wollte ihr eigentlich nur sagen, es tut mir leid, daß es nicht geklappt hat.«

»Ich werde es ihr ausrichten.« Eine lange Pause. »Dann also auf Wiedersehen.« Die Leitung war tot.

Birch legte den Hörer auf und tastete sich zu einem Stuhl an der Bar, auf dem er sich schwerfällig niederließ.

»Was darf's sein?« fragte der Barmann.

Birch schüttelte langsam den Kopf. »Nichts«, sagte er. »Nichts für mich.«

Eine Stimme rechts neben ihm sagte: »Da täuschen Sie sich, Birch Tucker. Ich hab' was für Sie.«

Birch hob den Kopf und blickte in das lächelnde Gesicht von Sheriff East. »Hübsch, Sie wiederzusehen«, bemerkte Birch trokken.

»Das dachte ich eben auch, Tucker. Was treiben Sie denn hier in Fort Smith?«

»Bin nur auf der Durchreise.«

East betrachtete ihn abschätzend von oben bis unten. »Sie haben ganz schön Gewicht verloren, seit wir uns das letzte Mal gesehen haben. Schlechte Zeiten erlebt?«

»So kann man's nennen.«

»Dann verschwinden Sie gleich wieder aus Fort Smith?«

»Vermutlich, ja.«

East nickte, dann zog er ein gefaltetes Plakat aus der Tasche und entfaltete es. »Sehen Sie sich einmal an, was ich aus Missouri bekommen habe.« Auf dem Papier war mit groben Strichen ein riesenhafter Schwarzer gezeichnet, der einen viel kleineren Weißen zu Boden schleuderte:

GESUCHT: HOCHGEWACHSENER NEGER, KRAFTVOLL GEBAUT. BEKANNT UNTER DEM NAMEN JEFF FIELD. WEGEN KÖRPERVERLETZUNG UND TÄTLICHEN ANGRIFFS GESUCHT. ZWEIHUNDERT DOLLAR BELOHNUNG.

In kleiner Schrift standen Einzelheiten darunter, die Birch hastig überflog, bevor East das Plakat wieder einsteckte. »Könnte Sie aus Ihrem finanziellen Schlamassel rausreißen, wenn Sie uns sagen, wo wir ihn finden können.«

»Sie geben wohl nie auf, East, nicht wahr?«

»Kaum jemals.«

»Warum ist Ihnen diese kleine Angelegenheit so wichtig?«

»Tue nur meine Arbeit.« East setzte sich neben Birch.

»Na, dann müssen Sie Ihre Arbeit bei einem anderen tun. Ich hab's Ihnen schon mehr als einmal gesagt. Ich weiß nichts von der Sache.«

East zuckte die Achseln. »Auch recht. Ich versuche nur, alles so unkompliziert wie möglich zu erledigen. Wir haben den Steckbrief in der ganzen Gegend hier ausgeschickt. Wir finden den Schwarzarsch und bringen ihn hinter Gitter. Und dann streiche ich meinen Lohn ein.«

»Was denn? Werden Sie befördert dafür? Kriegen Sie eine Medaille vom Staat Missouri? Dürfen Sie um die Hand einer Prinzessin anhalten?« Birch schüttelte angewidert den Kopf. »Erzählen Sie mir nicht noch einmal Ihre alte Leier von Gerechtigkeit und Pflicht. Zum einen glaube ich an das alles nicht mehr. Zweitens klingt's komisch, wenn's aus einem Mund wie dem Ihren kommt.«

Easts Lächeln blieb unverändert, aber er machte eine Handbewegung, und zwei kräftige Burschen in Arbeitskleidung traten von beiden Seiten auf Birch zu und nahmen ihn in die Zange. »Du weißt nicht, was Macht bedeutet, du Wichtel«, drohte East. »Gefängnis? Da ist nichts zu fürchten. Dort hat niemand Macht. Aber was ich habe, das würde dich zum Zittern bringen, wenn du es einmal in Aktion sähst.«

Birch blickte von ihm zu den beiden Schlägern an seiner Seite. Ihre Gesichter trugen genau den gleichen grinsenden Ausdruck. »Nein wirklich?«

»Du und dein Judenmädel. Weißt du, warum sie nicht mehr in Fort Smith ist?«

Birch erstarrte. »Wovon reden Sie?«

»Wir haben sie rausgeekelt. Und wir werden ihren Judenvater genauso rausekeln. Negerfreunde -« Er fluchte laut und blickte dann seine Handlanger an. »Schau gelegentlich über die Schulter nach hinten, Tucker«, warnte er, die Lippen zu einem kalten Lächeln gekrümmt. »Und das hier ist nur der Anfang. Wir werden ein paar ordentliche Exempel statuieren, und dann säubern wir dieses Land. Vielleicht erlebst du's noch, wenn du gut auf dich aufpaßt!«

Birch ballte die Fäuste, als East einen Finger hart in seine Schulter bohrte. Er verstand jetzt, was los war. Es waren nicht nur die Behörden in Missouri, die Jefferson Canfield suchten. Es war auch der Klan.

* * *

Dreimal versuchte Birch, mit Sadie und Joseph Meyer am Telefon zu sprechen. Jedesmal erkannten sie seine Stimme und unterbrachen die Verbindung.

Er konnte nichts für sie tun. Kein Zweifel, daß sie bereits den Stachel des Boykotts fühlten, der sich gegen ihr Geschäft richtete. Hatten sie herausgefunden, daß dieser Boykott nicht das geringste mit dem Klatsch zu tun hatte, der über Trudy verbreitet wurde? Wußten sie, daß der Rückgang ihres Geschäfts und der Verlust von Trudys Stellung damit zusammenhingen, daß der Klan das Land zu »säubern« wünschte?

Wenigstens war ihr Leben nicht in Gefahr. Vorderhand jedenfalls noch nicht. Aber was Jefferson Canfield anging, lagen die

Dinge anders. Birch wußte mit Sicherheit, wenn Sheriff East Jefferson jemals zu fassen bekam, dann würde er niemals lebend in Missouri ankommen, um wegen Körperverletzung vor Gericht gestellt zu werden. Was East sich erhoffte, war ein Akt der Lynchjustiz; er wollte an Jefferson Canfields Schicksal ein abschreckendes Exempel für jede andere schwarze Familie in der Gegend statuieren.

Allerdings waren Easts Informationen noch unvollständig. »Jeff Field« war nicht dasselbe wie Jefferson Canfield. Aber es war nur noch eine Frage der Zeit, bevor irgendein Klan-Mitglied den Namen mit Jeffersons gewaltigem Körperbau in Verbindung brachte. Ein paar Fragen würden die Wahrheit an den Tag bringen, daß er in jenem Zug aus New York unterwegs gewesen war. Wenn das der Fall war, dann konnte nicht einmal die Bundespolizei East und seine Spießgesellen davon abhalten, ihren Plan auszuführen. Birch wußte, daß er ihn zum mindesten warnen mußte. Er dachte daran, was der Prediger gesagt hatte: *Mount Pisgah ist dem Himmel so nahe, wie man ihm auf dieser Erde nur kommen kann.* Jefferson hatte nicht gewußt, daß eine altertümliche Hölle sein Paradies bedrohte.

Birch warf keinen Blick zu den Lichtern von Fort Smith zurück, als er an diesem Abend aus der Stadt davonritt. Er lauschte nach Hufschlägen, die ihm folgten, aber das Land schien täuschend ruhig und friedvoll.

Schau gelegentlich über die Schulter nach hinten, hatte East ihn gewarnt. Aber irgendwie spürte Birch, daß die Dunkelheit und der Schrecken nicht hinter ihm, sondern vor ihm lauerten.

* * *

Birch erspähte die Lichter von zwei Dutzend Laternen inmitten einer kleinen Ansammlung von Zelten und Windschirmen in einer Mulde neben einem Fluß. Der Geruch eines Lagerfeuers und gebratenen Kabeljaus ließ ihn den Kopf wenden und ihm das Wasser im Mund zusammenrinnen. Er hatte zwei Dollar mit dem Schneiden von Zaunpfählen verdient. Vielleicht genügte das, um eine Mahlzeit zu bezahlen. Er verlagerte das Gewicht, und das

Pferd dachte, Birch hätte von Anfang an diesen Ort aufsuchen wollen. Der große Graue stellte die Ohren auf, als er die fremden Pferde wiehern hörte.

Als er sich den Lichtern näherte, konnte Birch einen hochgewachsenen, hageren Mann neben einem Lagerfeuer stehen sehen. Seine schmalen Schultern bewegten sich auf und ab; er redete heftig auf eine Gruppe von Männern ein, die rund ums Feuer saßen.

»Dachte, er hätte mich ausgetrickst, versteht ihr? Aber wir zeigen dem großmäuligen Niggerbock, wo's langgeht! Holz schleppt er nach Fort Smith, ach so? Wir wollen ihm zeigen, wie Feuer aussieht, aber ganz aus der Nähe, was meint ihr, Jungs?« Der Mann schob ein brennendes Holzscheit mit der Fußspitze weg.

»Hallo, Leute«, rief Birch. Die zerlumpten Männer blickten vom gelben Licht ihres Feuers auf. Ihre Gesichter waren wie die von Toten, als hätte etwas ihre Herzen zerfressen und nur die leeren Hüllen übriggelassen, die sich in der Flammenglut wärmten. Der Sprecher fuhr herum und starrte Birch zornig an. »Hier ist's privat«, sagte er. »Du hast hier nichts zu suchen, es sei denn, du bist auch zum Treffen gekommen.«

»Ich nicht.« Birch schüttelte den Kopf. »Ich hab bloß euren Kabeljau gerochen und gehofft, ich könnte hier vielleicht eine Mahlzeit kaufen.« Er ließ das Pferd einen Schritt zurücktreten, als sich einige der Männer erhoben und sich drohend auf den Rand der Lichtung zubewegten.

»Gehen Sie lieber und fangen Sie sich Ihren Kabeljau selber, Mister«, schlug der hochgewachsene Mann mit schnarrender Stimme vor. »Wir haben hier anderes im Topf, und wir können keine Fremden brauchen.«

Birch gab keine Antwort. Er ließ den Blick über die Menge schweifen. Einige der Männer trugen Overalls und einige sogar Anzüge. Sie waren nicht alle heimatlos ... nicht alle hungrig.

»Hau ab jetzt«, warnte ihn der Anführer von neuem, »bevor wir ärgerlich werden.«

»In Ordnung.« Birch lenkte den Grauen herum und ließ das Tier selbst seinen Weg zur Straße zurückfinden.

In dieser Nacht ritt Birch an den flackernden Lichtern der Bauernhöfe vorbei. Er hielt nicht an, um sich schlafen zu legen, bevor er das Gebiet der Leute, die in der Senke ihr Treffen abhielten, sehr weit hinter sich gelassen hatte.

* * *

Morgen war der Tag des Herrn. Üblicherweise hätte Jefferson seine Freude daran gehabt, aber er hatte so viel zu tun!

Das Feuer in seinem Feld brannte immer noch in der Nacht. Es gab Licht genug, daß Jefferson weiterarbeitete und Feuerholzscheite in den Karren warf. Er hatte Hock vor drei Stunden zum Haus zurückgeschickt. Jefferson fühlte nichts mehr von der Müdigkeit, die er an diesem Morgen vor dem Treffen mit dem Alten Herrn empfunden hatte. Wenn er morgen nach dem Gottesdienst nach Fort Smith fuhr, hatte er Zeit genug, die ersten Klafter zu verkaufen und zurückzufahren, um die nächste Ladung zu holen, bevor die Baumwollernte begann. Obwohl sein Gewinn nur einen Bruchteil dessen betragen würde, womit er ursprünglich gerechnet hatte, würde er ausreichen - er und Latisha konnten damit durch die Wintermonate kommen, bis sie pflügen und pflanzen und die Ernte des nächsten Jahres einbringen konnten.

Er sang laut, während er arbeitete.

Das Licht einer einzelnen Laterne wanderte durch die Wälder jenseits der Lichtung. Einen kurzen Augenblick lang hielt es an und beleuchtete das kleine Blockhaus, dann zog es weiter, in die Richtung, wo Jefferson an der Arbeit war. Er bemerkte das Licht erst, als Latisha ihn aus dem Schatten der großen Fichte am Rand des Feldes anrief.

»Jefferson? Ich hab' dir zu essen gebracht.«

Er warf ein weiteres Scheit auf den Karren und blickte zu ihr. Sie stand im goldenen Lichtglanz der Laterne. Der Atem blieb ihm in der Kehle stecken, als er sie dort stehen sah. Sie war ganz in Weiß gekleidet und trug einen roten Schal über Kopf und Schultern.

»Was tust du hier so spät, Tisha?« rief er ihr zu.

»Ich hab den Feuerrauch gerochen, als ich schon im Bett war. Und der Wind trug deinen Gesang zu mir herüber. Ich konnte nicht schlafen, während du hier so hart arbeitest, Jeff.«

»Weiß deine Mama, daß du hier bist?«

Sie trat einen Schritt auf ihn zu und hielt inne. »Kann schon sein.« Sie hielt das Körbchen hoch. »Ich hab Hähnchen hier. Maisbrot. Und starken Kaffee.«

»Lieb von dir, Tisha. Aber denk daran, was ich gesagt habe, und komm mir nicht näher.« Er deutete auf den Karren und das Feuer. »Mein Papa ist nicht da, verstehst du?«

»Ich weiß.« Sie lächelte schüchtern und kam ein paar weitere Schritte über die Lichtung auf ihn zu.

»Halt, Mädel. Bleib stehen, wo du bist. Stell das Körbchen auf den Baumstrunk dort und dann geh heim, bevor deine Mama aufwacht und sieht, daß du verschwunden bist.«

»Jeff?« Sie stellte den Korb und die Laterne nieder, dann trat sie aus dem Heiligenschein des Lichts, bis sie nur mehr eine sanfte Stimme in der Dunkelheit war. »Ich hab an dich gedacht ... mir gewünscht ...«

Er schluckte schwer und trat einen Schritt zurück. Er packte das Hinterrad des Wagens, als wollte er sich daran festbinden, bis sie verschwunden war. »Geh wieder heim, Tish«, bat er. »Ich hab noch so viel Arbeit.«

»Der alte Prediger ist in deinem Haus, Jeff. Ich sagte Willa-Mae, ich würde sicherlich sündigen, wenn wir nicht so rasch wie möglich heiraten. Da schickte sie Hock nach dem alten Prediger. Die Große Hattie holte meine Mama und meinen Papa.« Sie küßte ihn. »Sag mir nicht, daß ich dich verlassen soll, Jeff. Es dauert doch nicht lange, bis der Prediger die Worte gesagt hat, und dann kann ich dir helfen - an deiner Seite sein, wenn du wach bist, und dein Kissen sein, wenn du schläfst. Morgen ist der Tag des Herrn. Nach dem Gottesdienst können wir das Holz nach Fort Smith bringen. Danach haben wir den ganzen Tag für uns, wenn wir heute noch heiraten. Der nächste Tag des Herrn ist erst wieder *nächste* Woche ... Ich will nicht länger warten.« Ihr Atem hauchte an seinen Nakken, während sie sprach. »Komm nach Hause.«

Jefferson ließ den Kopf an ihre Schulter sinken. Er fühlte sich im selben Augenblick schwach wie ein Kätzchen und stark wie ein Bulle. »Ich glaube, jetzt weiß ich, wie der alte Samson sich fühlte. Ich geb's auf.« Er warf einen Blick auf den halbvollen Karren. »Die

Arbeit kann wohl warten, bis ich dir und dem Herrn gerecht geworden bin.«

Ihre Finger spielten auf seinem Nacken. »Die wartet schon.«

* * *

Willa-Mae hatte Jeffersons Uniform bereits gewaschen und gebügelt und seine Medaillen bereitgelegt, damit er sie in der richtigen Reihenfolge anstecken konnte. Während Jefferson sich im Bach wusch und abkühlte, schickte Willa-Mae ihre Töchter zu der kleinen Blockhütte im Wald hinunter, damit sie die Hütte reinigten und fegten und die Matratze und die neue Flickendecke mit dem Eiffelturm-Motiv darin zurechtlegten.

Die Hochzeit war im Handumdrehen vorbei. Die Worte wurden gesprochen, die Gebete gesagt, und dann gähnten alle und gingen nach Hause ins Bett, während Jefferson und Latisha langsam auf die goldenen Fenster ihres Häuschens zuschlenderten. Der Sonntagmorgen würde viel zu früh anbrechen ...

* * *

Das kleine weiße Fachwerkhäuschen hatte nur ein Schlafzimmer, ein Wohnzimmer und eine Küche aufzuweisen. Die ganze Familie Warne nannte es das »Hochzeiterhäuschen«, denn in diesem Hause wohnten die Neuvermählten während der ersten Monate ihrer Ehe und entwöhnten sich so der großen Familie. Den Kindern war es verboten, dort auf die Bäume zu klettern oder in der Nähe des Hauses zu spielen. Es war ein sehr intimer Ort, ein von der Welt abgeschlossenes Inselchen inmitten einer großen, lärmenden Familie.

In dieser Nacht lag Ellis dort im Bett, hielt Becky in den Armen und lauschte den friedlichen Geräuschen der Nacht. Er konnte sich erinnern, daß er in Julies Alter gewesen war, als sein ältester Bruder Matthew geheiratet und seine Braut in eben dieses Haus gebracht hatte. Der junge Ellis und seine Cousins hatten in den Sommernächten dieses Jahres auf dem Heuboden geschlafen und über das Maisfeld hinweg zu den Lichtern des Hochzeiterhäuschens hinübergesehen, die blinkten und dann ausgingen. Sie hatten sich gefragt, welcher Zauber um das kleine Häuschen webte und sich mit leiser Stimme miteinander unterhalten, warum wohl Erwachsene so früh zu Bett gingen. Sie alle schworen, wenn sie selbst erst einmal alt genug zum Heiraten waren, dann würden sie bis spät in die Nacht aufbleiben und bis zum Morgengrauen Karten spielen!

Ellis blickte auf die Uhr. Neun Uhr dreißig. Die Lichter des Hochzeiterhäuschens waren schon vor einer Stunde erloschen. Becky lag an seiner Seite, ihr Atem ging tief und ruhig in friedlichem Schlaf. Er stellte sich vor, wie seine jungen Neffen hellwach auf dem Heuboden saßen und sich über die dunklen Fenster seines Hauses Gedanken machten. *»Was meinst du, warum ist Onkel Ellis wohl so früh zu Bett gegangen?«*

Es war schon ein rechtes Rätsel für alle, die noch nie verliebt gewesen waren und noch nie im Hochzeiterhäuschen gelebt hatten. Bei dem Gedanken kicherte Ellis laut. Becky bewegte sich beim Klang seines Lachens.

»Woran denkst du?« Sie schmiegte die Wange an die seine.

»An die Zeit, als ich ein Kind war«, antwortete er.

»Und?« Sie seufzte, und ihr süßer Atem hauchte über seine Haut. Daß eine so kleine Sache so viel Vergnügen machen konnte! Selbst ihre Seufzer bezauberten ihn.

»Und ... ich bin froh, daß ich kein Kind mehr bin.« Er streichelte ihren Rücken.

»Gibt es irgend etwas, das du ändern möchtest?«

»Ich würde dich niemals wieder verlassen. Ich würde niemals in den Krieg ziehen. Ich würde dich an dem Tag heiraten, an dem ich wußte, daß ich dich liebe, damit wir beide keine Minute vergeudeten.« Er küßte sie.

»Und da niemand die Vergangenheit ändern kann, wie stehts mit der Zukunft?«

Ellis hatte in letzter Zeit ziemlich oft an die Zukunft gedacht - an die Operation, die ihm bevorstand, an die Zeit, die er fern von zu Hause und von Beckys Berührungen verbringen würde. Er lächelte in die Dunkelheit. »Weißt du, daß ich es bis in die Zehen hinunter spüre, wenn du mich anrührst?«

Sie stieß einen weiteren zärtlichen Seufzer aus. »Ich auch.«

»Ich meine, ich spüre es in *allen* meinen Zehen - auch denen, die in Frankreich geblieben sind.«

Sie lachte. »Ich wußte gar ich, daß ich eine so gewaltige Wirkung habe.«

Er wandte sich ihr zu. Eine Weile lang hielt er sie einfach nur in den Armen. Schließlich sagte er: »Ich möchte keine Zeit verlieren, verstehst du? Ich möchte nicht einen Tag oder eine Woche oder einen Monat von dir getrennt sein. Deine Hände sind besser als die eines Chirurgen. Du wischst alle Schmerzen weg, die ich tagsüber spüre. Wenn ich gehe und der Schmerz kommt, dann denke ich: Nun kommt ja bald die Nacht. Becky wird meine Wunden berühren und mich küssen, und alles wird viel leichter sein.«

Sie küßte ihn erst zärtlich und dann leidenschaftlich. »So wie jetzt?«

»Mhm.«

»Dann bleib bei mir«, flüsterte sie.

»Ja. Laß uns noch eine Weile hierbleiben. Kein Krankenhaus. Wir könnten ... Papa unterstützen. Bei seiner Wahlkampagne.«

»Und jede Nacht kann ich dich küssen und alles gut machen.«

Ein Windstoß raschelte durch die hohen Maisstauden auf den Feldern - der erster Seufzer des gewaltigen Sturms, der am Horizont ihres Lebens aufzog. Aber in dieser Nacht erschien er ihnen wie ein friedliches Flüstern, als sie einander in der Abgeschiedenheit des kleinen Hauses liebten.

JEFFS FELD

Trudy saß schweigend neben Scott in dem Buggy. Die Gemeinde von Mount Pisgah war bereits in vollem Schwung, als sie vorbeifuhren. Trudy fühlte einen leisen Stich des Neides, als sie in den Stimmen eine Freude hörte, die förmlich aus dem kleinen Gebäude strahlte. Vielleicht hatte sie zu lange die offene Tür angestarrt. Scott schlug mit den Zügeln hart auf den Rücken des Kutschenpferdes.

»Du bist so still heute morgen«, bemerkte er, als sie in die Hauptstraße einbogen.

»Tatsächlich?« Trudy hatte nicht aufhören können, an die Dinge zu denken, die Klein Nettie zu ihr gesagt hatte. Aber wie konnte sie Scott fragen, was davon Wahrheit war? Würde er nicht erraten, daß die Schulkinder mit ihr darüber gesprochen hatten? Wenn Nettie die Wahrheit gesagt hatte, würde Scott es ihr nachtragen, daß sie darüber gesprochen hatte. Wenn die Worte des Kindes aber nicht die Wahrheit gewesen waren, würde er sich höchstwahrscheinlich über das Geschwätz der »Negerlein«, wie er sie nannte, ärgern.

»Was ist los?« fragte er und beugte sich nah zu ihr. »Sonntagmorgen-Blues?«

»So was ähnliches.« Sie blickte über die Baumwollfelder hinweg, die weiß zur Ernte waren. »Ich dachte ... wie unangenehm es mir ist, den Unterricht während der Pflückzeit unterbrechen zu müssen.« In Wirklichkeit dachte sie an die Kinder von Billy Jones. Wenn die Schule nach der Ernte wieder begann, würden sie nicht im Klassenzimmer sitzen. Hatte Scott etwas damit zu tun?

»Sie lassen die Kinder hier tüchtig arbeiten, das stimmt.« Er warf ihr einen Blick zu. »Selbst die Kleinen. Hast du schon jemals eine Ernte gesehen? Da draußen schleppen kleine Kinder einen zwei Meter langen Sack voll Baumwolle hinter sich her. Dieses Pachtsystem ist ein Rückfall ins vorige Jahrhundert. Ich habe meinem Onkel schon gesagt, daß es bessere Möglichkeiten gibt.«

Sie gab keine Antwort. Das Gespräch näherte sich mit gefährlicher Geschwindigkeit dem Punkt, wo er ihr sagen mußte, was sie zu hören fürchtete. Was sie an Scott für eine fortschrittliche Gesinnung gehalten hatte, war vielleicht nur ein weiterer Vorwand dafür, Leuten wie Delpha Jones und ihren Kindern das Land wegzunehmen. Und vielleicht auch anderen.

Die Blätter auf den Hängen des Mount Pisgah begannen sich zu färben. Bald würde es aussehen, als stünden die herbstlich gefärbten Hügel in Flammen. Trudy hatte sich darauf gefreut, den Wechsel der Jahreszeiten an diesem Ort, der ihr so paradiesisch erschien, zu erleben. Aber als sie an diesem Morgen die kleinen Farmen am Fuß der Hügel überblickte, spürte sie eine steigende Bangigkeit. An diesem Ort hier änderte sich mehr als nur die Jahreszeit. Sie warf einen Blick auf Scott, der eine kleine Rauchsäule in der Ferne anstarrte.

»Was ist das?« fragte sie.

»Nichts.« Scott klatschte hart mit den Zügeln und trieb das Pferd zu einem rascheren Trab an. »Jemand, der sich für klüger hält als die Mächtigen hier. Das ist alles.« Er versank in Schweigen und starrte feierlichen Blicks geradeaus auf den Kirchturm der Kirche seines Onkels.

* * *

Der Rauch, der immer noch aus dem Wald aufstieg, schien das Hauptgesprächsthema der Männer zu bilden, die an diesem Morgen vor der Kirche im Kreis um den alten Mr. Howard und seinen Aufseher Folz herumstanden.

Der Alte Herr lachte. Folz trug einen kalten, rachsüchtigen Ausdruck auf dem Gesicht. Sein Blick wurde scharf, als Scott und Trudy sich der Gruppe näherten.

»Er hat Sie ausgetrickst, Folz«, kicherte Mr. Howard und klopfte dem angespannten Mann auf den Rücken. »Das ist alles. Hat den Wald angezündet! Warum nehmen Sie's so schwer? Er ist ein schlauer Bursche, dieser Jefferson Canfield.«

Trudy wandte mit einem Ruck den Kopf und horchte aufmerksam. *Was hatte Klein Nettie gesagt, daß der Verehrer des*

Fräulein Lehrerin ihrem Bruder das Holz stehle? Sie senkte den Blick und bemühte sich, nicht allzu viel Interesse am Gespräch der Männer zu zeigen, das ebenso zum Sonntagmorgen-Zeremoniell gehörte wie das Absingen der Hymnen.

»Nicht so schlau, wie er glaubt«, schnappte Folz. »Da gibt es Mittel und Wege.«

Mr. Howard schnalzte mit den Fingern vor seinem Gesicht. »Das sag ich Ihnen gleich, Folz, mir gefällt's nicht, wie Sie mit den Negern umgehen. Wir Howards haben unsere eigenen Mittel und Wege! Machen Sie, was Sie wollen, aber nicht auf dem Land der Howards. Dieser Jefferson ist ein guter Arbeiter.« Der alte Mann bemerkte Trudy. »Er wird Latisha heiraten, die unten in der Schule aushilft. Kluges Mädchen.«

Trudy nickte. »Mir ... liegt viel an ihr.«

Folz schnaubte verächtlicht. »Liegt viel an ihr!«

»Es ist eine Frage der Aufzucht. Latisha und Jefferson werden uns eine weitere Generation guter Arbeiter bescheren«, fuhr der Alte Mann fort. »Mein Opa pflegte zu sagen, mit den Negern sei's nicht anders als mit der Aufzucht guter Rinder. Man kauft gute Zuchttiere und paart sie günstig, und dann werden sie ebenso stark wie klug. Stimmt das nicht, Frau Lehrerin?«

Scott kam ihr zu Hilfe. »Miß Meyer ist keine Expertin für Viehzucht, Onkel«, sagte er, und sie war ihm dankbar, daß er sie vor einer so abscheulichen Frage gerettet hatte.

»Natürlich ist es manchmal nicht gerade günstig, wenn ein Neger allzu schlau ist«, fuhr der alte Mann fort. Er lachte laut und deutete auf den Rauch. »Nehmt nur mal Latisha. Sie war da unten auf dem Acker, den Jefferson für mich rodet.« Er beugte sich zu Trudy, dann blickte er Folz an, der sich unter dem Spott seines Arbeitgebers krümmte. »Haben Sie die Geschichte gehört, Miß Meyer?«

»Nein«, antwortete Trudy ehrlich. Sie fügte nicht hinzu, daß sie sie möglicherweise gar nicht hören wollte.

»Na dann ..« Der Alte Herr schien seinen Spaß daran zu haben, alles noch einmal zu erzählen. Folz sah wütend aus, sagte aber kein Wort. »Nun, sie roden also das Holz auf dem Acker - Jefferson wird ihn bewirtschaften, wenn er fertig ist, also meint der Kerl, das Holz gehöre ihm. Aber Folz hier sagt ihm und Latisha was anderes. ›Das Holz gehört den Howards‹, sagt Folz.«

»Das stimmt ja auch, oder? Schlüpfriger diebischer Nigger.«

Trudy warf Folz einen Blick zu und blickte dann beiseite. Ein Teil dieser schrecklichen Sonntagspflicht bestand darin, sich solches Gewäsch anzuhören und den Mund zu halten, wie all die anderen fügsamen Frauen im Lande - obwohl Trudy zugeben mußte, daß die Frauen nicht viel anders redeten.

»Diese Latisha kann sich aber nicht zurückhalten. Sie sagte zwar kein Wort, aber Scott sagte, ihre Augen hätten Blitze gesprüht. Stimmt's nicht, Scott?«

»Es gefiel ihr nicht«, mischte sich Scott ins Gespräch.

Der Alte Mann wandte sich direkt an Trudy. »Diese Negeraugen. Stumpf wie Kuhaugen die meiste Zeit. Aber manchmal blitzen sie, und dann weiß man, was sie wirklich denken.« Wiederum wandte er sich an Scott. »Du wirst es schon noch sehen. Wenn sie Lunte riechen, daß du einen Traktor auf die Jones-Farm bringst, dann wird ihnen das aber überhaupt nicht gefallen. Paß auf, wie sie dich angucken. Und wenn du diesen bestimmten aufsässigen Blick siehst, dann schau lieber gelegentlich über die Schulter, wer hinter dir steht.«

Folz nickte. »Das sage ich ja. Und Sie haben's ihm durchgehen lassen, daß er dieses Holz in Fort Smith verkauft. Sie zahlen ihm einen Dollar pro Klafter. Dieser Jeff Canfield wird in Zukunft keinen Respekt mehr haben. Das sage ich Ihnen.«

Howard zuckte die Achseln und beschwichtigte ihn. »Nun also, Folz ... er hat mich nicht ausgetrickst, oder? Unser alter Jeff denkt eben, das sei sein Feld. *Jeffs Feld*, so sieht er das - und er kann sich's nicht anders vorstellen.«

Folz starrte den Rauch an, als hörte er nicht mehr, was Mr. Howard noch in seinem Monolog zum Besten gab. »Jeffs Feld«, murmelte Folz. »Jeff ... Feld ...«

Inzwischen hatten die Männer ganz vergessen, daß Trudy noch immer dastand. Sie trat einen Schritt zurück, als sie entdeckte, was Folz durch den Kopf ging und warum seine Hände zitterten. Er hatte begriffen. Sheriff East hatte von dem Schwarzen gesprochen, der mit Birch im Zug gefahren war. *Jeff Field.* Der Haftbefehl war auf diesen Namen ausgestellt. *War es möglich?* Trudy hatte den Bruder der Canfield-Mädchen noch nie gesehen. Er war immer irgendwo an der Arbeit gewesen, wenn sie im Haus aufgetaucht war. *Jefferson Canfield. Jeff Field. Jeffs Feld.* Die Verbindung war so offenkundig, daß der Mann zweifellos in Gefahr war. Folz sah aus, als loderte ein Feuer hinter seinen Augen. Er warf einen Blick auf sein Pferd, und einen Augenblick dachte Trudy, er würde vom Gottesdienst wegreiten. *Wohin würde er reiten? Mit wem wollte er sprechen? Hatte die Jagd nach Easts entflohenem Schwarzen nun selbst diese entlegene Gegend erreicht?*

Trudy berührte Scotts Arm. »Ich gehe hinein«, sagte sie.

»Geht's dir gut?« fragte er. Er konnte nicht wissen, daß schon seine bloße Nähe genügte, daß sie sich elend fühlte.

Sie nickte und eilte die Stufen des Kirchengebäudes hinauf. Eine ganze Anzahl von Leuten hatten bereits ihre Plätze eingenommen. Familiensitze wurden eifersüchtig mit Handtaschen und Gesangbüchern belegt, um sie vor Fremden zu schützen, die sich zufällig dort hinsetzen konnten.

Trudy ließ den Blick über das halbleere Gotteshaus gleiten, dann blickte sie auf ihre Uhr. Zwei Stunden noch. Sie trat einen Schritt zurück und schlüpfte dann hinaus in den brandneuen Waschraum mit richtigen wassergespülten Toiletten. Der alte Mr. Howard war ungeheuer stolz darauf. Sie trat in eines der Abteile für DAMEN und schob den Riegel vor. Sie lehnte sich an die Tür und überlegte, ob sie die nächsten zwei Stunden hierbleiben sollte. Die Kirchenglocken läuteten und verkündeten, daß alle Leute von Rang jetzt auf ihren Plätzen sitzen mußten.

Trudy wartete weitere fünf Minuten, während sie überlegte, was sie tun sollte. Sollte sie hinausschlüpfen und quer durch die Baumwollfelder rennen, um den ältesten Canfield-Bruder zu finden und ihn zu warnen, daß sein Name eine schreckliche Ähnlichkeit mit dem eines Flüchtlings hatte, der von den Behörden in Missouri und Arkansas zur Verhaftung ausgeschrieben war? Sollte sie erwähnen, wie Folz' Augen aufgeleuchtet hatten, als *Jeffs Feld* erwähnt wurde? Und sollte sie ihnen allen erzählen, daß Mr. Howards Neffe eine Goldkette und das Abzeichen einer Studentenverbindung trug und daß er einen Traktor besaß? Sollte sie Billy

Jones' Witwe sagen, daß ihre kleine Familie von einem hübschen jungen Akademiker von ihrem Land vertrieben wurde, der klein anfangen und schrittweise herausfinden wollte, was sich aus der Plantage herausholen ließ?

Macht keine aufsässigen Augen. Sie werden euch fortjagen, wenn ihr ihnen aufsässige Augen macht ...

Aber das wußten die Leute von Mount Pisgah bereits. Selbst die kleine Nettie wußte bereits mehr als Trudy. Trudy war es, die jeden Tag etwas Neues dazulernen mußte, die überrascht war, wenn Männern im Sonntagsanzug, die darauf warteten, den Herrn des Himmels zu lobpreisen, das Wort Nigger über die Lippen kam! War das nicht dieselbe Heuchelei, die ihre Familie aus der Alten Heimat getrieben hatte, in der Hoffnung, Zuflucht im Goldenen Land Amerika zu finden?

Alle Bewohner der Orchard Street hatten eine ähnliche Geschichte hinter sich. Es war ihnen nicht erlaubt gewesen, das Land zu besitzen, das sie in Rußland bewirtschafteten. Oder in Polen. In ganz Europa war es dasselbe gewesen!

Trudys Herz hämmerte in der Brust. *Welchen Tag schrieb man? Welches Jahr? Welches Jahrhundert? Und an welchem Ort befand sie sich?* Ahnungslos war sie in den Machtbereich eines altertümlichen Übels geraten, dunkel und unheimlich und grausam wie der Tod für jene, die in seinem Schatten leben mußten.

Ja, sie mußte sie warnen!

»Trudy?« Scotts Stimme rief von draußen nach ihr, als eben die Hymne begann: »Gottes Sohn Zieht In Den Krieg ...«

»Trudy? Ist alles in Ordnung da drinnen?« fragte Scott mit echter Anteilnahme. Sein Verhalten ihr gegenüber hatte sich nicht verändert. Vielleicht konnte er sich keine Vorstellung von der Erkenntnis machen, die sie wie ein Blitzschlag getroffen hatte.

»Ich fühle mich nicht wohl«, sagte sie. Es stimmte; sie fühlte sich sterbenskrank. Er hatte sie gefunden. Jetzt war es zu spät zu entkommen. Es war zu spät, heimlich zur Kirche von Mount Pisgah zu eilen und in die Augen des Mannes namens Jefferson Canfield zu blicken, um zu sehen, ob er tatsächlich der »Prediger« war!

»Ich bring dich heim, wenn du willst.«

»Ja«, rief sie. »Ich .... muß ... weg ... hier ...«

***

Folz und der Geschäftsführer des Kaufhauses waren eben die Straße entlang davongeritten, als Trudy in Scotts Buggy kletterte. Es konnte nur einen Grund dafür geben, dachte Trudy, als sie ihnen nachsah. Das einzige Telefon von Mount Pisgah befand sich im Gemischtwarenladen.

Trudy schloß die Augen und stützte die Stirn auf den Rahmen des Buggy, als sie sich der Kirche von Mount Pisgah näherten. Konnte sie riskieren, Scott sehen zu lassen, was in ihren Augen geschrieben stand?

Die starke tiefe Stimme eines Mannes erhob sich in der kleinen Kirche und sprach zu Trudys Herzen.

> »Darum laßt die Furcht des Herrn bei euch sein, und haltet und tut das Recht, denn bei dem Herrn, unserm Gott, ist kein Unrecht, weder Ansehen der Person noch Annehmen von Geschenken.«

Scott trieb sein Pferd hastig an, so daß sie außer Hörweite der Stimme gelangten. *Dies kann doch nicht derselbe Gott sein, den sie in der anderen Kirche predigen,* dachte Trudy. Dann erinnerte sie sich daran, wie Mr. Howard gesagt hatte, die Heilige Schrift sei ein sehr taugliches Mittel, um die Sklaven im Zaum zu halten. Enthielt das Buch aber nicht auch eine Warnung für diejenigen, die Gewalt über andere Menschen hatten?

Sie konnte jetzt nicht darüber nachdenken. Sie konnte nur hoffen, daß die Predigt nicht zu Ende sein würde, bevor sie Scott abgeschüttelt hatte und zur Kirche zurückgeeilt war.

***

Noch bevor die Räder von Scotts Buggy wieder den Fahrweg vor Trudys Hütte entlangratterten, war sie aus ihrem blaßblauen Sonntagskleid geschlüpft und hatte ihren grauen Rock und bequeme Schuhe angezogen. Sie schritt ungeduldig auf und ab. Sie wußte, sie durfte sich nicht blicken lassen, bevor er nicht in sicherer Entfernung auf der Hauptstraße war. Sie wagte nicht, das Risiko einzugehen, daß Scott sie in die kleine Kirche schlüpfen sah, und dennoch erschien ihr jede Minute kostbar. Mehr als eine Stunde war bereits vergangen, seit sie wußte, was sie tun mußte.

Schließlich rannte sie den Pfad entlang und an ihrem kleinen Schulhaus vorbei. Am ersten Tag, als sie hier angekommen war, hatte sie keine Fußspuren im Staub gesehen, aber diese kostbaren Leben hatten Spuren in ihrem Herzen hinterlassen!

»Gott der Bedürftigen«, betete sie, während sie dahinrannte, »Gott der Armen, Gott der Gerechtigkeit, hilf mir, nicht zu spät zu kommen!«

Kein Windhauch rührte sich, um die Botschaft des Predigers zu Trudy zu tragen, während sie rannte. Nur ihr eigener Atem und der Schlag ihres Herzens widerhallten in ihren Ohren.

Die Sonne glitzerte auf den geschlossenen Fenstern der Kirche von Mount Pisgah. Sie hörte keine singenden Stimmen. War es möglich, daß sie so früh gegangen waren? Trudy blieb mitten auf dem Fahrweg stehen und hoffte, daß sie drinnen nur beteten, daß die Stille nicht bedeutete, daß sie bereits fort waren.

Sie ging weiter und spähte angestrengt durch die Fenster. Die Türe war geschlossen. Die Kirche war leer! Trudy kam zu spät!

* * *

Jefferson und Hock hatten den Karren voll beladen, bevor noch der Gottesdienst begann. Willa-Mae und Latisha hatten genug Essen für zwei Reisetage gekocht. Der Gottesdienst war früh beendet worden, damit Jefferson und Latisha sich frühzeitig auf den Weg nach Fort Smith machen konnten.

Latisha saß stolz neben ihrem frisch angetrauten Ehemann auf der Bank des Fuhrwerks. Sie reichte Willa-Mae die Hochzeitsdecke mit dem Eiffelturm zur Aufbewahrung und erhielt im Austausch einen Stapel älterer Flickendecken zum Daraufsitzen, wenn sie unten am Fluß kampierten.

»Wir werden frühzeitig fertig sein, denke ich.« Jefferson blickte zur Sonne hoch. »Wir werden unten am Fluß kampieren und vielleicht ein bißchen angeln. Dann strecken wir alle Viere von uns, wie die reichen Leute.«

Latisha lachte und schob den Arm unter seinen. »Seht ihr? Er ist jetzt schon verwöhnt.«

Jefferson schloß die Augen und sog den Atem ein, als wollte er ein Schläfchen machen. »Wir werden bis spät in den Morgen schlafen, und dann, wenn uns nach Aufstehen zumute ist, fahren wir hinunter nach Fort Smith und verkaufen die Ladung hier.«

Hock klopfte ihm auf den Rücken. »Ich bin seinerzeit mit deiner Mama in die Poteau-Berge auf Opossumjagd gefahren. Wir kamen eine Woche später zurück, und da hatte sie schon ein Brot im Ofen, nämlich deinen ältesten Bruder!«

»Jetzt halt aber den Mund, mein Alter!« wies ihn Willa-Mae zurecht. »Wie redest du denn daher!«

Hock beachtete seine Frau nicht. Er deutete zum Himmel hinauf. »Heute nacht ist Vollmond, Junge. Ein guter Mond zum Pflanzen.« Er zwinkerte bedeutungsvoll, und Willa-Mae stieß ihn so fest in die Rippen, daß er UFF! machte.

»Raus hier«, befahl Willa-Mae ihrem Hock, der mit großen Schritten davonschlenderte und ein paar Takte aus »Bringt Die Ernte Ein« vor sich hinsummte. Willa-Mae schüttelte den Zeigefinger gegen Jefferson. »Du benimmst dich ordentlich, mein Junge, oder du bekommst eine Tracht Prügel von mir. Nimm die arme Tisha nicht zu sehr her.«

Sie hatte das nicht so gemeint, wie es klang, aber Hock gakkerte vor Vergnügen und duckte sich dann, als sie hinter ihm herstürmte.

Jefferson grinste und Tisha duckte scheu den Kopf und verbarg das Gesicht an seinem Arm, als er die Maultiere zungenschnalzend antrieb und das Fuhrwerk knarrend und quietschend den Hof verließ.

* * *

MOUNT PISGAH, KAUFHAUS stand auf dem Schild. Es war Sonntag, dennoch schien der Laden geöffnet zu sein. Zwei

Pferde, ein rehfarbenes und ein graues, waren an das Geländer vor dem Gebäude gebunden, und die Tür stand offen.

Birch betrachtete das als glückliche Fügung. Er war Stunden später dran, als er sich vorgenommen hatte, und jedes Bauernhaus in der Umgebung stand leer. Birch nahm an, daß alle Leute der Gemeinde in der Kirche waren. Vielleicht war auch Jefferson in der Kirche, aber Birch brauchte jemand, der ihm den Weg wies, wenn er sie finden wollte. Er nahm sich vor, auch nach dem Weg zur Canfield-Farm zu fragen.

Das Kaufhaus war ein hölzernes Gebäude, das mindestens hundert Jahre alt war. Birch schlug der Duft von Käse und Tabak und neuem Lederzaumzeug entgegen. Sensen und Ketten- und Handsägen hingen an Haken. Overalls und Jeanshemden stapelten sich auf den Regalen. Es gab Konserven und Mehlfässer, und im Winkel hing ein altertümlicher Telefonapparat an der Wand. Ein Mann sprach laut in den Hörer, während der Angestellte des Ladens zuhörte.

»WENN ICH DIR'S SAGE, PHILBY! WIR HABEN DEINEN MANN HIER HERUNTEN, DA BIN ICH MIR SICHER! RIESIGER SCHWARZER KERL NAMENS CANFIELD! DAS STIMMT! UND OB DER SCHWIERIGKEITEN MACHT! BRING LIEBER EINEN HAUFEN LEUTE MIT! DAS WIRD SCHLIMMER ALS EINE BÄRENJAGD!«

Birch trat vom Eingang des Ladens zurück und verschwand außer Sicht. Er erkannte den Mann am Telefon. Er war hochgewachsen und hager und sah zäh wie alte Knochen aus. Der Mann, der hier telefonierte, war derselbe, den er vergangene Nacht am Lagerfeuer gesehen hatte!

Die drängende Stimme fuhr fort. »ER FÄHRT MIT EINEM HAUFEN HOLZ IN EURE RICHTUNG! JA, MANN! ... STIMMT GENAU! ... ICH WÜRDE NICHT ABWARTEN! DAS IST EIN SCHLAUER KERL, DIESER NIGGER! ...«

Birch hatte genug gehört. Er sprang aufs Pferd und ritt in aller Eile davon, bevor der dünne Mann merkte, daß er belauscht worden war. Eine halbe Meile weiter hielt er sein Pferd am Straßenrand an und ließ den Blick über die endlosen Mais- und Baumwollfelder schweifen.

In der Ferne stieg eine einzelne dunkle Rauchwolke auf, als verbrenne dort jemand Unterholz. Jemand rodete Land. Der Duft von Eichenholz hing in der Luft. Birch trieb das Pferd zu einem langsamen Trott an und hielt auf die ferne Rauchwolke zu.

***

Es war wie ein Alptraum. Trudys Beine fühlten sich an, als hingen Gewichte an ihren Knöcheln, während sie die letzte Meile zum Haus der Canfields rannte. Als sie die Hügelkuppe erklomm, konnte sie Hock und Willa-Mae und ihre Töchter um einen großen Tisch herum sitzen sehen, der in den Hof hinausgeschoben worden war. Aber wo war ihr Sohn? Es war Sonntag. Arbeitete Jefferson Canfield auch am Sonntag auf den Feldern?

Willa-Mae beschirmte die Augen gegen den Glanz der Nachmittagssonne, als Trudy ihr zuwinkte. Ein paar Worte wurden gewechselt, und dann wandten sich alle Köpfe Trudy zu, als sie den Hügel zum Haus hinuntereilte. Ihre Schüler standen gehorsam auf, als sie das Tor erreichte, aber sie sahen sie nicht an - wollten sie nicht ansehen.

»Mrs. Canfield!«

Willa-Mae schien peinlich berührt von ihrem Auftauchen. Sie blickte auf den mit Essen beladenen Tisch. Es gehörte zum guten Ton, daß man die Lehrerin einlud, sich zu setzen und einen Bissen mit der Familie zu essen. Aber es war ganz offenkundig, daß die Familie sie nicht willkommen hieß.

»Möchten Sie nicht hereinkommen, Miß True?« fragte Willa-Mae steif. »Nehmen Sie Platz und essen Sie mit uns.«

Trudy konnte kaum atmen. Ihre Lungen brannten und ihre Beine schmerzten. Sie blickte mit wilden Augen über die Felder hin, dann blieb ihr Blick an den Holzstapeln im Feld hinter dem Baumwollfeld hängen. »Mrs. Canfield -« Trudy schnappte nach Luft und umklammerte den Torpfosten, als könnte sie jeden Augenblick in Ohnmacht fallen. »Wo ist Ihr Sohn?«

Willa-Mae wechselte einen Blick mit Hock. »Warum möchten Sie das wissen, Miß True?«

»Weil -« Sie blickte von einem zum andern. »Ich denke ... ein paar Leute hier halten ihn für jemand anderen ... jemand, den sie ins Gefängnis stecken wollen.«

»Jefferson?« rief Hock aus. »Was können sie von Jeff wollen? Seit er aus dem Krieg heimgekehrt ist, hat er nichts anderes getan, als im Feld zu arbeiten und Holz zu schneiden.«

Trudy preßte die Hand an die Stirn. Wenn sie sich nun geirrt hatte? Wenn sie auf Folz' Gesicht nichts anderes gesehen hatte als Ärger über die Vorfälle unten im Feld?

»Nun, ich ... ich ... in Fort Smith gibt es einen Sheriff, der jemand namens Jeff Field sucht. Wegen etwas, das an der Grenze von Missouri geschehen ist.«

»Jeff war noch nie in Missouri«, sagte Willa-Mae mit fester Stimme. »Aber jetzt kommen Sie, und setzen Sie sich ein paar Minuten nieder.« Sie warf ihren Mädchen einen Blick zu - eine strenge Ermahnung, höflich zu sein. »Sie haben den ganzen weiten Weg gemacht, um uns zu warnen, das war sehr lieb von Ihnen, Miß True.« Sie öffnete das Tor und ergriff Trudy am Ellbogen, als fürchtete sie, Trudy würde zusammenbrechen. »Sind Sie gelaufen?

Trudy kam sich albern vor. Willa-Mae schien ganz unbesorgt - hatte sie sich am Ende nur etwas eingebildet? Aber da war einiges, das sie sich ganz sicher nicht eingebildet hatte. *Der Traktor. Die Farm der Jones.* »Sie kennen diesen schrecklichen Mann, Folz«, begann Trudy.

Verblüfftes Schweigen senkte sich über die Gruppe. »Wir kennen den Aufseher«, sagte Willa-Mae.

»Er ist zornig.« Trudy blickte Klein Nettie an, deren Augen Ärger ausdrückten, daß Trudy hier war. »Er ist zornig wegen dem Holz.«

Hock lachte. »Dachte mir schon, daß er zornig sein würde. Aber er kann nichts tun, denn Jeff hat mit dem Alten Herrn über die Sache gesprochen. Er hat alles arrangiert. Er bringt das Holz nach Fort Smith zum Verkauf.

»Fort Smith?« stieß Trudy heiser hervor. Das Bild von Sheriff East stieg in ihren Gedanken auf. *Wenn East nun Jefferson entdeckte? Wenn East nun* - »Wann ist er von hier weggefahren?«

»Vor etwa zwei Stunden.« Willa-Mae beugte sich dicht über sie. »Geht es Ihnen gut, Miß True?«

»Ich wünschte, er wäre hier. Ich wollte ihn sprechen. Ich überlegte die ganze Zeit, ob wir einander vielleicht schon im Zug begegnet wären.«

»Wohl kaum. Jeff fährt nicht in den Wagen der Weißen«, sagte Hock. »Jetzt beruhigen Sie sich. Jeff ist mit seiner jungen Frau fortgefahren. Sie kennen Latisha.«

»Er und Latisha sind zusammen fortgefahren?« fragte Trudy. Sie seufzte und barg das Gesicht in den Händen. Offensichtlich war sie für nichts und wieder nichts wie eine Verrückte über Land gerannt. Sie schien die einzige zu sein, die sich Sorgen machte.

»Ja, Ma'am«, sagte Klein Nettie. »Jeff zog seine Uniform an, und er und Latisha haben letzte Nacht geheiratet. Sie schliefen unten in der kleinen Blockhütte, die wir aufgeräumt haben, jawohl.«

»Das freut mich zu hören«, sagte Trudy. Sie war dankbar, daß Nettie überhaupt wieder mit ihr sprach. »Und ich habe interessante Neuigkeiten über dein Fräulein Puppenlehrerin und ihre Puppenschülerinnen gehört.«

»Ja, wirklich?« Nettie trat dicht an Trudy heran und blickte ihr aufmerksam ins Gesicht.

»Du hast recht, was den Verehrer des Fräulein Puppenlehrerin angeht, und sie mag ihn nicht mehr sehen, Nettie. Du kannst sie wieder rausholen und mit ihr spielen.«

Daraufhin schlang Nettie ihre dünnen Ärmchen um Trudy und umarmte sie. »Das ist aber fein. Sie hat mir sehr gefehlt. Jeff hat sie mir aus Paris mitgebracht. Es war schlimm, sie wegzustekken.« Dann: »Möchten Sie ein Foto von meinem Bruder Jefferson in seiner Uniform sehen, Miß True?«

Trudy nickte, und Rosa und Nettie sausten ins Haus und brachten die Flickendecke mit dem Eiffelturm und drei Fotos von Jefferson Canfield.

»Ist er nicht groß und schön, Miß True?« fragte Angel.

Trudy hielt die Fotografien in der Hand und nickte. Sie brachte kein Wort über die Lippen. *Der Prediger!* Rank und schlank in seiner Uniform stand er vor dem französischen General Pétain, der ihm die Légion d'honneur überreichte. Ein Kriegsheld. Und was erwartete ihn zu Hause?

Trudy blickte mit tränenassen Augen zu Willa-Mae auf. »Ich

bin Ihrem Sohn tatsächlich begegnet, Mrs. Canfield. Im Zug.« Ihre Stimme war voll dunkler Vorahnungen. »Wir müssen ihn einholen ... ihn warnen ... bevor er Fort Smith erreicht.«

»Was? Was sagen Sie da, Miß True?«

»Sie wollen ihn verhaften. Sie wollen ihn nach Missouri zurückbringen. *Bitte!* Ich wäre nicht den ganzen Weg gerannt, wenn ich mir nicht Sorgen um ihn machte.«

Hock stand auf und streckte den gekrümmten Rücken. »Er und Tish haben zwei Stunden Vorsprung.« Er legte die Hand auf Willa-Maes Schulter. »Ich spanne den Wagen an. Du und die Mädchen, ihr räumt den Tisch ab.«

* * *

Als Docs Apperson mit stotterndem Motor vor Tad O'Briens Haus stehenblieb, warteten O'Brien und sein Cousin Hugh Flannery bereits draußen auf der Veranda. Doc freute sich, als er die beiden Männer sah. Er hatte schon viel früher auf eine Einladung zu den O'Briens gehofft, aber besser spät als nie!

O'Brien und Flannery waren wohlhabende, führende Persönlichkeiten der ortsansässigen Bauernschaft. O'Brien war der Inhaber eines riesigen Getreide- und Futtermittelhandels, und Flannery besaß eine der größten Molkereien im Staat. Wie Doc selbst stammten beide Männer aus irischen, protestantischen Familien. Da die beiden Männer so einflußreich waren, war Doc froh, daß sie ihn eingeladen hatten, um mit ihm über seine Wahlkampagne zu sprechen.

»Kommen Sie nur herein, Doc«, begrüßte O'Brien ihn herzlich. »Freue mich, Sie wiederzusehen.« Bald darauf saßen die drei im Arbeitszimmer beisammen, und Doc bereitete sich darauf vor, über die Unterstützung, die seine Wahlkampagne noch brauchte, zu sprechen.

»Und wie geht es Ihnen mit Ihren politischen Ambitionen?« fragte Flannery.

»Viel besser, als ich ursprünglich erwartete«, sagte Doc. »Sieht so aus, als wollte ein Haufen Leute nicht mehr kaufen, was Hopewell verkaufen will.«

Flannery und O'Brien warfen einander Blicke zu, die Doc recht merkwürdig vorkamen, als mißfiele es ihnen, daß seine Wahlkampagne so erfolgreich war. »Natürlich«, fügte er hastig hinzu, »soll damit nicht gesagt sein, daß ich nicht nach wie vor Ihre Hilfe brauche. Sie haben Kontakt zu Geschäftsleuten in den Städten, die ich nicht erreichen kann. Ich hoffe, Sie können sie dazu bringen, daß sie mir ihr Ohr leihen, wenn auch nur kurzfristig.«

Da war er wieder - dieser merkwürdig unbehagliche Blick. »Es scheint«, sagte O'Brien, »daß es hier ein kleines Mißverständnis gibt. Wir haben Sie heute hierhergebeten, um Ihnen den Vorschlag zu machen, daß Sie Ihre Kandidatur zurückziehen.«

Doc verschlug es die Sprache. Hier waren zwei Männer seiner eigenen Generation, die selbst miterlebt hatten, was die Schrecken des Rassismus unschuldigen Menschen antun konnten. Wollten sie wirklich, daß er aufgab und Hopewell das Feld überließ?

»Ich verstehe nicht, was Sie meinen«, war alles, was er hervorbrachte.

»Nun, Mann, das ist ganz einfach«, bemerkte Flannery. »Diesmal stehen Sie auf der falschen Seite. Wir wollen keine weiteren Zuwanderer in diesem Land, und wir wollen auch keine Verwicklung in ausländische Angelegenheiten. Unsere Jungs - und damit sind auch Ihre Jungs gemeint, Doc - sind gestorben, und was haben sie erreicht? Sind sie gestorben, um das Land für jene zu öffnen, die ihren kleinen Brüdern und Schwestern das Brot vom Mund wegschnappen? Nein ... die Toten würden es Ihnen nicht danken, Doc.«

O'Brien mischte sich in das Streitgespräch. »Wir haben all diese Jahre hart gearbeitet, um als gute Amerikaner akzeptiert zu werden. Soll die ganze Mühe umsonst gewesen sein, wegen ein paar zerlumpter und ungewaschener Immigranten? Und alles Katholiken obendrein! Doc, Sie sollten lieber an Ihre eigenen Leute denken. Vergessen Sie diesen Unsinn mit der Wahl. Außerdem«, fügte er hinzu, »gewinnen Sie sie sowieso nicht.«

»Und woher haben Sie diese Information?« fragte Doc.

»Das ist doch sonnenklar!« zischte Flannery. »Wissen Sie denn nicht, daß Hopewell die Unterstützung des Klans hat? Fünf Millionen Klansmitglieder gibt es in diesem Land, und allein in diesem Staat hier zweihunderttausend. Die lassen Sie nicht gewinnen, Doc! Und was noch schlimmer ist, wollen Sie, daß die uns in einen Topf werfen mit diesen anderen Iren, Sie wissen schon wem?«

Doc stand auf. Er überragte die beiden anderen Männer, und obwohl er mit leiser Stimme sprach, konnten O'Brien und Flannery deutlich sehen, daß er sich nur mit Mühe beherrschte. Seine Stimme zitterte vor Zorn, als er sagte: »Und von welchen anderen Iren reden Sie? Vielleicht denen, die keinen Mumm in den Knochen haben? Denen, die sich als Spitzel und Denunzianten hergeben, um ihre eigene wertlose Haut zu retten?«

»Nun warten Sie aber mal einen Augenblick«, sagte Flannery und erhob sich.

Doc stieß ihn zurück in seinen Sessel, daß er ihn fast hintenüber umgeworfen hätte. »Stehen Sie nicht auf, bevor ich dieses Haus verlassen habe«, sagte er, »oder ich übernehme keine Verantwortung dafür, was dann passiert. Und jetzt«, fügte er hinzu, »hören Sie mir gut zu.

Wir sollten besser als alle anderen Leute wissen, welches Unheil daraus entsteht, wenn Menschen einander wegen ihrer Rasse oder Religion diskriminieren. Ich, der ich meinen eigenen Vater ermordet sah, ich habe es nicht vergessen, selbst wenn ihr es vergessen habt. Rassismus ist wohl die schlimmste aller Sünden, denn er lehrt Menschen, die im übrigen gut und anständig sind, Böses tun und es gutheißen. Beschimpfungen, schlechte Behandlung, böse Taten, ja Brandstiftung und Lynchjustiz - Dinge, die kein Mensch gut und richtig nennen würde, wenn sie ihm oder seiner Familie angetan würden - werden gerechtfertigt, wenn sie Menschen einer anderen Rasse angetan werden, die er als minderwertig betrachtet.«

»Aber es ist doch nur natürlich -« begann O'Brien zu streiten, gab aber rasch nach, als Doc sich drohend vor ihm aufbaute.

»Ja, so natürlich wie Sünde und Tod! Aus dem Rachen der Hölle kommt dieses Übel, einen Sünder gegen den anderen aufzuhetzen wegen seiner Religion oder seiner Sprache oder seiner Hautfarbe. Aber ihr habt unrecht, was den Klan und dergleichen Schlangenbrut betrifft. Diesmal werden sie nicht gewinnen. Amerika ist nicht Irland.«

Damit stürmte Doc aus dem Haus und knallte die Türe hinter sich zu. »Von uns kriegen Sie keine Unterstützung«, schrie O'Brien ihm nach.

»Ich brauche auch nichts von Ihnen!« gab Doc zurück, während er in seinen Wagen stieg. »Es gibt eine Menge guter Menschen, unseren Präsidenten mit eingeschlossen, die die Dinge genauso sehen wie ich.«

Flannery konnte es sich nicht verkneifen, ihm einen letzten Schuß nachzusenden. »Ach, dann haben Sie es wohl noch gar nicht gehört? Wilson ist auf seiner Vortragsreise zusammengebrochen. Sie sagen, er hat einen Nervenzusammenbruch erlitten, weil niemand auf seiner Seite ist; vielleicht stirbt er sogar. Wen werden Sie dann auf Ihrer Seite haben? Polacken und Nigger, sonst niemand! Passen Sie gut auf sich auf, Doc Warne! Über Ihrem Kopf hängen Sturmwolken!«

DIE LETZTE NACHT IM PARADIES

Die Maultiere waren an den Wagen gespannt. Willa-Mae befahl Lula streng, daß sie alle die Kleinen zum Schulhaus hinunterbringen sollte, wie Miß True gesagt hatte. Sie sollten die Tür versperren und die Lichter löschen und niemand die Tür öffnen.

Trudy saß hinten auf dem Fuhrwerk, Hock kutschierte, und Willa-Mae saß an seiner Seite. Die fünf Canfield-Schwestern standen dicht zusammengedrängt und winkten ihnen nach, als sie davonfuhren. Klein Nettie hob den Arm ihrer Porzellanpuppe zum Lebewohl. Das war vor einer Stunde gewesen.

Eine Stunde später zitterte Trudy vor Nervosität, als der Wagen bei jedem Stein auf der Straße schwankte und langsamer als ein Fußgänger dahinzukriechen schien. *Konnten diese Maultiere nicht schneller laufen?* Hock hatte zwei Gewehre unter einer Decke verborgen. Trudy entdeckte die Waffen, als die Decke verrutschte und das Sonnenlicht auf den abgewetzten Kolben glänzte. Dann hob sie den Blick und sog scharf den Atem ein, als hinter ihnen auf der Straße ein Reiter eine Staubwolke aufwirbelte.

»Da kommt jemand!« schrie Trudy und breitete ihren Rock über die Waffen. Der Reiter kam rasch herbei, sein Hut war aus der Stirn zurückgeschoben, wie Scott seinen Stetson zu tragen pflegte. Trudy spähte durch die Staubwolke hinter dem Wagen. Der Mann hatte etwas an sich ... aber es war nicht Scott. Hochgewachsen und schlank, saß er mit lässiger Grazie auf seinem Pferd. Sein Sattel war ein schwerer Cowboysattel. Seine linke Schulter war eine Spur hochgezogen. Genau wie - *war das denn möglich?*

»Haltet den Wagen an!« schrie Trudy. Willa-Mae drehte sich erstaunt zu ihr um. Sie hatten keine Zeit zu verlieren. *Haltet den Wagen an?*

»Was stimmt nicht, Miß True?« fragte Willa-Mae.

»Das ist Birch!« Trudy richtete sich auf die Knie auf und winkte ihm. Er riß sich den Hut vom Kopf und winkte zurück, während das langbeinige Pferd die Entfernung zwischen ihnen rasch verringerte.

Trudy hatte gar nicht gemerkt, daß sie weinte, bis Willa-Mae ihr einen Schürzenzipfel anbot. »Sie sind ganz verschmiert von Staub und Tränen.«

»Oh, Mrs. Canfield!« schrie Trudy überglücklich. *»Es ist Birch!* Verstehen Sie? Er kann uns voranreiten und Jefferson und Latisha finden!«

Willa-Mae stieß Hock an. »Halt die Maultiere an. Du hörst doch, was die Dame sagt!«

Er gehorchte, aber nur widerwillig. Wie sollte er schließlich wissen, wer dieser Birch war? Miß True hatte sich in ziemlich zweifelhafter Gesellschaft bewegt, nicht wahr?

Birchs Pferd verlangsamte seinen Galopp zu einem flotten Trab. Sein Gesicht hellte sich auf, als er Trudy sah. Er ritt an die Seite des Karrens und versank in ihren Anblick. Er saß auf dem tänzelnden Pferd und starrte sie nur schweigend an. Keinen Augenblick wollten sie davon sprechen, was schiefgegangen war; dafür war jetzt keine Zeit. Sie wischte ihr tränennasses Gesicht ab.

»Ich bin ... froh, dich wiederzusehen, Birch«, brachte sie hervor.

»Die Mädchen sagten mir ... Miß True Meyer, sagten sie. Das Fräulein Lehrerin sei mit ihrer Mama und ihrem Papa fortgefahren, um Jefferson zu finden.« Er warf Hock einen Blick zu. »Ihr Junge steckt bis zum Hals in Schwierigkeiten, Mr. Canfield. Ich reite Ihnen voraus. Wieviel Vorsprung haben sie?«

»Mehr als zwei Stunden«, antwortete Hock grimmig. »Und die Sonne wird auch bald untergehen.«

»Wollte er den ganzen Weg bis Fort Smith heute nacht zurücklegen?« Birch klopfte seinem schäumenden Pferd den Hals.

»Nein, Sir«, sagte Willa-Mae. »Er und seine Frau wollen unten am Fluß kampieren, sagte er, irgendwo unterwegs. Sie haben den ganzen Karren voll mit Feuerholz. Sie können die Räderspuren nicht verfehlen - sie werden sich tief eingraben, wenn er die Straße verläßt.«

Wenn Birch die Spuren nicht verfehlen konnte, dachte Trudy, dann würden auch andere Leute keine Schwierigkeiten haben, sie zu finden.

»Haben Sie einen Revolver, Mister Birch?« fragte Hock Canfield.

»Nein.«

»Miß True.« Hock deutete ihr, sie solle eines der alten Gewehre und eine Schachtel Patronen hervorholen. »Das werden Sie wohl brauchen.«

Birch nickte und nahm die Waffe entgegen. Seine Augen ruhten einen Moment lang auf Trudys Gesicht. »Ich dachte, ich würde dich nie wiedersehen«, sagte er leise. »Ich habe fast schon die Hoffnung aufgegeben.«

»Ich auch.«

»Na, dann.« Er tippte mit den Fingern an die Hutkrempe. »Wir reden später darüber.«

Damit gab er seinem Pferd die Sporen und galoppierte die Straße entlang davon.

Hock saß einen Augenblick lang still und sah ihm nach. »Was soll ein einzelner weißer Mann gegen die ganze Horde ausrichten?« fragte er. Dann: »Sein Pferd schafft's nicht mehr lang. Ich glaube, jetzt brauchen wir Gottes Hilfe, Willa-Mae. Der Herr muß uns helfen, Jeff zu finden, bevor diese anderen Leute ihn finden.«

* * *

Der Geruch des Flusses schwebte durch die Wälder und brachte den tiefergelegenen Teilen der Straße nach Fort Smith Kühlung. Der Duft von Moos und Schilfgras mischte sich mit dem Geruch eines Abendessens, das irgend jemand in der Ferne kochte.

Jefferson knurrte der Magen. Er legte seine große Hand auf Latishas Kopf. Sie lag schlafend in seinem Schoß. Die Sonne sank hinter den Wipfeln der Fichten, und die kiesbestreute Straße lag zur Gänze im Schatten. Vor ihm tauchte ein günstiger Ort auf, um von der Straße abzubiegen. Ein schmaler, selten benutzter Karrenweg zweigte dort von der Fahrstraße ab. Sie würden auf diesem Weg ein Stück weit zum Flußufer fahren können, dachte Jefferson.

Er riß die Zügel scharf nach rechts, so daß die Maulesel die Köpfe der Kühle des Flusses zuwandten.

Der Karren holperte und schaukelte über die niedrige Schwelle am Straßenrand, dann fanden die eisenbeschlagenen Räder die Spuren, die ähnliche Räder hinterlassen hatten, und die Fahrt wurde leichter. Tisha schlief weiter und wachte erst auf, als Jefferson die Zügel anzog und die knarrende Fahrt auf einem Weg endete, der in eine nicht umzäunte Weide führte. Jenseits des hohen spröden Grases dieses herbstlichen Feldes lag ein schmaler Waldstreifen, der sich bis zum Flußufer hinabzog. Durch die Bäume konnte Jefferson das Glitzern des Sonnenlichts auf den schlammigen Fluten des breiten Arkansas-Flusses sehen. Sonnenschein brach durch die Bäume und sandte einen Lichtstrahl auf einen Ruheplatz genau unter einem großen Walnußbaum.

Latisha öffnete die Augen und blickte zu Jefferson auf. »Warum halten wir hier an, Jeff?«

Er streichelte ihre Wange. »Ich bin hungrig.« Er deutete auf den Fluß. »Wir können hier kampieren.«

Sie lag reglos, den Kopf auf seinem Schenkel. »Hör dir das an, Jeff.« Der Wind machte ein friedliches, rauschendes Geräusch, als strömte Wasser durch die Baumwipfel. »Ich hab noch nie etwas so Schönes gehört.« Sie seufzte und schlang die Finger in die seinen.

»Es klingt, wie Wälder immer klingen.«

»Nein, das stimmt nicht. Ich hab das noch niemals gehört ... noch niemals wirklich gehört. Erst letzte Nacht. Jetzt klingt alles ganz anders für mich. Als singe die Luft selbst für mein Herz.«

»Hmmmm«, summte er zur Antwort, als wollte er damit sagen, daß er es auch gehört hatte. Sie saßen lange so beisammen, als hätte die Zeit ihre Bedeutung verloren, als gebe es nicht den Kreis der Minuten oder Stunden oder Tage, der sich um sie zusammenziehen und aus diesem zeitlosen Augenblick vertreiben konnte.

Vielleicht vergingen Stunden auf diese Weise. Jefferson wußte es nicht. Die Maultiere schlugen mit den Schweifen nach den Fliegen und klingelten mit dem Zaumzeug. Nach einer Weile setzte Latisha sich auf und streckte sich und Jefferson machte sich daran, das Nachtlager vorzubereiten.

* * *

Es geschah so plötzlich, daß Trudy einen Augenblick lang nicht begreifen konnte, warum der Karren sich plötzlich heftig zur Seite neigte, so daß sie von ihrem Platz rutschte und Willa-Mae gegen Hock krachte.

Der kleine Mann griff nach seinem Strohhut, der keine fünf Pence wert war, als er ihm vom Kopf fliegen wollte. Die Maultiere blieben instinktiv stehen, als sie das Rad brechen fühlten. »Oh, Gott!« schrie Willa-Mae. »Gott, hab *Erbarmen!*«

Hock und Willa-Mae stiegen ab, während Trudy von der schiefhängenden linken Ecke des Karrens sprang. Der eiserne Rand war von dem hölzernen Rad abgebrochen. Die Speichen starrten wie Stacheln aus der zerbrochenen Nabe hervor.

Hock stieß zornig mit dem Fuß in den Straßenstaub und schüttelte den Kopf. »Hab kein Reserverad«, sagte er. »Hab Jefferson beide Reserveräder mitgegeben. Ich dachte, wenn er eine so schwere Last transportiert, wird er sie wahrscheinlich brauchen.«

»Oh, Jesus!« sagte Willa-Mae leise. »Es gibt Dinge, die er dringender brauchen wird als ein Wagenrad.«

Die Maulesel wandten ihre großen Köpfe um und versuchten, hinter den Scheuklappen hervorzulugen, als wollten sie fragen: »Fahren wir weiter?«

Trudy stützte den Arm auf den Karren. Ihr Blick fiel auf das Gewehr, und dann stampfte die kräftige alte Maultierstute ungeduldig mit dem Huf auf.

»Ich kann nichts anderes tun«, sagte Hock, »als einen von diesen Mauleseln hier nehmen und dem Jungen nachreiten.«

Willa-Mae hob die Hände und blickte zum Himmel auf. »Oh, Hock, wenn diese Männer dich allein auf der Straße antreffen, dann verliere ich meinen Ehemann auch noch! Denk an Billy! Oh, Hock! Vergiß nicht, was sie Billy angetan haben! Seine Frau und seine Kinder saßen im Wagen, und sie schleppten ihn fort und –«

Hock schlug mit der Hand gegen den Karren. »Ich hab die ganze Zeit an nichts anderes gedacht als an Billy! Du warst nicht dort, Frau! Ich weiß, was diese Männer mit meinem Jungen vorhaben! Ich hab gesehen, was sie Billy angetan haben, und jetzt schaue ich nicht zu, wie sie dasselbe auch noch mit meinem Sohn machen!« Er griff nach dem Gewehr.

»Du kannst nicht allein gehen, Hock«, flehte Willa-Mae. »Sie werden dich nicht hängen, wenn Miß True in deinem Wagen mitfährt, aber -«

Er versetzte dem Rad einen Tritt. »Aber ich hab keinen Wagen, oder?«

Trudy blickte ihm in die Augen. »Sie fahren nicht ohne mich weiter. Willa-Mae hat recht. Der Geruch von Blut liegt in der Luft.« Sie wandte sich an Willa-Mae. »Gehen Sie zurück zum Schulhaus. Bleiben Sie bei den Mädchen. Die Männer werden sich nicht um Sie kümmern, wenn sie Ihnen unterwegs begegnen. Es geht ihnen nicht darum, eine Frau zu verletzen.« Dann sagte sie zu Hock: »Ich komme mit Ihnen mit. Die Männer werden es sich überlegen, irgend etwas zu unternehmen, wenn eine Lehrerin dabei ist, die alles sieht und gegen sie aussagen kann.«

Hock nickte. »Die werden sich garantiert einiges überlegen, wenn sie eine weiße Frau auf einem Maultier die Straße entlangreiten sehen, mit einem alten schwarzen Mann an ihrer Seite!«

»Wir werden ihnen einfach die Wahrheit sagen. Sie haben die Lehrerin nach Fort Smith gefahren, als ein Karrenrad brach. Das übernehme ich schon.« Trudy spürte förmlich, wie die Zeit verrann. »Bitte, Hock. Spannen Sie die Maultiere aus. Lassen Sie mich das Gewehr tragen.«

»Sie verstehen doch nichts von Gewehren.«

»Oh doch«, widersprach Trudy und wand es ihm aus der Hand. »Ich hab schießen gelernt, indem ich in einem Obstgarten in Fort Smith die Amseln für einen Pfennig das Stück abschoß.«

Er gab widerwillig nach, als Willa-Mae für sie beide betete, wobei sie die Hände zuerst auf Hocks, dann auf Trudys Schultern legte. »Der Herr sei mit euch.« Sie weinte, als sie die Worte sprach. »Es ist schon recht, Angst zu haben, Miß True«, sagte sie. »Aber laßt es sie nicht merken. Wildkatzen reißen einen in Stücke, wenn sie merken, daß man Angst vor ihnen hat. Seien Sie *tapfer*, Mädchen, dann werden die den Schwanz einziehen und abhauen, denn in Wirklichkeit sind sie nichts weiter als Feiglinge, die sich unter weißen Bettlaken verstecken und in Horden über Leute herfallen, die ihnen niemals etwas Böses getan haben.«

Hock nahm den Maultieren alles Geschirr bis auf die Halfter und Zügel ab, die er verkürzte, so daß er sie in der Hand halten konnte. Er half Trudy auf die sanfte graue Maultierstute, während er selbst sich auf den schwarzen Maulesel setzte. »Wir kommen jetzt schneller voran«, sagte er mit einem Blick auf die sinkende Sonne. Dann hingen seine Augen an Willa-Maes Gesicht, als fürchtete er, sie nie wieder zu sehen.

Willa-Mae schrie auf, während sie die Wange an sein Bein preßte. »Bring unseren Jungen gesund zurück, Hock Canfield. Der Herr ist mit euch!«

Die Maultiere trotteten Seite an Seite dahin, als zögen sie immer noch den Karren. Hock behielt die Straße scharf im Auge und deutete auf die tief eingedrückten Spuren von Jeffersons Lastkarren und dann auf die Spuren Dutzender Pferde.

»Zu viele Leute auf der Straße für einen Sonntag«, murmelte Hock. Dann trat er sein Maultier mit den Fersen, um es zu rascherem Trab anzuspornen. Trudys Stute paßte sich aus Gewohnheit dem Schritt ihres Gefährten an, während die Schatten des Nachmittags immer länger wurden und in tiefes blaues Zwielicht übergingen. Die ganze Zeit begegneten sie keinem anderen Reiter, der kam oder ging. Es schien, als strebten all diese Hufspuren auf einen unbekannten Ort zu - alle mit derselben Absicht.

* * *

Jefferson war zufrieden mit dem Platz, den sie als Nachtlager gewählt hatten. Während er ein Zelt aufbaute, sprach er darüber, wie nahe die Nacht war, und daß die Steine und Schlaglöcher auf der Straße die Weiterfahrt gefährlich gemacht hätten. Er und Latisha arbeiteten Hand in Hand. Sie machten sich ein gemütliches Lager in den Wäldern auf halber Strecke zwischen dem Fluß und der Wiese. Jefferson begutachtete die Arbeit und die Lage des Ortes und sagte, selbst wenn es nicht wegen der Steine und der Schlaglöcher und der einbrechenden Nacht gewesen wäre, so wäre er gerne hier geblieben. Und dann sagte er zu Latisha, daß sie am Morgen vielleicht überhaupt nicht weiterziehen, sondern eine kleine Weile in diesem Paradies bleiben würden, bevor sie in die rauhe Wirklichkeit zurückkehrten, um ihr Holz zu verkaufen.

Latisha legte eine Hand auf Jeffs Arm und einen Finger auf die Lippen, als er das sagte. Er folgte ihrem Blick und sah ein Reh, das auf der anderen Seite der Lichtung stand und sie beobachtete. Sie blieben reglos und schweigend stehen, und das Tier tat dasselbe, während es die Geschöpfe betrachtete, die in seine Welt eingedrungen waren. Jefferson legte den Arm um Latisha, und bei dieser Bewegung wurde dem Reh irgendwie klar, daß es gefahrlos war, hier zu grasen. Es bewegte sich vorsichtig vorwärts, bis es das hohe Gras erreichte. Ein Kitz folgte ihm. Das Reh senkte den Kopf, behielt das Menschen-Paar aber im Auge.

Jefferson machte eine Bewegung, um wieder an seine Arbeit zurückzukehren. Latisha zupfte ihn am Ellbogen und deutete mit dem Kopf auf einen weiteren Schatten am Rand der Lichtung. Ein großer Rehbock betrachtete sie eingehend und gesellte sich dann zu seiner Gefährtin in der Wiese. Die beiden Paare betrachteten einander und wandten dann ihre Aufmerksamkeit wieder sich selbst zu, als könnte ihnen kein Leid geschehen, wo Liebe war. Und dieser Ort hier war voll Liebe.

»Es ist, als wären wir die einzigen Menschen in der ganzen Welt«, sagte Jefferson. »Und der Herr hätte uns eine Weile das Paradies zurückgegeben. Die Geschöpfe da wissen, daß wir heute nacht nicht die Absicht haben, ihnen etwas zuleide zu tun.« Er blickte zum Fluß hinüber. »Aber ich glaube, die Fische dort im Fluß müssen gefangen und gebraten werden, um diesem Ort den letzten Schliff zu geben.«

* * *

Doc stürmte türenknallend ins Haus, so daß er Julies Kätzchen aus dem Schlaf riß, das auf dem kleinen Fransenteppich hinter der Türe lag. Die Katze stürzte in wilder Panik auf die Stiege zu, rannte gegen das Geländer und sprang, drei Stufen auf einmal nehmend, die Treppe hinauf.

»Die Schurken«, murmelte Doc laut vor sich hin, »diese erbärmlichen, hinterhältigen - Molly!« brüllte er und stürmte in die Küche. Er hätte sie um ein Haar umgerannt, als sie ihm von der anderen Seite entgegeneilte.

»Doc«, sagte sie, fast atemlos. »Doc.«

»Sie bedrohen uns, ja?!« knurrte er wütend. »Die Unterstützung des Klans hat er, ach ja?«

Molly packte Doc an beiden Armen und schüttelte ihn, flehentlich bittend, er möge ihr zuhören. »Du ... du hast es bereits gehört?« sagte sie.

»Was gehört?« antwortete Doc, der nun endlich den Ausdruck von Furcht und Entsetzen auf dem Gesicht seiner Frau entdeckte.

»Die Warnung«, keuchte sie. »Die schreckliche Drohung! Julie fand sie vor der Scheunentür. Oh, Doc, vor zwei Stunden war sie noch nicht da! Jemand hat das Haus beobachtet - sie haben gesehen, wann du fortgefahren bist, und sie sind wieder hergekommen!«

»Nun beruhige dich, Molly, mein Liebling«, sagte Doc und klang dabei viel ruhiger, als ihm zumute war. »Was steht in dieser Drohung?«

Große Tränen stiegen in Mollys Augen und rollten ihre Wangen hinunter. »Oh, Doc«, stieß sie endlich hervor, als der Klumpen in der Kehle ihr wieder zu sprechen erlaubte, »da stand: *Dies ist die letzte Warnung für euch. Gib jetzt auf, oder was dem Vater geschehen ist, wird auch dem Sohn geschehen!*«

FEUER IN DER NACHT

Der helle Glanz des Mondlichts drang durch das Leinen des Zelts. Die Wälder widerhallten von den Rufen der Nachtvögel und der Tiere, die aus ihren Höhlen und Löchern schlüpften, um auf die Jagd zu gehen.

Latishas Kopf ruhte auf Jeffersons Brust. Er streichelte ihren Rücken und dachte daran, wie zart ihre Haut war. Sie berührte seinen Mund mit den Fingerspitzen und seufzte.

»Warum lächelst du, Jeff?«

»Ich denke dran, was mein Papa sagte.« Er kicherte leise, als er an ihren Abschied dachte. »Ich würde mich wirklich freuen, glaube ich, wenn du schon schwanger wärst, wenn wir wieder heimkommen.«

Sie hob den Kopf, um ihm ins Gesicht zu sehen. Das Licht war so hell, daß sie das Grübchen in seinem Kinn sehen konnte. Sie drückte einen Kuß darauf. »Weißt du, was meine Mama über den Mond und das Kinderkriegen sagt?«

»Nein.«

»Sie sagt, Kinder, die man bei Vollmond macht, werden Mädchen.« Sie lächelte ihm in die Augen. »Möchtest du, daß unser Erstgeborenes ein Mädchen wird?«

Er summte leise, während er ihr Gesicht in die Hände nahm. »So lang sie so hübsch wie ihre Mama ist, gerne. Ich bin mit einer ganzen Horde von Mädchen zufrieden, so lange sie mir nicht ähnlich sehen.«

»Und ich wollte eben dasselbe über kleine Jungen sagen. Ich möchte, daß sie alle so aussehen wie du.«

Latisha preßte seinen Arm. Er war so kräftig, daß sie ihn mit beiden Händen nicht umspannen konnte.

»Das kommt von all dem Holz«, sagte er. »Vom Holzhacken.«

»Und ich möchte, daß alle unsere Jungen so groß und stark wie ihr Papa werden.«

Er berührte ihr Gesicht. »Nichts auf dieser Welt bedeutet mir so viel du, Tish. Die ganze Zeit, während ich das Holz schnitt, dachte ich darüber nach, daß das Leben für einen Mann nicht viel bedeutet, wenn er keine Frau hat, die er liebt und für die er arbeiten kann. Ich glaube, ich bin da wie der Wolf und der Adler - in meinem Leben wird es immer nur eine Frau geben, und das bist du. Als ich letzte Nacht bei der Hochzeit diese Worte sprach ›bis der Tod uns scheidet‹, da meinte ich sie nicht ehrlich. Nicht einmal der Tod. Hörst du mich, Mädchen? Es wird niemals eine andere für mich geben. Und wenn ich sterben sollte -«

»Sprich nicht von solchen Dingen, Jeff.« Sie legte die Hand auf seine Lippen, damit er den Gedanken nicht aussprechen sollte.

»Nein. Ich muß dir das sagen. Du weißt, das Leben ist eine unsichere Sache. Wir sind wie das Gras auf dem Felde, sagt die Bibel. Ich möchte dir etwas sagen. Horch ...« Er schwieg. Das Rauschen des Flusses und des Windes verschmolzen zu einer einzigen Stimme. »Hörst du den Fluß vorbeirauschen?«

»Ich höre ihn, Jeff.«

»Das Leben ist wie dieser Fluß. Es geht so rasch vorbei und trägt einen Menschen davon wie einen kleinen Zweig, den der Fluß ins Meer schwemmt. Ich habe Männer so sterben gesehen. Sie waren kaum noch erwachsen. Sie hatten keine Chance, eine Frau zu erkennen, wie ich dich erkannt habe, Tish. Aber mein Leben erscheint mir fast vollendet, jetzt, wo ich dich habe. Ich habe jeden Segen empfangen, den der Herr einem Menschen zu geben vermag, und ich bin zufrieden. Ich möchte, daß du das weißt. Nicht einmal der Tod kann mein Herz von deinem scheiden.«

»Dann wollen wir diese Worte aus dem Hochzeitsversprechen herausnehmen, Jeff. ›Nicht einmal der Tod!‹« Sie barg ihr Gesicht an seinem Nacken. »Und wenn ich vor dir sterbe, oder du stirbst früher als ich, dann werden wir uns da drüben jenseits des Jordan wiedersehen. Ich werde auf dich warten, Jeff - an einem Ort wie diesem, wo die Luft so süß nach Fichten duftet und der Wind in den Bäumen singt und die wilden Tiere furchtlos aufblikken, wenn wir vorübergehen.«

Er drehte sich herum und wiegte sie in den Armen. »Ja«, flüsterte er. »Das soll unser Hochzeitsversprechen sein. Ich sehe den Ort vor Augen. Wir haben nichts zu fürchten, was immer uns begegnen mag, Tisha. Der Himmel ist ein wirklicher Ort, und solange wir zusammen sind, habe ich vor nichts Angst, was mir in dieser Welt begegnen könnte.« Er küßte sie sanft. »Der Herr hat unser Haus an einem solchen Ort neben dem Fluß bereitet, Tish. Er versprach uns eine Wohnung, und ich zweifle nicht an seinem Wort.«

Sie lagen Seite an Seite, während das Feuer und das Mondlicht schwankende Schatten zwischen den Bäumen warfen.

* * *

Die Vorhänge über dem Betthaupt flatterten im Wind. Der Klang von Glocken schwang, kaum hörbar, in der Luft. *Hochzeitsglocken,* dachte Ellis schläfrig. *Ich höre immer noch die Hochzeitsglocken läuten.*

Einen Augenblick später stimmte eine zweite Glocke in den Klang ein, und fast sofort auch eine dritte. Ellis riß die Augen auf und starrte zur dunklen Decke hinauf. Ein Glockenschlag um den anderen erschallte von der nahegelegenen presbyterianischen Kirche her. Ellis sprang aus dem Bett, daß Becky erschrocken auffuhr. »Was ist los, Ellis? Was ist nicht in Ordnung?«

»Ich weiß es nicht«, antwortete er kurz angebunden. »Irgendwo brennt es.« Er kramte in der Dunkelheit herum und versuchte, das Geschirr seines Holzbeins zu finden.

Becky zündete eine Lampe an und Ellis fuhr in seine Arbeitshosen. Da schrie auch schon jemand zu den Fenstern des Hochzeiterhäuschens hinauf. »Ellis!« schrie die Stimme seines Bruders John. »Ellis! Papa sagt, du sollst dich beeilen! Jim McBride hat ihn angerufen. Die katholische Kirche brennt!«

»Ich komme sofort runter«, schrie Ellis zurück.

Auch Becky schlüpfte hastig in die Kleider. »Du mußt nicht mitkommen, Becky«, sagte er, wußte aber, daß sie es auf jeden Fall tun würde.

»Du und John, ihr nehmt den Buggy und macht so schnell

ihr könnt«, befahl Doc, als sie ihn draußen im Hof trafen. »Ich nehme den Wagen und hole die anderen ab.«

Bald darauf ratterte der kleine Buggy in flottem Tempo die Straße entlang, auf die Kirche zu. Ellis und John saßen auf der Sitzbank, während Becky und eine hellwache Julie hinten auf dem Gepäckträger hockten.

* * *

Das Glockengeläut widerhallte hilfeschreiend in Hügeln und Schluchten, bis ganz Ohio auf den Beinen zu sein schien. Jenseits der Hügelkuppe konnte Ellis den Feuerschein am nächtlichen Himmel sehen. Er mußte an das brennende Kreuz denken, dessen Zeugen er und Becky geworden waren, nur daß diesmal der halbe Kreis der Horizonts von dem wilden orangen Glühen erhellt war.

»Beeil dich, Ellis«, drängte John. »Sieht so aus, als stünde das ganze Ding schon in Flammen. Was meinst du, wie ist es passiert?«

Drei Ford Modell T sausten an ihnen vorbei und brachten weitere Menschen, um das Feuer zu bekämpfen. Im Fond eines der Wagen erkannte Ellis seine Mutter und zwei seiner Brüder.

Die Glocken im Kirchturm von St. Francis stimmten in das allgemeine Feuergeläut ein. Ihr eherner Lärm bildete einen seltsamen Kontrast zum Gebrüll der Flammen, das nun auf der Hügelkuppe deutlich hörbar war. »Irgend jemand ist da drinnen eingeschlossen!« schrie Becky. »Beeil dich, Ellis, beeil dich! Sie brauchen Hilfe!«

Das kleine Karrenpferd gab bereits sein Letztes. Es hatte den wilden Aufruhr der Nacht begriffen. Es warf den Kopf hin und her und blickte mit rollenden Augen über die Schultern zurück, als wäre ihm ein namenloses Grauen auf den Fersen.

Nichts hatte Ellis auf den Anblick vorbereitet, den die Kirche von der Hügelkuppe aus bot. Die halbe Fassade des Gebäudes war bereits in Flammen gehüllt, und das Glockengeläute nahm einen wilden Ton an. »Wie kann irgend jemand da drinnen noch am Leben sein?« schrie Ellis.

Eine Doppelkette von Männern reichten Eimer von einer Pumpe im Hof weiter. Die Gesichter der Männer, die dem Inferno am nächsten waren, waren rauchgeschwärzt und verbrannt. Ellis sah zu, wie der Mann an vorderster Stelle der Eimerkette einen Kübel Wasser gegen die Kirchenwand schüttete. Das Feuer antwortete auf die kindische Beleidigung mit einem fürchterlichen Flammenschwall, der das Fenster über den Häuptern der Männer in Stücke bersten ließ. Sie schrien und sprangen nach allen Seiten davon, als ein Regen heißer Glasscherben auf sie herabprasselte. Es war deutlich zu sehen, daß der Kampf um die Rettung des Gebäudes bereits verloren war.

Eine Flammensäule raste am Kirchturm entlang wie ein Vulkanausbruch. Funken sprühten in den nächtlichen Himmel und regneten auf die Helfer herab, die hilflos zusahen. Das Gebrüll der glutheißen Luft, die in den Kirchturm wie in einen Kamin hochschoß, erinnerte Ellis an die Feuerung eines Hochofens. »Können wir nicht wenigstens die Leute retten, die da drin sind?« flehte Becky.

Die Glocken schellten nun in wildem Mißklang, als jeder neue Stoß siedender Luft sie hin und her schaukelte. »Es ist schon in Ordnung, Becky-Mädchen«, beruhigte sie Molly. Sie hielt Becky auf der einen und Julie auf der anderen Seite im Arm. »Da drinnen ist niemand. Die alte Kirche selbst schreit um Hilfe und fleht, jemand möge sie retten.«

Ein weiterer Schwall kochender Hitze schoß den Kirchturm hinauf und rief einen letzten gellenden Hilfeschrei der Glocken hervor. Dann fing das Dach über dem Glockenturm Feuer, und die Flammen sprangen in einem Springbrunnen rasender Zerstörungswut aus dem Dach.

An der Rückseite des Gebäudes waren ein paar Leute immer noch bemüht, die Einrichtung der Kirche in Sicherheit zu bringen. Ellis eilte zu der Gruppe, zu der auch sein Vater und seine Brüder gehörten, aber Jim McBride hielt ihn auf. »Versuch nicht, da reinzugehen«, drängte der Nachbar. »Das Dach kann jeden Augenblick einstürzen, und die Jungs werden um ihr Leben rennen müssen. Das Risiko lohnt sich nicht, um ein paar Gebetbücher zu retten.«

Tatsächlich gellte nur eine Sekunde später der Schrei auf: »Das Dach! Das Dach stürzt ein! Alles raus!«

Der Kreis hilfloser Zuschauer flüchtete in sichere Entfernung, als das Dach in der Mitte einsank und schwankte. Aus dem Kirchturm drang ein Geräusch, als würde etwas entzweigerissen, und dann folgte ein furchtbarer Krach, als eine der riesigen Glokken, deren Glockenstuhl weggebrannt war, ins Innere der Kirche stürzte.

Ein hörbares Stöhnen stieg aus der Menge auf, als der Kirchturm schließlich den Kampf aufgab und sich seitwärts neigte. Er stürzte mitten in das flammende Dach. Einen Augenblick später gab es einen gewaltigen brausenden Lärm, als die noch übrigen Fenster in feurigen Explosionen nach außen geblasen wurden.

In wenigen Sekunden, so erschien es Ellis, blieb nichts Erkennbares mehr übrig. Ein paar verstreute Haufen von brennendem Schutt lagen da, das war alles.

* * *

Konnte es das Mondlicht sein? Die Helligkeit drang Jefferson ins Bewußtsein und weckte ihn aus tiefem Schlaf. Tish lag zusammengerollt neben ihm. Er seufzte, als er sie berührte. Dann fuhr er mit einem Ruck auf und war hellwach, als er Petroleum roch.

Er öffnete die Augen. Das braune Leinen des Zelts leuchtete zu hell, als daß es allein vom Mondlicht erhellt worden wäre. Die friedlichen Geräusche der Nacht verstummten, als eine bedrohliche Stille sich ausbreitete.

Er setzte sich auf und tastete nach seinem Hemd. *Stand der Wald in Flammen?*

»Wach auf, Tisha!« rief er.

Sie setzte sich auf und blinzelte im Licht, das nun fast so hell wie Tageslicht war, mit dem Unterschied, daß es sich hinter dem Zelt bewegte. Schatten huschten über ihnen und hinter ihnen über das Leinen. Sie schrie auf, als draußen Schritte knirschten.

»Jeff!«

Er sprang vom Lager auf und stürzte hinaus. Schreie und Schläge hallten. Das Gelächter von, wie es schien, Tausenden Stimmen übertönte das Rauschen des Windes und der Strömung und das Seufzen der Brise.

»Jeff!« kreischte Tisha. Das Licht wurde immer heller, als wollte eine Flamme das Leinen berühren und es verzehren. »Jeff!«

Er antwortete nicht. Stattdessen wurde die Zeltklappe zurückgeworfen. Eine Fackel wurde hereingeschoben, und eine Männerstimme greinte: »Neee, da gucke mal, was wir da Süßes haben! Einen dicken fetten Negerbock und seine kleine Nutte haben wir gefangen!«

Latisha zog die Decke um sich zusammen und fuhr mit einem Ruck zurück, auf die rückwärtige Wand des Zelts zu. Nur das Leinen trennte sie von den anderen Stimmen.

»Was machen wir mit ihr?«

»Na, sie kann doch zugucken, was wir mit großmäuligen Niggern machen! Kann uns zusehen, wie wir ihm den Bauch aufschlitzen und ihn an den Walnußbaum hängen!«

»JEFF! JEFF!« schrie sie. »GOTT, OH GOTT! HILF UNS, JESUS!«

Die Gestalt, die die Fackel hielt, beugte sich nieder und spähte ins Zeltinnere. Weiß und gespenstisch verhüllte die Maskerade des Klans seine Identität. Sein amüsiertes Lachen bewegte das weiße Tuch, das sein Gesicht bedeckte. Augen glitzerten hinter den Schlitzen.

»Na, Negermädelchen, kommst du raus?«

»Was habt ihr mit Jeff gemacht? HERR JESUS! Was ist mit Jeff geschehen?«

»Jesus ist kein Niggergott«, sagte das Gespenst grausam. Er griff hinein und packte Latisha am Bein. Sie kreischte und trat um sich, als er sie aus dem Schutz des Zeltes hervorzerrte.

Das Lager war umringt von einem weißen Kreis von Klansmitgliedern, die Fackeln, Gewehre und Knüppel hielten. Wie ein Hufeisen mit flammenden Nägeln daran kamen sie näher. Jefferson lag auf der Erde, bewußtlos, in ein Netz aus dicken Stricken gewickelt. Sie berührte seinen Kopf durch die Netzschnüre hindurch. Er blutete schlimm, aber er atmete noch.

Der Kreis der Gespenster zog sich immer enger zusammen, bis sie die Arbeitsstiefel von Bauern und die Schuhe von Städtern unter dem Saum der Kittel sehen konnte.

»Bitte, tut uns nichts ... bitte, tut Jeff nichts«, flehte sie und warf sich über Jefferson.

Das erste Phantom beugte sich nahe zu ihr, bis seine weiße Maske nur noch wenige Zentimeter von ihrem Gesicht entfernt war. Er packte sie am Haar und zog ihren Kopf nach hinten, bis ihre Kehle entblößt war wie die eines Lammes beim Schlächter. Er fuhr mit dem Finger rund um ihren Hals und machte ein häßlich ratschendes Geräusch. Die anderen, die neben ihm standen, lachten - das nervöse Lachen angespannter Erwartung. Er zischte: »Genau das machen wir mit deinem Kerl, Schätzchen. Du kannst zugucken, wenn's dir Spaß macht, oder die Augen zumachen ...« Er lachte leise auf. Ihr Entsetzen bereitete ihm Vergnügen. Er riß sie am Haar, bis sie vor Schmerz aufschrie. »Und wenn wir weg sind, kannst du ihn von seinem Baum runterschneiden und heimschaffen. Kannst seine schwarze Haut an die Scheunentüre nageln, wenn es dir Spaß macht.«

»Bitte!« jammerte sie. »Bitte, tun Sie das nicht, Herr! *Tun Sie das nicht!*« Sie faltete flehend die Hände. Er trat sie brutal an die Schulter, so daß sie mit ausgebreiteten Armen und Beinen auf den Rücken fiel.

Er sprang auf und deutete mit erhobenem Arm quer über die Wiese. Die Wagenladung Holz stand am Ende des Fahrwegs. »Holt diesen Wagen, Jungs! Dieser Nigger mag große Freudenfeuer, hab ich gehört! Zieht den Wagen auf die Wiese und zündet ihn an, dann haben wir Licht genug zum Arbeiten!«

Die anderen verließen den Kreis und rannten auf das Fuhrwerk zu. Sie ermunterten einander mit fröhlichen Zurufen, während sie die Ladung von der Straße weg und in die Wiese zogen.

* * *

Ellis stand neben Becky beim Wagen. Er sah zu, wie Doc von den rauchenden Ruinen der Kirche fortging. An seiner Seite schritt Mazurki, das Gesicht rußgeschwärzt, die sonst so struppigen Augenbrauen fast völlig versengt. Auf der anderen Seite ging ihr Nachbar McBride. McBrides Hände waren verbrannt, und er hielt sie vor sich ausgestreckt, als täte es ihm sogar zu weh, an seine Hosenbeine anzustreifen.

»Kommt zum Auto«, sagte Doc. »Ich habe meine Arzttasche mitgebracht, ich gebe euch eine Salbe für die Verbrennungen und ein paar Pillen, die ihr später noch brauchen werdet.«

»Ich ziehe weg von hier«, sagte Mazurki abrupt. »Ich wohne nicht an einem Ort, an dem solche Dinge geschehen.«

McBride blieb mitten im Schritt stehen. »Nein«, sagte er grimmig. »Ich suche die Schweine, die das getan haben, und ich finde sie. Und dann schicke ich sie zum Teufel.«

»Und du selbst gehst mit«, sagte Doc.

»Was soll das heißen?« wollte McBride wissen.

»Das soll heißen, daß das alte Elend von neuem anfangen wird, und nur der Teufel wird einen Gewinn davon haben. Wir können nicht davonlaufen«, sagte er zu Mazurki, »aber wir können auch nicht das Gesetz in unsere eigenen Hände nehmen. Habt ihr mir nicht gesagt, daß ich eben dagegen eintreten soll?«

»Ja, aber das hier schlägt dem Faß den Boden aus!« sagte McBride zornig.

»Das stimmt schon«, pflichtete Doc ihm bei. »Um so mehr müssen wir zusammenhalten. Wir müssen sie jagen, sie verhaften, sie einsperren lassen! Aber, Jimmy -« Er blickte McBride voll in die Augen. »Reiß die bittere Wurzel der Rache aus deinem Herzen, bevor sie aufschießt und uns alle erstickt. So, und jetzt will ich mich um deine Hände kümmern.«

»Nimm *deine* Hände da weg, Doctor Warne«, sagte McBride wütend. »Du bist kein wahrer Freund!« Er eilte mit großen Schritten zu seinem Wagen und rief laut nach einem Drink und nach jemand, der ihn heimchauffierte.

»Er meint es nicht so, Doc«, versuchte Mazurki auszugleichen. »Seine Hände ... er hat Schmerzen. Und sein Stolz ... er half mit, diese Kirche zu bauen.«

»Ach«, seufzte Doc. »Du erinnerst dich vielleicht, Paul, ich habe ebenfalls mitgeholfen. Aber ich hoffe, du hast recht. Wir müssen mehr denn je zusammenhalten. Wir verpassen dieser nächtlichen Hundemeute noch die Tracht Prügel, die sie verdient hat.«

»Komm schon, Pa«, sagte Ellis. »Steig auf. Du bist zu müde, um selbst heimzufahren. Becky und ich bringen dich nach Hause.«

»Nein, danke euch«, sagte Doc. »Molly und ich müssen miteinander reden.«

* * *

Der volle Mond stieg wie eine Laterne über den Bergen auf und erhellte die Karrenspuren auf der Straße. Hock folgte der Spur mühelos. Er zügelte das Maultier, als die Karrenspur abzweigte und einen baumbestandenen Fahrweg entlang zum Fluß hinunter führte.

Jenseits der Baumkronen erhellte ein gespenstischer Glanz den Himmel. Der Geruch von brennendem Eichenholz hing schwer in der Luft, und eine Rauchsäule stieg in Schlangenwindungen von einem gewaltigen Feuer auf.

Hock stöhnte auf und barg den Kopf in den Händen. »Mein Junge! Mein Junge! Wir kommen zu spät, Miß True. Sehen Sie nur! Das ist Jeffs Holz, was da brennt und die Welt eine Meile weit erhellt! Das ist kein Lagerfeuer! Sehen Sie sich nur die Spuren da an - mindestens hundert von diesen Ratten müssen die Straße entlanggezogen sein!« Er weinte nun unverhohlen. »Oh, Herr Jesus! Warum ist das Leben so hart? Warum haben sie nicht mich gehängt anstelle meines Jungen?«

Trudy starrte die orange Glut an. Sie war nicht weiter als eine Meile von der Straße entfernt. War Birch dort? Hatte er Jeff und Latisha gefunden und sie zu warnen versucht? Was war geschehen?

»Vielleicht ist es noch nicht zu spät«, sagte sie, die Hand am Abzug des Gewehrs.

»Was sagen Sie da?«

»Ich gehe dorthin«, sagte sie, ohne auf einen Einwand zu warten.

»Dann gehe ich am besten mit. Mein Herz ist bereits gebrochen. Da ist es gleichgültig, ob ich heute nacht sterbe.«

Trudy fuhr herum. »Es ist nicht gleichgültig, verstanden? Sie kommen nicht mit, Hock Canfield! Möchten Sie denn, daß Willa-Mae und die Mädchen von Haus und Hof vertrieben werden wie Billys Familie? Bleiben Sie, wo Sie sind! Verstecken Sie sich gut, bis das alles hier vorbei ist!«

»Sie gehen nicht dorthin ohne mich!«

»Dann werden Sie ebenfalls sterben! Machen Sie sich nicht lächerlich! Sie werden mir nichts tun. Latisha ist meine Schülerin. Ich sehe nicht tatenlos zu, wenn sie ... ihr vielleicht unaussprechliche Dinge antun!« Sie versetzte dem Maultier einen festen Tritt und entfernte sich von Hock. »Jetzt denken Sie doch nach! Ich sage Ihnen, Birch und ich, wir kriegen das hin! Sie bleiben hier, oder ich sage Willa-Mae, Sie hätten aus Verzweiflung Selbstmord begangen!«

Hocks schmale Schultern krümmten sich. Er weinte hemmungslos. »Ich bin kein tapferer Mann. Sie werden mich gewiß umbringen, und Willa-Mae und die Babies werden darunter leiden, wenn ich gehe. Und was dann? Oh Gott, was soll ich nur tun? Sie *machen mich zum Nigger!* Ich bin ein Nichts.«

»Verschwinden Sie! Lassen Sie sich hier nicht blicken!« zischte Trudy. Dann lenkte sie das Maultier beim gespenstischen Schein des fernen Feuers in den Fahrweg.

HINÜBERGEHEN

Der Apperson ratterte den Hügel hinauf. Julie winkte vom Rücksitz, aber weder Ellis noch Becky winkten zurück. Nur das müde und schläfrige Kutschenpferd gab mit einem erschöpften Kopfnicken Antwort. Ellis' Beinstumpf schmerzte, und er empfand stechende Schmerzen in dem Fuß, der nicht mehr existierte. »Niemand hat gewonnen«, murmelte er vor sich hin.

»Was sagtest du?« fragte Becky leise und rieb die verkrampften Muskeln in seinem Nacken.

»Nichts Besonderes«, antwortete Ellis. »Ich mußte nur an etwas denken, worüber ein deutscher Offizier und ich in einem Krankenhaus in Frankreich sprachen.«

Der Klang eines zitternden AAH-OOH-GAA aus der Hupe des Apperson hallte durch die herbstliche Luft wie der Todesschrei eines riesigen Vogels. »Was treibt Papa denn bloß?« fragte sich Ellis. »Er muß Schwierigkeiten mit dem Motor haben oder dergleichen. Oder irgendeine alte Kuh will nicht von der Straße runter.«

Becky schauderte, obwohl die Nacht keineswegs kalt war. Sie packte Ellis fest am Arm. »Da stimmt etwas nicht«, sagte sie. »Fahr schneller, Ellis. Etwas Furchtbares ist geschehen!«

Das Kutschenpferd schaffte es schließlich bis zu der Hügelkuppe, von der aus man das Tal mit der Farm der Warnes überblickte. Tief unten konnten sie die Scheinwerfer des Apperson sehen, aber es war nicht ihr schwaches Glühen, das ihre Aufmerksamkeit auf sich zog. »Sie haben den Mais angezündet!« schrie Ellis, und er schlug auf das erschrockene Pferd ein, daß es zu traben begann.

Ein häßliches orangefarbenes Monster fraß die Maisfelder der Familie Warne. Bereits viele Hektar groß, schwoll es im auffrischenden Wind immer größer an. Während der Buggy die unebene Straße entlangholperte und -rutschte, sahen Becky und Ellis in hellem Entsetzen zu, wie die unbefriedigten Flammen glühende Fangarme nach der Scheune und dem Haus ausstreckten.

* * *

Die Mitglieder des Klans hatten sich nicht die Mühe gemacht, ihre Fahrzeuge zu verbergen. Lastwagen und Ford Modell T drängten sich hintereinander auf dem Fahrweg. Pferde waren an einen Strick gebunden, der zwischen zwei starken Bäumen gespannt war. Jeder, der die Straße entlangfuhr, hätte das ferne Feuer sehen und dann ein paar hundert Meter zurückmarschieren und die Fahrzeuge der Versammlung entdecken können.

Kommt alle! Wir lynchen uns einen Nigger heut nacht!

Die Stimmen der Klansleute widerhallten jubelnd in den Wäldern und sandten Trudy einen Schauder von Entsetzen und Furcht über den Rücken. Ihr Lachen war schrill und dämonisch, als hätte sich der Rachen der Hölle geöffnet und die triumphierenden Geister der Finsternis ausgespien, um einen Hexensabbath rund um das Lagerfeuer zu tanzen.

Sie schauderte und erinnerte sich an Willa-Maes Worte. *Laß sie nicht merken, daß du Angst hast ...* Trudy ließ sich vom Rücken des Maultiers gleiten, ergriff es an den Zügeln und führte es die letzte Viertelmeile durch den Wald. Sie band die Maultierstute an den niedrigen Ast eines Baumes und duckte sich dann, um fünfzig Meter bis zum Rand der Lichtung zu kriechen. Sie umklammerte das Gewehr, während sie sich hinter einem Holunderbusch niederkauerte, um das Ritual zu beobachten.

Jefferson Canfield war noch am Leben. Seine Hände waren hinter seinem Rücken zusammengebunden. So kniete er neben dem großen flammenden Holzhaufen im Zentrum der Weide. Ein Netz bedeckte ihn, als wäre er irgendein großes und schreckliches Tier, das die weißgekleideten Priester des Hasses gefangen hatten und nun ihrem abscheulichen Gott opfern wollten. Ein halbes Dutzend Klansmitglieder umringte ihn. Sie riskierten nichts. Die Gewehre waren alle auf seinen Körper gerichtet.

Zwanzig Meter entfernt richteten sich andere Gewehrläufe auf Latisha. Auch sie kniete. Sie hatte die Hände gefaltet und flehte die gesichtslosen Kreaturen um Erbarmen an. Sie lachten und foppten sie, indem sie sie mit den Stiefelspitzen zurückstießen und ihr sagten, sie würden Jefferson vielleicht das Leben schenken, wenn sie ihnen den Staub von den Stiefeln leckte. Sie umklammerte die Beine des Mannes, der das zu ihr sagte. Trudy stöhnte, als das Mädchen ihm tatsächlich die Stiefel leckte, aber mit einem neuerlichen Tritt zurückgestoßen wurde. *Latisha! Armes Kind!*

Diese Kreaturen hatten nicht die geringste Absicht, dem Prediger das Leben zu schenken. Keine Erniedrigung würde ihren Sinn ändern. Kein herzzerreißendes Opfer an Menschenwürde konnte den Ausgang dieses Menschenopfers ändern!

Trudy wandte den Blick dem flammenden Kreuz zu, das mitten im Eichenwald brannte. Das grelle Licht warf spitze Schatten wie Pfeilspitzen hinter die Männer, die sich auf der Weide versammelt hatten. Ein Strick wurde über den hohen Ast eines Walnußbaumes geworfen und festgeknotet. Die Schlinge an seinem Ende warf einen schwingenden Schatten, den die Klansmitglieder mit Jubelrufen begrüßten. Bald würde es zu spät sein. ZU SPÄT!

Wo war Birch? Sah er ebenfalls im Schutz der Dunkelheit ringsum den Vorgängen zu? Was konnte sie tun, eine Frau allein? Herr Gott ... *Jefferson Canfields Gott, hilf mir!* schrie ihr Herz auf. *Oh Gott, wo ist Birch?*

* * *

Hock Canfield zockelte in sicherer Entfernung hinter Trudy her. Da standen die Fahrzeuge, in denen die Mörder seines Sohnes angereist waren. Er stieg ab und band das schwarze Maultier ans Ende des Halteseils zwischen den Bäumen.

Als er um den letzten Wagen in der Reihe herumging, erkannte er den Lastwagen, den Mr. Moss, der Geschäftsführer von Mr. Howards Laden, benützte. *Moss steckte also mit drinnen!* Er ließ den Blick über die angebundenen Pferde gleiten. Mit Leichtigkeit erkannte er das große rehbraune Tier, das Folz ritt. Neben diesem Pferd stand der kleinere Apfelschimmel, den der junge Mr. Scott mit seinen eleganten Reitstiefeln und seinem englischen Sattel zu reiten pflegte.

Hock schüttelte zornig den Kopf. Diese Männer hatten ihre Körper und Gesichter in die weißen Roben der Gerechtigkeit gehüllt, aber unter diesen weißen Kleidern konnte es keine schwärzeren Seelen als die ihrigen geben! Hatten sie Billy getötet? Hatten sie es fertiggebracht, den Pachtvertrag der Jones durch einen Mord zu beenden? Wie viele Männer würden sie noch in diesen Wäldern ermorden?

Er lehnte sich schwer gegen den Kühler des Lastwagens. Auf der Ladefläche standen vier Benzinkanister, von denen jeder eine Gallone faßte. Hock sah zum Glanz des Klan-Feuers hinüber und blickte dann die Benzinkanister an.

Er ballte die Fäuste. *»Ich bin kein Nigger!«* schrie er laut.

* * *

Zu dem Zeitpunkt, als der Buggy den Talgrund erreichte, läuteten die Kirchenglocken bereits von neuem Alarm. *Herbei! Herbei!* riefen sie mit lauten Stimmen. *Unheil ist von neuem über uns gekommen!*

Die Beine des Pferdes bewegten sich auf und ab wie die Kolben einer Dampfmaschine, als Ellis in die Zufahrt zur Farm einbog. Ein Windstoß wirbelte einen Hagel von Funken über die Straße. Der Buggy schwang wild auf den Graben zu und kam gerade noch rechtzeitig wieder auf alle vier Räder, als das Tier vor den prasselnden Flammen hinter dem Zaun zurückscheute.

Als sie anhielten, sprang Ellis aus dem Wagen, ohne an sein hölzernes Bein zu denken. Er stolperte und fiel zu Boden, so daß Becky erschrocken aufschrie, aber sofort war er wieder auf den Beinen und hinkte auf das Haus zu.

Molly kam die Vordertreppe heruntergelaufen, beide Arme voll Fotografien. »Wo ist Papa?« schrie Ellis.

»Drüben in der Scheune; er bindet die Tiere los«, rief sie. »Kannst du ihm helfen?«

Flammenzungen sprangen aus den Maisfeldern, als würden flammende Heugabeln in die Lüfte geschleudert. Der Wind wurde heftiger und blies genau auf das Haus zu. Eine Wolke von dickem, dunklem Rauch breitete sich über den Hof. Die Scheune und der Pfad, der dorthin führte, verschwanden in der Rauchwolke. Ellis wurde von einem Hustenanfall geschüttelt, und seine Augen brannten und tränten. Er wünschte, er hätte seine Gasmaske zur Hand.

Als der Rauch sich teilte, brannte das Dach der Scheune bereits. Durch die offene Türe konnte Ellis seinen Vater sehen, der in verzweifelter Hast die Türen der Boxen öffnete und die Tiere mit Fußtritten ins Freie jagte. Ellis wollte ihm helfen, aber sein Vater winkte ihn zurück. »Das war schon das letzte!« schrie er.

Am Brunnen mitten im Hof pumpten Matt und John mit aller Kraft, und Luke dirigierte einen Wasserstrahl auf das Hausdach. »Komm«, sagte Doc, »wir helfen deiner Mutter, ihre Schätze in Sicherheit zu bringen.«

»Ich kann nicht so schnell laufen, Pa«, sagte Ellis. »Ich stelle mich unter ein Fenster, und du kannst mir das Zeug rausreichen.«

Eine Familienbibel aus der Alten Heimat, eine Flickendecke, die Mollys Urgroßmutter genäht hatte, die Wanduhr, der erste Gegenstand, den Doc und Molly in der neuen Heimat gekauft hatten – alle diese Dinge traten die Reise durch das Fenster in Ellis' wartende Arme an, und dann schleppte sein Bruder Mark sie in den Hof in Sicherheit.

Die Nachbarn kamen in Autos und Fuhrwerken an. Paul Mazurki kletterte auf einer Leiter auf der Rückseite des Hauses zum Dach hinauf, um mit einem nassen Hafersack die Funken auszuschlagen. Andere Freunde lösten die Brüder an der Pumpe ab. Jim McBride, dessen Hände dick bandagiert waren, stand mitten auf der Straße und dirigierte die Neuankömmlinge dorthin, wo sie am meisten gebraucht wurden.

Aber alle ihre Anstrengungen fruchteten nichts gegen den überwältigenden Ansturm der Flammen. Als eine weitere Rauchwolke sich über die Menge breitete, befahl Doc allen, zurückzutreten, bis sie wieder frei atmen konnten.

Als sie das Haus wieder sehen konnten, stand das Dach in Flammen. »Bleibt weg!« rief Doc. »Wir haben alles getan, was wir konnten.«

Molly stand in ihr Schicksal ergeben da und sah zu, wie ihr Haus brannte. Ihre Kinder und Enkelkinder umringten sie, und rund um sie stapelten sich ihre Besitztümer. »Doc«, hörte Ellis sie sagen, »sollen wir abzählen, um sicherzugehen, daß wir alle in Sicherheit sind?«

Jede kleine Familie rechnete ihre Mitglieder zusammen und erstattete Doc Bericht. »Das ist es wohl«, sagte er. »Wir sind alle beisammen.«

»Wo ist Julie?« sagte Molly plötzlich. *»Wo ist Julie?«*

Klein Howie meldete sich nervös zu Wort. »Ich sagte ihr, sie sollte es lieber nicht tun.«

»Was tun, Howie?« fragte Doc eindringlich.

»Julie sagte, ihr Kätzchen sei oben im Schlafzimmer, und sie müßte es herausholen.«

Aller Augen wandten sich dem Fenster des Schlafzimmers im dritten Stock zu, genau unter den brennenden Dachbalken. Becky kreischte auf und deutete mit der ausgestreckten Hand. Julie stand in der Fensteröffnung! »Helft mir!« schrie das kleine Mädchen. »Auf den Stiegen ist Feuer! Ich kann nicht hinunter!«

Alles stürzte zum Haus. Ellis stand daneben und fühlte sich nutzlos. Er wußte, er war nicht imstande, die Stiegen hinauf und hinunter zu rennen; er konnte gar nichts tun, als dastehen und zusehen, wie andere seine kleine Schwester retteten.

»Helft mir!« schluchzte Julie. »Beeilt euch!«

»Was dauert das denn so lange?« schrie Molly. »Warum haben sie sie noch nicht rausgeholt?«

John taumelte aus der Vordertüre. »Zu viel Rauch«, keuchte er. »Feuer auf den Stiegen ... niemand kann atmen.«

Weitere Nachbarn stürmten in das brennende Haus, um Doc, der bewußtlos zusammengebrochen war, herauszuschleppen und die anderen, die geblendet und halb erstickt im Rauch herumtorkelten, in Sicherheit zu bringen.

»Holt eine Leiter!« schrie jemand.

»Julie! Julie!« flehte Molly. »O Gott, hilf uns!«

Ellis Blick fiel auf eine Seilrolle und ein altes Hufeisen, das auf der Erde lag. Er ergriff beides und rief Julie zu: »Duck dich, Julie! Duck dich tief runter!«

Der einbeinige Mann, der nie damit gerechnet hatte, jemals wieder der Werfer seines Teams zu sein, tat den wichtigsten Wurf seines Lebens, als er das Hufeisen, an dem das Seil hing, mitten durch das Fenster schleuderte.

»Bind es an dein Bett!« brüllte Ellis. »Und jetzt!« schrie er. »Ich hab das andere Ende. Rutsch zu mir herunter, Julie! Du schaffst es!«

Einen Augenblick später lag Julie in seinen Armen und schlang die Arme um seinen Nacken. »Schau!« sagte sie und knöpfte ihr Jäckchen auf. »Du hast mich gerettet, und ich habe mein Kätzchen gerettet!«

* * *

Der Anführer der Klansmänner deutete mit weitausholender Armbewegung auf Jefferson. Das Netz wurde weggezogen, während Gewehrläufe den Riesen anstießen und zum Aufstehen zwangen. Das Blut strömte über sein zerrissenes Hemd, und einen Augenblick lang konnte Trudy sich ganz deutlich ausmalen, wie er bei diesem Kampf in Missouri ausgesehen hatte. Aber in dieser Nacht kämpfte der Prediger nicht. Er wandte den Blick Latisha zu. Er rief ihr mit einer Stimme, die im ganzen Wald widerhallte, zu:

»KOPF HOCH, MÄDCHEN! DENK AN DAS VERSPRECHEN –«

Der Anführer schlug ihn mit der Faust auf den Mund, aber Jefferson ließ sich nicht zum Schweigen bringen. »DENK AN DEN SCHWUR! ICH WARTE AUF DICH! SAG MAMA, ICH WARTE DA DRÜBEN, ZUSAMMEN MIT WIDDIE UND DEN ANDEREN KINDERN! SAG IHR DAS, TISHA! SAG IHR, ICH BIN IN MEINES VATERS HAUS GEGANGEN! SAG PA, ICH HABE KEINE ANGST!«

Latisha raffte sich auf. Sie kam mühsam auf die Füße, wurde aber augenblicklich wieder in den Schmutz gestoßen. »JA, JEFF! JA, JEFF! ICH WARTE AUF DICH, JEFF!« Sie schluchzte, sie erstickte fast an den Worten, die in einem Strom des Jammers aus ihrer Kehle drangen.

Wo mochte Birch nur geblieben sein! Trudy konnte nicht warten. Ihre Hände zitterten, als sie hinter dem Unterholz aufstand. Sie überprüfte den Doppellauf des Gewehrs. Niemand warf auch nur einen Blick in ihre Richtung. Die Augen all der Männer waren wild vor angespannter Erwartung des Kommenden - der letzten Minuten im Leben eines Mannes. Die Hände klatschten rhythmisch ineinander, und die Worte, die sie skandierten, übertönten die letzten Worte zwischen Jefferson und Latisha: »STIRB, NIGGER, STIRB! STIRB, NIGGER, STIRB! STIRB, NIGGER, STIRB!«

Der Anführer wandte sich seinen Gefolgsleuten zu. Er hob die Hände, um sie zur Ordnung zu rufen.

»Klansmänner! Brüder!« begann er. *Klang seine Stimme nicht sonderbar vertraut?*

Trudy klopfte das Herz bis zum Hals, als sie die Zähne zusammenbiß und auf die Mauer weißbekleideter Rücken zuschritt. Sie hielt das Gewehr wie ein Soldat seine Waffe, und sie war entschlossen, davon Gebrauch zu machen.

Plötzlich blickte der Anführer, der direkt unter der Schlinge stand, zu ihr herüber. Seine spitze Kapuze neigte sich fragend, als amüsierte ihn ihr Näherkommen. Jefferson senkte den Kopf, als man ihm die Schlinge über den Kopf streifte. Der Anführer zeigte mit dem Finger auf Trudy und schrie dann ihren Namen.

»Miß Trudy Meyer! He, Jungs! Da kommt das Judenmädel und sieht uns zu, wie wir den Nigger aufhängen!« Er lachte auf, als hundert Köpfe sich wandten, um sie anzustarren.

Natürlich erkannte sie die Stimme. *»East!«* schrie sie. »David East! Laßt ihn laufen!«

»Was willst du denn tun, wenn wir nein sagen?« schrie East zurück.

Als er Trudy ihrem Untergang entgegenmarschieren sah, trat Birch in Aktion. In die weißen Klansroben gekleidet, die er seit Monaten als Polster benützte, trat Birch hinter dem Anführer des Klans hervor.

»Was hast du vor, East?« fragte er mit leiser Stimme.

»Der Fluß ist tief«, antwortete Sheriff East und wandte sich um. Im selben Augenblick hob Birch das Gewehr und stieß die Mündung unter Easts Kinn.

»Nein, tatsächlich?« Birch lächelte hinter seiner Maske. »Tief genug für deinen kopflosen Leichnam, würde ich sagen«, drohte

Birch, riß die Maske ab und nahm ihn kräftig in den Schwitzkasten, bis der Mann vor Schmerzen aufschrie.

Augenblicke vergingen, während Easts Gefolgsleute Trudy mit offenem Mund anstarrten und sogar beiseitetraten, als sie zwischen ihnen hindurchging.

Latisha rappelte sich auf und schrie: »Miß True! Oh, Fräulein Lehrerin! Gott sei gelobt, daß Sie gekommen sind!« Trudy rannte an Latishas Seite. Dann blickte sie auf und schnappte nach Luft, als sie Birch in weiße Roben gekleidet dastehen und die Waffe gegen Easts Nacken pressen sah. Köpfe fuhren herum, um zu sehen, welche weitere Störung die abendliche Unterhaltung bedrohte.

»Laßt den Nigger laufen!« befahl East schreiend.

»Kluger Junge«, drohte Birch und bohrte den Lauf tiefer in Easts Nacken.

»Klüger als Sie glauben, Mister«, stieß East zitternd hervor. »Wie wollen Sie und Ihr Mädel denn die Nigger von hier wegschaffen? Und wohin wollt ihr fliehen, wo wir nicht auf euch warten?«

Ein Gemurmel ging durch die Menge, als die Schlinge von Jeffersons Nacken gestreift und der Strick, der seine Hände band, durchgeschnitten wurde. Da wurde in den hinteren Reihen des Kreises ein einzelnes Gewehr gehoben und zielte über Latisha Canfields Kopf hinweg auf Jefferson. Sie stieß einen Schrei aus und sprang auf die Füße, und in dem Augenblick, als der Finger den Abzug niederdrückte, warf sie sich vor den Lauf.

Der Knall des Gewehrfeuers widerhallte in der nächtlichen Landschaft, und im selben Augenblick, als Latisha von der Wucht der Kugel auf den Rücken geschleudert wurde, donnerte eine zweite Explosion durch die Bäume hinten am Fahrweg. Die Trümmer eines Automobils flogen zum Himmel hoch, von einer brüllenden Feuerwolke gefolgt.

»Sie sprengen die Autos in die Luft!« schrie jemand, und Panik brach aus. Die Männer stürmten wie wild über die Weide, auf die Wracks ihrer Autos zu. Das hysterische Gewieher der Pferde, die Hock losgebunden hatte, verdoppelte das Chaos unter den Klansmännern. Sie stolperten über die Säume ihrer Roben, rannten

einer den anderen nieder und erfüllten die Nacht mit Flüchen, während Jefferson über die Wiese stürmte, um Latisha in die Arme zu nehmen.

»Oh nein«, stöhnte Birch, während er East einen groben Stoß versetzte. »Nicht das Mädchen. Oh Gott.« Er schlug East mit dem Gewehrkolben über den Schädel, sodaß er taumelte und zusammenbrach. »Ich hab die Bundespolizei angerufen, East«, murmelte Birch dem Bewußtlosen ins Ohr. »Wenn du wieder zu dir kommst, kannst du dich wegen Mordes in mehreren Fällen verantworten.« Er versetzte dem Anführer des Klans einen Tritt und stieg über ihn hinweg.

Der letzte der Klansmänner war schreiend in den Wäldern verschwunden. Hock Canfield tauchte am anderen Ende der Lichtung auf und rannte auf Jefferson zu, der Latisha in den Armen hielt und sie hin und her wiegte, als sei sie ein Kind, das er in den Schlaf wiegte.

»Ich hab ihren Kram in die Luft gejagt«, stotterte Hock. »Der Herr hat mir gezeigt, was ich tun soll.« Sein Blick flog zu seinem Sohn und Latisha hinüber. »Oh Jesus, *nein!*« stöhnte er.

Trudy kniete neben dem Paar. Latishas Augen waren offen. »Wir müssen sie zu einem Arzt bringen!« rief sie.

»Tisha, oh meine Tisha!«, flüsterte Jefferson. »Verlaß mich jetzt nicht! Bitte nicht -«

»Kann nicht anders, Jeff.« Latishas Stimme war kaum noch verständlich. »Kann den Fluß nicht zurückrufen. Der Fluß trägt mich in die See, wie du gesagt hast.«

»Nein, Mädchen!« schrie er. »Noch nicht! Ich kann nicht ein ganzes Leben ohne dich leben, Mädchen!«

»Es dauert nicht lang, Jeff«, hauchte sie. »Erinnerst du dich, was wir sagten? Sieh, Jeff ... ich sehe dich da drüben wieder. Ich kann es sehen ... kann es deutlich sehen ... da ist unser Haus ... OH!« Die Qual des Sterbens durchschauerte sie einen Augenblick lang. Jefferson schrie zugleich mit ihr auf, als würde auch ihm seine Seele entrissen.

»Verlaß mich nicht, Tisha!« schluchzte er von neuem auf.

»Sei tapfer -« Sie hob die Hand, um seine Wange zu streicheln. »Beeil dich jetzt ... du mußt über den Fluß fliehen. Lebe eine

Weile, und dann ...« Ihre Augen flackerten. Sie lächelte sanft, als sie an ihm vorbeiblickte. »Da ist Er, Jeff, und Er streckt die Hände aus. Ich habe keine Angst - sieh nur, da -« Das Licht in ihren Augen erlosch, sie keuchte ein wenig und starb - ein Weidenzweiglein, das in der starken Strömung wirbelte und dem Meer entgegen getragen wurde.

Jefferson ließ den Kopf auf die Brust sinken und weinte. Er ließ sie nicht los. Trudy berührte seinen Arm. Sie blickten einander an, und sein Kummer widerspiegelte sich in ihren Augen.

Er blickte zu Hock hinüber. »Oh, Pa«, ächzte er, »sie ist hinübergegangen, und ich muß dableiben und in diesem Jammertal leben!« Die mächtigen Schultern wurden von Schluchzen geschüttelt.

Birch stand über den Prediger gebeugt da. Er hatte den großen grauen Wallach gebracht, den er unten am Fluß angebunden gehabt hatte.

»Prediger«, sagte er mit fester Stimme. *»Prediger, hör mich an!* Du kannst hier nicht bleiben.!«

»Ich kann meine Tisha nicht verlassen«, stöhnte Jefferson.

»Du mußt hier verschwinden, Prediger«, sagte Birch. »Du mußt über die Staatsgrenze nach Oklahoma.«

Jefferson hob bittenden Blicks das Gesicht.

Birch schüttelte den Kopf. »Hör zu. Dieser Kerl da, East, hat einen Haftbefehl aus Missouri für dich. Leute von der Bundespolizei kommen; sie werden East verhaften. Er muß für das, was hier geschehen ist, ins Gefängnis -«

»Moss, Folz und der junge Mr. Scott waren ebenfalls dabei - ich hab ihre Pferde gesehen«, mischte Hock sich ein.

»Trotzdem«, warnte Birch, »kannst du jetzt nicht hierbleiben. Die hier sind längst nicht das ganze Schlangennest. Ein paar werden vor Gericht gestellt werden, aber es gibt noch viele andere, die die Sache nicht vergessen werden. Und die werden nicht ruhen, bis sie dich gefaßt haben!«

»Laß sie doch!« Jeffersons Tränen tropften auf Latishas Gesicht. »Sie tun mir einen Gefallen, wenn sie mich jetzt umbringen -«

Hock warf Trudy einen Blick zu, während er neben seinem

Sohn niederkniete. »Sag so etwas nicht. Ein rechter Mann tötet sich nicht aus Verzweiflung.« Er streckte die Hand nach Latishas Leichnam aus. Jefferson preßte einen Augenblick lang das Gesicht an sie. Er warf den Kopf in den Nacken und stöhnte laut.

»Nein, Pa, faß sie nicht an. Ich muß sie in den Armen halten. Sieh, sie ist noch nicht kalt, Pa! Laß mich! Ich muß sie in den Armen halten!«

Der kleine Hock legte seine Hände auf die großen Hände seines Sohnes. »Ich werde mich um sie kümmern, wie du es für Billy getan hast. Laß sie los, Jeff. Sie ist hinübergegangen. Sie wartet da drüben auf dich.«

»Ja«, sagte Jefferson mit erstickter Stimme. »Das glaube ich auch.« Er überließ Hock den Leichnam seiner jungen Frau, der sie in den Armen hielt wie ein Kind. Hock strich ihr Haar zurück, und seine Lippen zitterten einen Augenblick lang.

»Nimm mein Pferd«, riet ihm Birch. »Es ist ein gutes Pferd, Prediger. Es stammt aus Oklahoma. Seit dem Tag, an dem ich es kennengelernt habe, wollte es nichts anderes, als nach Hause zurückkehren. Es wird über den Fluß schwimmen und dich direkt in die Indianerreservation bringen. Du brauchst nicht einmal die Zügel zur Hand nehmen.« Er ergriff Jeffersons Hand. »Ich hole dich zurück, sobald wir deine Unschuld erwiesen haben. Ich und Trudy werden dich gemeinsam holen und nach Hause zurückbringen.«

Jefferson nickte. Er blickte zum Fluß hinüber, auf dessen langsamer Strömung das Mondlicht glitzerte, und dann bestieg er das große Pferd. Er warf keinen Blick zurück, als das Pferd spürte, daß er willens war, den Arkansas zu überqueren. Birch folgte ihnen zu Fuß, Trudy an seiner Seite. Gemeinsam sahen sie zu, wie Pferd und Reiter unter Aufbietung aller Kräfte die endlosen Fluten durchschwammen und zuletzt sicher am anderen Ufer anlangten.

EPILOG

Die wilden Blumen blühten früh in diesem Frühling und bedeckten die Hügel und die brachliegenden Felder mit einer farbenfrohen Flickendecke. Eine sanfte Brise blies über das Land und veränderte ihren Farbton, einmal leuchtend bunt, dann wieder gedämpft, dann wieder bunt. Von der Hügelkuppe aus erschien Willa-Mae das ganze Land wie ein wogendes Meer aus Violett und Blau und Orange und Gelb. Der Schatten einer Wolke zog vorüber und verdunkelte die Farbtöne auf der einen Seite, während auf der anderen das Sonnenlicht sie wieder aufglühen ließ.

»Wie werde ich diesen Ort vermissen, Herr«, flüsterte Willa-Mae leise. »Ich war noch nie irgendwo anders als hier.«

Neben ihr runzelte Klein Nettie die Stirn. »Wie ist es denn oben im Norden, Mama?« fragte sie.

»Weiß nicht genau«, antwortete Willa-Mae wahrheitsgetreu. »Aber ich nehme an, Gott der Herr ist derselbe dort oben wie hier bei uns.«

»Ist Er auch bei Jefferson, Mama?«

»Ich weiß, daß Er bei ihm ist, Kind. Das allein hält mich am Leben. Wir wissen nicht, wo Jefferson ist, aber der Herr weiß es. Er weiß alles.«

»Mr. Birch und Miß Trudy sagen, er ist nie bis ins Indianerreservat gekommen. Hat dieses Pferd niemals heimgebracht. Sie denken, er sei einfach weitergeritten. Was ist denn, wenn Jefferson heimkehrt und wir sind nicht mehr da, Mama?«

Willa-Mae hatte tausend Mal darüber nachgedacht, seit der Alte Herr ihnen hatte ausrichten lassen, daß sie fortziehen mußten. »Ich glaube nicht, daß Jefferson je wieder hierher zurückkommt.«

»Aber wenn er doch zurückkommt und herausfindet, daß kein einziger weißer Mann verhaftet worden ist? Werden sie ihn dann nicht umbringen, Mama, weil er ihnen entkommen ist?«

»Der Herr hat mir Trost gesandt, Klein Nettie.« Willa-Mae blickte nach Westen hinüber. »Jefferson kommt nie wieder hierher zurück. Und wenn ich meinen Jungen diesseits des Jordans nicht mehr sehe, so weiß ich doch, daß uns ein großes Wiedersehen da drüben bevorsteht.« Sie ließ den Blick über die Reihe windzerfressener Kreuze schweifen, die die Gräber ihrer Kinder und Latishas kennzeichneten.

Klein Nettie las die Inschrift auf Latishas Kreuz.

LATISHA CANFIELD
EHEFRAU VON
JEFFERSON C.
»In meines Vaters Haus«

»Mama? Wer wird hierherkommen und dieses Grab pflegen? Und Widdies Grab? Du weißt doch, wie diese Kreuze verblassen, wenn man sie nicht jedes Jahr frisch anstreicht.« Sie blickte zum Himmel auf. »Wer wird sich darum kümmern?«

Bei der Frage mußte Willa-Mae leise lächeln. Vielleicht war der Frühling die beste Zeit, um Lebewohl zu sagen. Die Blumen - die Erinnerung an diese Blumen würde ihr ein Trost sein, wenn sie an Mount Pisgah zurückdachte. Sie pflückte einen Blumenstrauß von Widdies Grab, und einen von Latishas Grab, und dann von jedem Kindergrab einen. »Ich glaube, sie sind im Garten des Herrn gepflanzt worden«, sagte sie und reichte Nettie eine Lupinie. »Nimm das, Kind. Presse sie in den Seiten der Bibel, die Jefferson dir hinterlassen hat. Denk daran, der Herr selbst pflegt die Ruhestätten seiner Kinder. Er hat diese Blumen gepflanzt. Sie begossen. Sie so hübsch gemacht.« Sie sog den süßen Duft ein. Besser als Pariser Parfüm. »Wir haben hier an diesem Ort ein Meer von Tränen geweint, Nettie. Wir können nicht ändern, was war ... was ist ... Aber eines Tages wird der Herr meine Kinder wieder zum Leben erwecken. Wird sie wieder blühen lassen. Sie werden aus diesem Meer von Jammer auftauchen, verwandelt und für immer wunderschön. Und Er wird denen, die Unrecht erlitten haben, Gerechtigkeit widerfahren lassen. Und Er wird alle Tränen für immer abwischen.«

Klein Nettie wiegte die Blume, als sei die Vision dieses Tages darin beschlossen. »Tisha ist in dieser Blume, Mama. Und Widdie.« Dann sagte sie zu der Blüte: »Ich nehme dich mit mir mit, als Versprechen ...« Sie hob den Blick und ließ ihre jungen Augen abschiednehmend über die Landschaft schweifen. »Lebwohl ... aber nicht für immer ...«